HEYNE <

ZUM BUCH

Eigentlich scheint CardioPatch ein geniales neues Heilmittel zu sein: ein Pflaster, das mit einem kleinen operativen Eingriff eingesetzt werden kann und den Abriss einer geschwächten Aorta vom Herzen verhindert. Der Pharmakologe Ben Maxwell, zuständig für die Zulassung des Mittels in Amerika, steht kurz davor, grünes Licht dafür zu geben. Doch dann bricht in einem kleinen Ort eine Epidemie aus, und binnen kürzester Zeit stirbt eine große Zahl an Probanden für CardioPatch. Nichtsdestotrotz wird plötzlich enormer Druck auf Ben ausgeübt, endlich das Pflaster zu genehmigen. Als er sich nicht fügt, verliert er seinen Job bei der staatlichen Arzneimittelbehörde. Zutiefst misstrauisch geworden, stellt er eigene Nachforschungen über das Pflaster und ein mögliches Killervirus an. Als kurz darauf ein Mordanschlag auf ihn ausgeübt wird, schwant ihm, dass er in ein gigantisches Wespennest gestochen hat. Nahezu undurchdringlich scheint das Intrigengeflecht zwischen Gesundheitsbehörde, Labors und hoher Politik. Ein Menschenleben zählt da wenig. Aber die wahren Strippenzieher haben es auf eine viel höhere Opferzahl angelegt …

»Ausgezeichnet!« *James Rollins*

ZUM AUTOR

Rip Gerber, geboren 1962 in Washington, ist Diplom-Biochemiker. Er arbeitete zunächst beim CIA, dann zwanzig Jahre lang in der High-Tech-Branche. In seinem höchst erfolgreichen Romandebüt *Pharma* bekam es der Held Ben Maxwell im brasilianischen Urwald mit gentechnisch modifizierten Killerpflanzen zu tun. Das Werk ist ebenfalls bei Heyne erschienen. Rip Gerber ist verheiratet und hat zwei Kinder.

LIEFERBARE TITEL

Pharma

RIP GERBER

KILLER VIRUS

Thriller

Aus dem Amerikanischen
übersetzt und bearbeitet
von Thomas Merk

WILHELM HEYNE VERLAG
MÜNCHEN

MIX
Papier aus verantwortungsvollen Quellen
FSC® C014496

Verlagsgruppe Random House FSC-DEU-0100
Das für dieses Buch verwendete FSC®-zertifizierte Papier
Holmen Book Cream liefert Holmen Paper, Hallstavik, Schweden.

2. Auflage
Vollständige deutsche Erstausgabe 12/2010

Printed in Germany 2010
Umschlaggestaltung: Nele Schütz Design, München,
unter Verwendung eines Fotos von © shutterstock / Cyril Hou
Satz: Christine Roithner Verlagsservice, Breitenaich
Druck und Bindung: GGP Media GmbH, Pößneck

ISBN: 978-3-453-43476-9

www.heyne.de

Dieser Roman erzählt eine erfundene Geschichte, aber die traurige Wahrheit ist: Herzkrankheiten sind weltweit die Todesursache Nummer 1. Das Buch ist all jenen gewidmet, die sich in den Bereichen Medizin, Forschung und Gesundheitsvorsorge unermüdlich dem Kampf dagegen stellen.
Das Buch ist außerdem allen Menschen gewidmet, die unter Herzkrankheiten leiden oder die ihnen erlegen sind – darunter auch mein Vater, Bob Gerber.

Das Szenario für den Jüngsten Tag sieht in etwa so aus:

Irgendwo in Asien mutiert das Grippevirus zu einem neuen, höchst gefährlichen Virenstamm. Es wird von einem Schwein auf einen Schweinehändler übertragen. Die Mutation sorgt dafür, dass es vom Schweinehändler auf einen seiner Kunden überspringt, der am nächsten Tag ein Flugzeug besteigt. Einige Tage später hat sich das Virus über den gesamten Erdball verbreitet. Nach ein paar Monaten sind Millionen von Menschen tot. Die nächste Grippepandemie ist nicht nur unvermeidlich, sondern sie steht unmittelbar bevor. Die Vereinigten Staaten sind darauf nur in sehr unzureichender Weise vorbereitet.

Andrew Pavia, Vorsitzender der Taskforce für Pandemische Grippe bei der Infectious Disease Society of America, in einem Bericht für den Kongress

Herzerkrankungen sind die häufigste Todesursache bei Frauen und Männern.

Center for Disease Control and Prevention (CDC)

PROLOG

DIENSTAG, 8. FEBRUAR 2011
03:32 UHR
EINE EINSAME LANDSTRASSE, SÜDLICH VON ATLANTA, GEORGIA

Dr. Allan Low, Leiter der Abteilung Molekularphysik beim Armed Forces Institute of Pathology, lag schwer atmend vierzig Meilen südlich von Atlanta auf dem Asphalt und hörte außer dem tiefen Grummeln zweier im Leerlauf vor sich hintuckernder Automotoren das vielstimmige Zirpen unzähliger Grillen.

»Warum tun Sie mir das an?«, fragte er den Mann im weiten, schwarzen Kapuzensweater, der sich im Licht der Scheinwerfer über ihn beugte. »Ihr habt, was ihr wolltet, also lasst mich doch gehen.«

»Die Wege des Herrn sind unergründlich«, erwiderte der Mann mit einer tiefen, aber irgendwie hohl klingenden Stimme. Low konnte sein Gesicht nicht erkennen, weil er sich die Kapuze tief in die Stirn gezogen hatte. In seiner Hand blitzte etwas Dünnes, Spitzes auf.

»Was habe ich denn falsch gemacht?«, schrie Low in Todesangst. »Ich war Ihnen immer ein treuer Diener. Gott ist mein Zeuge.«

Der Mann schüttelte langsam den Kopf und hielt Low mit einer mageren, langfingrigen Hand den Mund zu. »*Siehe, ich lege euch heute vor den Segen und den Fluch*«, sagte er und senkte die Stimme zu einem scharfen, schneidenden

Flüstern. »*Den Segen, so ihr gehorchet, den Geboten des HERRN, den Fluch, so ihr andern Göttern nachwandelt, die ihr nicht kennt.* Sie sind anderen Göttern nachgewandelt, Dr. Low, das wissen Sie genau.«

Der Wissenschaftler wollte etwas erwidern, brachte aber nur ein leises, ersticktes Krächzen hervor. Der Mann presste ihm noch immer die Hand aufs Gesicht, die harten, kalten Finger drückten sich wie die Backen eines Schraubstocks in seine Augenhöhlen und gegen sein Nasenbein. Low spürte einen stechenden Schmerz, hörte ein grässliches Knacken, als sein linkes Jochbein brach, und verlor das Bewusstsein. Seine Kinnlade klappte nach unten, und seine Glieder wurden schlaff.

Der Mann senkte die rechte Hand und stach mit der silbern glänzenden Nähnadel, in die ein schwarzer Faden eingefädelt war, dem Sterbenden durch die Oberlippe. »*Siehe, so will ich allerlei Ungeziefer lassen kommen über dich*«, zitierte er mit leiser Stimme und machte sich daran, sein grausiges Werk zu vollenden.

AUSBRUCH

FREITAG, 1. JULI 2011

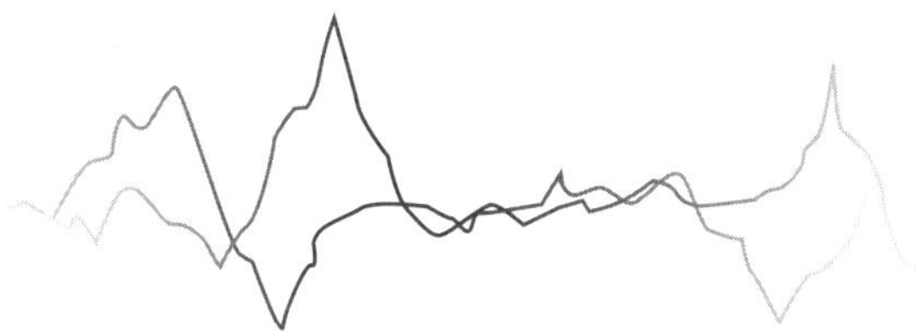

1

22:27 UHR
WASHINGTON, DC

Ein gellender Feuerstoß knatterte durch das Doppelzimmer im neunten Stock des Watergate Hotels. Dr. Ben Maxwell wachte mit einem Ruck auf und griff nach dem Treatment, über dessen Lektüre er vor ein paar Minuten eingenickt war und das immer noch aufgeschlagen neben ihm lag. Verschlafen blinzelte er zum Zifferblatt des Weckers auf seinem Nachttisch hinüber. Es war kurz vor halb elf.

»Hat gerade mein Handy geklingelt?«, fragte er mit einem lauten Gähnen, während er sich im Bett aufsetzte und mit beiden Händen nach seinem Mobiltelefon tastete.

Auf der anderen Seite des Zimmers saß sein siebzehnjähriger Sohn Jack auf der Couch und ließ die mageren Beine wie nasse Socken über die Armlehne baumeln. Vor ihm auf dem Teppich lag eine leere Tüte Kartoffelchips. Jack hatte seine x-Box an den Fernseher angeschlossen und spielte bei voller Lautstärke »Counterstrike«. Hoch konzentriert starrte er auf den großen Flachbildschirm und jagte eine Salve nach der anderen aus seinem virtuellen Sturmgewehr.

»Kannst du das bitte leiser machen?«, fragte Ben.

Er sah auf den in roten Karton gebundenen Bericht

neben sich auf der Bettdecke. Der war dreihundert Seiten stark, drei Zentimeter dick und enthielt einen Wust von Daten und Prüfungsergebnissen, die Bens Arbeitsgruppe für die Food and Drug Administration, die amerikanische Lebens- und Arzneimittelbehörde, erarbeitet hatte.

Ben war in der Abteilung für Medizinische Hilfsmittel und Radiologie der verantwortliche Projektleiter für neu entwickelte Herzimplantate wie Schrittmacher oder künstliche Herzklappen, die vor ihrer Zulassung allen möglichen Tests unterzogen werden mussten. Dabei ging es nicht nur darum, dass die Implantate nicht gesundheitsschädlich waren, sie mussten darüber hinaus gegenüber den bisher für diese Indikation zur Verfügung stehenden Heilmitteln eine deutliche Verbesserung für die Patienten darstellen.

Die meisten Implantate winkte Ben nach einem sorgfältigen Studium der Unterlagen ohne größere Probleme durch – er hatte ein kompetentes Team von Mitarbeitern, auf dessen Untersuchungsergebnisse er sich verlassen konnte.

Bei dem Implantat, das in diesem Bericht abgehandelt wurde, lagen die Dinge etwas anders. Es war so wichtig, dass er sich selbst darum kümmern musste. Bens Mitarbeiter und eine Reihe von unabhängigen Labors hatten es allen nur erdenklichen Tests und Prüfungen unterzogen, die es alle mit Bravour gemeistert hatte. CardioPatch, so hieß das Implantat, war ein Wunderwerk der noch relativ jungen Wissenschaft der Biotechnologie: Ein hauchdünnes Stück Schweinehaut, das man in seiner Molekularstruktur mit einem höchst komplizierten, von mehreren Patenten gesicherten Verfahren gentechnisch verändert hatte. Auf diese Weise war es gelungen, dass es sich ohne die geringste Abstoßungsreaktion so gut mit menschlichem Gewebe verband, dass es von diesem praktisch nicht mehr zu unterscheiden war.

Das funktionierte, wie in unzähligen Tests bewiesen, so hervorragend, dass sich der Kardiologie dadurch vollkommen neue Therapiemöglichkeiten eröffneten.

Noch nie zuvor hatte es eine so einfache und wirkungsvolle Methode gegeben, um Defekte an der Aorta ascendens in der Nähe des Herzens von innen zu beheben: Mit einem in der Leistengegend in eine Arterie eingeführten Katheter, wie er in vielen Kliniken mittlerweile bei Routineherzoperationen verwendet wurde, brachte man das Pflaster in die Aorta und platzierte es an der gefährdeten Stelle, wo das gentechnisch veränderte Schweinegewebe in Rekordzeit anwuchs und von innen wie ein Flicken wirkte, mit dem man einen löchrig geworden Fahrradschlauch abdichtet. Der Patient, der nicht einmal eine Vollnarkose benötigte, konnte im Normalfall das Krankenhaus schon wenige Stunden nach der Operation wieder verlassen.

Ben ließ den Kopf auf das Kissen sinken und hielt sich das Konvolut in einem Abstand vor die Augen, in dem er das Titelblatt ohne Probleme lesen konnte. Seit gut einem Jahr bemerkte er nun schon, dass seine Augen schlechter wurden, aber er weigerte sich standhaft, zum Augenarzt zu gehen und sich eine Lesebrille verschreiben zu lassen. Das war etwas für alte Männer.

Jetzt musste er die Arme fast ganz durchstrecken, um das Etikett lesen zu können, das vorne auf dem Einband klebte:

Abschlussbericht über die Anwendung des medizinischen Hilfsmittels CardioPatch zur Behebung von Rissen in der Aorta ascendens (Aneurysma dissecans aortae) und der Behandlung von Persistierendem Foramen ovale

Erstellt von:
Abteilung für medizinische Implantate und Radiologie
Dr. Ben Maxwell – Abteilungsleiter

1. Juli 2011
VIERTE VERSION
US GESUNDHEITSMINISTERIUM
Food and Drug Administration
Rockville, Maryland 20850

Ein Bericht wie viele andere, die Ben in den fünf Jahren, die er nun schon für die FDA arbeitete, zusammengestellt hatte. Das einzig Ungewöhnliche daran war der neongelbe Post-it-Zettel, auf den Bens direkte Vorgesetzte Nancy DeLuca eigenhändig geschrieben hatte: *Bis spätestens Montag zu genehmigen.*

Dieser Zettel war schuld daran, dass Ben sich Arbeit in seinen Kurzurlaub hatte mitnehmen müssen.

»Jack, würdest du jetzt gefälligst den Fernseher leiser machen?«

Eines der in einer verwaschenen Jeans steckenden Beine bewegte sich, und von dem Videospiel war nur noch ein gedämpftes Klicken zu hören.

»Leise genug?«, fragte der Junge. »Eigentlich dachte ich, alte Leute würden nicht mehr so gut hören.«

»Ich bin nicht alt, nur müde«, erwiderte Ben. In sein

einstmals pechschwarzes Haar hatten sich in den letzten Jahren zwar immer mehr graue Strähnen geschlichen, und sein Körper war nicht mehr so rank und schlank wie der eines Dreißigjährigen, aber seine blauen Augen strahlten wie eh und je. Die jungen Kollegen in seiner Behörde nannten ihn liebevoll »Papa Maxwell« und glaubten, ihm gut gemeinte Tipps geben zu müssen. Er solle mit dem Rauchen aufhören, sich mehr bewegen, sich die Haare schneiden lassen, sich neue Klamotten kaufen und nicht mehr zwei unterschiedliche Socken anziehen. Die redeten sich leicht, dachte Ben. Er musste sich um anderes kümmern.

»Können wir kurz mal darüber reden, wie wir das morgen machen, Jack?«, fragte er seinen Sohn, der wieder vollkommen in sein Videospiel versunken war. »Ich dachte, wir könnten miteinander ins Smithsonian Institute gehen und ...«

»Keine Lust.«

»Warum nicht?«

»Hab' ich dir doch vorhin schon erklärt.«

»Jack, könntest du bitte für ein paar Minuten dieses alberne Spiel abstellen? Ich möchte mit dir reden!«

»Gleich. Wenn ich den Level geschafft habe, okay?«

Ben seufzte leise. Es war nicht okay. Er hatte seinen Sohn über ein Jahr lang nicht gesehen, und seit er ihn vor drei Stunden vom Flughafen abgeholt hatte, waren sie miteinander umgegangen wie zwei Fremde. Ben hatte seinen Bericht gelesen, bis er darüber eingenickt war, und Jack war völlig in sein Computerspiel abgetaucht.

»Dann gehe ich jetzt mal unter die Dusche«, sagte Ben. »Ich muss morgen früh raus und diesen Bericht abgeben.«

»Tu, was du nicht lassen kannst«, antwortete Jack gleichgültig.

Ben ging ins Badezimmer und drehte die Dusche auf. Durch den Wasserstrahl hörte er, wie Jack draußen den Fernseher wieder lauter machte und knatterndes Maschinengewehrfeuer das Hotelzimmer erfüllte.

Morgen, wenn ich den Bericht abgegeben habe, kümmere ich mich um Jack, dachte Ben, während er sich das heiße Wasser über die Schultern rinnen ließ. »Morgen wird es bestimmt besser mit uns.«

2

23:26 UHR
PEMBROKE, VIRGINIA

»Jetzt reicht's, Meg!«, knurrte Sheriff Stu Paxton und schaltete das Blaulicht an seinem Streifenwagen ein. »Was zu viel ist, ist zu viel.«

In den paar Minuten, die er nun Meg Bauers hellblauem Eldorado folgte, hatte die altersschwache Klapperkiste schon die dritte rote Ampel überfahren und raste weiter in atemberaubender Geschwindigkeit bei strömendem Regen die Branch Road entlang. Zuerst hatte Stu Paxton gedacht, irgendein Jugendlicher hätte den Wagen gestohlen, aber dann hatte er im Licht seiner voll aufgeblendeten Scheinwerfer Megs dauergewellten, schlohweißen Haarschopf erkannt und sofort gewusst, dass mit der alten Dame etwas ganz gewaltig nicht in Ordnung war.

Stu kannte Meg Bauer gut. Alle in der kleinen Stadt kannten sie. Meg galt als langsamste Autofahrerin in ganz Roanoke County, und jetzt trat das lebende Verkehrshindernis mitten in der Nacht aufs Gas wie ein 18-Jähriger auf dem Heimweg von der Disco. Stu drehte die Sirene auf volle Lautstärke, obwohl er schon ahnte, dass das nichts nützen würde. Wenn Meg ihr Hörgerät nicht eingeschaltet hatte, war sie taub wie ein Holzklotz.

Die hat wohl ihre Blutverdünnungstabletten mit irgend

so einem hochprozentigen Herzelixier runtergespült, dachte Stu und verzog den Mund zu einem Grinsen. Unglaublich, was sich die alten Leute heutzutage alles im Drugstore besorgten. Das waren ja die reinsten Aufputschmittel.

Meg, die so klein war, dass sie kaum über das Lenkrad schauen konnte, steuerte den Wagen mit Ach und Krach durch eine scharfe Kurve und kam dabei so weit auf die linke Fahrbahn, dass sie unweigerlich einen Frontalzusammenstoß verursacht hätte, wäre ihr in dem Moment ein anderes Fahrzeug entgegen gekommen. Als sich der wild ausbrechende Eldorado wieder gefangen hatte, raste er mit unverminderter Geschwindigkeit auf das Carillon Giles Memorial-Krankenhaus am Ende der Straße zu. Erst kurz vor dem dreistöckigen Gebäude trat Meg so heftig auf die Bremse, dass der schwere Wagen ins Schleudern kam, einen Laternenpfahl um Haaresbreite verfehlte und schließlich eine hüfthohe Hecke durchbrach, bevor er mitten auf der gepflegten Rasenfläche vor dem Krankenhaus endlich zum Stehen kam.

Sheriff Paxton schaltete Blaulicht und Sirene aus und stieg leise fluchend aus dem Streifenwagen. Durch den prasselnden Regen rannte er zu dem Eldorado und klopfte an das beschlagene Seitenfenster auf der Fahrerseite. Die alte Frau, die sich immer noch mit beiden Händen ans Lenkrad krallte und durch die Windschutzscheibe nach vorne starrte, reagierte nicht. Erst als Stu mit seiner Taschenlampe ins Innere des Wagens leuchtete, drehte Meg ihm das Gesicht zu.

Sie wirkte weder betrunken noch sonst wie benebelt, aber ihr Gesicht war zu einer Grimasse des Entsetzens verzerrt. Tränen hatten Meg den Lidschatten von den Augen gewaschen und lange, schwarze Spuren auf ihre Wangen gezeichnet.

»Was ist denn auf einmal in dich gefahren, Meg?«, fragte Paxton, nachdem sie ihr Fenster heruntergekurbelt hatte. »Ist dir klar, dass du gerade über drei rote Ampeln und an zwei Stoppschildern vorbei gerauscht bist?« Die alte Frau war nicht in der Lage zu antworten. Sie deutete lediglich mit dem Daumen auf die Rückbank, wo Stu im Licht seiner Taschenlampe Megs Ehemann Greg entdeckte, der seinen besten Sonntagsanzug trug. Jemand hatte ihm die Krawatte gelockert und den obersten Knopf seines weißen Hemds geöffnet. Der alte Farmer, der weitläufig mit Stu verwandt war, starrte mit aufgerissenen Augen zum Wagenhimmel hinauf und schnappte mit weit geöffnetem Mund nach Luft. Wie ein Fisch, den man aus dem Wasser gezogen hat, dachte Stu.

»Großer Gott!« Paxton riss die hintere Tür auf und legte Greg die Hand auf die schweißnasse Stirn. Sie war heiß wie eine Herdplatte. »Was ist denn mit ihm passiert?«

»Wir waren beim Bingo in St. Alban's«, antwortete Meg mit ihrer hohen, quäkenden Stimme. »Da hat er auf einmal gesagt, ihm wäre ganz heiß, und dann hat er sich an die Brust gefasst und ist einfach umgefallen.«

Ein Blitz zuckte vom Himmel und tauchte den alten Mann im Fond des Wagens für Sekundenbruchteile in ein grelles, bläuliches Licht.

»Das ist ein Herzinfarkt!«, rief Stu und leuchtete Greg mit seiner Taschenlampe an. »Sieh nur, seine Handflächen sind rot wie Kirschen!« Er befestigte die Taschenlampe an seinem Gürtel und fing an, den laut keuchenden Greg aus dem Wagen zu ziehen. Ein mächtiger Donnerschlag rollte über das Gelände des Krankenhauses hinweg. Obwohl Stu seinen Streifenwagen erst vor zwei Minuten verlassen hatte, war er bereits bis auf die Haut durchnässt.

»Greggy meinte, es wären die Shrimps gewesen, die Jimmy aus Norfolk mitgebracht hat«, stieß Meg laut schluchzend hervor. »Er sagte, die wären wohl nicht mehr ganz frisch gewesen und hätten irgendwie komisch geschmeckt.«

»Von verdorbenen Shrimps kriegt man keinen Herzinfarkt«, erwiderte Stu. »Und jetzt steig aus und lauf ins Krankenhaus. Sag Dr. Fader, dass wir da sind.«

Aber Meg Bauer war unfähig, aus dem Wagen zu steigen. Sie starrte durch die Seitenscheibe hinüber zu den Fahrzeugen, die vor der Notaufnahme des Krankenhauses standen.

»Das ist Jills Lexus!«, wimmerte sie. »Sie hat beim Bingo direkt neben uns gesessen. Und dahinter Marlas Buick. Du meine Güte, wir haben alle Colibakterien!«

Paxton hatte Greg inzwischen aus dem Wagen gezogen und legte ihn sich wie ein Feuerwehrmann über die Schulter. Was der alte Farmer hatte, waren nicht die Symptome einer Lebensmittelvergiftung. Davon bekam man keine so roten Hände. Dafür wies er alle klassischen Anzeichen eines Herzanfalls auf: hervorquellende Augen, Schweißausbrüche, schwerer Atem. Er musste sofort behandelt werden Plötzlich fing der alte Mann auf Stus Schulter an, sich zu bewegen, und der Sheriff hatte Mühe, auf dem völlig durchweichten Rasen das Gleichgewicht zu halten. Greg stieß einen grässlichen, nervenzerfetzenden Schmerzensschrei aus, während seine Aorta auf einer Länge von drei Zentimetern aufriss und mit Sauerstoff angereichertes Blut sich wie hellrotes Gift in seinen Brustraum ergoss.

3

23:31 UHR
MARTHA F. BOWLAND MEMORIAL HOSPITAL, PEMBROKE, VIRGINIA

»Nicht anfassen!«

Dr. Tammy Fader war eine eher klein gewachsene, drahtige Frau Ende dreißig mit schwarzem, zu einem Pferdeschwanz zusammengebundenem Haar und einem hübschen, aber von Stress gezeichneten Gesicht. Während sie aus der Tür der Notaufnahme auf Stu zu lief, wischte sie sich mit dem Ärmel ihres weißen Arztkittels über die Stirn.

»Doc Fader!«, rief Sheriff Paxton. »Das ist Greg Bauer. Ich glaube, er hatte einen Herzinfarkt.«

Dr. Fader kam vor den beiden zum Stehen, griff in die Tasche ihres Arztkittels und zog ein Paar grüne Operationshandschuhe heraus.

»Ziehen Sie die an, Stu«, sagte sie. »Sie dürfen Greg nicht mit bloßen Händen berühren.«

»Zu spät. Ich habe ihn in seinem Auto angefasst.«

»Er ist hoch ansteckend«, sagte Fader. »Kann gut sein, dass Sie sich bereits infiziert haben.«

»Mit was?«, fragte Paxton, während er der Ärztin mit Greg Bauer über der Schulter zur Notaufnahme folgte. »Mit was habe ich mich angesteckt?«

Dr. Fader antwortete nicht. Sie blieb stehen und fühlte Greg den Puls.

»Ist das wieder so was wie die Schweinegrippe, Doc?«, fragte Stu.

»Das weiß ich noch nicht.«

»Warum hat Greg so heiße Hände? Vorhin im Auto waren sie dunkelrot.«

»An den Händen fängt es an, dann geht das Virus auf das Herz los«, erklärte Dr. Fader. »Kommen Sie, bringen wir ihn in die Notaufnahme, er muss sofort an ein Sauerstoffgerät.«

»Was hat er denn?«

»Das, was sie alle haben … es fängt an mit starken Rückenschmerzen, die nach innen in die Brust strahlen, was entweder auf eine ums Hundertfache beschleunigte Perikarditis mit extrem schwerem Verlauf hinweist oder …«

»Aber ein Herzinfarkt kann doch nicht ansteckend sein«, unterbrach sie Stu, der langsam doch Angst um seine eigene Gesundheit bekam.

»Eine Perikarditis ist kein Herzinfarkt, sondern eine Entzündung des Herzbeutels«, erwiderte Dr. Fader. »Und die kann von Bakterien oder Viren übertragen werden. Aber es könnte sich auch um eine Dissektion der Aorta in Herznähe handeln, die rasend schnell vor sich geht.«

Sie öffnete die Schwingtür zur Notaufnahme, und Sheriff Paxton hielt vor Schreck den Atem an. In dem kleinen Raum drängte sich ein gutes Dutzend Menschen, die alle Latexhandschuhe und Mundschutz trugen. Manche lagen auf metallenen Rollbetten, andere kauerten zusammengesunken auf Stühlen und Hockern, und wieder andere hatte man in Decken gewickelt auf den Boden gelegt.

Viele der Patienten hingen am Tropf oder waren über dünne Schläuche in der Nase mit Sauerstoffgeräten verbunden. Monitore, auf denen gezackte, grün leuchtende Kurven zu sehen waren, gaben schrille Piepstöne von sich, die sich mit den aufgeregten Stimmen der Patienten und ihrer Angehörigen mischten. Die Luft war stickig und roch streng nach Schweiß, Urin und medizinischem Alkohol. In einer Ecke des Raumes läutete ein Telefon, das von niemandem beachtet wurde.

»Wie in einem Feldlazarett nach einem Bombenangriff«, murmelte Paxton leise, während er Greg Bauer an der Längswand des Raumes vorsichtig auf den Boden legte. Meg, deren weiße Haare ihr klatschnass am Kopf klebten, watschelte langsam hinter ihnen her.

»Mrs Bauer, ich gebe Ihrem Mann jetzt reinen Sauerstoff«, sagte Dr. Fader, die Greg zwei durchsichtige Schläuche in die Nasenlöcher gesteckt hatte. »Bleiben Sie bei ihm und achten Sie drauf, dass ihm diese Dinger nicht aus der Nase rutschen. Und rufen Sie mich sofort, wenn seine Atmung unregelmäßig wird. Aber zuerst ziehen Sie sich Handschuhe und einen Mundschutz an.«

Sie deutete auf zwei Kartons auf einem Tisch und wandte sich zum Gehen.

»Wo wollen Sie hin?«, fragte Sheriff Paxton, während er sich die Latexhandschuhe anzog, aber die Ärztin hatte die Notaufnahme bereits wieder verlassen.

4

23:39 UHR
MARTHA F. BOWLAND MEMORIAL HOSPITAL, PEMBROKE, VIRGINIA

Stu Paxton holte Dr. Fader im Treppenhaus ein.

»Warum laufen Sie weg?«, verlangte er zu wissen. »Ihre Patienten brauchen Sie.«

»Ich fürchte, ich kann diesen Leuten nicht mehr helfen«, erwiderte die Ärztin, während sie sich mit zitternden Fingern eine Zigarette anzündete.

»Wie meinen Sie das?«

»Haben Sie gesehen, wer da alles liegt, Sheriff? Die meisten von ihnen sind über sechzig Jahre alt, und alle hatten im vergangenen Jahr eine Herzoperation.«

»Alle?«

»Ja. Die Infektion – oder was immer es auch sein mag, ist offenbar bei einem Bingoabend im Pfarrheim ausgebrochen, zu dem sich die Mitglieder einer Selbsthilfegruppe für Herzpatienten jeden Freitagabend treffen.«

»Meg Bauer hat mir erzählt, dass sie dort Shrimps gegessen haben. Sie vermutet, dass die irgendwie schlecht waren.«

Tammy Fader ließ den Rauch ihrer Zigarette langsam durch die Nase entweichen.

»Ich dachte immer, im Krankenhaus darf man nicht rauchen«, sagte Stu. »Außerdem sollten Sie als Ärztin kein schlechtes Beispiel geben.«

»Es sieht ja niemand außer Ihnen. Außerdem brauche ich das jetzt. Wenn Sie wüssten, was ich heute Abend schon alles durchgemacht habe.«

»Das kann ich mir vorstellen. Ein Haufen alter Knacker mit Lebensmittelvergiftung, das kommt bestimmt nicht alle Tage vor.«

»Die Shrimps haben definitiv nichts mit den Erkrankungen zu tun, Sheriff.«

»Woher wollen Sie das wissen?«

»Weil einer der Männer auf Shrimps allergisch ist und deshalb keine gegessen hat. Und er hatte dieselben Symptome wie die anderen auch, bevor er gestorben ist.«

»Gestorben? Wollen Sie damit etwa sagen, dass es bereits Tote gibt?«

»Vier bis jetzt. Ich fürchte, die anderen haben ebenfalls kaum Chancen, durchzukommen. Wir haben es hier möglicherweise mit dem Beginn einer Pandemie zu tun, und ich wäre verdammt froh, wenn ich wenigstens wüsste, was für ein Virus das ist, das mir meine Patienten unter den Fingern wegsterben lässt.«

»Vielleicht ist es ja wieder dieses SARS«, sagte Stu Paxton, der sich darüber ärgerte, dass sich ein unsicheres Zittern in seine Stimme schlich. »Sie wissen schon, diese Keime, die 1989 im Hazelton Labor in Reston entwischt sind.«

»Das war Ebola und ist von Makaken-Affen auf Menschen übergesprungen. Kaum erforscht, absolut tödlich und hoch infektiös. Genau wie dieses Virus hier.«

Sheriff Paxton blickte auf seine Hände hinunter, die immer noch in grünen OP-Handschuhen steckten. Wieso hatte er nur Greg im Auto die Temperatur fühlen müssen? Wenn sich das Virus wirklich durch Hautkontakt übertrug, dann war er jetzt auch damit infiziert. »Eines verstehe ich nicht«, sagte er. »Wieso wirft das Virus Greg Bauer um, einen Bär von einem Mann, und seine kleine Frau, die ebenfalls mit ihm beim Bingo war, kann noch wie eine gesengte Sau durch den Ort rasen und halb Pembroke in Lebensgefahr bringen?«

»Das kann ich Ihnen auch nicht beantworten, Sheriff. Noch nicht. Aber eines weiß ich: Dass Greg und die anderen Toten im vergangenen Jahr hier in der Klinik am Herzen operiert wurden. Sie haben an einem klinischen Versuch für ein neues Herzimplantat teilgenommen. Eigentlich haben sie das alle hervorragend vertragen, aber vielleicht macht sie das anfälliger für das Virus oder was immer es auch sein mag.«

»Das Virus greift also nur jemanden an, der sowieso schon was am Herzen hat?« Paxton hoffte, dass er nicht allzu erleichert klang.

»Bisher zeigen nur die Patienten aus meiner klinischen Studie die Symptome. Vielleicht liegt es an ihrem Alter, vielleicht an dem Herzpflaster, das ich ihnen eingesetzt habe, vielleicht daran, dass sie wegen ihrer Vorerkrankung nicht mehr so starke Abwehrkräfte haben. Es ist noch zu früh, um etwas Definitives darüber zu sagen.«

»Haben Sie schon die Gesundheitsbehörden verständigt?«, fragte Stu Paxton, der sich auf einmal wieder daran erinnerte, dass er schließlich Gesetzeshüter war. Vor zwei Jahren, als wegen der Schweinegrippe eine landesweite Hysterie ausgebrochen war, hatte er sich eingehend mit den Bestimmungen der Seuchenschutzverordnung befasst. Er wusste, was zu tun war.

»Ja. Als mir klarwurde, dass es sich nicht um normale

Herzanfälle handeln konnte, habe ich sofort bei der Seuchenschutzbehörde angerufen.«

»Und was haben die gesagt?«

Tammy Fader nahm einen letzten Zug aus ihrer Zigarette und drückte sie dann an ihrer Schuhsohle aus.

»Dass alle Infizierten und die Menschen, die mit ihnen in Berührung gekommen sind, Mundschutz und Schutzhandschuhe tragen müssen. Außerdem darf niemand von ihnen das Krankenhaus verlassen, bis Hilfskräfte eingetroffen sind. Am besten gehen Sie wieder runter und sehen zu, dass diese Anweisung befolgt wird, Sheriff. Tut mir leid, dass Sie da mit reingezogen wurden, aber jetzt müssen Sie hierbleiben, bis die Leute von der Seuchenschutzbehörde da sind.«

Stu Paxton trat ans Fenster und blickte hinaus. »Sieht nicht so aus, als müssten wir noch lange warten«, erwiderte er. »Sehen Sie sich das mal an.«

Tammy stellte sich neben ihn und sah, wie sich eine lange Kette von Autoscheinwerfern dem Krankenhaus näherte. Dann war statt des prasselnden Regens das Knattern eines Hubschrauberrotors zu hören, und ein blendend weißer Suchscheinwerfer huschte über die Vorderfront des Gebäudes.

»Die fackeln nicht lange«, sagte Stu Paxton.

»Sieht aus, als wären die Außerirdischen gelandet«, erwiderte Tammy. »Dabei habe ich erst vor einer halben Stunde angerufen.«

Auf dem Parkplatz fuhren große, hellgraue Lieferwagen vor, aus denen Gestalten in Gasmasken und unförmigen Bioschutzanzügen sprangen und sich zu einer Kette rings um das Krankenhaus formierten. »Die meinen es ernst«, sagte Stu Paxton. Sein Magen krampfte sich zusammen, als sich die neongelben Aliens auf ein durch ein Megafon gegebenes Kommando langsam dem Krankenhaus näherten. Noch viel beunruhigender aber fand der Sheriff die Tatsache, dass einige von ihnen schwarz glänzende Schnellfeuergewehre in Händen hielten.

»Die meinen es ernst«, sagte er noch einmal zu Tammy, die mit weit aufgerissenen Augen ungläubig staunend aus dem Fenster starrte. »Das ist ein Seuchenschutzeinsatz der Stufe vier.«

»Vier ist die höchste Stufe.«

»Richtig. Pandemie. Das Krankenhaus wird abgeriegelt, vielleicht sogar ganz Pembroke. Und bestimmt wird eine Nachrichtensperre verhängt. Dann kriegt man da draußen nicht einmal mehr mit, was mit uns los ist.«

Der Hubschrauber knatterte in einer engen Kurve um das Haus, und sein Suchscheinwerfer strich direkt über das Fenster.

»Haben Sie ein Handy?«, fragte Tammy.

»Ja, warum?«

»Rufen Sie Ihre Frau an und sagen sie ihr, sie soll die Kinder ins Auto packen und möglichst weit wegfahren, irgendwohin, wo sie niemand findet. Denn wenn Sie erst mal in Quarantäne sind, wird man auch Ihre Familie holen.«

Stu zog sein Handy aus der Uniformjacke und begann zu wählen, während unten auf dem Parkplatz neu ankommende Fahrzeuge von Männern mit Leuchtkellen in den Händen auf ihre Positionen dirigiert wurden. In den hinteren Reihen konnte Tammy Fader sogar schon Lastwagen und Schützenpanzer der Nationalgarde erkennen, die wohl den Kordon um das Krankenhaus nach außen hin sichern sollten. Während Sheriff Paxton am Handy eindringlich auf seine Frau einredete, dachte Tammy angestrengt nach. Als die ersten Patienten bei ihr eingetroffen waren, hatte sie deren Angehörigen noch ohne Latexhandschuhe die Hand gegeben – falls es also ein Virus gab, das per Hautkontakt übertragen wurde, hatte auch sie sich bereits infiziert. Das bedeutete, dass sie zusammen mit den anderen in Quarantäne musste und wochenlang isoliert würde – wenn ihr nicht noch Schlimmeres widerfuhr.

Draußen vor dem Fenster hatte der langsam, aber stetig vorrückende Kordon von neongelben Gestalten in ihren unförmigen Schutzanzügen schon das Ende des Parkplatzes erreicht. In den Brillen ihrer Gasmasken spiegelte sich das Neonschild über dem Haupteingang des Krankenhauses als kleine, vom regennassen Plexiglas grotesk verzerrte rote Kreuze.

Tammy sah Stu Paxton an.

»Los, kommen Sie«, schrie sie und rannte mit wehendem Arztkittel die Treppen hinunter. Sie musste jetzt unbedingt bei ihren Patienten sein. Der Sheriff, der noch immer sein Mobiltelefon am Ohr hatte, bewegte sich nicht von der Stelle.

5

23:23 UHR
NATIONAL SHRINE, WASHINGTON, DC

»Heute Nacht beginnt es.«

Der Glockenturm der Basilika zur Unbefleckten Empfängnis ragte schmal und spitz wie eine Nadel in den Nachthimmel, und die Rundkuppel des mächtigen Kirchenbaus darunter schimmerte im Regen wie der Helm eines mittelalterlichen Kreuzritters. Der Mann in der gelben Regenjacke, der sich mit gemessen rhythmischen Schritten dem mächtigen Kirchenbau genähert hatte, blieb im trüben, gelben Licht einer Straßenlaterne stehen und ließ den Blick über die regennassen Steinstufen wandern, die hinauf zu dem mächtigen, von einer riesigen Rosette gekrönten Portal führten. Die noch immer nicht ganz fertig gestellte Basilika war die Hauptkirche der Katholiken in den Vereinigten Staaten und das größte Bauwerk in Washington – eine Festung des Glaubens, die in einer finsteren Regennacht wie dieser fast bedrohlich wirkte.

»Die Pforten der Hölle«, flüsterte der Samariter und bekreuzigte sich auf die altmodische Art, indem er sich mit dem Daumen kleine Kreuze auf Stirn, Mund und Brust zeichnete. Zutiefst verachtete er den protzigen Pomp, mit dem eine vom rechten Weg abgekommene Priesterkaste hier ihre vermeintliche Macht zur Schau stellte und dadurch für alle sichtbar demonstrierte, dass sie einzig und allein dem Götzen Mammon diente, in dessen Auftrag sie die Kirche zu einem Hort der Sünde und Verderbtheit gemacht hatte.

Priester, die ihre Schutzbefohlenen sexuell missbrauchten, Bischöfe die diese Verfehlungen vertuschten, und eine Kirche, die sich immer größere und prächtigere Paläste baute wie einst die gottlosen römischen Kaiser und osmanischen Sultane. Der Samariter spürte eine Welle von Hass und Wut auf diese so genannten Gottesdiener in sich hochsteigen und schloss einen Moment lang die Augen, um aus dem Gedanken an seine große, von Gott gewollte Aufgabe Kraft zu schöpfen. Bald würde das Sühnegericht des Herrn dieses elende Geschmeiß für immer hinwegfegen.

Vor den Stufen zum Haupteingang der Kirche stand ein einsames Taxi, dessen Motor im Leerlauf vor sich hin grummelte. Der Samariter trat auf den Wagen zu, klopfte an die Scheibe und fragte:

»Sind Sie frei? Ich müsste dringend zum Flughafen.«

Der Fahrer musterte die Gestalt in der tropfnassen Regenjacke und kurbelte sein Fenster herunter. »Tut mir leid, Chef, bin bestellt. Mein Fahrgast muss jeden Augenblick kommen.«

»Naja, Sie hätten mich sowieso nicht fahren können«, erwiderte der Samariter und deutete nach hinten. »Ihr rechter Reifen ist platt.«

»Und das bei diesem Sauwetter«, fluchte der Fahrer, während er ausstieg und um das Taxi herum ging. Als er vor dem rechten Kotflügel in die Hocke ging, verpasste ihm der Samariter, der unbemerkt hinter ihn getreten war, einen genau berechneten Handkantenschlag gegen den Hals. Der

Mann stieß einen leisen Schmerzensschrei aus und fiel neben dem völlig intakten Hinterrad zu Boden, wo ihm der Samariter mit dem Stiefel wieder und wieder gegen den Kopf trat. Als das Gesicht des Taxifahrers nur noch ein blutiger Brei war, schleifte der Samariter ihn in ein Gebüsch neben der Basilika.

»Geld ... unter ... dem ... Sitz«, konnte der Taxifahrer mit Mühe hervorkrächzen. »Ich habe ... Frau ... und Kinder ...«

Der Samariter trat noch einmal zu, und der Mann verlor das Bewusstsein.

»Dein Geld interessiert mich nicht«, zischte der Samariter. »Was mich interessiert, ist dein Glaube.«

Er zog ein zerlesenes rotes Buch aus seiner Regenjacke und nahm eine lange Nähnadel heraus, die ihm als Lesezeichen diente. Die Seite war voller bräunlicher Flecken von vielen Jahrzehnten des Lesens. Und von Dutzenden Morden.

»Fünftes Buch Mose, Kapitel elf«, sagte der Samariter, während er mit der Hand über die zerfledderte Seite strich. »Kennst du die Bibel?«

Der Mann lag still da. Der Regen prasselte in schweren Tropfen auf sein zertrümmertes Gesicht und wusch ihm das Blut aus unzähligen Platzwunden.

»*Siehe, ich lege euch heute vor den Segen und den Fluch*«, las der Samariter mit getragener Stimme und blickte wieder auf den Mann hinab, der sich nicht mehr regte. Er holte mit dem rechten Bein aus und trat ihm mit der Stiefelspitze in die Rippen. »Hörst du mir überhaupt zu?«, fragte er. Er bekam keine Antwort.

»*Siehe ich habe dir heute vorgelegt das Leben und das Gute, den Tod und das Böse*«, fuhr der Samariter fort. »*Den Segen so ihr gehorchet den Geboten des HERRN, eures Gottes, die ich euch heute gebiete.*«

Er las diese Bibelstelle jedem seiner Opfer vor, in der Hoffnung, darin ein wenig Trost zu finden. Er fand keinen.

Der Fahrer ließ ein Röcheln hören und versuchte, durch die blutige Knorpelmasse seiner zertrümmerten Nase Luft zu holen.

»Sprich ein Gebet, mein Sohn, auf dass der Herr sich deiner armen Seele erbarme«, sagte der Samariter mit leiser Stimme und beugte sich über den schwer atmenden Taxifahrer. Ein Auto hupte in der Ferne, aber die Michigan Avenue war zu dieser Tageszeit ebenso verlassen wie die anderen Straßen rings um die Basilika. Jetzt musste es schnell gehen, dachte der Samariter. Der Mann, auf den er wartete, konnte jeden Augenblick hier sein. Mit einer fast zärtlichen Bewegung legte er dem Taxifahrer seine langen Finger um den Hals, suchte eine bestimmte Stelle und drückte zu.

6

23:48 UHR
WATERGATE HOTEL, WASHINGTON, DC

Auf der dem Potomac zugewandten Seite des Watergate Hotels fing ein Handy an zu klingeln.

Jack Maxwell nahm es vom Couchtisch und schaltete es auf leise. Schließlich war er nicht der Privatsekretär seines Vaters.

Er setzte sich auf, schaltete Fernseher und x-Box aus und klappte seinen Laptop auf. Er startete den Browser, auf dem die Homepage der SchmooCon-Konferenz erschien. Gleich nach der DefCon in Las Vegas war die SchmooCon, die morgen in Washington beginnen sollte, das weltweit zweitgrößte Treffen von Hackern, Codern und Whizz-Kids, die im stillen Kämmerlein versuchten, Sicherheitslücken in den Computersystemen von Behörden und Unternehmen aufzuspüren. Jack klickte sich auf die Seite mit den Terminen und kratzte sich am Kopf. Sein langes, blondes Haar und sein vom stundenlangen Hocken vor dem Computer blasses Gesicht ließen ihn jünger als siebzehn wirken. Jack hasste es, dass er zu klein für sein Alter war und von seinem Vater dessen lausbübisches Gesicht geerbt hatte, ebenso wie er seine hohe Stimme hasste, die manchmal immer noch so quäkte, als wäre er mitten im Stimmbruch. In den Hackerforen im Internet konnte niemand seine Stimme hören, und es interessierte auch keinen, wie man aussah. Hauptsache, man schrieb guten Code. Und Jack schrieb fantastischen Code.

Das Handy auf dem Fernseher klingelte abermals, hörte jedoch gleich wieder auf. Jack drückte an einem Pickel auf seiner linken Wange herum. Er brauchte nur in ein Flugzeug zu steigen, und schon blühte die Akne in seinem Gesicht auf wie Krokusse an einem warmen Frühlingstag.

»Dieses Applet wird ihnen gefallen«, sagte er laut, während er ein von ihm selbst geschriebenes Miniprogramm startete, das er auf seinem Red Hat Linux-System entwickelt hatte. Schon jetzt galt Jack Maxwell als einer der gewieftesten Hacker des G-OS, des neuen Betriebssystems für die Computer der US-Regierung, und im Forum waren die Leute über seinen neuen Workaround, mit dem man in praktisch jedes abgesicherte Intranet eindringen konnte, ganz aus dem Häuschen gewesen und hatten ihn zu der SchmooCon eingeladen, an der auch alle seine Vorbilder teilnahmen: In der Szene bestens bekannte Hacker, die ihm in den vergangenen Jahren übers Internet immer wieder an entscheidenden Punkten Hilfestellung geleistet hatten. Jack brannte darauf, diese Menschen endlich persönlich kennen zu lernen und zu sehen, wer hinter ihren geheimnisvollen Codenamen wirklich steckte. Wie sahen CoderBitch, Fret33X und MafiaGrrl wohl wirklich aus?

Bei MafiaGrrl interessierte das Jack ganz besonders. Sie war einer der Hauptgründe, weshalb er zur SchmooCon fuhr.

Leider hatte er für die Teilnahme an der Konferenz einen hohen Preis zu zahlen: Er musste eine ganze Woche mit seinem Vater verbringen. Diese Zeit wäre schon in der Wohnung seines Vaters in Maryland, wo Jack sich wenigstens in seinem Zimmer verkriechen konnte, nicht unproblematisch gewesen, aber mit seinem Vater ein kleines Hotelzimmer zu teilen ging wirklich an seine Schmerzgrenze. Aber was sollte Jack machen? Weder sein Vater noch seine Mutter hätte ihn alleine nach Washington fahren lassen, also musste er eben in den sauren Apfel beißen.

Sein Vater hatte extra wegen ihm das Zimmer in dieser muffigen Touristenfalle gebucht. »Da kannst du deinen Computerfreunden sagen, dass du in der Geburtsstätte des modernen Hacking übernachtest«, hatte er stolz verkündet. »Richard Nixon höchstpersönlich hat hier die Zimmer verwanzen lassen.«

Jack würde den Teufel tun und seinen Internetfreunden erzählen, dass sein Alter unter Hacking in Stehlampen versteckte Mikrofone verstand. Damit würde er sich bloß bis auf die Knochen blamieren.

Draußen prasselte der Regen gegen die Fensterscheiben des Hotels. Obwohl es kurz vor Mitternacht war, verspürte Jack, der immer noch auf Westküstenzeit eingestellt war, keine Müdigkeit. Sein Flug von Los Angeles war wegen der Gewitterstürme über der Ostküste mit zwei Stunden Verspätung auf dem Reagan International Airport gelandet. An Bord hatte er sich den zweiten Teil von Terminator III angesehen, mit seinem Nintendo gespielt und sich Strategien ausgedacht, mit denen er sich während der Woche in Washington am besten den bohrenden Fragen entziehen konnte, die ihm sein Vater so gerne stellte. Es waren ihm keine allzu vielversprechenden eingefallen.

Im Bad wurde das Wasser abgedreht, und die Stimme seines Vaters drang heraus. »Ich bin fertig. Möchtest du auch noch unter die Dusche?«

»Lässt du beim Duschen eigentlich immer die Tür auf?«, fragte Jack. »Du hast mit dem Wasserdampf das ganze Zimmer eingenebelt.«

Ben kam im Morgenmantel aus dem Bad, ein weißes Handtuch um den Kopf geschlungen. Sein Gesicht war knallrot.

»Du weißt doch, dass ich es in kleinen Räumen nicht aushalte«, sagte Ben. »Ich leide unter Klaustrophobie …«

»Du leidest nicht unter Klaustrophobie«, maulte Jack, »sondern du hast einfach eine Macke.«

Ben trat neben seinen Sohn und blickte durch die regennasse Scheibe hinaus. »Wenn das so weiter regnet, fällt das Spiel der Nats am Montag ins Wasser. Dabei hätte ich dir so gerne das neue Stadion gezeigt. Alles ist computergesteuert, und die LED-Wand kann sogar HD-Videos abspielen. Das würde dir bestimmt gefallen.«

»Wow! HD-Videos in einem Baseballstadion«, sagte Jack sarkastisch. »Der absolute Wahnsinn! Wie man sich an einem dämlichen Stadion nur so aufgeilen kann.«

Ben verzog das Gesicht. Er mochte es nicht, wenn sein Sohn solche Ausdrücke verwendete, sagte aber nichts, um die Stimmung nicht gleich am Anfang ihrer gemeinsamen Zeit kaputt zu machen.

»Ach ja?«, fragte er. »Noch vor ein paar Jahren hättest du alles getan, damit ich dich in ein solches Stadion mitnehme.«

»Damals war ich noch ein Kind, Dad. Inzwischen bin ich siebzehn, auch wenn du das offensichtlich nicht wahrhaben willst.«

»Ziemlicher Wolkenbruch da draußen«, sagte Ben, ohne auf Jacks patzige Antwort einzugehen. »Dass es ausgerechnet den Nationalfeiertag verregnen muss …«

»Weather.com sagt da was anderes.«

»Ich halte mich lieber an Marshall-Palmer.«

»Wer auch immer das sein mag.« Jack seufzte.

»Marshall-Palmer ist keine Person, das ist eine Gleichung, die die Größe der Regentropfen in Korrelation zur Niederschlagsintensität setzt. Große Tropfen bedeuten lang anhaltenden Regen.«

»Wie Herr Professor meinen«, sagte Jack und ging zurück an seinen Laptop. »Hast du dich eigentlich schon mal reden gehört? Du klingst wie ein Moderator im Discovery Channel. Kein Wunder, dass Mom dich verlassen hat.«

»Sie hat mich nicht verlassen«, knurrte Ben. »Wir haben uns einvernehmlich getrennt. Wer weiß, ob wir uns überhaupt scheiden lassen.«

»Das wird Tony bestimmt nicht gefallen.«

»Wieso Tony? Ich dachte, der heißt Henry.«

»Henry ist längst passé. Seit ein paar Monaten ist sie mit Tony Nesbitt zusammen.«

»Mit unserem Makler?« Ben musste lachen. »Der ist doch weit unter Emilys Niveau. Ich wette, dass der keinen Doktortitel aus Stanford hat.«

»Nein, aber er hat einen megageilen Porsche. Und wenn er mit einem redet, kommt man sich nicht vor wie in einer beschissenen Physikstunde.«

Jetzt platzte Ben doch der Kragen. Er wirbelte herum und sah seinen Sohn mit kalten Augen an. »Mag sein, dass deiner Mutter solche Ausdrücke nichts ausmachen, aber in meiner Gegenwart dulde ich sie nicht. Ist das klar?«

»Aye, aye, Sir«, sagte Jack und hob die Hand zu einem höhnischen Salut. »Da, schau!« Er deutete auf das Display seines Laptops. »Weather.com sagt, dass der Regen morgen aufhört. Du hast dich wieder mal geirrt, Herr Neunmalklug!«

Ben sagte nichts und sah den verpickelten Jungen, der vor ihm auf der Couch lümmelte, nur nachdenklich an.

»Wieso glotzt du mich so an?«, fragte Jack, dem das sichtlich unangenehm war.

»Warum vertragen wir uns nicht einfach?«, fragte Ben. »Wir haben noch eine ganze Woche vor uns. Und ich habe dich schon ewig nicht mehr gesehen …«

»Dad, ich bin siebzehn Jahre alt. Versuch doch wenigstens, mich wie einen erwachsenen Menschen zu behandeln. Schlimm genug, dass du meinen Babysitter spielen musst, bloß weil Mom und Tony auf dieser Kreuzfahrt sind. Ich möchte bloß zu meiner Konferenz, alles andere ist mir…«

»Auf was für einer Kreuzfahrt?«, unterbrach ihn Ben und drehte sich wieder zum Fenster, um hinaus in den Regen zu starren. »Sie hat mir erzählt, sie müsste beruflich verreisen.«

»Keine Ahnung, was sie dir erzählt, aber ich weiß, dass die beiden jetzt in der Karibik sind.«

Ben ließ es dabei bewenden. »Eines verstehe ich nicht«, sagte er, während er auf den vom Regen angeschwollenen Potomac hinunterblickte. »Das ganze Jahr über hältst du es mit deiner Mutter aus, aber sobald du bei mir bist, ziehst du ein Gesicht wie sieben Tage Regenwetter.«

»Was erwartest du denn, wenn du ständig an mir rummeckerst?«, gab Jack zurück, während er etwas in seinen Laptop tippte.

Ben rubbelte seine Haare trocken und dachte über das nach, was sein Sohn gesagt hatte.

»Und außerdem hast du ja sowieso keine Zeit für mich. Seit du mich vom Flughafen abgeholt hast, liest du in deinem blöden Bericht, und morgen verschwindest du damit im Büro.«

»Stimmt, aber danach bin ich mit der Sache fertig«, sagte Ben und deutete auf den dicken Band, der auf dem Bett lag. »Danach gehöre ich voll und ganz dir. Versprochen.«

»Warten wir's ab«, sagte Jack sarkastisch. »Kann gut sein, dass du bis dahin schon im Krankenhaus liegst. Du hast schon wieder so ein knallrotes Gesicht. Jede Wette, dass du einen irrsinnig hohen Blutdruck hast.«

»Unsinn. Das kommt vom Duschen«, erwiderte Ben. Er trat wieder ans Fenster und presste die Stirn an die kalte Glasscheibe.

»Für mich siehst du aus wie jemand, der jede Minute einen Herzinfarkt kriegen kann.«

»Jetzt übertreib nicht so.«

Jack ließ einen genervten Seufzer hören. »Na gut, dein Problem. Ich gehe jetzt runter in die Lobby«, verkündete er. »Die sollen da so einen Raum mit alten Videospielen haben.«

»Ich will nicht, dass du allein da runter gehst.«

»Reg dich ab, Dad. Das ist doch bloß eine Hotellobby. Da wird mir schon nichts passieren.«

Ohne eine Antwort abzuwarten, sprang Jack auf und lief aus dem Zimmer.

7

23:42 UHR
MARTHA F. BOWLAND MEMORIAL HOSPITAL, PEMBROKE, VIRGINIA

Atemlos erreichte Tammy Fader die Notaufnahme und verriegelte die doppelte Glastür, die hinaus ins Vestibül des Krankenhauses führte. Jede Sekunde, die sie dadurch gewinnen konnte, war wertvoll. Sie drehte sich um und wurde sofort von aufgeregten Patienten bestürmt, die alle wissen wollten, was da draußen los sei. Die Notaufnahme bot einen gespenstischen Anblick. Dicht an dicht standen aus anderen Stationen herbeigeschaffte Rollbetten, auf denen an Schläuche angeschlossene ältere Männer und Frauen lagen. Manche von ihnen röchelten leise vor sich hin, während ihnen Schwestern mit Mundschutz und Latexhandschuhen Infusionen legten und Spritzen gaben.

»Dr. Fader!«, rief eine der Schwestern und winkte sie zu einem der Betten. »Kommen Sie schnell! Wir haben hier einen akuten Herzstillstand.«

Tammy wandte sich ab. Es war zu spät. Dem Mann war ohnehin nicht mehr zu helfen. Keinem der Patienten hier war noch zu helfen. Sie musste tatenlos zusehen, wie ihr die Leute, denen sie vor ein paar Monaten mit dem Einsetzen eines revolutionären Herzpflasters eine neue Lebensperspektive eröffnet hatte, einer nach dem anderen wegstarben. Verzweifelt ließ sie ihren Blick durch den Raum schweifen und suchte nach einem Patienten, der noch ansprechbar war. Schließlich entschied sie sich für Hank Willis, der die Augen noch offen hatte und mit seiner Tochter sprach, die ihn ins Krankenhaus gebracht hatte. Hank war Mitte siebzig und hatte vor einem Jahr noch eine Lebenserwartung von wenigen Monaten gehabt. Dann hatte Tammy ihm eines der ersten CardioPatches eingesetzt, die man ihr im Rahmen der klinischen Studien zur Verfügung gestellt hatte. Hank hatte sich nach dem kleinen Eingriff wunderbar erholt und sogar mit Nordic Walking angefangen.

»Hallo Hank«, sagte Tammy, als sie an sein Bett trat. »Darf ich Sie was fragen?«

»Was ist mit uns los, Frau Doktor?«, gab Hank zurück und sah sie mit seinen vor Angst geweiteten, blauen Augen an. Sein Gesicht war so bleich wie eine Totenmaske.

»Ich weiß es nicht, Hank«, antwortete Tammy. Sie spürte, wie ihr plötzlich ganz heiß wurde. Ein seltsames Gefühl in der Brust nahm ihr fast den Atem. Hank war nicht mehr zu retten, das war ihr klar. Und trotzdem musste sie ihm jetzt ihre Frage stellen.

»Sie waren doch auch bei diesem Bingo-Nachmittag, Hank«, sagte sie. »War dort irgendetwas anders als sonst? Ist Ihnen irgendwas aufgefallen?«

Sie konnte ihm ansehen, dass er ihre Frage höchst überflüssig fand. »Eigentlich nicht«, sagte er mit matter Stimme.

»Wie war das mit den Shrimps?«, fragte Tammy. »Die anderen haben etwas von Shrimps erzählt, die möglicherweise verdorben waren.«

»Die hat der Sohn von Peter Brautigan mitgebracht«,

antwortete Hank. »Das war so eine Art Geburtstagsessen für seinen Vater. Geschmeckt haben sie aber ganz normal. Ich kenn' mich aus mit Shrimps. Die waren nicht verdorben.«

»Wie haben Sie die Shrimps gegessen?«, fragte Tammy ungeduldig. »War da noch eine Sauce dabei oder etwas anderes?«

»Nein«, antwortete Hank und schaffte trotz seines Zustands so etwas wie ein Lächeln. »Wir haben sie direkt aus der Tüte mit den Fingern gegessen. Das ist so ein Ritual von uns alten Knackern, seit Martin Bauman einmal …«

Hanks Tochter, die vor Sorge um ihren Vater ein hochrotes Gesicht hatte, unterbrach ihn. »Wieso stellen Sie meinem Vater solche Fragen?«, zischte sie Tammy Fader erregt an. »Helfen Sie ihm lieber! Sie sehen doch, dass es ihm schlecht geht.«

»Ja, das sehe ich«, sagte Tammy kraftlos. Sie hatte das Gefühl, als würde ihr selbst alle Energie entzogen. Irgendwie mussten sich diese Männer binnen kurzer Zeit mit einem höchst aggressiven Virus angesteckt haben, und sie wusste immer noch nicht, auf welchem Weg das geschehen war. Konnte es sein, dass jemand die Shrimps absichtlich mit dem Virus verseucht hatte? Aber wie? Und warum?

Von draußen waren auf einmal laute Schreie zu hören, unterbrochen von einer bellenden Kommandostimme. Aufgeregtes Rufen folgte und schließlich knallte ein Schuss, der von den Wänden des Krankenhausvestibüls gespenstisch widerhallte. Tammy hielt den Atem an, und es schien ihr, als würde für einen kurzen Augenblick die Zeit angehalten. Eine gespenstische Stille lag über der Notaufnahme. Das Keuchen, Röcheln und Weinen verstummte, und das Gurgeln der Sauerstoffgeräte und das Piepsen der Herzmonitore waren für eine Sekunde lang die einzigen Geräusche, die an ihr Ohr drangen.

Und dann brach die Hölle los. Die Glastür zur Notaufnahme zerbarst mit einem lauten Knall, und einen Augenblick lang war ein neongelber Marsmensch zu sehen, der mit dem Kolben seines Schnellfeuergewehrs die Scheibe eingeschlagen hatte. Als Nächstes flog ein metallischer Gegenstand in den Raum und klapperte mit einem gespenstischen Geräusch auf dem Fliesenboden herum, wo er ein beißendes Gas verströmte, das sogleich in dichten Schwaden den Raum erfüllte. Patienten und Angehörige schrien aufgeregt durcheinander, Infusionsständer fielen um, und Männer mit Gasmasken drängten in den überfüllten Raum. Während eine krächzende Megafonstimme etwas von einer Maßnahme der Seuchenschutzbehörde verkündete, presste sich Tammy eine Hand vor Mund und Nase und rannte los. Ihre Augen tränten so sehr, dass sie die hintere Tür der Notaufnahme kaum erkennen konnte. Als sie sie erreicht hatte, schlug sie sie hinter sich zu und legte den Riegel vor. Die Tür würde die Männer kaum lange aufhalten, aber vielleicht blieb Tammy noch Zeit, einen Anruf zu machen.

Mit zitternden Händen holte sie ihr Mobiltelefon aus der Tasche ihres Arztkittels und tippte halb blind auf die Taste für die Wahlwiederholung.

»Geh ran, Ben«, flüsterte sie mit heiserer Stimme. »Bitte geh ran!«

8

23:58 UHR
NATIONAL SHRINE, WASHINGTON, DC

Schwer atmend saß der Samariter in dem gelben Taxi und blickte durch die von innen beschlagene Windschutzscheibe hinauf zu dem mächtigen, schwarzen Klotz der Basilika. Gerade als er den toten Fahrer unter einen Rhododendronbusch gezerrt hatte, war oben eine Tür geöffnet worden und ein Lichtstrahl hinaus in die Nacht gedrungen. Der Samariter hatte den Leichnam einfach liegen gelassen und war zurück zu dem Taxi geeilt. Kaum hatte er sich hinter das Steuer gesetzt, kam durch den Schleier des Regens eine Gestalt im schwarzen Regenmantel die Steinstufen herab. Es war ein untersetzter Mann, dessen weißer Stehkragen und steifer Hut auf den ersten Blick verrieten, dass er ein Priester war. Monsignore Lee Vada wischte sich die Regentropfen von den Gläsern seiner Brille und ging schnurstracks auf das Taxi zu, das er bestellt hatte. Es wartete mit laufendem Motor am Fuß der Treppe auf ihn, und Vada wunderte sich, dass der Fahrer nicht ausstieg und ihm die Tür aufhielt. Normalerweise wussten die Fahrer, was sie hohen Geistlichen schuldig waren, aber vielleicht war heute ja eine Aushilfe gekommen, die nicht wusste, wen sie da abholte. Am Ende ist es auch noch ein Moslem, dachte Vada, als sein Blick auf den Rhododendron direkt neben der

Südwand der Basilika fiel. Unter den rosa Blüten, die im Licht der Straßenlaternen fast orange wirkten, ragte ein menschlicher Arm hervor. Wahrscheinlich war das wieder einer von diesen Obdachlosen, die sich häufig in der Nähe der Kirche aufhielten und nachts in den Anlagen ihren Rausch ausschliefen. Es gab ja leider viel zu viele von ihnen, und es wurden immer mehr. Ein Jammer, was der Alkohol aus den Menschen machte.

Dieser hier musste allerdings ganz schön betrunken sein, wenn er selbst von diesem starken Regen nicht aufwachte, dachte Vada und überlegte kurz, ob er zu dem Gebüsch gehen und den Mann aufwecken sollte, aber dann entschied er sich doch dagegen. Es war spät, und Vada wollte nach Hause. Er hatte einen langen Tag hinter sich, und morgen musste er wieder früh aufstehen. Falls der Mann morgen noch immer da liegt, rufe ich beim Obdachlosenasyl an, dachte er.

Der Samariter grinste erleichtert, als er sah, wie Vada mit raschen Schritten auf ihn zu kam. Als der Geistliche kurz innegehalten und hinüber zu dem Gebüsch mit dem toten Taxifahrer geblickt hatte, hatte er sich schon innerlich darauf vorbereitet, ihn hier, am Fuß der Basilika zu töten, auch wenn ihm das überhaupt nicht recht gewesen wäre. Als ranghoher Vertreter einer verderbten Priesterkaste, die das Erbe Petri permanent mit Füßen trat und in den Sumpf gottloser Sünde zog, hatte er einen anderen Tod verdient als der unglückliche Taxifahrer, einen langsameren, bewussteren und sehr viel schmerzhafteren.

9

23:59
WATERGATE HOTEL, WASHINGTON, DC

Ben saß im Badezimmer auf der Kloschüssel und nahm einen gierigen Zug aus seiner gerade angezündeten Marlboro-Menthol-Zigarette. Er hatte dabei ein schlechtes Gewissen, und Jack würde sicher riechen, dass er wieder geraucht hatte, aber er brauchte das Nikotin jetzt einfach. Jack wusste ja gar nicht, wie Recht er hatte. Ben musste wirklich mehr auf seine Gesundheit achten. In den vergangenen Jahren hatte er sich aus Frust und Stress gute zwanzig Kilo Übergewicht angefressen, hatte wieder mit dem Rauchen angefangen und kam trotz guter Vorsätze so gut wie nie dazu, Sport zu machen. Seit einem halben Jahr nahm er regelmäßig Betablocker, um seinen Blutdruck zu senken, aber trotzdem schnaufte er beim Treppensteigen wie ein alter Mann. Sein Arzt sagte, er müsse unbedingt seinen beruflichen und privaten Stress abbauen, abnehmen und mit dem Rauchen aufhören, aber der Arzt hatte leicht reden.

Angeekelt von seiner eigenen Willensschwäche warf Ben die halbgerauchte Zigarette ins Klo und betätigte die Spülung. Dann verließ er das Bad, ließ sich im Bademantel auf das Bett fallen, und starrte hinauf zur Zimmerdecke. Was machte er nur falsch mit Jack, dass sein Sohn überhaupt kein Vertrauen zu ihm hatte. Es ausschließlich darauf zu schieben, dass Emily den Jungen systematisch gegen ihn aufhetzte, war zu einfach und brachte ihn nicht weiter. Ben drehte sich auf die Seite, griff nach seinem Handy und sah sich das Display an. ZWEI NEUE NACHRICHTEN.

Während er seine Mailbox anrief, ließ Ben den Blick durch das Zimmer schweifen, in dem Jacks achtlos hingeworfene Kleidungsstücke herumlagen. Auf dem Boden sah er ein Paar verschwitzte, weiße Sportsocken, und über der Armlehne des Sessels hing ein knallgrünes T-Shirt, auf dem in aus Blättern und Lianen geformten Buchstaben die Worte »RONDÔNIA, AMAZONAS« standen. Dieses T-Shirt hatte Ben seinem Sohn vor etlichen Jahren geschenkt, als Jack ihn in seinem Labor mitten im Regenwald Amazoniens besucht hatte. Ben war damals für eine Pharmafirma namens ChemGen tätig gewesen, und der Job hätte ihn fast das Leben gekostet. Dass sein Sohn ausgerechnet dieses T-Shirt mit nach Washington genommen hatte, ließ ein warmes Glücksgefühl in ihm hochkommen. Auch wenn Jack ihm ständig widersprach und patzige Antworten gab, schien ihm offenbar doch etwas an seinem Vater zu liegen.

Ben hielt sich das Handy ans Ohr und klickte sich zur ersten Nachricht auf seiner Mailbox durch.

»Ben, wo steckst du?«, hörte er eine Frauenstimme fragen, die er nur mit Mühe als die von Tammy Fader erkannte. »Hier in Pembroke ist irgendwas ganz Seltsames los«, sagte sie aufgeregt ins Telefon, während im Hintergrund laute Sirenen zu hören waren. »In der letzten halben Stunde sind hier zehn alte Leute eingeliefert worden, und es werden immer mehr. Sie sagen, sie hätten schlechte Shrimps gegessen, aber in Wirklichkeit haben sie alle Symptome einer akuten Aortenruptur. Und was mir echt Sorgen macht: Die

Leute waren alle Testpatienten für euer Herzpflaster! Wenn du kannst, ruf mich sofort an. Da stimmt was nicht! Ich muss jetzt auflegen, sie bringen schon wieder einen!«

Während eine mechanische Stimme ungerührt die zweite Nachricht ankündigte, spürte Ben, wie ihm ganz heiß wurde. Tammy Fader arbeitete als Oberärztin in einer kleinen, aber angesehenen Klinik in einer ländlichen Gegend Virginias. Neben der medizinischen Versorgung der örtlichen Bevölkerung hatte sich die Klinik auf Herzchirurgie spezialisiert und wurde von der FDA hin und wieder mit der Durchführung von Studien für neue Medikamente oder medizinische Hilfsmittel beauftragt. Erst vor zwei Monaten hatte Tammy Fader der FDA einen ausführlichen Bericht über ein gutes Dutzend älterer Patienten zukommen lassen, denen sie in ihrer Klinik Versuchsmuster von CardioPatch eingesetzt hatte. Die Eingriffe waren alle bemerkenswert problemlos verlaufen, und der Zustand der Patienten hatte sich durch das Herzpflaster in kürzester Zeit erheblich verbessert. Es waren Studien wie diese, die die Grundlage für die positive Bewertung von CardioPatch seitens der FDA bildeten.

Und jetzt behauptete eine Ärztin, die mit dem Herzpflaster besser vertraut war als viele andere, dass damit etwas nicht stimmte. Was konnte sie damit meinen? Bisher waren alle Studien, nicht nur die von Tammy Fader, sehr vielversprechend gewesen, bei keinem der Patienten hatte es irgendwelche Komplikationen gegeben, und bei den meisten waren die Herzbeschwerden signifikant zurückgegangen. Es schien so, als wäre CardioPatch einer von den ganz großen Durchbrüchen in der Kardiologie, der zudem nur den Bruchteil einer Operation am offenen Herzen mit anschließendem mehrwöchigem Krankenhausaufenthalt kostete. Angesichts der Tatsache, dass jeder dritte Amerikaner ein Loch oder einen Riss in der Aorta hatte, war ein Heilmittel, das solche Defekte mit minimalem Aufwand dauerhaft beseitigte, ein wahrer Segen – und natürlich auch eine Goldgrube für seinen Hersteller, falls die FDA es genehmigte. Und jetzt sollte CardioPatch auf einmal nicht in Ordnung sein? Ben schüttelte ungläubig den Kopf.

Auch die zweite Nachricht auf Bens Mailbox war von Tammy und so erschreckend, dass Ben am ganzen Körper Gänsehaut bekam »Ben?«, schrie sie atemlos ins Telefon. »Wo bist du bloß? Die Patienten mit dem Herzpflaster sterben mir unter den Händen weg! Und die Shrimps waren nicht verdorben, das habe ich schon herausgefunden! Trotzdem ist es möglich, dass die Todesfälle etwas mit diesen Shrimps zu tun haben. Vielleicht waren sie mit einem Virus verseucht, auf das euer Herzpflaster irgendwie reagiert. Du darfst CardioPatch nicht zulassen, bevor diese Sache aufgeklärt ist, hast du mich verstanden? Melde dich, verdammt nochmal, ich muss …« Dann brach die Verbindung abrupt ab.

Ben blickte auf das Display seines Handys. Beide Anrufe mussten hereingekommen sein, als er unter der Dusche stand. Zwischen dem ersten und dem zweiten waren gerade einmal sieben Minuten vergangen. Er tippte die Kurzwahltaste mit Tammys Nummer und wartete. Das Telefon klingelte ein halbes Dutzend Mal, dann hörte er eine Stimme sagen: »Dieser Anschluss ist vorübergehend nicht erreichbar. Versuchen Sie es zu einem späteren Zeitpunkt wieder.«

In Bens Magengrube machte sich eiskalte Beklemmung breit. Was war bei Tammy nur los? Vermutlich war sie viel zu beschäftigt, um ans Telefon zu gehen. So schnell er konnte, fuhr er in seine Kleider, die er ordentlich über einen Stuhl vor dem Badezimmer gelegt hatte, schnappte sich seinen Bericht und eilte nach unten in die Lobby, um Jack zu sagen, dass er dringend wegmusste.

CARDIOPATCH

SAMSTAG, 2. JULI 2011

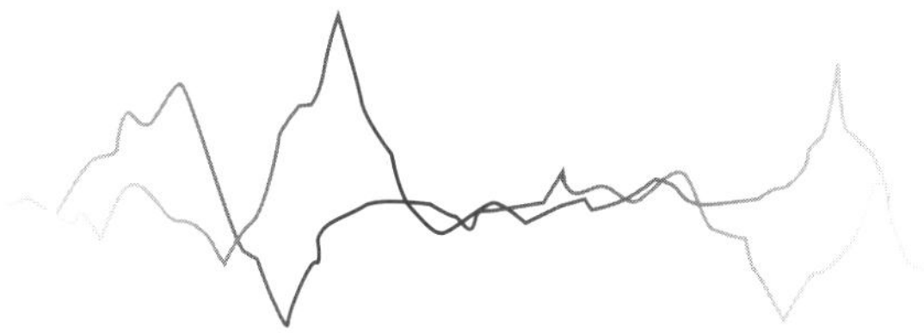

10

07:33 UHR
ZWEIGSTELLE DER FDA, WASHINGTON, DC

Wo zum Teufel steckst du nur, Tammy?

Ben saß in einem Konferenzraum der Washingtoner Zweigstelle der FDA vor einem Computer und rieb sich die schmerzende Brust. Seit er Tammys Nachrichten auf seiner Mailbox gehört hatte, spürte er einen seltsamen Druck unter den Rippen, der ganz schwach in den linken Arm ausstrahlte. Herzrhythmusstörungen, dachte er. Kein Wunder, wenn man die ganze Nacht über kein Auge zugetan hatte. Wieder und wieder hatte er sich auf dem Computernetzwerk der Arzneimittelbehörde, auf der sämtliche laufenden und abgeschlossenen Genehmigungsverfahren gespeichert waren, die Daten der Patienten angesehen, die an den klinischen Versuchen für CardioPatch teilgenommen hatten. Er hatte sie unter allen möglichen Aspekten betrachtet und miteinander verglichen, war aber auf keine einzige Information gestoßen, die auf eine Unverträglichkeit von CardioPatch mit irgendwelchen bekannten Viren hingewiesen hätte. Wie alle zuzulassenden medizinischen Hilfsmittel war das Herzpflaster bei der FDA sowie von unabhängigen Vertragslabors auf Reaktionen mit einer großen Anzahl von Arzneimitteln, Umweltgiften, Krankheitserregern und anderen Pathogenen untersucht worden. Alle diese Tests hatte CardioPatch mit

Bravour bestanden, kein einziger der Messwerte, die Ben einen nach dem anderen noch einmal durchging, ließ auch nur den leisesten Verdacht erkennen, dass etwas mit dem Herzpflaster nicht in Ordnung war. Zwischen seinen Nachforschungen hatte Ben jede halbe Stunde versucht, Dr. Tammy Fader über die Telefonnummer des Krankenhauses und über ihr Handy zu erreichen, aber alle Leitungen waren tot, und Ben machte sich immer größere Sorgen um sie.

Tammy war eine gewissenhafte Frau, die ihren Beruf als Ärztin sehr ernst nahm. Ben wusste das genau, denn er hatte im vergangenen Jahr eine längere Affäre mit ihr gehabt, die schließlich daran zerbrochen war, dass Ben die Scheidung von Emily immer noch nicht ganz verwunden hatte. Während der drei Monate, in denen Tammy bei ihm gewohnt hatte, hatte sie ihm jedes Mal, wenn sie in seiner Abwesenheit die Wohnung verlassen hatte, einen Zettel auf den Küchentisch gelegt. »Muss ins Krankenhaus«, »Bin bei meiner Mutter«, »Eine alte Freundin hat angerufen, wir treffen uns auf einen Kaffee bei Freddie's«. Als Ärztin und Herzspezialistin war es ihr in Fleisch und Blut übergegangen, dass sie für Freunde, Familie und Patienten immer erreichbar war.

Und ganz besonders für Ben.

Ben hatte immer geglaubt, dass er und Tammy ein fantastisches Paar abgeben würden, aber Tammy hatte es letzten Endes nicht ertragen, dass er sich ständig mit seiner Ex-Frau um Jack und andere Dinge zankte. Jetzt, wo sie sich nach Monaten wieder bei ihm gemeldet hatte, spürte er auf einmal, wie wichtig sie ihm war und wie sehr er sie vermisste. Ich werde mit Emily Klarheit schaffen, dachte er in seinem übernächtigten Zustand, in dem er seine Gefühle nicht so gut unterdrücken konnte wie sonst, und dann werde ich meinen Job bei der FDA an den Nagel hängen und zu Tammy in den Süden ziehen, wenn sie mich noch haben will. Wer weiß, vielleicht bewerbe ich mich sogar um einen Job an ihrem Krankenhaus.

Tammy hatte auf eine ihm unerklärliche Weise einen Narren an ihm gefressen, die Ben auch jetzt noch schmeichelte, wenn er nur daran dachte. Wie hatte sie immer gesagt? »Du bist der ideale Fang für geschiedene Frauen, die immer noch super aussehen, aber sich zu schade dafür sind, in Single-Bars herumzuhängen.«

Ben musste lächeln, wenn er daran dachte. Tammy sagte immer gerade heraus, was sie dachte. Dafür hatte er sie ganz besonders gemocht. Warum, verdammt nochmal, konnte er sie jetzt nicht erreichen?

Etwas in Pembroke war faul, das spürte er genau, und es hatte mit CardioPatch zu tun. Wie hatte Tammy gleich nochmal gesagt? »Die Patienten mit dem Herzpflaster sterben mir unter den Händen weg.«

Das Telefon neben dem Computer klingelte und riss Ben aus seinen Gedanken. Auf dem Display des Apparats konnte er den Namen der Anruferin lesen. Es war Nancy DeLuca, seine direkte Vorgesetzte und Leiterin der Abteilung für medizinische Hilfsmittel bei der FDA. Ben hatte ihr im Lauf der Nacht ein halbes Dutzend Nachrichten auf ihrer Mailbox hinterlassen.

»Was gibt's Ben?«, fragte sie anstatt einer Begrüßung. »Was ist los mit CardioPatch?«

Nancy DeLuca war fünfzehn Jahre jünger als Ben und eine knallharte Karrierefrau, die auch über Leichen ging, wenn sich jemand ihrem kometenhaften Aufstieg in den Weg stellte. Niemand hatte es je schneller zur Abteilungsleiterin gebracht, und es war in der Behörde ein offenes Geheimnis, dass sie es auf den Posten von Dr. Martin Larrick, dem Chef der FDA, abgesehen hatte. Hinter vorgehaltener Hand erzählte man sich, DeLuca habe Rückendeckung von einflussreichen Kreisen in der Politik.

»Schießen Sie los, Ben«, ließ sich ihre kühle, geschäftsmäßige Stimme vernehmen. »Ich habe nicht den ganzen Vormittag Zeit.«

»Wir müssen die Zulassung von CardioPatch aussetzen, Nancy«, sagte Ben. »Heute Nacht ist etwas geschehen, das möglicherweise ein gänzlich neues Licht auf das Herzpflaster wirft.«

»Ach ja?« Man konnte DeLuca deutlich anhören, dass sie eigentlich keine Lust hatte, sich irgendwelche wie auch immer gearteten Komplikationen anzuhören.

»Ich kann es unmöglich genehmigen. Das wäre verantwortungslos.«

»Es ist Ihnen aber durchaus bewusst, dass wichtige Leute ein großes Interesse an der Zulassung von CardioPatch haben, oder?«

Wenn einer das weiß, dann ich, dachte Ben. Immer wieder hatte es Anfragen aus dem Gesundheitsministerium gegeben, wann denn die Tests des Herzpflasters endlich abgeschlossen wären. So etwas passierte normalerweise nur bei politisch wichtigen Medikamenten wie zum Beispiel dem Impfstoff gegen die Schweinegrippe, oder wenn hinter einem Arzneimittel massive Interessen mächtiger Lobbyisten standen. Im Fall von CardioPatch dürfte es wohl eher Letzteres sein, dachte Ben.

»Lassen Sie mich doch erst einmal erklären, was los ist …«, sagte er.

»Sie haben zwei Minuten.«

Ben holte tief Luft. »Heute Nacht hat mich Dr. Tammy Fader angerufen«, sagte er. »Sie hat im Krankenhaus von Pembroke klinische Studien mit dem Herzpflaster angestellt …«

»Ich habe Dr. Faders Berichte gelesen«, unterbrach ihn DeLuca. »Sie hat CardioPatch doch in den höchsten Tönen gelobt.«

»Aber da hatte es in Pembroke auch noch keine Massenepidemie von aufgeplatztzten Herzschlagadern gegeben, an denen mehrere Menschen gestorben sind.«

»Wie bitte?«

Ben erzählte Nancy DeLuca von Tammys Nachrichten auf seiner Mailbox. Seine Vorgesetzte hörte sich die Geschichte an, ohne ihn zu unterbrechen, und sagte dann: »Sie haben Recht, Ben, das ist eine höchst bedenkliche neue Entwicklung. Ich werde der Sache nachgehen. Aber machen Sie trotzdem mit der Zulassung von CardioPatch weiter wie geplant. Schließlich besteht immer noch die Möglichkeit, dass die Patienten tatsächlich einer Lebensmittelvergiftung erlegen sind. Ich melde mich bei Ihnen, wenn ich etwas Konkretes in Erfahrung gebracht habe.«

»Nancy, in Pembroke ist es möglicherweise zum Ausbruch eines Virus gekommen, das für alle Patienten mit CardioPatch eine tödliche Gefahr darstellt. Das können wir doch nicht einfach ignorieren!«

»Jetzt machen Sie mal halblang, Ben. Ihr eigenes Team hat dieses Herzpflaster auf alle möglichen und unmöglichen Viren getestet, und alles war in Ordnung. Oder wollen Sie mir vielleicht sagen, dass Sie schlampig gearbeitet haben?«

»Und wenn es sich um ein bisher unbekanntes Virus handelt?«

»Dann ist die Seuchenschutzbehörde dafür verantwortlich. Mit der werde ich mich in Verbindung setzen, aber Ihr Job ist es, mit der Zulassung von CardioPatch weiterzumachen, bis Sie etwas Gegenteiliges von mir hören. Ansonsten möchte ich die Unterlagen von Ihnen persönlich unterschrieben morgen früh auf dem Schreibtisch haben. Haben wir uns verstanden?«

»Und wenn ich die Zulassung nicht unterschreiben *kann*?«

»Das ist Ihre Entscheidung, Ben. Sie haben bis heute Abend Zeit, sie mir mitzuteilen. So, und jetzt müssen Sie mich entschuldigen, ich habe wichtigere Dinge zu tun.«

Ben hörte ein Klicken und dann einen durchgehenden Ton. DeLuca hatte einfach aufgelegt. Ben fuhr sich mit der Hand durch seine grau melierten Haare und kontrollierte reflexhaft die Schultern seines dunkelblauen Hemds auf Schuppen. Da waren keine.

Er versuchte, seine Wut auf Nancy hinunterzuschlucken. Sie machte auch nur ihren Job, und wahrscheinlich saß ihr wieder einmal irgendein Politiker im Nacken, dem die Pharmalobby seinen Wahlkampf sponserte. Ben wusste, dass der Markt für künstliche Herzpflaster ein gigantisches Geschäft war und dass die Firma, die als erste ein serienreifes, von der FDA zugelassenes Exemplar verkaufen konnte, einen entscheidenden Vorsprung vor ihren Wettbewerbern haben würde. Kein Wunder also, dass auf die zuständige Abteilungsleiterin bei der Arzneimittelbehörde von Seiten der Industrie und der Politik enormer Druck ausgeübt wurde. Im Haifischbecken der Pharmaindustrie kämpfte jeder ums Überleben.

Hinzu kam, dass sich in der Öffentlichkeit zunehmend der Eindruck breitmachte, die FDA würde ihr Medikamente und medizinische Hilfsmittel, auf die viele Menschen große Hoffnungen setzten, länger als unbedingt nötig vorenthalten. Wer jeden Tag damit rechnen musste, dass ihn ein Riss in einer mürbe gewordenen Aorta das Leben kostete, hatte kein Verständnis dafür, wenn eine übervorsichtige Gesundheitsbürokratie das für ihn lebenswichtige Implantat nicht genehmigte.

Trotzdem konnte Ben erst dann seine Unterschrift unter eine Genehmigung setzen, wenn auch die letzten Zweifel an der Unbedenklichkeit eines Produkts ausgeräumt waren. Er schaute aus dem Fenster und sah, wie die ersten Angestellten mit Aktentaschen und Coffee to go in den Händen auf das Bürogebäude zu gingen. Bald würde es hier laut und geschäftig zugehen, und Ben würde seinen Platz am Computer für irgendeine morgendliche Besprechung räumen müssen.

Er griff nach seinem Handy und probierte es noch einmal ohne Erfolg auf beiden Telefonnummern von Tammy. Dann zog er kurz entschlossen die Tastatur heran und tippte eine längere E-Mail, die gut und gerne seine letzte Mail als Mitarbeiter der FDA sein konnte. E-Mails waren doch die perfekte Rache, denn wenn sie erst einmal abgeschickt waren, führten sie auf irgendwelchen Servern quasi ein ewiges Leben. Als Ben mit der Mail fertig war, las er sie noch einmal durch, tippte als Empfänger »Dr. Martin Larrick« ein und drückte auf »SENDEN«.

11

8:41 UHR
HAUPTSITZ DER FDA, ROCKVILLE, MARYLAND

Im dreizehnten Stock der FDA-Zentrale in Rockville beugte sich Commissioner Dr. Martin Larrick über seinen Schreibtisch und nahm sich aus einer Porzellanschale eine Handvoll Erdnüsse. Er musste nachdenken, und die Erdnüsse halfen ihm dabei. Sie kamen von der Farm seines Vaters in Texas, und wenn er sie langsam zerbiss und die salzigen Bröckchen in seinem Mund hin und her bewegte, kamen ihm schemenhafte Bilder einer glücklichen Kindheit in den Sinn. Nichts ließ ihn besser die Probleme der Gegenwart lösen als diese sanfte Erinnerung an eine Vergangenheit, in der alles noch sehr viel einfacher gewesen war.

Der Chef der Arzneimittelbehörde lehnte sich in seinem ledernen Drehsessel zurück, verschränkte die Hände hinter dem Kopf und dachte noch einmal über die E-Mail nach, die vor einer halben Stunde hereingekommen war.

Eigentlich mochte Larrick es nicht, wenn Mitarbeiter, die irgendwelchen Ärger mit ihren Vorgesetzten hatten, sich direkt an ihn wandten. Sicher, diese Mitteilungen waren – wenn man sie richtig zu lesen verstand – ein ziemlich gutes Barometer für die Stimmung in den Teilbereichen der weit verzweigten Behörde, aber dennoch war Larrick der Auffassung, dass die einzelnen Abteilungen ihre Probleme tunlichst selbst lösen sollten. Diese Mitteilung aber war etwas anderes als die üblichen »Mein-Chef-war-so-ungerecht-zu-mir«-Mails. Sie hatte Hand und Fuß und enthielt zudem konkrete Fakten, die Larrick zutiefst beunruhigten.

Von: Ben Maxwell <ben_maxwell@fda-cdrh.gov>
Betreff: Biometrix CardioPatch
Datum: 02.07.2011 07:38:41 EST

Dr. Larrick, wie Sie vielleicht inzwischen schon erfahren haben, hatte ich heute früh eine fachliche Auseinandersetzung mit meiner direkten Vorgesetzten, Dr. Nancy DeLuca. Ich habe Dr. DeLuca mitgeteilt, dass ich die von mir erwartete Unterschrift unter die Zulassungsbestätigung für CardioPatch der Firma Biometrix bis auf Weiteres nicht leisten kann.
Ich möchte Ihnen im folgenden meine Gründe für diese Weigerung erläutern, da sich aus ihnen möglicherweise weitreichende Folgen für die Gesundheit der Patienten ergeben könnten, denen CardioPatch bereits eingesetzt wurde oder denen es in Zukunft eingesetzt wird.

In der vergangenen Nacht habe ich von einer befreundeten Ärztin erfahren, dass mehrere Personen, denen im Rahmen der klinischen Studien Versuchsmuster von CardioPatch implantiert worden sind, innerhalb weniger Stunden in die Klinik von Pembroke eingeliefert wurden. Sie glaubten, verdorbene Lebensmittel gegessen zu haben, aber die Ärztin hat an ihnen Symptome einer akuten Aortenruptur diagnostiziert. Mehrere dieser Personen sind offenbar verstorben, und der Verdacht liegt nahe, dass ein Zusammen-

hang zwischen ihrem Tod und dem Implantat CardioPatch besteht.
Leider hat die Ärztin mir nur auf die Mailbox gesprochen, und meine Rückrufe bei ihr blieben bisher erfolglos. Sobald ich weitere Informationen habe, lasse ich sie Ihnen unverzüglich zukommen.
Ich halte es für meine Pflicht, Ihnen diese E-Mail zu schreiben. Auch wenn Dr. DeLuca anderer Meinung ist, darf CardioPatch erst dann genehmigt werden, wenn die Vorfälle in Pembroke restlos aufgeklärt sind.

Mit freundlichen Grüßen
Ben Maxwell

»Sieh mal einer an«, murmelte Larrick leise vor sich hin. »Ein verdorbenes Lebensmittel, das Herzanfälle verursacht. Sieht eher danach aus, als wäre im Fernsehen wieder einer von diesen Psychokrimis gelaufen, die die alten Leute reihenweise in Angst und Schrecken versetzen. Aber man kann ja nie wissen …«

Dann griff er zum Telefonhörer und tippte auf die Gabel, bis sich seine Sekretärin meldete.

»Margie, machen Sie mir bitte eine Verbindung zu Dr. Browning bei der Seuchenschutzbehörde. Ja, vielen Dank, ich warte.«

Er nahm sich noch ein paar Erdnüsse und biss ganz sanft darauf, so dass sie mit einem kaum hörbaren Knacken in seinem Mund zerbröselten. Seltsam, dass die Dinger »Virginia Jumbos« hießen, obwohl sie doch aus Texas stammten.

Es dauerte ein paar Minuten, bis Margie den Direktor der Seuchenschutzbehörde an der Strippe hatte. Er war ein aufstrebender, ehrgeiziger Mann, der erst letztes Jahr auf seinen Posten gekommen war und nicht den Stallgeruch seines Vorgängers hatte, mit dem Larrick eng befreundet gewesen war. Als Larrick ihn fragte, ob er irgendwelche Meldungen aus einem Ort namens Pembroke habe, fing er an zu mauern und versuchte seinerseits in Erfahrung zu bringen, was er, Larrick, denn über Pembroke wisse.

Es war ein unerfreuliches Telefonat, wie es nur zwischen den Mitarbeitern zweier Behörden stattfinden kann, die ständig darauf lauern, der anderen einen Fehler nachweisen zu können. Larrick, der dieses Spiel besser beherrschte als sein jüngerer Kollege, konnte schließlich einen Sieg nach Punkten verbuchen.

Er dürfe ihm eigentlich überhaupt nichts sagen, meinte Browning, nachdem Larrick einige geschickte Vorstöße gemacht hatte, aber möglicherweise habe es in einem Krankenhaus in Roanoke County den Ausbruch eines bisher noch nicht identifizierten Virus der Gefahrenstufe vier gegeben. Alles weitere unterliege strengster Geheimhaltung, und wenn Larrick mehr über die Sache wissen wolle, müsse er sich an die Gesundheitsministerin wenden. Larrick versuchte trotzdem, dem Mann weitere Informationen zu entlocken, indem er ihn auf die immense Bedeutung hinwies, die die Vorfälle von Pembroke für die Zulassung von CardioPatch hätten, aber vergebens. Die Geheimhaltung sei ein Befehl von ganz oben, da könne er auch nichts machen.

»Verdammter Sesselfurzer«, knurrte Larrick, nachdem Browning das Gespräch mit dem Hinweis, er müsse gleich in eine wichtige Sitzung, abrupt beendet hatte. Diese jungen

Bundesbeamten waren lebende Dienstvorschriften in Anzug und Krawatte, die nichts anderes als ihre Karriere im Kopf hatten. Für wen hielt dieser Grünschnabel sich eigentlich? Einen alten Hasen wie Larrick konnte man doch nicht einfach so auflaufen lassen. Larrick hatte Verbindungen, von denen dieser Jungspund nur träumen konnte! Er hatte zahlreiche Freunde in allen Bereichen des amerikanischen Gesundheitswesens und mindestens ebenso viele Leute, die ihm noch einen Gefallen schuldeten. Es würde vielleicht ein wenig dauern, aber über kurz oder lang würde Martin Larrick herausfinden, was in Pembroke geschehen war, ob das dem Direktor der Seuchenschutzbehörde nun gefiel oder nicht. Dazu brauchte er nur ein paar Strippen zu ziehen und ein paar Telefonate zu führen. Und keine E-Mails schreiben, dachte er grimmig. Denn E-Mails hinterließen Spuren, die man nie ganz beseitigen konnte.

Larrick schluckte die Erdnüsse, die er mit seinen Backenzähnen zu einem sämigen, süß-salzigen Brei zermahlen hatte, hinunter und griff abermals zum Telefonhörer.

12

08:55 UHR

LAKE BARCROFT, VIRGINIA

Der schwarze Mercedes raste weit über der zulässigen Höchstgeschwindigkeit den Crosswoods Drive entlang, diese stille, von Bäumen gesäumte Wohnstraße in Lake Barcroft bei Washington, wo die Reichen und Mächtigen der amerikanischen Führungselite in palastartigen Anwesen residierten.

Senatorin Kathleen Neal war spät dran. Mit ihren einundfünfzig Jahren brauchte sie bedeutend länger als früher, um sich am Morgen für den Tag herzurichten. Und wenn sie am Vormittag auch noch ein Fernsehinterview geben sollte, verbrachte sie besonders viel Zeit vor dem Schminkspiegel. Die hochauflösenden Objektive der modernen HD-Kameras zeigten gnadenlos jede noch so kleine Falte, jede Hautunreinheit, jede geplatzte Ader im Gesicht. Und gerade jetzt, wo sie im Fokus der nationalen Öffentlichkeit stand, musste Kathleen Neal aussehen wie ein Hollywoodstar, wenn nicht besser. Das brauchte nun mal seine Zeit. Zeit, die sie jetzt aufholen musste.

Obwohl die Straße nass war, trat sie aufs Gaspedal und lenkte den schweren Wagen um eine sanfte Kurve, während sie in der Handtasche auf dem Beifahrersitz nach ihrem Blackberry suchte. Sie musste ihrem persönlichen Assistenten sagen, dass sie sich ein wenig verspäten würde. Wo versteckte sich das blöde Handy denn schon wieder? Als sie es ertastet hatte, war es schon zu spät.

MIST!

Sie hörte einen weichen, dumpfen Schlag gegen den rechten Kotflügel und spürte, wie es ihr das Steuer nach rechts verriss. Neal trat auf die Bremse und brachte den Mercedes auf der regennassen Straße zum Stehen. Ihr Herz klopfte wie wild. Etwas musste ihr ins Auto gelaufen sein.

Hoffentlich kein Kind, war ihr erster Gedanke. Mit überhöhter Geschwindigkeit ein Kind zu überfahren, hätte das jähe Ende ihrer politischen Karriere bedeutet. Die Senatorin öffnete die Fahrertür und stieg aus.

Es war ein großer Hund, der ein paar Meter hinter dem Wagen am Straßenrand lag und erbärmlich winselte. Ein gepflegter Golden Retriever mit goldgelbem Fell, dem hellrotes Blut aus den Nasenlöchern lief. Als er Neal auf sich zukommen sah, fing er matt an, mit dem Schwanz zu wedeln und sah sie aus großen, braunen Augen hilfesuchend an.

»Du armer, dummer Hund«, murmelte Neal und strich sich mit einer automatischen Geste ihr Burberry-Jackett glatt. »Wieso musstet du ausgerechnet jetzt über die Straße laufen?«

Als das Tier sie hörte, erhob es sich auf seine Vorderpfoten und robbte laut winselnd auf sie zu, wobei es die Hinterläufe hinter sich her zog. Sein halber Bauch war aufgerissen, und herausgequollene, violett glänzende Eingeweide schleiften über den regennassen Asphalt.

Kathleen Neal sah sich in alle Richtungen um. Vor und hinter ihr war die Straße leer, und weder rechts noch links war ein Haus zu sehen.

»Ich kann dir nicht helfen«, sagte sie leise zu dem Hund, während sie einen Schritt zurückwich. »Außerdem komme ich zu spät zu meinem Interview. Tut mir leid. Bleib einfach liegen, bestimmt kommt gleich jemand, der dir hilft.«

Sie drehte sich um und ging mit raschen Schritten zum Auto zurück.

Fünfundzwanzig Minuten später war sie gerade noch zwei Blocks vom Senate Russel-Gebäude entfernt, als sie vor einem Zebrastreifen, den gerade ein Jogger in einem roten T-Shirt überquerte, eine Vollbremsung hinlegte. Der Mann, den sie um ein Haar überfahren hätte, schlug wütend mit der flachen Hand auf die Kühlerhaube des Mercedes, und Neal hätte ihm am liebsten den Stinkefinger entgegengestreckt. Dann aber sah sie, was auf dem T-Shirt des Mannes stand:

H.A.T.
HANDS AGAINST TERRORISM
4th of July 2011

Neal ließ das Fenster herunterfahren und zeigte dem Mann zwei Reihen makelloser, perlweißer Zähne. Kathleen Neals Lächeln war einer ihrer größten Trümpfe, eine durchschlagende Geheimwaffe, der so gut wie niemand widerstehen konnte. Mit ihrem Lächeln konnte Neal auch in ihrer zweiten Amtszeit als Senatorin von Virginia politische Freunde wie Gegner gleichermaßen entwaffnen, und wenn sie vor einer Menschenmenge oder vor einer Kamera stand, dann kam es vielen so vor, als könne dieses Lächeln sie als erste Frau in der Geschichte der Vereinigten Staaten bis ins Weiße Haus tragen.

Trotz ihrer einundfünfzig Jahre war sie nicht nur die bisher jüngste stellvertretende Fraktionsvorsitzende der Republikaner, sondern, einer jüngst veröffentlichten Umfrage des *US Magazine* zu Folge, auch die bestaussehende Politikerin auf dem Kapitol Hill.

»Vielen Dank, dass Sie meine Menschenkette unterstützen«, rief sie dem klatschnassen Jogger zu, der sie verwundert anstarrte.

»Ich bin Kathleen Neal, die Senatorin. Tut mir leid, wenn ich Sie erschreckt habe, aber ich habe Sie vor lauter Regen nicht gesehen.«

»Ich hab' Sie gewählt«, rief der Jogger begeistert und reckte den Daumen nach oben. »Und ich komme bestimmt zu Ihrer Menschenkette. Ehrensache!«

Neal machte mit ihrem rechten Daumen ebenfalls das Okay-Zeichen und fuhr weiter.

Hands Against Terrorism war ihr Lieblingsprojekt, das ihr in der Öffentlichkeit große Aufmerksamkeit verschaffte. Die Idee, auf die ein Freund sie gebracht hatte, war so gut, dass sie eigentlich von ihr hätte stammen müssen.

Nicht nur die Zeitungen und das Fernsehen berichteten ständig darüber, auch in unzähligen Blogs und sozialen Netzwerken von Facebook bis Twitter wurde eifrig über die längste Menschenkette aller Zeiten diskutiert, und Neals Videoclips auf YouTube wurden täglich über eine Million Mal angesehen. Nach konservativen Schätzungen planten mehr als zwölf Millionen Menschen, sich an der Aktion zu beteiligen, während andere mutmaßten, dass es sogar fünfzehn Millionen werden könnten und damit mehr als bei *Farm Aid* und *Hands Across America* zusammengenommen.

Das Blackberry, das sie jetzt offen auf dem Beifahrersitz liegen hatte, fing an zu klingeln. Neal nahm es in die Hand und schaute auf das Display. Es war die Nummer von Michael Weinstein, ihrem Stabschef, der schon zum dritten Mal an diesem Morgen anrief.

»Ich habe gerade den Cook-Bericht bekommen«, sagte Weinstein. »Sieht nicht allzu gut aus.«

»Was steht drin?«

Neal hörte das Rascheln von Papier, dann las Weinstein vor: »Es ist immer noch nicht sicher, wer als Präsidentschaftskandidat der Republikaner in die nächste Wahl gehen wird. Der jüngsten Zogby-Umfrage zu Folge gilt Senatorin Neal trotz ihres martialischen Auftretens gegen den Terrorismus noch immer als zu nachgiebig und zu liberal ... Schließlich hat sie gegen die Diskriminierung von Homosexuellen bei den Pfadfindern gestimmt, ebenso wie gegen die Verschärfung des Abtreibungsrechts ...«

Neal schnaubte genervt, und Weinstein hielt inne.

»Steht denn in dem Bericht überhaupt nichts Positives über mich?«

»Doch. Dass Sie aus einer der ältesten Familien Virginias kommen, dass Sie die einzige Politikerin sind, die von der Nationalen Frauenvereinigung und der Parteispitze der Republikaner gleichermaßen geschätzt wird.«

»So ein Schwachsinn, sich ausgerechnet an den Pfadfindern und der Abtreibung festzubeißen«, fauchte Neal. »Dabei habe ich an über hundert Landes- und Bundesgesetzen mitgewirkt. Hat man dafür Worte? Ich will sofort mit Zogby sprechen!«

»Es gibt aber auch gute Nachrichten. Die *New York Times* hat auf der Titelseite wieder eine Geschichte über H.A.T.

gebracht. Ich lese Ihnen mal die Überschrift vor: ›Breite Unterstützung für Hands Against Terrorism. Menschenkette bringt Senatorin Neal als Präsidentschaftskandidatin ins Gespräch‹.«

»Legen Sie mir die Zeitung auf den Schreibtisch«, sagte Neal. »Und halten Sie die Journalisten noch eine Weile bei Laune. Ich bin gleich da.« Sie drückte auf einen Knopf und beendete das Gespräch.

Zu nachgiebig und liberal? Was für ein Unsinn! Als Kongressabgeordnete war sie die Vorsitzende des Gesundheitsausschusses und des Außenausschusses gewesen, und davor hatte sie als Staatssekretärin an wichtigen Reformen im Gesundheitswesen und der Wirtschaftspolitik Virginias mitgewirkt. Darüber hinaus hatte sie viele Jahre lang als Stellvertretende Direktorin von American Express fungiert und sich einen Ruf als weitsichtige und durchsetzungsfähige Managerin mit vielen innovativen Ideen erarbeitet. Wie kam es, dass während ihrer zweiten Amtszeit als Kongressabgeordnete innerhalb ihrer eigenen Partei immer wieder Stimmen laut wurden, die ihr mangelnde Entschlossenheit in großen nationalen Fragen wie Krieg, Gesundheitsreform und Terrorismus unterstellten? Ihre Arbeit im Kongress sei zwar beeindruckend, hieß es, aber ihre Qualitäten als »Macherin« ließen noch zu wünschen übrig. Drei Dinge wurden ihr besonders zur Last gelegt:

Neal gehörte nicht zu den Falken ihrer Partei.

Neal war eine Frau.

Neal war noch dazu eine äußerst attraktive Frau.

In der Verfassung steht nicht, dass der Präsident einen Penis haben muss, dachte sie wütend.

Trotzdem hatte sie sich einen Penisersatz zugelegt, den

sie bei Parteitagen und Spendengalas wie ein virtuelles Gemächt zur Schau trug: *Hands Against Terrorism.*

Als sie, ein paar Wochen nachdem Rudy Collins sie auf die Idee zur längsten Menschenkette der Welt gebracht hatte, damit an die Öffentlichkeit getreten war, hatte sich ihr Bekanntheitsgrad in der Bevölkerung binnen kürzester Zeit verdreifacht. Auch in der Achtung ihrer Parteifreunde und politischen Gegner war sie wie eine Rakete nach oben geschossen. Als sie sich jedoch für die Präsidentschaftskandidatur 2012 ins Gespräch gebracht hatte, da hatten die Spitzen der Partei plötzlich gemauert. »Mit uns gibt es keinen weiblichen republikanischen Präsidenten, keine Chance, Frau Senatorin.« Das war die offizielle Haltung der Partei. »Frauen haben eine viel zu weiche Haltung in Sachen Terrorismus und Verteidigungspolitik.« Und was war mit Margaret Thatcher in England, mit Angela Merkel in Deutschland, mit Wu Yi in China? Zählten die für die Betonköpfe in der Partei etwa nicht? »Das wirst du nicht mehr erleben, Kathy, dass die Republikaner noch einmal eine Frau in den Präsidentschaftswahlkampf schicken«, sagte ihr Ehemann Raymond immer wieder zu ihr. »Das Debakel mit Sarah Palin steckt ihnen noch zu tief in den Knochen.«

Aber Kathleen Neal war nicht irgendeine Frau, und sie hatte ihre gegenwärtige Position nicht dadurch erreicht, dass sie klein beigegeben hatte. Sie war wild entschlossen, die Spitzen ihrer Partei eines Besseren zu belehren. Die Menschenkette war nur ein Meilenstein an ihrem Weg nach oben, dessen Endpunkt das Weiße Haus sein würde. Sie würde ihren Parteifreunden, allen Amerikanern und der ganzen Welt zeigen, wie stark sie war, nämlich stärker als jeder Mann. Je eindrucksvoller die Menschenkette am Montag wurde, desto mehr politisches Kapital und Einfluss würde Kathleen Neal gewinnen. Schon jetzt hatte sie eine noch nie dagewesene, über alle Parteigrenzen hinweg reichende Unterstützung für H.A.T. mobilisiert: Siebzig Senatorinnen und Senatoren würden sich auf den Stufen des Kapitols in die Menschenkette einreihen, zusammen mit vielen Kongressabgeordneten und einundvierzig Botschaftern aus aller Herren Länder. Im Nationals Park Baseballstadion würde sich die Kette dann mit Größen aus dem Showbiz wie George Clooney, Steve Martin und Stephen Spielberg fortsetzen.

Neals Blackberry summte wieder. Sie warf einen Blick auf das Display und las den Namen des Anrufers. Dr. Martin Larrick.

»Guten Morgen, Martin«, sagte Neal. »Sie wollen mir vermutlich mitteilen, dass CardioPatch endlich zugelassen wurde, oder?«

»Noch nicht, aber bald«, erwiderte Larrick mit seiner lauten, texanischen Stimme. »Allerdings rufe ich nicht deshalb an. Ich wollte mit Ihnen über einen seltsamen Vorfall in Virginia reden …«

13

09:36 UHR
ZWEIGSTELLE DER FDA, WASHINGTON, DC

Als Ben Maxwell den Computer im Konferenzraum des Washingtoner FDA-Büros abschaltete, überkam ihn ein wehmütiges Gefühl. Auch wenn er im Innersten seines Herzens nie ein Bürokrat werden würde, hatte er die Arbeit bei der FDA im Großen und Ganzen doch als ziemlich befriedigend empfunden – und allemal sinnvoller als seine vorherige Beschäftigung beim Pharmakonzern ChemGen, die vor drei Jahren in einem Desaster geendet hatte. Immerhin hatte er dort gelernt, dass man sich gegen alle Eventualitäten absichern musste. Aus genau diesem Grund hatte er sich auch in der vergangenen Nacht sämtliche Berichte und Unterlagen, die er als elektronische Dokumente auf den Servern der Behörde abgelegt hatte, auf einen privaten USB-Stick kopiert. Man konnte schließlich nie wissen, ob man sie nicht irgendwann nochmal brauchen würde. Behörden konnten mitunter ziemlich nachtragend sein, da war es gut, wenn man die Ergebnisse seiner Arbeit dort auch nach Jahren noch lückenlos belegen konnte.

Als das Telefon neben dem Computerterminal klingelte, überlegte sich Ben, ob er überhaupt noch abheben sollte. Vermutlich war es bloß wieder Nancy DeLuca, die ihn dazu bringen wollte, die Zulassung für CardioPatch doch noch zu unterschreiben. Ben hob den Hörer trotzdem ab in der vagen Hoffnung, dass es vielleicht Tammy war, die auf irgendeine Weise herausgefunden hatte, dass er hier war.

»Dr. Maxwell?«, fragte eine Frauenstimme.

»Ja?«

»Gut, dass Sie noch da sind. Der Commissioner möchte Sie sprechen. Bitte bleiben Sie dran.«

Dann war ein Klicken zu hören, und eine sich alle zehn Sekunden wiederholende Ansage verkündete Ben, dass er sich in einer Warteschleife befand, in der er eine kleine Ewigkeit lang zu hängen schien. Vielleicht hatte ja Nancy DeLuca Larrick gebeten, noch einmal ein ernstes Wort mit ihm zu reden und ihn zu drängen, seine Vorbehalte gegen das Herzpflaster aufzugeben. Es wäre nicht das erste Mal, dass von ganz oben in einen Zulassungsprozess eingegriffen wurde. Ben konnte das nur recht sein. Er würde die Gelegenheit nutzen und dem Commissioner erzählen, was er aus Pembroke erfahren hatte. Vielleicht hatte der ja seine E-Mail noch nicht gelesen.

Ben hatte nichts gegen Martin Larrick. Im Gegenteil, er mochte den knorrigen, geradlinigen Texaner, der ihn irgendwie an John Wayne erinnerte, und hielt ihn für einen der besten Commissioner, den die FDA je hatte. Larrick, der an der Stanford University Professor für Medizin gewesen war, hatte zweimal den renommierten Arrow-Preis erhalten und war neben seiner Tätigkeit bei der Arzneimittelbehörde auch noch der Herausgeber der angesehenen Fachzeitschrift *Journal of Health Economics.*

Aber Larrick war nicht nur ein heller Kopf, er hatte auch keine Angst vor der Pharmaindustrie, mit deren Bossen er sich schon mehr als einmal angelegt hatte. Ben erinnerte sich noch gut daran, wie er das Medikament »Plan B« – eine »Pille danach«, mit der man kurz nach dem Verkehr eine Schwangerschaft verhindern konnte – wegen gravierender Nebenwirkungen sogar nach der bereits erfolgten Zulassung durch die FDA mit einem Machtwort aus dem Verkehr gezogen hatte. Ein mutiger Schritt, denn hinter Plan B hatte eine der mächtigsten Pharmafirmen der Welt gestanden. Vielleicht, so dachte Ben, würde er Larrick ja im persönlichen Gespräch davon überzeugen können, dass man den Zulassungsprozess für CardioPatch im Licht der Ereignisse von Pembroke noch einmal von vorne beginnen musste.

Wieder war ein Klicken in der Leitung zu hören, und gleich darauf fragte eine tiefe Stimme: »Dr. Maxwell?«

»Am Apparat«, antwortete Ben wie aus der Pistole geschossen.

»Hier spricht Martin Larrick. Ich störe Sie doch hoffentlich nicht, oder?«

»Nein, überhaupt nicht«, erwiderte Ben.

»Ich will Ihnen nichts vormachen, mein Junge«, fuhr Larrick in seinem langgezogenen texanischen Akzent fort. »Ich habe vor ein paar Minuten einen Anruf von Nancy DeLuca bekommen. Sieht so aus, als wären Ihre Tage bei uns gezählt.«

Es folgten ein paar Sekunden Stille, als überlege Larrick, wie er fortfahren sollte.

»Darf ich Sie Ben nennen?«, fragte er schließlich.

»Ja.«

»Es geht um Ihre E-Mail, Ben. Ich möchte mit Ihnen darüber reden. Inoffiziell, sozusagen.«

»Selbstverständlich, Sir«, erwiderte Ben wie ein gehorsamer Soldat.

Larrick räusperte sich und sagte mit gedämpfter Stimme: »Ich kann Ihre Entlassung nicht rückgängig machen, ohne mir jede Menge Ärger mit Nancy DeLuca einzuhandeln, die ich ansonsten sehr schätze. Wissen Sie, was ich meine?«

»Ich kann es mir vorstellen.«

»Nancy hat einen guten Draht zum Kapitol, deshalb muss man bei ihr vorsichtig sein. Aber auch wenn sie Sie entlassen sollte, bedeutet das noch lange nicht, dass Sie nicht für mich arbeiten können.«

»Wie darf ich das verstehen?«, fragte Ben.

»Es kommt eben darauf an, wie man Nancys Rauswurf auslegt. Sie will die Zulassung für CardioPatch morgen auf ihrem Schreibtisch haben, was wiederum bedeutet, dass Sie theoretisch bis heute Abend Zeit haben, sie zu unterschreiben. Bis dahin gelten Sie für mich als noch nicht entlassen.«

»Aber ich werde die Zulassung auf gar keinen Fall unterschreiben. Jetzt nicht und auch nicht heute Abend. Haben Sie denn nicht gelesen, was ich in meiner Mail geschrieben habe?«

»Dazu kommen wir später. Momentan interessiert mich nur, dass Sie bis zum Verstreichen der Frist, die Ihnen Nancy gegeben hat, noch für die FDA tätig sind. Und damit auch für mich.«

»Weiß Nancy das?«

»Wie schon gesagt, dieses Gespräch ist inoffiziell. Das ist eine Sache nur zwischen Ihnen und mir. Kann ich Ihnen vertrauen, Ben?«

»Natürlich, aber ich …«

»Wenn Sie mir helfen, dann bringe ich Sie später wieder in die FDA, das verspreche ich Ihnen. Und zwar auf einen sehr viel besser dotierten Posten als jetzt.«

Ben dachte einen Augenblick lang nach. Es ging ihm nicht ums Geld. Er wollte wissen, was die seltsamen Vorfälle in Pembroke mit dem Herzpflaster zu tun hatten, das er um ein Haar genehmigt hätte. Vor allem aber wollte er wissen, was mit Tammy Fader passiert war.

»Sind Sie hier so weit fertig?«, fragte Larrick.

»Ja.«

»Dann kommen Sie zum Haupteingang. Ich hole Sie dort in zwanzig Minuten ab.«

14

09:49 UHR
WASHINGTON, DC

Ohne die dorischen Säulen am Eingang auch nur eines Blickes zu würdigen, betrat Senatorin Neal raschen Schrittes das Senate Russell Building, das älteste Senatsgebäude in Washington. Kaum hatte sie die von einer hohen Rundkuppel überwölbte Eingangshalle betreten, stürmte auch schon ein vierschrötiger Mann in Armeeuniform auf sie zu, dessen gerötetes Gesicht an eine Bulldogge erinnerte. Es war General Richard Goss, der Stellvertretende Direktor der Heimatschutzbehörde.

»Frau Senatorin, ich muss mit Ihnen reden«, sagte der General.

Neal lächelte ihn an, ohne ihre Schritte zu verlangsamen. »Ich habe jetzt leider überhaupt keine Zeit, Richard.«

Mit ihren einen Meter achtzig war die Senatorin einen guten Kopf größer als der General, weshalb sich Goss in ihrer Gegenwart immer unwohl fühlte. Nicht nur auf dem Schlachtfeld, auch in Wirtschaft und Politik galt körperliche Größe nach wie vor als ein Zeichen von Überlegenheit. Diversen Studien zu Folge verdienten groß gewachsene Menschen im Durchschnitt mehr Geld und erreichten höhere berufliche Positionen. Senatorin Neal liebte solche Studien.

»Wir haben um elf Uhr eine Sitzung der Homeland Security, in der es um Ihre Parade geht«, sagte Goss.

»Das ist keine Parade, Richard. Zwölf Millionen Amerikaner bilden eine riesige Menschenkette und drücken damit ihre Solidarität mit *Ihren* Soldaten aus.«

»Das weiß ich zu schätzen, Madam, aber wir haben neue nachrichtendienstliche Erkenntnisse, die nahelegen, dass …«

»Ach hören Sie mir doch mit Ihren Erkenntnissen auf. Die sind doch ein alter Hut.«

»Seit heute Morgen gibt es eine neue Bedrohung.«

»Es gibt jeden Tag eine neue Bedrohung.«

»Diesmal ist es etwas anderes. In Virginia ist ein bisher unbekanntes Virus ausgebrochen. Die CDC hat den Ausbruchsort abgeriegelt. Sieht so aus, als wäre das Virus momentan unter Kontrolle, aber man kann nie wissen, was passiert.«

»Was ist das für ein Virus?«

»Das wissen wir noch nicht, die Untersuchungen laufen noch. Feststeht allerdings, dass das Ding höchst ansteckend ist. Wenn die CDC nicht sämtliche Register gezogen hätte, würde es sich ausbreiten wie ein Buschfeuer. Wir können nicht ausschließen, dass der Ausbruch etwas mit Ihrer Menschenkette zu tun hat.«

»Jetzt machen Sie mal halblang, Richard. Wollen Sie mir jetzt vielleicht Angst vor einer neuen Schweinegrippe machen oder was? Das Thema ist durch, das wissen Sie genau.«

»Zwölf Millionen Menschen, die an einem Tag gemeinsam auf die Straße gehen, sind ein lohnendes Ziel für alle möglichen Terroristen. Eines, das den ganz großen Schlag geradezu herausfordert.«

»Und deshalb waren Sie von Anfang an dagegen, Richard. Aber ich will Ihnen mal was sagen: Sie können mich jetzt nicht mehr stoppen. H.A.T. soll den Terroristen ja gerade zeigen, dass wir keine Angst vor ihnen haben. Und deshalb ist es Ihr Job, einen Anschlag auf unschuldige Bürger zu verhindern, die ihr Recht auf freie Meinungsäußerung ausüben, und nicht, diese Meinungsäußerung zu unterbinden.«

Goss räusperte sich und machte einen neuen Anlauf. »Frau Senatorin, Ihre Menschenkette ist ein zweischneidiges Schwert. Sie gefährdet die Sicherheit dieses Landes.«

Neal knipste wieder ihr unwiderstehliches Lächeln an, diesmal allerdings mit einer gehörigen Portion Herablassung.

»Die Entscheidung, was die Sicherheit dieses Landes gefährdet, sollten wir doch lieber dem Präsidenten überlassen, finden Sie nicht, Richard? Und der Präsident hat bereits signalisiert, dass er sich übermorgen höchstpersönlich in meine ach so gefährliche Menschenkette einreihen wird. Oder wollen Sie ihm etwa sagen, er soll den Nationalfeiertag um einen Monat verschieben, nur weil Sie nicht in der Lage sind, am 4. Juli für Sicherheit und Ordnung zu sorgen?«

»Ich wollte Sie nur auf eine mögliche Gefahr hinweisen«, sagte der General, der sich zunehmend in die Defensive gedrängt sah. »Schließlich ist es meine Aufgabe, Gefährdungen der öffentlichen Sicherheit bereits im Vorfeld zu erkennen und abzuwenden …«

»Aber natürlich ist es das, Richard. Und ich weiß Ihr Pflichtbewusstsein durchaus zu schätzen. Aber Sie müssen auch einsehen, dass wir H.A.T. jetzt nicht einfach abblasen können. Das wäre genau das falsche Signal an all die Terroristen da draußen. Amerika kuscht nicht vor der Gewalt, Richard. Amerika tut etwas dagegen.«

»Das ist richtig. Trotzdem gehen wir auf Alarmstufe Rot. Das ist beschlossene Sache.«

»Alarmstufe Rot wegen ein paar verdorbener Shrimps?«

»Verdorbene Shrimps?« General Goss legte den Kopf schief. »Woher wissen Sie von Pembroke?«, fragte er erstaunt. »Wir haben noch nicht einmal den Präsidenten darüber informiert.«

»Ich bin die Senatorin von Virginia, haben Sie das vergessen? Als solche habe ich meine eigenen Quellen. Und von mir aus gehen Sie auf Alarmstufe Rot, wenn Sie unbedingt müssen, aber meine Menschenkette findet statt, und wenn die Welt untergeht. Wir müssen diesen verdammten Terroristen zeigen, dass wir keine Angst vor ihnen haben.«

»Niemand versteht das besser als ich«, sagte Goss und schlug die Hacken zusammen. Eine Gruppe von Beamten war stehen geblieben und blickte zu ihm und der Senatorin herüber. »Ich möchte Sie aber wenigstens darum bitten, in den Medien nicht mehr so stark die Werbetrommel für Ihre Veranstaltung zu rühren. Je weniger Menschen sich einer Gefahr aussetzen, desto besser.«

»Im Gegenteil«, erwiderte Neal und wurde lauter, damit alle in der Rotunde sie hören konnten. »Je mehr Menschen übermorgen zeigen, dass sie dem Terror entschlossen die Stirn bieten, desto machtvoller wird die Demonstration für die Freiheit dieses Landes ausfallen. Weder Sturm noch Regen, weder Blitz noch Hagel können *Hands Against Terrorism* aufhalten. Schreiben Sie sich das hinter die Ohren, Richard.«

Sie machte auf dem Absatz kehrt und ließ ihn stehen.

Insgeheim freute sie sich darüber, dass die Heimatschutzbehörde zwei Tage vor dem historischen Ereignis Alarmstufe Rot ausgerufen hatte. Das würde für noch fettere Schlagzeilen sorgen.

Aber wie würden die Bürger reagieren? Würden sie sich ängstlich in ihren Häusern verkriechen oder würden sie der Gefahr trotzen und dem Terrorismus die rote Karte zeigen?

Neal wusste, wie die Amerikanerinnen und Amerikaner tickten. Und auch wenn es Goss und der Heimatschutzbehörde noch so sehr missfiel, sie würde dafür sorgen, dass die Zeitungen und das Fernsehen noch ausführlicher über H.A.T. berichteten und so ein paar weitere hunderttausend Teilnehmer für die Menschenkette mobilisierten.

Das Blackberry in der Tasche ihres Armani-Kostüms begann zu vibrieren.

»Ich habe dir doch gesagt, dass du mich nicht anrufen sollst, wenn ich im Senat bin«, zischte sie in den Apparat, nachdem sie den Namen des Anrufers auf dem Display gesehen hatte.

Die sanfte, leicht heisere Stimme am anderen Ende der Leitung klang ruhig und amüsiert. »Woher soll ich wissen, wo du gerade bist, Kathy?«

»Weil ich um diese Zeit immer im Senat bin.«

»Das ist mir doch egal. Dein Rudy muss dich sehen. Er hat Sehnsucht nach seiner wilden Stute.«

»Seit drei Wochen hast du nichts mehr von dir hören lassen, und jetzt hättest du auf einmal Sehnsucht nach mir?«

»Dein Rudy war sehr fleißig, Kathy. Du weißt schon, bei was. Du willst doch, dass übermorgen alles klappt, oder? Dass deine lieben Wähler beruhigt Händchen halten können, so wie wir beide es geplant haben. Und damit dein Rudy seine Arbeit auch gut machen kann, braucht er jetzt dringend eine kleine Entspannung …«

»Unmöglich. Mein Vormittag ist total voll.«

»Das ist mir egal, Kathy. Ich brauche dich. Und du brauchst mich, das weißt du ganz genau.«

Neal verlangsamte ihre Schritte. Sie spürte, wie es in ihrem Schritt ganz warm und feucht wurde. Ob im Bett oder anderswo, Rudy Collins war in jeder Hinsicht das genaue Gegenteil ihres überkorrekten, großbürgerlich eleganten und stinklangweiligen Gatten.

»Du kennst mich«, sagte er. »Wenn ich dich brauche, brauche ich dich. Erinnerst du dich an unser letztes Mal?«

»Oh ja«, hauchte Neal und sah sich verstohlen um, ob gerade jemand in Hörweite war. »Das war nach dieser Wohltätigkeitsveranstaltung im Kapitol. Du wolltest, dass ich danach zu dir in dein Hotel komme …«

»Und? Hast du es bereut?«

»Nein, natürlich nicht.«

»Dann wirst du es auch diesmal nicht bereuen.«

»Rudy, sie haben gerade Alarmstufe Rot ausgerufen.«

»Na und? Bei mir ist auch Alarmstufe Rot. Ich brauche dich. Kannst du in drei Stunden am üblichen Ort sein?«

»Unmöglich. Da habe ich eine Besprechung mit den freiwilligen Helfern.«

»Sag doch, dass dir was dazwischengekommen ist. Und sei ja pünktlich, sonst fange ich ohne dich an.«

»Das will ich nicht hoffen.«

Es klickte in der Leitung. Rudy hatte ohne sich zu verabschieden aufgelegt. Die Senatorin lächelte und stellte ihn sich vor, wie er splitternackt in der Suite im Four Seasons stand und seinen muskulösen, durchtrainierten Körper im Spiegel betrachtete, während er auf seine Stute wartete.

Auch wenn Senatorin Kathleen Neal in der Politik danach strebte, es mit jedem noch so starken Mann aufzunehmen, so war sie bei Rudy Collins doch nichts weiter als eine schwache, zu absoluter Hingabe bereite Frau.

15

10:00 UHR
ZWEIGSTELLE DER FDA, WASHINGTON, DC

Als Ben aus dem Gebäude der Arzneimittelbehörde am DuPont Circle trat, ging gerade ein wahrer Wolkenbruch über Washington nieder. Die Marshall-Palmer-Formel trifft wieder mal voll zu, dachte er. Nachts große Regentropfen, und am Vormittag schüttet es wie aus Eimern.

Ben stellte sich unter das schmale Dach vor dem Haupteingang und blickte auf die Straße hinaus. Die Autos krochen im Schneckentempo vorbei, und etwas weiter vorne hatte es einen Auffahrunfall gegeben. Wieder einmal bewiesen die Autofahrer von Virginia, dass sie bei schlechtem Wetter hoffnungslos überfordert waren.

Ben zog sein Handy aus der Tasche und tippte auf eine der Kurzwahltasten.

»Hallo?«, fragte eine gedämpfte Stimme.

»Jack? Ich bin's, dein Dad. Ich habe noch einen Termin und werde mich verspäten.«

»Kein Problem. Ich bin doch auf der SchmooCon.«

»Den ganzen Tag? Ich dachte, wir könnten heute Nachmittag zusammen ins Smithsonian Institute gehen.«

»Dad, das ist ein Kongress. Da gibt es den ganzen Tag über Veranstaltungen.«

»Was hast du mit diesen Leuten überhaupt zu schaffen?«,

fragte Ben, obwohl ihm klar war, dass Jack das nicht gern hörte. Ben hatte sich im Internet über die SchmooCon informiert. Die Veranstaltung ging auf eine Initiative von Bruce Potter zurück, einem Vordenker in Sachen Computersicherheit, und beschäftigte sich mit Themen, die Ben alles andere als geheuer waren. Er dachte an das, was er über die Konferenz gelesen hatte:

SchmooCon, die jährlich stattfindende Hackerkonferenz an der Ostküste, bietet drei Tage lang ein Forum für alle, die sich der Aufdeckung von Sicherheitslücken im Internet und in geschlossenen Computernetzwerken verschrieben haben. An jeweils einem Tag werden die folgenden Themen abgehandelt: Eindringen in fremde Netzwerke, Data Mining, Datenmanipulation.

Besonders das »Eindringen in fremde Netzwerke« bereitete Ben große Sorgen – schließlich war Jack bereits ins Visier des FBI geraten, weil er sich ins Computersystem seiner Schule gehackt und dort seine Zensuren manipuliert hatte. Ben wurde angst und bange bei dem Gedanken, was sein Sohn auf einer solchen Konferenz von den besten Hackern des Landes alles lernen konnte.

»Ich rufe dich an, wenn ich wieder im Hotel bin«, sagte er. »Ich finde die Vorstellung nicht so prickelnd, dass du ganz allein in Washington herumläufst …«

»Dad, ich bin kein kleines Kind mehr! Ich habe schon einen Führerschein!«

»Das ist kein Führerschein, du darfst lediglich Autofahren, wenn ein Erwachsener dabei ist.«

Sein Sohn stöhnte hörbar auf. »Wie du meinst. Und lern endlich, wie man eine SMS schreibt, okay?«

Die Verbindung wurde abrupt unterbrochen, und Ben, der über ein fotografisches Gedächtnis verfügte, ließ noch einmal die Veranstaltungen der Hackerkonferenz vor seinem geistigen Auge Revue passieren: *Sicherheitslücken in öffentlichen Netzen; 99 Wege, eine Firewall zu knacken; Viren, Trojaner, Malware & Co; Die besten iPhone und Windows Mobile-Hacks* … Er würde sehr viel mehr lernen müssen als SMS schreiben, um mit Jack mithalten zu können.

Ben hörte, wie auf der gegenüberliegenden Straßenseite ein Auto mehrmals hupte und sah Martin Larrick, der in einem Lexus LS saß und ihm zuwinkte. Als Ben im strömenden Regen über die Straße lief, öffnete der Commissioner ihm die Beifahrertür und begrüßte ihn mit einem breiten Grinsen.

»Howdy, Dr. Maxwell. Verdammtes Sauwetter heute.«

»Sie sagen es, Dr. Larrick.«

Der Leiter der Arzneimittelbehörde trug einen grauen Nadelstreifenanzug, ein rosa Hemd und eine goldene Krawattennadel, auf der das Siegel des Präsidenten prangte.

»Freut mich, dass Sie sich Zeit für mich nehmen«, sagte der Texaner und hielt ihm eine Tüte mit Erdnüssen hin.

»Möchten Sie welche?«

»Nein, danke«, erwiderte Ben. Er strich sich die nassen Haare zurück und wischte sich die Regentropfen vom Gesicht.

»Allzu frisch sehen Sie nicht aus, Ben«, bemerkte Larrick, nachdem er seinen Beifahrer intensiv gemustert hatte. »Sie haben wohl wieder die ganze Nacht durchgearbeitet. Ich habe mir sagen lassen, dass Sie so was öfter tun.«

»Nur, wenn es notwendig ist.«

»Ich weiß diese Art von Einsatz zu schätzen«, sagte Larrick und gab Ben einen Klaps auf die Schulter. »Ist selten geworden, heutzutage. Ebenso wie Ihre zweite herausragende Eigenschaft.«

»Und die wäre?«

»Dass Sie einen guten Riecher haben. Sie hatten Recht mit Coron-A, diesem Blutdruckmittel für Schwarze. Wir hätten damals besser auf Sie hören sollen.«

Coron-A war das erste Medikament gewesen, das Ben im Auftrag der FDA begutachten sollte. Es war als Konkurrenzprodukt zu BiDil gedacht gewesen, dem ersten Arzneimittel speziell für Afroamerikaner. Nachdem Versuche ergeben hatten, dass BiDil die Blutgefäße von Schwarzen viel besser erweiterte als die von Weißen, war es als erstes Medikament für eine rassenspezifische Verwendung zugelassen worden. Coron-A war auf eine ähnliche Zielgruppe zugeschnitten und hätte eigentlich die Zulassungsprozedur bei der FDA mit Bravour meistern müssen, wäre da nicht ein gewisser Ben Maxwell gewesen, der nach langwierigen Untersuchungen herausgefunden hatte, dass bei den klinischen Studien entscheidende Daten geschönt worden waren. Coron-A kam nie auf den Markt, aber Ben war in die Schusslinie der Pharmalobby geraten, und man hatte ihn in die Abteilung für medizinische Hilfsmittel versetzt.

»Ich kann mir nicht vorstellen, dass Sie an so einem Tag nach Washington fahren, um mit mir über Coron-A zu reden«, sagte Ben. Es war mehr eine Feststellung als eine Frage.

Larrick zuckte mit den Schultern. »Ich werde Ihnen jetzt ein paar Dinge erzählen, die jemanden auf Ihrer Gehaltsstufe normalerweise nichts angehen. Um ehrlich zu sein, sie gehen nicht einmal mich etwas an. Sind Sie sicher, dass Sie keine wollen?« Er hielt ihm wieder die Tüte mit den Erdnüssen hin. »Diese Nüsse haben viel HDL. Sie wissen schon, das gute Cholesterin.«

»Eigentlich sind das keine Nüsse, sondern Hülsenfrüchte«, bemerkte Ben.

»Danke für die Aufklärung.« Larrick rutschte auf seinem Sitz herum und seufzte leise. »Sagen Sie mir alles, was Sie über Pembroke wissen, Ben.«

»Ich weiß nur, was ich Ihnen schon in meiner E-Mail geschrieben habe. Eine dort beschäftigte Ärztin hat mir zwei Nachrichten auf meiner Mailbox hinterlassen. Sie hat von einer ungewöhnlichen Häufung von Herzanfällen bei CardioPatch-Patienten erzählt, die möglicherweise etwas mit einer Lebensmittelvergiftung zu tun hat, mit schlechten Shrimps oder so. Und dann, in der zweiten Nachricht, hat sie auch noch gesagt, dass es Tote gegeben hat. Viele Tote. Das erscheint mir für eine Lebensmittelvergiftung ziemlich ungewöhnlich. Danach ist das Gespräch abrupt abgebrochen. Ich habe die ganze Nacht über versucht, sie zurückzurufen, aber die Leitung war tot. Keine Ahnung, was mit ihr passiert ist. Ich habe mir schon überlegt, ob ich nicht nach Pembroke fahren und nach ihr sehen soll.«

»Lassen Sie das lieber.«

»Warum? Wissen Sie, was in Pembroke passiert ist?«

»Nicht alles, aber ich werde es über kurz oder lang wohl herausfinden. Ich habe so meine Verbindungen, aber die spielen zu lassen braucht Zeit. Die Seuchenkontrolle hat den ganzen Ort abgeriegelt und eine Nachrichtensperre verhängt. Klar kann die nicht ewig funktionieren, aber bis übermorgen wird sie wohl noch halten.«

»Dann ist in Pembroke also doch ein Virus mit im Spiel«,

sagte Ben nachdenklich. »Sonst würden die vom Seuchenschutz nicht so schwere Geschütze auffahren.«

»Ben, in Pembroke geht es nicht um eine Packung Shrimps, deren Haltbarkeitsdatum abgelaufen ist. Die haben da eine handfeste Pandemie an der Backe. Den Ausbruch eines bisher noch nicht identifizierten Virus, das offenbar das Herz angreift.«

»Coxsackie B?«, fragte Ben.

»Eher nicht. Nach allem, was ich in Erfahrung bringen konnte, greift das Pembroke-Virus das Herz direkt an, und zwar in einer Geschwindigkeit, die alles in den Schatten stellt, was man bisher in dieser Hinsicht erlebt hat. Deshalb scheidet auch das Adenovirus aus, das ja erst die Atemwege befällt. Die Biester, mit denen wir es in Pembroke zu tun haben, lösen eine Ruptur der Aorta in direkter Herznähe aus, und zwar innerhalb weniger Minuten und so heftig, dass die Patienten keine Überlebenschance haben.«

»Einen Riss in der Aorta? Das ist unmöglich«, sagte Ben und spürte, wie ihm das Atmen schwerer fiel. Die Scheiben des Wagens waren beschlagen, und er bekam zunehmend das Gefühl, von der Außenwelt abgeschottet zu sein.

»Und warum?«

»Weil Tammy gesagt hat, dass die Herzprobleme die Testpatienten für CardioPatch betroffen haben. Und deren Aorta kann nicht mehr reißen, weil sie durch das Herzpflaster verstärkt wurde. Dafür ist das Pflaster schließlich da.«

»Aber nur, wenn es so funktioniert, wie der Hersteller behauptet.«

»Wie meinen Sie das?«

»Nun, Sie hatten in Ihrer E-Mail doch selber den Verdacht geäußert, dass möglicherweise etwas mit dem Herzpflaster nicht stimmt. Wäre es nicht möglich, dass es gerade das Pflaster ist, das mit dem Virus zusammen reagiert?«

Ben rieb mit dem Ärmel seiner Jacke die Beifahrerscheibe frei und schaute auf die regennasse Straße hinaus. In der Ferne konnte er das George-Washington-Denkmal sehen, das sich als schwarze Silhouette gegen den dunkelgrauen Himmel abzeichnete. Wenn das Virus mit dem Herzpflaster reagierte und die Aorta seiner Opfer zum Zerreißen brachte, dann war Tammy nicht in Gefahr. Sie würde einige Zeit in Quarantäne bleiben müssen, und wenn die Sache ausgestanden war, würde die Seuchenschutzbehörde sie wieder gehen lassen.

»Wenn das Pflaster mit dem Virus reagiert, dann wäre es eine biologische Zeitbombe, die wir im Körper ahnungsloser Menschen deponiert haben«, sagte er. »Wir müssen die Zulassung sofort stoppen. Am besten rufen Sie auf der Stelle Nancy DeLuca an …«

Larrick beugte sich zu Ben herüber und legte ihm eine Hand auf den Arm.

»Immer mit der Ruhe, Ben. Jetzt ist nicht die Zeit für übereilte Entscheidungen.«

»Ich verstehe nicht ganz, was Sie meinen, Sir. Wenn CardioPatch wirklich mit diesem Virus reagiert, dann darf es niemals in die Körper von noch mehr Patienten eingesetzt werden. Das Ding ist dann ja ein Killer, der jederzeit aktiviert werden kann.« Das Trommeln des Regens auf das Autodach kam Ben auf einmal viel lauter vor. Er hatte das Gefühl, als würde das Wageninnere sich langsam um ihn zusammenziehen.

»Und was ist mit den Patienten, die diese Zeitbombe schon in sich tragen?«

»Sie meinen die Personen, die an Phase III der klinischen Erprobung teilgenommen haben? So wie die alten Leute in Pembroke?«

Larrick malte mit dem Finger auf der beschlagenen Windschutzscheibe herum.

»Vielleicht sollten wir zuerst über das Virus sprechen, das in Pembroke ausgebrochen ist«, sagte er, während sein Finger quietschende Geräusche machte. »Sagt Ihnen der Name Dr. Allan Low etwas?«

»War das nicht ein Wissenschaftler, der im Frühjahr tot aufgefunden wurde? Auf einer Landstraße südlich von Atlanta?«

Larrick nahm den Finger von der Scheibe und sah Ben durchdringend an. »Woher wissen Sie das?«, fragte er erstaunt. »Haben Sie Verbindungen zur Regierung?«

»Nein, aber ein fotografisches Gedächtnis. Es war eine kleine Meldung auf der vorletzten Seite der *Washington Post*. Es stand nicht mal dabei, wie er ums Leben gekommen ist. Danach habe ich nie mehr etwas über den Fall gelesen.«

»Auch diese erste Meldung hätte damals nicht erscheinen dürfen«, sagte Larrick mit einem resignierten Lächeln. »Es gab eine strikte Nachrichtensperre. Aber ich kann Ihnen sagen, wie Dr. Low ums Leben gekommen ist, Ben. Er ist an seinem eigenen Erbrochenen erstickt. Aber zuvor hat ihm jemand eine lebende Ratte in den Mund gesteckt und ihn dann zugenäht.«

Ben fing an zu würgen. Er hatte das Gefühl, keine Luft mehr zu bekommen, als würde das Wageninnere ihn zerquetschen wie eine Faust, die sich um eine überreife Frucht schließt.

16

10:16 UHR
IM WAGEN VON DR. MARTIN LARRICK, WASHINGTON, DC

»Geht's wieder?«, fragte der Commissioner und sah Ben besorgt an.

»Ja, alles in Ordnung«, gab Ben zurück. Ihm war ganz kurz schwarz vor Augen geworden, aber jetzt registrierte er dankbar, dass Larrick das Beifahrerfenster heruntergefahren hatte. Gierig sog er die feuchte Regenluft in seine Lungen. »Es liegt wohl daran, dass ich heute Nacht nicht geschlafen habe.«

»Sie sollten sich einen anderen Lebensstil angewöhnen«, sagte Larrick und klang dabei so, als läge ihm Bens Wohlergehen wirklich am Herzen. »So etwas ist auf die Dauer nicht gesund.«

»Ich weiß. Aber Sie wollten mir gerade von diesem Dr. Low erzählen. Warum hat er so ein grausiges Ende gefunden?«

»Dr. Low war kein gewöhnlicher Wissenschaftler, Ben«, erklärte Larrick. »Er hat in einem der geheimsten Labore des Landes gearbeitet, beim AFIP, dem Armed Forces Institute of Pathology.«

Ben wandte den Blick von der regennassen Straße ab und sah den Commissioner an. »In dem Institut, wo die Army ihre Biowaffen zusammenbraut? Anthrax, Milzbranderreger und anderes Teufelszeug?«

»Die Leute dort tun das, um möglichen Bioterroristen und Schurkenstaaten, die an ähnlichem Teufelszeug arbeiten, einen Schritt voraus zu sein«, erwiderte Larrick mit erhobenen Augenbrauen. »Also im Grunde genommen zu unser aller Sicherheit.«

»So kann man es natürlich auch ausdrücken. Und was hat dieser Dr. Low im AFIP genau gemacht?«

»Er gehörte zum Team von Dr. Jeffrey Taubenberger, mehr brauche ich Ihnen wohl nicht zu sagen.«

Natürlich wusste Ben, wer Dr. Taubenberger war. Der Virologe hatte in den 1990er-Jahren für großes Aufsehen gesorgt, als er sich auf die Suche nach einem der übelsten Killer in der Geschichte der Menschheit gemacht hatte: Nach jenem Virus, das als sogenannte Spanische Grippe im Jahr 1918 wie ein Lauffeuer um die Erde gerast war und über vierzig Millionen Menschen getötet hatte. Bis zu Taubenbergers Forschungen hatte man lediglich vermutet, dass es auf einer Farm im Mittleren Westen von Schweinen auf den Menschen übergesprungen und von amerikanischen Soldaten, die 1917 in den Ersten Weltkrieg zogen, nach Europa eingeschleppt worden war. Dort hatte es unter den von vier Jahren Krieg und Mangelernährung ausgezehrten Völkern mit unglaublicher Brutalität gewütet. Von Europa aus hatte es sich dann weiter über die ganze Welt verbreitet und dabei massenhaft Opfer gefordert.

Taubenberger hatte seine Suche nach dem seit Jahrzehnten erloschenen Virus in den Archiven des medizinischen Dienstes der US-Army begonnen, wo er schließlich auf in Formalin konservierte Gewebeproben eines Rekruten gestoßen war, der in einem Lazarett an der Spanischen Grippe gestorben war. Aus diesen Proben und den Organen im Permafrost Alaskas bestatteter Grippetoter konnte Taubenberger das Genom des Erregers der Spanischen Grippe weitgehend rekonstruieren, was damals nicht nur unter Wissenschaftlern, sondern auch in der Öffentlichkeit heftige Proteste hervorgerufen hatte.

»Sie wollen auf den Erreger der Spanischen Grippe hinaus, nicht wahr?«, sagte Ben zu Larrick. »Man sagt, Taubenberger hätte ihn vollkommen rekonstruiert. Es ist schon erstaunlich, wofür die Army unsere Steuergelder verwendet.«

»Nur wer ein Virus kennt, kann auch einen Impfstoff dagegen entwickeln, vergessen Sie das nicht. Ein Erreger wie der der Spanischen Grippe kann in den falschen Händen eine fürchterliche Biowaffe sein, die sämtliche Atombomben dieser Welt in den Schatten stellt. Wussten Sie, dass im Ersten Weltkrieg mehr amerikanische Soldaten durch das Virus gestorben sind als durch die Waffen des Feindes? Alles junge Männer in den besten Jahren, übrigens. Ich kann da irgendwie schon verstehen, dass die Army so etwas nicht noch einmal erleben will.«

Ben blickte nach draußen, wo der Verkehr inzwischen wieder in Bewegung gekommen war. Die Autos fuhren mit eingeschalteten Abblendlichtern und hektisch über die Windschutzscheiben rasenden Scheibenwischern an ihnen vorbei. Er spielte kurz mit dem Gedanken, Larrick zu fragen, ob er sich eine Zigarette anzünden dürfe, entschied sich dann aber dagegen. Eine Sucht wie Rauchen war für Angestellte einer Gesundheitsbehörde nicht gerade karrierefördernd.

»Ich verstehe allerdings nicht, was das Virus der Spanischen Grippe mit Pembroke zu tun hat«, sagte er. »Die

Menschen dort sind doch an einer Aortenruptur gestorben.«

Der Commissioner warf Ben einen prüfenden Blick zu.

»Ben, ich muss Sie jetzt etwas fragen«, sagte er mit ernster Stimme. »Kann ich mich darauf verlassen, dass das, was ich Ihnen jetzt sage, unter uns bleibt?«

»Ja.«

»Nichts von dem, was wir hier besprechen, darf jemals an die Öffentlichkeit gelangen. Geben Sie mir darauf Ihr Ehrenwort?«

»Ja.«

»Vielen Dank. Ich wusste, dass ich mich auf Sie verlassen kann.« Larricks Zeigefinger wanderte wieder an die Windschutzscheibe.

»Das, was ich Ihnen eben erzählt habe, war die offizielle Version der Geschichte«, fuhr er fort, untermalt vom leisen Quietschen des Fingers. Er malte kleine, sich mehrfach überschneidende Kreise. »Und jetzt kommt die inoffizielle: Sie wissen ja genauso gut wie ich, dass die Jungs im AFIP nicht nur die Abwehr aller möglichen fiesen Biowaffen im Kopf haben, sondern zur Verteidigung unserer Freiheit munter ihre eigenen Höllensüppchen zusammenbrauen. Auch mit dem Erreger der Spanischen Grippe haben sie das probiert. Denn selbst wenn es auf den ersten Blick anders aussehen mag, als Biowaffe eignet sich dieses Virus nur bedingt. Erstens haben gegen einen Erreger, der schon einmal um die Welt gegangen ist, viele Menschen Abwehrstoffe entwickelt, und zweitens existieren heute hochwirksame Medikamente gegen Grippeviren, die es 1918 noch nicht gab. Man braucht sie nur in genügend großer Anzahl zur Verfügung zu stellen, und erkrankte Soldaten sind rasch wieder auf dem Damm.

Aber Viren sind ja viel mehr als Krankheitserreger. Sie sind auch hervorragende Transportmittel, eine Art Biotaxi, das zielgerichtet alle möglichen Substanzen in bestimmte Zellen unseres Körpers bringen kann – therapeutisches Protein oder regulatorische Transgene zum Beispiel. Wir von der FDA wissen das vermutlich besser als jeder andere, nicht wahr, Ben?«

Larrick hatte Recht. In den letzten Jahren hatte die Forschung im Bereich der sogenannten viralen Vektortherapien sprunghaft zugenommen. Viele Wissenschaftler begründeten darauf ihre Hoffnung, irgendwann einmal neurodegenerative Krankheiten wie Alzheimer oder Parkinson wirksam bekämpfen zu können.

»Aber wer sagt uns, dass in einem Taxi nur die Guten sitzen dürfen?«, fuhr Larrick fort, während sein Finger immer noch über die Windschutzscheibe fuhr. »Man könnte mit so einem Transportmittel ja auch einen Killer direkt ins Herz hineinbefördern, wo er viel effizienter tötet als eine Grippeinfektion. Und zwar binnen weniger Stunden.«

»Ein Virus, das so schnell das Herz angreift? Unmöglich. Krankheiten wie Marfan oder Syphilis brauchen viele Jahre dazu.«

»Die Militärs haben das ganz offenbar nicht ganz so gesehen wie Sie, Ben. Sie haben in ihrem Labor in Atlanta an einem mutierten Virus herumexperimentiert, das sie AO-1 genannt haben. Wobei das AO wohl für Aorta steht. Denn die ist das Angriffsziel dieses fiesen kleinen Monstrums. Es soll das Gewebe der Hauptschlagader direkt am Herzen in kürzester Zeit so schwächen, dass es allein durch den Druck des Blutes zerreißt. Quasi eine von außen herbeigeführte

Aortendissektion im ganz großen Stil. Wem das passiert, dem hilft kein Medikament der Erde mehr.«

»Ein gigantisch beschleunigtes Marfan-Syndrom«, sagte Ben leise.

»Möglicherweise. Wir werden es nie genau erfahren.«

»Und warum nicht?«

»Weil die Versuche an AO-1 im Frühjahr 2009 eingestellt wurden. Und fragen Sie mich jetzt nicht, warum. Vielleicht sind sie nicht weitergekommen, vielleicht hatte der neue Präsident nicht so viel für solche Experimente übrig wie sein Vorgänger. Ich kann es Ihnen nicht sagen, denn ich habe diese Informationen auf höchst inoffiziellem Weg bekommen. Aber sie stammen immerhin – wie sagt man so schön? – aus für gewöhnlich gut informierten Kreisen. Fragen Sie mich bitte auch nicht, wer diese Kreise sind, ich dürfte es Ihnen ohnehin nicht sagen.«

Ben hatte gar nicht vorgehabt, Larrick danach zu fragen. Wie jeder andere in der FDA wusste er, dass Larrick über ein weit gespanntes Netz von Beziehungen verfügte, das weit über die Gesundheitsbehörden hinaus reichte.

»Tatsache ist, dass das AFIP im vergangenen Jahr alle Stämme des mutierten Virus vernichtet hat, und damit könnte man die Geschichte wohl getrost vergessen. Wie so viele andere aberwitzige Biowaffen auch, die nie über das erste Planungsstadium hinauskamen. Wäre da nicht ein Punkt, der mir Kopfzerbrechen bereitet.«

Larrick hörte auf zu sprechen und rutschte so nahe an Ben heran, dass diesem der ölige Geruch von Erdnüssen in die Nase stieg. »Dreimal dürfen Sie raten, wie der Leiter des AO-1-Experiments hieß«, sagte er mit leiser Stimme.

Ben begann zu ahnen, worauf er hinauswollte. »Dr. Allan Low?«

»Genau. Und wenn jemand, der einmal an einem solchen Experiment mitgearbeitet hat, auf grausige Weise umgebracht wird, dann läutet beim FBI die ganz große Alarmglocke. Man hat damals eine streng geheime, aber extrem gründliche Untersuchung vorgenommen, die jedoch, soweit mir bekannt ist, nichts Wesentliches zutage gefördert hat. Und jetzt bricht plötzlich in einem Provinznest mitten in Virginia ein bisher nicht bekanntes Virus aus …«

»Und Menschen mit den Symptomen einer Aortendissektion oder Aortenruptur werden ins Krankenhaus eingeliefert und sterben kurz darauf wie die Fliegen …«, unterbrach ihn Ben.

»Genau. Verstehen Sie jetzt, warum ich Sie unbedingt sprechen musste?«

»Das schon, aber eines ist mir völlig schleierhaft: Warum sind ausgerechnet die Testpatienten für CardioPatch gestorben? Das Pflaster ist doch genau dazu da, um eine Aortenruptur zu verhindern!«

»Außer, das Pflaster ist etwas anderes als das, wofür man es ausgibt.«

»Das verstehe ich nicht.«

»Es könnte doch sein, dass das Pflaster etwas enthält, das durch das Virus aktiviert wird und die Aorta zum Zerreißen bringt.«

»Und was sollte das sein? Ich weiß doch genau, woraus das Pflaster besteht: aus gentechnisch verändertem Schweinegewebe. Das wurde bis in die Molekularebene hinein untersucht.«

»Wer hat das untersucht?«

»Wir. Die FDA.«

»In unserem eigenen Labor?«

»Nein. Wir haben den Auftrag an ein unabhängiges Labor gegeben, mit dem wir seit Jahren zusammenarbeiten. American Medical Testing in der Nähe von Richmond. Sie müssten es eigentlich kennen.«

»Und ob ich dieses Labor kenne. Ich habe mich erst kürzlich sehr gründlich darüber informieren lassen. Und soll ich Ihnen sagen, wer im vergangenen Jahr bei AMT gearbeitet hat?«

»Doch wohl nicht dieser Allan Low?«, fragte Ben ungläubig.

»Bingo! Ich wusste immer schon, dass Sie ein kluger Kopf sind.«

»Hoffentlich täuschen Sie sich da nicht. Ich verstehe nämlich immer noch nicht, worauf sie hinauswollen.«

Larricks Finger x-te jetzt die Kringel, die er vorher gemalt hatte, aus. Das Quietschen auf dem feuchten Glas ging Ben gehörig auf die Nerven.

»Nun, es wäre doch denkbar, dass die Daten, die AMT Ihnen über CardioPatch geliefert hat, in gewisser Weise … manipuliert waren.«

»Unmöglich! Wir arbeiten seit Jahren mit diesem Labor zusammen. Es muss sich regelmäßig strengen Kontrollen unterziehen.«

»Ich weiß. Aber auch die strengsten Kontrollen kann man umgehen, wenn man nur weiß wie. Nehmen Sie einfach einmal an, AMT hätte bewusst Daten manipuliert, um zu vertuschen, dass das Herzpflaster nicht der Segen für die Menschheit ist, als den seine Herstellerfirma es vermarkten will …«

»Sondern?«

»Ein Stück Killergewebe direkt am Herzen ahnungsloser Menschen, das nur darauf wartet, eines Tages aktiviert zu werden. Heutzutage kann man im Zellprotein doch alles Mögliche verstecken. Toxine, Hormone, mutiertes Fibrillin. Alles fein säuberlich eingekapselt, bis ein Virus mit einem Botenstoff daherkommt, der das Teufelszeug freisetzt, damit es im Körper Amok laufen kann.«

Ben holte tief Luft. Der Gedanke war erschreckend, aber gänzlich auszuschließen war er nicht. »Wer könnte Interesse an so etwas haben?«, fragte er heiser. Er hätte viel dafür gegeben, sich jetzt eine Zigarette anzünden zu dürfen.

»Keine Ahnung«, antwortete Larrick, begleitet von dem nervtötenden Quietschen. Vermutlich brauchte er das Geräusch, um nachdenken zu können. »Es gibt genügend Verbrecher und Irre auf dieser Welt, denen so etwas einfallen könnte. Erpresser, selbst ernannte Racheengel, Terroristen jeglicher Couleur, was weiß ich ...«

»Und warum schicken Sie dann nicht das Drugstore FBI zu AMT und lassen es den Laden auf den Kopf stellen?«

Das Drugstore FBI war die kleine, aber äußerst schlagkräftige Einsatztruppe der FDA, die ihren Spitznamen dem Umstand verdankte, dass ihre Mitglieder das Recht hatten, eine Waffe zu tragen. Bei unangemeldeten Kontrollen der Arzneimittelbehörde standen manchmal Milliardenaufträge auf dem Spiel, und wenn es um solche Summen ging, waren manche Firmen nicht gerade zimperlich.

»Die Kavallerie loszuschicken ist keine gute Idee«, sagte Larrick. »Wenn die bei AMT wirklich Dreck am Stecken haben, vernichten sie das Beweismaterial, sobald sie den

Braten riechen, und wir schauen in die Röhre. Nein, wir müssen denen auf andere Weise auf den Zahn fühlen.«

»Und wie?«

»*Sie* werden das bewerkstelligen, Ben. Sie als der verantwortliche Projektleiter können bei AMT ein und aus gehen, ohne dass die dort Verdacht schöpfen. Wenn Sie erst einmal hinter der Firewall sind, zapfen Sie das Netzwerk von AMT an und laden sich alle Informationen runter, die man uns freiwillig niemals geben würde.«

»Aber wie soll ich denn ein Computernetzwerk in irgendeiner Firma anzapfen?«, fragte Ben überrascht. »Ich bin schon froh, wenn ich mein E-Mailprogramm bedienen kann.«

»Das ist mir bekannt«, sagte Larrick mit seinem breiten texanischen Grinsen. »In Ihrer Abteilung nennt man Sie den ›digitalen Neandertaler‹, wenn ich richtig informiert bin.«

Sieh mal einer an, dachte Ben. Da erfährt man Dinge über sich, die einem bisher völlig unbekannt waren.

»Aber lassen Sie sich deshalb keine grauen Haare wachsen«, fuhr Larrick gut gelaunt fort. »Da wird sich schon eine Lösung finden.«

»Wenn Sie meinen …«, erwiderte Ben mit Skepsis in der Stimme.

Larrick grinste breit. »Na, wie sieht es aus, Ben, tun Sie mir den Gefallen?«

Die Aussicht, zu AMT fahren zu müssen und dort irgendwelche Daten zu klauen, fand Ben alles andere als verlockend. Widersprüchliche Gedanken kreisten wie ein Mahlstrom in seinem Kopf. Er musste raus aus diesem Gefängnis aus Blech, er musste frei atmen und sich sammeln, bevor er eine Entscheidung treffen konnte. Und er brauchte jetzt dringend eine Ladung Nikotin.

»Sind Sie mit im Boot?«, bohrte Larrick nach.

»Geben Sie mir etwas Zeit, Martin. Ich muss das alles erst einmal überdenken, bevor ich mich darauf einlasse.«

»Ich kann Ihnen eine Stunde geben, länger nicht«, erwiderte Larrick und zog eine Visitenkarte aus der Brusttasche seines Jacketts. »Hier ist meine Handynummer. Rufen Sie mich bis spätestens halb zwölf an. Und ich hoffe schwer, dass Sie sich für meinen Vorschlag entscheiden. Kann ich Sie noch irgendwo hinbringen?«

»Nein, danke, ich steige lieber aus und gehe ein Stück zu Fuß.«

»Bei diesem Regen?«

»Da bekomme ich einen klaren Kopf.«

Larrick drehte sich um und nahm einen Taschenschirm von der Rückbank. »Hier, nehmen Sie wenigstens einen Regenschirm mit. Wenn Sie sich eine Erkältung holen, ist keinem von uns gedient.«

Ben gab keine Antwort. Er nahm den Schirm, riss die Wagentür auf und trat hinaus auf die vom Surren nasser Autoreifen erfüllte Straße.

17

10:20 UHR
SENATE RUSSELL BUILDING, WASHINGTON, DC

Das Interview mit CNN war für Senatorin Kathleen Neal anstrengender gewesen als sie geglaubt hatte. Vielleicht war es das deprimierende Regenwetter, das sich langsam auf ihre Stimmung auswirkte, vielleicht steckte ihr aber auch noch das Erlebnis mit dem Hund in den Knochen, den sie sterbend auf der Straße zurückgelassen hatte. Auf jeden Fall fiel es ihr schwerer als sonst, dem Objektiv der Kamera das zu zeigen, was die Menschen auf ihren Bildschirmen sehen wollten: Eine starke, entschlossene und blendend aussehende Frau, die das Zeug zur ersten Präsidentin der Vereinigten Staaten von Amerika hatte.

Jetzt saß sie wieder in ihrem Büro, trank Mineralwasser und sah die weiteren Termine des Tages durch, die ihr Michael Weinstein auf den Schreibtisch gelegt hatte. In Abschnitten von fünfzehn Minuten ging es Schlag auf Schlag – Telefonkonferenzen, Besucher, Besprechungen. Weinstein selbst saß auf einem Sessel in der Ecke des Zimmers und sah etwas auf seinem Laptop nach. »Sie haben noch drei weitere Fernsehinterviews heute Nachmittag«, verkündete er, »und danach einen Fototermin für *USA Today*. Die wollen Ihr Bild in der nächsten Ausgabe auf dem Titel bringen.«

»Wurde aber auch Zeit«, sagte Neal. »Und was ist mit meinem Auftritt bei der *Early Show*?«

»Der ist auf übermorgen verschoben. So sind Sie ein paar Stunden vor der Menschenkette noch einmal auf den Fernsehschirmen und können die letzten Teilnehmer mobilisieren.«

»Da hat jemand mitgedacht«, sagte Neal anerkennend. »Wie sieht es eigentlich mit den Prominenten bei H.A.T. aus? Ist Oprah Winfrey nun mit von der Partie oder nicht?«

»Das entscheidet sie angeblich heute. Wussten Sie eigentlich, dass sie vor zwanzig Jahren bei Hands Across America auch dabei war?«

»Wie viele andere auch, die jetzt bei unserer Kette mitmachen. Lily Tomlin, Raquel Welch … manche Promis haben offenbar das ewige Leben.«

»Im Gegensatz zu hohen Geistlichen«, sagte Weinstein und deutete auf das Display seines Laptops. »Haben Sie schon gehört, dass letzte Nacht Monsignore Lee Vada ermordet wurde? Die Nachricht ist vor zehn Minuten über CNN gekommen. Man hat ihn ermordet auf dem Rücksitz eines Taxis gefunden, das auf dem Parkplatz eines Einkaufszentrums abgestellt war. Vom Täter fehlt jede Spur.«

»Helfen Sie mir auf die Sprünge, Michael. Wer war dieser Monsignore gleich nochmal? Irgendwie kommt mir der Name bekannt vor.«

»Lee Vada war einer der engsten Berater von Erzbischof Miller. Sie haben ihn vor einem Vierteljahr getroffen, als …«

»Jetzt fällt es mir wieder ein! Der Sektenbeauftragte der katholischen Kirche, nicht wahr? Der war doch bei diesem Hearing über Apokalyptiker und Weltuntergangssekten, nicht wahr? Die Christlichen Gotteskrieger, die Hutaree-Milizen und wie diese ganzen albernen Spinner sonst noch heißen, über die sich meine Kollegen im Senat so gerne echauffieren.«

»Vergessen Sie nicht, dass diese albernen Spinner immer wieder Anschläge geplant haben.«

»Die aber fast alle aufgeflogen sind, bevor sie überhaupt stattfinden konnten. Glauben Sie mir, Michael, das sind Wirrköpfe, denen zu viel Weihrauch das Hirn vernebelt hat.«

»Hoffen wir, dass Sie diese Meinung nicht eines Tages revidieren müssen«, erwiderte Weinstein. »Ich habe beim FBI wegen dem Mord an Vada nachgefragt. Die Spurensicherung hat ihre Arbeit zwar noch nicht abgeschlossen, aber es sieht alles danach aus, als wäre er nicht einem Raubüberfall zum Opfer gefallen.«

»Wissen die denn, wie er umgebracht wurde?«

Weinstein verzog das Gesicht. »Der Beamte hat gesagt, dass es möglicherweise ein Ritualmord gewesen sein kann. Der oder die Mörder haben dem Monsignore den Mund zugenäht.«

»Um Gottes Willen!«

»Aber das ist noch nicht alles. Bei der Untersuchung am Fundort der Leiche wurde festgestellt, dass der Schwanz eines Nagetiers – möglicherweise einer großen Maus oder einer kleinen Ratte – zwischen den Lippen des Opfers heraushing.«

»Igitt! Das ist ja widerwärtig!«

»Näheres wird eine Obduktion klären müssen. Aber eines ist interessant. Das FBI hat in seiner Datenbank nur einen einzigen Fall gefunden, bei dem jemand auf ähnliche Weise ermordet wurde. Das war ein Wissenschaftler namens Dr. Allan Low.«

Kathleen Neal holte tief Luft. »War das nicht der Virologe, der möglicherweise einen biologischen Kampfstoff entwendet hat?«

»Das konnte ihm nie nachgewiesen werden.«

»Richtig. Aber im Ausschuss für Innere Sicherheit hat die Heimatschutzbehörde hinter dem Verschwinden dieser Viren gleich wieder Machenschaften der al-Qaida vermutet. Denn irgendwo im Koran soll ja stehen, dass ein Gottesgericht in Form einer Seuche alle Ungläubigen hinwegraffen wird.«

»Dasselbe können Sie aber auch in der Bibel finden«, bemerkte Weinstein trocken. »Monotheistische Religionen lieben nun mal düstere Prophezeiungen.«

»Wie dem auch sei, ich möchte, dass Sie die Sache mit diesem Monsignore beobachten und mir sofort Bescheid geben, wenn das FBI etwas Neues herausgefunden hat. Vor allem, ob es wirklich irgendeinen Zusammenhang mit Dr. Low gibt. Das fehlt uns gerade noch, dass wegen so etwas Panik ausbricht und die Heimatschutzbehörde völlig durchdreht. Goss hat mir vorhin aufgelauert und wieder seine alte Leier vorgespielt. Wir müssen ihnen den Wind aus den Segeln nehmen, damit uns übermorgen nicht die Leute zu Hause bleiben. Sagen Sie Shelly, er soll die Briefings für die Interviews noch einmal überarbeiten.«

»Wird gemacht. Sonst noch was?«

Neal nickte. »Verschieben Sie das dritte Fernsehinterview irgendwie auf morgen. Ich habe einen wichtigen privaten Termin.«

Weinstein sah sie erstaunt an. »Einen privaten Termin?«,

fragte er. »Muss der denn ausgerechnet jetzt sein, wo ich mit so viel Mühe die ganzen Fernsehteams zusammengetrommelt habe? Was ist das denn für ein privater Termin?«

»Das geht Sie nichts an«, erwiderte Neal so barsch, dass Weinstein zusammenzuckte. »Und noch was, Michael. Rufen Sie bei Biometrix an und sagen Sie Angie Howlett, dass es unvorhergesehene Schwierigkeiten bei der Zulassung ihres Herzpflasters gibt. Aber bringen Sie es ihr möglichst schonend bei. Wir können es uns jetzt nicht leisten, Dr. Howletts Unterstützung zu verlieren.«

Weinstein klappte seinen Laptop zu.

»Da sprechen Sie ein wahres Wort gelassen aus«, sagte er. »Ausgerechnet Angie Howlett zu vergrätzen können wir uns jetzt weiß Gott nicht leisten. Wir wissen beide, dass Ms Howlett fest damit rechnet, CardioPatch noch vor dem vierten Juli offiziell zugelassen zu bekommen. Soll ich vielleicht mal dezenten Druck auf den zuständigen Beamten bei der FDA ausüben, damit er endlich in die Gänge kommt?«

»Keine Sorge«, erwiderte sie sanft. »Das mit CardioPatch kriege ich schon selbst in den Griff.«

18

10:38 UHR
WASHINGTON, DC

Ben spannte Martin Larricks Regenschirm auf und entfernte sich ein paar Schritte von dem Lexus, bevor er aus dem verknitterten Softpack in seiner Manteltasche eine Zigarette schüttelte und anzündete. Er sog den Rauch tief in seine Lungen und ließ ihn langsam durch die Nase entweichen.

Warum sollte er sich von Larrick in diese Geschichte mit hineinziehen lassen? Er hatte sich wegen des Herzpflasters schon so weit aus dem Fenster gelehnt, dass es ihn möglicherweise den Job gekostet hatte.

Hastig zog er noch ein paarmal an der Zigarette, bevor er sie halbgeraucht in eine Pfütze warf. Er überquerte die Straße und ging in ein Café auf der anderen Straßenseite. Eigentlich wollte er zurück ins Hotel unter die heiße Dusche und dann zur SchmooCon, um Jack abzuholen, aber ohne eine große Dosis Koffein würde er vermutlich im Taxi einschlafen.

Er bestellte sich einen doppelten Cappuccino mit einem Schuss Karamellsirup und dazu einen extra großen Donut mit Schokoladenglasur. Nachdem er gezahlt hatte, suchte er sich einen Tisch und setzte sich. Dankbar nahm er die heiße Kaffeetasse in beide Hände und trank einen ersten Schluck.

Der Donut war die reinste Kalorienbombe, aber Ben war das jetzt egal. Mit leerem Magen konnte er nicht nachdenken, und nachdenken musste er. Dringend sogar.

Viele Monate lang hatte er nun das Projekt CardioPatch betreut – von den ersten Eingaben der Herstellerfirma über intensive chemische, physikalische und biologische Untersuchungen des Ausgangsmaterials und statistische Hochrechnungen seiner Wirksamkeit bis hin zu den klinischen Studien in mehreren Phasen. Diese Versuche an echten Patienten konnten nur dann stattfinden, wenn ein Medikament oder medizinisches Hilfsmittel bis dahin alle präklinischen Prüfungen einschließlich ausführlicher Tierversuche ohne Beanstandung gemeistert hatte. Nur ein kleiner Teil aller neu entwickelten Heilmittel schaffte es überhaupt bis in die klinischen Studien, und wenn sich eines auch in Phase III bewährt hatte, in der es immerhin an Tausenden von Patienten getestet wurde, musste schon viel schiefgehen, damit es nicht von der FDA zugelassen wurde. Bei CardioPatch war offenbar etwas ganz gewaltig schiefgegangen. Tammys aufgeregte Botschaft ließ eigentlich nur den Schluss zu, dass gleich mehrere der Patienten, denen man in Pembroke ein Versuchsmuster des Herzpflasters eingesetzt hatte, binnen kurzer Zeit gestorben waren, weil sie sich mit einem Virus infiziert hatten.

Aber was war das für ein Virus? Und warum war es ausgerechnet in Pembroke ausgebrochen? Ben hatte keine Antwort auf diese Fragen. Er wusste nur, dass irgendjemand – möglicherweise dieser auf grausige Weise ums Leben gekommene Dr. Allan Low, es aus einem geheimen Labor der Army entwendet und so modifiziert haben musste, dass es das CardioPatch in eine im Körper ahnungsloser Patienten schlummernde Biobombe verwandelte. Nicht auszudenken, wenn dieses Herzpflaster seine Zulassung bekäme!

Es gab Schätzungen, wonach jeder fünfte Amerikaner ein kleines Loch oder einen Riss in der Aorta hatte, und CardioPatch zielte genau auf diesen riesigen und enorm lukrativen Markt ab. An und für sich eine geniale Erfindung, die Millionen von Menschen das Leben retten konnte, wenn nicht …

Ben schlürfte den Milchschaum von seinem Kaffee und schloss die Augen. War es überhaupt möglich, ein biotechnologisch aufbereitetes Stück Schweinehaut so zu manipulieren, dass es zu einer tödlichen Waffe wurde? Sicher, es gab Krankheiten wie das Marfan-Syndrom oder Syphilis, die die Wand der Aorta zerstörten, aber nicht binnen weniger Stunden, wie das offenbar in Pembroke der Fall gewesen war. Solche Krankheiten brauchten viele Monate, oft sogar Jahre, bis sie die Aorta so geschwächt hatten, dass sie zerriss und den Patienten tötete.

Aber vielleicht war der Gedanke an das Marfan-Syndrom gar nicht so abwegig. Die Krankheit war ein genetischer Defekt, der bewirkte, dass die Muskelfasern in der Aorta immer schwächer wurden, bis sich die Schlagader erst wie ein Sack nach außen stülpte und schließlich barst. Was wäre, wenn jemand die Fasern in der Schweinehaut des Herzpflasters so manipuliert hätte, dass sie die Aorta im Normalfall zusammenhielten, sich aber unter dem Einfluss eines speziellen mutierten Grippevirus rasend schnell zersetzten?

»Ist hier noch ein Platz frei?«, hörte Ben auf einmal eine Stimme direkt über ihm fragen. Er öffnete die Augen und sah, dass Martin Larrick sich über seinen Tisch beugte.

»Ist denn die Stunde schon vorbei?«, fragte Ben.

Larricks teurer Nadelstreifenanzug war völlig durchnässt, und einzelne Regentropfen liefen ihm übers Gesicht. »Nein, aber wir Texaner sind nun mal ein ungeduldiges Volk«, sagte er grinsend. »Außerdem wollte ich Ihnen noch etwas sagen.«

»Aber Sie sind ja total durchnässt«, sagte Ben. »Sie sollten nach Hause fahren und sich trockene Sachen anziehen.«

»Das kommt davon, wenn man seinen einzigen Regenschirm verleiht.« Larrick verzog sein nasses Gesicht zu einem schiefen Grinsen. »Aber ich bin Gott sei Dank nicht aus Zucker.«

»Was wollten Sie mir noch sagen?«, fragte Ben.

»Ich habe gerade einen Anruf von Senatorin Kathleen Neal bekommen«, sagte Larrick, während er eine dunkelbraune Espressotasse auf den Tisch stellte. »Sie möchte mit Ihnen reden.«

»Was sollte eine Senatorin mit mir zu besprechen haben?«, fragte Ben verwundert. »Sagen Sie der Dame einen schönen Gruß und dass die FDA eine unabhängig arbeitende Behörde ist, die sich von der Politik nicht unter Druck setzen lässt.«

»Das brauche ich ihr nicht zu sagen, Ben, das weiß sie doch selbst«, erwiderte Larrick. Er hob die Tasse, die in seinen riesigen Händen wie Puppengeschirr aussah, und blies mit gespitzten Lippen auf den heißen Kaffee. »Kathleen Neal ist eine gute Bekannte von mir. Ich habe sie heute Vormittag angerufen, gleich nachdem ich Ihre E-Mail gelesen hatte, und ihr von Pembroke erzählt. Sie hat die Entwicklung von CardioPatch von Anfang an verfolgt und macht sich jetzt Sorgen. Sie möchte einfach mit dem

Beamten reden, der für die Zulassung des Herzpflasters zuständig ist.«

Ben dachte nach. Wieso wollte eine der einflussreichsten Senatorinnen in Washington mit einem subalternen Beamten der Gesundheitsbehörde sprechen, wenn sie einen guten Draht zu dessen Vorgesetztem hatte? Vermutete sie, dass er, Ben, Informationen hatte, über die Martin Larrick nicht verfügte? Aber Ben besaß solche Informationen nicht, er konnte Kathleen Neal nichts sagen, was sie nicht auch über ihre offiziellen Kontakte zur FDA herausbekommen konnte.

Andererseits blieb ihm keine andere Wahl: Wenn eine Senatorin ihn sehen wollte, musste er hingehen, ganz gleich, ob etwas dabei herauskam oder nicht. Und vielleicht konnte er ja mit ihr über Tammy Fader reden und mehr über deren Verbleib erfahren. Eine mächtige Politikerin wie Neal konnte viele Hebel in Bewegung setzen und möglicherweise sogar dafür sorgen, dass er Tammy in der Quarantäne besuchen durfte.

»Ich habe einen Termin um eins für Sie ausgemacht«, sagte Larrick, als Ben nichts sagte. »Im Senate Russell Building. Ich empfehle Ihnen, sich vorher noch ein wenig präsentabler zu machen und sich eine Krawatte umzubinden.«

»Na schön«, seufzte Ben. »Ich schätze, da kann ich wohl nicht Nein sagen.«

»So ist es. Und danach setzen Sie sich in Ihr Auto und fahren hinaus zu AMT. Ich werde dort anrufen und sagen, dass Sie vorbeikommen.«

»Aber ich habe doch noch gar nicht Ja gesagt«, protestierte Ben, dem das alles viel zu schnell ging.

»Wenn Sie bei Kathleen waren, werden Sie Ja sagen, glauben Sie mir«, erwiderte Larrick und legte Ben eine seiner riesigen Pranken auf die Hand. »Ben, wir brauchen Sie.«

»Wer ist wir?«

»Ich, Senatorin Neal, die FDA, unser Land. Und vergessen Sie nicht Ihre Freundin Tammy Fader in Pembroke.«

19

11:02 UHR
BIOMETRIX ZENTRALE, LAKE ANNA, VIRGINIA

Dr. Angie Howlett trat an die vom Boden bis zur Decke reichenden Fenster ihres Büros, vor denen ein nicht enden wollender Regen auf das dunkelgraue Wasser des Lake Anna niederging. Vor etwas mehr als fünf Jahren hatte sie den Entschluss gefasst, den neuen Forschungs- und Verwaltungskomplex ihrer ständig expandierenden Biotech-Firma in einer stillen Bucht dieses großen Sees im Herzen von Virginia zu errichten, und sie hatte diese Entscheidung seither noch kein einziges Mal bereut. Ganz gleich, wie schlimm ihr Stress als Firmenchefin auch sein mochte: Immer, wenn sie aus ihrem weitläufigen, dreieckig geschnittenen Büro in der Spitze zweier rechtwinklig aufeinander zulaufender Gebäudeflügel hinaus auf die Wasserfläche schaute, ging ihr das Herz auf. Auch jetzt spürte sie, wie ihr der Anblick des Sees eine Ruhe und Gelassenheit schenkte, die sie in ihrem früheren Büro im Geschäftsviertel von Richmond nie gekannt hatte. Als leidenschaftliche Schwimmerin, die in ihrer aktiven Zeit eine ansehnliche Reihe von Pokalen gewonnen hatte, besaß Angie Howlett eine ganz besondere Beziehung zu Wasser. Es war das Element, das sie stets getragen und in dem sie sich von Erfolg zu Erfolg gekämpft hatte.

»Hält uns die FDA für blöd, oder was?«, fragte sie und drehte sich wieder zu Avery Gavigan um, dem Leiter der Forschungsabteilung von Biometrix. »Wie können die uns vorgestern noch sagen, dass die Zulassung von CardioPatch nur noch eine Frage von wenigen Tagen ist, und heute sieht auf einmal alles anders aus?«

»Allzu genau konnte Weinstein mir das auch nicht erklären. Er meinte nur, es seien neue Fakten aufgetaucht, die …«

»Na wunderbar«, schnitt Angie ihm das Wort ab. »Seit einem Jahr tun wir nichts anderes, als der FDA ihre Fragen zu beantworten. Was wollen die eigentlich noch von uns? CardioPatch hat all ihre Tests mit Bravour bestanden.«

»Weinstein hat etwas von überraschenden Komplikationen bei einigen Teilnehmern an den klinischen Studien gesagt …«

»Wie bitte?«, fragte Angie ungläubig. »Die klinischen Studien sind längst abgeschlossen, das weiß die FDA doch ganz genau.« Sie ging zu ihrem Schreibtisch, auf dessen großer Glasfläche ein Laptop aus schimmerndem Aluminium stand. »Hier habe ich es schwarz auf weiß«, sagte sie, nachdem sie den Computer durch einen Tastendruck aus dem Ruhezustand aufgeweckt hatte. »Ich bin sie vorhin extra nochmal durchgegangen. Vierhundertdreiundsiebzig Patienten wurde im Rahmen der klinischen Studien unser Herzpflaster eingesetzt und bis auf einen, der bei einem Autounfall ums Leben gekommen ist, geht es allen von ihnen ausgezeichnet.«

»*Ging* es, Angie, ging es«, sagte Avery Gavigan mit sanfter Stimme. Er war ein kleiner, untersetzter Mann, der sich in der Gegenwart seiner drahtigen Chefin mit ihrer durchtrainierten Sportlerinnenfigur stets dick und unförmig vorkam. »Bis gestern ging es ihnen ausgezeichnet. Aber dann muss etwas passiert sein. Weinstein konnte – oder durfte – mir nicht sagen, was, aber es sieht wohl so aus, als wären in der Nacht von gestern auf heute einige der Testpatienten ganz überraschend gestorben.«

»*Einige*?«, fragte Angie ungläubig. Sie stützte sich mit beiden Armen auf den Schreibtisch und sah Gavigan durchdringend an. »Und da haben Sie Weinstein nicht gefragt, woran?«

»Natürlich habe ich das. Was glauben Sie denn? Aber Weinstein hat gemauert. Das kann er ebenso gut wie seine Chefin.«

»Ich weiß«, sagte Angie ein wenig besänftigt. Sie kannte die nichtssagenden Floskeln, mit denen sich Politiker und ihre Zuarbeiter um das Aussprechen ihnen unangenehmer Wahrheiten herumdrückten. »Da muss ich wohl mit Kathleen Neal selbst telefonieren. Bei dem vielen Geld, das ich in ihre Menschenkette gesteckt habe, ist sie mir eine Antwort schuldig.«

Sie griff zum Telefon und tippte eine Nummer, die sie auswendig kannte. Während sie zu Gavignan hinübersah, der sich ostentativ mit seinem Blackberry beschäftigte, wartete sie darauf, dass am anderen Ende der Leitung jemand abhob. Nachdem Angie fünfmal den Klingelton gehört hatte, meldete sich eine Männerstimme.

»Büro von Senatorin Neal, Michael Weinstein am Apparat.«

»Hallo Michael, hier spricht Angie Howlett«, sagte Angie. »Ich würde gerne mit Kathleen sprechen.«

»Die Senatorin ist in einer Besprechung, Angie«, sagte Weinstein. »Tut mir leid.«

Tut dir überhaupt nicht leid, dachte Angie. Wahrscheinlich sitzt sie neben dir und fuchtelt mit den Händen in der Luft herum, damit du sie nur ja nicht an den Apparat holst.

»Dann sagen Sie ihr, dass ich sie so schnell wie möglich sprechen will.«

»Das kann dauern, Angie. Es ist eine wichtige Besprechung mit dem Leiter der Heimatschutzbehörde. Kann ich Ihnen vielleicht weiterhelfen?«

»Sparen wir uns das Spielchen, Michael, okay? Wir wissen doch beide, dass Sie mir ebenso wenig sagen werden wie Avery Gavignan, den Sie vor einer halben Stunde angerufen haben. Oder täusche ich mich da?«

»Sie täuschen sich nicht, Angie, aber das liegt einzig und allein daran, dass ich wirklich nichts weiß. Die FDA hat der Senatorin gemeldet, dass es in der vergangenen Nacht Probleme mit mehreren Testpatienten Ihres Herzpflasters gegeben hat. Ein tödlicher Verlauf der Komplikationen ist nicht ausgeschlossen, aber mehr wusste die FDA auch nicht, weil über den Vorfall eine strenge Nachrichtensperre verhängt wurde.«

»Von wem?«

»Nicht einmal das hat man uns mitgeteilt, Angie. Die Senatorin wird noch heute mit dem Verantwortlichen bei der FDA sprechen, dann wissen wir hoffentlich mehr.«

»Und wann wird das sein? Ich möchte sofort informiert werden, wenn Sie neue Informationen haben, Michael. Schließlich geht es hier um mein Geschäft.«

»Seien Sie versichert, dass die Senatorin sich bei Ihnen melden wird, sobald sie etwas weiß. Wir wissen Ihre Unterstützung sehr zu schätzen, Angie. Ohne Sie hätten wir nie …«

»Ersparen Sie mir Ihr Gesülz, Michael«, würgte Angie ihn brüsk ab. Was bildeten sich diese Leute eigentlich ein? Wenn es darum ging, einem Geld für irgendwelche Aktionen oder den Wahlkampf um die Präsidentschaftskandidatur aus den Rippen zu leiern, laberten sie einen so zu, dass einem davon fast schlecht wurde, und wenn man dann ein einziges Mal etwas von ihnen wollte, schalteten sie auf stur. »Sagen Sie Kathleen, sie soll sich so schnell wie möglich bei mir melden, sonst muss ich mir ernsthaft überlegen, welche Partei ich in Zukunft unterstütze. Ich zahle eine Menge Steuern und biete einer Menge Bürgern dieses Staates einen Arbeitsplatz. Das sollte sie besser nicht vergessen.«

»Natürlich vergisst sie das nicht, Angie«, beeilte sich Weinstein, ihr zu versichern. »Sie meldet sich bei Ihnen, sobald sie …«

Angie beendete das Gespräch mitten im Satz. So konnte man mit ihr nicht umspringen, auch dann nicht, wenn man Senatorin war.

20

11:30 UHR
RITZ CARLTON, PENTAGON CITY, WASHINGTON, DC

Rudy Collins stand splitternackt im Wohnzimmer der Ambassador Suite im obersten Stockwerk des Ritz Carlton, den Blick auf die von Regentropfen übersäten Fenster gerichtet.

Vor ihm auf dem dicken, goldfarbenen Teppich kniete Senatorin Kathleen Neal und folgte seinem Blick nach draußen, wo am gegenüberliegenden Ufer des Potomac das Washington Monument wie ein Phallus in den grauen Himmel über der Hauptstadt ragte. Ein inspirierendes Symbol.

»Hier spielt die Musik, Stute«, sagte Rudy und ließ beide Hände aufreizend langsam über die wohlgeformten Muskelstränge seines Waschbrettbauchs gleiten. Neals Blick folgte ihnen, während sie sich Zentimeter um Zentimeter nach unten bewegten und um sein erigiertes Geschlecht legten. Wie eine griechische Statue stand er vor ihr, muskulös, mit leicht gespreizten Beinen, fordernd und verlockend zugleich.

»Nimm ihn in die Hand«, befahl sie mit heiserer Stimme. Collins schloss die Augen und veränderte seine Position.

»Und jetzt zeig mir, wie scharf du auf mich bist!«

Collins grub die Zehen in den Teppich und begann schwer zu atmen.

»Nicht so schnell!«

Collins schnaufte laut, während Neal nach hinten griff und ihren BH aufhakte. Collins öffnete die Augen gerade noch rechtzeitig um zu sehen, wie die schwarze Spitze nach unten glitt und Kathleens schwere, aber wohlgeformte Brüste freigab. Außerhalb des Büstenhalters kamen sie ihm viel größer vor.

»Oh Baby«, keuchte Collins und trat einen Schritt auf sie zu, so dass er direkt über ihr stand. »Lass es mich dir geben.«

»Noch nicht, mein Hengst«, säuselte Neal. »Mach es langsam, ganz langsam. Zeig deiner Stute, was du kannst.«

Sie richtete ihren Oberkörper auf, bis ihre Brüste fast seine Oberschenkel berührten und ihr Gesicht nur noch Millimeter von seinem Schritt entfernt war. »Langsam, ganz langsam. So ist's gut«, sagte sie, während Collins' Schnaufen immer lauter wurde. Sie hob die rechte Hand an den Mund und leckte sich genussvoll die Finger, bevor sie sie unter ihren Rock schob. Auch sie atmete jetzt schneller. Rhythmisch peitschten sie sich gegenseitig hoch, bis Collins einen lauten, gutturalen Schrei ausstieß.

»Pass auf meine Kleider auf!«, schrie Neal, und Collins machte einen Schritt rückwärts. Neal presste ihre Schenkel zusammen und spürte, wie sie zwischen den Beinen ganz feucht wurde. Sie bewegte den Oberkörper von einer Seite auf die andere, so dass ihre Brüste wie zwei reife Melonen hin und her schwangen. Collins kam ihr wieder näher.

»Nicht berühren!«, keuchte sie. »Das war abgemacht. Keinen Hautkontakt. So sind die Regeln.«

Collins' erigierte Männlichkeit bewegte sich auf ihre Lippen zu.

»Das ist gegen die Regeln«, sagte Neal in neckischem Ton. »*Deine* Regeln.«

»Scheiß auf die Regeln!«, fluchte Collins und packte sie mit der linken Hand. Neal warf den Kopf nach hinten.

»Du solltest Yoga machen, dann kannst du dir selber einen blasen«, lachte sie und zog die Hand aus ihrem Rock. Sie glänzte vor Feuchtigkeit.

»Du bist ja schon fertig, meine Stute«, grinste Collins und schloss die Augen. »Und jetzt bin ich dran. Nimm mich in den Mund. Bitte!«

»Ich fasse dich nicht an. Aber wenn du willst, kannst du mich mit deinem Ding schlagen. Das ist nicht gegen die Regeln, schätze ich.«

Collins hielt inne.

»Was meinst du mit schlagen?«, fragte er.

»Schlagen eben. Wie mit einem Knüppel. Ich war ein böses Mädchen.«

»Wie böse?« Collins grinste.

»Sehr böse. Heute früh habe ich einen Hund überfahren und einfach auf der Straße liegen gelassen. Dem armen Vieh hingen die Gedärme raus, aber es hat noch gelebt.«

»So genau will ich das gar nicht wissen.«

»Die ganze Straße war voller Blut …«

»Hör auf, das törnt mich ab.«

»Wie gesagt, ich war ein böses Mädchen. Also schlag mich mit deinem Ding. Nun mach schon. Das darfst du, weil ich so böse war. Glaub mir.«

Collins nahm sein Glied in beide Hände wie den Griff eines Golfschlägers, aber dann hielt er sich zurück.

»Nein«, sagte er und seufzte. »Du hattest Recht. Keine Berührungen.« Er trat ein paar Schritte zurück und atmete tief durch.

Neal rutschte ihm auf den Knien hinterher und befeuchtete mit der Zunge ihre Lippen.

»Keine Berührungen!«, rief Collins und bewegte die rechte Hand in raschen Stößen auf und ab. »Keine Berührungen!« Die Worte schienen ihn anzuheizen, seine Bewegungen wurden schneller. »Keine Berührungen! Keine Berührungen!«, stieß er ekstatisch keuchend immer wieder hervor. Neal legte die Hände über Mund und Nase und sog den warmen, feuchten Geruch ihres eigenen Körpers ein, während sie unverwandt auf Collins' im matten Licht des Regentags von einem dünnen Schweißfilm schimmernde Muskelpakete starrte und sich nach der Berührung seines mächtig angeschwollenen Glieds sehnte, das nur Zentimeter von ihrem Gesicht entfernt in die stickige Luft der Suite ragte – zum Greifen nah und gleichzeitig unerreichbar fern. Es war diese Unerreichbarkeit, diese nicht überbrückbare Distanz im Augenblick intimster Nähe, die Neal bei diesen geheimen Begegnungen mit Rudy Collins so anzog. Am ganzen Körper schwitzend stand er über ihr und arbeitete sich laut keuchend auf einen seiner Höhepunkte zu, nach denen sie inzwischen richtiggehend süchtig war.

Kathleen Neal hatte Rudy Collins auf einem der vielen Empfänge kennengelernt, die sie regelmäßig für die Vertreter von Handel, Industrie und Finanzwelt geben musste. Eigentlich hasste sie diese Veranstaltungen, bei denen sie sich ermüdende Prahlereien über irgendwelche genialen Geschäftsideen oder die ewig gleichen Beschwerden über angeblich wettbewerbsverzerrende Unternehmenssteuern, Umweltauflagen oder die jüngst eingeführte staatliche Bankenkontrolle anhören musste. Und jedem dieser im Grunde stinklangweiligen Selbstdarsteller musste sie noch dazu das

Gefühl geben, sie wäre nur für ihn und seine Sorgen und Wünsche da. Als wären es die Leute von dieser Sorte, um die sich in einer Demokratie alles drehte.

Aber es half nichts. Wenn sie als Senatorin wieder gewählt oder gar Präsidentschaftskandidatin ihrer Partei werden wollte, brauchte sie die Unterstützung von Menschen, die über viel Geld verfügten und darüber hinaus auch willens waren, einen Teil dieses Geldes in die Unterstützung von Politikern zu stecken. Eine Hand wäscht die andere, so lautete nun mal das Prinzip, nach dem in Washington Politik gemacht wurde, und Kathleen Neal schlug keine dieser Hände aus, weder die des schmerbäuchigen Firmenbosses vom alten Schlag noch die des geschniegelten, von Haargel triefenden Jungbankers im teuren Maßanzug oder der supereffizienten Geschäftsamazone, der man auf den ersten Blick ansah, dass sie brutalere Entscheidungen treffen konnte als jeder Mann in ihrer Position. Allen musste sie das Gefühl geben, dass sie ein Ohr für ihr spezielles Anliegen hatte, dass sie sich um ihre Probleme kümmerte und sie für die besten überhaupt hielt, obwohl sie sie in Wirklichkeit stinklangweilig und völlig unattraktiv fand.

Rudy Collins war die große Ausnahme. Schon bei ihrer allerersten Begegnung, einer Wohltätigkeitsgala für die Erdbebenopfer in Haiti, war er ihr deshalb aufgefallen, weil er zu den ganz wenigen gehört hatte, die auf der Veranstaltung nicht ihre Nähe gesucht hatten.

Sie war es gewesen, die auf ihn zugegangen war, getrieben von einem Verlangen, über dessen wahre Beweggründe sie sich immer noch nicht ganz im Klaren war. Sie wusste nur, dass sie geradezu süchtig nach seiner Nähe war. Sich den rigorosen Regeln seiner sexuellen Obsession zu unterwerfen, war für sie ein belebender Kontrast zu ihrem normalen Leben, in dem eigentlich immer sie die Bestimmende war – ganz gleich ob im Senat, in der Partei oder in der Ehe mit ihrem ebenso gebildeten wie sanftmütigen, aber eben auch unendlich langweiligen Ehemann Raymond. Bei ihren geheimen Begegnungen mit Rudy Collins konnte sie die andere Seite der Macht erleben, hier war sie ganz und gar Objekt.

»Komm her!«, befahl Collins, und Neal rutschte auf Knien über den teuren Teppich näher an ihn heran. Er war kurz davor zu explodieren. Sie nahm ihre Brüste in beide Hände und hob sie ihm entgegen wie zwei Opfergaben, die sie dieser wie Marmor glänzenden heidnischen Götterstatue über ihr darbrachte. Collins griff nach dem Telefon auf dem Sofatisch und presste es sich an seinen wild zuckenden Leib, bevor er seinen Samen mit einem lauten, gepressten Stöhnen über dem Apparat aus rotem Plastik ergoss. Schwer atmend stand er da, das Telefon in der einen und seinen immer noch zuckenden Penis in der anderen Hand, und blickte mit weit aufgerissenen Augen zur Zimmerdecke hinauf.

Neal spürte, wie Rudys heißer Samen von dem Telefon auf ihre Brüste herab tropfte und legte rasch den Kopf in den Nacken, damit nichts davon in ihre Haare kam. Sie hatte in zwanzig Minuten einen wichtigen Termin, vor dem sie sich unmöglich den Kopf waschen konnte. »Du warst wieder wunderbar, mein Hengst!«, flüsterte sie, während sie die klebrige Flüssigkeit auf ihren blassen Brüsten verrieb. »Und jetzt bring mir bitte ein Handtuch.«

Collins ging ins Badezimmer, holte ein weißes Frotteetuch und drückte es Neal in die Hand. Jetzt war sie wieder die bestimmende Kraft in dieser seltsamen Liaison.

»Weißt du, wo ich es gerne mal mit dir machen würde?«, fragte sie.

»Wo denn?«

»Drüben im Kapitol«, antwortete sie. »Und zwar in der Krypta unten im Keller, direkt unter der großen Kuppel.«

»Warum nicht gleich in Ägypten unter der Cheopspyramide?«, gab Collins zurück. »Wie würde dir das gefallen? Eine Woche Kairo mit deinem Rudy?«

»Und wie soll ich das meinem Mann erklären?«

»Da wird dir schon was einfallen.«

Neal nahm das Handtuch und wischte sich seinen langsam erkaltenden Samen von den Brüsten. »Wann treffen wir uns wieder?«

»Wie wäre es mit morgen? Selber Ort, selbe Zeit?«

»Du hast morgen keine Zeit. Oder hast du vergessen, dass wir vorgestern fünfhunderttausend zusätzliche Geschenkbeutel für meine Menschenkette bestellt haben? Der Zuspruch ist einfach überwältigend, ich hoffe, deine Firma kann das alles stemmen.«

»Mach dir keine Sorgen, das kriegen wir alles hin«, erwiderte Collins mit einem überlegenen Lächeln. »Deine Beutelchen werden übermorgen alle genau dort sein, wo du sie haben willst. Du kannst dich auf deinen Rudy hundertprozentig verlassen.«

Das will ich hoffen, dachte Neal, während sie aufstand und mit dem Handtuch vor der Brust ins Badezimmer ging.

Bisher hatte sie noch nie Grund gehabt, an Rudys Versprechen zu zweifeln. Damals, als er ihr auf dieser Wohltätigkeitsveranstaltung über den Weg gelaufen war, hatte sie sich bei einem ihrer Parteifreunde über ihn erkundigt. »Rudy Collins ist ein Mann, auf den man sich hundertprozentig verlassen kann«, hatte man ihr damals versichert. »Einer, der das Unmögliche möglich macht.« Wie Recht er doch damit gehabt hatte, und das in vielerlei Hinsicht. Ganz gleich, ob sie innerhalb weniger Tage riesige Zelte für einen Partei-Event errichtet haben wollte oder einen Strohmann brauchte, um für Raymond, der ein begeisterter Segler war, ein Grundstück mit Bootshaus an einem der zahlreichen Seen in Zentral-Virginia zu erwerben: Rudy Collins war in der Lage, ihr alles schnell, reibungslos und äußerst diskret zu ermöglichen. Vielleicht war es diese Diskretion gewesen, die sie zu seiner Geliebten hatte werden lassen – das Gefühl, dass alles, was sie tat und von ihm forderte, bei ihm so sicher war wie in den Tresoren von Fort Knox oder der Bank von England.

Bei den Planungen für *Hands Against Terrorism* war Collins von Anfang an ihr Vertrauter gewesen. Er hatte sie nicht nur bei einem ihrer Treffen überhaupt erst auf die Idee gebracht, er hatte darüber hinaus auch seine Verbindungen in andere Staaten der USA spielen lassen, um dort Freiwillige für die Organisation der Menschenkette zu rekrutieren, und als dann vor einem Jahr in den Nachwehen der Finanzkrise die Firma pleite machte, die den Auftrag für das Verpacken der Gratisgeschenke hatte, die jeder Teilnehmer an H.A.T. erhalten sollte, da hatte der Geschäftsmann sie kurzerhand aufgekauft und persönlich ihre Leitung übernommen. Rudys Intervention hatte Wunder gewirkt: Binnen weniger Wochen hatte er das marode Unternehmen so auf Vordermann gebracht, dass es selbst Neals ehrgeizige Vorgaben erfüllen konnte. Zunächst hatte die Senatorin geglaubt, dass sechs Millionen mit dem Logo von *Hands Against Terrorism* bedruckte Plastikbeutel ausreichen würden, jeweils bestückt mit einer kleinen Flasche Mineralwasser, einem Müsliriegel, einer Probepackung desinfizierendes Handgel, einer Promo-CD eines großen Internet-Providers sowie diverser Werbeprospekte und einer Karte, auf der die geplante Menschenkette eingezeichnet war. Bald aber hatte der große Zuspruch die veranschlagten sechs Millionen viel zu niedrig erscheinen lassen, und Neal hatte nachgeordert: Mindestens das Doppelte würde sie brauchen, wenn sich die Prognosen ihres Teams bewahrheiteten, aber auch das hatte sich letzten Endes als noch immer nicht ausreichend erwiesen – drei Tage vor dem 4. Juli hatte Neal noch einmal fünfhunderttausend zusätzliche Beutel nachbestellt. Doch Rudy Collins hatte selbst das nicht aus der Ruhe bringen können.

»Dann müssen wir eben Nachtschichten fahren«, hatte er mit seinem unwiderstehlichen Lächeln auf den Lippen gesagt. »Für dich tue ich alles, meine Stute.«

Wie macht er das bloß?, fragte Neal sich immer wieder, wenn sie mit Rudy zusammen war. Er schien so gut wie keinen Schlaf zu brauchen und wirkte auch nach einer Nacht in der Verpackungsfabrik so frisch und agil, als käme er direkt von einem Wellness-Wochenende.

»Wann schläfst du eigentlich?«, fragte sie, während sie sich im Badezimmer mit einem feuchten Kosmetiktuch noch einmal die Brust abwischte.

»Schlafen kann ich, wenn ich tot bin«, kam die Antwort aus dem Wohnzimmer der Luxussuite.

21

12:45 UHR
SENATE RUSSELL BUILDING, WASHINGTON, DC

Am südlichen Besuchereingang zum Senatsgebäude herrschte Chaos. Weil einer der Metallscanner streikte, zog sich die Schlange der zu Kontrollierenden durch das ganze Atrium und bis hinaus auf die regennasse Straße. Die von der Heimatschutzbehörde ausgerufene Alarmstufe Rot verlangte sehr viel schärfere Kontrollen als üblich, und einige Leute in der Schlange beschwerten sich lautstark über diese Zumutung.

Nervös und übernächtigt arbeitete sich Ben Schritt für Schritt zum Kontrollpunkt vor, wo eine Traube von Sicherheitsleuten jeden Besucher genauestens unter die Lupe nahm. Er war noch nie im Senate Russell Gebäude gewesen, dessen Inneres überhaupt nicht so aussah, wie man es aus Filmen und Fernsehserien kannte. Mit den aufgestellten Trennwänden, den Metallscannern und den langen Warteschlangen wirkte es auf Ben eher wie das Terminal eines kleinen Flughafens.

In der Warteschlange hatte Ben Zeit zum Nachdenken. Er wusste, dass Senatorin Kathleen Neal nicht gerade ein Fan der FDA war. Kaum jemand im Senat oder dem Kongress mochte die Behörde, was kein Wunder war, denn schon zu Zeiten von Thomas Jefferson war es einer der größten Fehler der Gründerväter gewesen, dass sie nicht erkannt hatten, wie eng diese beiden Institutionen in Zukunft miteinander verflochten sein würden. In den vergangenen zwei Jahrzehnten waren Wissenschaftler wie Ben so oft wie nie in den Kongress zitiert worden, um zu hochkomplizierten Themenkomplexen wie globaler Erwärmung, biologischer Kriegsführung und Computerviren Stellung zu nehmen. Fast jede Woche waren die Entscheidungsträger mit einem anderen technologischen Thema beschäftigt – Humanklonen, Stammzellen, Gentechnik, alternative Treibstoffe, Nanotechnologie – und Tag für Tag fielen in Washington neue Heerscharen von Wissenschaftlern ein, die mit Thesenpapieren, Diagrammen und Powerpoint-Präsentationen die politische Kaste auf Fluch oder Segen irgendeiner technischen Neuerung aufmerksam machen wollten.

Als Ben Maxwells Wartenummer aufgerufen wurde, musste er erst zwei Mal durch den Metallscanner gehen – beim ersten Mal hatte er vergessen, seinen Gürtel auszuziehen –, bevor ihn eine junge Frau in einem gefährlich kurzen, schwarzen Rock und knallrotem Blazer in Empfang nahm und hinauf in den zweiten Stock brachte. Sie war munter und gesprächig, und während sie auf ihren Stöckelschuhen einen langen, marmorgetäfelten Korridor entlangklapperte, wippte das an ihr Revers angeklippte Plastikkärtchen an ihrem großen Busen im Rhythmus ihrer Schritte auf und ab. Nur mit Mühe gelang es Ben, nicht ständig zu ihr hinüber zu starren. Vermutlich war sie eine Studentin, die sich auf dem Kapitol Hill ihr Studium verdiente. Sie war mindestens doppelt so hübsch wie die Praktikantinnen bei der FDA und höchstens halb so alt wie er.

»Die Senatorin musste überraschend zu einem wichtigen Termin«, sagte sie, während sie Ben in ein kleines Vorzimmer führte, wo auf einem Tischchen mit zwei unbequem aussehenden Stühlen ein paar zerlesene Magazine lagen. »Sie kommt jeden Augenblick zurück. Kann ich Ihnen vielleicht schon etwas zu trinken bringen? Einen Kaffee oder ein Glas Mineralwasser?«

»Ein Kaffee wäre nett«, sagte Ben, obwohl er eigentlich schon genug Koffein intus hatte. Er spürte sein Herz deutlich schlagen und hatte das dringende Bedürfnis, seine Krawatte zu lockern. »Mit Milch und Zucker, wenn's geht.«

»Bin gleich wieder da«, zwitscherte die Praktikantin und verschwand. Ben trat ans Fenster und schaute hinüber zum Kapitol, wo ein durchnässtes Sternenbanner im kalten Dauerregen schlaff an seinem Fahnenmast hing.

Seltsam, dass sie die Flaggen bei diesem Wetter nicht einholen, dachte Ben. Aber vielleicht war das ja ein Zeichen dafür, dass man auf dem Kapitol glaubte, das Wetter würde sich bis zum Nationalfeiertag in zwei Tagen noch bessern – schließlich war Optimismus eines der Markenzeichen des derzeitigen Präsidenten und seiner Administration. Ben selbst gehörte eher zu den Pessimisten, und er war fest davon überzeugt, dass der vierte Juli dieses Jahr buchstäblich ins Wasser fallen würde, mit all seinen Paraden, Feuerwerken und Partys im Freien. Ganz zu schweigen von dem Baseballspiel, zu dem er seinen Sohn mitnehmen wollte, und Senatorin Neals Menschenkette, die dort im Stadion ihren Anfang nehmen sollte. Wer stellt sich schon in den strömenden Regen, bloß damit eine ehrgeizige Frau ihren Anspruch anmelden kann, erste Präsidentin der Vereinigten Staaten zu werden? Ben glaubte nicht, dass Neal mit ihrer

Aktion *Hands Against Terrorism* wirklich ein Zeichen gegen den weltweiten Terrorismus setzen wollte. Nicht erst bei der FDA hatte er gelernt, dass die meisten Politiker vor allem eines interessierte: ihre eigene Karriere.

Die Tür ging auf, und die hübsche Praktikantin brachte ihm einen Becher mit einer hellbraunen Flüssigkeit, die fast so durchsichtig war wie schwarzer Tee.

»Hier ist Ihr Kaffee, Dr. Maxwell«, sagte sie mit einem betörenden Lächeln und wies auf die Stühle neben dem Tisch mit den Magazinen. »Sie dürfen sich auch gerne setzen, wenn Sie wollen. Es wird wohl noch ein paar Minuten dauern, bis die Senatorin Sie empfangen kann.«

»Vielen Dank, aber ich bleibe lieber stehen«, erwiderte Ben und lächelte zurück. Na super, dachte er. Da treibt sich mein Sohn allein auf einem Kongress für halbkriminelle Hacker herum, und ich muss hier auf dem Capitol Hill die Zeit totschlagen. Wenn Emily das erfährt, rastet sie bestimmt wieder aus. Eigentlich war es ja schon ziemlich übertrieben, wie seine Exfrau Jack bemutterte, aber vielleicht tat sie das ja nur, um ihm, Ben, möglichst viele Steine in den Weg zu legen. Seit der Geschichte mit Tammy Fader hatte sich Emilys Ton ihm gegenüber drastisch verschärft.

Ben nahm einen Schluck von dem Kaffee, der genauso dürftig schmeckte, wie er aussah. Hier auf dem Capitol Hill mochten sie vielleicht die hübscheren Praktikantinnen haben, aber vom Kaffeekochen verstanden sie deutlich weniger als die FDA.

Ben holte sein Handy heraus und tippte Jacks Nummer ein, erreichte aber nur dessen Mailbox. Er bat Jack um Rückruf und legte wieder auf. Er wollte sich gar nicht vorstellen, was sein Sohn jetzt gerade tat. So gesehen, konnte er

Emilys Sorge um Jack schon fast nachvollziehen – immerhin war Jack wegen seiner Hackerei schon beim FBI aktenkundig geworden. Er trank einen Schluck von der Kaffeebrühe, die eigentlich nur süß schmeckte.

Zehn Minuten vergingen, in denen Ben erfüllt von düsteren Gedanken aus dem Fenster schaute, das von den Dämpfen aus seiner Kaffeetasse langsam beschlug. Draußen stieg eine Gruppe von Touristen aus einem Reisebus und machte sich in Regenmänteln und grellbunten Nylonjacken auf den Weg zum Kapitol. Einige der meist älteren Frauen trugen Regenhauben aus durchsichtigem Plastik auf den bläulich-violett gefärbten Haaren.

Ben dachte an Jack und Emily, an Larrick und das geheimnisvolle Virus, das in Pembroke die Patienten mit dem Herzpflaster getötet hatte. Vor allem aber dachte er an Tammy, die sich jetzt vermutlich in einer Quarantäneklinik der Seuchenschutzbehörde befand und sich wegen der noch immer verhängten Nachrichtensperre nicht mit ihm in Verbindung setzen konnte. Es musste furchtbar sein, so abgeschnitten von der Außenwelt zu sein, dachte er. Die Seuchenschutzbehörde, das wusste er, war nicht gerade zimperlich, wenn es galt, die Ausbreitung gefährlicher Krankheitserreger zu unterbinden.

Gedankenverloren wischte er mit dem Zeigefinger einen sinnlosen Kringel in den feuchten Film auf der Fensterscheibe, als die Tür aufging und die Praktikantin wieder hereinkam.

»Die Senatorin ist jetzt bereit, Sie zu empfangen«, sagte sie und machte mit der Hand eine einladende Bewegung. Ben labte sich noch einmal an ihrem Anblick, holte tief Luft und trat durch die Tür, die sie ihm aufhielt.

22

13:23 UHR
SENATE RUSSELL GEBÄUDE, WASHINGTON, DC

Das Büro war kleiner, als Ben erwartet hatte, aber seine Einrichtung zeigte auf den ersten Blick, dass hier eine außergewöhnliche Persönlichkeit residierte. Zwei moderne, mit rotem Stoff bezogene Sofas bildeten einen reizvollen Kontrast zu dem dunklen Bücherschrank daneben und zu dem alten, auf Hochglanz polierten Mahagonischreibtisch, auf dessen Platte Generationen von Vorbesitzern ihre Spuren hinterlassen hatten.

Gegenüber von der Eingangstür hingen über einem mit weißem Marmor eingefassten und vom Sternenbanner und der Flagge Virginias flankierten offenen Kamin in sauber austarierten silbernen Rahmen eine Reihe von Fotos, auf denen Senatorin Kathleen Neal zusammen mit hochgestellten Politikern und Prominenten zu sehen war. Auf einem Foto schüttelte sie Ex-Präsident George W. Bush die Hand, auf einem anderen dem französischen Präsidenten Sarkozy. Daneben sah man sie mit Steven Spielberg, Richard Gere und Tiger Woods, und auf einem anderen Foto war sie Arm in Arm mit einer schlanken, groß gewachsenen Frau zu sehen, die mit ihren kurzgeschnittenen blonden Haaren und ihrem muskulösen Körperbau ausgesprochen sportlich wirkte. Das Gebäude hinter den beiden, auf dessen futuristischer Glasfassade der Schriftzug »BIOMETRIX« prangte, sagte Ben, wer diese Frau sein musste: Angie Howlett, die Besitzerin der Biotech-Firma, zu der er bisher nur schriftlichen Kontakt gepflegt hatte. Sie war, das wusste er, eine Freundin der Senatorin, deren Aktivitäten sie seit Jahren mit großen Summen unterstützte.

Ben nahm den Blick von den Bildern und wandte seine Aufmerksamkeit der Frau zu, die sich von ihrem Schreibtisch erhoben hatte und mit ausgestreckter Hand auf ihn zu kam. »Miss Capitol«, wie ein Magazin sie erst kürzlich genannt hatte, sah in Wirklichkeit noch beeindruckender aus als auf Pressefotos oder Fernsehschirmen.

»Schön, dass Sie da sind, Dr. Maxwell«, sagte sie lächelnd und drückte ihm die Hand. »Es freut mich wirklich sehr, dass Sie sich für mich Zeit nehmen.«

»Die Freude ist ganz meinerseits, Frau Senatorin«, antwortete Ben, während er ihr die Hand schüttelte.

Wo ist ihr berühmtes Megawatt-Lächeln?, fragte sich Ben, dem dieses warme Lächeln jedoch viel besser gefiel.

»Nennen Sie mich Kathleen«, sagte Neal, immer noch lächelnd. »Und ich hoffe, Sie sind mir nicht böse, wenn ich Sie Ben nenne.«

»Ganz und gar nicht.«

»Möchten Sie etwas trinken, Ben? Einen Kaffee vielleicht?«

»Nein danke«, erwiderte Ben schnell. »Ich hatte draußen bereits einen.«

»Wunderbar. Dann sparen wir Zeit. Ich muss nämlich in zehn Minuten das nächste Interview geben, und ABC darf man nicht warten lassen. Sie haben doch sicher schon von *Hands Against Terrorism* gehört, Ben?«

»Das ist doch die Menschenkette, die übermorgen stattfinden soll.«

»Richtig. Ich hoffe, Sie sind auch dabei?«

»Ich habe es vor«, murmelte Ben, der nach dem Besuch des Stadions eigentlich mit Jack nach Hause fahren wollte.

»Das ist schön«, sagte Neal, immer noch lächelnd. »Wir müssen diesen Terroristen zeigen, dass wir keine Angst vor ihnen haben, und wenn die Bürger dieses Landes am Nationalfeiertag alle zusammenhalten, wird uns das auch gelingen.«

Ben nickte zur Bestätigung und fragte sich, weshalb er überhaupt hier war. Wollte die Senatorin ihm etwa einen Werbevortrag für ihre Veranstaltung halten?

»Bitte nehmen Sie doch Platz, Ben«, sagte Neal und deutete auf eines der Sofas, vor denen auf einem gläsernen Beistelltisch ein herrlicher Strauß Sommerblumen stand. Ben setzte sich auf die Kante des einen Sofas, während Neal sich auf das zweite sinken ließ.

»Ich habe mich über Sie informiert«, fuhr Neal fort, nachdem sie den Rock ihres eleganten, dunkelgrauen Kostüms glatt gestrichen hatte. »Martin Larrick schwärmt in höchsten Tönen von Ihnen. Sie gelten bei der FDA als einer der gründlichsten und gewissenhaftesten Mitarbeiter, die sie dort haben.«

»Danke für das Kompliment, aber ich tue nur meine Pflicht …«

»Kein Grund zur Bescheidenheit, Ben. Ohne Idealisten wie Sie sähe unser Gesundheitssystem heute ganz anders aus.«

»Nun, ich bemühe mich …«, hob Ben an, aber die Senatorin ließ ihn nicht weiterreden.

»Ben, ich brauche Ihre Hilfe«, sagte sie unvermittelt und sah ihm dabei direkt in die Augen. Ihr Lächeln war schlagartig verschwunden. »Martin hat Sie über die Vorfälle in Pembroke bereits informiert, nehme ich an.«

»Ja, das hat er.«

»Dann hat er Ihnen auch gesagt, dass wir Grund zu der Annahme haben, ein Virus könnte gezielt die Personen angreifen, denen eines der neuen Herzpflaster implantiert wurde, für dessen Zulassung Sie bei der FDA zuständig sind.«

»Richtig. Das Merkwürdige ist, dass sich bei all unseren Tests nicht der geringste Anhaltspunkt dafür ergeben hat. Wir haben CardioPatch auf alle bekannten Pathogene getestet und …«

»Ich weiß, was Sie getan haben, Ben, und ich weiß auch, dass Sie bei Ihrer Arbeit sehr gründlich vorgegangen sind. Darum geht es jetzt aber nicht. Entschuldigen Sie bitte, wenn ich Sie ständig unterbreche, aber ich habe nun mal dieses verdammte Interview, das ich nicht sausenlassen kann.«

»Ist schon okay«, sagte Ben und genoss ihr Lächeln, das sie kurzzeitig wieder angeknipst hatte. Die Frau hatte Charisma, das musste man ihr lassen. Selbst wenn sie einem über den Mund fuhr, konnte man nicht anders als sie sympathisch finden.

»Wie gesagt, es geht nicht darum, dass ich an Ihrer Arbeit etwas auszusetzen hätte«, fuhr die Senatorin fort. »Mir geht es einzig und allein um die Menschen, die dieses Herzpflaster in ihrem Körper tragen und die sich in immenser Gefahr befinden, falls dieses Virus weitere Verbreitung findet. So, wie es aussieht, hat die Seuchenschutzbehörde den Ausbruch erst einmal eingrenzen können, aber was ist, wenn ihr das beim nächsten Mal nicht gelingt?«

»Könnte man in einem solchen Fall nicht die Testpatienten von Stufe III in vorbeugende Quarantäne nehmen? Ihre Namen und Daten sind genauestens dokumentiert, es dürfte also ein Leichtes sein, sie ausfindig zu machen.«

Neal sah Ben einen Augenblick lang schweigend an. »Das will ich Ihnen glauben«, sagte sie schließlich, »aber was wäre, wenn nicht alle Menschen, die ein solches Pflaster in ihrem Herzen tragen, in Ihren Unterlagen zu finden wären?«

»Wie meinen Sie das?«

Die Senatorin richtete sich auf und blickte Ben direkt in die Augen, während sie sich mit der rechten Hand die blonden Haare aus der Stirn strich.

»Ben, haben Sie schon mal davon gehört, dass gewisse einflussreiche Leute sich Zugang zu Medikamenten und Therapien beschaffen, die nicht von der FDA zugelassen sind?«

Natürlich hatte Ben schon davon gehört. Jeder in der Behörde wusste, dass ihre Bestimmungen hin und wieder von Menschen umgangen wurden, die das nötige Kleingeld dafür hatten. Wann immer die FDA ein Medikament oder eine Behandlungsmethode nicht zuließ, fanden sie einen Weg, sich das Gewünschte dennoch zu verschaffen. Sie flogen auf die Bahamas, um sich den Magen verkleinern zu lassen oder bestellten in den USA verbotene Pillen bei Internetapotheken in Kanada. Ärzte in Indien und Russland führten so gut wie jede Operation durch, die man von ihnen verlangte, Hauptsache die Kasse stimmte. Für reiche Amerikaner wäre es ein Leichtes, sich irgendwo ein nicht zugelassenes Herzpflaster einsetzen zu lassen. Der dazu nötige Eingriff dauerte maximal eine Stunde, und ein paar Stunden später konnte man das Krankenhaus bereits wieder verlassen. Das war ja gerade einer der größten Vorteile von CardioPatch.

»Wen meinen Sie mit einflussreichen Leuten?«

»Firmenbosse, hohe Militärs, Politiker …« Sie lächelte. »Menschen, die zum Wohle der Allgemeinheit ein überdurchschnittliches Arbeitspensum zu bewältigen haben. Wer tagtäglich in der Verantwortung steht, hat oft keine Zeit für ein gesundes Leben. Wenig Schlaf, ungesunde Ernährung, zu wenig Sport, Zigaretten, Alkohol – aber wem sage ich das?«

Sie warf Ben einen spöttischen Blick zu, der in ihm heftiges Unwohlsein auslöste. Er mochte es nicht, wenn jemand ihn auf sein Übergewicht und seine rote Gesichtsfarbe aufmerksam machte, auch wenn es so charmant und nebenbei geschah wie jetzt.

»Viel mehr Menschen als man glaubt haben ein kleines Loch in der Aorta«, fuhr die Senatorin fort. »Untersuchungen gehen davon aus, dass das bei jedem fünften Amerikaner der Fall ist. Viele merken gar nichts davon, andere leiden unter Symptomen wie Übelkeit, Schweißausbrüchen und Kopfschmerzen, die sie gar nicht mit ihrem Herz in Verbindung bringen. Aber wenn dazu noch ein außergewöhnlicher Dauerstress kommt, sind massive Herzprobleme praktisch vorprogrammiert. Was meinen Sie, wie viele Herzoperationen Bill Clinton schon hinter sich hat? Eine? Vier wären wohl realistischer.«

»Wollen Sie damit andeuten, dass Bill Clinton ein nicht zugelassenes Pflaster in seiner Aorta trägt?«, fragte Ben.

»Nein, keinesfalls«, erwiderte sie mit einem spitzbübischen Grinsen. »Ich weiß nicht, wie es in Bill Clintons Körper aussieht. Aber wenn er sich etwas dort einsetzen hätte lassen, wer könnte es ihm verdenken?«

»Nun ja, immerhin ist es illegal …«

»Was ist legal, was ist illegal, wenn es um die eigene Gesundheit und das Wohl unseres Landes geht? Und damit sind wir genau beim Thema, Ben. Das Wohl unseres Landes. Martin Larrick hat Ihnen ja erzählt, dass er einen schrecklichen Verdacht hegt.«

Ben nickte. »Er ist der Meinung, dass das Herzpflaster möglicherweise als Waffe missbraucht werden könnte. Als biologischer Sprengsatz in den Körpern nichtsahnender Menschen, der durch ein manipuliertes Virus aktiviert wird.«

»Das ist richtig. Wenn Martins Vermutung stimmt, haben wir ein fürchterliches Problem am Hals. Stellen Sie sich vor, dass mit diesem biologischen Sprengsatz, von dem Sie gerade gesprochen haben, auf einen Schlag ein Großteil der Elite dieses Landes ausgelöscht werden könnte. Bitte fragen Sie mich nicht nach Einzelheiten, die kann und darf ich Ihnen nicht mitteilen, aber ich weiß aus zuverlässigen Quellen, dass im vergangenen Jahr etliche maßgebliche Politiker dieses Landes einen Eingriff am Herzen haben vornehmen lassen, ohne dass die Presse je davon erfahren hätte. Die Amerikaner wollen starke, gesunde Politiker haben. Wenn jemand krank und angeschlagen ist, gilt das für viele Wähler als ein Zeichen von Schwäche. Aus diesem Grund scheuen sich viele von uns, eine Operation publik werden zu lassen.«

Ben sah die Senatorin genauer an. Sie wirkte nicht so, als ob auch sie zu diesen Politikern gehörte. Im Gegenteil, sie sah kerngesund und zwanzig Jahre jünger aus, als sie vermutlich war. Aber man konnte nie wissen …

»Ich verstehe, was Sie meinen«, sagte er. »Aber gesetzt den Fall, es hätte wirklich solche geheimen Operationen gegeben, bei denen wirklich Herzpflaster vom Typ CardioPatch eingesetzt worden wären, dann kann Ihnen eigentlich nur die Firma Biometrix sagen, wer davon betroffen ist.« Er blickte hinüber zum Kamin, über dem die Fotos hingen. »Irgendwie müssen die Leute ja an die noch nicht zugelassenen Pflaster gekommen sein.«

»Für Angie Howlett lege ich meine Hand ins Feuer«, sagte Neal rasch. »Die würde so etwas niemals machen. Außerdem wäre es auch nicht in ihrem Interesse, CardioPatch unter der Hand weiterzugeben, denn schließlich ist sie daran interessiert, ihr Produkt so oft wie möglich legal zu verkaufen. Dazu braucht sie die Zulassung von der FDA, und die wird sie nicht dadurch gefährden, dass sie ihr Pflaster vorab an irgendjemand herausgibt. Nein, falls tatsächlich bereits CardioPatches im Umlauf sein sollten, müssen wir die Quelle dafür woanders suchen. Dort, wo möglicherweise auch das Virus manipuliert wurde.«

»Bei American Medical Testing?«, fragte Ben. »Martin Larrick hat so etwas angedeutet. Aber hier lege wiederum ich meine Hand ins Feuer. Wir arbeiten mit diesem Labor seit vielen Jahren vertrauensvoll zusammen und hatten noch nie den geringsten Grund zur Annahme, dass dort etwas nicht mit rechten Dingen zugeht.«

»Sieht ganz so aus, als würde einer von uns sich die Finger verbrennen«, sagte Neal. »Aber wir können herausfinden, wer Recht hat und wer nicht, wenn Sie einwilligen, die benötigten Daten von AMT zu beschaffen.«

»Sie wollen, dass ich Menschen ausspioniere, die mir bisher immer vertraut haben?«

»So würde ich das nicht nennen. Sie überprüfen lediglich, was bei AMT hinter den Kulissen läuft. Wenn das Labor nichts verheimlicht, dann hat es auch nichts zu befürchten. Vertrauen ist gut, Kontrolle ist besser. Ich dachte immer, das wäre einer der Grundsätze der FDA.«

»Ist es auch. Aber nur in Bezug auf harte, nachprüfbare Fakten.«

»Ist es etwa kein hartes Faktum, wenn jemand illegal medizinische Hilfsmittel verkauft, die er zuvor in ein raffiniertes Mordinstrument verwandelt hat?«

»Dann ist das ein Fall für das FBI. Schicken Sie doch ein Sondereinsatzkommando los und holen Sie sich die Informationen, die Sie brauchen.«

Die Senatorin seufzte hörbar. »Wenn das nur so einfach wäre ...«, sagte sie. »Mal ganz abgesehen davon, dass ich dem FBI keine Weisungen erteilen kann, würde das überhaupt nichts nützen. Ich weiß nicht, ob Sie schon einmal persönlich bei AMT waren, aber ich weiß, dass die dort ein technisch hochgerüstetes biologisches Labor betreiben. Solche Einrichtungen sind besser geschützt als das Oval Office. Bis unsere Spezialkräfte alle Sicherheitsschleusen überwunden haben, kann jemand, der krumme Dinger dreht, in aller Seelenruhe sämtliches belastendes Material verschwinden lassen. Vor allem, wenn er dafür nur eine Festplatte löschen muss.«

Neal beugte sich vor und sah Ben mit ihren strahlend blauen Augen eindringlich an. »Wir haben nur eine Chance Ben: Wir müssen jemanden dort einschleusen, der keinen Verdacht erregt. Jemanden, dem man bei AMT vertraut und freiwillig alle Türen öffnet. Dieser Jemand sind Sie und kein anderer. Wenn Martin Sie bei AMT ankündigt und sagt, Sie müssten noch ein paar letzte Daten für die Zulassung von CardioPatch abgleichen, dann wird niemand vermuten, dass Sie in Wirklichkeit etwas ganz anderes vorhaben.«

»Und wie erkläre ich ihnen, dass ich auf einmal persönlich dort auftauche und mir die Daten nicht wie üblich verschlüsselt per E-Mail schicken lasse? Das muss doch auffallen!«

»Nicht unbedingt. Ich lasse über hochoffizielle Kanäle die Warnung herausgeben, dass der Verschlüsselungscode für Regierungsmails möglicherweise geknackt wurde und bis auf weiteres verschlüsselte Mails nicht mehr als sicher angesehen werden können. Das ist nicht einmal weit hergeholt, denn erst gestern wurde auf einem dieser Hackerkongresse lauthals verkündet, dass man mit Hochdruck daran arbeitet und es nur noch eine Frage von Tagen ist, bis man den entscheidenden Durchbruch erzielt. Wir datieren dieses Ereignis einfach nur ein bisschen vor.«

Ben wurde bei der Erwähnung des Hackerkongresses ganz heiß. Bestimmt war damit diese SchmooCon gemeint, auf der gerade sein eigener Sohn herumrannte und weiß Gott welche illegalen Dinge tat.

»Kein Mensch wird auch nur den geringsten Verdacht schöpfen. Sie sagen einfach, dass Sie wichtige Daten brauchen und sie sich persönlich holen kommen.«

»Und wie soll das gehen?«, fragte Ben. »Die werden mir doch keine CD mit ihren geheimen Daten brennen.«

»Natürlich nicht«, erwiderte Neal mit einem leichten Kopfschütteln. »Aber CDs sind schließlich auch hoffnungslos veraltet.« Sie erhob sich von der Couch und drückte auf den Knopf einer Gegensprechanlage, die auf ihrem Schreibtisch stand. »Louisa, schicken Sie mir bitte Michael herein.«

Es dauerte keine zehn Sekunden, dann kam ein schlanker, relativ junger Mann mit dunkelbraunem, krausem Haar und einer randlosen Brille herein. Offenbar hatte er im Vorzimmer auf seinen Auftritt gewartet.

»Das ist Michael Weinstein, mein persönlicher Assistent«, stellte Neal vor. »Michael, das ist Dr. Ben Maxwell von der FDA.«

»Freut mich, Sie kennenzulernen«, sagte Weinstein und schüttelte Ben die Hand.

»Michael, zeigen Sie Dr. Maxwell unsere Wundermaschine.«

Weinstein holte eine schwarze Plastikbox aus seiner Hosentasche, klappte sie auf und reichte Ben einen etwa fingergroßen, silbrig glänzenden Gegenstand, auf den das Logo der Supermarktkette WalMart aufgedruckt war.

»Was ist das?«, fragte Ben, während er das Ding eingehend betrachtete. »Sieht aus wie ein ganz gewöhnlicher USB-Stick.«

»Aber einer, der es in sich hat«, sagte Weinstein mit einem kurzen Blick hinüber zu Neal. »Dieses kleine Kraftpaket wurde in einem Speziallabor der CIA entwickelt. Sieht ganz harmlos aus, wie eines von diesen Werbegeschenken, die man überall nachgeworfen bekommt. Wenn Sie es in einen beliebigen USB-Port in einem lokalen Netzwerk stecken, dann saugt es sich binnen weniger Minuten mit sämtlichen Daten voll, die dort auf den Servern herumliegen, ganz gleich, wie gut geschützt oder verborgen sie sein mögen. Wichtig ist nur, dass man hinter der Firewall ist, die das Netzwerk vor Angriffen von außen schützt. Fragen Sie mich jetzt bitte nicht, wie das funktioniert, aber es ist zehnmal leichter als Autofahren. Reinstecken, warten, rausziehen. Fertig.«

»Das können sogar Sie, Ben«, mischte Neal sich wieder ein. »Sie gehen einfach zu AMT, sagen denen, dass Sie noch irgendwelche harmlosen Daten brauchen und geben ihnen den Stick, der auf deren Computer so aussieht, als ob er vollkommen leer wäre.«

Sie sah Ben erwartungsvoll an. »Verstehen Sie, wie genial das ist? Die Leute bei AMT glauben, dass sie Ihnen nur die Daten auf den Stick spielen, die sie selbst ausgesucht haben, in Wirklichkeit aber schaufelt dieses unersättliche Maschinchen ihnen ihr komplettes Netzwerk leer, es kopiert einfach alles.«

»Sie müssen nur darauf achten, dass die Daten, die Sie angeblich brauchen, möglichst umfangreich sind und relativ lange zum Überspielen brauchen. Nur so geben Sie unserem digitalen Maulwurf Zeit, sich tief genug in das fremde Netzwerk einzugraben«, ergänzte Weinstein seine Chefin beflissen.

»Ich könnte sagen, dass uns die Daten einiger wichtiger Testreihen abhandengekommen sind«, sagte Ben. »Das ist ordentlich viel Zahlenmaterial.«

»Eine wunderbare Idee«, sagte Neal. »Ich sehe, Sie denken mit.«

»Brauchen Sie mich noch, Kathleen?«, fragte Weinstein. »Ich müsste mich jetzt um das Fernsehteam von ABC kümmern.«

»Gehen Sie nur, Michael. Bis gleich.« Bevor ihr Assistent ging, legte er die Plastikbox für den USB-Stick vor sie auf den Couchtisch und drückte Ben zum Abschied die Hand.

»So, Ben, jetzt müssen Sie sich entscheiden«, sagte die Senatorin, nachdem sich die Tür zum Vorzimmer wieder geschlossen hatte. »Wollen Sie mir und Martin Larrick diesen Gefallen tun?«

Ben sah sich in die Enge gedrängt. Eigentlich wollte er dieses doppelte Spiel nicht mitspielen, andererseits wäre es äußerst unklug, den Chef seiner Behörde und eine der einflussreichsten Politikerinnen des Landes vor den Kopf zu stoßen.

»Ich mache es, wenn Sie mir ebenfalls einen Gefallen tun«, sagte er.

»Und der wäre?«

»In Pembroke arbeitet eine Ärztin namens Tammy Fader, die für uns klinische Studien der Phase III gemacht hat. Seit gestern Abend kann ich sie telefonisch nicht mehr erreichen, vermutlich weil sie unter Quarantäne steht und die Seuchenschutzbehörde eine Nachrichtensperre verhängt hat.«

»Und jetzt wollen Sie, dass ich meine Beziehungen spielen lasse und mich nach dieser Tammy Fader erkundige«, sagte Neal mit einem Kopfnicken. »Ich fürchte, das wird nicht einfach werden. Wenn die CDC eine Nachrichtensperre verhängt, dann meint sie das auch so. Schließlich muss alles getan werden, um eine Panik zu verhindern.«

»Sie könnten es wenigstens versuchen.«

»Gut, ich verspreche Ihnen, dass ich mich erkundigen werde. Aber Sie müssen Geduld haben, denn ich muss dazu an einer Menge Fäden ziehen. Das ist nicht einfach und vor allem zeitaufwändig.«

»Am besten wäre es, wenn ich mit Tammy sprechen könnte. Nur kurz …«

Die Senatorin schnalzte mit der Zunge. »Sieh mal einer an«, sagte sie lächelnd. »Diese Ms Fader scheint Ihnen aber sehr am Herzen zu liegen. Ob sich da am Ende gar eine Romanze entsponnen hat zwischen der Frau Doktor und dem FDA-Mann?«

Obwohl mit Tammy nichts mehr war, spürte Ben, dass er rot wurde. Er hasste diese kindische Reaktion, aber er konnte sie nicht unterbinden. Seine Wangen glühten bestimmt wie ein Leuchtfeuer.

»Es ist nicht so, wie Sie denken«, stammelte er. Sein Privatleben ging diese Frau schließlich überhaupt nichts an.

»Das muss Ihnen nicht peinlich sein«, sagte Neal mit einem kaum hörbaren Anflug von Herablassung in ihrer Stimme. »Die Liebe ist doch etwas Wunderschönes. Ich werde Himmel und Hölle in Bewegung setzen, um die Dame Ihres Herzens ausfindig zu machen, das verspreche ich Ihnen.«

»Ein Anruf bei den richtigen Leuten würde mir schon genügen.«

Neal lachte laut auf. »Touché«, sagte sie. »Ich drücke mich manchmal viel zu pathetisch aus. Das ist wohl eine Berufskrankheit von Politikern.«

Ben konnte nicht anders, er fand die Frau sympathisch. Sie sah nicht nur umwerfend gut aus für ihr Alter, sie schien auch über einen feinen Humor und sogar so etwas wie Mitgefühl zu verfügen – lauter Eigenschaften, die er an Frauen zu schätzen wusste.

»Also gut, ich fahre für Sie zu AMT«, sagte er. »Ich hoffe nur, dass ich das mit dem USB-Stick auch hinkriege.«

»Das schaffen Sie bestimmt.« Neal stand auf, und Ben wusste, dass die Unterredung zu Ende war. Die Senatorin hatte, was sie wollte, jetzt war es für sie höchste Zeit, etwas anderes zu tun.

»Wem gebe ich eigentlich den USB-Stick, wenn ich die Daten habe?«, fragte Ben.

»Martin Larrick«, antwortete sie. »Aber nur persönlich und unter vier Augen. Offiziell existiert dieser Stick nicht. Haben Sie das verstanden?«

»Ja.« Er erhob sich ebenfalls. Neal war schon an der Tür.

»Ach Ben, noch etwas«, sagte sie. »Es ist von ganz entscheidender Wichtigkeit, dass über die Vorfälle in Pembroke nichts an die Öffentlichkeit dringt. Kann ich auf Ihre Verschwiegenheit zählen?«

»Finden Sie nicht, dass die Bürger dieses Landes von dieser Bedrohung erfahren sollten?«

»Natürlich sollen sie das. Aber nur, wenn eine solche Bedrohung auch wirklich existiert. Bevor wir aber nicht wissen, was es mit diesem Virus wirklich auf sich hat, würden wir nur eine Massenpanik auslösen, und das wäre unverantwortlich. Erinnern Sie sich noch an die Hysterie wegen der Vogel- oder der Schweinegrippe? Da können wir Politiker uns den Mund fusselig reden und eine Aufklärungskampagne nach der anderen starten, die Leute brauchen nur das Wort Virus zu hören, und schon drehen sie völlig durch. Du meine Güte, ich kenne Menschen, die haben Todesangst vor dem Ebola-Virus, obwohl es hierzulande nachweislich noch nie aufgetreten ist. Die Wahrscheinlichkeit, an einem Krankenhauskeim zu sterben, ist da ungleich höher.«

Wahrscheinlich hat sie nur Angst um ihre Menschenkette, dachte Ben insgeheim. Andererseits hatte die Senatorin natürlich auch Recht. Es half nichts, den Menschen Angst vor etwas zu machen, von dem man noch nicht einmal wusste, was es war. Für gewisse Zeitungen und Fernsehstationen wäre die Meldung über ein heimtückisches Killervirus aus der Giftküche der Army ein gefundenes Fressen, das sie auf jede nur erdenkliche Weise ausschlachten würden. Von den Folgen für Neals Menschenkette einmal ganz abgesehen, eine landesweite Panik am Nationalfeiertag nützte ja niemandem.

»Eine frühzeitige Veröffentlichung dieser Geschichte würde auch Ihrer Tammy Fader schaden«, fügte Neal hinzu, als Ben nichts sagte. Offenbar glaubte sie, ihren Worten zusätzliches Gewicht geben zu müssen. »Wenn herauskommt, dass sie die undichte Stelle war, kann das schwerwiegende Konsequenzen für sie haben.«

»Sie brauchen mich nicht mehr zu überzeugen«, sagte Ben. »Solange noch nicht bekannt ist, was es mit dem Virus auf sich hat, werde ich nicht an die Presse gehen. Schließlich arbeite ich für eine Behörde und weiß um meine Verantwortung gegenüber der Allgemeinheit. Und wenn wir wissen, womit wir es zu tun haben, sind Sie bestimmt die Erste, die dieses Land über eine mögliche Gefahr aufklärt.«

»Aber natürlich«, sagte Kathleen Neal und beschenkte Ben noch einmal mit dem Aufblitzen ihres berühmten Megawatt-Lächelns.

23

14:07 UHR
MANASSAS, VIRGINIA

Rudy Collins saß hinter dem Steuer seines blau-schwarzen BMW Z4 und genoss das sanfte und doch kraftvolle Geräusch des Sechszylindermotors unter der langen Motorhaube, dessen raubkatzenartiges Schnurren sich mit den rhythmischen Jazzklängen aus dem Autoradio und dem Trommeln des Regens auf das dünne Verdeck des Roadsters mischte. Collins liebte schnelle, PS-starke Autos. Auch wenn sie sich hier in Virginia, wo hinter jedem Baum ein Polizist mit Radarpistole lauern konnte, nie richtig ausfahren ließen, erfüllte ihn allein der Gedanke, dass er nur einmal kurz aufs Gas zu treten brauchte, um das fünfzigtausend Dollar teure Luxusgefährt in ein 250 Stundenkilometer schnelles Geschoss zu verwandeln, mit wohliger Befriedigung.

Im Sprühnebel eines vor ihm fahrenden Tanklasters lenkte er den tiefliegenden Sportwagen vom Highway 66 auf die vom Regen glänzende Centreville Road. Vorbei an eintönig grauen Wohn- und Industriegebieten führte die vierspurige Straße kerzengerade zu der Kleinstadt Manassas, um die im amerikanischen Bürgerkrieg eine der ersten großen Schlachten zwischen Nord- und Südstaaten getobt hatte.

Als Rudy Collins hier vor einem Jahr in den Besitz einer maroden, von Insolvenz bedrohten Verpackungsfirma namens Manassas Packaging gekommen war, hatte ihn die Tatsache, dass die Fabrik auf blutgetränktem Boden stand, nicht abgeschreckt. Im Gegenteil, er hatte das sogar für ein gutes Omen gehalten, denn auch das Geschäftsleben war oft eine Art Krieg. Ein Krieg, der mit den Waffen des Geldes und des Marketings ausgetragen wurde – der Stärkere, der die besseren Waffen hatte, gewann, der Schwächere ging unter, und Pardon wurde nicht gegeben.

Manassas Packaging war 1958 von einem Unternehmer namens Walter Hobson in einer alten Scheune gegründet worden und hatte sich in den darauffolgenden Jahrzehnten zu einer der größten und modernsten Verpackungsfirmen an der Ostküste entwickelt. Im Wirtschaftsboom der sechziger Jahre hatte Hobson sich als Visionär mit einem guten Gespür für Verbrauchertrends erwiesen und viel Geld mit den damals aufkommenden Einmal- und Wegwerf-Verpackungen verdient. Im Lauf der Jahre waren von hochmodernen Maschinen Millionen und Abermillionen von Portionsbeuteln mit Ketchup und Mayonnaise für Schnellgastronomie und Imbissketten ebenso befüllt worden wie Probier- und Kleinstpackungen für weltweit führende Kosmetikkonzerne. In der Verpackungsbranche war Manassas Packaging einmal eine der ersten Adressen gewesen.

Als Rudy Collins die Firma von Walter Hobson übernahm, war vom alten Glanz nicht mehr viel übrig. Hobson war in den Strudel der tiefen Rezession geraten, die Amerika im ersten Jahrzehnt des 21.Jahrhunderts erfasst hatte. Die vier Millionen Dollar, die ihm der elegant gekleidete Investor mit den tadellosen Manieren nach langen, zähen Verhandlungen geboten hatte, waren dem alten Mann, der den Tod seines einzigen Sohnes bei der Tsunamikatastrophe

2004 in Thailand nie richtig überwunden hatte, wie ein Geschenk des Himmels erschienen, wie ein Rettungsring, der einem Ertrinkenden in letzter Sekunde zugeworfen wird.

Damals, auf dem Höhepunkt der Finanzkrise, hatte man der Manassas Packaging unter ihrem neuen Eigentümer, der keinerlei Erfahrungen im hart umkämpften Verpackungsgeschäft hatte, kaum eine Überlebenschance eingeräumt, zumal er auch noch das erfahrene Personal von Manassas Packaging binnen weniger Monate komplett durch bedeutend billigere Leiharbeitskräfte ersetzt hatte. Dieser massive Abbau von Arbeitsplätzen war damals in der Lokalpresse wochenlang ein vieldiskutiertes Ärgernis und der Beweis dafür, dass rücksichtslose Kapitalisten im ländlichen Amerika immer mehr gewachsene Strukturen zerstörten. Die Wogen der Empörung wären vermutlich noch höher geschlagen, wenn herausgekommen wäre, dass die Zeitarbeitsfirma namens FlexRessources ebenfalls zur R.C. Holding gehörte, der Firmengruppe eines gewissen Rudy Collins.

Doch es kam anders. In den Monaten nach der Übernahme wurde es still um Manassas Packaging. Die Firma zahlte brav ihre Steuern und erledigte auch hin und wieder kleinere Lohnjobs für diverse Auftraggeber, aber in Branchenkreisen war längst klar, wofür Rudy Collins das defizitäre Unternehmen erworben hatte. Es sollte für ihn im Grunde nur einen einzigen Auftrag erledigen, den er sich über Beziehungen unter den Nagel gerissen hatte: die Verpackung der Werbegeschenke für *Hands Against Terrorism.* Dieser Millionenauftrag würde den Wert der Firma gehörig nach oben treiben, so dass Collins sie danach mit hohem Gewinn wieder abstoßen konnte.

Der Z4 bog nach links auf den Lee Highway ab, an dem

das Firmengelände von Manassas Packaging lag. Rudy Collins war ein großer Bewunderer von Robert E. Lee. Dieser war damals im Bürgerkrieg der Oberbefehlshaber der dem Norden sowohl bevölkerungsmäßig als auch wirtschaftlich deutlich unterlegenen Südstaaten gewesen. Allein durch sein militärisches Können, seinen klaren Verstand und seinen Wagemut hatte Lee den weit überlegenen Armeen der Yankees mehrere vernichtende Niederlagen beigebracht und der militärischen Dampfwalze des Nordens vier lange Jahre standgehalten.

Hier, an dem kleinen Flüsschen Bull Run, hatten fast auf den Tag genau vor einhundertfünfzig Jahren Lees schlecht ausgerüstete Rebellensoldaten nicht nur den ersten Vorstoß einer mächtigen Nordstaatenarmee aufgehalten, sondern sie auch gleich bis kurz vor Washington zurückgetrieben. Am Bull Run hatten sich legendäre Südstaatengeneräle wie P. T. Beauregard und Thomas »Stonewall« Jackson einen Namen gemacht, hatten die Yankees zum ersten Mal den *Rebel Yell*, den markerschütternden Kampfschrei ihrer Gegner kennen und fürchten gelernt.

Jetzt befand sich auf den früheren Schlachtfeldern ein historischer Gedenkpark mit Besucherzentrum und Pick-nick-Plätzen, auf denen Kinder zwischen historischen Feldkanonen und den Denkmälern hoch zu Ross sitzender Südstaatenoffiziere herumtollten und Frisbee spielten. Collins' Fabrik lag nicht weit von dem Park entfernt. Dort wurde jetzt eine ganz andere Schlacht geschlagen, ein gnadenloser Kampf gegen die Zeit, den er gewinnen musste, denn trotz ihrer sexuellen Hörigkeit ihm gegenüber war Kathleen Neal vor allem eines: eine knallharte Geschäftsfrau. Falls Manassas Packaging nicht die von ihr geforderten Zahlen an Werbebeuteln liefern konnte, drohten empfindliche Konventionalstrafen – von dem schlechten Image, das ein geplatzter Auftrag bei einem so wichtigen Ereignis wie der Menschenkette für den Wiederverkaufswert der Firma bedeutete, ganz zu schweigen.

Seit Collins die Suite im Ritz Carlton verlassen hatte, hatte er eigentlich ständig mit seinem Handy telefoniert, um den Lieferanten der für die Beutel benötigten Gegenstände Druck zu machen. Hunderttausende von ballaststoffreichen Müsliriegeln mussten noch heute bei Manassas Packaging angeliefert werden, dazu ebenso viele Plastikfläschchen mit jeweils einer Viertelgallone Mineralwasser sowie fünftausend Liter von dem Grundstoff des keimtötenden Handgels, die eine riesige Maschine vollautomatisch in kleine, zehn Milliliter fassende Polyesterfolienbeutelchen abfüllte. Die Idee, sie neben dem Logo von H.A.T. noch mit der amerikanischen Flagge zu versehen, stammte von ihm, und Kathleen hatte sie begeistert aufgegriffen. Das Gefühl, sich beruhigt die Hände reichen zu können, baute vielleicht Berührungsängste ab und brachte so manchen notorisch paranoiden Amerikaner dazu, sich mit wildfremden Menschen in eine von der Ost- bis zur Westküste reichende Kette einzureihen.

Collins Blackberry klingelte. Weil es per Bluetooth mit der Freisprechanlage des Wagens verbunden war, brauchte er nur auf einen Knopf am Autoradio zu drücken, um den Anruf anzunehmen.

Es war Kathleen Neal, die ihn darüber informierte, dass der FDA-Mann soeben eingewilligt habe, zu AMT zu fahren und dort irgendwelche Daten zu beschaffen, die sie und Martin Larrick unbedingt haben wollten. Die Senatorin hatte grenzenloses Vertrauen in ihn und weihte ihn seit einiger Zeit in alles ein, was sie privat und beruflich tat. Collins wusste mehr über Kathleen Neal als ihre Parteifreunde, ihre Berater und auch ihr Ehemann jemals über sie erfahren würden. Wie ihr Beichtvater, dachte Rudy manchmal, auch wenn die Umstände, unter denen er ihr die Beichte abnahm, alles andere als fromm waren. Eigentlich ging die Senatorin dadurch ein unglaublich hohes Risiko ein, aber offenbar brauchte sie jemanden, bei dem sie sich aussprechen konnte, und Rudy war dafür in vielerlei Hinsicht genau der Richtige.

»Und du willst noch mehr Beutel für deine Menschenkette«, sagte er. Kathleen rief ihn nämlich nur an, wenn sie etwas von ihm wollte.

»Richtig. Wenn du kannst, lass nochmal hunderttausend mehr durch deine Maschinen laufen.«

»Dein Wunsch ist mir Befehl«, erwiderte Collins, der zur Sicherheit bei seinen Lieferanten ohnehin mehr Material bestellt hatte. »Aber danach ist Schluss. Zaubern kann selbst dein Rudy nicht.«

»Mir kannst du nichts vormachen«, gab sie gut gelaunt zurück. »Ich kenne deinen Zauberstab.«

»Vergiss unsere Verabredung morgen nicht«, sagte Collins barsch und legte ohne ein Wort des Abschieds auf. Kathleen mochte es, wenn er sie so behandelte. Außerdem hatte er jetzt eine Menge zu tun.

Als die Musik aus dem Radio automatisch wieder einsetzte, trat er heftig aufs Gas, Radarfallen hin oder her.

24

14:12 UHR
SENATE RUSSELL BUILDING, WASHINGTON, DC

Kathleen Neal hatte noch nicht richtig aufgelegt, als ihr Telefon schon wieder klingelte. Ohne lange zu überlegen riss sie den Hörer ans Ohr.

»Ja?«

»Dr. Angie Howlett möchte Sie sprechen«, sagte Neals Sekretärin. »Soll ich ihr sagen, dass Sie in einer Besprechung sind?«

Neal kannte Angie Howlett gut genug um zu wissen, dass sie nicht lockerlassen würde, bis sie bekam, was sie wollte. Nicht nur in dieser Hinsicht waren die beiden Frauen sich erstaunlich ähnlich. Es war also besser, sie brachte es so rasch wie möglich hinter sich.

»Nein, stellen Sie sie durch«, sagte sie.

Angie Howlett und sie hatten sich auf einem Empfang des *Washingtonian Magazine* kennengelernt, das sie beide in einer Artikelserie zu den zehn einflussreichsten Frauen Virginias gezählt hatte. Die beiden hatten sich angefreundet, ohne echte Freundinnen zu werden. Was sie verband, war hauptsächlich der gegenseitige Nutzen, den sie aus ihrer Bekanntschaft zogen: Angie unterstützte Neals Wahlkampf mit großzügigen Geldspenden, während Kathleen dafür sorgte, dass auf dem Kapitol gesundheitspolitische Entscheidungen getroffen wurden, die Angies Firma nicht zum Nachteil gereichten.

»Kathleen?«, hörte Neal kurz darauf eine klare, resolute Stimme fragen.

»Am Apparat. Wie geht es dir, Angie? Ich habe dich vorgestern bei der Einladung im Smithsonian vermisst.«

»Tut mir leid, ich bin einfach nicht aus der Firma weggekommen.«

»Aber übermorgen, beim H.A.T.-Auftakt, sehe ich dich doch, oder?«

»Ich denke schon. Aber ich wollte mit dir eigentlich über etwas ganz anderes reden.«

»Was hast du auf dem Herzen, Angie Darling?«, fragte Neal zuckersüß, obwohl sie es bereits genau wusste.

»Ich will wissen, was mit meinem Herzpflaster los ist.«

»Wie meinst du das? Was soll denn damit los sein?«

»Stell dich nicht dumm, Kathleen, du weißt genau, was ich meine. Die Zulassung für CardioPatch sollte heute, spätestens morgen durch sein, eine reine Formsache hat es geheißen, der zuständige Mann bei der FDA müsste nur noch unterschreiben, und jetzt höre ich von Michael Weinstein, dass es auf einmal Probleme gibt.«

»Ich würde es eher eine Vorsichtsmaßnahme nennen«, erwiderte Neal. »Eine Frage, die geklärt werden muss, weiter nichts. Gedulde dich ein paar Tage, dann ist die Sache ausgestanden.«

»Eine Vorsichtsmaßnahme?«, fragte Angie erregt. »Du weißt genau, dass jeder Tag zählt, wenn die großen Firmen mich nicht plattmachen sollen.«

»Reg dich nicht auf, Angie, die FDA muss lediglich noch ein paar Daten überprüfen, das ist alles.«

»Wie bitte?«, rief Angie so laut, dass Neal den Hörer zwanzig Zentimeter von ihrem Ohr weghalten musste. »Hast du da eben *überprüfen* gesagt? Was glaubst du denn, dass eure verdammte FDA seit Monaten macht? Hunderte von Laborprüfungen und klinischen Studien hat mein CardioPatch inzwischen hinter sich, hier noch eine Prüfung und da noch eine und dann noch eine Evaluation, um festzustellen, dass die ganzen Prüfungen auch wirklich korrekt durchgeführt wurden. All das hat unser CardioPatch wie eine Eins durchgestanden, und jetzt, wo die FDA nach ewigem Hin und Her praktisch schon grünes Licht gegeben hat, soll ich wieder warten? Worauf denn? Kannst du mir das bitte schön sagen?«

»Wahrscheinlich ist es nichts, aber du weißt ja, wie die Leute von der FDA sind, die haben gewaltig Oberwasser gekriegt, seit die Demokraten wieder im Weißen Haus sitzen …«

»An mir liegt es bestimmt nicht, dass ihr die letzte Wahl verloren habt. Das weißt du genau.«

»Natürlich weiß ich das, Angie, und ich bin dir für deine Unterstützung wirklich dankbar. Deswegen habe ich dich auch gleich anrufen lassen, als ich von der Verzögerung erfahren habe.«

»Das ist ja wohl das mindeste, was man verlangen kann. Schließlich finanziere ich seit Jahren deinen Wahlkampf und habe gerade nochmal eben ein paar Hunderttausend Dollar in deine Menschenkette gesteckt. Und was hat es mir gebracht? Eure Bundesbehörden springen mit mir um, wie es ihnen passt. Das enttäuscht mich schwer, Kathleen.«

Neal wusste, dass sie sich auf dünnem Eis bewegte. Auf Dauer durfte sie Angie Howlett als Unterstützerin für ihre politische Karriere nicht verlieren, aber sie konnte es auch nicht riskieren, dass wegen ihr *Hands Across America* in Gefahr geriet. Neal brauchte das Ansehen und die Sympathie, die ihr ein durchschlagender Erfolg der Menschenkette bereiten würde. Ein Scheitern war undenkbar, es würde sie politisch den Kopf kosten. Viele ihrer Gegner warteten bereits sehnsüchtig darauf – bei den Demokraten wie auch in ihrer eigenen Partei. Wenn sie Angie jetzt sagte, was Sache war, würde die Himmel und Hölle in Bewegung setzen, um ihr CardioPatch zu retten, und das würde hundertprozentig dazu führen, dass die Kunde von dem unbekannten Virus irgendwie an die Öffentlichkeit gelangte.

»Es tut mir leid, wenn du enttäuscht bist, Angie, allerdings bin ich nicht die FDA, das weißt du genau. Aber ich lasse dich nicht im Regen stehen, so was tue ich nicht.«

»Und wie willst du das anstellen? Hast du etwa vor, den Pappnasen bei der FDA zu sagen, dass sie mein CardioPatch bis morgen Abend zulassen sollen, so wie sie es mir versprochen hatten?«

»Nein, das kann ich doch gar nicht. Ich kann der FDA keine Weisungen geben. Aber ich habe den Projektleiter dort gebeten, der Sache so rasch wie möglich auf den Grund zu gehen. Vielleicht wissen wir schon heute Abend mehr, und dein Herzpflaster kann in den nächsten Tagen zugelassen werden.«

Neal hörte, wie Angie am anderen Ende der Leitung frustriert seufzte. Sie wollte etwas sagen, aber die Senatorin schnitt ihr das Wort ab.

»Und jetzt muss ich auflegen, es kommt gerade ein Anruf auf der anderen Leitung rein. Mach's gut, Angie. Ich melde mich bei dir.«

25

19:30 UHR
INTERSTATE HIGHWAY I-95, SÜDLICHE RICHTUNG

Jack Maxwell drückte sich mit der rechten Schulter so fest er konnte an die Beifahrertür des alten Saab, um einen möglichst großen Abstand zu seinem Vater zu haben.

»Das ist echt das Allerletzte«, maulte er zum wiederholten Mal. »Bloß weil du Schiss vor deiner Ex hast, muss ich jetzt mit dir nach Richmond gondeln.«

»Diese Ex ist immerhin deine Mutter«, erwiderte Ben. »Und wenn sie erfahren würde, dass ich dich allein in Washington zurückgelassen hätte, käme ich in Teufels Küche.«

»Und was soll daran schlimm sein?«, höhnte Jack. »Du hast mich mein ganzes Leben lang allein gelassen. Seit ich auf der Welt bin.«

»Weil ich arbeiten musste.«

»Du musst doch ständig arbeiten. Wieso glaubst du eigentlich, dass Mom dich verlassen hat?«

Ben stöhnte auf. »Du weißt genau, dass das nicht wahr ist. Sie hat etwas mit einem anderen angefangen.«

Ben konnte es Jack nicht verdenken, dass er sauer auf ihn war. Wenn es nur nach ihm gegangen wäre, hätte er seinen Sohn trotz seiner Bedenken auf dieser SchmooCon bleiben lassen, aber Emily wartete ja nur darauf, für die von ihr betriebene Scheidung Argumente gegen ihn in die Hand zu bekommen.

»Ich mache das wieder gut, das verspreche ich dir«, sagte Ben zu seinem Sohn, der schmollend auf den nassen Highway starrte. »Ich kaufe dir was Schönes …«

»Mann, du bist genau so schlimm wie Mom!«, stieß Jack hervor. »Sie und Tony kaufen mir auch ständig irgendwelches Zeug, als ob das auch nur irgendwas bringen würde. Lernt ihr so eine Scheiße bei euren Scheidungscoachs, oder was?«

»Jack, wie oft muss ich dir noch sagen, dass du auf deine Sprache achten sollst?«

Jack schnaubte verächtlich. »Wenn du mich nicht hören willst, dann schick mich doch einfach mit dem nächsten Bus zurück in die Stadt.«

»Werde erst einmal volljährig, dann kannst du tun was du willst«, sagte Ben und ärgerte sich gleich darauf darüber, dass er sich zu dieser Bemerkung hinreißen hatte lassen. Er nahm eine Hand vom Lenkrad und deutete auf das Handschuhfach. »Könntest du mir bitte meine Reisepillen geben?«, fragte er.

Jack stöhnte genervt auf. »Du bist wahrscheinlich der einzige Mensch, dem im Auto sogar dann schlecht wird, wenn er selber fährt.« Er öffnete das Handschuhfach und kramte in den verschiedenen Medikamentenpackungen herum: Aspirin, Beta-Blocker, Alka Seltzer und jede Menge anderes Zeug, das Jack nicht kannte.

»Beeil dich«, sagte Ben. Sein Magen fühlte sich überhaupt nicht gut an. Die schlaflose Nacht, der viele Kaffee, die Aufregungen am Vormittag und jetzt der Streit mit Jack hatten ihn hoffnungslos übersäuert. Ihm brach am ganzen

Körper der Schweiß aus. »Na, was ist, findest du's endlich? Pepto Bismol heißt das Zeug.«

»Ich weiß, aber da sind so viele andere Pillen, dass ich es nicht finden kann. Hör auf, dich mit diesem Zeug vollzustopfen und geh endlich mal zum Arzt.«

»Mir geht es ja nicht richtig schlecht«, verteidigte Ben sich. »Meistens jedenfalls.«

»Hast du eigentlich wegen der Scheidung das Rauchen wieder angefangen?«

»Wie bitte?«

»Dad, verkauf mich bitte nicht für blöd. Erstens riechst du jedesmal, wenn du ›frische Luft schnappen‹ warst, wie ein Aschenbecher, und zweitens könntest du dir mal ein anderes Versteck für deine Zigaretten suchen als deine Notebook-Tasche.«

»Was hast du in meiner Notebook-Tasche zu suchen? Mein Laptop ist für dich doch aus der Steinzeit, wie du immer sagst.«

»Aber dein Netzgerät nicht. Und ich habe meins leider zu Hause vergessen.« Jack hatte die Magentabletten gefunden und warf sie Ben auf den Schoß. »Da hast du deine Drogen.«

»Danke, Jack.« Ben drückte zwei der roten Tabletten aus dem Blisterpack und schluckte sie hinunter. »Und jetzt mach kein so finsteres Gesicht, mein Sohn. Morgen hast du den ganzen Tag Zeit für deine Schmooze Konferenz.«

»Die Konferenz heißt SchmooCon, und heute Abend wäre das große Begrüßungsessen, wo sich alle Leute kennenlernen. Extra deswegen bin ich nach Washington gekommen. Aber jetzt werde ich MafiaGrrl wohl nie kennenlernen.«

»Seltsamer Name. Wer ist das denn?«

»Das werde ich vermutlich nie erfahren.« Jack holte seinen iPod aus der Tasche und stöpselte den Kopfhörer ein.

»Ich hatte auch gehofft, dass wir in diesen Tagen ein wenig Zeit füreinander hätten«, sagte Ben. »Ich hätte gerne mal mit dir geredet, so wie das Vater und Sohn im Urlaub hin und wieder tun.«

»Hast du gerade *Urlaub* gesagt?«, gab Jack zurück. Seine Stimme klang besonders laut, weil er weiter Musik hörte. »Ich erinnere mich noch gut an unseren letzten gemeinsamen *Urlaub*, drunten am Amazonas. Das wäre um ein Haar unser letzter gewesen ...«

»Das war kein Urlaub. Ich musste dich zu mir holen, weil du eine Woche Unterrichtsverbot hattest.«

»Ich glaube, ich bin der einzige Junge an unserer Schule, der im Regenwald fast umgebracht worden wäre, nur weil sein Vater ihn mit zur Arbeit genommen hat.«

»Meinst du etwa, es macht mir Spaß, die ganze Zeit zu arbeiten?« Ben ging jetzt in die Offensive. »Ich will dir mal was verraten: Das tut es nicht. Aber ich muss schließlich den Unterhalt für dich und deine Mutter verdienen. Und warum, glaubst du, dass ich immer noch diese Rostlaube hier fahre? Na? Damit ich dir später das College bezahlen kann, deshalb leiste ich mir kein neues Auto.«

»Ich brauche kein Geld fürs College.«

»Ach nein? Dann nimm bitte ein für alle Mal zur Kenntnis, dass du nicht gut genug Football spielst, um ein Stipendium zu bekommen.«

»Ich gehe nicht aufs College.«

»Aber das musst du, Jack. Ohne ein Studium kriegst du keinen guten Job.«

»So, und jetzt nimmst du bitte mal was zur Kenntnis, Dad«, sagte Jack trotzig. »Ich könnte mit Spieleprogrammieren und legalem Hacken heute schon ein höheres Monatsgehalt kriegen als du in deinem Leben jemals bekommen wirst. Was hast du denn gemacht, als du so alt warst wie ich? Rasenmähen oder den Hund der Nachbarn Gassi führen!«

»Das war eine andere Zeit damals.«

»Was du nicht sagst.«

»Mit deinen Fähigkeiten könntest du aufs MIT oder die Virginia Uni…«

»Um was zu werden?«, unterbrach ihn Jack. »So etwas wie du? Was helfen dir denn deine ganzen Abschlüsse, du musst trotzdem jeden Tag schuften wie ein Idiot und beklagst dich auch noch ständig darüber.«

Ben seufzte. Damit hatte Jack ins Schwarze getroffen.

Eine ganze Weile fuhren sie schweigend dahin. Jack hatte seinen iPod so laut aufgedreht, dass ein blechern klingender Rhythmus aus den kleinen Lautsprechern zirpte. Als Ben die Stille zwischen ihnen nicht mehr aushielt, schaltete er das Radio ein, aber er hörte dem plappernden Moderator nicht wirklich zu. So konnte es zwischen ihnen nicht weitergehen. Wenn er seinen Sohn nicht verlieren wollte, musste er auf eine andere Ebene des Umgangs mit ihm kommen.

Draußen regnete es immer noch, und die auf die höchste Stufe eingestellten Scheibenwischer des alten Saab hatten Mühe, die aus den tief hängenden Wolken herabstürzenden Wassermassen von der Windschutzscheibe zu entfernen. Der Verkehr auf allen drei nach Süden führenden Spuren des Interstate Highway war zähfließend. Offenbar machte sich der Berufsverkehr rings um Richmond bemerkbar.

Als Jack die Kopfhörer aus den Ohren nahm, erzählte Ben ihm alles, was seit dem vergangenen Abend passiert war. Er erzählte ihm von Tammys Anrufen aus Pembroke, von seinen Treffen mit dem Commissioner der FDA und Senatorin Neal und davon, dass er sich Sorgen um Tammy machte. Offenheit, so dachte er, war das Einzige, was ihm seinen Sohn wieder näherbringen konnte. Jack hatte Recht, er war kein Kind mehr. Er verwandelte sich langsam in einen jungen Mann, der ein Recht darauf hatte, dass man ihn ernst nahm.

»Dad, jetzt verstehe ich, wieso du so seltsam drauf bist«, sagte er mit echter Anteilnahme, als Ben mit seinem Bericht fertig war. »Mich würde das auch fertig machen, wenn ich nicht wüsste, was mit meiner Ex-Freundin ist.«

»Hast du denn eine? Freundin, meine ich, keine Ex…«

»Dad! Für so was habe ich doch überhaupt keine Zeit.«

»Ich dachte nur …«

»Weiß man denn inzwischen, was das für ein Virus ist?«, fragte Jack, während er den iPod wieder in seiner Tasche verstaute.

»Noch nicht. Deshalb fahren wir ja nach Richmond und holen uns die Daten von AMT.«

»Irgendwie bist du schon echt der Größte, Dad.« Jack kicherte leise vor sich hin. »Du kannst ja nicht mal ein Update von Windows installieren, wie willst du da geheime Daten aus einem Firmennetzwerk saugen?«

»Mit diesem Ding hier, das Weinstein mir gegeben hat«, sagte Ben und zog den USB-Stick aus seiner Jackentasche.

»Wow!«, sagte Jack mit gespielter Hochachtung. »Ein USB-Stick! Ich wusste gar nicht, dass du so was bedienen kannst.«

»Das ist kein normaler USB-Stick«, erwiderte Ben. »Weinstein sagt, er kann vollautomatisch alle Inhalte von sämtlichen Festplatten eines Netzwerks runterkopieren.«

»Aber ist das nicht furchtbar auffällig, wenn du mit einem USB-Stick angereist kommst und dir die Daten persönlich abholst? Wieso lässt du sie dir nicht einfach per Internet schicken?«

»Weil dieser Tage angeblich der Schlüssel für Regierungsmails geknackt werden soll. Irgendein Superhacker soll so was verkündet haben.«

»Das war SpunkBooster!«, rief Jack begeistert aus. »Der verdammte Bastard hat es also doch geschafft!«

»So was ist kein Grund zur Freude, Jack«, sagte Ben. »Damit kann man eine Menge Unheil anrichten.«

»Aber genau deshalb versuchen Leute wie SpunkBooster ja ständig, diese Codes zu knacken. Um darauf aufmerksam zu machen, wie leicht man auch in geheime Kommunikationskanäle eindringen kann, vorausgesetzt, man weiß, was man tut. Indem er es öffentlich macht, will SpunkBooster die Leute doch aufrütteln. Mann, wieso bin ich nicht auf der SchmooCon? Da erzählt er bestimmt, wie er das geschafft hat.«

»Jetzt sag bitte nicht, dass du auch so was probierst. Wenn sie dich dabei erwischen, wanderst du in den Knast, ist dir das klar?«

»Das sagt der Richtige«, lachte Jack. »Wer fährt denn hier gerade nach Richmond, um irgendwelchen Leuten geheime Daten zu klauen?«

»Ich mache das im Auftrag der Regierung.«

»Schon klar. Sieht übrigens ganz so aus, als könntest du demnächst auf Geheimagent umsatteln. Die müssen einen

Narren an dir gefressen haben, sonst hätten sie dir niemals dieses James-Bond-mäßige Ding da gegeben.«

»Den USB-Stick?«

»Von wegen USB-Stick. Wenn dieser kleine Mistkerl wirklich das tut, was du vorhin gesagt hast, dann ist das ein Nanoputer, und zwar einer von den ganz heißen.«

»Was ist ein Nanoputer?«

»Ein auf das allerkleinste Maß zusammengeschrumpfter Supercomputer«, erklärte Jack, der vor lauter Begeisterung ganz seinen üblichen, verächtlichen Ton vergaß, den er bei technischen Erklärungen für seinen Vater sonst immer anschlug. »Von diesen Biestern wird seit langem gemunkelt, aber in freier Wildbahn hat man sie meines Wissens noch nicht gesehen. Angeblich gibt es so was nur bei den Geheimdiensten oder im Pentagon. Und jetzt halte ich einen davon in der Hand. Ich werd verrückt. Wenn ich das MafiaGrrl erzähle …«

»Das wirst du ganz bestimmt nicht!«, rief Ben. »Nichts von dem, was ich dir sage, darfst du an deine Hackerfreunde weitergeben, hast du mich verstanden?«

»Schon klar, Dad. Reg dich nicht auf, das ist schlecht für deinen Blutdruck.«

»Wer ist das überhaupt, MafiaGrrl? Du hast doch eben gesagt, du hättest keine Freundin.«

»Dad, ich weiß ja nicht einmal, ob MafiaGrrl überhaupt eine Frau ist«, sagte Jack, ohne zu erwähnen, dass er insgeheim hoffte, MafiaGrrl wäre eine – eine humorvolle, blitzgescheite und vor allem gut aussehende Frau. »Könnte genauso gut ein schmerbäuchiger alter IT-Sack mit Mundgeruch sein. So ist das nun mal, wenn man sich nur aus dem Netz kennt.«

»Ich weiß schon, warum ich das Internet nicht mag«, brummte Ben.

»MafiaGrrl hätte uns die Fahrt nach Richmond ersparen können«, fuhr Jack fort. »Sie hätte sich auch von außen in das Netzwerk von dieser Firma hacken können.«

»Oder er.«

»Wie meinst du das?«

»Naja, du hast doch gerade gesagt, dass du nicht weißt, ob es eine Sie oder ein Er ist.«

»Das ist doch jetzt egal, Dad.«

»Stimmt. Ganz gleich, ob sie oder er, MafiaGrrl hätte es nicht geschafft, das Netzwerk zu knacken. Das FBI hat es schon versucht und ist daran gescheitert.«

»Das FBI kann nicht mal einen Taschenrechner hacken«, sagte Jack und lachte. »Das sind echte Stümper.«

»Aber dich haben sie immerhin beim Hacken erwischt.«

»Ein blindes Huhn findet eben auch mal ein Korn.« Jack grinste. »Andererseits: Wer muss schon coden können, wenn er jemanden hat, der ihm solche Dinger baut?« Er betrachtete den vermeintlichen USB-Stick noch einmal von allen Seiten. »Sieht aus, als könne er kein Wässerchen trüben. Ich bin gespannt, ob es funktioniert.«

»Dauert nicht mehr lange, dann wissen wir es.« Ben deutete nach draußen auf das Hinweisschild zur Ausfahrt nach Garberville, dem kleinen Ort hinter Richmond, bei dem das Labor von AMT lag.

Ein paar Minuten später fuhren sie eine Schotterstraße entlang, die durch ein dichtes Waldgebiet führte und zu einem Zaun mit einem großen Tor führte. An einem der Torpfeiler befand sich eine Gegensprechanlage.

»Wer ist da?«, fragte eine blechern klingende Stimme,

nachdem Ben auf den Knopf unter dem Lautsprecher gedrückt hatte.

»Ben Maxwell. Ich habe einen Termin mit Dr. Vitek.«

»Sie werden erwartet, Sir. Stellen Sie Ihr Auto bitte auf dem Parkplatz ab und kommen Sie zum Haupteingang.«

Das schwere Tor schwang auf und gab den Weg auf ein kahles, geschottertes Gelände frei, in dessen Mitte ein fensterloser, einstöckiger Betonklotz stand. Im fahlgrauen Licht des späten Nachmittags wirkte er wie ein verlassener Atombunker.

»Ich gehe da nicht mit rein«, sagte Jack, nachdem Ben den Saab direkt vor der Stahltür mit einem überdimensionalen Biogefährdungs-Aufkleber abgestellt hatte. »Ich will doch nicht, dass mein Gesicht auf einem von diesen Überwachungsvideos verewigt wird.«

»Aber es kann eine Weile dauern, ich weiß nicht, wie lange ich brauchen werde.«

»Kein Problem, ich kann mich beschäftigen«, sagte Jack und zeigte auf seinen Laptop, der auf dem Rücksitz lag.

»Okay, ich beeil mich. Je schneller wir diese Sache hinter uns bringen, desto besser.«

Er stieg aus und schlug die Tür zu. Durch den dichten Regen eilte er auf die massive Eingangstür zu und versuchte dabei, den großen Pfützen am Boden auszuweichen.

»Sauwetter«, fluchte er leise vor sich hin, als er vor der Tür angelangt war. Obwohl es noch nicht dunkel war, flammte ein starker Scheinwerfer über ihm auf, und aus einem Lautsprecher unter dem neben der Tür in der Wand eingelassenen Objektiv einer Videokamera hörte er ein Geräusch.

»Dr. Maxwell?«

»Ja.«

»Ich öffne Ihnen jetzt die Tür. Gehen Sie bitte den Gang entlang bis zur Kontrollstelle. Ich erwarte Sie dort.«

Ben hörte ein Summen und drückte gegen die schwere Metalltür. Sie öffnete sich überraschend leicht und gab den Blick in einen von mehreren Neonröhren erhellten Gang frei, der in einer gläsernen Pförtnerloge endete. In dem Glaskasten saß ein vierschrötiger Mann in einer dunkelgrauen Uniform, vor dem an einer Wand mehrere Flachbildschirme hingen, auf denen die Bilder von Überwachungskameras zu sehen waren. Als er Ben sah, stand er auf und kam heraus.

»Guten Abend, Dr. Maxwell, mein Name ist Vincent Kelp, ich bin für die Sicherheit hier im Labor zuständig. Würde es Ihnen etwas ausmachen, mir ganz kurz Ihren Ausweis zu zeigen?«

Ben zeigte ihm seine Dienstmarke von der FDA.

»Vielen Dank, Dr. Maxwell. Wenn es Ihnen recht ist, bringe ich Sie direkt nach unten zu Dr. Vitek.«

»Nach unten?«

»Dieses Labor hat vier Untergeschoße. Dr. Viteks Büro ist im dritten.«

Das kann ja heiter werden, dachte Ben, während er hinter dem Wachmann in einen von Halogenlichtern an der Decke hell erleuchteten Aufzug trat. Als er sein Gesicht in dem großen Spiegel an einer Wand der Aufzugskabine betrachtete, erschrak Ben. Es wurde höchste Zeit, dass er wieder mal eine ganze Nacht durchschlief. Aber zuerst musste er diesen Auftrag hier erledigen.

»Sie haben Glück, dass ich noch hier bin«, sagte der Wachmann, während er auf den Knopf des dritten Untergeschoßes drückte. »Das Labor hat nämlich bis zum Nationalfeiertag Betriebsferien. Alle sind weg, auch meine Kollegen vom Wachdienst. Nur ich halte hier noch die Stellung.«

»Und Dr. Vitek«, sagte Ben.

»Ja, aber der kennt sowieso keine Ferien. Der übernachtet sogar manchmal hier im Labor.«

Der Aufzug bremste sanft, und die metallene Doppeltür ging auf. Als Ben in einen neonhellen, schmucklosen Gang hinaustrat, bemerkte er einen seltsamen, kaum wahrnehmbaren Geruch in der Luft.

»Täusche ich mich, oder riecht es hier tatsächlich nach Gas?«, fragte Ben.

»So riecht es hier am Abend immer«, sagte der Wachmann. »Das kommt von den Bunsenbrennern unten im Labor.«

Er brachte Ben zu einer Tür und klopfte.

»Herein!«, ließ sich eine Stimme von der anderen Seite der Tür vernehmen.

»Dr. Maxwell ist hier«, rief der Wachmann, ohne die Tür zu öffnen.

»Schicken Sie ihn rein, Vincent.«

Der Wachmann deutete auf die Klinke und bedeutete Ben mit einer Kopfbewegung, dass er eintreten solle.

26

22:00 UHR
AMT, GARBERVILLE, VIRGINIA

»Dr. Maxwell, es freut mich sehr, Sie endlich einmal persönlich kennenzulernen«, sagte Dr. Fayed Vitek und entblößte zwei Reihen blendend weißer Zähne. Er war ein etwa fünfzig Jahre alter Mann mit einem athletisch wirkenden Körper und einem offenen, sympathischen Gesicht. Seiner Hautfarbe nach mochte er aus dem Nahen Osten kommen, er hätte aber auch ein Inder oder Pakistani sein können.

»Es ist mir eine große Ehre, dass Sie als der Projektleiter für CardioPatch unsere bescheidene Forschungseinrichtung besuchen.«

Der Wissenschaftler, der einen weißen Laborkittel trug, erhob sich von seinem mit Akten und Büchern überhäuften Schreibtisch und ging mit ausgestreckter Hand auf Ben zu.

»Die Freude ist ganz meinerseits, Dr. Vitek«, erwiderte Ben und schüttelte dem Leiter von AMT die Hand. »Bisher hatten wir ja nur per Mail miteinander zu tun.«

Dr. Vitek bot Ben einen Stuhl an und fragte ihn, ob er etwas trinken wolle, was dieser verneinte. Er wollte die Sache möglichst schnell hinter sich bringen und Jack draußen im Auto nicht zu lange warten lassen.

»Womit kann ich Ihnen behilflich sein, Dr. Maxwell?«, fragte Vitek, nachdem er sich wieder hinter seinem Schreibtisch niedergelassen hatte. »Martin Larrick hat mich angerufen und von dieser bedauerlichen Sicherheitspanne erzählt. Nicht auszudenken, wenn wirklich jemand die vertraulichen Mails der FDA abfangen und entschlüsseln könnte. Der Industriespionage wären Tür und Tor geöffnet, und mittelständische Firmen wie Biometrix könnten auf der Stelle zusperren. Manchmal frage ich mich wirklich, was in den Köpfen dieser jungen Leute vor sich geht. Was wollen die mit dieser Computerhackerei bloß bezwecken?«

Ben setzte sich auf den Klappstuhl aus weißem Plastik, auf dem er sich irgendwie unbehaglich fühlte.

»Vielleicht wollen sie uns einfach auf Trab halten«, antwortete er mit einem freudlosen Lächeln. »Immerhin haben sie erreicht, dass ich hundert Meilen mit dem Auto fahren muss, um an meine Daten zu kommen.«

»Um was für Daten handelt es sich denn?«

»Um die komplette Dokumentation der Materialprüfungen für CardioPatch sowie die Ergebnisse der damit verbundenen toxikologischen, pharmakologischen und klinischen Prüfungen.«

Dr. Vitek machte ein besorgtes Gesicht.

»Ist denn mit den Daten etwas nicht in Ordnung?«, fragte er.

»Keine Sorge, die Daten waren hieb- und stichfest, soweit ich mich erinnern kann. Das Problem ist nur, dass sie nicht mehr auffindbar sind. Fragen Sie mich nicht, wie so etwas passieren kann, aber auf einmal waren sie nicht mehr in unserer Datenbank. Die zuständige Mitarbeiterin behauptet, die IT-Abteilung hätte Mist gebaut, und die IT-Abteilung schwört Stein und Bein, dass jemand die Daten aus Versehen mit denen einer älteren Untersuchung überschrieben hat. Wir werden wohl nie dahinterkommen, woran es lag, aber das würde mir ohnehin nichts helfen. Tatsache ist, dass ich die Daten ganz dringend für meinen Abschlussbericht brauche.«

»Machen Sie bei der FDA denn keine Sicherungskopien?«, fragte Vitek verwundert. Die Tatsache, dass eine Behörde so nachlässig mit wichtigen Daten umging, schien ihn zu befremden. Ben fing an zu schwitzen. Auf diese Frage war er nicht vorbereitet. Hoffentlich stellte er sich jetzt nicht so dumm an, dass der Wissenschaftler Verdacht schöpfte.

»Doch, natürlich machen wir die«, erwiderte er. »Aber wenn Sie eine neue Version mit einer alten überschreiben und diese dann sichern, dann nützt Ihnen das schönste Backup nichts.« Ben verzog den Mund zu einem schiefen Grinsen und beugte sich über den Schreibtisch hinüber zu dem Laborchef. »Ich will Ihnen mal ein Geheimnis verraten, Dr. Vitek«, sagte er mit vertraulich gesenkter Stimme. »Es besteht bedauerlicherweise die Möglichkeit, dass ich es selber war, der die Daten versehentlich gelöscht hat. Ich stehe nämlich mit diesem ganzen Computerzeugs ziemlich auf Kriegsfuß, und manchmal drücke ich im Eifer des Gefechts eine Taste, die ich nicht hätte drücken sollen, und schon ist es passiert.«

Vitek lachte leise. »Das kenne ich, Herr Kollege. Das kenne ich zur Genüge. Das ist wohl jedem von uns schon mal passiert.«

Ben atmete erleichtert auf.

»Zerstreute Professoren sind eben keine IT-Fachleute.« Er nickte Ben mitfühlend zu. »Aber hätte diese Geschichte denn nicht Zeit gehabt, bis die Verschlüsselungsprobleme beseitigt sind? Normalerweise dauert es doch nur ein paar Tage, bis ein Sicherheitsupdate für die Software verfügbar ist. Es ist doch eine ziemliche Vergeudung wertvoller Ressourcen, wenn ein so qualifizierter Mann wie Sie den weiten Weg zu uns auf sich nimmt.«

»In diesem besonderen Fall ist es leider nötig. Bei Biometrix wird man nämlich langsam richtig ungeduldig. Ich weiß nicht, ob es Ihnen bekannt ist, aber die Inhaberin von Biometrix ist eine persönliche Freundin von Senatorin Neal. Den Rest können Sie sich vermutlich denken.«

Viteks freundliches Gesicht verfinsterte sich. »Und ob ich mir das denken kann. Die Senatorin übt Druck auf Larrick aus, und der gibt ihn an Sie weiter. Richtig?«

»Richtig. Und ich bin natürlich nicht gerade scharf darauf, dass die Senatorin erfährt, dass wegen meiner Schusseligkeit das Herzpflaster ihrer Freundin noch immer keine Zulassung hat. Da sind ein paar Stunden im Auto wahrlich das kleinere Übel.«

Vitek lehnte sich in seinen Drehstuhl zurück und drückte eine Taste auf der Tastatur seines Computers. Der Monitor erwachte aus dem Ruhezustand und warf ein bläuliches Licht auf das hagere Gesicht des Wissenschaftlers.

»Soll ich Ihnen die Daten auf DVD brennen?«, fragte er. »Sie sind ziemlich umfangreich, deswegen weiß ich nicht, ob sie auf eine Scheibe passen werden.«

»Nicht nötig, ich habe da was dabei«, sagte Ben und suchte in seiner Tasche nach dem USB-Stick. Als er ihn nicht auf Anhieb fand, fingen seine Hände an zu zittern. Zum Glück konzentrierte sich Vitek auf seinen Bildschirm und bekam nicht mit, wie nervös sein Besucher war. »Hier, nehmen Sie den«, sagte er zu Vitek, als er den getarnten

Nanocomputer endlich gefunden hatte. »Mein IT-Nerd meint, da müsste alles draufpassen.«

Vitek nahm den Stick und sah ihn sich an. »Sechzehn Gigabyte, das dürfte reichen«, sagte er. »Jetzt müssen wir nur noch einen freien USB-Port finden.«

Er kroch unter den Schreibtisch und fummelte eine Weile an der Workstation herum, von der ein dicker Kabelstrang zu einer Verbindungsdose an der Wand führte. Ben vermutete, dass diese Kabel die Verbindung mit dem Firmennetzwerk herstellten. »Ich habe seit Ewigkeiten kein USB-Gerät mehr angesteckt«, tönte Viteks Stimme unter der gläsernen Schreibtischplatte hervor, und Ben hoffte inständig, dass er den Stick anschließen konnte und nicht doch auf seinen Vorschlag mit den DVDs zurückkam.

»Sie haben Glück«, sagte Vitek, während er unter dem Schreibtisch hervorkrabbelte und sich unter seinem Laborkittel die Hosenbeine glattstrich. »Genau ein Anschluss war noch frei.«

Er setzte sich wieder und fing an, mit der Maus zu klicken. »Dann wollen wir mal sehen, wo wir die Daten haben«, murmelte er vor sich hin, während auf dem Monitor lange Listen von Dateien erschienen. »FDA – Biometrix – CardioPatch – Materialtests. Na bitte, ist doch alles da. Es geht eben nichts über einen ordentlich aufgeräumten Computer«, sagte er, und Ben wusste nicht, ob er das als kleine Spitze gegen sich auffassen sollte. Sichtlich zufrieden mit sich selbst machte Vitek einen letzten Klick und lehnte sich zurück. Auf dem Bildschirm erschien eine kleine Box mit einem blauen Fortschrittsbalken, der sich im Schneckentempo von links nach rechts zu bewegen begann.

»Das kann dauern«, sagte Vitek. »Aber es sind eben auch

eine Menge Daten mit vielen hoch auflösenden Bilddateien. Wenn Sie wollen, dann lassen wir den Rechenknecht eine Weile alleine werkeln, und ich führe Sie in der Zwischenzeit kurz durch unser Labor. Es kommt schließlich nicht alle Tage vor, dass wir so hohen Besuch von der FDA haben.«

»Gerne«, erwiderte Ben, der insgeheim froh war, dass der Nanoputer eine Weile unbeaufsichtigt blieb. »Aber so ein hohes Tier bin ich nun auch wieder nicht.«

Vitek stand auf, ging um den Schreibtisch herum und öffnete Ben die Tür. »Schade, dass Sie gerade jetzt kommen, wo wir Betriebsferien haben«, sagte er. »Ich hätte Ihnen gerne einige meiner hervorragenden Mitarbeiter vorgestellt.«

»Wie viele Leute arbeiten denn hier?«

»Normalerweise dreiundvierzig. Wir sind wie eine große Maulwurffamilie, die den Großteil ihrer Zeit unter Tage verbringt.« Er ging den Gang entlang und durch eine rote Tür. »In den beiden Stockwerken über uns werden alle Tests mit niedriger oder gar keiner Bio-Gefahrenstufe ausgeführt, also hauptsächlich physikalische und chemische Prüfungen. Wasserlöslichkeit, Hitzeverträglichkeit, Widerstandsfähigkeit gegen Säuren und Laugen und natürlich die ganzen elektrischen und mechanischen Beanspruchungsprüfungen.«

»Testen Sie dort auch künstliche Herzklappen?«

»Natürlich. Herzklappen, mit allem Möglichen beschichtete Stents und Prothesen für Blutgefäße, die einen immensen Druck aushalten müssen. Wir haben zehn pneumatische Teststationen, auf denen die unterschiedlichsten Belastungen für medizinische Hilfsmittel unter den härtesten Bedingungen simuliert werden können. Wir prüfen das Zeug sozusagen auf Herz und Nieren.« Er lachte über seinen kleinen Scherz, und Ben lachte höflich mit. »Aber diese Tests machen auch andere Labors, wie Ihnen ja sicher bekannt sein dürfte«, fuhr Vitek fort, während er Ben eine rote Metalltür aufhielt. »Das, worauf wir hier wirklich stolz sind, liegt in den unteren Stockwerken unseres kleinen Maulwurfsbaus. Ich hoffe, es macht Ihnen nichts aus, wenn wir die Treppe benützen und nicht den Lift?«

Ben war das sogar sehr recht, auf diese Weise blieben ihm die unausweichlichen Beklemmungen erspart, die ihn jedes Mal überfielen, wenn er eine Liftkabine betrat. Hinter Vitek her stieg er eine breite Wendeltreppe aus Metall nach unten, in deren runde Betonwand gelblich schimmernde Leuchten eingelassen waren. Auf der Tür, zu der Vitek ihn führte, stand in roten Lettern »Biologische Sicherheitsstufe 4 – Schutzkleidung und Atemschutz erforderlich«.

»Sie haben hier ein Labor der Stufe vier?«, fragte Ben verwundert. »Ich dachte immer, das einzige hier an der Ostküste wäre das der Uni in Boston.«

»Nun ja …« Vitek nickte und sah Ben mit einem überlegenen Lächeln an. »Offiziell hat unser Labor noch nicht die Stufe-Vier-Zulassung, Dr. Maxwell, Sie wissen ja selbst, was das für ein enormer bürokratischer Aufwand ist, wenn man die bekommen will. Aber der fehlende behördliche Segen muss einen ja nicht davon abhalten, zumindest sicherheitstechnisch die strengen Voraussetzungen für Stufe vier einzuhalten. Immerhin testen wir hier Implantate auf ihre Resistenz gegen Viren, Bakterien und andere Pathogene wie Pilze, Protozoen und Prionen.«

»Auch CardioPatch?«

»Natürlich.«

Er tippte eine sechsstellige Kombination in einen Nummernblock neben der Tür.

»Und was ist mit der Schutzkleidung?«, fragte Ben, dem beim Gedanken, dass hinter dieser Tür womöglich heimtückische Krankheitserreger lauerten, ziemlich unwohl wurde. Zugleich wollte er Vitek so lange wie möglich von seinem Computer fernhalten, damit der Nanoputer ungestört alle Daten aus dem Netz saugen konnte.

»Alles zu seiner Zeit«, erwiderte Vitek, während die Tür mit einem leisen Klicken und einem deutlichen Zischgeräusch aufsprang. »Wir kommen jetzt erst einmal in eine Luftschleuse, hinter der sich der Umkleideraum befindet. Erst dort müsste man theoretisch Schutzkleidung anziehen. Aber keine Angst, momentan haben wir keine schlimmen Pathogene hier, also können wir uns die Prozedur schenken. Das ist zum Beispiel einer der Vorteile, wenn man kein offizielles Stufe-vier-Labor betreibt.«

Er schloss die erste Tür und führte Ben zu einer zweiten, die sich öffnen ließ, nachdem er einen roten Knopf gedrückt hatte. Dahinter befand sich ein länglicher Raum, an dessen Wänden Ben ein Dutzend Spinde sah.

»Wie viele ihrer Wissenschaftler arbeiten denn hier unten, Dr. Vitek?«

»Nennen Sie mich doch bitte Fayed.«

»Ben«, antwortete Ben automatisch.

»Bis zu zehn.«

Er öffnete die Tür und ging voraus in einen großen dunklen Raum. Als er einen Lichtschalter neben dem Türrahmen betätigte, sprangen an der Decke mit einem leisen Klicken mehrere Reihen von Neonröhren an, deren Licht durch senkrecht angebrachte Lamellen nach unten gerichtet wurde.

Auf großen Arbeitstischen sah Ben jede Menge Laborausrüstung, die ausnahmslos aus den neuesten Modellen sündteurer Apparate bestand: Doppelzentrifugen, Massenspektrometer, Rasterelektronenmikroskope und DNA-Sequenzierer.

»Respekt«, sagte Ben und deutete auf das neueste Modell eines Sequip Partikelmesssystems mit dynamischer Tiefenfokussierung und TOR-Analyseeinheit. »Sie sind hier hervorragend ausgestattet. Ich wäre froh, wenn alle unsere Labors bei der FDA so moderne Analysegeräte hätten.«

»Ich nicht«, lachte Vitek. »Es wäre ja schlimm, wenn Uncle Sam genauso gut ausgerüstet wäre wie wir in der Privatwirtschaft. Dann würden Sie ja keine Aufträge mehr an uns vergeben. Ich bereue keinen Dollar, den ich in diese Maschinen investiert habe. Sie sind unser wichtigstes Kapital. Zusammen mit dem Wissen meiner Mitarbeiter, natürlich.«

Ben hörte ihm nur mit einem halben Ohr zu. Der Geruch nach faulen Eiern, den er schon oben im Erdgeschoß wahrgenommen hatte, war hier unten noch viel intensiver. Er war so penetrant, dass Ben fast schlecht davon wurde.

»Riechen Sie das auch?«, fragte er Vitek, der neben ihm stand und es sichtlich genoss, wie sehr sein Equipment den Mann von der FDA beeindruckte.

»Mich dürfen Sie so was nicht fragen«, sagte er mit einem spitzbübischen Grinsen. »Ich rieche schon seit über zwanzig Jahren nichts mehr.«

»Wie kommt das?«

»Von meiner Neugier. Ich war als junger Biochemiestudent etwas zu sehr auf ausgefallene Experimente versessen. Eines davon ist mir leider um die Ohren geflogen und hat ein komplettes Labor an der Universität zerlegt. Ich habe das äußerlich relativ unbeschadet überlebt, wie Sie sehen, aber seit dem Vorfall habe ich meinen Geruchssinn komplett verloren. Ist nicht weiter schlimm, nur manchmal, wenn man zu einem guten Essen eingeladen wird, bedauert man es ein wenig, weil mit dem Geruchssinn auch der Geschmackssinn verlorengeht. Aber ich schweife ab. Was riechen Sie?«

»Es ist ein leicht schwefeliger Geruch, würde ich sagen. Als würde irgendwo Gas ausströmen. Ihr Wachmann hat gesagt, das wäre ganz normal, das käme von abgeschalteten Bunsenbrennern oder so.«

»Das wäre mir neu. Bisher ist mir noch nie etwas Derartiges zu Ohren gekommen.« Er ging zu einem Telefon, das neben der Tür an der Wand befestigt war, und hob den Hörer ab. »Vincent?«, sagte er, nachdem er eine Nummer gewählt hatte. »Hier spricht Dr. Vitek. Würden Sie bitte mal runter ins Labor vier kommen? Ich möchte Sie gerne etwas fragen.«

Offenbar schien der Wachmann wenig begeistert vom Vorschlag seines Chefs zu sein, denn es entspann sich eine Art Disput, in dessen Verlauf Vitek Vincent in seiner freundlichen Art erklären musste, dass man seinen Anweisungen auch dann Folge zu leisten hatte, wenn man ganz allein oben am Empfang saß und darauf achten musste, dass niemand das Gebäude betrat.

Weil Ben die Auseinandersetzung peinlich war, sah er sich inzwischen weiter in dem Labor um. Nachdem er ziellos zwischen hochmodernen Geräten herumgewandert war, entdeckte er einen Kühlschrank mit Glastüren, in dem zwischen zwei Tabletts mit halbvollen Reagenzgläsern etwas lag, was ihm auf den ersten Blick vertraut vorkam. Es war eine runde, weiße Plastikdose mit dem Logo der Firma Biometrix, auf deren Etikett mit Hand eine Seriennummer geschrieben war. Dreihundertsiebenunddreißig.

Ben drehte sich um und sah, dass Vitek den Hörer gerade aufgelegt hatte.

»Sagen Sie mal, Fayed, ist das da in dem Behälter etwa ein CardioPatch?«, fragte er. »Sie sind doch eigentlich vertraglich dazu verpflichtet, alle Ihnen zur Verfügung gestellten Muster sofort nach Ihren Untersuchungen zu vernichten.«

In diesem Augenblick ging das Licht aus, und das Labor versank von einer Sekunde auf die andere in pechschwarzer Dunkelheit.

27

22:04 UHR
RICHMOND, VIRGINIA

Sechzig Meilen vom AMT-Gebäude entfernt saß der Samariter am Steuerknüppel einer Cessna Skyhawk 172 und blickte auf das matt leuchtende Instrumentenbrett des kleinen Flugzeugs, das er mit einer Geschwindigkeit von dreihundert Stundenkilometern durch die kühle Regennacht steuerte.

Die Maschine flog knapp unterhalb der Wolken, aus denen immer noch unablässig Regen fiel. Unter sich sah der Samariter die Lichter der Autos auf dem Highway, sechs parallel zueinander verlaufende Ketten von roten und weißen Punkten, an denen man sich gut orientieren konnte. Am Horizont breitete sich das nächtliche Richmond aus – ein Meer von winzigen Lichtern, deren orangefarbenes Glimmen den Samariter an frisch aus den Tiefen der Erde hervorgequollene Lava erinnerte. Oder an die Glut des Fegefeuers, die sich anschickte, die Gottlosen zu verschlingen.

Bald würde es so weit sein, dachte der Samariter, bald würde der Zorn Gottes so fürchterlich über die sündige Menschheit hereinbrechen, wie es seit den Tagen der Sintflut nicht mehr geschehen war. Ein grauenvolles Strafgericht, das die Verderbten und Schlechten hinwegraffen und

Platz für die wenigen wahrhaft Guten und Gerechten schaffen würde.

Der Samariter erschauderte vor der Größe und der Schönheit dieses heraufdämmernden Weltgerichts. Seine Aufgabe dabei war es, den Weg für die Armeen des Herrn zu bahnen und den Gottlosen und Heiden in den Arm zu fallen, die versuchten, dieses Gericht noch im letzten Augenblick abzuwenden. Dass die Heerscharen des Herrn schon lange nicht mehr aus gottesfürchtigen Kriegern oder strahlenden Rittern bestanden wie zu Zeiten der Kreuzzüge, barg eine ganz eigene Ironie des Schicksals in sich. In einer Zeit, in der das Böse so groß und übermächtig geworden war, dass es sich den ganzen Erdball untertan gemacht hatte, waren es winzige Lebewesen, mit dem bloßen Auge nicht erkennbar, die in wenigen Tagen das Werk des Herrn erledigten – Geschöpfe fehlgeleiteter Menschen, die in ihrer Verblendung eine neue Geißel Gottes erschaffen hatten.

Der Samariter legte die kleine Maschine in eine sanfte Kurve und blickte hinab auf das stille, dunkle Land unter ihm. Von oben betrachtet sah alles so friedlich aus, aus dieser Perspektive waren die Behausungen und Fahrzeuge der Menschen nichts weiter als kleine Lichtpunkte, und viele dieser Lichtpunkte würden in wenigen Tagen für immer erloschen sein. Erloschen wie die Menschen, die sie angezündet hatten, die Millionen und Abermillionen kleiner Lichter, die einzeln für sich betrachtet so unschuldig und harmlos wirkten, und in ihrer Masse doch so böse und alles verschlingend waren wie die Höllenfeuer der Verdammnis.

Das Flugzeug des Samariters folgte nun nicht mehr dem

breiten, sechsspurigen Band des Highways, es tastete sich am Lauf eines Flusses entlang, der sich in sanften Schleifen durch schwarzes Bergland schlängelte. Der Samariter konzentrierte sich auf den grünlich leuchtenden Kompass auf dem Instrumentenbrett vor ihm und schaute angestrengt in die Dunkelheit hinab. Er wusste genau, wonach er suchte. Es war eine Zelle des Bösen, die für eine kurze Zeit dennoch ein Werkzeug des Herrn gewesen war. Nun aber musste sie vernichtet werden, und ihr Untergang würde der erste Paukenschlag sein, der Auftakt zum größten Gottesgericht, das jemals auf eine verderbte Menschheit herabgewittert war. Wenn sein Donnerhall verklungen war, würden nur die wenigen Reinen überlebt haben, und der Samariter hoffte dazuzugehören. Mit Bestimmtheit sagen konnte er es nicht, denn die Wege des Herrn waren unerfindlich, und er würde sich ohne zu Hadern in das Schicksal fügen, das sein Schöpfer und Gott ihm bestimmt hatte.

Hundert Meter unter ihm flog ein zweites Sportflugzeug denselben Kurs wie seine Cessna. Der Samariter, der kurz nach diesem Flugzeug von einem verlassenen Flugplatz südlich von Washington gestartet war, konnte deutlich seine blinkenden Positionsleuchten ausmachen. Der Pilot wusste, wohin er fliegen musste, aber er wusste nicht, was er tat und für wen er in Wahrheit in wenigen Minuten sein armseliges Leben opfern und wessen Werk er damit in Wahrheit befördern würde.

Den Einfall, sich in geduldiger, langjähriger Arbeit eine Gruppe islamistischer Fundamentalisten heranzuziehen, die glaubten, ihren eigenen, verblendeten Zielen zu dienen und doch nur zu einem willigen Werkzeug im großen Plan des Herrn wurden, hatte ihm Gott selbst gegeben.

Fast zehn Jahre zuvor, am 11. September 2001, hatte der Samariter vor dem Fernseher gesessen und mit angehaltenem Atem zugesehen, wie eine der stolzesten Festungen des Götzen Mammon in einem Inferno aus explodierendem Kerosin und gigantischen Betonstaubwolken dem Erdboden gleichgemacht wurde. Eine Handvoll entschlossener Männer, mehr hatte es nicht gebraucht, um die New Yorker Twin Towers zu Fall zu bringen. Seit diesem Tag hatte ihn der Gedanke, sich diese Kräfte zunutze zu machen, nicht mehr losgelassen. Jetzt flog ein paar Dutzend Meter unter ihm ein voll aufgetanktes und mit Sprengstoff bepacktes Flugzeug, dessen einem fanatischen Irrglauben aufgesessener Pilot in wenigen Minuten ein Werk Gottes tun würde.

Wie naiv diese Dschihadisten doch waren, dachte der Samariter, während er auf das rhythmische Blinken der kleinen Maschine schaute. Sie glaubten, dass man einem Menschen nur den Kopf abschlagen musste, um seine Gedanken aus der Welt zu schaffen, oder dass sie im Jenseits eine Schar Jungfrauen erwartete, mit der sie sich bis in alle Ewigkeit vergnügen könnten. Manche der armen Teufel umwickelten sich angeblich vor ihren Attentaten den Penis mit Alufolie, damit die himmlischen Jungfrauen noch etwas von ihnen hatten, nachdem sie sich in einem Busbahnhof in Bagdad in die Luft gesprengt hatten.

Der Samariter hatte sich dieser Verblendung bedient und über einen Mittelsmann im Libanon – einen ehemals fanatischen Moslem, der aber insgeheim zum Christentum übergetreten war –, eine kleine, aber dafür umso schlagkräftigere Gruppe von zu allem entschlossenen Gotteskriegern herangezogen, die nach dem Vorbild von al-Qaida in die

USA eingesickert waren. Jahrelang hatten sie als Schläfer auf ihren Einsatz gewartet, von dem sie annahmen, er geschähe zum Lob und Ruhm Allahs. Dabei waren sie in Wirklichkeit nur die Werkzeuge des einzigen und wahren Gottes, der den Samariter dafür ausersehen hatte, sein Werk auf Erden zu tun.

28

22:10 UHR
AMT, GARBERVILLE, VIRGINIA

Hinterher konnte Ben nicht mehr sagen, warum er es getan hatte. Es war eine von den Handlungen, die man blitzschnell vornimmt, ohne sich zu überlegen, was für Konsequenzen sie haben könnten.

Als das Licht im Labor ausging und Fayed Vitek einen erstaunten Schrei ausstieß, riss er, ohne zu überlegen, die Tür des Kühlschranks auf, tastete darin nach dem Behälter mit dem CardioPatch und steckte ihn sich in die Tasche seines Jacketts. Für den Fall, dass es dem vom FBI präparierten USB-Stick doch nicht gelingen sollte, sich die verborgenen Daten aus dem Firmennetz von AMT zu saugen, hatte er damit zumindest ein Beweisstück in der Hand, mit dem er AMT eine Verletzung der geltenden Vorschriften nachweisen konnte.

»Was machen Sie da?«, rief Vitek aus der Dunkelheit. »Haben Sie das Licht ausgeschaltet?«

»Das war nicht ich«, antwortete Ben. »Ich habe mich nur aus Versehen an der Kühlschranktür festgehalten, da ist sie aufgegangen. Vielleicht ist irgendwo eine Sicherung rausgeflogen?«

»Und was ist mit der Notbeleuchtung? Die funktioniert unabhängig vom Stromnetz. Hier stimmt was nicht.«

»Was tun wir jetzt?«, fragte Ben.

»Bleiben Sie, wo Sie sind, und fassen Sie nichts an!«, befahl Vitek. »Das sind lauter hoch empfindliche Geräte hier. Ich gehe zur Luftschleuse und sehe nach, ob das Licht draußen im Gang noch funktioniert. So was ist hier noch nie vorgekommen. Das ist alles höchst seltsam.«

Seltsam ist gar kein Ausdruck, dachte Ben. Dass die Notbeleuchtung, die in jedem Labor Vorschrift war, nicht anging, ließ bei ihm sämtliche Alarmglocken schrillen. Hier musste jemand absichtlich etwas manipuliert haben. Die Aussicht, in einem vier Stockwerke tief unter der Erde gelegenen Labor eingesperrt zu sein, in dem der Geruch nach Gas immer stärker wurde, ließ heiße Panik in ihm aufsteigen.

Vitek war inzwischen an der Luftschleuse angelangt und versuchte offenbar, sie zu öffnen, denn Ben hörte das wiederholte Klacken des Schalters, ohne dass sich danach etwas tat.

»Was ist los?«, zischte Ben durch den Raum.

»Die Luftschleuse geht nicht auf.«

Von draußen war ein entferntes, gedämpftes Klopfen zu hören. Offenbar machte sich jemand an der äußeren Tür der Luftschleuse zu schaffen.

»Vincent, sind Sie das?«, rief Vitek.

Keine Antwort.

»Es muss doch eine Möglichkeit geben, die Luftschleuse manuell zu öffnen«, sagte Ben.

»Ja, da ist rechts von der Tür ein Hebel, aber ich finde ihn in der Dunkelheit nicht. Haben Sie vielleicht ein Feuerzeug?«

»Nein«, log Ben angesichts des immer stärker werdenden Gasgeruchs.

Bens fotografischem Gedächtnis hatte sich beim Betreten des Labors automatisch der grüne Pfeil eingeprägt, der auf den Notausgang im hinteren Teil des Raumes hinwies und der jetzt eigentlich hätte aufleuchten müssen. Er hörte, wie Vitek weiter versuchte, die Luftschleuse zu öffnen. Täuschte er sich oder war der Gasgeruch in der letzten Minute wirklich stärker geworden?

Weil Ben vor seinem geistigen Auge noch genau die Lage der Labortische sah, kam er auf dem Weg zum Notausgang ziemlich rasch und fast lautlos voran. Ben tastete nach dem Hebel, mit dem sich die Tür des Notausgangs mechanisch öffnen ließ. Er würde sich kaum bewegen lassen, ohne ein Geräusch von sich zu geben. Aber es half nichts, Ben musste dieses Labor sofort verlassen. Er spürte, wie sich ihm innerlich alles zusammenkrampfte, was ein untrügliches Zeichen dafür war, dass eine seiner Panikattacken kurz bevorstand. Er packte den Hebel und zog ihn mit einem entschlossenen Ruck nach unten.

In diesem Augenblick ging auch die große Luftschleuse am anderen Ende des Raumes auf, und ein gleißend heller Lichtstrahl schnitt sich wie ein Leuchtschwert aus »Krieg der Sterne« durch den Raum. Einen Sekundenbruchteil lang sah Ben Dr. Viteks schreckensstarres, von einer starken LED-Lampe aus der Schwärze des Labors gemeißeltes Gesicht, das mit weit aufgerissenen Augen auf einen Mann mit Gasmaske starrte. Der Mann hatte einen martialisch aussehenden Elektroschocker in der Hand, den er dem völlig verdutzten Vitek direkt auf die Brust setzte.

»Was soll das?«, presste der Laborleiter mit einer vor Schreck ganz heiseren Stimme hervor, dann hörte Ben ein hässlich knisterndes Geräusch, das ihn an das Brutzeln eines Steaks in der Pfanne erinnerte. Vitek stieß noch einen Schmerzensschrei aus und sank dann bewusstlos zu Boden. Als sein Angreifer den Strahl seiner Taschenlampe nach unten lenkte, sah Ben, dass er die dunkelgraue Uniform eines Wachmanns trug.

Vincent!, dachte er, während er die Tür aufschob und aus dem Labor rannte. Es war sinnlos, sie wieder zu schließen, denn einen Notausgang konnte man von außen ohnehin nicht verriegeln. Ben kam nicht weit, dann knallte er schmerzhaft gegen eine Metallwand. Mist! Er hatte nicht daran gedacht, dass auch der Notausgang eine Luftschleuse hatte.

Ben spürte, wie ihm eine warme Flüssigkeit über die Wangen lief. Er hatte sich beim Aufprall auf die zweite Tür der Luftschleuse wohl eine Platzwunde an der Stirn zugezogen, aber jetzt hatte er keine Zeit, sich darum zu kümmern.

Hinter sich hörte er laute Schritte, und das Licht der sich nähernden LED-Lampe warf einen bläulichen Schein in die kleine Luftschleuse. Ben sprang auf den Türhebel zu und riss ihn nach unten. Mit einem leisen Zischen ging die äußere Tür auf. Ben stürzte hinaus in einen engen Korridor. Hier funktionierte die Notbeleuchtung noch, und ein grüner Pfeil wies ihm den Weg ins Treppenhaus. Aus dem Labor hörte Ben das Splittern von Glas, offenbar hatte der Wachmann mit der Gasmaske irgendetwas umgeworfen. Es klang verdammt nahe.

Ben sah sich fieberhaft in dem von dem Notausgangsschild nur schemenhaft erleuchteten Raum um. Eine Flucht vor dem durchgedrehten Wachmann war praktisch aussichtslos – der Mann kannte das Labor bestimmt wie seine

Westentasche und würde Ben in null Komma nichts eingeholt haben. Er musste unbedingt etwas finden, womit er sich verteidigen konnte. Aber was? In dem kurzen Gang hinter dem Notausgang des Labors war nichts außer zwei Türen, dem grünen Pfeil, der den Fluchtweg anzeigte und einem Feuermelder, dessen Knopf in der Dunkelheit rot leuchtete. Ein Feuermelder!, fuhr es Ben durch den Kopf. Wo ein Feuermelder war, gab es in vielen öffentlichen Gebäuden auch einen Feuerwehrschlauch – und vielleicht sogar eine Feueraxt!

Ben rannte hinüber zu dem Feuermelder, und tatsächlich befand sich in dem kleinen Glaskästchen, dessen Scheibe man zerschlagen musste, um an den Feuermelder zu gelangen, auch ein Schlüssel, der wohl zu einer in der Wand eingelassenen Tür passte, auf der ein großes, feuerrotes »F« prangte. Ben zog den Behälter mit dem CardioPatch aus seiner Jackentasche und schlug mit einer der Ecken die dünne Glasscheibe ein. Hinter sich hörte er lautes Schnaufen und schwere Schritte. Der Wachmann war bereits in der Luftschleuse.

Rasch griff Ben in das kleine Kästchen an der Wand und nahm den Sicherheitsschlüssel vom Haken. Dabei schnitt er sich an einer der verbliebenen Glasscherben, kümmerte sich aber nicht weiter um die Verletzung, während er mit zitternden Fingern den Schlüssel in das Schloss an der Wand steckte und eine dünne Blechtür aufriss. In der Wandnische konnte er kaum etwas erkennen, deshalb tastete er ihr Inneres mit beiden Händen ab, fand aber weder einen Feuerwehrschlauch noch die erhoffte Feueraxt, sondern einen tonnenförmigen Gegenstand aus glattem Metall, an dessen Seite sich ein Gummischlauch befand. Ein Feuerlöscher!

Ben riss ihn aus seiner Halterung und hielt ihn ans schwache Licht der Notbeleuchtung. Mit einem Blick erfasste er die auf die rot lackierte Seite des Feuerlöschers aufgedruckte Gebrauchsanleitung und griff, während sich aus der Luftschleuse schwere Schritte näherten, mit seiner verletzten Hand nach dem kleinen Sicherungsstift, den er herausziehen musste, um den Feuerlöscher betätigen zu können. Bens rechte Hand blutete jetzt so stark, dass seine Finger an dem Stift abglitten, und dann stach auch schon ein gleißend heller Lichtstrahl in seine Augen und blendete ihn. Ben packte den Stift mit der linken Hand, zog ihn heraus und wirbelte, den Feuerlöscher auf Augenhöhe erhoben, herum. Direkt vor ihm stand der Mann in der grauen Uniform, das Gesicht hinter einer schwarzen Gasmaske, deren Scheibe von innen beschlagen war. Der Taser in seiner Hand wirkte mit seinen beiden spitzen Elektroden aus blankem Metall wie eine Waffe aus einem Science-Fiction-Film. Ben reagierte sofort. Ohne zu überlegen, was er tat, betätigte er den Feuerlöscher und sprühte dem Mann, der offenbar geglaubt hatte, leichtes Spiel mit ihm zu haben, in einem scharfen Strahl dicken, weißen Schaum an den Kopf. Das Visier der Gasmaske verklebte und nahm dem Mann zumindest momentan die Sicht.

Der Wachmann, der jetzt aussah wie ein tauender Schneemann, versuchte mit der freien Hand den zähen Schaum von der Gasmaske zu wischen. Ben nutzte seine Chance. Er riss den Feuerlöscher mit beiden Armen nach oben und schlug die schwere Metallflasche mit ihrem unteren Rand so heftig gegen den Kopf des Wachmannes, dass dieser mit einem gurgelnden Schrei zu Boden ging. Ben packte den Taser, der ihm dabei aus der Hand geglitten war, presste die beiden Metallspitzen gegen den Rücken des Mannes und drückte ab. Der Körper des Wachmanns wand sich in einer Folge von krampfartigen Zuckungen und blieb dann bewegungslos liegen.

Laut keuchend rannte Ben eine schmale Wendeltreppe mit Stufen aus Metall nach oben. Er wusste nicht, wie lange er den Mann außer Gefecht gesetzt hatte, aber er musste diese Zeit nutzen, um aus dem Labor zu fliehen. Bei AMT taten sich offenbar noch viel schlimmere Dinge, als Larrick und Senatorin Neal angenommen hatten. Die illegale Weitergabe von CardioPatch-Testmustern war eine Sache, ein Labor voll Butan und ein Wachmann, der seinen eigenen Chef angriff und mit einem Elektroschocker außer Gefecht setzte, jedoch noch etwas ganz anderes.

Der USB-Stick!, dachte Ben. Hoffentlich hatte er inzwischen die Daten aus dem Firmennetz gezogen, die Larrick so dringend brauchte. Diese Daten waren jetzt wichtiger denn je. Der penetrante Gasgeruch raubte Ben fast den Atem, so dass er befürchtete, die letzten Stufen hinauf ins nächste Stockwerk nicht mehr zu schaffen.

Als er laut keuchend oben ankam, riss er die Tür auf und lehnte sich erst einmal mit dem Rücken an die Wand eines schmalen Korridors, um wieder Luft zu bekommen. Hier oben war der Gasgeruch merklich schwächer, was darauf schließen ließ, dass sich das Leck in der Leitung in einem der unteren Labors befinden musste. Wenn es überhaupt ein Leck war. Ein Wachmann, der eine Gasmaske trägt und seinen eigenen Chef angreift, ließ noch ganz andere Schlüsse zu. Aber damit konnte sich Ben jetzt nicht beschäftigen. Er musste den USB-Stick holen und dann raus aus diesem Gebäude.

Nach ein paar Atemzügen zwang Ben sich weiterzugehen. Am Ende des kurzen Ganges gab es nur eine einzige Tür, und als Ben sie öffnete, erkannte er den Flur wieder, an dem Dr. Viteks Büro lag. Er riss die Tür auf, krabbelte unter den Schreibtisch und zog den Stick aus dem Computer ohne sich zu vergewissern, ob dieser die Daten auch wirklich vollständig überspielt hatte.

29

22:20 UHR
GARBERVILLE, VIRGINIA

Ben zitterte am ganzen Körper, als er den Saab erreichte. Mit letzter Kraft riss er die Tür auf und ließ sich auf den Fahrersitz fallen.

»Wurde aber auch langsam Zeit«, sagte Jack, der nicht von dem Laptop auf seinen Knien aufblickte.

Ben spürte einen stechenden Schmerz unter dem linken Schulterblatt, der wohl vom Laufen kommen musste. Er keuchte schwer. Jack klappte den Laptop zu und sah seinen Vater besorgt an.

»Was ist da drinnen denn passiert?«, fragte er. »Du bist ja schweißgebadet.«

Ben sagte nichts. Der Anlasser des alten Saab musste ein paarmal orgeln, bis der Motor endlich ansprang. Irgendwie mochte der Wagen die Feuchtigkeit nicht. Ben blickte ängstlich in den Rückspiegel, ob ihm nicht jemand aus dem Labor hinterhergerannt kam, und trat aufs Gas. Sein linker Arm tat ihm auf einmal höllisch weh.

»Sobald wir auf dem Highway sind, rufe ich Larrick an«, sagte er. »Und dann die Polizei. Was hier …«

Weiter kam er nicht, denn Jack stieß auf einmal einen schrillen Schrei aus. Ein schwarzer Schatten fegte aus dem Regenhimmel direkt über das Dach des Wagens hinweg und krachte dreißig Meter von ihnen entfernt mit einem lauten Knall in die Betonwand des Laborgebäudes.

»Was war das denn?«, rief Ben und trat aufs Gas. Aus dem Gebäude schoss eine gelbliche Stichflamme, gefolgt vom dumpfen Knall einer Explosion.

»Ein Sportflugzeug«, sagte Jack dem vor Schreck die Kinnlade nach unten geklappt war. »Ich habe die Lichter an seinen Tragflächen genau gesehen. Mann! So viel freies Gelände ringsum, und das Ding stürzt mitten in das einzige Gebäude weit und breit.«

»Das war kein Zufall«, sagte Ben, während der Wagen das von den Flammen gespenstisch erleuchtete Firmengelände verließ. »Erst das Gas im Labor, dann der durchgedrehte Wachmann, und jetzt stürzt auch noch ein Flugzeug auf das Ganze.«

Von unter der Erde waren einige weitere, gedämpfte Explosionen zu hören, dann stieg aus den rauchenden Ruinen ein orangefarbener Feuerball wie ein immer größer werdender Ballon hinauf in den schwarzen Nachthimmel.

»Das war das Gas!«, sagte Ben atemlos.

»Welches Gas?«

Ben antwortete nicht, sondern trat voll auf die Bremse und schaltete die Scheinwerfer aus. Der Saab kam unter einer der großen Kiefern, die den Rand des Parkplatzes säumten, zum Stehen.

»Was ist denn los?«, rief Jack? »Wieso fährst du nicht weiter? Wir können doch hier nicht stehen bleiben.«

»Da oben am Himmel!«, rief Ben. »Da ist ein zweites Flugzeug!«

Er deutete durch das gläserne Schiebedach des SAAB nach oben. Durch die Äste des Baumes konnte auch Jack blinkende rote und weiße Positionslichter sehen, die dreimal über dem brennenden Labor kreisten, bevor sie sich in Richtung Norden entfernten.

Ben war über dem Lenkrad zusammengesunken und starrte durch die Windschutzscheibe nach vorne.

»Was ist denn los, Dad?«, fragte Jack besorgt. »Ist dir nicht gut?«

»Ist schon okay. Mir ist nur ein wenig schlecht. Kommt wahrscheinlich von dem Gas da drunten im Labor. Gleich geht's mir wieder besser.«

»Soll nicht lieber ich fahren?«, fragte Jack.

Normalerweise hätte Ben seinen Sohn, der sich gerade auf seinen Führerschein vorbereitete und nur in Begleitung Erwachsener fahren durfte, in einer Regennacht wie dieser niemals ans Steuer gelassen, aber jetzt fühlte er sich so hundeelend, dass er Jacks Angebot bereitwillig annahm. Ohne ein Wort zu sagen, stieg er aus und ging um den Wagen herum auf die Beifahrerseite, während Jack drinnen hinters Steuer kletterte.

»Fahr vorsichtig«, sagte er mit einem schiefen Grinsen. »Ich bin gerade um ein Haar dieser Explosion entkommen, da will ich nicht bei einem Autounfall sterben.«

»Sieht ganz so aus, als hätte es jemand auf dich abgesehen«, bemerkte Jack, während er den Motor wieder anließ.

»Oder auf etwas anderes«, gab Ben zurück. »Hoffentlich hat uns wenigstens der Stick die Daten aus dem System gesaugt, sonst erfahren wir nie, was sich da unten abgespielt hat.«

Er zog den als USB-Stick getarnten Nanocomputer aus seiner Hosentasche und legte ihn auf die kleine Ablage neben dem Armaturenbrett. Dieses kleine Ding hätte ihn fast das Leben gekostet. Ben atmete tief durch und erzählte seinem Sohn, was drinnen bei AMT vorgefallen war.

»Saubere Firma«, sagte Jack. Die Scheibenwischer vor ihnen rasten in ihrem abgehackten Rhythmus über die Windschutzscheibe. »Aber ich kann dir auch was Interessantes über sie berichten. Ich bin nämlich in der Zwischenzeit nicht untätig gewesen.«

»Was hast du denn dann gemacht?« Es klang eher besorgt als neugierig.

»Ich habe mich kurz in ihr WLAN eingehackt.«

Ben sah seinen Sohn erstaunt an.

»Man sollte sein Netz eben nicht auf den Parkplatz strahlen lassen«, entschuldigte sich Jack. »Das ist ja praktisch wie eine Einladung.«

»Aber sind solche Netzwerke denn nicht geschützt?«

»Dad, jetzt beleidigst du mich aber. Wann wirst du endlich begreifen, dass dein Sohn über Mittel verfügt, die anderen nicht zur Verfügung stehen?«

Ben verdrehte die Augen. Diese seltsame Übelkeit machte ihm sogar das Denken schwer.

»Und? Was hast du herausgefunden?«

»Irgendjemand hat da einen brutalen Trojaner hinterlassen.«

»Was?«

»Einen Trojaner, Dad. Das kommt vom Trojanischen Pferd, das die Griechen vor Troja zurückgelassen haben und aus dem dann nachts jede Menge Soldaten geklettert sind …«

»Ich weiß, was das Trojanische Pferd ist. Aber du wirst ja wohl kaum ein Pferd in dem Netzwerk gesehen haben.«

Jack lachte. »Dad, du bist wirklich zu putzig. Ein Trojaner

auf einem Computer ist ein Programm, das sich zu einem bestimmten Zeitpunkt aktiviert und meistens irgendwelchen Schaden anrichtet. Und dieser spezielle Trojaner hätte sogar sehr viel Schaden angerichtet: Er hätte das gesamte Netzwerk ausradiert. Alles komplett gelöscht und fünfmal mit Nullen überschrieben. Nicht mal das FBI hätte da noch ein brauchbares Byte gefunden.«

»Wer tut so was?«

»Manchmal sind es Programmierer, die sich auf diese Weise an ihrem Arbeitgeber rächen wollen. Wenn sie erfahren, dass sie gefeuert sind, schreiben sie noch schnell einen Trojaner, der erst dann losgeht, wenn sie nicht mehr in der Firma sind.«

»Eine digitale Zeitbombe also«, sagte Ben.

»So kann man es auch nennen.«

»Und wann sollte dieser Trojaner losgehen?«

»Das ist ja gerade das Interessante. In zwei Tagen.«

»In zwei Tagen von heute an? Das ist ja der …«

»… der vierte Juli«, ergänzte Jack. »Der Tag, an dem du mich ins Stadion schleppen willst und wo diese Menschenkette ist.«

30

22:23 UHR
INTERSTATE 95 RICHTUNG NORDEN

Der Saab rumpelte über die Schotterstraße, die vom Laborgelände zum Highway führte, und Ben hatte Mühe, sich auf das bläulich leuchtende Display des Handys zu konzentrieren, das vor seinen Augen auf und ab tanzte. Er versuchte gerade die Notrufnummer 911 wählen, als das Gerät plötzlich zu vibrieren begann. Ein Anruf. Ben nahm ihn an.

»Ben, hier spricht Martin«, hörte er Larricks texanisch breite Stimme aus dem kleinen Lautsprecher. »Wie sieht es denn bei Ihnen aus? Waren Sie schon bei AMT?«

»AMT gibt es nicht mehr«, erwiderte Ben, der sich zurückhalten musste, nicht ins Telefon zu schreien. »Das ganze verdammte Labor ist gerade in die Luft geflogen.«

»Was?«, fragte Larrick alarmiert. »Ben, wo sind Sie?«

»Im Auto. Wir nähern uns dem Interstate 95.«

»Wer ist wir?«

»Mein Sohn ist bei mir.«

»Ihr Sohn? Davon war nie die Rede.«

»Das erkläre ich Ihnen später, Martin. Vor ein paar Minuten ist ein Flugzeug in das Labor gestürzt. Es hat eine gigantische Explosion gegeben. Ich wollte gerade die Polizei anrufen. Als ich im Labor war, hat es überall nach Gas gerochen.«

»Was ist mit den Daten?«, fragte Larrick, als wäre ein in die Luft geflogenes Labor nicht so wichtig. »Haben Sie sie?«

»Ja. Ich habe den Stick in letzter Sekunde gerettet. Martin, wir müssen sofort die Polizei verständigen. Bei AMT war die Hölle los. Ein Wachmann hat Dr. Vitek umgebracht und wollte auch mich töten und dann war auf einmal dieses Flugzeug da und …«

»Ben!«, unterbrach Larrick seinen Redeschwall mit donnernder Stimme. »Ben! Sie sind ja völlig aufgelöst. Beruhigen Sie sich erst einmal. Hauptsache ist doch, dass Sie noch leben und die Daten haben. Können Sie direkt zu mir fahren? Dort können wir über alles Weitere reden.«

»Zu Ihnen?«, fragte Ben erstaunt. »Martin, ich glaube, Sie haben mich nicht richtig verstanden. In dem Labor sind mindestens zwei Menschen ums Leben gekommen. Dieses Flugzeug ist nicht einfach so abgestürzt, das war ein gezielter Anschlag. Ich habe danach noch ein zweites Flugzeug über dem Parkplatz kreisen gesehen.«

»Ein zweites Flugzeug?«

»Ja. Eine kleine Maschine. Ich konnte sie in der Dunkelheit nicht gut erkennen, nur ihre Positionslichter und ihre Silhouette vor dem Flammenhimmel. Sie müssen sofort das FBI anrufen, Martin. Vielleicht hat das zweite Flugzeug noch einen Anschlag vor.«

»Ben, ich habe Sie durchaus verstanden«, sagte Larrick mit ruhiger Stimme. »Aber glauben Sie mir, es ist das Beste, Sie fahren auf der Stelle zu mir. Ich wohne in Georgetown, Grace Street Nummer 3211. Das ist ganz in der Nähe der Wisconsin Street, direkt am Potomac. Haben Sie das verstanden?«

»Ja.«

»Wiederholen Sie.«

»Georgetown, Grace Street 3211«, sagte Ben erstaunt. Was war nur mit Larrick los?

»Sie müssen mir jetzt vertrauen, Ben.« Die Stimme des Texaners klang wie die eines Schlangenbeschwörers. »Hinter dieser Geschichte steckt viel mehr, als Sie denken. Fahren Sie auf direktem Weg zu mir und gehen Sie auf gar keinen Fall zur Polizei. Das würde die nur auf Ihre Spur bringen.«

»Wen?«, fragte Ben beunruhigt. »Wen würde es auf meine Spur bringen?«

»Das kann ich Ihnen am Telefon nicht sagen. Kommen Sie nach Georgetown, und überlassen Sie alles Weitere mir. Ich kümmere mich darum, dass alles wieder in Ordnung kommt. Das, was gerade bei AMT geschehen ist, muss Ihnen doch sagen, dass ich den richtigen Riecher hatte. Jetzt brauche ich nur noch die Daten auf diesem USB-Stick und kann einen ganz großen Skandal auffliegen lassen.«

»Was für einen Skandal?«

»Später, Ben. Kommen Sie jetzt erst einmal zu mir. Wann können Sie da sein?«

»Bei diesem Wetter wird das schon noch dauern. Eineinhalb bis zwei Stunden, mindestens.«

»Gute Fahrt. Und fahren Sie vorsichtig. Sie haben hervorragende Arbeit geleistet, Ben.«

Larrick legte auf, und Ben starrte unschlüssig auf das Mobiltelefon in seiner Hand. Bei dem Gedanken, nicht die Polizei zu verständigen, war ihm nicht sonderlich wohl. Hoffentlich wusste Larrick, was er tat.

31

22:25 UHR
GEORGETOWN, WASHINGTON, DC

Es kam ziemlich selten vor, dass sich Martin Larrick einen Bourbon genehmigte, und wenn, dann musste es einer der besten sein, die man für Geld kaufen konnte.

Der Commissioner der FDA saß in seinem Lieblingssessel aus dunkelbraunem Kalbsleder und ließ sich genüsslich einen Schluck 18 Jahre alten Elijah Craig Small Batch Bourbon die Kehle hinunter rinnen. Die warme Flüssigkeit fühlte sich an wie ein samtig weicher, leicht rauchig schmeckender Ball aus gezähmtem Feuer, der sich verhalten glühend in seinem Bauch ausbreitete. Was diese Brennereien da in ihren Kupferkesseln destillierten, war einfach pure Magie.

Normalerweise trank Martin Larrick nur dann Whisky, wenn er sich eine ganz besondere Belohnung verdient oder einen Grund zum Feiern hatte. Das schlechte Beispiel seines Vaters vor Augen, der wegen seiner exzessiven Trinkerei vor ein paar Jahren um ein Haar seine Erdnussfarm verloren hätte, lehnte Larrick den regelmäßigen Konsum von hochprozentigem Alkohol vehement ab, aber jetzt brauchte er trotzdem unbedingt ein Glas davon, um die Informationen zu verarbeiten, die Ben Maxwell ihm vor einer guten Stunde mitgeteilt hatte.

Dass Ben die Daten aus dem Netzwerk hatte saugen können, war die gute Nachricht, dass jemand AMT in die Luft gejagt hatte, die schlechte. Wenn es wirklich stimmte, dass ein auf das Labor gestürztes Sportflugzeug die Explosion verursacht hatte, löste das eine ganze Kette von Fragen aus, die Larrick so schnell wie möglich beantworten musste. Dass es sich um einen »normalen« Flugzeugabsturz handelte, schloss er von vorneherein aus. Sicher, bei diesem Wetter kam es hin und wieder vor, dass der Pilot eines Privatflugzeugs einen Fehler machte, seine Instrumente nicht richtig ablas oder gar keine für einen nächtlichen Schlechtwetterflug geeigneten Instrumente an Bord hatte. Auch dass ein Flugzeug auf ein Haus oder in bewohntem Gebiet abstürzte, hatte es schon gegeben, aber dass jemand im Labor zu dem Zeitpunkt, an dem ein Inspektor der FDA im Haus war, das Gas für die Bunsenbrenner aufdrehte und dann auch noch ein Flugzeug abstürzte und das Gas zur Explosion brachte, war eine so ungewöhnliche Verkettung von Umständen, dass man an keinen Zufall mehr glauben konnte.

Wenn das Flugzeug aber absichtlich in das Labor gerast war, tat sich gleich eine ganze Reihe weiterer Fragen auf. War es möglich, so ein kleines Flugzeug in einer regnerischen und stürmischen Nacht auf einen Kurs zu bringen, der es punktgenau ein einzelnes Gebäude ansteuern ließ, und dann in einer sicheren Höhe noch rechtzeitig mit einem Fallschirm abzuspringen? Larrick bezweifelte das. Blieben also noch zwei Möglichkeiten: Entweder hatte jemand das Flugzeug so umgebaut, dass es sich fernsteuern ließ und es dann mit hoher Präzision unbemannt zu seinem Ziel geflogen, oder …

Oder der Pilot des kleinen Flugzeugs hatte sein Leben geopfert, um das Labor explodieren zu lassen. Dafür kam – der elfte September 2001 hatte das nachdrücklich belegt – eigentlich nur eine Personengruppe infrage: zu allem entschlossene islamistische Terroristen vom Schlage der al-Qaida.

Larrick nahm noch einen Schluck Whisky und bewegte ihn ein paar Sekunden lang in seiner Mundhöhle, bevor er ihn langsam seine Kehle hinabrinnen ließ. Auch wenn der Durchschnittsamerikaner überall islamische Finsterlinge ihren verbrecherischen Zielen nachgehen sah, war ein Anschlag dieser Personengruppe viel weniger wahrscheinlich, als es auf den ersten Blick den Anschein hatte. Organisationen wie die al-Qaida und ihre vielen Abspaltungen und Untergruppen standen seit dem verheerenden Anschlag auf das World Trade Center so sehr im Fokus der Strafverfolger, dass ihre Aktivitäten massiv erschwert, wenn nicht gleich gänzlich unterbunden wurden. Der Öffentlichkeit war das nicht bewusst, weil es nicht an die große Glocke gehängt wurde und die Medien eher ein gegensätzliches Bild malten – das von unablässig im Untergrund wirkenden Terroristen und unzähligen Schläfern, die nur auf ein geheimes Codewort warteten, um zu gnadenlosen Killern zu mutieren. Ein erheblicher Teil der Terrorabwehr bestand nun mal darin, die Bevölkerung für drohende Gefahren wachzuhalten, und nichts hielt die Amerikaner besser wach als die ständige Angst um Leib und Leben.

Dass inzwischen ein unglaublich hoher logistischer Aufwand vonnöten war, um einen Anschlag von der Qualität des 11. September durchzuführen, wurde der Öffentlichkeit viel seltener vermittelt. Wer heute in den USA ein Flugzeug in die Luft bringen wollte, verfing sich wissentlich und unwissentlich in einem unendlich fein gesponnenen Netz, das Behörden und Geheimdienste in den vergangenen zehn Jahren flächendeckend über das ganze Land gelegt hatten.

Ganz gleich also, ob nun eine technisch aufwändige Fernsteuerung oder ein fanatisierter Gotteskrieger die fliegende Bombe in das Labor gelenkt hatte – es mussten Leute mit erheblichen Ressourcen hinter dem Anschlag stecken. Dass diese Leute die Macht hatten, mit einem solchen Schlag AMT und damit die Beweise für eine der schlimmsten Bedrohungen der öffentlichen Sicherheit seit dem Zweiten Weltkrieg zu vernichten, bereitete Larrick große Sorgen. Was hatten die als Nächstes vor? Wie, wo und wann würden sie zuschlagen? Und vor allem: Wer waren diese Leute?

Larrick goss sich einen zweiten Whisky ein und nahm eine Handvoll Erdnüsse aus einer großen Holzschale auf dem Beistelltisch neben seinem Sessel. Wenn nur Ben Maxwell schon hier wäre, dachte er, während er auf die erste Nuss biss. Die Daten auf dem Nanocomputer würden vielleicht das erhoffte Licht in das Dunkel bringen, in dem Larrick momentan noch wie ein Blinder herumtappte. Seit vor etwas mehr als einem Jahr dieses Virus aus dem geheimen Labor der Army verschwunden war, hatte ihn diese Sache nicht mehr losgelassen, und jetzt hatte er das bedrückende Gefühl, dass das Unheil, das sich unaufhaltsam im Geheimen zusammengebraut hatte, in Bälde über das ahnungslose Land hereinbrechen würde. Kein Wunder, dass er einen Bourbon brauchte, dachte Martin Larrick und griff nach seinem Glas.

Er wollte gerade den ersten Schluck nehmen, als es an der

Haustür klingelte. Larrick stand auf, das Glas noch immer in der Hand, und ging raschen Schrittes und voller freudiger Erwartung zur Tür.

»Das ging ja schnell, Angie«, sagte er, während er die Tür aufriss und erstarrte. Anstatt der Frau, die er erwartet hatte, stand ein groß gewachsener Mann in einer gelben Regenjacke vor ihm, der ein in abgegriffenes Leder gebundenes Buch in der Hand hielt.

»Guten Abend, Dr. Larrick«, sagte der Mann, während Martin ihn verwirrt anstarrte. »Kennen Sie das Gleichnis vom Barmherzigen Samariter?«

VIRULENT

SONNTAG, 3. JULI 2011

32

0:10 UHR
GEORGETOWN, WASHINGTON, DC

Obwohl Jack gern Auto fuhr, hatten ihn die hundertachtzig Kilometer im strömenden Regen auf dem nächtlichen Highway doch ziemlich geschlaucht. Hin und wieder hatte er sich sogar gewünscht, sein Vater würde fahren, aber Ben war während der ganzen Fahrt zusammengesunken auf dem Beifahrersitz gesessen und hatte nur sehr wenig gesagt, was sonst so gar nicht seine Art war.

»Dad, wir sind gleich da«, sagte Jack, und Ben öffnete die Augen, die er auf den letzten paar Kilometern geschlossen hatte.

Die Grace Street in Georgetown war eine schmale, von düsteren Klinkerbauten gesäumte Straße in der Nähe des Potomac. Nur wenige Laternen erleuchteten die vom Regen schimmernden Häuser gegenüber dem langgestreckten Gebäude einer aufgelassenen Papierfabrik, deren schwarzer Schornstein in den Nachthimmel ragte.

»Nicht gerade eine einladende Gegend«, sagte Ben mit schläfriger Stimme.

»In letzter Zeit aber ziemlich angesagt«, erwiderte Jack. »Viele wohlhabende Leute aus Washington D.C. sind in den vergangenen paar Jahren hier rausgezogen.«

»Woher willst du das wissen? Du lebst doch in L.A.«

»Das weiß ich aus Facebook. Die Eltern von einem Kumpel von mir haben sich hier erst kürzlich ein Haus gekauft.«

»Ihr mit eurem Internet«, sagte Ben und schaute aus dem Fenster auf die Hausnummern, die in der Dunkelheit kaum zu erkennen waren.

Larricks Haus war ein großes, frisch renoviertes Gebäude gegenüber der alten Fabrik, an deren Fassade kein einziges Fenster erleuchtet war. In Larricks Haus hingegen brannte in zwei Fenstern im Erdgeschoß und im ersten Stock warmes, gelbliches Licht. Der Commissioner hatte es sich offenbar gemütlich gemacht und wartete auf ihn.

»Bleib im Auto und lass den Motor laufen, damit du nicht frierst«, sagte er zu Jack. »Ich schaue nur rein und frage Larrick, ob ich dich mit reinbringen kann. Wenn er nichts dagegen hat, hole ich dich.«

Er verließ den Wagen, ging im Regen hinüber zu Larricks Haus und vergewisserte sich noch einmal, dass es auch wirklich die Nummer 3211 Grace Street war. Bis auf das Plätschern des Regens in den Pfützen und das Gurgeln der Gullys war die Straße so still, dass ihm der im Leerlauf vor sich hin tuckernde Saab richtig laut vorkam. Neben dem erleuchteten Fenster im Erdgeschoss befand sich eine weiß lackierte Eingangstür.

Als Ben die drei Stufen zu der leicht erhöhten Eingangstür hinaufstieg, spürte er, wie sein Herz bis in seinen linken Arm hinein schlug. Es war ein stechender Schmerz, von dem ihm so schwindelig wurde, dass er sich am Treppengeländer festhalten musste. Das war nicht normal. Sein Herz spielte verrückt, was nach den Aufregungen und Anstrengungen der letzten vierundzwanzig Stunden nicht verwunderlich war. Sobald das hier vorbei war, musste er sich ein paar Tage Ruhe gönnen, sonst passierte vielleicht noch etwas wirklich Schlimmes. Und er musste mit dem Rauchen aufhören. Ben wusste genau, dass mit einem kranken Herzen nicht zu spaßen war, die Statistiken, mit denen er es bei der FDA zu tun hatte, sprachen eine deutliche Sprache. Herzkrankheiten waren die häufigste Todesursache in der westlichen Welt, allein in Amerika starben jedes Jahr 360.000 Menschen an Herzanfällen. Deshalb war ja auch die Herstellung von künstlichen Herzklappen, Schrittmachern und Implantaten ein so einträgliches Geschäft.

Ben trat vor die breite Tür aus massivem Eichenholz, in deren Mitte ein schwerer Türklopfer aus Messing prangte. Er drückte auf den neben der Tür angebrachten Klingelknopf aus Messing und wartete darauf, dass ihm jemand öffnete. Dabei drehte er sich noch einmal um und sah im Inneren des Saab ein bläuliches Licht aufschimmern. Jack hatte sich seinen Laptop von der Rückbank geholt und tippte vollkommen in sich versunken auf der Tastatur herum. Da konnte passieren, was wollte, dachte Ben, der Junge lebte mehr in seinem Computer als in der realen Welt.

Ben wandte sich wieder der Eingangstür zu, die eigentlich jeden Moment aufgehen musste, denn Larrick konnte es bestimmt kaum erwarten, dass Ben ihm von seinen Erlebnissen bei AMT erzählte. Aber nichts geschah. Ben hörte keine Schritte, die sich der Tür näherten, keinen Schlüssel, der im Schloss herumgedreht wurde, nichts. Er drückte noch einmal auf den Klingelknopf, diesmal länger als beim ersten Mal, und als danach immer noch nichts geschah, versuchte er, den Türknauf zu drehen. Dabei bemerkte er, dass die Tür nicht abgeschlossen war und sich auf einen leichten Druck seiner Schulter nach innen bewegen ließ. Er holte tief Luft, öffnete sie ganz und betrat einen Hausgang, der vollkommen finster war.

»Martin?«, rief Ben in die Dunkelheit. »Sind Sie da?«

Der Gang roch stark nach Whisky, als wäre jemandem eine Flasche Bourbon heruntergefallen, aber auch nach frisch gebrühtem Kaffee.

»Martin?«, rief Ben noch einmal. »Hier ist Ben Maxwell. Die Tür war nicht abgeschlossen …«

Das Fenster, in dem Ben von außen Licht gesehen hatte, musste zu einem Zimmer links vom Gang gehören, deshalb tastete sich Ben an der linken Wand entlang, bis er eine Tür fand. Er drehte den Knauf und öffnete sie langsam.

»Hallo? Sind Sie da?«, fragte er zaghaft, während sein Herz so heftig schlug, dass seine ganze linke Brusthälfte zu brennen schien.

Langsam betrat Ben den von einer alten Stehlampe mit gelblichem Schirm schwach erleuchteten Raum. An den Wänden befanden sich massive Bücherregale aus dunklem Holz und ein großes Gemälde, das einen Dreimaster mit amerikanischer Flagge in stürmisch aufgewühlter See zeigte. In einem Kamin am anderen Ende des Raumes brannte ein kleines Feuer, und vor diesem Feuer saß in einem braunen Ledersessel eine blonde Frau, die ihm den Rücken zuwandte. Ob das Martin Larricks Frau war? Sie musste offenbar eingeschlafen sein. Aber wo war ihr Mann?

Ben holte tief Luft und trat von hinten auf die Frau zu.

»Guten Abend Madam«, sagte er mit lauter Stimme. »Entschuldigen Sie bitte, dass ich einfach hereingekommen bin, aber die Tür war offen, und Sie haben mein Klingeln nicht gehört.« Die Frau im Sessel bewegte ihren Kopf, sagte aber nichts. Ben ging mit raschen Schritten auf sie zu. Mit dieser Frau stimmte etwas nicht.

Sie hatte kurzes, blondes Haar, das vom Flackern des heruntergebrannten Feuers einen rötlichen Schimmer bekam, und trug einen dunkelblauen Jogginganzug, auf dem ein großes, weißes Nike-Logo prangte. Sie bewegte den Kopf von einer Seite auf die andere, konnte aber kein Wort sagen, denn über ihrem Mund befand sich ein breiter Streifen hellgrauen Textilklebebands. Mit demselben Klebeband war sie mit Händen und Füßen an den Sessel gefesselt, so dass sie sich nicht bewegen konnte.

Die Frau sah Ben mit vor Angst geweiteten, blauen Augen an, als ob er ihr gleich etwas Schreckliches antun würde. Ben trat auf sie zu und riss ihr mit einem entschlossenen Ruck das Klebeband vom Mund. Die Frau holte so tief Luft, dass es sich anhörte wie ein aufheulender Staubsauger. Irgendwo hatte er ihr Gesicht schon einmal gesehen.

»Er ist noch da!«, flüsterte sie.

»Wer? Martin Larrick?«

»Nein. Er! Seien Sie leise!«

Ben versuchte, auch die Arme der Frau zu befreien, aber ihre Handgelenke wurden von mehreren Lagen des aus starkem Stoff bestehenden Klebebands an den Armlehnen des Sessels festgehalten. Er sah sich nach einem Werkzeug um, mit dem er es durchschneiden konnte, fand aber nichts.

»Wer ist noch da?«, fragte er noch einmal, diesmal auch im Flüsterton.

»Der Mann, der mich gefesselt hat. Ich weiß nicht, wer er ist. Er ist hinauf in den ersten Stock gegangen.«

Ben drehte sich um. Er brauchte eine Schere oder ein Messer, um die Frau zu befreien. Links von ihm befand sich ein langer Esstisch, auf dem ein prächtiger Strauß Sommerblumen stand, dahinter gab es einen offenen Durchgang mit Rundbogen.

»Bin gleich wieder da«, sagte er zu der Frau und ging auf Zehenspitzen zu dem Durchgang, der, wie er vermutet hatte, in die Küche führte.

Der Geruch nach frischem Kaffee war hier besonders intensiv, mischte sich aber mit einer anderen, seltsam süßlichen Geruchsnote, die Ben irgendwie an rohes Rindfleisch erinnerte. Er tastete nach einem Lichtschalter, und als er einen fand, sprangen über einer langen Arbeitstheke mehrere Neonröhren an und tauchten eine grausige Szene in ihr kühles, leicht grünliches Licht.

Der Boden war übersät mit einem wilden Durcheinander von Lebensmitteln, Geschirr und Küchenutensilien. Es sah aus, als hätte jemand mit beiden Armen die Arbeitsflächen leergefegt und alles, was darauf stand, hinunter geworfen. Zwischen zerbrochenen Tellern und Schüsseln sah Ben Äpfel, Knoblauchzehen, ein zu Bruch gegangenes Joghurtglas, eine Pfeffermühle, einen Messerblock mit Messern sowie eine angebrochene Packung Müsli, deren Inhalt sich über den ganzen Küchenboden verteilt hatte.

Mitten in diesem Durcheinander lag Dr. Martin Larrick auf dem Rücken, das rosa Hemd und die blaue Hermes-Krawatte voller dunkelroter und brauner Flecken, und starrte mit weit aufgerissenen Augen hinauf zur Küchendecke. Larrick hatte mehrere tiefe Schnittwunden an beiden Unterarmen, und auf seiner Brust lag ein feuchter, noch dampfender Papierfilter voller dunkelbraunem Kaffeesatz. Am meisten erschrak Ben, als er Larricks Gesicht sah. Es war violettfarben angelaufen und hatte Wangen, die so aufgebläht waren wie die eines Goldhamsters. Zwischen den dunkelblauen Lippen, die jemand mit blutgetränktem Faden in kruden Zickzackstichen zusammengenäht hatte, hing etwas heraus, das Ben zunächst für ein Stück Schnur hielt. Erst als er sich über den Commissioner beugte, um ihm an der Halsschlagader den Puls zu fühlen, erkannte er, dass es der Schwanz eines Nagetiers sein musste, einer Maus oder einer kleinen Ratte. Ben hielt beide Hände vor den Mund, um sich nicht zu übergeben. Der Schwanz und die Masse, die Larricks Wangen nach außen wölbte, bewegten sich noch!

Ben kämpfte mit aller Kraft gegen eine in ihm aufwallende Übelkeit an, die wie eine Welle über ihm zusammen zu schlagen drohte. Er spürte, wie es am Rand seines Gesichtsfeldes schwarz zu werden begann, und holte hinter seinen Handflächen tief und stoßweise Luft. Er durfte jetzt nicht zusammenklappen. Die Frau drüben im Wohnzimmer brauchte seine Hilfe, er musste ihr die Fesseln durchschneiden und dann die Polizei rufen, bevor der Killer aus dem ersten Stock herunter kam. Während er sich vom Boden eines der überall verstreuten Küchenmesser griff, fiel sein Blick auf die Tür des Küchenschränkchens unter der Spüle, neben der der tote Commissioner lag. Die weiße Resopaltür zeigte die Spuren des Kampfes, der sich hier in der Küche abgespielt hatte, in aller Deutlichkeit: Blut, das von oben herabgespritzt und dann in langen Bächen nach unten gelaufen war, und nasser, dunkler Kaffeesatz, der so aussah, als hätte jemand mit Schlamm geworfen. Und dann entdeckte Ben zwischen alledem noch etwas anderes: Zwei ungelenk mit Blut hingeschmierte Symbole, die zu präzise waren, als dass sie aus Zufall entstanden sein konnten:

+ $

Ben gab sich nicht die Mühe, ihre Bedeutung jetzt gleich zu entschlüsseln. Er wusste, dass sein fotografisches Gedächtnis ihm dieses Bild jederzeit wieder in all seinen grausigen Einzelheiten vorspielen würde und dass darin nicht das kleinste Detail fehlen würde.

Er stand auf und schlich sich so leise er konnte zurück ins Wohnzimmer, wo er mit ein paar Schnitten das Klebeband an den Gliedmaßen der Frau durchtrennte.

»Kommen Sie, wir müssen hier verschwinden«, flüsterte er ihr ins Ohr. »Draußen steht mein Wagen.«

Die Frau hatte Mühe aufzustehen, offenbar waren ihr die fest an den Sessel gebundenen Füße eingeschlafen. Ben reichte ihr eine Hand und zog sie hoch, als sie laute Schritte die Treppe hinunterpoltern hörten.

»Stehen bleiben, Polizei!«, rief Ben und bemühte sich, keine Angst in seiner Stimme mitschwingen zu lassen. Für den Fall, dass sein Trick keine Wirkung zeigte, machte er mit dem Messer in der Hand ein paar Schritte in Richtung Tür. Falls der Angreifer hereinkam, wollte er sich sofort auf ihn stürzen.

Die Schritte hielten nicht an, sondern rannten den Gang entlang zur Eingangstür.

Jack!, fuhr es Ben durch den Kopf. Da draußen saß Jack im Auto! Larricks Mörder brauchte nur die Wagentür aufzureißen und …

»Rufen Sie die Polizei!«, schrie Ben der Frau zu und

rannte los. Schon bei den ersten Schritten spürte er, wie der Schmerz in seiner Brust fast unerträglich wurde, aber er zwang sich dazu, ihn zu ignorieren. Jack war jetzt wichtiger als er, sein Sohn durfte nicht in die Hände eines Mannes fallen, der Martin Larrick so grausig zugerichtet hatte. Das konnte er nicht zulassen, niemals.

Schwankend keuchte Ben den Hausgang entlang, wo er schmerzhaft mit irgendwelchen Gegenständen kollidierte, die hinter ihm mit lautem Poltern umstürzten. Nach ein paar Schritten stolperte er über irgendetwas, schlug der Länge nach hin und blieb liegen, das glühend heiße Gesicht auf einer eiskalten Marmorfliese. Unzusammenhängende Gedanken schossen ihm durch den Kopf. Er dachte an den toten Martin Larrick, an die verwüstete Küche und an die Frau im Sessel, deren Bild er erst vor kurzem irgendwo gesehen hatte. Richtig, jetzt sah er es wieder ganz deutlich vor sich: Im Büro von Kathleen Neal, die Frau, der die Senatorin vor dem Biometrix-Gebäude die Hand gegeben hatte – die Haare waren jetzt kürzer als auf dem Foto, aber genauso blond. So blond wie die Haare von Emily … und Jack … Jack! Ben rappelte sich wieder hoch. Er musste hinaus zu Jack. Sein linker Arm war jetzt ganz taub, er spürte ihn nicht mehr. Von hinten rief eine Frauenstimme. »Was ist mit Ihnen? Was machen Sie denn? Bleiben Sie hier.« Aber Ben war schon wieder auf den Füßen und schleppte sich, von einem unglaublichen Willen getrieben, durch die Haustür nach draußen.

Unten, am Fuß der Stufen, stand der Saab, aber das bläuliche Licht von Jacks Laptop war nicht mehr zu erkennen. Hatte Jack den Computer weggelegt? Ben spürte, wie er am ganzen Körper eine Gänsehaut bekam. Der Wagen war leer!

Auf keinem der vorderen Sitze saß jemand und auf der Rückbank auch nicht. Wo war Jack? Wo war der Mann, der eben noch im Haus gewesen war?

Von rechts hörte Ben ein metallisches Scheppern, das von den Ziegelwänden der Häuser widerhallte. In einer der Seitenstraßen war eine Mülltonne umgefallen. Ben schnappte rasselnd nach Luft und rannte los.

33

0:12 UHR
GEORGETOWN, WASHINGTON, DC

Jack blieb auf dem Fahrersitz des Saab sitzen und sah zu, wie sein Vater in Martin Larricks stattlichem Haus verschwand. Kaum hatte Ben den Wagen verlassen, hatte Jack seinen Laptop vom Rücksitz geholt und aufgeklappt, denn er konnte es kaum erwarten, den Nanocomputer in den USB-Port zu stecken und dem kleinen Wunderding auf den Zahn zu fühlen. Binnen weniger Augenblicke war er so vollkommen in der Welt aus Bits und Bytes versunken, dass man unbemerkt neben ihm eine Sprengladung hätte zünden können.

Als Jack den USB-Stick auf seinem Desktop öffnete, sah er zunächst nur ein paar harmlose Dateien, die aussahen wie Excel-Tabellen mit irgendwelchen Buchhaltungsdaten. Jack grinste zufrieden vor sich hin. Er hatte nichts anderes erwartet. Mit diesen Dateien wollten die Jungs von der CIA unbedarfte Schnüffler hinters Licht führen, denen der Stick zufällig in die Hände fiel. Bei einem Hacker wie ihm würde ihnen das nicht gelingen.

Jack brauchte nur seinen Kommandozeileninterpreter aufrufen und ein paar Zeilen Code einzugeben, und schon hatte er Zugriff auf das wirkliche Dateisystem des Sticks, das sich in einem für den Durchschnittsuser unsichtbar gemachten Inhaltsverzeichnis verbarg. Nicht gerade originell, dachte Jack, aber wer erwartete von den Programmierknechten der Regierung schon Originalität?

Während der Computer die Daten des Sticks auf seine Festplatte kopierte, startete Jack einen W-LAN-Sniffer, der drahtlose Netzwerke in der Umgebung aufspürte. Wie in allen Gegenden, in denen wohlhabende, aber in Computerdingen wenig bewanderte Menschen lebten, fanden sich auch hier eine ganze Reihe von ungeschützten W-LANs, in die sich jemand wie Jack kostenlos einklinken konnte, ohne die geringsten Spuren zu hinterlassen.

Jack wählte ein W-LAN mit dem Namen »Cinderella« und loggte sich mit ein paar Klicks ins OTTONET ein, das Studentennetzwerk einer kleinen Universität in Kanada, das in Hackerkreisen gerne als Kommunikationsplattform benutzt wurde. MafiaGrrl hatte Jack auf dieses Netzwerk aufmerksam gemacht. Die Betreiber verlangten keine Gebühr für ihre Dienste und ließen den gesamten Traffic über mehrere Anonymisierungsserver laufen, so dass niemand feststellen konnte, von wem eine Nachricht gekommen war. Genau das brauchte man als Hacker, wenn man mit Gleichgesinnten Ideen und nicht immer völlig legale Programmcodes austauschen wollte.

Jack wollte MafiaGrrl so schnell wie möglich die Daten von dem USB-Stick schicken. Wenn die nämlich so wichtig waren, dass jemand seinen Dad deswegen umbringen wollte, war jede Kopie eine kleine Lebensversicherung für ihn.

Vielleicht konnte ihm MafiaGrrl auch beim Entschlüsseln der Daten helfen, die mit ziemlicher Sicherheit nicht in einem normal lesbaren Format vorlagen.

MafiaGrrl war so gut wie immer online, zu jeder Tages- und Nachtzeit. Die frühen Morgenstunden waren die große Zeit der Hacker, in der sie böse, kleine Programme auf ihre digitalen Hexenbesen setzten und hinaus in die Weiten des Internet jagten, und weit nach Mitternacht hatte Jack seine besten Chats mit MafiaGrrl gehabt, zu Hause in seinem dunklen Zimmer, wenn seine Mutter glaubte, dass er längst schlief. Er hatte sich für diese geheimen, nächtlichen Sessions sogar eine Folientastatur besorgt, auf der er nahezu geräuschlos tippen konnte, und eine Stirnlampe, mit der er diese Tastatur beleuchtete.

Es dauerte nicht lange, da machte der Laptop auf seinem Schoß ein leises *Bling*. Auf dem Display erschien ein minimalistisches Interface und eine einzige Zeile von Buchstaben.

[MAFIAGRRL]: wru? warst du auf der schmoo? no cu.

Jack stieß einen Seufzer der Erleichterung aus.

[JAHA]: ging nicht. stecke ziemlich in der scheisse.

[MAFIAGRRL]: was für scheisse?

[JAHA]: schick dir gleich paar Dateien.

Der Computer hatte inzwischen den Inhalt des Sticks auf die Festplatte geladen, und Jack schickte ihn an Mafiagrrl weiter.

[MAFIAGRRL]: schon losgeschickt?

[JAHA]: dauert noch. mein dad steckt in schwierigkeiten.

[MAFIAGRRL]: wegen der dateien?

[JAHA]: möglich. heb sie gut auf. und schau sie dir an. vielleicht fällt dir was auf.

[MAFIAGRRL]: okay

[JAHA]: bist du noch lang in washington?

[MAFIAGRRL]: noch eine weile. kommst du morgen zur schmoo? würde dich gern mal f2f kennenlernen.

[JAHA]: kann ich nicht sagen. hoffe sehr.

[MAFIAGRRL]: dateien angekommen. sehen seltsam aus.

[JAHA]: verschlüsselt?

[MAFIAGRRL]: möglich. gib mir ein paar stunden. cul8r.

[JAHA]: cul8r. und danke.

Jack seufzte. Er fragte sich, wie alt Mafiagrrl wohl war, was für eine Haarfarbe sie hatte und was für eine Figur. Und ob sie überhaupt eine Frau war. Der Regen prasselte auf das gläserne Dach des alten Saab wie Erbsen aus einem unerschöpflich großen Sack, den jemand droben am Himmel ausschüttete. Ob er MafiaGrrl wohl jemals persönlich kennenlernen würde? Wenn sein Dad so weitermachte, würde es mit der SchmooCon auch in den nächsten Tagen nichts werden. Jack musste unbedingt dafür sorgen, dass er ein paar Tage lang ausspannte und im Hotel blieb, sonst war ein Herzinfarkt wirklich nicht mehr weit.

Jack klappte den Laptop zu und blickte hinaus auf die nächtlich verlassene Grace Street. Über den völlig überlasteten Gullys hatten sich kleine Seen gebildet, in denen sich verschwommen die wenigen Straßenlaternen spiegelten. Auf einmal sah Jack einen Mann, der vor der Motorhaube des Saab vorbeilief. Er trug eine gelbe Regenjacke und musste aus dem Haus von Martin Larrick gekommen sein. Als er in einer dunklen Seitengasse verschwand, die hinunter zum Potomac führte, zögerte Jack keinen Augenblick. Einem Impuls folgend riss er die Fahrertür auf und rannte dem Flüchtenden hinterher.

34

00:29 UHR
GEORGETOWN, WASHINGTON, DC

Ben stolperte mit schweren Schritten in die schmale Gasse, aus der er das Klappern der umfallenden Mülltonne gehört hatte. Sein geschundenes Herz hämmerte wie eine Dampframme bis hinauf in seinen Hals, und er musste seinen ganzen Willen zusammennehmen, um sich auf den Beinen zu halten. Die Gasse führte an den hinteren Mauern von Wohnhäusern entlang, die man auf dem Gelände der ehemaligen Papierfabrik errichtet hatte, und weiter hinunter zum Georgetown Waterfront Park, einem breiten Grünstreifen entlang des Potomac. In keinem der Häuser brannte Licht, und in der Gasse sah Ben keinen Menschen.

Am Ende der Gasse peitschte ein kalter Wind Ben Regen ins Gesicht. Vor ihm lag der vierspurige Freeway, der das Wohngebiet und den Park am Ufer des Potomac voneinander trennte. Irgendwo musste es eine Fußgängerbrücke geben, aber Ben hatte keine Zeit, sie zu suchen.

Trotz der späten Stunde fuhren auf dem Freeway noch relativ viele Autos, hinter deren Sprühnebeln Ben die gegenüberliegende Seite nicht richtig erkennen konnte. Dennoch glaubte er, drüben eine Gestalt zu sehen, aber er konnte nicht erkennen, ob es Jack oder der Mann war, der aus Martin Larricks Haus geflohen war.

Es half nichts, Ben musste hinüber. Laut keuchend wuchtete er sich über die Leitplanke und lief hinaus auf die Fahrbahn. Ein japanischer Geländewagen, der plötzlich wie aus dem Nichts auftauchte, konnte Ben erst im letzten Augenblick ausweichen und raste wütend hupend weiter. Es kostete Ben fast übermenschliche Anstrengung, auf der anderen Seite des Freeway die Leitplanke zu überklettern, dann stand er auf einer flach zum Potomac hin abfallenden Rasenfläche, auf der er in der Dunkelheit schemenhaft ein paar Bäume und Büsche erkennen konnte.

Ben holte tief Luft und suchte in den Taschen seines Jacketts nach seinem Handy, aber er fand es nicht. Er musste es wohl im Auto liegen haben lassen, aber es hätte ihm ohnehin nicht viel genützt, denn seine Finger waren steif und dunkelblau wie verdorbene Bratwürste. Er fasste sich an die linke Brust, unter der ein stechender Schmerz sich bis in den Rücken und hinauf in den Hals ausbreitete. Das waren keine harmlosen Herzrhythmusstörungen mehr. Das war etwas anderes, etwas Schlimmeres. Viel Schlimmeres. Sein Jackett und sein Hemd waren völlig durchnässt vom Regen, trotzdem schwitzte er, als ob er Fieber hätte.

Langsam wankte Ben zum Fluss hinunter. Er brauchte dringend Hilfe. Seine Brust fühlte sich an, als würde sie in einem riesigen Schraubstock zusammengepresst. Wo war Jack? Und wo war der Mann, der Larrick auf dem Gewissen hatte?

Am Rand der Uferböschung sank Ben auf die Knie und fiel, von einem gnadenlosen Hustenanfall geschüttelt, zur Seite. Jeder Huster schickte stechende Schmerzen in seinen Rücken und beide Arme. Sein Mund füllte sich mit dem säuerlichen Geschmack nach oben gewürgter Magenflüssigkeit, und seine Kinnlade fiel, ohne dass er es wollte, nach unten. Ben blickte zurück zu den Straßenlaternen des Whitehurst Freeway und den Scheinwerfern der vorbeifahrenden Autos. Dort musste er hin, musste ein Fahrzeug anhalten und den Fahrer um Hilfe bitten, aber er konnte seine Beine nicht mehr bewegen. Keinen halben Meter unter ihm rauschte der vom tagelangen Dauerregen mächtig angeschwollene Fluss, gurgelnd, schäumend, schwarz wie der Tod.

Bens Herzschlag war jetzt ein abgehacktes Chaos, ohne erkennbaren Rhythmus. Histamin wurde in großer Menge in seine Blutbahn geschwemmt, und ein neuer, alles andere auslöschender Schmerz schoss ihm quer durch die Brust. Am oberen Rand seines Herzens fingen die Wände seiner Aorta an, sich voneinander zu lösen. Sein linkes Atrium kollabierte. Seine Zunge fiel zurück in seinen Gaumen und verschloss ihm die Luftröhre.

»Geht es dir nicht gut, alter Mann?«, hörte er auf einmal eine Stimme über sich fragen.

»Helfen … Sie … mir«, presste Ben keuchend hervor.

»Du hättest nicht herkommen dürfen, alter Mann«, zischte die Stimme. Ben drehte den Kopf und sah im schwachen Lichtschein der entfernten Straßenlaternen eine gelbe, vor Nässe glänzende Regenjacke, mit einer großen Kapuze. Ben versuchte, das Gesicht unter der Kapuze zu erkennen, aber es lag zu sehr im Schatten.

»Was wolltest du von Larrick?«, fragte die Stimme kalt und ungerührt. Ben war nicht in der Lage zu antworten. Er hechelte nach Luft, aber seine Lunge wollte sich nicht mit Sauerstoff füllen. Der Mann hob ein Bein und stellte ihm einen Fuß auf die Brust. Teure Schuhe, dachte Ben zusammenhanglos. Tränen traten ihm in die Augen. Er wollte schreien, aber er konnte nicht.

»Ich brauche … Hilfe«, krächzte er mit letzter Kraft.

»Hilf dir selbst, dann hilft dir Gott«, sagte der Mann. Er stieß die Worte hervor, als wollte er Ben damit anspucken. »Aber du kannst dir nicht mehr helfen, alter Mann, und Gott wird sich deiner erst erbarmen, wenn sein Strafgericht über dich gekommen ist.«

Der Fuß löste sich von seiner Brust und fing an, Druck auf seine rechte Seite auszuüben. Ohne etwas dagegen tun zu können, spürte Ben, wie sein Körper langsam an die Betonkante der Uferböschung geschoben wurde. Er wollte die Arme abspreizen, um sich zu stabilisieren, aber er schaffte es nicht. Er spürte, wie er ins Rollen kam, erst langsam, dann immer schneller. Seine Hüftknochen, Knie und Ellenbogen schlugen schmerzhaft gegen den harten Beton, dann stürzte er ins eiskalte Wasser und wurde von den ekelhaft stinkenden Fluten fortgerissen.

Wie traurig, dachte Ben, den urplötzlich eine tiefe, seltsame Ruhe überkam, da werde ich jetzt in diesem schmutzigen, verseuchten Fluss zugrunde gehen, ohne Jack noch einmal gesehen zu haben. Die Luft in seinen Lungen trieb ihn nach oben, über die Wasserfläche, und als er die Augen öffnete, sah er die Lichter der Autos auf der Brücke an der 14th Street, auf die er rasend schnell zu trieb.

35

0:37 UHR
GEORGETOWN, WASHINGTON, DC

Bis auf die Knochen durchnässt rannte Jack durch die Grünanlage am Ufer des Potomac, die in einer Nacht wie dieser völlig menschenleer war. Er hatte den Mann in der gelben Regenjacke bis an den Freeway verfolgt, wo dieser über die Leitplanke geklettert und, ohne auf die wütend hupenden und schlitternd bremsenden Autos zu achten, einfach schnurstracks über die vier Fahrspuren gerannt war.

Jack selbst hatte weder den Mut noch das Gottvertrauen gehabt, so ein Wagnis einzugehen, und deshalb gewartet, bis sich eine Lücke im Verkehr aufgetan hatte, die groß genug war, um wenigstens die ersten beiden Spuren überqueren zu können. Auf dem Mittelstreifen hatte er dann noch einmal eine Reihe von Fahrzeugen vorbeilassen müssen, und als er schließlich die andere Seite des Freeway erreicht hatte, war der Mann nirgendwo mehr zu sehen gewesen.

Nun suchte er schon seit einiger Zeit nach ihm, was in der Dunkelheit nicht leicht war. Nur oben am Freeway, wo es einen beleuchteten Fußweg gab, brannten ein paar Laternen, der Rest des Parks war in tiefe Finsternis gehüllt, in der der Mann sich überall verstecken konnte – hinter einem Baumstamm, in einem Gebüsch oder sonst irgendwo in der Dunkelheit. Jack wusste nicht, was er tun sollte. Vielleicht war es doch der falsche Entschluss gewesen, dem Mann hinterher zu rennen, vielleicht hätte er stattdessen ins Haus laufen und seinen Vater suchen sollen. Nachdem er mehrere Hundert Meter flussaufwärts gelaufen war und den Mann immer noch nicht gefunden hatte, machte er kehrt und trabte am Ufer des laut gurgelnden Potomac zurück.

Und dann hörte er es. Sogar durch das Tosen des Regens und das Rauschen des Flusses war es unüberhörbar. Etwas Schweres war ins Wasser gefallen, ein Stückchen flussaufwärts von der Stelle, an der Jack sich gerade befand. Was konnte das gewesen sein? Ein Baumstamm? Ein großer Stein? Oder …

… ein menschlicher Körper!

Später konnte Jack sich nicht mehr genau daran erinnern, was er in den nächsten paar Sekunden alles getan hatte. Die Ereignisse überschlugen sich, und seinem Gehirn blieb keine Zeit mehr, jedes einzelne in seinem Gedächtnis festzuhalten.

Er musste wohl zu einem ganz in der Nähe an einem Metallpfahl befestigten Rettungsring gerannt sein, diesen aus seiner Halterung gerissen und ins Wasser geworfen haben, denn das Nächste, woran er sich erinnern konnte, war, wie der Ring auf dem dunklen Wasser trieb, einen Meter vor dem schwarzen Bündel, das Jack jetzt zweifelsfrei als einen Menschen erkannte. Das Bündel bewegte sich kaum, es trieb einfach den Fluss hinab, und die Leine, an der der Rettungsring befestigt war, rauschte so schnell durch Jacks Hände, dass die Reibung ihm die Haut verbrannte. Jack packte zu, damit sie ihm nicht durch die Finger glitt, und die Leine straffte sich. Der Rettungsring blieb mit einem Ruck stehen, und der hinter ihm treibende Körper stieß mit dem Hinterkopf dagegen. Die Kollision musste den Mann irgendwie ins Bewusstsein zurückgeholt haben, denn sein Kopf bewegte sich, und ein Arm schlang sich um den Rettungsring.

»Festhalten!«, schrie Jack und zog an der Leine. Der Mann im Wasser hatte den Rettungsring jetzt schräg über dem Kopf und versuchte, ihn sich unter eine Achsel zu klemmen. Jack nahm die straff gespannte Leine mit beiden Händen und zog daran, so fest er konnte, aber er konnte sie nicht bewegen. Im Gegenteil, obwohl er sich mit beiden Beinen dagegenstemmte, wurde er von dem im Fluss treibenden Körper Zentimeter um Zentimeter mitgezogen. Wie lange würde er die Leine noch halten können? War ihr anderes Ende an dem Metallpfahl befestigt, oder war es lose und würde mitsamt dem Rettungsring und dem daran hängenden Mann auf Nimmerwiedersehen im Fluss verschwinden, sobald er losließ?

Fieberhaft überlegte Jack, was er tun konnte. Er brauchte einen festen Punkt, um den er das Seil legen konnte. Der nächste Baum war zu weit entfernt, und einen geeigneten Felsblock sah er auch keinen in der Nähe.

»Brauchst du Hilfe?«, hörte er auf einmal eine Stimme hinter sich. Die Stimme einer Frau. Gleich darauf stand sie neben ihm, in einem tropfnassen, blauen Jogginganzug. Sie packte das straffe Seil direkt vor ihm mit beiden Händen und zog daran. Die Frau verfügte über erstaunliche Kräfte, und gemeinsam mit ihr gelang es Jack schließlich, den Mann am Rettungsring ans Ufer zu ziehen.

Als sie ihn gemeinsam aus dem Wasser hoben, erkannte Jack ihn.

»Dad!«, rief er. »Was ist mit dir passiert?«

»Ist Ben Maxwell dein Vater?«, fragte die Frau.

»Woher kennen Sie seinen Namen?«

»Das ist jetzt nicht wichtig. Legen wir ihn hier ins Gras. Er atmet nicht mehr!«

Sie kniete sich neben Ben, platzierte den Ballen ihrer rechten Hand oberhalb des Rippenbogens auf seine Brust und legte dann die andere Hand darauf. Dann drückte sie mit beiden Händen seinen Brustkorb nach unten, an die dreißigmal. Sie beugte sich hinunter und zischte Jack zu: »Das Herz schlägt wieder. Aber er atmet noch nicht.« Anschließend öffnete sie Bens Mund, hielt ihm die Nase zu und blies ihm tief Luft in die Lungen.

1-2-3-4-5 …

Jack sah ihr hilflos und wie erstarrt dabei zu. In Filmen und im Fernsehen hatte er schon oft gesehen, wie jemand Mund-zu-Mund beatmet wurde, und auch eine Herzdruckmassage war ihm aus den Medien geläufig, aber in der Realität hatte er so etwas noch nie miterlebt.

… 6-7-8-9-10 …

Und vor allem nicht an seinem Vater.

… 11-12-13-14-15 …

»Greif mir in die rechte Hosentasche!«, sagte die Frau zwischen zwei Atemspenden. »Da ist ein Handy drin. Ruf einen Krankenwagen.«

Jack zog ein patschnasses Blackberry aus der durchweichten Jogginghose der Frau. Er drückte auf eine der Tasten, aber der Bildschirm blieb schwarz.

»Das Ding funktioniert nicht«, sagte Jack. »Ist wohl zu nass geworden.«

»Dann besorg ein Auto! Schnell!« Die Frau setzte die Beatmung hoch konzentriert fort. »Fahr auf der Wisconsin

Avenue unter dem Freeway durch und dann über die Wiese hierher. Wir dürfen keine Zeit verlieren, sonst stirbt dein Vater!«

Jack rannte so schnell er konnte zurück zu Larricks Haus und holte den Saab. Er fuhr die Wisconsin Avenue hinunter und dann quer über die aufgeweichte Wiese zum Fluss. Im Licht der Scheinwerfer sah er, dass die Frau bei seinem Vater immer noch das Herz massierte. Die muss ja eine gewaltige Kondition haben, dachte Jack.

»Er atmet wieder!«, rief sie, als Jack aus dem Wagen sprang und auf sie zu rannte. »Hast du schon einen Führerschein?«

»Nein, aber in Begleitung Erwachsener darf ich fahren.«

»Dann hilf mir, deinen Vater auf die Rückbank zu legen. Du fährst, und ich kümmere mich um ihn.«

Gemeinsam hoben sie Ben in den Wagen, und die Frau setzte sich neben ihn auf die hintere Sitzbank. »Hast du ein Handy?«

»Nehmen Sie das hier. Es gehört meinem Vater.«

Er gab ihr Bens Mobiltelefon.

»Fahr los«, sagte die Frau. Jack stieg vorne ein, startete den Wagen und wollte losfahren, aber die Vorderreifen drehten auf der total durchgeweichten Wiese durch.

»Weniger Gas!«, rief die Frau von hinten. »Lass die Kupplung ganz langsam kommen.«

Jack tat, was sie sagte, und der schwere Saab fing an, sich ganz langsam vorwärts zu bewegen. »Das funktioniert ja«, sagte Jack. »Und ich dachte immer, Frauen verstehen nichts vom Autofahren.«

»Fahr die Wisconsin Avenue zurück und dann links auf

die M-Street«, sagte sie. »Und gib Gas. Jede Sekunde ist kostbar.«

Ohne auf die Geschwindigkeitsbegrenzung zu achten, raste Jack durch die nächtliche Stadt, in der abseits des Freeways so gut wie kein Verkehr herrschte.

»Bei der nächsten Ampel musst du wenden und sofort scharf links auf den Freeway.«

»Da darf man nicht wenden.«

»Tu's trotzdem. Das ist ein Notfall!«

Jack riss das Lenkrad nach links und zog den Wagen in einer scharfen Linkskurve quer über den durchgezogenen Strich in der Mitte der Straße. Das war ja fast besser als bei *Need for Speed*. Wenn es nicht so schlecht um seinen Vater gestanden wäre, hätte er an dieser Fahrerei einen Höllenspaß gehabt.

»Wer sind Sie überhaupt?«, fragte er über seine Schulter, während er mit hundertzwanzig Stundenkilometern den Freeway entlang raste. »Und wieso kennen Sie meinen Vater?«

»Mein Name ist Angie Howlett«, sagte sie. »Ich war eine Freundin von Martin Larrick. Und deinen Vater kenne ich … nun, sagen wir mal … beruflich.«

»Danke, dass Sie ihn vor dem Ertrinken gerettet haben.«

»Dein Vater war nicht am Ertrinken. Er hatte einen schweren Herzanfall und muss sofort in eine Klinik. Siehst du den Wegweiser zum Krankenhaus da vorne? Dem fährst du nach. Und wenn eine Ampel rot ist, fährst du einfach drüber. Jede Sekunde zählt.«

36

1:00 UHR
WASHINGTON, DC

Die Ärzte des wenige Straßen nördlich des Kapitols gelegenen Washington Hospital Center hatten schon etlichen Senatoren, Kongressabgeordneten und anderen hochrangigen Politikern das Leben gerettet. Das »Center«, in dem jährlich mehr als 67.000 Herzuntersuchungen und über 3.000 Operationen am offenen Herzen durchgeführt wurden, galt als eines der renommiertesten Herzzentren der Vereinigten Staaten und zählte zu den besten medizinischen Einrichtungen auf der ganzen Welt.

Ben allerdings würde dort niemand mehr helfen können, wenn der blaue Chevrolet, der fahrerlos mitten in der Einfahrt zur Notaufnahme stand, nicht sofort verschwand.

»Warte nicht!«, rief Angie. »Nimm die Florida Avenue.«

»Aber das ist eine Einbahnstraße!«, erwiderte Jack.

»Tu, was ich sage!«

Jack gehorchte. Er fuhr die Einbahnstraße zwei Blocks die falsche Richtung und bog dann auf die Harvard ab. Angie auf dem Rücksitz fühlte Ben, dessen Kopf auf ihrem Schoß lag, an der Halsschlagader den Puls. Auf dem Handy, das Jack ihr gegeben hatte, gab sie eine Nummer ein. Nach zwei Klingeltönen meldete sich die Dienst habende Schwester in der Notaufnahme der Klinik.

»Hallo Janice, hier spricht Angie«, sagte sie. »Ja, Angie Howlett. Hören Sie, Janice, ich bin mit einem Patienten der Stufe drei auf dem Weg ins Krankenhaus. Machen Sie alles für ein CT bereit, ich muss wissen, was er genau hat. Hat Dr. Patterson heute Nacht Dienst? Ja? Wunderbar. Sagen Sie ihm Bescheid, dass er sich für eine Notoperation bereithalten soll. In fünf Minuten sind wir da. Rufen Sie mich an, wenn alles bereit ist. Unter dieser Nummer. Haben Sie sie auf dem Display?«

»Ja.«

Sie legte auf und wandte sich an Jack.

»Wurde dein Vater schon einmal am Herzen operiert?«

Jack schüttelte den Kopf. »Ich glaube nicht. Was hat er denn? Einen Herzinfarkt?«

»Leidet er unter Diabetes? Ist er nierenkrank?«

»Ich habe keine Ahnung, tut mir leid.«

»Wie steht's mit Bluthochdruck? Nimmt er Betablocker?«

Jack blickte mit ausdrucksloser Miene in den Rückspiegel. »Kann schon sein, dass er hohen Blutdruck hat. Schließlich raucht er heimlich wie ein Schlot und glaubt, ich merke es nicht.«

»Dein Vater hat Kammerflimmern, möglicherweise auch eine Aortendissektion. Ich muss alles über seine medizinische Vorgeschichte wissen, bevor ich ihn operiere.«

»Sie wollen ihn operieren?«, fragte Jack erschrocken, während er rasch nach links und rechts blickte und dann über eine rote Ampel fuhr. »Sehen Sie in seinen Taschen nach, ob Sie irgendwelche Pillen finden. Er schluckt ständig irgendwas.«

Angie tastete Bens immer noch nasses Jackett ab und

zog einen flachen Plastikbehälter aus der rechten Seitentasche.

»Das darf doch nicht wahr sein!«, stieß sie erstaunt hervor. Sie hatte den Behälter auf den ersten Blick erkannt. Es war eine der sterilen Spezialverpackungen für ihre CardioPatches. »Wo hat er das her?«, fragte sie.

»Keine Ahnung. Ich habe das noch nie gesehen.«

Während Jack den Saab zum Eingang der Notaufnahme des Washington Center manövrierte, saß sie kopfschüttelnd hinter ihm. Sie las die handgeschriebene Nummer auf dem Behälter und wusste sofort, was sie da in Händen hielt: Es war einer der Prototypen ihrer Implantate, die sie der FDA für ihre Untersuchungen überlassen hatte. Die Behörde hatte die meisten der Muster an das Labor AMT weitergegeben, das sie laut Vertrag nach seinen Tests hätte vernichten müssen. Eines von ihnen in der Tasche eines FDA-Beamten zu finden, ließ eine ganze Reihe von mehr oder weniger beunruhigenden Schlüssen zu. Wenn Angie Dr. Maxwell operiert hatte, musste sie herausfinden, welcher davon zutraf.

Das Mobiltelefon in ihrer Hand begann zu vibrieren, und Angie ging ran.

»Hier spricht Dr. Howlett … Ja, ich weiß, aber Sie müssen hier eine Ausnahme machen, sonst stirbt mir der Patient. Okay? Danke. Ja, verbinden Sie mich … in Ordnung … und sorgen Sie dafür, dass ein Operationssaal bereit ist. Wir fahren gerade aufs Krankenhausgelände.«

Sie blickte hinunter zu Ben und strich ihm über sein nasses, grau meliertes Haar. »Okay, verstanden. Wir treffen uns beim IT im dritten Stock … nein, eine OP am offenen Herzen nur im Notfall, aber vielleicht müssen wir einen

Bypass setzen. Und halten Sie für alle Fälle ein paar Stents bereit. Wir sehen uns gleich, wir sind schon an der Notaufnahme.«

Jack brachte den Saab mit quietschenden Reifen vor zwei großen Glastüren zum Stehen, hinter denen bereits zwei Pfleger mit einer fahrbaren Krankentrage warteten.

37

1:07 UHR
WASHINGTON HOSPITAL CENTER, WASHINGTON, DC

Angie eilte entschlossenen Schrittes in die Notaufnahme. Es war schon einige Jahre her, seit sie hier im Washington Center als Ärztin gearbeitet hatte, aber damals, bevor sie Biometrix gegründet hatte, hatte sie als eine der besten Kardiologinnen des Krankenhauses gegolten. Jetzt fühlte sie sich sofort wieder zu Hause und ging mit einer Selbstsicherheit, wie sie nur jemand hat, der schon Hunderten von Menschen das Leben gerettet hat, direkt auf die Dienst habende Oberschwester zu.

»Hallo Angie. Schön, Sie wiederzusehen«, begrüßte die Schwester sie mit einem breiten Grinsen. »Was ist denn mit Ihnen passiert? Sie sind ja klatschnass. Sie müssen sofort die nassen Klamotten ausziehen, sonst holen Sie sich noch eine Lungenentzündung.«

Janice Robinson, eine stämmige Frau mit jamaikanischen Vorfahren, war seit 12 Jahren Oberschwester in der Notaufnahme und trotz ihres Feldwebeltons eine Seele von einem Menschen.

»Sie haben sich ja überhaupt nicht verändert, Janice«, sagte Angie mit einem warmen Lächeln.

»Sie aber auch nicht. Immer noch so rank und schlank wie früher. Wen haben Sie mir denn da mitgebracht?«, fuhr die Oberschwester mit einem Kopfschütteln fort. »Der stinkt ja, als hätten Sie ihn aus einer Kloake gefischt.«

»Nicht aus einer Kloake, aber aus dem Potomac. Er hat einen Herzanfall. Stufe drei.«

»Wer ist er?«

»Ein Freund. Aber tun Sie mir bitte einen Gefallen und nehmen Sie ihn noch nicht offiziell auf.«

»Steckt er in Schwierigkeiten?«, fragte Janice und zog eine ihrer hauchdünn gezupften Augenbrauen nach oben.

»Nein, aber ich möchte nicht, dass bestimmte Leute rauskriegen, wo er ist. Nun, wie sieht es aus? Tun Sie mir den Gefallen?«

»Bis zum Schichtwechsel heißt Ihr Freund John Doe und ist 65 Jahre alt. Reicht Ihnen das, Herzchen?«

»Danke, Janice. Und erzählen Sie auch niemand, dass ich hier bin, okay?«

»Ich hab Sie nie gesehen, Herzchen.«

»So ist's recht.«

Während die Krankenpfleger die Trage mit Ben schon mal zum Aufzug rollten, warf Angie einen Blick auf die große Tafel an der Wand, auf der die in der Nacht aufgenommenen Notfälle aufgelistet waren. Ein Autofahrer, der gegen einen Baum gerast war und einer, der eine Kollision mit einem Lastwagen gehabt hatte, eine Schussverletzung, ein Arbeiter aus einer Nachtschicht, der in einer Fräse einen Daumen verloren hatte.

»Sie haben Glück«, sagte Janice. »Heute haben wir eine ruhige Nacht. Nach der OP können wir Ihren John Doe in den neuen Südflügel auf Station 4 legen, der erst nach dem Feiertag offiziell eröffnet wird. Da ist er momentan ganz allein. Patterson wartet schon oben auf Sie.«

»Sie sind ein Engel, Janice.«

»Für Sie doch immer, Herzchen.«

Angie nahm die Oberschwester in den Arm und ging weiter zu den Krankenpflegern, die am Lift auf sie warteten. Oben angekommen, schickte Angie die Pfleger weg und schob die Rolltrage alleine in den Untersuchungsraum direkt neben dem Schwesternzimmer, in dem zu dieser Zeit niemand war. In dem Raum befanden sich ein Computertomograf und ein Ultraschallgerät sowie mehrere Monitore, an denen kleine Lämpchen blinkten. Durch ein großes Fenster konnte Angie hinüber in den OP 4 blicken, der so ausgestattet war wie alle anderen Operationssäle in der Klinik: Schränke aus Edelstahl an den Wänden, ein Operationstisch mit einer Kaltlichtlampe darüber, Tische, auf denen Tabletts mit Thoraxdrainagen, Kathetern, sterilem Verbandszeug und chirurgischem Besteck bereitstanden. In einer Ecke gab es einen Kühlschrank mit Blutkonserven, und zwischen der ganzen Ausrüstung stand ein Mann in grüner OP-Kleidung und winkte ihr zu.

Auf Sebastian Patterson, ihren alten Anästhesisten, konnte man sich verlassen.

38

2:07 UHR
RITZ CARLTON HOTEL, WASHINGTON, DC

»Habe ich Sie geweckt, Sir?«

Die Stimme am Telefon klang unterwürfig und fast ein wenig ängstlich. »Es ist bloß so, dass ich Sie doch anrufen sollte, wenn etwas mit den Packmates nicht funktioniert.«

Rudy Collins stieß einen kaum hörbaren Seufzer aus.

»Nein, ich bin gerade heimgekommen. Was ist denn los?«

»Wir haben ein technisches Problem, Sir. Der Packmate Nummer vier hat sich gerade selbst abgeschaltet.«

»Wirklich der Vierer?«

»Ja. Die Maschine, die die kleinen Handcreme-Beutelchen herstellt. Wissen Sie, welche ich meine?«

Natürlich wusste Collins, was der Vorarbeiter der Nachtschicht in seiner Fabrik in Manassas meinte. Die SITMA C900 war eine hochmoderne und sündhaft teure Folienpackmaschine, von der er extra für den H.A.T. Auftrag vier Stück angeschafft hatte. Sie war in der Lage, vollautomatisch und mit hoher Geschwindigkeit kleine, nur wenige Milliliter fassende Folienbeutel mit einer beliebigen Flüssigkeit zu befüllen, und das computergesteuert, ohne dass ein Mensch in den Produktionsprozess eingreifen musste. Ohne diese Maschinen hätte er Senatorin Neals ehrgeizige Ziele niemals erfüllen können, und jetzt mussten sie Nachtschichten fahren, um die geforderte Erhöhung des Aussto-ßes zu ermöglichen.

»Was sagt denn der Monitor? Gibt es eine Fehlermeldung?«

»Ja, Sir. Error Nummer 422.«

»Und was ist das für ein Fehler? Haben Sie im Handbuch nachgesehen.«

»Jawohl, Sir. Ein Stau in der unteren Folienzuführung. Soll ich mal nachschauen, ob ich was machen kann?«

»Rühren Sie die Maschine nicht an, Joe. Haben Sie mich verstanden? Sie haben nicht genug Ahnung davon, und wenn Sie was kaputtmachen, brummt uns die Senatorin eine Konventionalstrafe auf, die sich gewaschen hat. Was ist mit den anderen Packmates?«

»Die laufen normal, Sir.«

»Dann sehen Sie zu, dass das so bleibt. Und wenn einer Ihrer Männer die Maschinen anrührt, ist er gefeuert. Und Sie auch.«

»Jawohl, Sir, ich habe verstanden. Aber was passiert denn nun mit der Vier?«

»Ich komme vorbei und sehe mir die Maschine selbst an«, sagte Rudy Collins ohne eine Spur von Begeisterung in der Stimme. Er konnte sich jetzt, kurz vor dem Ziel, keinen Ausfall seiner Maschinen leisten. Dabei ging es ihm nicht um die Konventionalstrafe und auch nicht darum, dass er Kathleen nicht enttäuschen wollte. Rudy Collins ging es einzig und allein darum, dass er ein Ziel, das er sich einmal gesteckt hatte, auf jeden Fall erreichte. Und das würde er, auf Biegen oder Brechen, selbst wenn die Welt unterging und er die ganze Nacht kein Auge zutat.

39

04:45 UHR
WASHINGTON HOSPITAL CENTER, WASHINGTON, DC

Angie Howlett saß auf dem gefliesten Boden des zum OP 4 gehörenden Duschraums und hatte die Arme um die Knie geschlungen, während das heiße Wasser aus dem Brausekopf auf ihren Rücken prasselte. Zum ersten Mal seit vielen Stunden hatte sie Gelegenheit, über all die sich überstürzenden Ereignisse nachzudenken, die mit Martin Larricks überraschendem Anruf in der vergangenen Nacht begonnen hatten.

Martin und sie waren seit ihrer Studienzeit enge Freunde, und obwohl ihr persönlicher Werdegang sie in zwei unterschiedliche Richtungen geführt hatte, hatten sie sich nie völlig aus den Augen verloren. Martin war nach Abschluss seines Medizinstudiums in die Gesundheitsbürokratie gegangen und hatte dort eine steile Karriere gemacht, während Angie zuerst Kardiologin und Herzchirurgin geworden war und sich dann auf die Entwicklung von speziell auf Herzpatienten zugeschnittene medizinische Hilfsmittel verlegt hatte.

Damit waren Martin und sie eigentlich in zwei manchmal sogar miteinander verfeindeten Lagern gelandet, aber das hatte ihrer persönlichen Freundschaft keinen Abbruch getan. Die ganz spezielle Beziehung zwischen ihnen war nur möglich gewesen, weil sie sich gegenseitig stets respektiert und gar nicht erst versucht hatten, von dem anderen Gefälligkeiten einzufordern. Sie hatten sich regelmäßig getroffen, zusammen Abend gegessen und auch die eine oder andere Nacht miteinander verbracht. Auch das war einer der Gründe, weshalb Martins Tod Angie so tief erschütterte und sie noch mehr schmerzte als der Tod ihres Vaters vor ein paar Jahren. Sie schloss die Augen und meinte, Martins muskulöse Arme zu spüren, mit denen er sie an sich drückte, während er ihr mit seiner tiefen, texanischen Stimme ins Ohr flüsterte: »Ruh dich aus, mein Täubchen, und vergiss den ganzen Wahnsinn da draußen.«

Martin hatte mit seiner ruhigen Art stets einen besänftigenden Einfluss auf die agile, hyperaktive Angie gehabt, und der Gedanke daran, dass sie diesen Fels in der Brandung, diesen Notanker in stürmischen Zeiten, nun für immer verloren hatte, trieb ihr heiße Tränen in die Augen.

Dabei hatte sie sich richtig gefreut, als sie gestern mitten in der Nacht am Telefon seine Stimme erkannt hatte. »Kannst du noch kurz zu mir rüberkommen?«, hatte Martin gefragt. »Ich muss mit dir über dein Herzpflaster reden.«

Angie war so erstaunt gewesen, dass sie zuerst nicht die richtigen Worte gefunden hatte.

»Wieso das denn?«, hatte sie gestammelt. »Was ist denn los?«

»Das kann ich dir nicht am Telefon erklären. Ich glaube, dass mit deinem Pflaster ziemlich üble Machenschaften am Laufen sind. Einer meiner Mitarbeiter …«

»Üble Machenschaften?«, rief Angie perplex. »Wenn du damit meinst, dass ich aufhören soll, für die Zulassung von CardioPatch zu kämpfen, dann hast du dich geschnitten.

Alle Tests waren in Ordnung, und jetzt auf einmal fängt jemand in deiner FDA an durchzudrehen. Das nenne *ich* üble Machenschaften.«

»Angie, beruhige dich. Du weißt, dass ich mich normalerweise nicht ins Tagesgeschäft meiner Behörde einmische, schließlich habe ich kompetente Mitarbeiter. Aber das hier ist eine Ausnahme. Jemand hat offenbar dein CardioPatch hinter deinem Rücken manipuliert und es gravierend verändert.«

»Verändert?«

»Angie, bitte, nicht am Telefon! Diese Geschichte ist so brandheiß, dass ich nicht einmal weiß, ob jemand mein Telefon angezapft hat. Willst du nicht einfach auf einen Sprung zu mir herüberkommen? Du wirst es sicher nicht bereuen. Ich erwarte einen meiner Projektleiter, der gerade bei AMT war und von dort interessante Daten mitbringt. Ich schätze, die könnten dich auch interessieren.«

»Martin, wenn jemand krumme Dinger mit meinem Herzpflaster gedreht hat, musst du die Polizei einschalten.«

»Das dürfen wir auf keinen Fall! Wenn bestimmte Kreise etwas über diese Geschichte erfahren, sind wir alle unseres Lebens nicht mehr sicher. Erst wenn ich handfeste Beweise habe, kann ich zur Polizei gehen, vorher nicht. Glaub mir, ich weiß, wovon ich rede. In diese Geschichte sind mehr wichtige Leute verwickelt als du dir vorstellen kannst. Aber keine Sorge, die Beweise werde ich hoffentlich noch heute Nacht bekommen, und dann lasse ich die ganze Geschichte hochgehen. Hab Vertrauen und komm so schnell du kannst zu mir. Gemeinsam finden wir eine Lösung für alles.«

Mehr brauchte Angie, die gerade bei ihrer Abendgymnastik gewesen war, nicht zu hören. Sie nahm sich nicht einmal mehr Zeit, sich umzuziehen und rannte im Jogginganzug hinunter in die Garage. Auf der Fahrt nach Georgetown schossen ihr die wildesten Gedanken durch den Kopf. Was, um alles in der Welt, konnte denn mit CardioPatch passiert sein? Hatte das etwas mit dem Anruf von Michael Weinstein und Kathleen Neals seltsamer Haltung zu tun? Auch Kathleen hatte etwas von einem Projektleiter bei der FDA gesagt, der etwas wegen CardioPatch abklären müsse. Sie hatte das für eine ihrer typischen Ausreden gehalten, aber vielleicht war doch etwas dran. Die 15 Minuten Fahrt hinüber zu Martins Haus waren ihr wie eine kleine Ewigkeit vorgekommen, aber sie hatte sich immer wieder mit dem Gedanken beruhigt, dass Martin schon einen Ausweg finden würde, was immer auch mit ihrem Herzpflaster geschehen sein mochte. Martin war klug. Martin war stark. Auf Martin konnte sie sich verlassen, mehr als auf jeden anderen Menschen, den sie kannte.

Keine Sekunde lang hatte sie auf der ganzen Fahrt daran gedacht, dass sie Martin Larrick nicht mehr lebend wiedersehen würde.

Angie legte den Kopf auf die Knie und ließ sich das heiße Wasser auf den Nacken prasseln.

Den Augenblick, als sie an Martins Haustür geklingelt und Schritte hinter der Tür gehört hatte, würde sie ihr Leben lang nicht mehr vergessen. Im strömenden Regen hatte sie die Arme ausgebreitet, um Martin zu umarmen, aber als die Tür aufging, stand auf einmal ein ihr völlig unbekannter Mann in einer neongelben Regenjacke vor ihr. Über sein Gesicht hatte er eine Strumpfmaske gezogen, und in der Hand hielt er ein großes Küchenmesser.

Angie war so überrascht gewesen, dass sie nicht einmal

geschrien hatte, als der Mann einen Schritt auf sie zu machte und sie mit einem Ruck ins Haus zog. Starke Hände wirbelten sie herum, und bevor sie überhaupt an Gegenwehr denken konnte, hatte der Mann ihr das Messer an die Kehle gesetzt und sie, während er ihr den anderen Arm um die Hüfte schlang, ins Wohnzimmer geschleift.

Dort drückte er ihr mit groben Bewegungen die Arme auf die Lehnen von Martins Ledersessel, schob die Ärmel ihres Jogginganzugs nach oben und fixierte ihre nackten Unterarme mit grauem Textilklebeband, das er mit dem Messer von einer dicken Rolle schnitt, an den Armlehnen. Auch mit ihren Beinen verfuhr er so und presste ihr zum Schluss ein langes Stück von dem Klebeband auf den Mund. Während der ganzen Prozedur sagte er kein einziges Wort, und Angie hatte das Gefühl, als ob er die Aktion einem wohlüberlegten Plan folgend ausführte – jeder seiner Handgriffe geschah sicher und präzise, und in seinem ganzen Verhalten lag eine eiskalte Entschlossenheit.

Als er fertig war, verschwand er einfach und ließ sie sitzen. Angie war so an den Sessel gefesselt, dass sie nur noch ihren Kopf bewegen konnte. Der Stuhl stand so, dass die Zimmertür und der Durchgang zur Küche genau in ihrem Rücken lagen und sie nichts weiter sah als die ihr von vielen Besuchen bekannten Gegenstände: den alten Hocker, auf den Martin stieg, wenn er ein Buch aus den oberen Regalen holte, das Gemälde an der Wand, auf dem sich der vom Sturm zerfledderte Dreimaster seit vielen Jahren durch die immer gleich aufgewühlte, grün schäumende See kämpfte, den kleinen Beistelltisch aus dunklem Mahagoni, auf dem eine halbvolle Flasche Whisky stand.

Die Vertrautheit dieser Gegenstände, von denen jeder

einzelne auf seine ganz besondere Weise mit Martin Larrick verknüpft war, stand in grauenvollem Gegensatz zu den Geräuschen, die in der nächsten halben Stunde an ihre Ohren drangen.

Hauptsächlich waren es zwei Männerstimmen, die eine kalt und ungerührt, die andere tief und leidenschaftlich: Martins Stimme, mit der er offenbar darum kämpfte, am Leben zu bleiben, während die andere Stimme ihm ellenlange, monoton klingende Vorträge hielt. Vielleicht war es eine Gnade, dass Angie nicht alles verstehen konnte, was gesprochen wurde, aber das, was sie verstand, jagte ihr Schauder über den Rücken. Und sie wusste von Anfang an, dass Martin würde sterben müssen, die ganze Art des Angreifers und die Kälte in seiner Stimme ließen gar keinen anderen Schluss zu. Es war eine schreckliche Tortur, zum Nichtstun verdammt an diesen Sessel gefesselt zu sein und nicht einmal schreien zu können. Als die Worte schließlich versiegten und das Stöhnen begann, drückte sie in ihrer Verzweiflung ihre Augen ganz fest zu, als könne sie damit auch ihre Ohren verschließen.

Es war ein tiefes, schmerzerfülltes Stöhnen, das dadurch, dass es mit der Zeit immer leiser und erstickter klang, noch viel schrecklicher wurde. Was tat dieser Mann Martin bloß an? Und wer war er? Konnte es am Ende sein, dass er der Mann war, von dem Martin am Telefon gesprochen hatte, der Projektleiter von der FDA? Was wollte er von Martin? Brachte er seinen Vorgesetzten um, weil dieser ihm bei irgendwelchen verbrecherischen Machenschaften auf die Schliche gekommen war? Oder war es ein Wahnsinniger, der sich für eine berufliche Demütigung rächen wollte?

Durch das Rauschen der Dusche über sich meinte Angie

jetzt, viele Stunden später, noch immer den gruseligen Singsang des Mannes in der gelben Regenjacke zu hören. Ob sie ihn jemals wieder würde vergessen können?

Aber da war auf einmal noch eine andere Stimme, die Stimme einer Frau, die immer lauter ihren Namen rief und sie aus ihren Erinnerungen zurück in die Gegenwart holte. »Angie?«

Angie griff mit der rechten Hand nach oben und drehte die Dusche ab, hatte aber nicht die Kraft, sich aus ihrer zusammengekauerten Sitzposition zu erheben.

»Dr. Howlett, sind Sie da drinnen?«

Als sie nicht gleich antwortete, hörte sie ein entschlossenes Klopfen an der Tür des Duschraums. Mit Mühe rappelte Angie sich auf, wickelte sich in ein großes, weißes Badetuch und watschelte mit nassen Füßen zur Tür.

»Dr. Howlett? Angie?«

»Ja, ich bin hier. Was wollen Sie?«

»Ich bin's, Janice. Ich habe Ihnen ein paar trockene Klamotten besorgt.«

Angie schob den Riegel zurück und öffnete die Tür. Als sie die OP-Kleidung ausgezogen hatte, hatte sie nicht daran gedacht, dass sie danach nur schlecht wieder in ihren nach fauligem Flusswasser stinkenden Jogginganzug schlüpfen konnte.

»Kommen Sie rein.«

Janice betrat den Duschraum und nickte Angie anerkennend zu. »Durchtrainiert und gertenschlank wie eh und je«, sagte sie mit einem leisen Seufzer. »Nur ich werde anscheinend immer dicker.«

Angie zwang sich zu einem Lächeln. »Aber ich habe auch keine vier Kinder, so wie Sie.«

»Naja, wer weiß, wozu der Speck gut ist«, grinste Janice gut gelaunt. »Mein Mann nennt ihn immer ›Reserve für schlechte Zeiten‹. Hier, nehmen Sie.« Sie reichte Angie ein paar Kleidungsstücke. »Größe 38, kleinere habe ich leider nicht.«

Angie nahm die Kleider. »Gehören die Ihnen?«

Janice lachte auf. »Natürlich nicht. Die haben irgendwelche Patientinnen liegen gelassen und nie wieder abgeholt. Mein Gott, Sie sehen aber gar nicht gut aus, Angie. War wohl eine anstrengende Operation.«

»Das können Sie laut sagen. Um ein Haar wäre mir mein Patient unter den Händen weggestorben. Fünf Minuten später, und für ihn wäre Feierabend gewesen.«

»Wie geht es ihm jetzt?«, fragte Janice besorgt.

»Den Umständen entsprechend gut. Als ich das letzte Mal nach ihm gesehen habe, hat er tief und fest geschlafen. Patterson passt auf ihn auf, aber in einer halben Stunde hat er eine andere Operation. Wären Sie vielleicht so nett und würden dann eine ihrer Schwestern nach ihm sehen lassen? Nur für den Fall, dass doch etwas nicht stimmt.«

»Wird gemacht, Herzchen. Aber Sie müssen mir noch seinen Namen sagen, damit ich ihn offiziell aufnehmen kann.«

»Muss das sein, Janice?«, fragte Angie, während sie sich mit dem Badetuch die Haare trocken rieb. »Könnten sie nicht noch ein wenig warten? Ein, zwei Stunden vielleicht? Sie würden mir damit einen großen Gefallen tun.«

»Und damit, dass ich Sie nicht frage, wieso Ihr John Doe ein Unbekannter bleiben soll, wahrscheinlich auch. Okay, ich werde mich zurückhalten. Und ich habe noch eine gute Nachricht für Sie. Ich muss meine Schicht bis heute Mittag verlängern, weil meine Ablösung einen wichtigen Termin hat. Bis dahin bleibt Ihr Schützling anonym.«

»Sie sind ein Engel, Janice.«

»Und jetzt legen Sie sich für ein paar Stunden aufs Ohr, Herzchen. Sie sehen wirklich nicht gut aus. Ich habe unten in der Notaufnahme ein Bett für Sie herrichten lassen, in einem Einzelzimmer, wo Sie ungestört sind.«

»Wunderbar.« Der Gedanke an Schlaf kam Angie extrem verlockend vor. Aber eines musste sie noch klären. »Wissen Sie, was mit dem Jungen ist, der uns ins Krankenhaus gebracht hat? Den Sohn meines Patienten? Ich habe ihn nach der Operation nicht mehr gesehen.«

»Den habe ich im Nachtraum für die Pfleger untergebracht und ihm gesagt, dass er seinen Vater morgen früh sehen kann. Er hat mich bloß gefragt, ob es hier in der Klinik ein W-LAN gibt, das war anscheinend alles, was ihn interessiert hat. Aber ich kenne das von meinem Ältesten, der hat auch bloß seinen Computer im Kopf.«

»Wenn Sie bis Mittag da sind, dann sehen wir uns ja noch«, sagte Angie und unterdrückte ein Gähnen.

Janice kramte in ihrer Handtasche und holte eine kleine Tube heraus.

»Da, nehmen Sie das hier, wenn Sie Ihr Gesicht eincremen wollen. Das Zeug, das sie hier im Krankenhaus haben, ist der reinste Rindertalg.«

40

8:22 UHR
SENATE RUSSELL BUILDING, WASHINGTON, DC

In der Damentoilette des Russel Senatsgebäudes stand Senatorin Kathleen Neal vor einem großen Spiegel und frischte geistesabwesend ihr Make-up auf. Morgen Abend würde sie im Washington Nationalpark Stadium, in der Pause des dritten Innings, das Startsignal für die größte Menschenkette in der Geschichte der Menschheit geben. Fünfzehn Millionen Amerikaner würden sich dabei die Hände reichen, wenn sie Glück hatte, vielleicht sogar zwanzig Millionen.

Es würde die größte Solidaritätsbezeugung in der Geschichte der Menschheit werden. Ihr Baby.

Allerdings schmerzte es Neal, dass H.A.T. trotz der überwältigenden Unterstützung, die dieses Event von überallher erhielt, noch immer viele Kritiker hatte.

Sogar ihre eigenen Berater sowie die Oberen ihrer Partei hatten Rudy Collins' Idee, die sie selbst so begeistert hatte, dass sie sie für ihre eigene ausgab, zunächst rundweg abgelehnt. Es habe in der Vergangenheit genügend gescheiterte Versuche gegeben, gigantische Menschenketten ins Leben zu rufen, die dann kläglich gescheitert waren, argumentierten sie. Nur einziges Mal sei das in den Vereinigten Staaten wenigstens halbwegs gelungen, als sich 1986 fünf Millionen

Menschen im Kampf gegen Hunger und Obdachlosigkeit die Hände reichten und mit einer 6700 Kilometer langen Menschenkette die Strecke zwischen New York und Kalifornien überbrückten. *Hands Across America* zog sich am East River entlang, über die George Washington Brücke, weiter durch New Jersey und Pennsylvania nach Washington, wo sie direkt über den Rasen des Weißen Hauses verlief. Weiter ging es über Cleveland, Chicago, St. Louis, Memphis und Dallas bis in die Wüste bei Albuquerque und Phoenix und schließlich nach Long Beach in Kalifornien. Insgesamt durchquerte sie 16 Staaten, und ihre Teilnehmer hielten sich 15 Minuten lang an den Händen und sangen *We Are The World*, *America The Beautiful*, und das unvergessliche, extra für diese Veranstaltung geschriebene *Hands Across America*.

Aber der Erfolg war nicht makellos gewesen, wie Kritiker süffisant bemerkten.

In der angeblich geschlossenen Menschenkette gab es riesige Lücken, die die Organisatoren mit kilometerlangen roten und blauen Bändern schließen mussten.

Für die H.A.T. malte Neal sich etwas viel, viel Größeres und Besseres aus. Ihre Menschenkette sollte ein Ereignis werden, das ihre Führungsqualitäten unauslöschlich ins kollektive Gedächtnis des amerikanischen Volkes – und ihrer eigenen Partei einschrieb.

In der ganzen Zeit, in der sie parteiübergreifend um Unterstützung für ihr Projekt geworben hatte, waren die heftigsten Einwände immer aus den Reihen der rechten Konservativen gekommen, wo sie selbst doch groß geworden war. Ein solcher Event sei eine Respektlosigkeit gegenüber den Menschen, die irgendwo auf der Welt tagtäglich unter Terroristen leiden mussten, argumentierten diese Leute. Und dass der Kampf gegen den Terror eine viel zu ernste Sache sei, um einen Jahrmarkt daraus zu machen.

Niemand wolle die Opfer von Terrorismus für irgendetwas missbrauchen, hatte Neal dagegengehalten. Es gehe hier vielmehr um Solidarität mit ihnen, und die würde eine groß angelegte Aktion wie H.A.T. schließlich eindrucksvoll demonstrieren.

General Richard Goss von der Heimatschutzbehörde, einen der erbittertsten Gegner von H.A.T., überzeugten solche Argumente nicht. Er war – zusammen mit anderen Sicherheitsexperten – der Meinung, dass eine solche Menschenkette die Terroristen anzog wie eine Kerzenflamme die Nachtfalter. Außerdem legte sie den Amerikanern den Trugschluss nahe, sie müssten sich nur am Nationalfeiertag gegenseitig die Hände reichen, und schon wäre eines der schlimmsten Probleme der Menschheit gelöst.

Andere Kritik, die eher aus dem linken Lager geäußert wurde, war, dass H.A.T. von Großkonzernen als Marketingplattform benutzt würde. Coca-Cola stiftete Erfrischungsgetränke im Wert von fünfzehn Millionen Dollar für freiwillige Helfer und Teilnehmer, die Citibank hatte neun Millionen Dollar gespendet und Unilav, einer der größten Hersteller von Kosmetikartikeln in den USA, hatte Sanitell Handgel im Wert von sechs Millionen Dollar zur Verfügung gestellt. Dabei hatten die Spenden von Großunternehmen – in Summe über sechzig Millionen Dollar – H.A.T. erst möglich gemacht, denn mit den achtzehn Millionen, die Pfadfinder, Rotes Kreuz und Amnesty International gesammelt hatten, wäre die Senatorin nicht sehr weit gekommen.

Kathleen Neal sah sich im Spiegel an und ließ probeweise ihr berühmtes Lächeln aufblitzen, diesmal ganz für sich allein. »Ich hab's geschafft«, sagte sie leise zu ihrem Spiegelbild. »Sollen die Kritiker doch sagen, was sie wollen, ich hab's geschafft!«

Jetzt konnte sie nur noch beten, dass alles so eintraf, wie sie es sich erhoffte: Dass genügend Leute bei der Menschenkette mitmachten, dass das Fernsehen gut über sie berichtete, dass der Dauerregen endlich aufhörte und vor allem, dass kurz vor dem Feiertag nicht noch etwas Unvorhergesehenes geschah – vom Ausbruch eines unbekannten Virus bis hin zu einem gemeinen Terroranschlag.

41

8:04 UHR
WASHINGTON HOSPITAL CENTER, WASHINGTON, DC

Der Wechsel von der Nacht- zur Tagschicht war im Washington Center immer die schlimmste Zeit des Tages, und zwar nicht für das Personal, sondern für die Patienten. Die Schwestern, die die Nachtschicht beendeten, waren nach zwölf Stunden müde und gereizt, während die sie ablösenden Kolleginnen es nicht gerade eilig mit der Arbeit hatten, die die Nachtschicht ihnen hinterlassen hatte. Volle Bettpfannen und Nierenschalen voller Auswurf mussten geleert werden, Patienten verlangten nach Schmerzmitteln oder etwas zu trinken, mussten auf die Toilette gebracht oder gewaschen werden.

Als Mindy Sanchez zum Dienst erschien, hatte sie bereits extrem schlechte Laune. Wenn Mindy etwas aufs Gemüt schlug, dann war es tagelanger Dauerregen.

Wenn Tina Klingel mir heute noch einmal blöd kommt, dann drehe ich durch, dachte sie, während sie im Umkleideraum der Notaufnahme ihre Privatkleidung aus- und ihre Dienstuniform anzog: dunkelblaue Cordhose, weiße Bluse und einen ebenfalls weißen Schwesternkittel mit dem Emblem des Krankenhauses. Bevor sie sich das Häubchen auf ihr krauses, schwarzes Haar setzte, massierte sie mit beiden Händen ihren Nacken direkt unter dem Schmetterlings-

Tattoo und stöhnte dabei leise vor sich hin. Das künstliche Licht und der Geruch nach Desinfektionsmitteln verursachten ihr Kopfschmerzen, und jetzt kam auch noch diese Wuchtbrumme Janice Robinson herein, die ihr mit ihrem saccharinsüßen Dauergrinsen an Tagen wie diesem gleich doppelt auf die Nerven ging. Wie jemand sich an einem so fürchterlichen Ort ein so sonniges Gemüt bewahren konnte, ging über Mindy Sanchez' Verstand.

»Sag mal, solltest du nicht nach Hause gehen?«, fragte Mindy. »Du hast doch schon Schichtende.«

»Barbara muss mit ihrem Sohn zum Zahnarzt, deshalb springe ich bis Mittag für sie ein«, antwortete Janice mit einem strahlenden Lächeln. Wenn Cindy auch nur eine Stunde länger als vorgesehen in diesem Tollhaus hätte bleiben müssen, wäre sie niemals so fröhlich gewesen.

Mindy überflog die Tafel an der Wand, auf der die neu aufgenommenen Patienten standen. »Wer ist denn das, John Doe? Habt ihr mal wieder jemanden hereinbekommen, der seinen Namen vergessen hat?«

»Den haben sie heute Nacht aus dem Potomac gefischt«, antwortete Janice. »Ich nehme ihn aber noch offiziell auf, bevor ich Feierabend mache. Er ist in der Nacht am Herzen operiert worden und liegt im neuen Flügel 4C.«

»Sieh mal einer an! Ganz schön nobel für jemand, den sie aus dem Fluss gezogen haben.«

»Ich habe übrigens eine Überraschung für dich«, sagte Janice.

Mindy blickte ungerührt in das riesige, jamaikanische Grinsen. »Welche denn?«

»Deine Freundin Tina Klingel ist in aller Früh entlassen worden. Sie kommt auf Reha.«

»Gott sei Dank«, zwitscherte Mindy erleichtert.

Tina Klingel, die eigentlich Tina Rinaldi hieß, war eine ältere italienische Dame, die zu Hause die Treppe hinuntergefallen war und sich dabei die Hüfte gebrochen hatte. Nachdem sie fünf Tage und Nächte hindurch das Krankenhauspersonal mit einem Regiment des Schreckens fast in den Wahnsinn getrieben hatte, waren sie einhellig zu dem Schluss gekommen, dass Tinas Mann sie wohl absichtlich die Treppe hinunter gestoßen hatte.

Kein Wunder, dass Mindy so selig lächelt, dachte Janice. Schließlich hatte die Italienerin sie mit ihrem ständigen Klingeln nach der Schwester permanent auf Trab gehalten.

Aber der eigentliche Grund für Mindys Lächeln war gar nicht Mrs Rinaldis Entlassung sondern die Tatsache, dass die Klinik in der vergangenen Nacht wieder einen Unbekannten aufgenommen hatte, der unter mysteriösen Umständen zu Schaden gekommen war. Solche Informationen waren, wenn man sie an die richtigen Stellen weitergab, immer ein Paar Dollar wert.

Kurz nach halb neun schallte ein lautes Quietschkonzert durch das Krankenhaus, als Dutzende von Schwestern in ihren orthopädischen Schuhen über das frisch gebohnerte Linoleum der Korridore zu ihren jeweiligen Stationen strebten, und das Geräusch von ruckartig zurückgezogenen Vorhängen vor den einzelnen Betten verkündete den offiziellen Beginn der Tagschicht. Mindy Sanchez' erstes Ziel war der letzte Raum am Ende eines leeren Ganges: Zimmer 4c im neuen Südflügel.

»Na, wie geht es unserem großen Unbekannten heute

Morgen?«, fragte sie lächelnd, während sie sich über das Bett beugte.

Zu ihrer Überraschung war der unrasierte Mann mit dem grau melierten Haar bereits hellwach und bei vollem Bewusstsein.

»Guten Morgen, Schwester«, sagte er.

»Guten Morgen«, erwiderte Mindy. »Sie sind hier ganz was Besonderes, ist Ihnen das klar?«

Der Patient sah sie fragend an.

»Nun, es kommt schließlich nicht jeden Tag vor, dass jemand mitten in der Nacht am Herzen operiert wird und dann als erster Patient in einen nagelneuen Krankenhausflügel gesteckt wird.«

»Wie bitte?«, fragte der Mann und fasste sich unter der Bettdecke an die Brust. »Eine Herzoperation?«

»Kein Grund zur Aufregung«, sagte Mindy. »Das ist heutzutage nichts Schlimmes mehr. Seit sie diese Katheter verwenden, merken manche Patienten nicht einmal mehr etwas davon.« Sie lachte und schnappte sich das Klemmbrett, das am Fußende des Bettes befestigt war.

»Lassen Sie uns mal sehen …«, murmelte sie und blickte angestrengt auf das Formular. Wer dieses Krankenblatt ausgefüllt hatte, müsste dringend mal einen Schönschreibkurs machen, dachte sie. So eine Sauklaue war selbst bei Ärzten eine Seltenheit.

»Ich kann es leider nicht entziffern«, sagte sie. »Das liest sich wie Aortendissektion. Aber das kann eigentlich nicht sein.«

»Warum nicht?«

»Dann lägen Sie jetzt auf der Intensivstation und würden für den Rest der Woche dortbleiben. Das ist eine Operation am offenen Herzen, bei der mehrere Rippen zersägt werden. Schlagen Sie mal die Decke zurück und zeigen Sie mir ihre Brust.«

Ben tat, wie ihm geheißen, und schob das Oberteil des Krankenhausschlafanzugs nach oben, den ihm irgendjemand angezogen haben musste.

»Na, sehen Sie, an Ihrer Brust ist nicht der kleinste Einschnitt«, sagte Mindy und gab ihm einen scherzhaften Klaps auf den Unterarm. »Wir sind doch nicht am Ende einer von diesen Simulanten, die sich ins Krankenhaus schleichen, nur um eine Nacht lang ein warmes Bett zu haben?«

Ben lachte, und die Schwester lachte auch. »Und jetzt husch, husch, zurück unter die Decke, sonst erkälten wir uns noch. Ich bringe Ihnen gleich einen natriumarmen Gemüsesaft. Der führt ihrem Kreislauf die nötigsten Elektrolyte zu und senkt außerdem Ihren Blutdruck.«

»Eine Tasse Kaffee wäre mir lieber.«

Mindy wackelte tadelnd mit dem Zeigefinger.

»Sie sind mir vielleicht ein Springinsfeld, Mister …«

»Maxwell. Eigentlich Dr. Ben Maxwell, aber nennen Sie mich Ben.«

»Mindy Sanchez«, erwiderte Mindy automatisch.

Sieh mal einer an, dachte sie. Ein Doktor, den man aus dem Potomac gefischt hat. Wenn an der Sache mal nichts faul war …

In einem großen Krankenhaus wie dem Washington Center kam es immer wieder vor, dass bei einem Patienten nicht alles mit rechten Dingen zuging. Kriminelle kamen, um sich ihre Schusswunden verarzten zu lassen, Drogensüchtige, weil sie sich irgendwelches falsches Zeug gespritzt hatten.

Dieser Dr. Maxwell sah zwar nicht gerade aus wie ein Junkie oder ein Verbrecher, aber man konnte ja nie wissen. Normalerweise ließ das Krankenhaus jeden Patienten, den es aufnahm, durch eine Datenbank der Polizei und des FBI laufen, in der alle gesuchten Verbrecher aufgelistet waren, aber ob das bei diesem Mann gemacht worden war, entzog sich ihrer Kenntnis, und es war ihr auch egal. Sie wusste schon, an wen sie diese Information weiterleiten musste, und mit etwas Glück würde dabei eine hübsche Summe für sie herausspringen.

42

8:28 UHR
SENATE RUSSELL BUILDING, WASHINGTON, DC

»Für eine Frau, die so wenig schläft wie Sie, sehen Sie einfach fantastisch aus«, sagte Clark Jeremiad, der Chef von NBC Washington, als Kathleen Neal wieder zurück in ihr Büro kam.

»Danke, Clark«, sagte sie und lachte. »Machen Sie meinen Konkurrenten eigentlich auch solche Komplimente?«

»Nur vor einem Interview. Sind Sie jetzt bereit, mir ein paar Fragen zu *Hands Across America* zu beantworten?«

»Darauf können Sie Gift nehmen.«

Während Jeremiads Team letzte Vorbereitungen traf und darauf wartete, dass der Nachrichtensprecher im Studio die Außenschaltung ansagte, unterhielten sich der Fernsehjournalist und die Senatorin über das schlechte Wetter, die zu erwartende Teilnehmerzahl und Neals politische Vorstellungen.

Es klopfte leise an der Tür, und Michael Weinstein kam herein.

Mit einem entschuldigenden Kopfnicken trat er an die Senatorin heran und flüsterte ihr etwas ins Ohr, wobei Neal vorsichtshalber ihre Hand über das kleine Funkmikrofon legte, das ihr der Tonmann bereits am Revers ihrer Kostümjacke befestigt hatte. »Goss dreht langsam durch«, flüsterte

Weinstein. »Es geht um dieses Flugzeug, das gestern Nacht über dem Labor bei Richmond abgestürzt ist.«

»Was will er denn damit? Ein Hobbypilot, der vom Kurs abgekommen ist, weiter ist da nichts dran.«

»Goss sagt, es sei ein Selbstmordanschlag gewesen. Das Flugzeug ist von einem amerikanischen Staatsbürger mit libanesischem Migrationshintergrund gemietet worden, der vor Jahren mal in islamistischen Kreisen verkehrte.«

»Hat Goss sie noch alle? Ich dachte, seine Heimatschutzbehörde überprüft inzwischen jeden, der auch nur einen Papierflieger in die Luft bekommen will. Und wo kämen wir denn hin, wenn jeder arabischstämmige Amerikaner, der mal in Berührung mit irgendwelchen Fanatikern gekommen ist, gleich ein Terrorist wäre? Da könnten wir ja gleich ein zweites Guantanamo bauen.«

»Das wissen wir, Kathleen, aber Goss sieht eine Gefahr für H.A.T. und überlegt ernsthaft, ob er die Veranstaltung nicht verbieten lässt ...«

»Michael, Sie sehen doch, dass ich beschäftigt bin. Sagen Sie Goss, ich melde mich später bei ihm, und wenn er in der Zwischenzeit irgendwas tut, das meine Menschenkette gefährdet, nehme ich ihn und seine Behörde im Senat durch die Mangel, dass ihm Hören und Sehen vergeht. Haben Sie mich verstanden? Ich möchte, dass Sie ihm das wörtlich so ausrichten.«

»Probleme?«, fragte Jeremiad freundlich, nachdem Weinstein mit einem verlegenen Lächeln das Büro verlassen hatte.

»Ach, das übliche Krisenmanagement. Nicht der Rede wert. Machen wir lieber unser Interview. Ich bin bereit. Wie steht's mit Ihnen?«

Jeremiad räusperte sich, der Kameramann zeigte mit dem Daumen nach oben und fing an herunter zu zählen.

»*Bild Okay. Sound Okay. Wir sind drauf, Leute. Und los geht's drei … zwo … eins …*«

Auf dem kleinen Kontrollmonitor, den das Team auf Neals Schreibtisch aufgebaut hatte, war eine Zuspielung zu sehen, zu der Jeremiads Stimme im Off sagte:

»*25. Mai 1986. An einem sonnigen Nachmittag vor 25 Jahren gaben sich sechs Millionen Amerikaner die Hand, um eine Menschenkette zu bilden, die vom Big Apple bis nach Kalifornien reichen sollte. ›Hands Across America‹ verband damals das Land von der Ost- zur Westküste, um Geld für die Ärmsten der Armen zu sammeln. Raquel Welch, Brooke Shields, Ronald Reagan und fünf Millionen Amerikaner waren dabei, als es galt, Hand in Hand die Einigkeit Amerikas im Kampf gegen die Armut zu zeigen.*

Jetzt möchte Senatorin Kathleen Neal aus Virginia uns wieder dazu bewegen, hinaus auf die Straße zu gehen und uns die Hände zu reichen, aber diesmal geht es nicht um den Kampf gegen die Armut, sondern gegen eine andere Geißel der Menschheit – den internationalen Terrorismus.«

Das rote Aufnahmelicht der Kamera ging an.

»Und hier ist Clark Jeremiad, live aus dem Büro von Senatorin Kathleen Neal in Washington. Vielen Dank, dass Sie sich für uns Zeit genommen haben, Frau Senatorin.«

»Es ist mir ein Vergnügen Clark«, antwortete Neal mit einem aufblitzenden Lächeln, ihre Augen fest auf die von Jeremiad gerichtet.

»›Hand in Hand gegen den Terror‹, so lautet Ihr Slogan mit dem Sie morgen Abend Millionen von Amerikanern mobilisieren wollen. Ihre Menschenkette soll noch beeindruckender werden als die von 1986, und manche Zeitungen sprechen schon von der bedeutendsten Zusammenkunft von Amerikanern seit der Boston Tea Party. Frau Senatorin, erzählen Sie uns doch, wie Sie auf diese Idee gekommen sind.«

Senatorin Neal nickte, atmete kurz durch und redete los.

»Bei meinem ersten Besuch im Irak, kurz nach Ausbruch des Zweiten Golfkriegs, gab die Army einen Empfang in einem großen Zelt. Es waren ein paar hundert Soldaten da, sowohl amerikanische als auch irakische. Einen Augenblick lang hielten wir uns alle an den Händen und feierten unseren großen Sieg über die Mächte der Unfreiheit. Das war ein sehr ergreifender Moment für mich … ich war zutiefst gerührt. Und ich dachte bei mir, was für ein intensives Gefühl es wohl wäre, wenn alle Menschen dieses Landes eines Tages Hand in Hand gegen Terrorismus und Ungerechtigkeit zusammenstehen würden? So wie wir es in diesem Zelt in der irakischen Wüste getan haben, nur wenige Stunden nach dem Sieg unserer tapferen Soldaten …«

43

9:35 UHR
WASHINGTON HOSPITAL CENTER, WASHINGTON, DC

Jack saß in der hintersten Ecke der Krankenhauscafeteria und trank schon die dritte Dose Red Bull, um die Müdigkeit zu vertreiben, die sich nach einer schlaflosen Nacht seiner zu bemächtigen drohte. Auch wenn die nette Schwester aus Jamaika ihm eine mit einem frischen Laken bezogene Liege in einem Aufenthaltsraum zur Verfügung gestellt hatte, war er die ganze Nacht über an seinem Laptop gesessen und hatte vergeblich versucht, die Daten zu knacken, die der Nanocomputer aus dem Firmennetzwerk von AMT gesaugt hatte. Er hatte mehrere legale und illegale Password-Recovery-Programme darüberlaufen lassen, die unter anderem sämtliche in einem großen Lexikon vorhandenen Wörter in verschiedenen Kombinationen als Passwort probierten, aber schließlich entnervt aufgegeben. Wer auch immer diese Daten verschlüsselt hatte, er hatte sein Handwerk verstanden und eine AES-Chiffre mit mindestens 256 Bit verwendet. Eine solche Verschlüsselung ließ sich nur mit roher Gewalt knacken, und dazu brauchte man entweder einen Supercomputer oder mehrere hundert Jahre Zeit. Die hatte Jack nicht, deshalb musste er warten, bis er mehr Rechenpower mobilisieren konnte. Weil er aber nun schon mal am Computer saß, hatte er sich danach noch ins Netzwerk des Krankenhauses eingehackt und dort einige beunruhigende Entdeckungen gemacht.

Vor Jack auf dem Tisch stand ein orangefarbenes Tablett mit den Überresten eines Muffins, den leeren Verpackungen von zwei Schokoriegeln und einem angebissenen Stück Käsepizza.

»Sieht aus, als hättest du einen Riesenappetit heute Morgen«, sagte auf einmal eine Stimme über ihm. Jack blickte auf. »Der viele Zucker ist aber nicht gerade das Beste für deine Haut«, fügte Angie noch hinzu.

Jack trank die Dose aus und stellte sie auf das Tablett. »Sehe ich so aus, als ob ich mir große Sorgen um meine Haut machen würde? Sagen Sie mir lieber, wie geht es meinem Vater?«

»Soviel ich weiß, gut. Die Operation hat er gut überstanden, und ich denke, heute Abend wird er wieder auf dem Damm sein. Dank der Fortschritte in der Medizin, denen er und seinesgleichen leider viel zu oft unnötige Stolpersteine in den Weg legen.« Sie lachte bitter. »Naja, vielleicht wird ihm das eine Lehre sein. Ich trinke nur rasch einen Kaffee, damit ich wenigstens halbwegs wach werde, dann schaue ich nach ihm.«

»Wollen Sie sich nicht zu mir setzen?«, fragte Jack und schob sein Tablett zur Seite.

»Vielen Dank.« Angie Howlett stellte ihre Kaffeetasse ab und nahm gegenüber von Jack Platz.

»Dann meinen Sie also, er kommt durch? Wird er wieder ganz der Alte werden?«

»Kommt drauf an, was du damit meinst. Wenn es bedeutet, dass er so weitermachen kann wie bisher, dann lautet die Antwort Nein. Dein Vater sieht so aus, als ob er einen ziemlich ungesunden Lebenswandel gepflegt hätte. Das ist nicht sonderlich empfehlenswert, wenn man eine Schwäche im Bindegewebe der Aorta hat. Viele Leute bemerken das nicht oder führen die Beschwerden auf andere Ursachen zurück. Bis es dann eines Tages plötzlich ›peng‹ macht.«

»So wie gestern Nacht?«

»Genau. Dein Vater hatte eine Aortendissektion, die kurz vor einer Ruptur war. Er hatte großes Glück, dass ich gerade in der Nähe war, sonst wäre er vermutlich gestorben. Er muss seinen Lebensstil von Grund auf ändern. Keine Zigaretten mehr, keinen Alkohol, kein fettes Essen und viel Bewegung …«

»Ob er die im Gefängnis kriegt?«

»Wie bitte? Wieso soll dein Vater denn ins Gefängnis kommen?«

»Nicht nur er. Sie und ich auch.«

»Willst du mich auf den Arm nehmen?«

»Sehen Sie sich mal das hier an«, sagte Jack und drehte seinen Laptop so, dass Angie das Display sehen konnte. Auf dem Bildschirm war das Logo des FBI zu sehen, und gleich darunter prangte ein Foto, das einen lächelnden Ben Maxwell zeigte.

»Sieht so aus, als ob dein Vater langsam zum Medienstar avanciert«, sagte Angie.

»Aber nur in bestimmten Kreisen.«

Bens Foto war kein Fahndungsfoto, es war ein Porträt aus dem Teilnehmerkatalog irgendeines Pharmakongresses. Die Bildunterschrift aber ließ keinen Zweifel daran, warum es auf die Internetseiten des FBI gekommen war:

Dr. Benjamin »Ben« Maxwell, wohnhaft in Rockville, Maryland. Angestellter der Food and Drugs Administration. Maxwell wird gesucht im Zusammenhang mit einem Mord an einem hohen Staatsbeamten und möglicher Unterstützung terroristischer Aktivitäten.

Für Hinweise, die zu seiner Ergreifung führen, ist eine Belohnung in Höhe von 50.000 Dollar ausgesetzt.

Vorsicht, Maxwell ist möglicherweise bewaffnet.

»Hoher Staatsbeamter? Das kann nur Martin sein«, sagte Angie. Sie hatte Jack auf der Fahrt zum Krankenhaus erzählt, was im Haus des Commissioners geschehen war.

»So ein Fahndungsaufruf ist eine verdammt ernste Sache«, antwortete Jack. »Jetzt glauben alle offiziellen und halboffiziellen Stellen im ganzen Land, dass mein Vater ein Mörder ist.«

»Ben hat niemanden getötet«, war alles, was Angie dazu einfiel.

»Wenn einer das weiß, dann ich. Ich war schließlich die ganze Zeit über mit ihm zusammen.«

»Wir sollten zur Polizei gehen und die Sache richtigstellen.«

Angie sah Jack tief in die Augen. »Jetzt ist nicht der richtige Zeitpunkt, um zur Polizei zu gehen.«

»Und warum nicht?«

»Weil mir das Martin Larrick gesagt hat, als wir kurz vor seinem Tod miteinander telefoniert haben. Das wäre richtig gefährlich, meinte er. Martin und dein Vater waren offenbar an einer großen Sache dran, in der einige hochgestellte Persönlichkeiten sehr viel zu verlieren haben. Und glaub mir, wenn Martin so etwas sagt, dann ist da etwas dran.«

»Was sollen wir dann tun? Warten, bis Larricks Mörder meinen Vater erwischt?«

»Martin hat mir erzählt, dass dein Vater irgendwelche Beweise besorgen wollte. Bevor wir zur Polizei gehen, muss ich dringend mit ihm sprechen und herausfinden, was das für Beweise sind und was diese ganze Geschichte mit meinem Herzpflaster zu tun hat. Aber das geht unmöglich hier im Krankenhaus. Der Name jedes neu aufgenommenen Patienten wird automatisch mit den Fahndungslisten der Behörden abgeglichen. Ich habe den Namen deines Vaters zwar bisher noch nicht angegeben, aber ewig kann ich ihn auch nicht verheimlichen. Und wenn dieser Fahndungsaufruf vom FBI erst mal hier im System ist, haben ihn in einer Minute sämtliche Oberschwestern auf ihren Stationscomputern und sehen das Foto deines Vaters.«

»Lassen Sie sich wegen des Fotos mal keine grauen Haare wachsen«, sagte Jack und lächelte sie selbstzufrieden an. »So einen Fahndungsaufruf in einem Krankenhausnetz zu blockieren ist für mich eine der leichtesten Übungen.«

»Wie meinst du das?«

»Sie haben das Vergnügen mit keinem Geringeren als Jacker the Hacker höchstpersönlich, Madam«, erwiderte Jack großspurig. »Vor ein paar Jahren, als Präsident Clinton diese Herzoperation hatte, habe ich mich mal kurz in das Presbyterianische Krankenhaus in New York eingehackt und mir seine Krankenakten angesehen. Nur so zum Spaß, verstehen Sie? Nur um zu beweisen, dass ich das kann.«

»Aber da warst du doch höchstens zehn Jahre alt.«

»Na und? Früh übt sich, wer ein Meister werden will, das sagt mein Dad auch immer. Und es war nicht mal schwer. Krankenhäuser sind berüchtigt für ihre lausigen Sicherheitssysteme, hat man erst mal die SSL-Verschlüsselung geknackt, liegt alles vor einem wie ein offenes Buch.«

»Und hier hast du dich auch eingehackt?«, fragte Angie atemlos.

»Was sollte ich machen? Ich hatte einen Computer und einen Zugang zum W-LAN … ein Klavierspieler kann schließlich auch nicht an einem Flügel vorbeigehen, ohne kurz mal auf den Tasten zu klimpern.«

»Und dabei hast du den Fahndungsaufruf gesehen?«

»Und gleich gelöscht. Und zwar so, dass das vor der nächsten Rundmail vom FBI niemandem auffällt. Wenn das auffliegt, bringt mir das fünf bis zehn Jahre Gefängnis ein, aber was soll's? Schließlich falle ich noch unter das Jugendstrafrecht, und wenn ich einen milden Richter finde …«

»Jack, zehn Jahre Gefängnis sind nichts im Vergleich mit dem, was möglicherweise uns allen droht. Gestern hat jemand Martin Larrick auf bestialische Weise umgebracht, und wenn dein Vater nicht gekommen wäre, hätte er auch mich getötet. Wenn ich Martin richtig verstanden habe, ist es gut möglich, dass der Mann kein wahnsinniger Einzeltäter ist, sondern Teil einer ganz großen Verschwörung, die irgendetwas mit meinem Herzpflaster zu tun hat und möglicherweise bis in höchste Politikerkreise hinaufreicht. Verstehst du? Wir sind alle in höchster Gefahr, und die Polizei kann uns dabei nicht helfen. Dein Vater muss so schnell wie möglich an einen sicheren Ort gebracht werden, damit ich ungestört mit ihm reden kann. Er ist der Einzige, der diese ganze Sache aufklären kann.«

»Ist er denn transportfähig?«

»Wozu meinst du eigentlich, dass ich so viel Energie in die Entwicklung von CardioPatch gesteckt habe?«

»Dann haben Sie meinem Vater eines von Ihren noch nicht genehmigten Pflastern eingesetzt?«

»Es war seine einzige Chance.«

»Und die liegen hier im Krankenhaus einfach so herum?«

»Nein, aber dein Vater hatte eines in seiner Jackentasche.«

44

9:38 UHR
WASHINGTON HOSPITAL CENTER, WASHINGTON, DC

Ben erwachte vom Klappern einer Metalljalousie. Nach dem Besuch der Schwester vorhin musste er wohl wieder eingeschlafen sein, und er wusste nicht, wie lange. Graues Tageslicht flutete ins Zimmer, und Ben sah einen Mann im weißen Kittel neben dem Fenster stehen.

»Es regnet noch immer«, sagte der Mann.

»Wer sind Sie?«, fragte Ben mit trockener Stimme. Er fühlte sich längst nicht mehr so gut wie vorhin, als er zum ersten Mal aufgewacht war. Abgesehen davon, dass ihm sämtliche Glieder wehtaten, spürte er einen dumpfen Schmerz, der sich von seiner Leiste bis hinauf in die linke Brusthälfte zog, und er litt unter brennendem Durst. Vermutlich lag das daran, dass die Narkose nun völlig abgeklungen war.

»Ich bin Dr. Patterson«, antwortete der Mann. »Ich habe Sie gestern operiert. Wie fühlen Sie sich denn heute Morgen?«

»Als wäre ich unter eine Dampfwalze geraten.«

Der Arzt lachte leise und deutete auf Bens Kleider, die über einem Stuhl in der Ecke des Raumes hingen. »Bisschen ungewöhnlich, mitten in der Nacht ein Bad im Potomac zu nehmen, oder? Und das in voller Montur.«

»Wo ist mein Sohn?«

»Es geht ihm gut. Sie werden ihn bald sehen, aber zuerst müssen wir noch ein wenig miteinander plaudern. Ich hatte ja gestern keine Gelegenheit, Sie richtig kennenzulernen. Können Sie sich noch daran erinnern, was Ihnen zugestoßen ist?«

Ben hatte keine Lust, irgendwelche Fragen zu beantworten. »Ich möchte meinen Sohn sehen.«

»Tut mir leid, aber diese Befragung muss sein«, beharrte der Arzt in entschlossenem Ton. »Ich muss wissen, was Ihnen passiert ist, damit ich Sie optimal behandeln kann.«

Wie eine Landschaft, die aus dem Morgennebel auftaucht, nahmen die Ereignisse der letzten vierundzwanzig Stunden in Bens Bewusstsein langsam Gestalt an – kleine Puzzleteilchen, die er erst sortieren und dann zusammensetzen musste: Das Treffen mit Larrick, die Fahrt zu AMT, das abstürzende Flugzeug und das explodierende Labor, Larricks grässlich verstümmelter Körper in der blutbespritzten Küche in Georgetown, die Schmerzen in der Brust, die gefesselte Frau in Larricks Wohnzimmer, die Verfolgungsjagd, das schwarze Wasser des Potomac, das über ihm zusammengeschlagen war und alles andere ausgelöscht hatte. Wie hätte er das alles diesem Arzt erzählen sollen?

»Ich kann mich nicht erinnern«, log er. »Und außerdem habe ich Kopfschmerzen.«

»Das ist nach so einer Operation normal«, sagte Dr. Patterson. »Die üblichen Nachwirkungen der Narkose. Aber konzentrieren Sie sich jetzt bitte. Ich muss wissen, was Sie gestern alles getan haben, bevor wir Sie aus dem Potomac gefischt haben.«

»Wollen Sie mir nicht lieber erst etwas gegen meine

Kopfschmerzen geben?«, fragte Ben, dem der Arzt in zunehmendem Maße unsympathisch wurde. Seine tiefbraunen, fast schwarzen Augen waren mit einem stechenden Blick auf ihn fixiert, der ihm sehr unangenehm war. »Außerdem möchte ich erst meinen Sohn sehen.«

»Wie Sie meinen«, sagte Dr. Patterson und fing an, ihm die Infusionsnadel aus der Armbeuge zu ziehen.

»Was tun Sie da?«, fragte Ben beunruhigt.

»Ich verlege Sie auf eine andere Station, damit Sie Ihren Sohn sehen können. Hier in der OP-Nachsorge hat er keinen Zutritt.«

Ben fand das ziemlich merkwürdig. Er lag schließlich in einem ganz normalen Krankenzimmer und nicht auf der Intensivstation.

Der Arzt entriegelte mit dem Fuß die Fahrrollen des Bettes und fing an zu schieben, als plötzlich die Tür aufgerissen wurde und eine rundliche, olivhäutige Schwester mit entschlossenen Schritten in den Raum stürmte.

»Was geht hier vor?«, fragte Janice Robinson und baute sich mit in die Hüften gestemmten Armen vor dem Krankenbett auf.

»Gut dass Sie da sind, Schwester«, erwiderte der Arzt. »Ich brauche Ihre Hilfe. Der Patient muss auf eine andere Station verlegt werden. Er will …«

»Davon weiß ich ja gar nichts«, unterbrach ihn Janice mit resoluter Stimme. »Und wer sind Sie überhaupt? Ich habe Sie hier noch nie gesehen.«

»Das ist Dr. Patterson«, sagte Ben. »Er hat mich operiert.«

»Wie bitte?«, fragte Janice und verengte die Augen zu schmalen Schlitzen. »Sie wollen Dr. Patterson sein?«

Sie trat auf den Mann zu und tippte ihm mit dem Zeigefinger auf die Brust.

»Ich kenne Dr. Patterson, und ich kann Ihnen versichern, dass er ganz anders aussieht als Sie. Also wer sind Sie, verdammt nochmal?«

Der Mann sagte nichts und kramte verlegen in den Taschen seines Kittels herum.

»So, das wird mir jetzt zu bunt«, sagte Janice Robinson in ihrem strengsten Kommandoton, der ihre Hilfsschwestern regelmäßig vor Angst erstarren ließ. »Sie lassen jetzt sofort den Patienten in Ruhe und kommen mit mir ins Schwesternzimmer. Dort finden wir dann schon heraus, wer Sie wirklich sind.«

Der Arzt machte ein resigniertes Gesicht und zuckte mit den Schultern, als wolle er sich der Anordnung des Feldwebels in Weiß widerstandslos fügen, aber dann schoss auf einmal seine rechte Hand aus der Tasche des Kittels nach oben. Im trüben Licht des Regentags sah Ben etwas aufblitzen, das zu schmal und zu lang für ein Messer oder ein Skalpell war. Erst als es sich so tief in den Hals der überraschten Oberschwester bohrte, dass es auf der anderen Seite wieder herauskam, erkannte er, was es war: eine überdimensionale Nähnadel, etwa fünfundzwanzig Zentimeter lang und einen halben Millimeter dick. Die Nadel hatte offenbar Janice Robinsons Luftröhre durchstochen, denn ihr erstaunter Aufschrei wurde zu einem leisen Röcheln, begleitet von rötlich gefärbtem Schaum, der ihr aus dem Mund quoll. Der Mann zog die Nadel aus ihrem Hals und stach noch einmal hinein. Dieses Mal musste er die Halsschlagader getroffen haben, denn ein kräftiger Strahl Blut spritzte wie ein plötzlich aufgedrehter Springbrunnen auf

Boden und Wände des Krankenzimmers und die weißen Laken von Bens Bett. Die Schwester ruderte mit den Armen und wollte weglaufen, aber der Mann packte sie mit der rechten Hand am Kinn und mit der linken am Hinterkopf und brach ihr mit einer raschen, ruckartigen Bewegung das Genick. Dann ließ er sie los, und sie polterte wie ein umfallender Kartoffelsack zu Boden.

Ben versuchte zu schreien, aber er fand seine Stimme nicht. Verzweifelt suchte er nach dem roten Notknopf, der an der Wand neben seinem Bett gewesen war, aber er konnte ihn nicht mehr erreichen, weil der falsche Arzt das Bett bereits in die Mitte des Zimmers geschoben hatte.

»Sie waren das«, keuchte er. »Sie haben Martin Larrick getötet!«

Der Mann wischte sich die blutigen Hände an seinem Kittel ab und verriegelte die Tür.

»Wer sind Sie?«, fragte Ben, der immer noch nicht fähig war, sich zu bewegen.

»Mein Freund, ich bin der Barmherzige Samariter.«

45

9:45 UHR
WASHINGTON HOSPITAL CENTER, WASHINGTON, DC

»Wenn Sie schreien, sind Sie der Nächste«, zischte der Mann im weißen Kittel.

»Was wollen Sie von mir?«, fragte Ben, während er vor Angst am ganzen Körper Gänsehaut bekam und sich ein eiskaltes Gefühl in seinen Eingeweiden breitmachte.

Der Mann kam näher, und Ben besah sich sein Gesicht. Gebräunter Teint, glatte Haut, sorgfältig geschnittenes, dunkelbraunes Haar. Er strömte eine gepflegte Professionalität aus und hätte gut und gerne tatsächlich ein Arzt sein können, wären da nicht die fanatischen Augen gewesen, in denen eine nur mühsam in Zaum gehaltene Wut zu lodern schien.

»Seit wann arbeiten Sie für Larrick?«, presste er zwischen seinen schmalen Lippen hervor. »Und spielen Sie keine Spielchen mit mir, Dr. Maxwell, ich weiß genau, wer Sie sind.«

»Seit fünf Jahren«, antwortete Ben mit leiser Stimme. »Seit ich den Job bei der FDA angenommen habe.«

Der Mann schnaubte verächtlich. »Ich meine nicht, wie lange Sie schon bei dieser Behörde arbeiten, sondern wann Larrick Sie rekrutiert hat.«

»Wofür rekrutiert?«

»Wollen Sie mich für dumm verkaufen?«, zischte der Samariter mit eiskalter Stimme. »Für den Orden des Hippokrates, wofür denn sonst?«

»Aber ich kenne gar keinen solchen Orden.«

»Tatsächlich? Und warum sind Sie dann zur FDA gegangen?«

»Weil man mir dort einen Job angeboten hat«, rechtfertigte sich Ben. »Ich bin Wissenschaftler …«

Der Samariter packte Bens Kopf von hinten und zielte mit der Spitze der Nadel auf sein rechtes Auge.

»Erzählen Sie mir nichts von der Wissenschaft, Herr Doktor. Wissenschaftler versündigen sich am Willen Gottes, indem sie sich anmaßen, in seiner Schöpfung herumzupfuschen. Haben Sie überhaupt eine Ahnung davon, was Sie mit Ihrer Wissenschaft anrichten? Sie bauen Bomben, Sie töten ungeborene Babys, Sie greifen in den göttlichen Bauplan des Lebens ein. Gott wird das nicht zulassen. Er wird Sie strafen, so wie er Ihren Meister Martin Larrick für sein gottloses Tun gestraft hat. Ihr habt die Pestilenz des Unglaubens über die Erde gebracht, und eine Pestilenz wird euch alle vernichten. Ein Sühnegericht Gottes, auf dass wieder Gerechte wandeln auf Erden.«

»Welcher Religion Sie auch immer angehören mögen, einen Menschen zu töten ist eine Sünde«, sagte Ben ruhig.

»Ungeziefer wie Sie auszurotten ist keine Sünde!«, schnauzte der Mann. »*Sie* sind die lebende Sünde!«

Ben hörte das Geifern des Monsters, das sich selbst Samariter nannte und kam zu dem Schluss, dass der Mann vollkommen verrückt sein musste. Auf einmal hörte er auf zu zittern, seine Hände wurden ruhig, und sein Atem ging deutlich langsamer. Er hatte in der vergangenen Nacht bereits zweimal dem Tod ins Auge gesehen – um ein Haar wäre er bei der Explosion von AMT ums Leben gekommen und ein paar Stunden später wäre er in den schwarzen Fluten des Potomac ertrunken, wenn sein Sohn ihn nicht gerettet hätte. Wie oft konnte man innerhalb von vierundzwanzig Stunden dem Sensenmann ein Schnippchen schlagen? Wenn dieser Wahnsinnige ihn jetzt töten würde, dann sollte es wohl so sein. Er konnte ihn nicht mehr daran hindern, mit ihm dasselbe zu tun wie mit der armen Schwester, deren Blut an den Wänden des Zimmers klebte. Aber wenn er schon sterben musste, dann wenigstens mit Anstand und Würde und nicht schlotternd vor Angst und auch nicht um sein Leben bettelnd.

»Sie sind ja krank«, sagte er zu dem Mann. »Suchen Sie sich Hilfe. Keine Religion der Welt kann einen Mord rechtfertigen.«

Der Samariter bewegte sein Gesicht so nahe an Bens Ohr, dass dieser seinen warmen Atem spürte. »Rechtfertigen?«, flüsterte er heiser. »Das, was ich tue, muss niemand rechtfertigen. *Sie* sind der Wissenschaftler, und *Sie* werden bald vor Gottes Gericht stehen und die gerechte Strafe für Ihre Schandtaten erhalten.«

»Und Sie werden niemals erfahren, was ich bei AMT gemacht habe! Sie werden niemals erfahren was mir Vitek kurz vor seinem Tod gesagt hat …«, antwortete Ben.

Der Kopf des Mannes schoss nach vorn, damit er Ben von der Seite ansehen konnte. Die Spitze der Nadel näherte sich bis auf wenige Millimeter Bens Augapfel. »Also *waren* Sie dort!«

»Ja! Und ich weiß alles über Sie und dieses CardioPatch. Aber Sie werden es leider nie erfahren.«

Der Samariter sagte nichts, und für eine ganze Weile hörte Ben nur das leise Pfeifen seines Atems und ein tiefes Summen, das wohl von irgendeiner Apparatur kommen musste. Und dann tat der Samariter etwas, womit Ben am allerwenigsten gerechnet hatte: Er fing lauthals an zu lachen.

»Netter Versuch!«, sagte er, als er sich wieder beruhigt hatte. »Sie glauben wohl, wenn Sie ein Wissen vortäuschen, das Sie nicht haben, verschone ich Ihr erbärmliches Leben.« Er lachte wieder los. »Aber da haben Sie sich geirrt. Ihr Wissen interessiert mich nicht, Herr Wissenschaftler, damit können Sie mich nicht kaufen. Ich werde die Erde von Ungeziefer wie Ihnen befreien, und das sehr bald und ein für alle Mal.«

46

9:49 UHR
WASHINGTON HOSPITAL CENTER, WASHINGTON, DC

Drei Stockwerke unter Bens Zimmer traten Angie und Jack gerade in den Aufzug. Über dem Knopf für den vierten Stock klebte ein handgeschriebener Zettel mit der Aufschrift »Baustelle, Betreten verboten«, aber Angie drückte ihn trotzdem, und der Aufzug fuhr hinauf zu der neu eingerichteten und eigentlich noch nicht freigegebenen Herzstation. Der Korridor oben roch nach frischer Farbe und war menschenleer. Angie führte Jack um eine Ecke und blieb einen Meter vor der Tür zu Zimmer 4c abrupt stehen. »Geh nicht weiter!« flüsterte sie und machte rasch einen Schritt zurück.

»Was ist denn los?«, sagte Jack, der sie fast über den Haufen gerannt hätte, erstaunt.

»Da, sieh dir den Boden an …«

Jack blickte nach unten und sah, was Angie meinte. Unter dem Türschlitz von Raum 4C floss eine dunkelrote Lache hinaus auf den Gang.

Blut. Sehr viel Blut.

»Leise!«, flüsterte Angie. Sie stellte sich so vor die Tür, dass sie mit den Füßen nicht in die Lache treten musste, und spähte auf Zehenspitzen durch das kleine Fenster im oberen Teil der Tür.

Was sie sah, ließ sie vor Grauen erstarren.

Das Bett stand in der Mitte des Raumes, und davor lag eine Frau in blutdurchtränkter Schwesterntracht, aus deren Hals in einem dünnen Rinnsal hellrotes Blut blubberte. Ihr Gesicht, das sie nur mit Mühe als das von Janice Robinson erkannte, wirkte entsetzlich bleich und eingefallen, und ihre vor Erstaunen weit aufgerissenen Augen blickten starr an die Zimmerdecke. Am ganzen Körper zitternd ließ Angie ihren Blick nach oben wandern und sah Ben Maxwell aufrecht im Bett sitzen. Ein Mann, dessen weißer Arztkittel ebenfalls voller Blutspritzer war, hatte Bens Hals in seine linke Armbeuge geklemmt und hielt ihm mit der rechten Hand einen spitzen, glänzenden Gegenstand vors Auge. Die beiden redeten miteinander, aber Angie konnte nicht verstehen, was.

»Ein Mann ist bei deinem Vater«, flüsterte sie Jack ins Ohr, nachdem sie sich lautlos wieder von der Tür gelöst hatte. »Er bedroht ihn mit einem Messer oder so was Ähnlichem.«

»Und das Blut …?«

»Das stammt von einer Schwester. Sie ist tot. Wahrscheinlich hat der Mann sie umgebracht.«

»Wir müssen meinen Dad da rausholen!«, zischte Jack. Er klopfte seine Taschen nach seinem Handy ab, bis ihm einfiel, dass er es zum Aufladen draußen im Auto gelassen hatte. Er ging ein Stück weit den Gang zurück und holte seinen Laptop aus dem Rucksack.

»Was machst du da?«

»Ich hacke mich wieder ins Klinik-Netzwerk.«

»Wozu soll das gut sein?«

»Vorhin habe ich da eine Möglichkeit gefunden, jeden Alarm im Krankenhaus auszulösen.«

»Warte! Hier auf der Station sind hochmoderne elektronische Türschlösser eingebaut. Kannst du die ebenfalls fernsteuern?«

»Ich denke schon. Aber wozu soll das gut sein? Soll ich ihn etwa mit meinem Vater zusammen einsperren?«

Angie packte Jack am Handgelenk.

»Nein. Im Gegenteil. *Aus*sperren sollst du ihn!«

47

9:56 UHR
WASHINGTON HOSPITAL CENTER, WASHINGTON, DC

Im Raum 4c hatte der Samariter Ben jetzt losgelassen und eine zerfledderte Bibel mit rotem Einband aus der Tasche gezogen, aus der er mit monotoner Stimme zu rezitieren begann.

»Sie zogen ihn aus und schlugen ihn und gingen davon und ließen ihn halbtot liegen …«

Ben schloss die Augen und bereitete sich auf den Tod vor.

»Es begab sich aber ungefähr, dass ein Priester dieselbe Straße hinabzog; und da er ihn sah, ging er vorüber. Desgleichen auch ein Levit …«

»Bringen wir es endlich hinter uns!«, schnitt Ben, den angesichts des lieblos heruntergeleierten Sermons eine nicht zu bändigende Wut überkam, dem Samariter das Wort ab. »Ersparen Sie mir diesen Kindergottesdienst!«

Der Samariter blickte auf das rote Buch in seiner Hand und sagte mit seidig-ruhiger Stimme: »Ich höre auf, wenn der Herr es für richtig befindet. Der Herr wird mir ein Zeichen geben.«

»Wieso lesen Sie mir ausgerechnet das Gleichnis des Barmherzigen Samariters vor? Der Samariter ist gütig und heilt, Sie sind böse und töten. Dass Sie sich auch noch als Samariter bezeichnen, ist ein Frevel an Gott.«

»Halt den Mund, Ungeziefer!«, brauste der Samariter auf und klappte die Bibel zu. »Du bist es nicht wert, das Wort des Herrn zu vernehmen. Wann werdet ihr endlich begreifen, dass Heilung etwas anderes ist, als beständig gegen den Willen Gottes zu wirken? Manchmal ist es zur Heilung auch nötig, eine Wunde mit einem glühenden Eisen auszubrennen und ein faulig gewordenes Glied entschlossen zu amputieren, bevor es den ganzen Körper vergiftet.« Er steckte das Buch ein und trat einen Schritt auf Ben zu.

Es ist Zeit zu sterben, dachte Ben. Er hoffte nur, es würde schnell und möglichst schmerzlos geschehen, aber er wusste, dass ihm diese Gnade nicht zuteilwerden würde. Die Bilder der grässlich verstümmelten Leiche von Martin Larrick standen noch viel zu deutlich vor seinem inneren Auge, die Schnittwunden an seinen Oberarmen und die lebende Ratte, die in seinem Mund eingenäht war. Ben schloss die Augen und begann zum ersten Mal seit seiner Kindheit zu beten.

Und dann hörte er das Klopfen. Zuerst dachte er, es wäre der Samariter, aber als er die Augen aufriss, bemerkte er, dass sein Peiniger sich von ihm abgewandt hatte und zur Tür blickte. Dort sah Ben in dem zwei Handflächen großen Beobachtungsfenster eine Sekunde lang das Gesicht einer blonden Frau, die einen Plastikbehälter gegen das Glas hielt und dann verschwand. Es war die Frau, die er in Martin Larricks Haus aus dem Sessel befreit hatte.

Der Samariter rannte zur Tür, riss sie auf und stürmte hinaus. Die Tür fiel wieder ins Schloss, und Ben war in dem verwüsteten, blutbespritzten Krankenzimmer allein.

48

9:57 UHR
WASHINGTON HOSPITAL CENTER, WASHINGTON, DC

Wie viele andere große Krankenhäuser auch besaß das Washington Center ein zentrales Sicherheitssystem, über das in Notfällen jede Tür in der Einrichtung ferngesteuert geöffnet oder verschlossen werden konnte. Auf diese Weise konnte man verhindern, dass Unbefugte auf die Stationen kamen oder geistig verwirrte Patienten sich unbegleitet aus dem Krankenhaus entfernten.

Jack stand mit seinem Laptop hinter der nächsten Ecke und tippte, sobald er die Tür von Zimmer 4c ins Schloss fallen hörte, erst auf eine Zahl und dann auf die Enter-Taste.

Innerhalb einer Sekunde hörte man, wie sich das Klicken elektrisch verriegelnder Türschlösser den Korridor entlang fortpflanzte. Der Angreifer hatte Zimmer 4c verlassen, und sein Vater war sicher darin eingeschlossen.

Angies hastig ausgedachter Plan schien zu funktionieren.

Als Jack hörte, wie der Mann hinter Angie her in die entgegengesetzte Richtung den Gang entlangrannte, ging er mit klopfendem Herzen zurück zu Zimmer 4c. Vor der Tür war noch immer die große Blutlache, zu der Jack gebührenden Abstand hielt, während er auf seinem Laptop eine weitere Zahlenkombination eintippte. Das Schloss der Tür sprang mit einem leisen Klicken auf, und Jack stieg über die Blutlache hinweg und betrat das Zimmer seines Vaters.

Am hinteren Ende des anderen Ganges drückte Angie mit ihrem Daumen auf den Liftknopf, aber die Türen öffneten sich nicht. Eigentlich hatte Jack den Lift per Fernbefehl nach oben beordert, doch er befand sich im Erdgeschoß, wie sie an den Leuchtziffern über den Türen sehen konnte.

Zu spät erkannte sie ihren Denkfehler. Als Jack per Fernsteuerung alle Türen im dritten Stock abgesperrt hatte, hatte er offenbar gleichzeitig automatisch die Aufzüge ins Erdgeschoß geschickt, was ja eigentlich logisch war, wenn eine Station komplett abgeriegelt werden sollte.

Die Schritte im Korridor kamen immer näher. Angie hatte keine andere Wahl. Sie rannte auf die Tür zum Treppenhaus zu und betete dabei inständig darum, dass die nicht auch automatisch abgesperrt worden war.

49

9:58 UHR
WASHINGTON HOSPITAL CENTER, WASHINGTON, DC

Jack stand vor dem Bett seines Vaters und keuchte wie nach einem Hundertmeterlauf. Er presste sich den Laptop mit beiden Armen an die Brust und kämpfte mit einem immer stärker aufsteigenden Brechreiz, während er auf die in ihrem Blut liegende Krankenschwester starrte.

»Sieh sie nicht an!«, sagte Ben. »Schau woandershin.«

»Das viele … Blut«, stammelte Jack. »Was hat er nur mit ihr gemacht?«

»Komm zu mir, Jack. Es wird alles wieder gut.«

Jack fixierte mit den Augen seinen Vater, als wäre der ein Leuchtturm, der ihm in stürmischer See den Weg wies, und ging langsam los.

Er kam gerade drei Schritte weit, dann rutschte er in einer weiteren Blutlache aus, die er vorhin nicht gesehen hatte, und stürzte rückwärts zu Boden. Sein Laptop segelte quer durch den Raum, wo er mit einem splitternden Knall auf die Bodenfliesen krachte. Jack selbst konnte sich gerade noch mit beiden Händen abstützen, sonst wäre er mit dem Hinterkopf auf dem harten Boden aufgeschlagen.

Als Jack sich wieder aufrappelte und sah, dass seine Arme voller Blut waren, stieß er einen lauten Schrei aus.

»Scheiße!«, brüllte er. »Ich glaube, ich muss kotzen. Dieses verdammte Blut ist überall!«

»Jack, beruhige dich. Du darfst jetzt nicht durchdrehen. Wir müssen so schnell wie möglich von hier verschwinden.«

Jack wischte die blutigen Hände so gut es ging an den Fliesen ab und ging hinüber zu seinem Laptop. Er klappte ihn kurz auf, stellte erleichtert fest, dass er noch funktionierte und verstaute ihn in seinem Rucksack.

»Hast du ein Badezimmer?«

»Die Tür da drüben.«

Jack verschwand im Bad, und als er wieder herauskam, hatte er sich das Blut abgewaschen und sah wieder etwas besser aus.

»Was war das für ein Typ?«, fragte er. »Kennst du ihn?«

»Nein, aber ich glaube, dass er Martin Larrick getötet hat. Jetzt hilf mir aufstehen. Wir müssen verschwinden, bevor er wiederkommt.«

Jack trat auf seinen Vater zu.

»Bist du sicher, dass du aufstehen kannst?«

»Ja, sonst würde ich es nicht sagen. Hast du die Polizei verständigt?«

»Noch nicht.«

»Warum denn nicht?«

»Weil du auf der Fahndungsliste des FBI stehst. Angie meint, die wollen dich fertigmachen, weil du irgendjemand wegen ihres Herzpflasters auf den Schlips getreten bist.«

»Angie?«

»Die Frau, die dir das Leben gerettet hat. Wenn sie unten am Potomac bei dir nicht Mund-zu-Mund-Beatmung gemacht hätte, dann wärst du jetzt nicht hier …«

»Sie hat *was* gemacht?«, unterbrach Ben ihn.

»Mund-zu-Mund-Beatmung. So was lernt man im Erste-Hilfe-Kurs. Aber das ist noch nicht alles. Vorher hat sie mir geholfen, dich aus dem Fluss zu ziehen, und heute Nacht hat sie dich operiert.«

»Sprichst du von Angie Howlett? Der Frau, die in Larricks Haus war?«

»Ich weiß nicht, wie sie mit Nachnamen heißt, aber sie war eine Freundin von Martin Larrick. Hat sie mir jedenfalls erzählt.«

»Angie Howlett kann mich unmöglich operiert haben. Sie ist Unternehmerin und stellt dieses CardioPatch her, wegen dem wir die ganzen Schwierigkeiten haben.«

»Das musst du mit ihr selbst klären. Meinst du, an dem, was sie sagt, ist was dran? Von wegen FBI und so?«

Ben dachte an das, was Senatorin Neal erzählt hatte. Wenn es wirklich stimmte, dass hochrangige Politiker sich heimlich illegal beschaffte, noch nicht zugelassene Herzpflaster hatten einsetzen lassen, dann wäre das ein Skandal, der Washington für Monate in Atem halten und einigen wichtigen Persönlichkeiten vermutlich Kopf und Kragen kosten würde. Vielleicht war es wirklich besser, wenn sie erst dann zur Polizei gingen, wenn er Senatorin Neal die Beweise überbracht hatte, für die sie ihn zu AMT geschickt hatte. Sie würde schon wissen, wie sie ihn vor ihren Politikerkollegen schützen musste.

»Da könnte was dran sein, Jack«, sagte er zu seinem Sohn.

»Angie meint, sie könnte die Sache vielleicht hinbiegen, aber dazu müsste sie dich erst einmal an einen sicheren Ort bringen, um alles in Ruhe mit dir zu besprechen.«

Plötzlich hörten sie, wie die Klinke der Tür heruntergedrückt wurde, die Jack nach seinem Hereinkommen wieder verriegelt hatte, kurz darauf ertönte ein lautes Klopfen, gefolgt von wütenden Tritten gegen das Türblatt.

Jack half seinem Vater aus dem Bett. Als er barfuß auf den kalten Fliesen stand, spürte Ben, dass er doch noch sehr wackelig auf den Beinen war. Er spürte ein Ziehen in der Leistengegend, wo ein großes Pflaster klebte, und sein Kopfschmerz, den der Adrenalinstoß von vorhin weggeblasen hatte, meldete sich auch zurück.

»Zieh dir was an«, sagte Jack und gab Ben seine Kleider, die immer noch nach dem fauligen Wasser des Potomac stanken, obwohl sie inzwischen getrocknet waren. »Wir müssen sofort verschwinden, bevor der Irre die Tür eintritt.«

»Es könnte doch auch jemand vom Krankenhaus sein …«

»Träumst du? Die wissen doch den Code für die Türen.«

Jack half Ben, in seine Hosen zu steigen und streifte ihm sein Hemd über das Oberteil des Krankenhausschlafanzugs. So sah er wenigstens für einen oberflächlichen Beobachter nicht aus, als wäre er gerade aus einer Station ausgebüxt.

»Und jetzt komm ins Bad!«, sagte Jack.

»Wieso das denn?«

Jack gab keine Antwort. Er kletterte auf die Kloschüssel und machte sich an einem Gitter an der Decke des Badezimmers zu schaffen. Als er es aus seiner Verankerung gelöst hatte, reichte er es Ben nach unten und zog sich in den dahinter liegenden Lüftungsschacht hinauf. Als er oben war, legte er sich auf den Bauch und ließ seine Arme nach unten hängen.

»Nun komm schon, lass dich von mir raufziehen.«

»Bist du wahnsinnig? Ich kann da unmöglich hinaufklettern.«

»Angie sagt, du könntest schon aufstehen.«

»Aufstehen vielleicht, aber nicht durch irgendwelche engen Röhren kriechen.«

»Der Schacht ist nicht eng. Da haben wir locker beide Platz.«

»Hast du vergessen, dass ich gerade am Herzen operiert wurde? So ein Ausflug kann mich umbringen.«

»Schon möglich. Aber der Kerl da draußen *wird* dich umbringen, wenn er dich erst einmal erwischt hat. Nun mach schon! Nur so kommen wir nach draußen.«

»Bist du dir da sicher?«

»Na klar, ich habe im Netzwerk der Klinik das komplette Lüftungssystem studiert. Ich weiß, wo wir hin müssen.«

Von draußen waren laute Tritte gegen die Tür zu hören. Der Mann machte tatsächlich ernst. Ben zog sich mit fliegenden Fingern seine Schuhe an, die im Gegensatz zu seinen Kleidern immer noch feucht waren. Dann verriegelte er die Badezimmertür von innen und kletterte auf den Toilettensitz.

»Na siehst du, es geht doch«, rief Jack von oben. »Und jetzt versuch, dich hochzuziehen. Ich helfe dir dabei.«

Als Ben die Arme hob, spürte er einen brennenden Schmerz in der linken Schulter, aber er griff nach dem Rand des Lüftungsschachts und zog sich hoch, während er sich mit beiden Beinen von der Toilettenschüssel abstieß. Zu seiner Verblüffung schaffte er es tatsächlich, seinen Körper so weit nach oben zu bewegen, dass Jack ihn unter den Achseln packen und in den Schacht ziehen konnte. Die Schmerzen, die er dabei erleiden musste, waren allerdings gewaltig.

»Mein Pflaster ist ab!«, rief er, während sein Unterleib am Rand der Öffnung entlang schrammte.

»Du musst dich zur Seite drehen«, sagte Jack. In dem engen, viereckigen Metallschacht klang er so scheppernd, als würde er in eine leere Keksdose reden. »Und dann kriech mir auf allen vieren hinterher. Das schaffst du!«

Von draußen war gedämpft ein schwerer Schlag und gleich darauf das Splittern von Holz zu hören. Der Samariter hatte sich durch die erste Tür gekämpft. Bald würde er auch die Badezimmertür überwunden haben, und dann wäre es um sie geschehen.

Die Angst davor verlieh Ben neue Kraft. Er drehte sich so, dass er auf Händen und Knien langsam durch den Schacht kriechen konnte, der so niedrig war, dass er dabei mit dem Rücken an der Decke entlang schrammte. Bald war es so dunkel, dass er die Hand nicht mehr vor Augen sehen konnte und blind den Geräuschen folgte, die sein Sohn einen halben Meter vor ihm machte. Und dann erwachte in Ben seine alte Panik, die ihn in engen, dunklen Räumen immer überkam. Lag es an den Nachwirkungen der Operation, an der Aufregung oder einfach an der Enge des blechernen Gefängnisses, in das Jack ihn immer tiefer hineinführte, auf jeden Fall hatte Ben plötzlich das Gefühl, als hätte er nichts als Watte im Kopf.

»Jack, ich kann nicht mehr«, rief er nach vorne, während von hinten das Splittern von Holz anzeigte, dass der Samariter die letzte Tür eingetreten hatte, die ihn von Ben und Jack trennte. »Er ist schon im Bad!«, rief Ben. »Sieh zu, dass du dich rettest. Ich schaffe es nicht weiter!«

Vor sich sah Ben auf einmal einen bläulichen Lichtschein aufflammen, aber erst als er das vertraute Klicken einer Tastatur hörte, begriff er, dass sein Sohn seinen Laptop aufgeklappt hatte. *Dieser Junge und sein Computer!*, dachte er liebevoll und spürte, wie eine Woge väterlicher Zuneigung in ihm aufstieg. Dann versank er in einer Schwärze, in der er nichts mehr sah oder hörte.

Sein Sohn, der eineinhalb Meter vor ihm in dem engen Lüftungsschacht kauerte, spielte währenddessen den letzten Trumpf aus, den er noch im Ärmel hatte.

50

10:05 UHR
WASHINGTON HOSPITAL CENTRE, WASHINGTON, DC

Als sie entdeckte, dass sich die Tür zum Treppenhaus öffnen ließ, war Angie so froh wie noch nie zuvor in ihrem Leben. Sie riss sie auf, rannte ins Treppenhaus und versuchte, die Tür von innen zu verriegeln, was aber nicht möglich war. Was sollte sie tun? Nach oben laufen? Nach unten? Auf jeden Fall musste sie diese menschenleere Station verlassen, in der sie für den Killer praktisch Freiwild war.

Sie entschied sich für den Weg nach unten, wo die Notaufnahme war, in der immer jemand Dienst hatte. Wenn der Killer sie einholte, konnte sie dort schnell auf sich aufmerksam machen.

Angie machte kein Licht und rannte ein Stockwerk hinunter, wo sie stehen blieb und hinauf ins nur von ein paar Notlichtern erleuchtete Treppenhaus lauschte. Waren das Schritte oben im Gang, die sich der Tür näherten? Angie war sich nicht sicher, denn ihr Herz klopfte so laut, dass es in ihren Ohren dröhnte. Angie versuchte, ihren Atem zu kontrollieren und ihre Aufregung in den Griff zu bekommen. Wo war der Killer? Warum kam er ihr nicht nach?

War er am Ende so dumm, auf den Aufzug zu warten, bis sie über alle Berge war? Wer war der Mann überhaupt? Sich am helllichten Vormittag in ein Krankenhaus zu schleichen, eine Schwester zu töten und einen Patienten zu bedrohen ließ zunächst auf einen schwer geistesgestörten Soziopathen schließen, wären da nicht die anderen Vorfälle in der vergangenen Nacht gewesen. Dass nur wenige Stunden nach dem Mord am Commissioner der FDA auf einen seiner Projektleiter ebenfalls ein Anschlag verübt wurde, konnte kein Zufall sein, ebenso wenig wie die Tatsache, dass der Killer, sobald sie ihm durch das Fenster die Verpackung ihres CardioPatch gezeigt hatte, sofort von Ben abgelassen und ihre Verfolgung aufgenommen hatte.

Aber wo war er jetzt? Angies Plan hatte einzig und allein auf der Tatsache basiert, dass sie mit dem CardioPatch den Killer von Ben weglocken konnte, und anfangs hatte er auch perfekt funktioniert. Sie hatte die Schritte hinter sich auf dem Gang gehört, bis sie um die Ecke war und den Flur zum Aufzug erreicht hatte. Da war jemand keuchend und mit lauten Schritten hinter ihr hergerannt, und sie hatte nicht gewagt, sich umzudrehen.

Aber dann? Waren dann auch noch Schritte hinter ihr gewesen? Sie konnte sich nicht mehr erinnern, sie war zu sehr darauf konzentriert gewesen, in den Aufzug zu springen und nach unten zu fahren.

War ihr der Killer etwa gar nicht bis zum Aufzug gefolgt? Hatte er die Verfolgung schon früher aufgegeben? Hatte er den Braten gerochen und war umgekehrt, bevor Jack ferngesteuert die schwere Glastür bei den Aufzügen verriegelt und ihn damit aus Station vier ausgesperrt hatte?

Der Gedanke traf sie wie ein Keulenschlag. Sie musste sofort wieder nach oben. Nicht auszudenken, wenn sie den Killer in der Station eingesperrt hätten, wo er vielleicht eine Möglichkeit fand, Bens Tür aufzubrechen und dann ihn und

Jack abzuschlachten, so wie er es mit Martin Larrick getan hatte.

Kurz vor der Tür zum Treppenhaus hielt Angie an. Was würde sie hinter dieser Tür erwarten? Dein Tod, sagte eine Stimme in ihrem Innern. Dieser Wahnsinnige wird dir dasselbe antun wie dem armen Martin. Erinnere dich daran, wie er in seinem eigenen Blut dagelegen hat, erniedrigt, abgeschlachtet, noch im Tod gedemütigt.

Angie nahm ihre Hand, die sie schon an der Tür gehabt hatte, wieder fort.

Sie wollte fortlaufen, das Krankenhaus verlassen, sich irgendwo an einem sicheren Ort verkriechen und alles vergessen, was in den letzten vierundzwanzig Stunden passiert war. Aber an was für einem Ort war sie sicher vor einem Mann, der in Rekordzeit herausgefunden hatte, dass Ben hier im Krankenhaus war und so selbstverständlich an allen Schwestern und Wachleuten vorbei direkt in sein Krankenzimmer spaziert war? Und, was noch viel schwerer wog, konnte sie Ben und Jack schutzlos demselben Killer überlassen, aus dessen Fängen Ben sie Stunden zuvor befreit hatte?

Entschlossen drückte sie die Klinke und öffnete die Tür. Ein eiskalter Schreck durchfuhr sie, als sie eine menschliche Gestalt sah, aber gleich darauf stellte sie erleichtert fest, dass es nur ihr eigenes Spiegelbild in der Glastür zur Station gewesen war. Angie sah sich in alle Richtungen um, bevor sie an die Tür trat und auf dem kleinen Ziffernblock daneben den Code eingab, den Janice Robinson ihr gegeben hatte. Die elektrisch betriebene Scheibe aus mit Draht verstärktem Spezialglas blieb zu. Angie tippte den Code noch einmal ein, dann ein drittes Mal. Die Tür bewegte sich keinen Millimeter. Jack hatte Station vier in eine Festung verwandelt, in der er sich und seinen Vater mit einem skrupellosen Mörder eingeschlossen hatte!

Angie presste das Gesicht ans Glas und starrte in den leeren Korridor. Direkt hinter der Tür war ein kleines Büro mit Sichtfenster, in dem, wäre die Station schon freigegeben, eine Schwester gesessen und darüber gewacht hätte, wer die Station betrat. Auch dieser Schalter war leer.

Was sollte Angie nur tun? Vor dieser verschlossenen Tür zu warten, brachte gar nichts. Sie musste Hilfe holen, ganz gleich, ob das FBI sie und Ben festnahm und bis zum Sankt Nimmerleinstag verhörte. Aber wie? Ihr Mobiltelefon lag in ihrem Auto, das immer noch vor Martin Larricks Haus stand, und an das Telefon in der Station kam sie nicht heran.

Sie drehte um und rannte zum Lift, der inzwischen wieder oben war, und betrat die Kabine.

In diesem Augenblick schrillten überall in den Gängen laute Glocken los, deren Klingeln ihr durch Mark und Bein ging, und am Infopanel des Aufzugs leuchteten grellrote Buchstaben auf.

»Feueralarm! Aufzug nicht benützen! Nehmen Sie die Treppe und begeben Sie sich so schnell wie möglich ins Freie.«

Jemand hatte den Feueralarm des Krankenhauses ausgelöst, und Angie wusste sofort, dass das nur einer gewesen sein konnte. Ihr Instinkt sagte ihr, was sie jetzt zu tun hatte.

51

10:10 UHR
ROUTE 50, IN ÖSTLICHER RICHTUNG

Als Ben erwachte, fand er sich auf der Rückbank des Saab wieder, dessen altersschwache Stoßdämpfer sämtliche Stöße einer schlecht ausgebesserten Fahrbahn fast eins zu eins an seine Wirbelsäule weitergaben.

Bilder seiner Flucht aus dem Krankenhaus blitzten in Bens Gedächtnis auf wie willkürlich getätigte Schnappschüsse, die ein Beamer in einen dunklen Raum wirft. Eine Wäschekammer voller grüner Operationskittel, wo Jack ihm aus dem Lüftungsschacht hilft. Die Fahrt in einem Lastenaufzug nach unten. Sie rennen einen langen, nicht enden wollenden Gang entlang. Dann ist da der Ärzteparkplatz vor der Notaufnahme, wo die blonde Frau in seltsam altmodischen Kleidern neben dem Saab wartet. Begleitet wurde diese abgehackte Bilderfolge vom höllischen Schrillen der Feuerglocken, in das sich immer wieder Jacks Stimme mischte. *Gib nicht auf Dad. Nur ein paar Meter noch, Dad. Du schaffst es, Dad.* Die letzten Bilder der Odyssee waren aus dem Wageninneren des Saab: Ein blonder Haarschopf hinter der Kopfstütze des Fahrersitzes und ein grellorange lackierter Löschzug, der mit Blaulicht und Sirene auf das Krankenhausgelände einbiegt, als der Saab es gerade verlässt. Danach war Ben in gnädiger Dunkelheit versunken, aus der er erst vor wenigen Sekunden wieder aufgetaucht war.

»Wo sind wir?«, fragte Ben, und Jack drehte sich auf dem Beifahrersitz zu ihm um.

»Du bist ja wach, Dad. Wie geht es dir?«

»Ich lebe noch.«

»Wir sind gerade auf der Route 50«, erklärte die Frau, die neben Jack saß, ohne den Blick von der Fahrbahn zu nehmen. »Ich bin übrigens Angie Howlett.«

»Angenehm«, sagte Ben. Zum ersten Mal sprach er persönlich mit der Frau, mit deren Herzpflaster er es seit vielen Monaten zu tun gehabt hatte. »Ben Maxwell.«

»Ich weiß.« Angie lachte. »Wie fühlen Sie sich?«

»Wie zwei Mal hintereinander durch die Mangel gedreht. Alle Glieder tun mir weh, ich habe schreckliche Kopfschmerzen, und jetzt ist mir auch noch schlecht vom Autofahren.«

»Versuchen Sie zu schlafen. Ich bringe Sie an einen sicheren Ort, dort werde ich Sie dann untersuchen.«

»Und wo soll dieser sichere Ort sein?«

»In meiner Firmenzentrale am Lake Anna. Dort habe ich alles, um Sie behandeln zu können.«

»Warum tun Sie das für mich?«, fragte Ben.

»Das erzähle ich Ihnen alles später«, sagte Angie. »Aber jetzt müssen Sie sich ausruhen. Bitte, vertrauen Sie mir.«

Sie hat Recht, dachte Ben. Er war wirklich zu schwach, um viel zu reden, und bis sie am Lake Anna wären, hatte er noch viel Zeit, neue Kraft zu schöpfen.

52

11:20 UHR
CLEMENTS CREEK, MARYLAND

Als der Saab anhielt und Angie verkündete, dass sie da wären und alle aussteigen sollten, war Ben mehr als nur ein wenig verwirrt.

»Aber Sie können doch unmöglich in dieser kurzen Zeit bis zum Lake Anna gefahren sein«, sagte er und richtete sich mühsam auf, wobei ihm die Schürfwunden an beiden Ellenbogen und am Rücken höllisch wehtaten. Der Wagen stand vor einer rostigen Wellblechbaracke am Ufer eines breiten Flusses. »Soll das etwa Ihre Firma sein? Die habe ich mir aber etwas anders vorgestellt.«

»Unsinn«, antwortete Angie. »Das ist der Hangar für mein Wasserflugzeug.«

»Ihr *Wasserflugzeug?*«, wiederholte Ben erstaunt.

»Cool«, sagte Jack.

Ben rutschte unruhig auf der Rückbank hin und her. »Sie wollen doch nicht etwa mit uns zusammen fliegen?« Er war ganz blass geworden.

»Doch, das will ich«, erwiderte Angie ungerührt. »Die Biometrix-Zentrale liegt hundertvierzig Kilometer Luftlinie südlich von hier am Lake Anna, was mit dem Auto bei diesem Wetter ein paar Stunden Fahrt bedeutet. Aber keine Sorge, ich bin eine erfahrene Pilotin und ich fliege diese

Strecke täglich hin und zurück. Mit der Otter brauche ich von der Firma bis nach Downtown Washington gerade mal eine Dreiviertelstunde.«

»Otter?«, fragte Jack aufgeregt. »Das ist eine De Havilland A DHC-3, oder?«

»Richtig. Du kennst dich aber gut aus«, sagte Angie überrascht.

»Naja, ich fliege schließlich auch schon seit meinem elften Lebensjahr.«

»Auf dem Computer«, seufzte Ben.

»Stimmt, das habe ich vergessen. Heutzutage haben viele Kinder ja schon mehr Flugstunden als wir Erwachsenen, auch wenn sie noch nie wirklich in der Luft waren.«

»Ich bin kein Kind mehr. Ich bin siebzehn.«

»Solange du noch rumläufst wie ein Streuselkuchen, bist du für mich noch ein Kind«, neckte Angie ihn. »Aber keine Angst, wir haben bei uns im Labor eine phänomenal wirksame Anti-Akne-Creme entwickelt. Erinnere mich daran, dass ich dir nachher eine Tube davon gebe. So, und jetzt hilf mir, deinen Vater an Bord zu bringen.«

Ben spürte, wie sich ein ängstliches Zittern in seinem Körper breitmachte. Seit dem Flugzeugabsturz am Amazonas war er in keinem Kleinflugzeug mehr gesessen. Allein bei dem Gedanken, sich wieder in so eine enge Blechkiste zwängen zu müssen, rebellierte alles in ihm.

»Können wir nicht doch lieber mit dem Auto fahren?«, bat er. »Dabei wäre mir bedeutend wohler.«

»Wir können von Glück sagen, dass Ihr Uralt-Wagen bis hierher noch niemandem aufgefallen ist«, sagte Angie. »Mit Sicherheit ist er inzwischen zur Fahndung ausgeschrieben.«

»Wie fliegt sich so ein Wasserflugzeug eigentlich?«, fragte Jack.

»Wie jedes andere einmotorige Propellerflugzeug auch«, sagte Angie. »Aber du spürst natürlich den Luftwiderstand der Schwimmer, und bei den Starts und Landungen kommt manchmal so was wie Freibad-Feeling auf.«

»Echt cool«, sagte Jack.

»Echt uncool«, brummte Ben. »Fliegen und Wasser – da kommen genau die beiden Dinge zusammen, die ich am meisten hasse.«

»Regen Sie sich nicht auf, Ben Maxwell«, sagte Angie. »Meine Otter ist ein robustes kleines Ding, in dem Sie sicherer sind als in jedem Auto. Aber sehen Sie selbst, da ist sie auch schon.«

Angie hatte sie auf einem Steg um den Hangar herum geführt, und jetzt sah Ben einen gelb lackierten Hochdecker mit langen, glänzenden Schwimmern, der mit sanften Bewegungen auf den Wellen des Flusses auf und ab tanzte. Ben wurde schon vom Anblick dieses Schaukelns schlecht.

»Jack, hol mir bitte meine Reisetabletten aus dem Auto«, bat er.

»Sind schon eingepackt«, erwiderte sein Sohn und klopfte auf seinen Rucksack, in dem sich auch sein Laptop befand. »Ich weiß doch, was du brauchst.«

»Danke«, murmelte Ben, der sich angesichts der ihm bevorstehenden Tortur über die Fürsorge seines Sohnes nicht so recht freuen konnte.

»Möchtest du mir beim Pre-Flight-Check helfen?«, fragte Angie.

Jacks Augen begannen zu leuchten wie schon lange nicht mehr.

Fünfzehn Minuten später krümmte Ben sich auf einem schmalen Sitz im Innern des kleinen Flugzeuges. Er war nicht nur reisekrank, sondern richtiggehend seekrank und fühlte sich hundeelend. Das Schaukeln auf dem Wasser war um einiges gemeiner als das eines Wagens auf der Straße. Er fühlte sich so schwach wie selten zuvor in seinem Leben und wusste nicht, ob das von der Operation an seinem Herzen oder den Strapazen dieser Flucht kam. Die Operationswunde an seiner Leiste pochte, und die Kopfhörer mit Mikrofon, die Angie ihn hatte aufsetzen lassen, saßen so stramm, dass sie permanent Druck auf seinen ohnehin schon schmerzenden Schädel ausübten.

Nachdem Angie mit Jack die Checklisten durchgegangen war, startete sie den Motor und ließ ihn warmlaufen, bevor sie den Gashebel ganz nach vorn schob und das Flugzeug in Bewegung setzte. Ben hielt sich krampfhaft an den Armlehnen seines Sitzes fest. Er würde drei Kreuzzeichen schlagen, wenn dieses Ding erst mal in der Luft war.

»Wenn wir oben sind, darfst du auch ein bisschen fliegen«, sagte Angie zu Jack, der daraufhin grinste wie ein Honigkuchenpferd.

»Halten Sie das für eine gute Idee, Ms Howlett?«, fragte Ben, der ihre Worte klar und deutlich in seinem Kopfhörer vernommen hatte. »Das ist hier schließlich kein Computerspiel.«

»Nun seien Sie doch bitte nicht so förmlich und nennen Sie mich Angie«, erwiderte sie. »Schließlich habe ich Ihnen letzte Nacht das Leben gerettet.«

»Wofür ich Ihnen sehr dankbar bin – Angie.« Der Vorname der Frau, die während des Zulassungsprozesses von CardioPatch mit Kritik an seiner Behörde nicht gespart hatte, kam Ben nur schwer über die Lippen. »Und Sie sagen dann bitte Ben zu mir.«

»Voll cool, dass Sie mich fliegen lassen, Angie«, sagte Jack.

»Das Fliegen selbst ist nicht schwer. Erst hinterher wird's richtig spannend.«

»Wann denn?«

»Bei der Landung. So ein Wasserflugzeug hat schließlich keine Bremsen. Da muss man schon verdammt gut kalkulieren, wenn man nicht in den Steg krachen will. Man muss rechtzeitig das Gas wegnehmen und dann ...«

Ben blendete sich innerlich aus der Unterhaltung der beiden aus und starrte hinunter auf die Nieten, die die Bodenplatten des Flugzeugs zusammenhielten. Der Motor wurde immer lauter, und Ben spürte, wie sie langsam Fahrt aufnahmen. Wellen klatschten laut wie Trommelschläge gegen die Schwimmer unter ihm, und die Maschine rumpelte eine Weile dahin wie ein Skifahrer auf einer welligen Piste, bevor sie sich vom Wasser löste und in einer sanften Kurve in den Himmel zog. Bens Magen erkannte sofort, dass sie in der Luft waren. Er machte einen Satz nach oben und drückte von unten gegen seine Speiseröhre.

Nicht gerade hilfreich gegen die aufkommende Übelkeit war die Tatsache, dass Ben ständig an den Mann denken musste, der ihn in seinem Krankenzimmer fast umgebracht hätte und mit an Sicherheit grenzender Wahrscheinlichkeit auch der Mörder von Martin Larrick war. Der Mann hatte sich selbst Samariter genannt und in dem kurzen Gespräch mit Ben mehrmals einen abgrundtiefen Hass auf die Wissenschaft zum Ausdruck gebracht. Es gab genügend Wissenschaftshasser auf dieser Welt – Ben selbst hatte in den Jahren, in denen er für eine Pharmafirma gearbeitet hatte, des Öfteren mit ihnen zu tun gehabt. Fanatische Fortschrittsgegner, die von Tierversuchen in der medizinischen Forschung bis hin zur Entschlüsselung des menschlichen Genoms gegen alles waren, was medizinische Errungenschaften erst möglich machte. Sie hatten ihm Drohbriefe geschrieben, Telefonterror gemacht und ihn mit E-Mails bombardiert, aber alles in allem waren es eher unorganisierte Spinner gewesen, die dem gefährlichen Irrglauben anhingen, das Rad des Fortschritts mit Gewalt zurückdrehen zu können.

Die Taten dieses selbst ernannten Samariters, der in der vergangenen Nacht eine Spur des Grauens hinterlassen hatte und höchstwahrscheinlich auch der Mörder von Allan Low war, hatten da schon eine ganz andere Qualität. Die Art und Weise seines Vorgehens, die ritualisierten Morde, das Vorlesen aus der Bibel – alles deutete auf einen gemeingefährlichen Soziopathen hin, dessen verquere Welt durch irgendetwas so aus den Fugen geraten war, dass er nun diese schauerlichen Morde beging. Dennoch schien hinter seinen Gräueltaten mehr zu stecken als das perverse Wüten eines völlig Durchgeknallten. Sie waren voller Rätsel und geheimnisvoller Zeichen, aus denen man möglicherweise Rückschlüsse auf die weiteren Pläne des Samariters ziehen konnte. Denn dass dieser Mann etwas plante, dass er mit seinen Morden nicht aufhören würde, war Ben vollkommen klar, seit er in der Klinik in diese harten, fanatischen Augen geblickt hatte.

Das Flugzeug erhob sich rasch in den grauen bewölkten Himmel, aus dem immer noch dicke Regentropfen fielen. Über die Kopfhörer hörte Ben, wie Jack Angie Fragen über das Flugzeug stellte und sie ihm geduldig antwortete. Also kehrte er zurück zu seinen Gedanken über den Samariter und dessen grauenvolle Mission. Was wollte jemand damit zum Ausdruck bringen, dass er seinen Opfern eine lebende Ratte in den Mund einnähte? Die Ratte war mit mehr Symbolik aufgeladen als jedes andere Tier, den Wolf vielleicht einmal ausgenommen. Ratten galten als intelligent, unausrottbar, als Überlebenskünstler unter widrigsten Umständen. Im Mittelalter glaubte man, Zauberer und Hexen würden sich in Ratten verwandeln und in dieser Gestalt großen Schaden anrichten. In einer obskuren Geschichte von H. P. Lovecraft, die Ben als junger Mann gelesen hatte, drangen sie sogar ins Bewusstsein eines Mannes ein und brachten ihn dazu, seinen Freund aufzuessen. Vor allem aber war die Ratte ein Vorbote des Todes und der Seuchen, ein Unheilsbringer, der die Menschheit seit ihrem Bestehen wie ein dunkler Schatten begleitete.

Eine Ratte im Mund des Feindes, noch dazu eine lebendige, war eine der grausigsten Botschaften, die man schicken konnte: Der Samariter stopfte seinen Opfern mit dem Symbol der Pestilenz und hunderttausendfachen Todes quasi das Maul. Und wenn man sich ansah, wen er sich als Opfer ausgesucht hatte, ergaben sich weitere, zutiefst beunruhigende Aspekte. Das erste Opfer, Dr. Allan Low, war ein Virologe, der für die Army an einer tödlichen Biowaffe gearbeitet und nach der Einstellung des Experiments seinen Dienst quittiert und einen neuen Job bei AMT gefunden hatte. Ausgerechnet bei dem Labor, wo Ben auf Veranlassung von Martin Larrick und Senatorin Neal nach Beweisen für eine Manipulation an CardioPatch gesucht hatte. Dass Martin Larrick das zweite Opfer des Mörders wurde und das ausgerechnet zu einem Zeitpunkt, als Angie Howlett, die Herstellerin von CardioPatch, bei ihm im Haus war, konnte kein Zufall sein. Das zweite, was Larrick, Allan Low und Angie Howlett miteinander verband, war der Ausbruch eines unbekannten Virus in dem kleinen Krankenhaus in Pembroke, wo Bens ehemalige Freundin Tammy Fader arbeitete, die ihm zwei Botschaften auf seiner Mailbox hinterlassen hatte und seither spurlos verschwunden war. Diesem Virus waren in Pembroke viele Versuchspatienten für CardioPatch zum Opfer gefallen, und die Seuchenschutzbehörde hatte den Ort vollständig abgeriegelt und eine strikte Nachrichtensperre verhängt. Irgendwie lief alles auf dieses CardioPatch hinaus, das Herzpflaster, das die Frau herstellte, die jetzt vor Ben angeregt mit seinem Sohn über die Fliegerei plauderte.

Was hatte es mit dieser Frau auf sich? Wie viel wusste sie? War sie in den Skandal mit den illegal abgezweigten Herzpflastern verwickelt, von dem Senatorin Neal glaubte, dass er sich bei AMT abgespielt hatte? Angie Howlett und Senatorin Neal waren Freundinnen, vielleicht hatte Angie diese Freundschaft genutzt, um an andere Politiker heranzukommen und ihnen unter der Hand ihr noch nicht zugelassenes Herzpflaster zu verkaufen.

Aber ergab das einen Sinn? Die Frau würde ihre eigene Zukunft und die ihrer Firma aufs Spiel setzen, wenn ein solcher Skandal aufflog. Und mit Sicherheit konnte sie durch den massenhaften Verkauf ihres innovativen Präparats ein Vielfaches des Geldes verdienen, das ihr reiche Patienten für ein vorab geliefertes, illegales Pflaster bezahlen konnten. Und noch etwas gab es zu bedenken: Wieso hätte Angie ausgerechnet ihm, Ben Maxwell, das Leben retten sollen, der im Auftrag von Martin Larrick dieser ganzen

Geschichte auf der Spur war? Nein, Angie war wohl in Ordnung, was die mögliche Manipulation der Herzpflaster betraf. Er konnte ihr vertrauen, selbst wenn Ben auf der beruflichen Ebene nicht immer ihrer Meinung gewesen war. Ehrlich gesagt blieb ihm auch gar nichts anderes übrig, denn seit Martin Larrick tot war, war sie die Einzige, die ihm in Hinblick auf CardioPatch noch helfen konnte. Sobald sie sicher gelandet waren, musste er mit ihr darüber reden.

Eine plötzliche Seitwärtsbewegung des Flugzeuges riss Ben aus seinen Gedanken.

»Nicht so heftig«, sagte Angie zu Jack. »So ein Wasserflugzeug ist viel kopflastiger als eine normale Maschine.«

»Ich weiß.«

»Aber bloß virtuell. In der Realität ist das schon nochmal etwas anderes. Du musst gegensteuern, sonst schmiert sie dir ab!«

Darf das wahr sein?, dachte Ben. Da bin ich gerade einem Herzanfall und einem wahnsinnigen Mörder entkommen, und jetzt bringt mein eigener Sohn mich in Lebensgefahr, weil er sich einbildet, dass man am Computer das Fliegen lernen kann.

53

12:01 UHR
AN BORD DER OTTER A DHC-3

Als Jack das Flugzeug wieder unter Kontrolle hatte, atmete Ben tief durch. Sein Sohn wusste ja gar nicht, was er ihm da antat. Die De Havilland glitt jetzt in einem leichten Nieselregen über die alten Bürgerkriegsschlachtfelder Virginias und die ersten Vorstädte von Richmond hinweg, aber Ben wollte nicht nach draußen schauen. Er hielt den Blick starr auf den Boden der Maschine gerichtet, rückte sich das Headset zurecht und räusperte sich.

»Angie?«, fragte er in das kleine Mikrofon. »Können Sie sprechen?«

»Klar doch, Ben. Was gibt's?«

»Haben Sie in Martin Larricks Küche die Zeichen gesehen, die er mit seinem Blut auf die Tür der Spüle gemalt hat?«

»Ich bemühe mich, das Bild zu vergessen, aber es gelingt mir nicht. Das eine sah aus wie ein Kreuz und das andere wie ein Dollarzeichen.«

»Und wie deuten Sie das?«

»Das Kreuz könnte ein Pluszeichen sein, und das Dollarzeichen steht wohl für Geld. Vielleicht wollte uns Martin kurz vor seinem Tod noch mitteilen, dass hinter all diesen Dingen Menschen stecken, bei denen es um viel Geld geht.«

»Möglich. Aber das Kreuz könnte auch für den Tod stehen, so wie eine Art Grabkreuz.«

»In diesem Fall würde seine Botschaft lauten, dass jemand mit dem Mord an ihm viel Geld verdient. Fragt sich nur, wer?«

Ben zögerte einen Augenblick mit der Antwort. »So leid es mir tut, Angie«, sagte er dann, »aber da fallen mir eigentlich nur Sie ein. Sie haben Millionen in die Entwicklung von CardioPatch investiert, und wenn es nicht zugelassen wird, ist das für Ihre Firma eine finanzielle Katastrophe.«

»Das ist richtig«, antwortete Angie erstaunlich gelassen. »Aber Sie glauben doch nicht etwa, dass ich Martin umgebracht und mich dann selbst an seinen Sessel gefesselt habe?«

»Nein, das glaube ich nicht. Schließlich haben Sie mir gestern zweimal das Leben gerettet – das hätten Sie sicher nicht getan, wenn Sie Martin Larrick ermordet hätten. Und es muss ja nicht unbedingt Martin gewesen sein, der diese Zeichen da hingemalt hat. Vielleicht wollte der Mörder dadurch den Verdacht auf Sie lenken. Wenn wirklich jemand ohne Ihr Wissen etwas mit Ihren Herzpflastern angestellt hat, dann wäre so etwas durchaus denkbar.«

Angie drehte sich in ihrem Sitz um und blickte nach hinten zu Ben.

»Ben?«, sagte sie leise. »Darf ich Sie etwas fragen? Vertrauen Sie mir?«

»Ja«, erwiderte Ben. »Ich vertraue Ihnen.«

»Obwohl ich während des Zulassungsprozesses von CardioPatch nicht immer mit Ihren Entscheidungen einverstanden war?«

»Gerade deshalb. Als Firmenchefin mussten Sie so handeln, alles andere wäre verdächtig gewesen.«

Bei seiner Antwort hatte er kurz aufgeblickt und erkannte sofort, dass das ein Fehler gewesen war. Das Flugzeug legte sich gerade in eine Rechtskurve, und er sah tief unter sich grüne Wiesen und bewaldete Hügel und im Hintergrund die Shenandoah Mountains, über denen sich schwarze Gewitterwolken zusammenballten.

»Da fliegen wir aber nicht drüber, oder?«, fragte Ben.

»Über die schöne Tochter der Sterne?«, erwiderte Angie. »So haben die Indianer diese Berge genannt. Shenandoah.«

»Doch, Dad. Da müssen wir drüber«, sagte Jack, der den Steuerknüppel in beiden Händen hielt. »Der See liegt auf der anderen Seite.«

»Mussten Sie Ihre Zentrale denn wirklich so weit draußen in der Pampa bauen?«, grummelte Ben. »Washington war Ihnen wohl nicht gut genug.«

»Jetzt ist der FDA-Mann in Ihnen wieder erwacht«, sagte Angie. »Anscheinend sind Sie auf dem Weg der Besserung. Aber nur zu Ihrer Information: In der Gegend um den Lake Anna gibt es mittlerweile eine hohe Anzahl von hervorragend ausgebildeten Facharbeitern. Silicon Valley kommt zwar öfter in die Schlagzeilen, aber in Virginia werden landesweit die meisten Patente erteilt.«

Eine Windböe schüttelte das Flugzeug, und Jack musste gegensteuern. Er machte das erstaunlich gut.

»Meine Eltern sind hierhergezogen als ich neun war«, erzählte Angie. »Mein Vater stammte von Deutschen ab und hat die Berge immer ›seinen Schwarzwald‹ genannt, weil sie so grün und dicht bewaldet sind. Wir hatten ein

Haus in der Nähe der Goodwin-Mine, und als Kind habe ich im Fluss manchmal Gold gewaschen.«

»Wohnen Ihre Eltern immer noch dort?«

»Nein. Sie sind vor Jahren bei einem Flugzeugabsturz ums Leben gekommen.«

Diese Information hatte Ben gerade noch gefehlt. Er krallte sich noch fester an seinen Sitz und hatte Mühe, Angie zu antworten. »Das tut mir leid«, presste er schließlich hervor.

»Ich denke oft an die Zeit in den Bergen zurück«, seufzte Angie. »Sie war so still und entspannt und einfach wunderschön.«

»Nichts gegen die Berge«, sagte Ben, »aber müssen wir denn wirklich so knapp darüber fliegen?«

»Ja, Dad«, antwortete Jack. »Außer du willst dich in den Gewitterwolken da oben mal so richtig durchschütteln lassen.«

»Angie?«, fragte Ben, um auf andere Gedanken zu kommen. »Warum waren Sie gestern Abend eigentlich bei Martin?«

Sie drehte sich wieder um und sah ihm in die Augen.

»Martin und ich, wir waren Freunde. Mehr als Freunde sogar, wenn Sie verstehen, was ich meine. Sein Tod geht mir entsetzlich nahe.«

Ben zog die Augenbrauen hoch. Das erklärte einiges. Zum Beispiel, weshalb Larrick ihn in halbprivater Mission zu AMT geschickt hatte und nicht die offiziellen Inspektoren der FDA. Weil es bei CardioPatch um ein Produkt ging, das seine Geliebte herstellte, hatte er nicht gut den offiziellen Weg beschreiten können.

»Verstehen Sie mich nicht falsch«, beeilte sich Angie zu

sagen. »Mein Besuch war nicht privater Natur. Martin hat mich spät am Abend angerufen und gesagt, dass etwas mit meinem Herzpflaster nicht in Ordnung ist und er einen seiner Mitarbeiter zu AMT geschickt hätte, damit er dort Beweise organisiert.«

»Damit hat er wohl mich gemeint.«

»Mit Sicherheit. Und er sagte mir, dass jemand mein CardioPatch manipuliert hätte und krumme Dinger damit drehen würde. Ich bin dann sofort zu ihm gefahren, weil er mir am Telefon nicht mehr sagen wollte. Wenn etwas mit meinem Herzpflaster ist, kämpfe ich wie eine Löwin, wie Sie ja selbst wohl am besten wissen.« Sie lächelte ihn traurig an.

»Haben Sie denn noch mit Martin sprechen können, bevor der Mörder kam?«

»Nein. Der Mann hatte ihn wohl schon vorher in seiner Gewalt. Als ich an der Tür klingelte, hat er mich hereingezogen, mit einem Messer bedroht und an den Sessel gefesselt, in dem Sie mich dann gefunden haben.«

»Wie hat er ausgesehen, dieser Mann?«

»Das kann ich Ihnen nicht sagen. Er hatte sich einen Nylonstrumpf über das Gesicht gezogen, deshalb dachte ich am Anfang auch, es wäre ein Einbrecher, der es auf Martins Geld abgesehen hatte. Ich weiß nur, dass er so eine stinknormale gelbe Regenjacke trug, wie man sie überall sieht. Ganz genau erinnere ich mich eigentlich nur noch an seine Stimme.«

Ich auch, dachte Ben. Diese Stimme würde er nie mehr vergessen.

»Konnten Sie hören, was er zu Martin gesagt hat?«

Angie blickte nach draußen, wo die dicht bewaldeten

Gipfel der Shenandoah Mountains wie ein sanft gewelltes, dunkelgrünes Meer unter dem Flugzeug dahinglitten. Sie sagte Jack, er solle ein wenig höher fliegen und wandte sich dann wieder an Ben. »Ja, das konnte ich«, sagte sie. »Alles habe ich nicht verstanden, aber das, was ich mitbekommen habe, war schon schlimm genug.«

»Worüber hat er gesprochen?«

»Zuerst hat er Martin ständig die gleichen Fragen gestellt. Immer wieder wollte er wissen, ob die FDA etwas mit Pembroke zu tun hätte, aber Martin hat immer nur geantwortet, dass er nicht wüsste, wovon der Mann überhaupt redete. Das hat ihn wütend gemacht, und er muss Martin starke Schmerzen zugefügt haben, denn ich habe ihn immer wieder schreien gehört. Es war einfach grauenvoll. Entweder hat Martin wirklich nichts gewusst oder er war unglaublich tapfer.«

Sie weiß nicht, wie tapfer er wirklich war, dachte Ben bei sich. Er hatte selbst in die eiskalten Augen des Samariters geblickt und konnte erahnen, zu welcher Grausamkeit dieser Mann fähig war. Der knorrige Texaner musste Höllenqualen durchlitten haben.

»Irgendwann hat Martin dann überhaupt nichts mehr gesagt, und der Mann hat angefangen, ihm lange Vorträge zu halten. Er hat etwas von einer bis ins Mark verdorbenen Wissenschaft gesagt, die mit ihrem verfluchten Treiben Gottes Schöpfung zugrunde richtet. Dass alle Wissenschaftler Ungeziefer sind, das ausgerottet gehört und dass die Strafe Gottes diejenigen ereilen wird, die es wagen, sich seine Allmacht anzumaßen. Und dann hat er angefangen, über die justinianische Pest zu schwadronieren.«

»Die justinianische Pest?«, fragte Ben erstaunt. Er hatte

während seines Studiums einmal eine größere Arbeit über die verheerendste Seuche der Spätantike verfasst, die nicht unerheblich zum Niedergang des oströmischen Reiches beigetragen hatte. Die Seuche war im sechsten Jahrhundert in der Hauptstadt Konstantinopel ausgebrochen und hatte sich wie ein Flächenbrand im ganzen Mittelmeerraum ausgebreitet, wo ihr fünfundzwanzig Millionen Menschen zum Opfer gefallen waren. Das war die Hälfte der damals dort lebenden Bevölkerung. Dieser erste Siegeszug des Schwarzen Todes war von Ratten ausgelöst worden, die wohl mit Getreidelieferungen aus Ägypten eingeschleppt worden waren, aber manche Forscher vertraten auch die Auffassung, dass jemand diese Ratten absichtlich in den Kornspeichern Konstantinopels freigelassen hatte, um so den Niedergang des dekadenten oströmischen Reiches zu beschleunigen. War es möglich, dass der Samariter heute etwas Ähnliches vorhatte? Dass er sich an historischen Vorbildern wie diesem orientierte und sich als Hüter einer langen Tradition von Fanatikern sah, die immer wieder versucht hatten, die Menschheit durch massenhafte Morde an Andersdenkenden auf einen vermeintlich besseren Weg zu bringen? Religiöse Eiferer jeglicher Couleur hatten zu allen Zeiten dem Irrglauben angehangen, sie müssten nur die in ihren Augen Schlechten und Ungläubigen radikal ausrotten, dann wäre die Welt wieder das Paradies, als das ihr Gott sie einst erschaffen hatte.

Während draußen der Propeller dröhnte und das Wasserflugzeug unbeirrt seinen Kurs über die unberührten Shenandoah Mountains fortsetzte, begannen sich in Bens Kopf die ersten Stücke eines großen Puzzlespiels zusammenzufügen. Er dachte an den Ausbruch des Virus in Pembroke und was es mit der justinianischen Pest und den lebendigen Ratten zu tun haben könnte, die der Samariter seinen Opfern in den Mund genäht hatte. Ratten waren Symbole des Unheils und des Schwarzen Todes, aber auch des Überlebens einer Spezies, die sich über Jahrtausende hinweg an die jeweils herrschenden Umstände angepasst hatte. Schlaue Tiere, die den Tod brachten, so wie diesem in den Augen des Samariters so verhassten Wissenschaftler.

Wie mochte eine justinianische Pest des 21. Jahrhunderts aussehen?, fragte sich Ben. Wenn zutraf, was Martin Larrick ihm erzählt hatte, nämlich dass das Virus Menschen, die Angie Howletts CardioPatch in der Aorta trugen, binnen weniger Stunden tötete, dann brach damit für radikale Weltverbesserer möglicherweise ein neues Zeitalter an. Sie brauchten nur dafür zu sorgen, dass wichtigen Politikern bei routinemäßigen Herzoperationen das Pflaster in die Aorta gesetzt wurde – ob mit oder ohne ihre Zustimmung –, und zum ersten Mal in der Geschichte der Menschheit wäre es möglich, durch das Freisetzen eines für den Rest der Menschheit harmlosen Virus die herrschende Klasse eines Landes empfindlich zu dezimieren, ohne dabei ein Massensterben von Unschuldigen und den Niedergang ganzer Kulturen in Kauf nehmen zu müssen. Hinzu kam noch ein anderer Aspekt. Eine Seuche zu entfesseln, um Verderbte und Ungläubige zu beseitigen, war eine Sache, selbst an einer solchen Seuche zu sterben eine gänzlich andere. Selbst wenn jemand wie dieser selbst ernannte Samariter glaubte, nach dem Tod direkt ins Himmelreich aufgenommen zu werden, so wurde er in seinen eigenen Augen doch viel dringender auf Erden gebraucht, um die Menschheit auf einen anderen und vermeintlich besseren Weg zu führen.

Eine Seuche, die nur diejenigen dahinraffte, denen man die Schuld für alle Übel der Welt gab, musste für religiöse Fanatiker so etwas wie der Stein der Weisen sein, die Quadratur des Kreises, das ersehnte Heilmittel für eine moralisch kranke Welt. Und genau so eine Seuche hatte sich möglicherweise eine kleine, zu allem entschlossene Gruppe ausgedacht und mit Hilfe von aus den Labors der Army gestohlenen Killerviren und einem Herzpflaster erschaffen, dessen ahnungslose Erfinderin jetzt mit Ben in ihrem Wasserflugzeug auf dem Weg zu ihrer Forschungszentrale war. Es bestand kein Zweifel: Angie Howletts CardioPatch war der Dreh- und Angelpunkt des ganzen Wahnsinns, mit dem sie alle seit zwei Tagen konfrontiert wurden.

54

13:10 UHR
NATIONAL DEFENSE UNIVERSITY

»Bernie, war's das?«

»Ja, Frau Senatorin«, sagte der eigenwillig aussehende Typ mit dem langen, weißen Pferdeschwanz und dem pockennarbigen Gesicht und lächelte in die Runde der vor ihm Versammelten, während er noch einmal den Knopf an seiner Fernbedienung drückte. Auf dem großen LED-Display hinter dem Podium erschien die letzte Folie seiner Powerpoint-Präsentation, die quasi den Abspann bildete:

Hands Against Terrorism
Stand der operativen Vorbereitungen
T-27 Stunden
Briefing für die H.A.T.-Leitung
verfasst von Bernard Rosenfeld

»Hat noch jemand Fragen?«

Der Mann am Podium fingerte nervös an seinem kleinen, silbernen Ohrring herum. Bernard Rosenfeld, ein dreiundsechzigjähriger Althippie und erfolgreicher Musikproduzent, mochte das Licht in dem unterirdischen Raum nicht. Es war ihm zu hell und zu direkt und ließ die rund dreißig Männer und Frauen, die sich um den ovalen Konferenztisch versammelt hatten, noch spießiger und humorloser aussehen als diese Politiker und Sicherheitsbeauftragten es ohnehin schon waren. Nur vor einer Person im Raum hatte er wirklich Respekt: vor Senatorin Kathleen Neal, die am Kopfende des Konferenztisches saß und in deren Auftrag er seine Präsentation angefertigt hatte. Jetzt nimmt sie mich auseinander, dachte Rosenfeld. Man hat mich ja vor ihr gewarnt.

Während er auf eine Äußerung der Senatorin wartete, fragte sich Bernhard »Bernie« Rosenfeld, ob er wohl der erste Schwule war, der hier an der nationalen Verteidigungsakademie der Vereinigten Staaten einen Vortrag halten durfte. Angesichts der vielen verkappten Schwulen im Militär bezweifelte er das. Wer weiß, wer schon alles in diesem großen Schulungsraum gewesen war, in dem angehende Generalstabsoffiziere auf künftige Kriege vorbereitet wurden. An den Wänden des abgedunkelten Raumes befanden sich riesige LED-Schirme, auf denen man Weltkarten, Live-Übertragungen von Aufklärungsdrohnen und alle möglichen anderen Bilder darstellen konnte, die das sich hier versammelnde Publikum sonst noch interessieren mochten. An diesem Ort waren militärische Sachverhalte wie John F. Kennedys Entscheidungen während der Kubakrise, Ronald Reagans Star-Wars-Fantasien oder die Schlachten der beiden Irakkriege analysiert worden. Die Planung einer Party zum Nationalfeiertag mit fünfzehn Millionen Gästen – eine Veranstaltung, wie die Welt sie bisher noch nicht gesehen hatte – gehörte eigentlich nicht hierher.

Ich bin bereit, dachte Bernie. Gestiefelt und gespornt und gegen alles gewappnet. Besonders gegen Sie, Kathleen. Bernie konnte es sich leisten, selbstbewusst aufzutreten, schließlich hatte er schon viele spektakuläre Events organisiert wie die Empfänge nach den Oscarverleihungen in Los Angeles und *Hands Across America,* die erste große Menschenkette quer über den amerikanischen Kontinent.

Wenn Senatorin Neal die Braut von H.A.T. war, dann war Bernie der Bräutigam oder zumindest der Hochzeitslader.

»Könnten wir bitte noch einmal die Karte sehen?«, fragte Neal. Bernie drückte auf eine Taste an seinem Laptop, und eine mehrfarbige Landkarte der Vereinigten Staaten erschien auf der LED-Wand hinter ihm. Eine dicke blaue Linie verlief von New York bis nach Los Angeles. Die Senatorin schob ihren Stuhl zurück.

»Meine Damen und Herren«, begann sie. »Ein Bild sagt bekanntlich mehr als tausend Worte, aber dieses Bild hier sagt sogar mehr als Millionen von Worten. Dass sich fünfzehn Millionen Menschen morgen um Punkt 17 Uhr Ostküstenzeit …«

»Das ist 14 Uhr Westküstenzeit«, warf Bernie ein.

»… gleichzeitig an den Händen halten, ist fast ein Ding der Unmöglichkeit. Wenn wir Bernies Optimismus einmal außen vor lassen, gibt es doch eine ganze Reihe von Unwägbarkeiten, die den planmäßigen Ablauf einer solchen Veranstaltung beeinträchtigen können.« Sie machte eine kurze Pause. »Die wichtigste Frage ist für mich, ob wir auch wirklich eine zusammenhängende Menschenkette zusammenbringen werden. Oder anders gefragt, Bernie, wieso sind Sie so sicher, dass H.A.T. keine Lücken haben wird wie damals *Hands Across America*?«

»Weil *Hands Across America* zwanzig Jahre her ist, Frau Senatorin«, erwiderte Bernie, der sich nicht aus der Ruhe bringen ließ. »Damals gab es die ganzen modernen Kommunikationskanäle wie Facebook und Twitter noch nicht, auf die wir bei H.A.T. zu einem großen Teil bauen.«

Der Blick der Senatorin war so kalt und hart wie das Licht der Deckenlampen. »Aber was tun Sie, wenn es Ihnen trotz Facebook und Twitter nun nicht gelingt, mehr als fünf Millionen Menschen zu mobilisieren?«

Bernie verschränkte die Arme. »Wir haben schon vorab dafür gesorgt, dass die Kette an neuralgischen Stellen geschlossen werden kann«, erwiderte er. »Von Froschmännern in den großen Flüssen bis hin zu texanischen Cowboys auf den Rücken ihrer Pferde, aber Sie haben natürlich Recht: Mit fünf Millionen können wir keine zusammenhängende Menschenkette bilden, die von Küste zu Küste reicht. Falls die Lücken nicht allzu groß sind, habe ich noch ein paar Sondereinheiten in der Hinterhand, mit denen wir sie schließen können.«

»Lückenfüller?«, fragte jemand aus der Runde.

»Nennen wir sie lieber Verbindungsglieder. Vor zwanzig Jahren habe ich zum Beispiel Boote in Häfen miteinander vertäuen oder Kühe auf einer Weide in New Mexico aneinander binden lassen, um die Kette weiterzuführen.«

»Um es mal ganz klar zu sagen, Ihr Ziel, eine durchgehende *Menschen*kette zu bilden, ist damals nicht erreicht worden«, stellte Neal fest.

»Stimmt. Aber 1986 hatte ich wirklich nur fünf Millionen. Morgen erwarten wir dagegen mindestens zwölf, wenn nicht fünfzehn. Lassen Sie es mich vielleicht so erklären …« Bernie spreizte die Arme im Winkel von fünfundvierzig Grad von seinem Körper ab. »Wenn ein durchschnittlicher Mensch seine Hände etwa so hält wie ich jetzt, dann überbrückt er eine Distanz von etwas mehr als einem Meter.

Wenn es uns also gelingt, mindestens sieben Millionen Menschen zu mobilisieren, sind wir auf der sicheren Seite, denn die Strecke, die wir festgelegt haben, ist etwa 7000 Kilometer lang.«

Die um den Tisch Versammelten nickten zustimmend, nur Senatorin Neal schien noch immer nicht zufrieden.

»Ihre Rechnung geht nicht auf, Bernie«, sagte sie.

Bernard Rosenfeld ließ seine Hände sinken und spreizte sie nur noch ganz wenig vom Körper ab.

»Na schön«, sagte er, »selbst wenn die Leute *so* stehen, kommen wir mit zehn Millionen hin …«

»Das meine ich nicht. Mir geht es darum, dass sich die Masse dieser Menschen in den großen Städten befinden wird und nicht draußen auf dem flachen Land, wo wir sie brauchen.«

»Aber genau dafür halten wir eine ganze Armada von Bussen bereit, um die Leute dahin zu karren, wo wir sie brauchen.«

»Auch in die Wüste?«

»Wenn's sein muss, sogar ins Black Rock Desert, wo uns die Veranstalter vom *Burning Man* ihre Beteiligung zugesagt haben.« Es war eine von seinen brillantesten Ideen, die Menschenkette mit einer Sonderveranstaltung des beliebten Kunstevents zu verbinden. »Auch ganz Nevada bis hinauf nach Reno ist gesichert, dort wollen die Leute sogar gemeinsam singen. Apropos Singen, *Hands To Heal,* das offizielle Lied von H.A.T., ist nun schon seit drei Wochen Nummer eins und hat mit dieser Platzierung inzwischen *We Are The World* von Michael Jackson und Lionel Ritchie überholt.« Bernie grinste breit. »Green Day und Bruce Springsteen sind eben eine geniale Kombination.«

Neal ließ sich jedoch offenbar nicht beeindrucken. »ABC-News hat Ihre letzte Menschenkette – ich zitiere wörtlich – ›einen der ambitioniertesten Flops in der Geschichte der USA‹ genannt. Ich möchte sichergehen, dass das morgen bei unserer Veranstaltung nicht der Fall sein wird.«

Sie trat ans Podium und bedeutete Bernie mit einer herrischen Geste, dass er sich setzen solle. Mit einem Laserpointer ging sie auf der Karte alle größeren Städte entlang der Menschenkette durch und zählte auf, wie viele Menschen in jeder Stadt erwartet wurden. Die Menschenkette sollte am Ground Zero in New York beginnen, wo einst das World Trade Center gestanden hatte. Von dort ging es über New Jersey, Pennsylvania und Maryland die Ostküste entlang nach Washington, wo sie den Rosengarten des Weißen Hauses durchqueren würde, bevor sie vor dem Kapitol vorbei und die Mall hinunter lief. Von Washington aus ging es durch Virginia nach Westen und über Cleveland, Chicago und St. Louis hinunter nach Memphis und Dallas. Von Texas aus sollte die Menschenkette dann über die Ebenen und Wüsten nach Phoenix und Reno gelangen und von dort aus weiter nach San Francisco, Los Angeles und schließlich nach San Diego.

Als Neal mit ihrer Aufzählung fertig war, hob sie die Hände und sagte: »Wenn alles so läuft, wie Bernie geplant hat, werden morgen fünfzehn Millionen Amerikaner überall in diesem Land auf der Straße stehen, sich die Hände reichen und *God Bless America* singen.«

»Und den Hochzeitsmarsch«, ergänzte Bernie. »Vergessen Sie nicht, dass wir vierzig Paare haben, die sich in der Menschenkette das Ja-Wort geben wollen. Darunter auch zwei gleichgeschlechtliche Paare in San Francisco.«

Am Tisch waren einige leise Lacher zu hören.

»Hat jemand noch Fragen?«, wollte Neal wissen. Niemand meldete sich.

»Dann war's das, was die operative Seite anbelangt. Als Nächstes bitte ich unseren Finanzexperten um seinen Situationsbericht.«

Bernie spielte wieder mit seinem Ohrring, und ein breites Grinsen erschien auf seinem ledrig gebräunten Gesicht. Er freute sich schon darauf, den Jungs in Hollywood von seinem Auftritt im Heiligtum des amerikanischen Militarismus berichten zu können.

55

14:00 UHR
BIOMETRIX ZENTRALE, LAKE ANNA, VIRGINIA

»Wow, das nenne ich ein voll fettes Büro«, sagte Jack und ließ sich in einen der breiten Ledersessel fallen. Durch eine zwei Stockwerke hohe Glasfront hatte man einen ungehinderten Blick auf den regenverhangenen Lake Anna.

»Mach's dir nur bequem«, sagte Angie, die Ben in einem Rollstuhl in ihr Büro schob. Als Angie draußen am Steg den Rollstuhl geholt hatte, war Ben nicht gerade begeistert gewesen, aber Angie hatte sich auf keine Diskussion eingelassen.

»Kann ich jetzt endlich aufstehen?«, fragte Ben, als Angie den Rollstuhl vor ihren Schreibtisch lenkte. Er fühlte sich in dem Ding wie ein alter, kranker Mann, insbesondere wenn eine attraktive Frau wie Angie ihn darin herumschob.

»Tun Sie mir den Gefallen, Ben, und schonen Sie sich noch eine Weile«, sagte Angie, während sie aus einer großen Karaffe Wasser in ein Glas goss. »Hier, trinken Sie. Das ist auch wichtig.«

Ben trank das halbe Glas auf einmal aus. Er fühlte sich tatsächlich wie ausgetrocknet.

»So, und jetzt seien Sie ein guter Junge und nehmen noch diese Tabletten hier.«

»Was ist das?«

»Ein Mittel zum Blutdrucksenken. Das brauchen Sie in Ihrem Zustand.«

»Was haben Sie eigentlich mit mir gemacht, Angie?«, fragte Ben. »Jack hat mir erzählt, dass Sie ihm geholfen haben, mich aus dem Fluss zu ziehen, und mich dann mit Erster Hilfe zurück ins Leben geholt haben. Dafür werde ich Ihnen für immer dankbar sein, aber ich will wissen, was danach im Krankenhaus geschehen ist. Die Schwester, die am Morgen bei mir im Zimmer war, hat gesagt, ich sei operiert worden. Haben Sie das veranlasst?«

»Ich habe das nicht nur veranlasst, ich habe Sie sogar selbst operiert. Zusammen mit Dr. Patterson, einem Anästhesisten, der die OP für mich vorbereitet hat. Nun sehen Sie mich nicht so an, Ben. Bevor ich diese Firma hier gegründet habe, war ich jahrelang Oberärztin im Washington Hospital Center. Ich verstehe mein Handwerk, glauben Sie mir. Eine Operation war Ihre einzige Chance, am Leben zu bleiben.«

»Was war denn mit mir los? Ich weiß nur noch, dass ich hinunter zum Potomac gerannt bin und furchtbare Schmerzen in der Brust hatte. Dann wurde mir auf einmal schwarz vor Augen.«

Angie sah ihn mit dem strengen Blick einer Ärztin an, die einen unvernünftigen Patienten über seine gesundheitlichen Risiken aufklärt.

»Ben, Sie hatten einen schweren Herzanfall. Vermutlich wurde er durch Überanstrengung ausgelöst, aber mit Sicherheit hat eine ungesunde Lebensweise den Weg dafür bereitet. Ich würde mal sagen, Sie haben in den letzten Jahren zu wenig Sport getrieben und sich ein ziemliches Übergewicht angefuttert …«

»Nun ja, der ganze Stress in der Arbeit und dann auch noch der Streit mit meiner Exfrau wegen des Sorgerechts – da isst man schon mal etwas zu viel. Und ich nehme zu, wenn ich Stress habe. Das liegt wohl in meinen Genen.«

»Da sind Sie nicht der Einzige«, sagte Angie und seufzte leise. Wenn sie sich selbst nicht mit einem ausgeklügelten Ernährungsplan und täglich mindestens einer Stunde Leistungssport fit halten würde, hätte auch sie ihre sportliche Figur längst verloren.

»Und Sie rauchen, Ben, nicht wahr? Sie können es vor Ihrem Sohn ruhig zugeben, er hat es mir schon gestern gesagt. Rauchen ist für jemand, der ein Herz wie Sie hat, das pure Gift. Aber das wissen Sie ja sicher selbst.«

Ben vermied es, Jack oder Angie anzusehen.

»All diese Faktoren haben dazu geführt, dass Sie ein Aortenaneurysma entwickelt haben, eine sackartige Ausstülpung der Hauptschlagader direkt an ihrem Herzen. Allerdings bekommt man so etwas nicht von heute auf morgen. Waren Sie jemals bei einem Herzspezialisten, Ben?«

Ben schüttelte den Kopf. Er war nicht der Typ, der alle Daumen lang zum Arzt rannte. Seiner Meinung nach sahen Ärzte ihre Patienten viel zu oft als lukrative Einkommensquelle, und was von vielen Therapien und Arzneimitteln zu halten war, hatte er als Angestellter in der Pharmaindustrie sowie in seinen fünf Jahren bei der FDA zur Genüge erfahren.

»Sie hätten sich schon längst einmal gründlich durchchecken lassen sollen«, sagte Angie und schüttelte missbilligend den Kopf. »Dann hätte man mit Sicherheit festgestellt, dass Ihre Aorta stark gefährdet war und hätte frühzeitig eine

Therapie einleiten können. Stattdessen haben Sie das getan, was ich gerne als ›amerikanisches Roulettespiel‹ bezeichne.«

»Nie gehört. Was ist denn das?«

»Das Gegenstück zum Russischen Roulette, nur mit dem Unterschied, dass man dabei keine Kugel im Kopf riskiert, sondern einen Herzanfall, den man durch seine ungesunde Lebensweise wissend in Kauf genommen hat.«

»Ich habe ihm schon immer gesagt, dass er *der* Kandidat für einen Herzinfarkt ist«, warf Jack ein.

Ben sah ihn tadelnd an.

»Ein Herzinfarkt ist etwas anderes, Jack«, sagte Angie gelassen, »aber an einer Aortenruptur stirbt man noch viel schneller. Wenn sich das Blut aus der geplatzten Arterie erst mal im Brustraum verteilt, kann einen nur noch eine Notoperation retten.« Sie wandte sich wieder an Ben. »Sie hatten großes Glück, dass ich gerade bei Martin war und sofort wusste, was mit ihnen los war.«

»Haben Sie gerade Aortenruptur gesagt? Die Schwester im Krankenhaus meinte, das wäre unmöglich.«

»Sie können mir ruhig glauben, Ben. Mehr als irgendeiner Krankenschwester.«

»Aber die Schwester hat gesagt, dass für eine solche Operation der Brustkorb geöffnet werden muss.«

»Vielleicht erkennen Sie jetzt endlich, warum mein CardioPatch längst hätte zugelassen werden müssen«, sagte Angie mit einem überlegenen Grinsen. »Mit einem vergleichsweise winzigen Eingriff können damit Defekte behoben werden, die bisher einen wochenlangen Krankenhausaufenthalt bedeutet haben. Sie spüren es gerade am eigenen Leib, was für eine medizinische Revolution dieses Herzpflaster ist.«

Ben durchfuhr ein eiskalter Schock, der ihn ein paar Sekunden lang keine Worte finden ließ.

»Haben … Sie … etwa …«, stammelte er.

»Ben, was ist mit Ihnen? Geht es Ihnen nicht gut? Sind Ihnen die Tabletten im Hals stecken geblieben? Hier, trinken Sie nochmal Wasser nach.«

Ben trank mehrere Schlucke, bis er seine Frage endlich herausbrachte.

»Sie haben mir doch nicht etwa eines von diesen Dingern eingesetzt?«

»Was hätte ich tun sollen? Sie sterben lassen? Für eine konventionelle Operation am offenen Herzen war keine Zeit mehr, die Operationsvorbereitungen hätten viel zu lange gedauert. Ich habe deshalb alles auf eine Karte gesetzt, und diese Karte hat gewonnen. Das spüren Sie doch an sich selbst.«

»Sie wissen gar nicht, was Sie damit angerichtet haben, Angie. Sie haben mir ein nicht vollständig ausgetestetes Ding in mein Herz geklebt.«

»Jetzt hören Sie aber auf mit Ihrem Bürokratengeschwätz. Hätte ich Sie etwa jämmerlich krepieren lassen sollen, nur weil auf der Zulassung von CardioPatch noch eine Unterschrift fehlt? *Ihre* Unterschrift, Ben. Was für eine Ironie des Schicksals.«

»Es geht hier um mehr als eine Unterschrift, Angie. Sie haben vorhin im Flugzeug erwähnt, dass Martins Mörder von Pembroke gesprochen hat. Wissen Sie, was das mit Ihrem Herzpflaster zu tun haben könnte?«

»Natürlich weiß ich das. Die haben da ein Krankenhaus mit einer ziemlich renommierten Kardiologie. Soviel ich weiß, haben Sie dort klinische Versuche mit CardioPatch durchführen lassen. Aber was genau ist denn in Pembroke los?«

»In Pembroke ist vorgestern ein bisher unbekanntes Virus ausgebrochen, das bei den Patienten mit Ihrem Herzpflaster eine tödliche Aortenruptur ausgelöst hat. Wie viele von ihnen gestorben sind, weiß ich nicht genau, aber es müssen eine ganze Menge sein.«

Angie klappte die Kinnlade herunter. »Warum weiß ich nichts davon?«, fragte sie mit tonloser Stimme. »Und wie kann dieses Virus bei den Testpatienten eine Aortenruptur auslösen? Das ist doch genau das, was mein CardioPatch verhindern soll.«

»Bisher weiß niemand etwas Genaues, weil die Seuchenschutzbehörde den ganzen Ort abgeriegelt und eine strikte Nachrichtensperre verhängt hat. Aber ich vermute, dass Martin Larrick etwas in Erfahrung gebracht hat, was er uns jetzt leider nicht mehr sagen kann.«

Ben erzählte Angie nun alles, was vorgefallen war, von Tammys Nachrichten auf seiner Mailbox und seinem Gespräch mit Martin Larrick bis zu seinem Besuch bei Senatorin Neal und der Explosion bei AMT. Es blieb ihm gar nichts anderes übrig, als ihr zu vertrauen, denn er steckte nun schon so tief in der Sache drin, dass er ohne ihre Hilfe wohl nicht mehr unbeschadet herauskam. Also weihte er sie auch in die Überlegungen ein, die Larrick und er angestellt hatten und wegen denen er zu AMT gefahren war, um dort die Daten über CardioPatch aus dem Firmennetz zu saugen. Er erzählte ihr von dem Verdacht, dass irgendwer ein vom Militär entwickeltes, tödliches Virus so manipuliert haben könnte, dass es ihr Aortenpflaster im Körper eines Patienten in ein höchst gefährliches Stück Killergewebe verwandelte.

»Eine biologische Lenkwaffe, die auf Menschen mit meinem CardioPatch zugeschnitten ist«, sagte sie nachdenklich, als Ben fertig war. Sie war während seiner Erzählung ganz blass geworden und hatte ihn mit vor Entsetzen weit aufgerissenen Augen angestarrt. »Nur für den Fall, dass so etwas überhaupt möglich wäre – was ich vehement bezweifle –, wieso sollte sich jemand ein derartiges Szenario ausdenken?«

»Weil man damit gezielt ganz bestimmte Menschen ausschalten kann. Nämlich alle Leute, die Ihr Herzpflaster eingesetzt bekommen haben.«

»Aber warum sollte es jemand auf ein paar Hundert Testpatienten abgesehen haben, die an den klinischen Studien für CardioPatch teilgenommen haben? Diese Menschen verbindet nichts außer der Tatsache, dass sie an einer lebensbedrohlichen Krankheit litten und durch mein Pflaster geheilt wurden.«

»Es geht nicht um diese Probanden, Angie«, sagte Ben und sah ihr in die Augen. »Es besteht ein nicht von der Hand zu weisender Verdacht, dass auch andere Menschen CardioPatch bereits in sich tragen. Hochrangige Politiker vor allem.«

»Wie bitte? Und wie sollen diese Politiker an mein Pflaster gekommen sein? Alle Versuchsmuster gingen entweder an die FDA oder an die Krankenhäuser, die an den klinischen Versuchen teilgenommen haben, und dort wurden sie den Testpatienten implantiert.«

»Es besteht die Möglichkeit, dass AMT die ihnen von uns überlassenen Versuchspflaster nicht vertragsgemäß vernichtet, sondern unter der Hand weitergegeben hat«, erklärte Ben. »Eine andere Möglichkeit wäre, dass es in Ihrer Firma eine undichte Stelle gibt.«

»Unmöglich!«, erwiderte Angie empört. »Jedes einzelne von uns hergestellte Pflaster ist mit einer fälschungssicheren Kennziffer versehen, und sein Verbleib wird von der Herstellung bis zur Vernichtung in einer Datenbank lückenlos dokumentiert. Ich selber gehe diese Daten jeden Tag durch, und bisher habe ich keinerlei Unregelmäßigkeiten feststellen können. Sobald die Pflaster allerdings unser Haus verlassen, sind wir auf die Rückmeldungen anderer angewiesen. Ob die der Wahrheit entsprechen, können wir natürlich nicht überprüfen.«

»So ganz kann das nicht stimmen, was Sie sagen«, meinte Ben skeptisch. »Wo kommt zum Beispiel das Pflaster her, das Sie mir gestern Nacht eingesetzt haben?«

»Aber Ben, das hatten Sie doch selbst bei sich! Ich habe es in Ihrer Jackentasche gefunden, als ich nach Medikamenten gesucht habe, die Sie möglicherweise einnehmen. Es war in einem unserer Originalcontainer und keimfrei verpackt, deshalb habe ich es Ihnen eingesetzt. Ich hatte keine andere Wahl. Wo haben Sie das Pflaster her?«

»Von AMT. Es lag dort in einem Kühlschrank. Ich habe es mitgenommen, weil ich es als Beweismittel benutzen wollte. Und jetzt klebt das Ding in meiner eigenen Aorta!«

»Es gibt Schlimmeres, Ben.«

»Nicht, seit dieses Virus ausgebrochen ist. Wer weiß, vielleicht hängt der Herzanfall, den ich gestern erlitten habe, ja weniger mit meiner Raucherei zusammen als mit diesem Erreger. Vielleicht ist es den Leuten vom Seuchenschutz nicht gelungen, ihn auf Pembroke zu begrenzen.«

»Aber überlegen Sie doch, Ben. Das ist ja nicht logisch, was Sie da sagen. Falls das Virus wirklich auf meinem Herzpflaster reagiert, dann hätte es Ihnen doch gestern noch nichts anhaben können, denn da trugen Sie das Pflaster ja noch nicht in sich. Wenn dieses Virus wirklich eine Gefahr für Sie wäre, dann jetzt, wo Sie CardioPatch in Ihrer Aorta haben.«

Ben bekam am ganzen Körper eine Gänsehaut. Angie hatte Recht. Wenn es sich mit dem Virus so verhielt, wie Larrick und Senatorin Neal glaubten, dann trug er nun eine Zeitbombe im Herzen, die jederzeit aktiviert werden konnte, sollte irgendjemand das manipulierte AFIP-Virus auf die Menschheit loslassen.

»Mir ist irgendwie nicht gut«, sagte Ben. »Wäre es vielleicht möglich, dass ich mich irgendwo ein wenig hinlege?«

»Aber natürlich. Sie haben eine Menge Anstrengungen hinter sich. Ruhen Sie sich ein wenig aus, und danach sehen wir, was wir tun können, um das FBI von Ihrer Unschuld zu überzeugen.«

Sie brachte Ben in einen privaten Ruhebereich, wo es eine Dusche und ein Schlafzimmer gab. Angie nutzte ihn hin und wieder, wenn sie nach einem anstrengenden Arbeitstag nicht mehr nach Hause fliegen wollte. Ben war zu erschlagen, um sich noch zu waschen, und legte sich gleich auf das Bett. Angie zog die Vorhänge zu, sagte ihm, dass sie später wieder nach ihm sehen werde, und ging zurück in ihr Büro, wo Jack noch immer in dem Sessel vor dem großen Fenster lümmelte.

»Was sind denn das für Pokale da drüben?« Er deutete auf die beeindruckende Sammlung von Trophäen in einem Glasregal an der Wand.

»Hauptsächlich sind das Preise, die ich bei Schwimmwettbewerben gewonnen habe. Als ich noch jung war«, antwortete Angie mit einem Lächeln. »Aber es sind auch ein paar von Iron-Man-Wettbewerben dabei, die noch nicht so lange her sind.«

»Krass«, sagte Jack. »Ich wusste gar nicht, dass beim Iron Man auch Frauen mitmachen.«

»Es gibt dort eigene Frauenwettbewerbe. Man könnte die Sportart also getrost auch Iron Woman nennen.«

Jack wechselte das Thema. »Sie haben hier in der Firma doch sicher ein Computernetzwerk, oder?«, fragte er. »Dürfte ich das vielleicht für eine Weile benützen, damit ich ein paar Daten aufarbeiten kann? Mein Laptop ist dafür zu schwach.«

»Sag mir einen vernünftigen Grund, warum ich einen bekennenden Hacker wie dich freiwillig an meine Daten lassen sollte«, meinte Angie. »Wenn mein System Administrator das erfährt, kann ich mir auf der Stelle einen neuen suchen, und wie schwer die zu kriegen sind, brauche ich dir bestimmt nicht zu sagen. Seit einem halben Jahr redet er von nichts anderem als von Datensicherheit und macht uns alle halb wahnsinnig mit seinen Passwörtern, Virenschutzprogrammen und Firewalls und weiß der Teufel was sonst noch.«

»Ich gebe Ihnen mein Hacker-Ehrenwort, dass ich nicht in Ihrem Netzwerk herumspionieren werde. Ihre Daten interessieren mich nicht die Bohne, aber ich brauche die CPUs Ihrer Computer, damit ich sie für mich arbeiten lassen kann.«

»Ich verstehe nur Bahnhof.«

Jack kramte in seinen Taschen und zeigte ihr den USB-Stick, den sein Vater bei AMT dabeigehabt hatte.

»Was ist das?«

»Auf diesem Ding sind all die Daten drauf, die mein

Dad bei AMT aus dem Netz gesaugt hat. Echt krass, wenn man bedenkt, dass er eigentlich ein digitaler Analphabet ist.«

»Na super. Aber was hat das mit meinem Computernetzwerk zu tun?«

»Die Daten auf diesem Stick sind mit einer hochkomplexen Kryptografiemethode verschlüsselt. Die kann man, wenn überhaupt, nur mit einem Brute-Force-Angriff knacken. Und für den ist mein kleiner Laptop allein einfach zu schwach. Dazu brauche ich die geballte Power sämtlicher Computer in Ihrem Firmennetzwerk.«

»Wir haben hier ausschließlich hochmoderne Maschinen herumstehen«, sagte Angie nicht ohne einen Anflug von Stolz. »Alles vom Feinsten. Mein IT-Mensch ist da irgendwie ein Spinner. Wenn ein Rechner älter als ein Jahr ist, fliegt er gnadenlos raus. Wir sind hier schließlich kein Computerfriedhof, sagt er immer.«

»Recht hat er.«

»Er muss das Zeug ja auch nicht selbst bezahlen«, lachte Angie. »Aber das geht schon in Ordnung. Wir müssen uns auf einem gnadenlosen Markt behaupten, da ist technologischer Vorsprung das A und O. Was genau hast du denn mit meinen Superboliden vor?«

»Ich werde ihnen über das Netzwerk ein kleines Programm aufspielen, das sie vorübergehend zu meinen Arbeitssklaven macht«, erwiderte Jack mit einem siegessicheren Lächeln, aber als er den erschrockenen Ausdruck in Angies Gesicht sah, fügte er noch rasch hinzu: »Keine Angst, das Programm werde ich hinterher natürlich sofort wieder entfernen. Da bleibt nicht die klitzekleinste Spur zurück.«

»Kann ich mich darauf auch hundertprozentig verlassen?«, fragte Angie, die anscheinend immer noch skeptisch war. »Wenn Marvin auch nur das Geringste davon bemerkt, schmeißt er mir sofort alles hin.«

»Hundertprozentig, Madam«, erwiderte Jack im Brustton der Überzeugung. »Glauben Sie Jacker the Hacker.«

Ich muss wahnsinnig sein, diesem verpickelten Teenager-Nerd alle meine Computer anzuvertrauen, dachte Angie. Aber sie hatte eigentlich keine andere Wahl. Wenn sie nicht die Zukunft ihrer Firma aufs Spiel setzen wollte, musste sie erfahren, was AMT mit ihren Pflastern gemacht hatte, und die Daten auf dem USB-Stick waren der Schlüssel dazu.

»Wir haben eine Computerzentrale im Keller«, sagte sie. »Und glücklicherweise ist da im Augenblick niemand, weil wir um den Nationalfeiertag herum ein paar Tage Betriebsferien machen. Marvin ist bei seiner Mutter in Florida, aber ich habe keine Ahnung, ob er nicht aus der Ferne nach dem Rechten sehen kann.«

»Das wollen wir mal nicht hoffen, aber ich werde unsere Aktion zusätzlich dadurch tarnen, dass ich den Backbone-Server nach außen abschotte und ihn eine automatische Wartungsnachricht ausgeben lasse. So was ist ganz normal.«

»Wenn du das sagst, wird es hoffentlich stimmen. Dann lass uns mal runter in den Computerraum gehen.«

»Das können wir uns sparen«, erwiderte Jack, obwohl er sich die Rechner liebend gerne angesehen hätte. Angie hatte bestimmt mehr Vertrauen zu ihm, wenn er seine Arbeit vor ihren Augen tat. »Ein Zugang zu Ihrem Netzwerk würde mir schon reichen.«

»Dann nimm einfach das Terminal dort auf meinem

Schreibtisch. Das Passwort für das Firmennetzwerk findest du unter der Schreibunterlage.«

Jack drohte ihr scherzhaft mit dem Zeigefinger. »So was tut man aber nicht, Frau Chefin! Dort schaut auch der untalentierteste Industriespion zuallererst nach.«

»Meinst du?«

»Nein, das weiß ich. Jedes Kind weiß das.«

Angie lachte. »Klar, ihr Kinder wisst so was.«

Während Jack sich mit Angie unterhielt, lag Ben in Angies Ruheraum auf dem Bett und konnte trotz seiner Erschöpfung nicht einschlafen. Seine missliche Situation ließ ihm keine Ruhe. Ein zu allem entschlossener Mörder war ihm und seinem Sohn auf den Fersen, und er konnte nicht einmal zur Polizei gehen, weil er Angst haben musste, dass gewisse einflussreiche Leute alles tun würden, um zu verhindern, dass er etwas über CardioPatch und das Pembroke-Virus aussagte. Er wäre nicht der erste Untersuchungshäftling, der eines Morgens tot in seiner Zelle aufgefunden wurde.

Was, um alles in der Welt, war da nur schiefgelaufen? Er hatte schließlich getan, was man von ihm verlangt hatte, hatte unter Einsatz seines Lebens die Informationen beschafft, die Larrick und Senatorin Neal von ihm verlangt hatten, und jetzt war er auf einmal nirgendwo mehr sicher. Das konnte doch einfach nicht wahr sein.

56

14:20 UHR,
BIOMETRIX-ZENTRALE, LAKE ANNA, VIRGINIA

Jack zog seinen Laptop aus dem Rucksack und erschrak, als er an der hellen Unterschale rotbraune Flecken entdeckte.

»Pfui Teufel!«, rief er. »Das ist ja Blut!«

Offenbar war der Computer im Krankenzimmer seines Vaters mit dem Blut der Krankenschwester in Berührung gekommen.

»Kann ich den irgendwo saubermachen?«, fragte er. Ihm graute davor, den Laptop auch nur zu berühren.

»Hinter der Tür dort drüben findest du eine Toilette mit Waschraum. Da müssten eigentlich auch genügend Papiertücher sein. Ich komme mit und helfe dir.«

Als sie nach ein paar Minuten wieder zurück in das große, helle Büro kamen, waren sie beide erleichtert, auch wenn ihnen bewusst war, dass sie die grausigen Bilder der vergangenen Nacht nicht so einfach aus ihrem Gedächtnis waschen konnten wie das Blut von diesem Laptop.

»Dann werde ich mich mal in Ihr Netzwerk einloggen«, sagte Jack und rief sein WLAN-Programm auf. Während es hochfuhr, schaute er unter Angies Schreibunterlage und fand einen Zettel, auf dem ein kompliziertes, 12-stelliges Passwort stand. Jetzt verstand er, dass Angie diesen Zettel brauchte. Wer konnte so ein Buchstaben-, Zahlen- und

Sonderzeichenungetüm schon auswendig lernen? Dieser Marvin mochte eine Menge von seinem Handwerk als System Administrator verstehen, aber von den Schwächen der menschlichen Natur schien er keine Ahnung zu haben. Jack gab das Passwort ein, drückte auf die Return-Taste, und schon hatte er Zugang zum Firmennetzwerk von Biometrix.

Sobald Jack seine Finger auf einer Computertastatur hatte, vollzog sich in ihm eine tiefgreifende Veränderung. Auf einen Schlag wurde er ruhig und konzentriert und vergaß alles, was um ihn herum passierte. Als Erstes ließ er einen Netzwerk-Check laufen, mit dem er herausfinden konnte, was ihm bei Biometrix an Computern alles zur Verfügung stand. Es war beeindruckend. Die Firma verfügte zusammengenommen über eine Rechenleistung nach der sich so manche mittlere Universität alle zehn Finger abgeschleckt hätte, und Jack fragte sich, wozu ein Biotech-Unternehmen diesen digitalen Overkill überhaupt brauchen mochte. Vermutlich verdankte er ihn Marvin, der sich auf Firmenkosten all diese High-Tech-Boliden geleistet hatte. Jack konnte das nur recht sein. Er spielte zunächst auf jeden der Rechner ein kleines Clientprogramm, das sämtliche CPUs im Verbund zu Rechenknechten eines einzigen Programms machte: Der Brute-Force-Entschlüsselungssoftware auf seinem Laptop, die er jetzt auf die erste der Dateien anwendete, die er von dem USB-Stick heruntergeladen hatte. Während das Programm zu rechnen anfing, überdachte Jack noch einmal die Strategie, die er sich überlegt hatte.

Auch wenn die von ihm zu einem kraftstrotzenden Rechenpool zusammengefassten Workstations von Biometrix über mehr Leistung verfügten als vor ein paar Jahren noch sämtliche Computer eines kleinen Bundesstaates zusammengenommen, brauchte es dennoch eine gehörige Portion Glück, wenn sein gewagtes Unterfangen gelingen sollte. Um ein fünfstelliges Kennwort zu knacken, das jeden Buchstaben des Alphabets enthalten konnte, brauchte ein moderner, normal ausgestatteter Heimcomputer etwa eine Stunde, wurden bei dem Kennwort auch noch Zahlen und Sonderzeichen sowie Groß- und Kleinschreibung verwendet, belief sich die durchschnittliche Rechenzeit bereits auf mehr als einen ganzen Tag. Hatte man zum Verschlüsseln ein längeres Kennwort gewählt, dann stieg die Zeit, die man brauchte, um es zu knacken, exponentiell an. Bei sieben Stellen betrug sie 46 Tage, bei zehn Stellen bereits 2304 Jahre.

Auch wenn Jacks improvisierter Rechnerpool einem normalen PC um Lichtjahre voraus war, konnte er nur darauf hoffen, dass die Leute bei AMT sich mit einem relativ kurzen Kennwort begnügt hatten oder dass ihm ein ungeheurer Zufall zu Hilfe kam – theoretisch war es immerhin möglich, dass gleich die erste getestete Zeichenkombination das verwendete Passwort war, aber die Wahrscheinlichkeit dafür war in etwa so hoch, als würde man in dem Moment, in dem man erfuhr, dass man den Hauptgewinn in der Nationalen Lotterie gezogen hatte, von einem aus heiterem Himmel herabfahrenden Blitz getroffen.

57

14:45 UHR
NATIONAL DEFENSE UNIVERSITY, WASHINGTON, DC

»Eine Viertelmillion Dollar als Aufwandsentschädigung für 12.000 Freiwillige Helfer …«

»1.500 Zeitarbeitskräfte mit einem Stundenlohn von 12 Dollar die Stunde …«

»Dreiundzwanzig Marketing- und PR-Firmen mit Budgets zwischen hundert- und dreihunderttausend Dollar …«

Ein kleiner Mann mit dünnem Hals und einem viel zu weiten Hemdkragen las mit monotoner Stimme eine endlose Litanei von Zahlen aus einer stinklangweiligen Excel-Tabelle vor, die hinter ihm an der LED-Wand zu sehen war.

Neal unterdrückte ein Gähnen und kritzelte mit ihrem Kugelschreiber ein Strichmännchen nach dem anderen auf den Block, der vor ihr lag. Gideon McKneady, der Finanzchef der H.A.T.-Gesellschaft, redete bereits seit einer geschlagenen halben Stunde und bog erst jetzt langsam auf die Zielgerade ein.

»3,2 Millionen für Abfallbeseitigung … fünfundzwanzig Millionen Versicherungsprämien …«

Die Summen, die Neals Menschenkette verschlang, waren enorm hoch. Dreimal so hoch wie noch bei den ersten Schätzungen veranschlagt. Allein so einen Batzen Geld durch Spenden aufzutreiben, war schon eine Leistung, die ihr erst mal jemand nachmachen sollte.

»Summa summarum haben wir also bis dato 57,4 Millionen Dollar an Ausgaben«, brachte McKneady seinen Vortrag schließlich zu Ende. »Nicht eingerechnet sind dabei allerdings die Kosten, die nach der Veranstaltung noch auf uns zukommen. Die schätzen wir auf drei bis vier Millionen.«

Als er seinen Laptop zuklappte und auffordernd in die Runde blickte, stellte Neal erleichtert fest, dass niemand eine Frage an ihn hatte. Alle schienen froh, den Vortrag überstanden zu haben.

»Vielen Dank, Gideon«, sagte Neal und lächelte ihn freundlich an. »Das war sehr interessant. Und jetzt möchte ich General Richard Goss das Wort erteilen. Richard hat uns etwas zur Sicherheit bei H.A.T. zu sagen.«

Der General in seiner olivgrünen Armeeuniform trat ans Podium und fuhr sich mit der Hand über seinen weißen Stoppelkopf, bevor er sich ohne lange Begrüßung an die Runde wandte.

»Sie haben ja alle die Berichte meiner Behörde sowie des FBI vorliegen, deshalb kann ich mich kurzfassen. Gestern Abend wurde auf einem privaten Flugplatz nahe Richmond ein einmotoriges Flugzeug gestohlen, das wenig später über einem Industriegebiet bei Garberville abgestürzt ist. Die Untersuchungen an der Absturzstelle sind noch nicht abgeschlossen, aber meinen bisherigen Informationen nach hat das voll betankte Flugzeug das Gebäude einer Firma namens American Medical Testing vollständig zerstört. Wie viele Menschen bei dem Absturz ums Leben gekommen sind, weiß man bis dato noch nicht. Zum Glück hatte das Labor seinen Mitarbeitern über den Feiertag frei gegeben, so dass wir es neben dem Piloten möglicherweise nur mit zwei Opfern zu tun haben – einem Mann vom Wachdienst und dem Laborleiter, die beide noch vermisst werden.«

»Wirklich tragisch Richard. Aber warum erzählen Sie uns das? Was hat dieses bedauerliche Unglück mit H.A.T. zu tun?«, unterbrach Neal ihn mit einem zuckersüßen Lächeln.

»Das FBI hegt den begründeten Verdacht, dass es sich bei dem Flugzeugabsturz in Wirklichkeit um einen missglückten Terrorakt handeln könnte, der eigentlich dem Präsidenten gelten sollte.« Der General legte eine Kunstpause ein und blickte auffordernd in die Runde. »Die Absturzstelle liegt auf direktem Weg zwischen dem Flugplatz, von dem das Flugzeug gestohlen wurde, und dem Weißen Haus. Vermutlich hat der Pilot wegen der schlechten Witterung die Kontrolle über die Maschine verloren.«

»Aber kann das nicht auch ein Zufall sein?«, fragte Michael Weinstein mit einem kurzen Seitenblick hinüber zu Senatorin Neal, die inzwischen wieder Platz genommen hatte.

»Möglicherweise«, erwiderte Goss, der sich diesen Trumpf bis zuletzt aufgespart hatte. »Aber dass der Pilot, der aufgrund seines Gebisses zweifelsfrei identifiziert werden konnte, Kontakte zu radikalen islamistischen Organisationen hatte, ist meiner Meinung nach kein Zufall mehr.«

»Nehmen wir mal an, Ihre Mutmaßungen treffen tatsächlich zu und gewaltbereite Dschihadisten wollten wirklich das Weiße Haus angreifen«, ergriff Neal wieder das Wort, »dann ist für mich immer noch keine Verbindung zu

H.A.T. ersichtlich. Die Menschenkette findet schließlich erst morgen statt.«

»Wir von der Heimatschutzbehörde sehen das anders. Es wäre zum Beispiel möglich, dass sich der Täter aus irgendwelchen Gründen im Datum geirrt hat, möglicherweise weil er unter Drogen stand oder anderweitig verwirrt oder fanatisiert war. Aber auch wenn das nicht der Fall sein sollte, sehen wir angesichts eines terroristischen Anschlags so kurz vor dem vierten Juli die Gefahr, dass sich morgen ein weiterer Anschlag ereignen könnte, als durchaus gegeben an. Ein Großereignis wie Ihre Menschenkette ist ein sehr wahrscheinliches Ziel für einen solchen Anschlag, weshalb in unseren Augen die Sicherheit der Teilnehmer massiv bedroht ist.«

»Und was wollen Sie jetzt tun?«, fragte Neal.

»Wenn ich ganz ehrlich bin, würde ich die Veranstaltung am liebsten abblasen, aber leider kann ich so einen Entschluss nicht alleine fällen.«

Gott sei Dank kannst du das nicht, dachte Neal und verzog den Mund zu einem gequälten Lächeln.

»Wir werden also die Präsenz von Polizei und Nationalgarde massiv verstärken und die freiwilligen Helfer noch einmal darauf aufmerksam machen, dass sie jede verdächtige Aktivität sofort melden sollen. Die Nationale Luftfahrtbehörde hat ein ganztägiges Flugverbot verhängt, und außerdem werden ständig mehrere Staffeln Abfangjäger der Air Force in der Luft sein, um etwaige Angreifer notfalls abzuschießen. Wir haben achtzig potenzielle Todeszonen ausgewiesen, in denen die Gefährdung besonders hoch ist. Dort werden wir unsere Kräfte konzentrieren.«

»Todeszonen«, wiederholte Neal mit einem missbilligenden Kopfschütteln. »Ist das nicht maßlos übertrieben, General?«

»Ganze elf von diesen Todeszonen sind hier in Washington«, fuhr Goss ungerührt fort. »Wir werden alles tun, um möglichst viele Entscheidungsträger und andere wichtige Personen des öffentlichen Lebens von ihnen fernzuhalten. Befehlen können wir es ihnen natürlich nicht.«

»Soll das etwa heißen, dass Sie diesen Leuten empfehlen wollen, nicht an der Menschenkette teilzunehmen?«

»Exakt.«

»Sind Sie verrückt geworden? Genau darum geht es doch! Dass man keine Angst zeigt und Position bezieht!«

»Eine Alternative, wenn auch nicht die optimale, wäre es, die Prominenten entlang der Menschenkette zu verteilen, damit sie sich nicht auf einen Punkt konzentrieren. Es gibt da eine Formel, nach der man den Proximitätsfaktor berechnen kann, wie wir das nennen. Die Terroristen verwenden übrigens ganz ähnliche Berechnungen, um lohnende Ziele für ihre Anschläge zu finden. Das Ergebnis sind dann Bahnhöfe, Märkte, Bushaltestellen und so weiter.«

»Und was sind in Ihren Augen morgen die am meisten gefährdeten Punkte?«, fragte Neal.

»Der Garten des Weißen Hauses, wo der Präsident mit seiner Familie sein wird, dann das Stadion, in dem Sie und dreißig weitere Senatoren sowie etwa sechzig ausländische Ehrengäste sich das Spiel ansehen, und drittens die Treppe vor dem Kapitol, auf der sich hundert Kongressabgeordnete die Hände reichen wollen.«

»Genau«, unterbrach Neal. »Und an allen drei Orten erwarten wir ein massives Presseaufgebot, damit alle Menschen hier im Land sehen, dass wir gemeinsam Flagge gegen den Terror zeigen. Und ganz gleich, was Ihre Berechnungen zum Proximitätsfaktor ergeben, daran wird nichts mehr geändert. Sie selbst haben die Beteiligung der Senatoren vor drei Wochen noch gutgeheißen, da können Sie jetzt keinen Rückzieher mehr machen. Wir haben uns auf die sichersten Orte geeinigt und alle Vorkehrungen getroffen, die etwaige Anschläge im Vorfeld verhindern sollen, bis hin zu einer intensiven Luftraumüberwachung. Der Secret Service und die Kapitolpolizei haben darüber hinaus noch ihre eigenen Einsatzpläne für den Tag.«

»Aber das war vor drei Wochen, Frau Senatorin, inzwischen hat sich die Gefahrenlage drastisch verschärft.«

»Jetzt hören Sie doch endlich mit Ihrer Schwarzmalerei auf, das ist ja langsam nicht mehr mit anzuhören. Gestern sind Sie mir noch in den Ohren gelegen mit irgendeinem Virus, das angeblich in Virginia ausgebrochen ist, und heute sind es auf einmal Flugzeuge mit Dschihadisten, die sich auf die Teilnehmer meiner Menschenkette stürzen wollen.«

»Das Virus hat die Seuchenschutzbehörde offenbar eindämmen können«, musste Goss zugeben. »Aber das heißt noch lange nicht, dass die Gefahr, die davon ausgeht, bereits gebannt ist.«

»Ich will Ihnen mal was sagen, Richard, Ihren Pessimismus können Sie sich in die Haare schmieren. Selbst wenn *wir* hier beschließen sollten, dass sich die Prominenten an andere Standorte der Menschenkette verteilen, wird sich wohl kaum ein Politiker darauf einlassen. Keiner von ihnen wird in der Öffentlichkeit dastehen wollen wie ein Feigling, der angesichts einer Gefahr Reißaus nimmt, wenn er in einer der machtvollsten Anti-Terror-Demonstrationen aller Zeiten seinen Mann stehen kann.«

»Das ist die persönliche Entscheidung jedes Einzelnen«, brummte Goss. »Wir werden auf jeden Fall eine Empfehlung herausgeben.«

»Tun Sie, was Sie nicht lassen können«, erwiderte Neal verächtlich. »Ich wette, dass Sie damit wenig Erfolg haben werden.«

»Auf eine weitere Gefahr muss ich auch noch hinweisen«, fuhr Goss ungerührt fort.

»Und die wäre?«

»Ein Angriff mit biologischen oder chemischen Waffen. Das FBI hat vage Hinweise darauf erhalten, dass apokalyptische Sekten wieder mobil machen und möglicherweise einen groß angelegten Anschlag mit Krankheitserregern planen.«

»Jetzt machen Sie sich nicht lächerlich, General. Gerade eben wollten Sie uns noch Angst vor islamistischen Gotteskriegern machen, jetzt kommen Sie plötzlich mit irgendwelchen Weltuntergangsspinnern daher. Vielleicht sollten Sie sich erst mal entscheiden, vor wem wir die Hosen voll haben müssen.«

»Es ist unsere Pflicht, auf jede mögliche Gefährdung der nationalen Sicherheit vorbereitet zu sein, Madam. Immerhin ist vorgestern Monsignore Vada ermordet worden, der Sektenbeauftragte der katholischen Kirche in den Vereinigten Staaten, ein Mann, der nachweislich gegen christlich fundamentalistische Weltuntergangssekten ermittelt hat.«

»Ich habe von diesem bedauerlichen Vorfall gehört. Aber da sehen Sie doch, wo diese Spinner ihre Ziele suchen. Unter den Würdenträgern der etablierten Kirchen. Glauben Sie mir, die haben gar nicht die Infrastruktur, um groß angelegte Anschläge gegen fünfzehn Millionen Menschen zu verüben.«

»In diesem Punkt stimme ich Ihnen zu, Kathleen. Aber selbst wenn nur ein kleiner Teil der Menschenkette mit Erregern wie Anthrax oder Milzbrand verseucht würde, hätte das verheerende Folgen. Ein, zwei Flugzeuge, wie man sie normalerweise zum Versprühen von Pflanzenschutzmitteln verwendet, würden schon genügen, und im ganzen Land bräche das Chaos aus.«

»Dann verhindern Sie eben, dass so etwas passiert«, sagte die Senatorin und klappte die Mappe mit ihren Aufzeichnungen zu. Als Zeichen, dass sie die Besprechung als beendet ansah. »Sie werden doch wohl noch ein paar Wahnsinnige vom Himmel holen können, die glauben, auf eigene Faust jüngstes Gericht spielen zu müssen.«

58

15.00 UHR
NATIONAL DEFENSE UNIVERSITY, WASHINGTON, DC

Während die Teilnehmer des H.A.T.-Briefings den Schulungsraum verließen, sah General Goss geduldig zu, wie Senatorin Neal jeden einzelnen von ihnen am Ausgang verabschiedete. Wie die Braut auf einem Hochzeitsempfang, dachte Goss. Sie schüttelte jedem einzelnen die Hand, und manche nahm sie zusätzlich noch in den Arm und küsste sie. »Bernie, Bernie, Bernie«, sagte sie, als Bernard Rosenfeld an der Reihe war. »Sie waren heute einfach großartig! Ich wusste, dass ich mich auf Sie verlassen kann, und Sie haben mich nicht enttäuscht!«

Rosenfeld, der noch kurz zuvor wie ein geprügelter Hund Angst vor der vernichtenden Kritik der Senatorin gehabt hatte, grinste jetzt bis über beide Ohren.

»Vielen Dank für Ihr Vertrauen, Kathleen«, flüsterte er, während Neal ihn in ihre Arme schloss. »Für Sie gehe ich durch dick und dünn.«

»Dann halten Sie sich schon mal einen Termin für meine Inaugurationsparty frei«, sagte Neal mit einem neckischen Augenaufschlag.

»Ich wollte immer schon mal eine Fete im Weißen Haus arrangieren«, antwortete Rosenfeld augenzwinkernd, bevor er den anderen nach draußen folgte.

Nachdem alle anderen gegangen waren, trat Goss zur Senatorin.

»Ich wollte es vor den anderen nicht ansprechen, Kathleen, aber wir glauben, dass wir auf der Suche nach den Drahtziehern eines möglichen Anschlags schon ein Stück weiter sind, als ich vorhin gesagt habe.«

»Wunderbar, Richard«, sagte Neal und maß ihn mit einem eiskalten Blick. »Dann lassen Sie diese Drahtzieher verhaften, damit sie ihren Anschlag nicht mehr durchführen können, und alles ist in bester Ordnung. Oder sehe ich das falsch?«

»Haben Sie schon mal von einem Geheimbund namens ›Die Gerechten der letzten Tage‹ gehört?«

»Sie meinen die Heiligen der letzten Tage? Die sind aber kein Geheimbund.«

»Nein. Die *Gerechten* der letzten Tage. Die haben mit den Mormonen nicht das Geringste zu tun. Es ist eine Sekte christlicher Fundamentalisten, die sich um die Jahrtausendwende gegründet hat und dem Glauben anhängt, dass sie allein dazu ausersehen ist, ein Strafgericht Gottes über eine in ihren Augen verderbte Menschheit zu bringen.«

»Solche Gruppen gibt es doch wie Sand am Meer, Richard. Meiner Ansicht nach sind das Verrückte, auf die man zwar ein Augen haben muss, die aber in ihrer Verblendung keinen größeren Schaden anrichten können.«

»Bei diesen Gerechten der letzten Tage liegt die Sache etwas anders«, erwiderte Goss und klappte einen Aktendeckel auf. »Mir liegt hier ein Bericht von Monsignore Vada vor, den er kurz vor seinem Tod an den Erzbischof geschickt hat. Darin ist wörtlich die Rede von einem ›erstaunlich hohen Organisationsgrad‹ und einer ›besorgniserregenden Gewaltbereitschaft‹.«

»Hat denn der Sektenbeauftragte irgendwelche Beweise dafür, dass sich diese Gewalt gegen meine Menschenkette richten soll?«

»Das nicht. Bisher wurde ihm alles, was er erfahren hat, aus dritter Hand zugetragen, aber er war drauf und dran, ein Mitglied der Sekte zum Aussteigen zu bewegen, und dann hätte er über konkrete Informationen verfügt. Aber darum geht es mir jetzt gar nicht. Wir sprechen von potenziellen Gefahren, die es auszuschalten gilt, bevor sie eintreten. Beweise hat man immer erst hinterher.«

»Und Sie glauben allen Ernstes, dass ich auf den allgemein gehaltenen Bericht eines ermordeten Priesters hin eine Veranstaltung absage, auf die ich jahrelang hingearbeitet habe? Nennen Sie mir einen vernünftigen Grund dafür.«

»Wie wäre es damit, dass in dem Bericht steht, diese Leute würden mit pathogenen Stoffen experimentieren, die sie ohne zu zögern gegen die Bevölkerung richten werden? Solche Hinweise nicht ernst zu nehmen, kann fatale Folgen haben. Denken Sie nur an die japanische Aum-Sekte, die schon 1995 in der U-Bahn von Tokio das Nervengas Sarin freigesetzt hat. Zwölf Tote und tausend Verletzte müssten auch Ihnen zu denken geben.«

»Schlimme Geschichte damals, aber so einen Anschlag in der U-Bahn können Sie doch nicht mit einem Angriff auf eine 7000 Kilometer lange Menschenkette vergleichen. Um so etwas durchzuziehen muss man schon mehr im Kopf haben als ein paar düstere Bibelzitate«, schnaubte Neal verächtlich. »Dazu braucht es jede Menge technisches Wissen und eine komplexe Logistik. Gibt es denn irgendwelche Hinweise darauf, dass Ihre apokalyptischen Betbrüder auch in der Lage sind, ihre Sprüche in die Tat umzusetzen?«

»Die gibt es«, erwiderte Goss mit ernster Miene. Neal sah ihn erstaunt an.

»Das FBI hat mehrere Hinweise darauf erhalten, dass zu diesen Gerechten der letzten Tage auch ein hochrangiger Wissenschaftler gehören könnte, der für eine Regierungsorganisation gearbeitet hat.«

Er griff in seinen Aktendeckel und reichte Neal ein Blatt, auf dem unter dem Briefkopf des FBI das Bild eines Mannes zu sehen war. »Dr. Benjamin Maxwell«, las sie vor. »Projektleiter bei der Abteilung für Medizinische Hilfsmittel und Implantate bei der FDA.« Sie hielt einen Augenblick inne, weil ihr die unterschiedlichsten Gedanken durch den Kopf rasten. Schließlich entschloss sie sich, die Sache offensiv anzugehen.

»Richard, ich kenne diesen Mann«, sagte sie. »Ich habe ihn erst gestern bei mir in meinem Büro gehabt. Er hat mit mir wegen eines Aortapflasters gesprochen, das die Firma Biometrix herstellt.«

»Und genau deshalb habe ich vorhin diese Sache nicht erwähnt. Ich weiß, dass die Herstellerin dieses Pflasters Ihren Wahlkampf finanziert und wollte Sie nicht vor allen Leuten kompromittieren.«

Blödsinn, dachte Neal. Du traust dich doch bloß nicht, auf offenen Konfrontationskurs zu mir zu gehen. Trotzdem schenkte sie Goss ein freundliches Lächeln und sagte:

»Das weiß ich sehr zu schätzen, Richard. So viel Feingefühl ist man von Ihrer Behörde gar nicht gewöhnt.«

Goss überging die Spitze. »Dr. Maxwell war bei der FDA

für die Zulassung dieses Implantats namens CardioPatch zuständig. Diese Stellung hat er offenbar ausgenützt, um insgeheim eine biologische Waffe zu entwickeln, die sich jetzt in den Händen dieser christlich-fundamentalistischen Extremisten befindet. Eine Waffe, die morgen gegen Ihre Menschenkette eingesetzt werden könnte.«

»Sie können mir viel erzählen, Richard, aber was ich brauche, sind Beweise. Wie ich Ihnen schon sagte, ich weigere mich, aufgrund bloßer Mutmaßungen H.A.T. in letzter Sekunde zu stoppen. Denken Sie nur, was für verheerende Folgen das auf die Moral der amerikanischen Bürger hätte.«

»Konkrete Beweise hat das FBI noch keine, aber letzte Nacht wurde Maxwells Vorgesetzter ermordet, der Commissioner der FDA ...«

»Das weiß ich bereits, Richard. Ich lebe schließlich nicht in einem Elfenbeinturm.«

»Aber vielleicht wissen Sie noch nicht, dass Ben Maxwells Wagen in der Tatnacht vor Larricks Haus gesehen wurde. Zeugen berichten, in dem Wagen hätte eine Person mit einem Laptop gesessen, was möglicherweise auf einen geplanten, von mehreren Personen ausgeführten Anschlag hinweist. Nur weil Sie mich vorhin gefragt haben, ob diese Sekte über die nötige Logistik verfügt.«

»Na schön, dann haben sie eben einen Laptop«, seufzte Neal und verdrehte die Augen. »Wahrscheinlich brauchen sie den für eines von diesen Bibelprogrammen. Erzählen Sie mir lieber, was Sie sonst noch über diesen Maxwell wissen.«

Goss blätterte in seinem Aktendeckel. »Dr. Benjamin Maxwell hat in Stanford und Oxford Biochemie studiert und für mehrere Pharmafirmen gearbeitet, bevor er vor fünf Jahren zur FDA ging. Sein letzter Arbeitgeber in der Industrie war übrigens die Firma ChemGen, die wegen illegaler Experimente am Amazonas vor ein paar Jahren in die Schlagzeilen geriet. Vielleicht erinnern Sie sich. Damals kamen mehrere Mitarbeiter von ChemGen unter mysteriösen Umständen ums Leben.«

»ChemGen«, sagte Neal nachdenklich. »Waren das nicht diese Biopiraten, die versucht haben, mit unerlaubten Mitteln das Wachstum von Pflanzen zu beschleunigen?«

»So in etwa. Die Sache wurde damals rasch unter den Teppich gekehrt, weil zu den Aktionären von ChemGen auch einige sehr mächtige Leute gehörten. Ganz koscher war diese Geschichte mit Sicherheit nicht, aber Maxwell war nicht nachzuweisen, dass er in die dunklen Geschäfte der Firma verwickelt war. Ist schon merkwürdig, dass es jetzt, wo er bei der FDA ist, in seinem Umfeld wieder eine Reihe von mysteriösen Todesfällen gibt, finden Sie nicht?«

»Ich weiß nur von Martin Larrick«, erwiderte Neal.

»Und was ist mit Monsignore Vada? Kaum rückt der diesen Gerechten der letzten Tage auf den Pelz, wird er umgebracht. Und dann haben wir da noch einen gewissen Dr. Allan Low.«

»Ich glaube, jetzt kann ich Ihnen nicht mehr folgen, Richard.«

»Einen Moment noch, dann werden Sie begreifen, worauf ich hinauswill. Dr. Low hat bei der AFIP vor ein paar Jahren eine neue Biowaffe entwickelt, ein Virus, das eine Ruptur der Aorta auslösen sollte. Die Entwicklung wurde eingestellt, und Low hat seinen Job gekündigt. Wissen Sie, für wen er danach gearbeitet hat? Für American Medical Testing, also ausgerechnet dort, wo gestern nach diesem Flugzeugabsturz ein Labor in die Luft geflogen ist.«

»Ich dachte, das sollte ein Anschlag auf das Weiße Haus sein?«, warf Neal ein.

Goss grinste gequält. »Kathleen, in unserem Geschäft ist es nun mal so, dass man nur ›Weißes Haus‹ sagen muss, und sofort wird jeder hellwach. Wacher, als wenn ich etwas von einer bisher unbekannten Sekte erzähle, die mit Massenmorden die Welt verbessern will.«

»Sieh mal einer an. Das sind also die Tricks, mit denen Sie arbeiten.«

»Kommen Sie mir nicht mit Tricks, Kathleen. Sie würden doch alles tun, damit Ihre verdammte Menschenkette morgen nicht abgeblasen wird. Und ich weiß ebenso gut wie Sie, warum das für Sie so wichtig ist. Ob dieses Land dem Terror die Stirn bietet, ist Ihnen völlig egal. Sie wollen ins Weiße Haus, und um nichts anderes geht es.«

»Könnten wir vielleicht wieder auf den Boden der Tatsachen zurückkehren?«, fragte Neal und sah Goss mit Augen an, die so kalt blickten wie die eines Reptils.

»Wie Sie wünschen. Ist dieses Virus, das in Pembroke ausgebrochen ist, für Sie Tatsache genug? Die Seuchenschutzbehörde ist mit ihren Untersuchungen noch nicht fertig, aber es deutet vieles darauf hin, dass es dem Virus, das Dr. Low damals für die AFIP entwickelt hat, ziemlich ähnlich sein dürfte.«

»Das Virus ist unter Kontrolle, Richard, das haben Sie vorhin doch selbst gesagt.«

»Stimmt. Aber die, die es weiterentwickelt haben, sind es nicht. Dieser Dr. Maxwell wäre von seiner Ausbildung her durchaus in der Lage, ein solches Virus weiterzuentwickeln, und bei der FDA hätte er sogar die technischen Möglichkeiten dafür gehabt. Und da ist noch etwas.« Goss klappte seinen Aktendeckel zu und sah Neal durchdringend an.

»Wissen Sie eigentlich, wie Larrick, Monsignore Vada und Dr. Low ermordet wurden? Ich erspare Ihnen die Einzelheiten, aber man hat ihnen unter anderem eine lebende Ratte in den Mund gesteckt und diesen dann mit groben Stichen zugenäht. Ein untrügliches Zeichen für einen Ritualmord, was, wie ich finde, sehr gut zu einer Weltuntergangssekte passt. Aber jetzt kommt das Entscheidende: Als Vada starb, befand sich Maxwell, der eigentlich in Maryland wohnt, in einem Hotel in Washington, nur wenige Kilometer von der Kirche entfernt, vor der Vada entführt wurde. Das Hotelpersonal hat ausgesagt, Maxwell hätte mitten in der Nacht das Hotel verlassen. Eine seltsame Häufung von Zufällen, nicht wahr?«

»Vielleicht. Aber immer noch kein Beweis. Haben Sie sonst noch etwas?«

»Jede Menge. Ich habe heute Vormittag Erkundigungen über AMT eingezogen. Der Leiter des Labors war ein gewisser Fayed Vitek, ein libanesischer Christ, dessen Eltern in den 1960er-Jahren nach Amerika eingewandert sind. Fayeds Eltern wurden von muslimischen Milizen vertrieben und haben sich hier einer Gruppierung christlicher Fundamentalisten angeschlossen, die fest daran glauben, dass sich in nicht allzu ferner Zukunft im Norden Israels die große Schlacht von Armageddon abspielen wird, bei der ein streitbarer Christus über alle seine Feinde triumphieren und fortan die Menschheit als König der Könige regieren wird.

Vitek scheint das Erbe seiner inzwischen verstorbenen Eltern weiterzutragen, denn er hat an der Universität diverse Artikel in obskuren Studentenblättern verfasst mit dem Tenor, dass die Konflikte im Nahen Osten nur die Vorboten jener großen Entscheidungsschlacht seien, bei der das Jüngste Gericht über diese Welt kommt und die Ungläubigen und Sünder für immer besiegt werden. Schon erstaunlich, wer hier in Amerika alles ein Labor leiten darf, finden Sie nicht?«

Neal ließ diese Frage unkommentiert. »Na schön, Richard«, sagte sie stattdessen. »Ihre Befürchtungen sind nicht ganz von der Hand zu weisen, deshalb will ich Ihnen einen Vorschlag machen. Sehen Sie zu, dass dieser Dr. Maxwell verhaftet wird und lassen Sie ihn in die Mangel nehmen. Und wenn es dann wirklich konkrete Hinweise darauf gibt, dass er an einer solchen Biowaffe gearbeitet hat und sie gegen meine Menschenkette einzusetzen gedenkt, dann blase ich H.A.T. ab. Einverstanden?«

»Das FBI hat ihn noch letzte Nacht auf die Fahndungsliste gesetzt«, antwortete Goss. »Es dürfte also nur noch eine Frage der Zeit sein, bis sie ihn haben.«

»Dann ist ja so weit alles geklärt. Und jetzt entschuldigen Sie mich bitte, ich habe heute Nachmittag noch wichtige Termine.«

Goss machte kein allzu glückliches Gesicht, aber es blieb ihm nichts anderes übrig, als die Kröte zu schlucken, die Neal ihm auf einem Silbertablett präsentiert hatte.

»Eine Frage noch, Kathleen …«

»Ja, aber machen Sie schnell!«

»Als dieser Maxwell gestern bei Ihnen war, hat er da etwas gesagt, woraus man schließen könnte, wo er sich derzeit aufhält? Hat er von irgendwelchen Plänen gesprochen oder von Dingen, die er vorhat?«

»Tut mir leid, Richard, da muss ich Sie enttäuschen. Der Mann schien mir völlig auf dieses Aortapflaster fixiert, von dem er glaubt, dass bei den Tests nicht alles mit rechten Dingen zugegangen ist. Ein armer Spinner, wenn Sie mich fragen.«

59

19:34 UHR
BIOMETRIX ZENTRALE, VIRGINIA

Jack brannten die Augen, weil er in Angies gläsernem Büro seit Stunden auf seinen Laptop starrte und alles tat, um die aus dem Netzwerk von AMT heruntergeladenen Dateien zu knacken. Bisher hatten sie sich immun gegen sämtliche Versuche erwiesen, ihren komplex verschlüsselten Code in eine lesbare Form zu bringen. Während Angies Computer eine Zeichenkombination nach der anderen abarbeitete, hatte Jack alle Tricks, die ihm als Hacker einfielen, auf die Dateien angewandt und war am Ende jedes Mal wieder mit leeren Händen dagestanden. In seiner Verzweiflung hatte er auch mehrmals versucht, Kontakt mit MafiaGrrl aufzunehmen und sie zu fragen, ob sie vielleicht einen Tipp für ihn hätte, aber seine Nachrichten waren jedes Mal im digitalen Nirvana verschwunden. Niemand kannte sich mit den Tücken der Kryptografie besser aus als MafiaGrrl, das war allgemeiner Konsens in Hackerkreisen.

Jack fragte sich, ob sie wohl etwas mit MafiaBoy zu tun hatte, jenem berüchtigten Teenager aus Kanada, der Dell, E*Trade und eBay mit Denial-of-Service-Attacken lahmgelegt und so einen Gesamtschaden von über einer Milliarde Dollar verursacht hatte. Vielleicht war sie ja nur der weibliche Nickname von MafiaBoy, auch wenn sie immer behauptete, dass sie mit ihrer Hackerei keinen Schaden anrichten wolle.

Natürlich wäre es Jack lieber gewesen, wenn sich hinter diesem Pseudonym ein weibliches Wesen verbergen würde, ein Lara-Croft-ähnliches Mädchen mit langen, schwarzen Haaren, glatter Haut und so straffen Brüsten wie Dr. Angie Howlett, die er mehr als einmal ebenso verstohlen wie bewundernd gemustert hatte. Aber bei seinem Glück war MafiaGrrl entweder eine total unattraktive Computerbraut oder, noch schlimmer, ein pickeliger, männlicher Teenager wie er oder schlimmstenfalls ein bierbäuchiger, pensionierter IBM-Ingenieur mit Raucherhusten und gelben Zähnen. In Hackerkreisen interessierte es niemanden, wie man aussah, da war es nur wichtig, was für einen Code man schrieb.

Als wäre es Gedankenübertragung, fing Jacks Logon im IRC Chatroom auf einmal zu blinken an.

IRC oder Internet Relay Chat war ein weltweites Diskussionsforum, in dem man Gruppendiskussionen aber auch private Gespräche zwischen zwei Usern führen konnte. Hacker verwendeten es gerne, weil es einen gewissen Schutz vor allzu neugierigen Strafverfolgungsbehörden bot.

[MAFIAGRRL]: JaHa, bist du da?

[JAHA]: Warte schon ewig auf dich. Was rausgefunden?

[MAFIAGRRL]: Leider nein. Der Code ist verdammt stark. Was ist das für ein Zeug?

[JAHA]: Keine Ahnung. Mache gerade eine Brute-Force-Attacke, seit fünf Stunden negativ.

[MAFIAGRRL]: Harte Nuss. Wo hast du es her?

[JAHA]: Aus einem Firmennetzwerk. AMT in Richmond, VA. American Medical Testing.

[MAFIAGRRL]: Gute oder Böse?

[JAHA]: Böse.

[MAFIAGRRL]: Pass auf dich auf, Jack!

[JAHA]: Klar doch.

[MAFIAGRRL]: Wenn du Hilfe brauchst, melde dich!

[JAHA]: Mach ich.

[MAFIAGRRL]: Versprochen?

[JAHA]: Versprochen. CUL8R

[MAFIAGRRL]: CU :-)

Jack loggte sich aus, und sein Herz schlug auf einmal schneller. Noch nie war MafiaGrrl so um sein Wohl besorgt gewesen und noch nie hatte sie einen Chat mit einem Smiley abgeschlossen. Eigentlich hätte er sich darüber freuen sollen, aber letzten Endes überwog doch die Enttäuschung, dass sie ihm beim Knacken des Codes nicht hatte helfen können. Wenn sie das nicht konnte, wer dann?

Jack nahm einen Schluck von der Cola, die Angie ihm

auf den Schreibtisch gestellt hatte, bevor sie fortgegangen war, um nach seinem Vater zu sehen. Was sollte er jetzt bloß tun? Aufgeben und Angie und seinem Vater gestehen, dass es mit seinen Hackerkünsten doch nicht so weit her war, wie er immer sagte? Und was sollten die beiden machen, wenn es ihm nicht gelang, ihnen die Beweise zu liefern, die sie so dringend benötigten? Jack stellte das Glas beiseite und dachte nach. Wie kam man an ein Passwort, das zu kompliziert war, um es zu erraten oder durch bloßes Ausprobieren zu knacken? Ganz klar: Man musste sich auf die größte Schwachstelle konzentrieren, die es in jedem System gab: den Menschen. Was taten Menschen, die täglich mit solchen Passwörtern arbeiten mussten? Angie schrieb es auf einen Zettel und versteckte ihn unter ihrer Schreibunterlage, andere schrieben sie auf die erste Seite irgendeines Buches in ihrem Regal, und wieder andere klebten sich ein Post-it an ihren Bildschirm oder ihren Computer.

Jack schüttelte den Kopf. Das brachte ihn auch nicht weiter. Bei AMT würde niemand mehr ein Passwort auf einem kleinen Zettel oder in einem Buch finden, denn AMT war in der vergangenen Nacht komplett in Flammen aufgegangen. Wenn es Angies Rechnerpool nicht gelang, das Passwort durch zig-millionenfaches Ausprobieren aller möglichen Zeichenkombinationen herauszubekommen, würden die Daten von AMT vielleicht für immer eine unlesbare Zusammenballung willkürlich angeordneter Nullen und Einsen bleiben.

Jack stützte den Kopf in die Hände und schloss die müden Augen. Es half nichts, er musste sich eingestehen, dass er gescheitert war. Ein paar Minuten saß er so da und hörte dem Rauschen des Regens, dem Plätschern des Sees und dem surrenden Lüfter seines auf Höchstleistung arbeitenden Laptops zu. Dann sprang er plötzlich wie elektrisiert auf.

In seiner Verzweiflung war ihm eine allerletzte Idee gekommen.

60

19:40 UHR
BIOMETRIX ZENTRALE, VIRGINIA

»Hallo, Sie Murmeltier. Genug geschlafen.«

Ben erwachte, als er die warme Frauenstimme hörte. Mit einem mächtigen Gähnen öffnete er die Augen und sah, dass über seinem Bett ein Plastikbeutel mit einer milchigweißen Flüssigkeit hing, von dem ein dünner Schlauch zu seiner linken Armbeuge führte.

»Ich habe gar nicht bemerkt, dass Sie mich an einen Tropf gehängt haben«, sagte er zu Angie Howlett, die sich lächelnd über ihn beugte.

»Sie waren völlig weggetreten«, sagte sie. »Aber das ist ja kein Wunder, bei allem, was Sie durchgemacht haben.«

»Und was ist das bitte, was Sie da in mich hineintröpfeln lassen?«

»Künstliches Blut«, erwiderte Angie. »Zum Patent angemeldet, aber bisher ohne FDA-Zulassung. Doch keine Angst, es ist völlig sicher und beschleunigt Ihren Heilungsprozess. Wir nennen es intern Hämoglobin-Milch.«

Sie zog Ben die Infusionsnadel aus der Vene und tupfte ihm das Einstichloch mit einem alkoholgetränkten Wattebausch ab.

»Ich fühle mich tatsächlich schon viel besser«, sagte Ben. »Mein Kopfweh ist total verschwunden, und der Druck auf meiner Brust auch. Scheint ein Wundermittel zu sein, ihre Hämoglobin-Milch. Hätten Sie vielleicht auch Hämoglobin-Eiskrem da?«

»Erfreulich, dass Sie schon wieder Witze machen können«, sagte Angie. »Aber vor dem Eis müssen Sie erst mal brav Ihre Tabletten nehmen. Wir müssen Ihren Blutdruck unbedingt niedrig halten, damit das Aortapflaster optimal anwachsen kann.«

»Vielleicht will ich ja gar nicht, dass es anwächst.«

»Das wäre aber ziemlich unklug, denn dann hätten Sie sofort wieder ein Loch in Ihrer Aorta.«

»Und so habe ich einen biologischen Sprengsatz knapp über meinem Herzen, der jeden Augenblick losgehen kann.«

»Ob es ein Sprengsatz ist und wenn ja, welcher, werden wir gleich feststellen.«

»Und wie, wenn ich fragen darf?«

Angie rollte den Infusionsständer beiseite und setzte sich auf die Kante von Bens Bett. »Ich möchte gerne ein MRT mit Ihnen machen, ein Magnet-Resonanz-Tomogramm.«

»Heißt das, dass Sie mich in so eine enge Röhre stecken wollen?«

»Für einen Wissenschaftler von der FDA sind Sie aber ziemlich technikfeindlich, Ben«, erwiderte Angie mit einem tadelnden Lächeln.

»Muss das denn wirklich sein?«, fragte Ben, dem es peinlich war, seine Klaustrophobie zuzugeben.

»Wenn wir herausfinden wollen, wieso mein Pflaster mit diesem Virus reagiert, dann schon. Ich werde mir jetzt Ihr CardioPatch genauer ansehen. Wir haben nicht viel Zeit dafür, die Polizei und das FBI können jeden Augenblick hier sein, und dann müssen wir etwas in der Hand haben, um

Ihre Vermutungen zu beweisen. Können Sie gehen, oder soll ich Sie im Rollstuhl schieben?«

»Wohin denn?«

»Zu meinem Kernspintomografen drüben im Laborflügel. Es geht schneller, wenn Sie den Rollstuhl nehmen, aber falls ich Sie damit in Ihrer Mannesehre kränke …«

Sie sah ihn spöttisch an.

»Schieben Sie das verdammte Ding schon her.«

»So ist's recht«, sagte Angie schmunzelnd. »Ich liebe Patienten, die kooperativ sind.«

Ben, der immer noch den Krankenhausschlafanzug trug, setzte sich in den Rollstuhl und ließ sich von Angie durch feiertäglich verlassene Gänge schieben.

»Sieht ganz so aus, als würde es ihnen gefallen, wenn ich Sie bemuttere«, sagte Angie hinter ihm. »Aber ich sage Ihnen gleich, das hört sich ziemlich bald wieder auf. Morgen werden Sie schon so fit sein, dass Sie gar nicht mehr wissen werden, was ein Rollstuhl ist.«

»Mir geht es ja heute schon viel besser als gestern.«

»Sehen Sie, jetzt spüren Sie am eigenen Leib, was für eine geniale Erfindung mein CardioPatch ist und wie viel Geld es unserem Gesundheitswesen sparen kann. CardioPatch befindet sich noch keine 24 Stunden in Ihrer Brust, und Sie sind bereits in einem Auto gefahren und mit einem Flugzeug geflogen.«

»Und durch einen Lüftungsschacht gekrochen.«

Sie waren inzwischen in den anderen Flügel des Firmengebäudes gelangt, der mit dem Verwaltungsflügel einen spitzen Winkel bildete. Genau an der Verbindungsstelle zwischen beiden befand sich Angies Chefbüro. Die eine Wand des Ganges bestand aus einer durchgehenden Glasfront, hinter der sich Ben das beeindruckende Panorama des Lake Anna eröffnete.

»Bei schönem Wetter ist der Blick einfach ein Traum«, sagte Angie.

»Mir gefällt er auch so schon sehr gut. Ebenso wie diese außergewöhnliche Architektur.«

»Vielen Dank für das Kompliment«, erwiderte Angie. »Ich habe die groben Pläne dafür selbst entworfen.«

»Tatsächlich? In Ihnen steckt ja viel mehr als es den Anschein hat.«

»Das hätten Sie wohl nicht gedacht, was?« Angie lachte leise. »Sie haben mich wohl für eine geldgierige Pharmatussi gehalten, die Dollarzeichen in den Augen hat. Aber da muss ich Sie enttäuschen, Ben, ich habe noch viele andere Talente. Ich halte sogar ein Patent auf das spezielle Glas, das hier in diesem Gebäude verbaut ist. Mit einem elektrischen Impuls kann ich jede der Scheiben per Fernsteuerung undurchsichtig machen.«

»Alle Achtung. Falls das mit CardioPatch nichts werden sollte, können Sie also immer noch Architektin werden.«

»Das mit dem Pflaster wird schon, wenn Sie mir dabei helfen, Ben. So, wir sind da.«

Sie standen vor einer Tür, auf der ein großes Schild in roten Lettern verkündete:

MAGNETRESONANZTOMOGRAF
VORSICHT! STARKE MAGNETFELDER!
RAUM NICHT MIT HERZSCHRITTMACHERN,
INSULINPUMPEN ODER METALL-
IMPLANTATEN BETRETEN!

»Haben Sie irgendwelche Metallimplantate in Ihrem Körper, Ben?«, fragte Angie. »Genagelte Knochenbrüche, ein künstliches Hüftgelenk oder Ähnliches?«

»Mein einziges Implantat ist Ihr CardioPatch.«

»Und das ist ungefährlich.«

»Sagen Sie. Wie steht es mit Amalgamfüllungen in den Zähnen?«

»Die können ein leichtes Kribbeln verursachen. Nichts Dramatisches.«

Angie tippte eine Zahlenkombination auf einer kleinen Tastatur neben der Tür ein, die daraufhin mit einem elektrischen Surren aufging.

In der Mitte des Raumes stand eine große, mit kobaltblauem Plastik verkleidete Maschine, die aussah wie ein kurzes Stück einer dicken Ölpipeline. Aus der Mitte ragte eine weiße Liege heraus.

»So einen Kernspin habe ich ja noch nie gesehen«, sagte Ben, halb ängstlich, halb bewundernd.

»Können Sie auch nicht. Wir haben hier den modernsten MRT in ganz Virginia, ein Hochfeldsystem mit unglaublichen 12,5 Tesla. Da müssen Sie lange suchen, bis sie etwas Vergleichbares finden.«

»Ich weiß«, antwortete Ben, dem bei dem Gedanken, gleich auf dieser Liege zu liegen, ausgesprochen unwohl war.

»Mit diesem Ding können wir nicht nur die interne Anatomie sämtlicher Organe und Weichteile sehen, sondern auch alle Stoffwechselvorgänge im Körper in dem Augenblick beobachten, in dem sie stattfinden. Wir fangen dafür die elektrischen Impulse von Elementen wie Natrium, Phosphor, Kohlenstoff, Stickstoff und Sauerstoff auf – und das sogar im Gehirn. Man könnte fast sagen, dass wir damit die Gedanken eines Menschen sichtbar machen.«

»Bitte nicht. Das würde bei mir momentan ein ziemlich düsteres Bild ergeben.«

Angie ging darauf nicht ein. »Indem wir mit Sauerstoff angereichertes Hämoglobin sichtbar machen, können wir auch sämtliche Aktivitäten des Herzens verfolgen sowie den kompletten Blutkreislauf abbilden. Und natürlich auch das Pflaster, das Sie jetzt in der Aorta tragen. Wenn ich es mit Aufnahmen anderer CardioPatches vergleiche, kann ich vielleicht herausfinden, ob etwas daran verändert wurde und wenn ja, was.«

Angie trat hinter eine Glaswand neben der Maschine und drückte auf mehrere Knöpfe an einer Konsole. Der Kernspintomograf fing leise zu summen an.

»So, und jetzt müssen wir noch den Rollstuhl fortbringen, denn es dürfen keine Metallgegenstände im Raum sein wenn ich das Magnetfeld anschalte.«

Als Ben aus dem Rollstuhl aufstand, klingelte ein Telefon an der Konsole, und Angie hob ab. Es war Jack, dem sie die Nummer gegeben hatte, auf der sie überall in der Firma erreichbar war.

»Was gibt's, Jack?«, fragte Angie. »Hast du den Code geknackt?«

»Nein, noch nicht. Ist mein Vater vielleicht bei Ihnen? Ich habe gerade in seinem Zimmer nachgesehen, da ist er nicht mehr.«

»Er steht neben mir. Soll ich ihn dir geben?«

»Ja, bitte.«

Angie reichte Ben den Hörer weiter. »Für Sie.«

»Ja, Jack?«, fragte Ben.

»Dad, du bist meine letzte Rettung.«

»Wieso?«

»Das kann ich dir jetzt nicht lang und breit erklären. Ich möchte, dass du dich an das Büro bei AMT erinnerst. An das, wo der Computer stand, in den du den USB-Stick gesteckt hast.«

»Das war nicht ich, das war Dr. Vitek«, entgegnete Ben.

»Darum geht es jetzt nicht. Ich muss wissen, was du in diesem Büro gesehen hast. Ist dir irgendwo ein Zettel mit kryptischen Zeichen aufgefallen? Buchstaben und Zeichen, bunt durcheinander gewürfelt?«

»Nicht dass ich wüsste.«

»Aber Dad, du sagst doch immer, dass du ein fotografisches Gedächtnis hast. Jedes meiner Schulzeugnisse kannst du mir noch nach Jahren bis zur letzten Note herunterbeten, da wirst du dich doch wohl an einen Zettel erinnern, den du gestern gesehen hast.«

So einfach, wie Jack sich das vorstellte, war es mit Bens Erinnerungsvermögen nicht. Sein Gedächtnis funktionierte zwar wirklich wie eine Kamera, die alles, was er jemals gesehen hatte, aufnahm und speicherte. Das Problem war nur, so eine Aufnahme später wiederzufinden. Es war in etwa so, als besäße man eine riesige Bibliothek voller dicker Fotoalben. Auf den einzelnen Fotos war alles vorhanden, aber er musste erst einmal das Album haben, in dem das gesuchte Foto klebte, und dann musste er darin auch noch die richtige Seite aufschlagen.

»Gib mir eine Minute, Jack. Ich versuche, mich zu erinnern.«

Das Problem war, dass Jack nicht sagen konnte, ob der Zettel, nach dem er suchte, wirklich existiert hatte, und Ben deshalb keinen Anhaltspunkt hatte, nach dem er die Bilder in seinem Gedächtnis durchsuchen konnte. Er schloss die Augen und stellte sich Viteks Büro bildlich vor. Er sah einen Jahreskalender an der Wand, in den die Namen von Mitarbeitern eingetragen waren. Vermutlich ein Urlaubsverzeichnis oder etwas Ähnliches. Ben hätte jeden einzelnen Namen aus dem Gedächtnis zitieren können, ebenso wie das Datum, bei dem der Name stand. Er sah eine medizinische Fachzeitschrift auf dem Schreibtisch, bei der er die Überschriften und die Artikel auf der ersten Seite lesen konnte, er sah den Warnhinweis auf einer Schachtel mit Zigaretten, die von dieser Zeitschrift halb verdeckt wurde. »Wenn Sie jetzt mit dem Rauchen aufhören, verringern Sie schwerwiegende Risiken für Ihre Gesundheit.«

»Denk nach, Dad«, sagte Jack. »Es ist sehr wichtig. War da eine Pinnwand oder irgendwas am Computermonitor? Du weißt schon, so Zettel, auf die du dein Gewicht schreibst und die du dir an den Kühlschrank klebst, wahrscheinlich, damit du nicht so viel isst.«

»Das ist dir aufgefallen?«

»Bin ja nicht blöd. Also, waren da solche Zettel in dem Büro?«

Ben hatte den Monitor nur von hinten gesehen. Er hätte das Firmenschild und sogar die Inventarnummer des Labors vorlesen können, aber das war es nicht, wonach Jack suchte. Und eine Pinnwand hatte es nicht gegeben.

»Tut mir leid Jack, ich glaube nicht, dass da ein Zettel war.«

»Stand denn sonst irgendwo eine Nummer, eine Buchstabenkombination, irgendwas, das wie ein Passwort aussah?«

»Leider kann ich mich an nichts dergleichen erinnern.«

»Verdammt!«, schimpfte Jack. »Das war meine letzte Chance, dieses beschissene Passwort zu knacken. Jetzt können wir hundert Jahre warten, bis Angies Computer alles durchgespielt haben, und bis dahin hat uns entweder dieser Killer erwischt oder das FBI.« Er legte auf.

»Können wir jetzt?«, fragte Angie, als Ben ihr den Hörer zurückgab.

Ben nickte, aber innerlich schüttelte er den Kopf. Wo hatte der Junge bloß diese Sprache her?

61

19:45 UHR
BIOMETRIX ZENTRALE, MRT-RAUM, VIRGINIA

»Muss ich da wirklich rein, Angie?«, fragte Ben und deutete auf den leise vibrierenden Tomografen in der Mitte des Raumes. Natürlich kannte er die Antwort.

»Ben, wir müssen herausfinden, was AMT mit meinem Pflaster gemacht hat, darin sind wir uns doch einig, oder? Nur wenn ich die Bilder von einem möglicherweise manipulierten CardioPatch mit denen vergleiche, die ich von meinen eigenen Testmustern gemacht habe, kann ich sehen, was daran anders ist. Und dieses CardioPatch in Ihrer Brust ist nun mal das Einzige, das wir untersuchen können. Also tun Sie mir den Gefallen und legen Sie sich auf diese Liege. In zwanzig Minuten ist alles vorbei.«

»Zwanzig Minuten in dieser finsteren Röhre können verdammt lang sein.«

»Jetzt sagen Sie nicht, dass Sie Platzangst haben.« Angie legte den Kopf schief und sah Ben fragend an.

»Ein bisschen«, gestand Ben.

»Ich würde Ihnen ein Beruhigungsmittel geben, aber dazu haben wir jetzt keine Zeit. Wenn ich die Aufnahmen habe, brauchen wir Sie bei klarem Verstand. Also reißen Sie sich zusammen, das wird schon gehen. Außerdem können Sie von da drinnen jederzeit Kontakt mit mir aufnehmen …«

Sie trat an die Liege, die wie eine metallene Zunge aus dem Apparat ragte und erklärte Ben die Sprechanlage im Inneren des Tomografen. Dann bat sie ihn, den Oberkörper frei zu machen, und ließ ihn sich mit dem Rücken auf die Liege legen. Ben zuckte zusammen. Die Liege war eiskalt. Angie kontrollierte, ob er sich in der richtigen Position befand und gab ihm einen an einem dünnen Kabel hängenden Gummiball in die rechte Hand.

»Wenn das Magnetfeld seine volle Stärke erreicht, wird es da drinnen sehr laut, das wissen Sie ja«, sagte sie. »Selbst wenn Sie schreien, kann ich Sie nicht hören. Falls irgendwas ist, dann drücken Sie diesen Ball, und ich schalte die Magnete sofort ab.« Sie setzte Ben ein Paar Kopfhörer auf und lächelte ihn an. Aus den Kopfhörern kam beruhigende Musik.

»Können wir?«, fragte sie.

Ben nickte schicksalsergeben.

Angie trat hinter die Glaswand und betätigte ein paar Knöpfe auf der Konsole. Langsam bewegte sich die Liege mit Ben in die Röhre hinein. Ben schloss die Augen.

»Alles in Ordnung?«, hörte er Angies Stimme aus den Kopfhörern und antwortete mit einem matten »Ja«. Er dachte an das kleine Pflaster oberhalb seines Herzens, das ihm das Leben gerettet hatte und möglicherweise sein Schicksal werden würde. Angie hatte Recht, sie mussten herausfinden, was es damit auf sich hatte, und diese Prozedur war der einzige Weg. AMT lag in Schutt und Asche, Larrick war tot, und diese zwei Quadratzentimeter High-Tech-Gewebe an der Innenwand seiner löchrigen Aorta waren möglicherweise das einzige Beweismittel, das sie für seine Unschuld hatten. Entfernen konnten sie es nicht mehr, also mussten sie es mit den Mitteln sichtbar machen, die die modernen bildgebenden Verfahren der Medizin ihnen boten. Selbst wenn das bedeutete, dass er dafür zwanzig Minuten lang in diese Röhre musste.

»Ich erhöhe jetzt die Stärke des Magnetfelds«, sagte Angies Stimme. In der Röhre war ein leises Klicken zu hören, das sich in immer kürzer werdenden Abständen wiederholte.

»Diese Geräusche sind ganz normal«, beruhigte ihn Angie. »Die Magnetspulen laufen sich warm.«

Ben wusste, wie ein Magnetresonanztomograf funktionierte. Starke, elektrisch erzeugte Magnetfelder regten die Atomkerne in den Körperzellen zum Schwingen an, und diese Schwingungen ließen sich mit hochempfindlichen Sensoren aufzeichnen. Ein an und für sich für den Patienten schonendes Verfahren, das ohne schädliche Röntgenstrahlung auskam – wenn da nicht diese enge Röhre gewesen wäre, um die herum die Magnetspulen angeordnet waren.

»Es wird gleich noch deutlich lauter werden«, hörte er Angies Stimme aus dem Kopfhörer. »Entspannen Sie sich und denken Sie an was Schönes. Es ist bald vorbei.«

Ben wusste, dass die sich bewegenden Magnetspulen laute Klopfgeräusche erzeugten und richtete sich schon mal geistig darauf ein. Er selbst hatte noch nie eine Untersuchung in einem MRT über sich ergehen lassen müssen, aber Tammy Fader hatte ihm davon erzählt, wie manche ihrer meist älteren Patienten bei diesem Klopfen die Nerven verloren hatten, weil sie glaubten, der Apparat würde gleich zusammenbrechen und sie unter sich begraben.

Tammy! Ben spürte einen Stich im Herzen, wenn er an sie dachte. Dabei sollte er doch an etwas Schönes denken.

Wie es Tammy wohl gerade ging? Ben hatte diese ganze Odyssee zwischen Larrick, Neal und AMT eigentlich nur auf sich genommen, um Tammy zu helfen, die sich seit dem Ausbruch des Virus irgendwo im Gewahrsam der Seuchenschutzbehörde befand. Und was hatte er erreicht? Überhaupt nichts. Er hatte so gut wie nichts über Tammy erfahren, und jetzt klebte ein mysteriöses Pflaster in seiner Aorta, von dem er nicht wusste, ob es ihn demnächst umbringen würde. Nein, Gedanken an Tammy waren keine schönen Gedanken. Da dachte er doch lieber an seinen Sohn, der ihm das Wichtigste in seinem Leben war, wichtiger als sein Beruf, auch wenn Jack das manchmal nicht zu merken schien. Wenigstens war Jack in seiner Nähe.

Das Summen der Spulen wurde lauter und übertönte nun deutlich die dahinplätschernde seichte Entspannungsmusik in den Kopfhörern. Bald würde das Klopfen anfangen, und dann galt es durchzuhalten, bis die Prozedur vorbei war. Ben öffnete die Augen. Er steckte jetzt vollständig in dieser engen Röhre, und sofort kamen ihm die Bilder jenes fürchterlichen Tages ins Gedächtnis, an dem sein älterer Bruder ihm beim Versteckspiel im Haus seiner Großeltern in den Wäschetrockner geholfen hatte und er darin stecken geblieben und nicht mehr herausgekommen war. Zwei Stunden lang hatte er in der engen Trommel ausharren müssen, bis endlich ein Mechaniker gekommen war und ihn befreit hatte. Seit damals hatte Ben eine kaum zu überwindende Phobie vor engen, abgeschlossenen Räumen. Nur widerwillig betrat er Aufzugskabinen oder kleine Luftschleusen, wie es sie in manchen Hochsicherheitslabors gab, und selbst wenn ihm etwas herunterfiel und er unter einen Tisch kriechen musste, um es sich wieder zu holen, wurde ihm ganz unwohl …

Da sah er es auf einmal vor sich. Wie ein Dia, das an eine Leinwand geworfen wird, war das Bild auf einmal in seinem Gedächtnis, so klar und deutlich, als würde er es in dieser Sekunde mit eigenen Augen sehen.

Ben drückte den Gummiball in seiner Hand, und das Summen der Magnetspulen wurde augenblicklich leiser.

»Ben, was ist los?«, hörte er Angies besorgte Stimme in den Kopfhörern fragen.

»Holen Sie mich hier raus, Angie«, sagte Ben. »Ich muss sofort mit meinem Sohn sprechen.«

»Was soll das?«, fragte Angie. »Hat das nicht Zeit bis nachher?«

»Nein, hat es nicht, ich glaube, ich habe jetzt, was er braucht, um die Daten von AMT zu entschlüsseln.«

62

19:50 UHR
BIOMETRIX ZENTRALE, VIRGINIA

»Dad, du bist echt der Wahnsinn!«, schrie Jack Maxwell ins Telefon, nachdem er die Enter-Taste gedrückt hatte und auf dem Bildschirm seines Laptop auf einmal eine lange Liste von Dateinamen erschien. Sein Vater hatte es tatsächlich geschafft. Er hatte in seinem Gedächtnis das Bild gefunden, von dem Jack gehofft hatte, dass es da sein würde: Das Bild eines kleinen, pinkfarbenen Post-it Zettels, der an der DVD-Schublade von Fayed Viteks Workstation bei AMT geklebt hatte. Ben hatte ihn nur kurz gesehen, als er unter den Schreibtisch gekrabbelt war, um den USB-Stick aus dem Computer zu ziehen. Dabei hatte er das Bild unbewusst abgespeichert: Vier Zeilen mit jeweils 16 willkürlich zusammengestellten Buchstaben, Zahlen und Sonderzeichen. Drei von ihnen waren durchgestrichen, aber die vierte konnte Ben aus seinem fotografischen Gedächtnis heraus fehlerfrei wiederholen, so dass Jack die Zeichen nur in seinen Laptop hatte tippen müssen.

»Dad, ich glaube, wir haben es geschafft. Ich kann mit dem Passwort jede Menge Dateien entschlüsseln, die ich mir aber erst ansehen muss. Ich melde mich wieder, sobald ich was Konkretes herausgefunden habe.«

Nachdem er aufgelegt hatte, ballte Jack die Hände zu

Fäusten und stieß einen langen, lauten Schrei aus. Er hatte es geschafft, er hatte in Rekordzeit eine 256-Bit-Verschlüsselung mit einem sechzehnstelligen Passwort geknackt, an der sogar MafiaGrrl gescheitert war. Das musste ihm erst mal jemand nachmachen. Okay, ohne die Hilfe seines Vaters wäre es ihm nicht gelungen, aber immerhin hatte er die Idee gehabt, seinen Dad nach dem Passwort zu fragen. Er und sein Vater waren einfach ein Superteam. Zum ersten Mal seit Jahren fühlte er sich Ben wieder auf liebevolle Weise verbunden, zum ersten Mal seit langer Zeit war er wieder stolz auf seinen Vater.

Er brach das Entschlüsselungsprogramm ab, das immer noch über Angies Computernetzwerk lief, und löste den Rechnerverbund, der letztendlich sein Ziel nicht erreicht hatte, so auf, dass auf keinem der Firmencomputer eine Spur davon zurückblieb. Als er sich danach den entschlüsselten Dateien zuwandte, erkannte er auf den ersten Blick, dass er auf eine ganz große Sache gestoßen war. Kein Wunder, dass die bei AMT so eine starke Verschlüsselung benutzt haben, dachte er, während er ungläubig auf den Bildschirm starrte. So ein Wissen für sich allein zu behalten war nicht nur dumm, es war auch gefährlich, und Jack wusste genau, was er zu tun hatte. Er schickte MafiaGrrl das Passwort zur Entschlüsselung der Dateien an eine sichere Adresse, die sie für solche Zwecke eingerichtet hatte, und machte sich dann auf den Weg zu Angie und seinem Vater.

63

19:53 UHR
BIOMETRIX-ZENTRALE, LAKE ANNA, VIRGINIA

Die mit Vinyl gepolsterte Metallzunge bewegte sich mit einem kaum hörbaren Summen und transportierte Ben ein zweites Mal ins Innere der engen Röhre.

»Ich muss aufs Klo«, sagte er noch, aber Angie ging nicht darauf ein.

»Zu spät«, kam ihre Stimme aus dem Kopfhörer. »Die paar Minuten werden Sie es schon aushalten. Haben Sie den Notball in der Hand?«

»Ja«, erwiderte Ben, dem gar nicht wohl war in seiner Haut. Er spürte, wie sein Herz vor Aufregung schneller schlug und fragte sich, ob das in seinem frisch operierten Zustand wohl empfehlenswert war. Die Liege kam zum Stillstand, und Ben rutschte ein wenig darauf herum, bis er eine halbwegs bequeme Stellung gefunden hatte.

»Nicht bewegen«, sagte Angie, »sonst kriege ich verwackelte Bilder, und wir müssen alles nochmal machen.«

Ben erstarrte augenblicklich und lag stocksteif in der Röhre, aus der ein leises, tickendes Geräusch zu hören war. Jede Minute, die er nicht in diesem engen Gefängnis verbringen musste, war ein Geschenk des Himmels.

»Was ist das für ein Ticken?«, fragte er.

»Stören Sie sich nicht dran, das ist normal«, erwiderte

Angie. »Stellen Sie sich einfach vor, es wären die Zwerge des Weihnachtsmanns, die mit ihren winzigen Hämmerchen auf einen Blechstern klopfen.«

»Der Weihnachtsmann hat Elfen, keine Zwerge.«

»Danke für die Aufklärung. Atmen Sie langsam durch die Nase ein und durch den Mund wieder aus, so als ob Sie meditieren würden.«

»Wie diese buddhistischen Mönche?«, fragte Ben. »Ich habe mal gelesen, dass bei denen die Durchblutung des Gehirns dabei um zwanzig Prozent reduziert wird.«

Angie lachte. »Keine Sorge, deshalb wird man Sie schon nicht bei MENSA ausschließen.«

Als Ben die Augen öffnete und nur Zentimeter von seiner Stirn entfernt die mit Plastik ausgekleidete Innenwand der Röhre sah, brach ihm am ganzen Körper der Schweiß aus. Er musste die Zähne zusammenbeißen, um nicht laut loszuschreien und kämpfte mit aller Kraft gegen den Drang an, sich irgendwie aus der engen Röhre herauszuschieben.

»Alles in Ordnung?«, fragte Angie.

»Geht so«, presste Ben hervor.

»Sie sind ein Held.«

Ben versuchte, sich auf etwas anderes zu konzentrieren als auf seine Platzangst. Angie hatte vergessen, die beruhigende Musik wieder einzuspielen, so dass das langsam lauter werdende Klopfen der Magnetspulen durch seinen Kopf dröhnte, als würde jemand mit einem Eisenschlegel wütend gegen eine Metalltür schlagen. Von Elfen des Weihnachtsmanns konnte jetzt wirklich keine Rede mehr sein. Unmerklich verwandelte sich der Rhythmus des Klopfens in Bens Hirn in einen alten Kinderreim, den seine Mutter ihm oft vorgesungen hatte:

»Ring around the rosies,
a pocket full of posies,
ashes, ashes, we all fall down …«

Dieser Vers stammte aus der Zeit der großen Pestepidemien im Mittelalter, wobei mit den »rosies« die Perlen des Rosenkranzes gemeint waren und die »posies« Blumen waren, die die Erkrankten bei sich trugen, um mit ihrem Duft den ekelerregenden Gestank ihrer von Geschwüren bedeckten Körper zu überdecken. Dass er ausgerechnet jetzt an die Pest denken musste, sorgte nicht gerade dafür, dass Ben der Aufenthalt in der engen Röhre erträglicher wurde. Trotzdem gelang es ihm nicht, den Kinderreim und die damit verbundenen Gedanken abzustellen. Vielleicht lag es an dem Gerede des Samariters über die justinianische Pest – jedenfalls wollten sich die düsteren Bilder nicht vertreiben lassen.

Was wäre, dachte Ben, wenn die großen Seuchen in der Geschichte nicht wie zufällige, aber unvermeidliche Schicksalsschläge über die Menschheit hereingebrochen wären? Wenn damals, im 6. Jahrhundert, schon irgendwelche im Geheimen wirkenden Kräfte hinter ihrem Ausbruch gestanden hätten, die aus einem pervertierten Sendungsbewusstsein heraus absichtlich Verderben über die Menschheit hatten bringen wollen? Die justinianische Pest hatte fünfundzwanzig Millionen Todesopfer gefordert, der Schwarze Tod im Mittelalter ebenfalls fünfundzwanzig und die Spanische Grippe am Ende des Ersten Weltkriegs sogar über vierzig Millionen. Kaum vorstellbar, dass diese gigantischen Opferzahlen das Werk bewusster Manipulationen sein sollten, aber ganz auszuschließen war es auch nicht. Was wäre, wenn die Verantwortlichen für diesen millionenfachen Tod ihren Auftrag über Jahrhunderte hinweg in einer Art Geheimgesellschaft weitergegeben hatten und ihn immer dann, wenn eine in ihren Augen verderbte Menschheit ein göttliches Sühnegericht verdient hatte, erneut in die Tat umgesetzt hätten?

Wie war doch gleich der Schwarze Tod im Mittelalter nach Europa eingeschleppt worden? Als im Jahr 1347 Tataren die genuesische Stadt Kaffa auf der Krim belagerten, schleuderten sie mit Katapulten pestinfizierte Leichen über die Mauern der Stadt. Als die Genueser schließlich auf zwölf Schiffen nach Sizilien flohen, hatten sie die Pest bereits mit an Bord. Bei Ankunft der Schiffe waren Mannschaften und Passagiere tot oder lagen im Sterben, und obwohl man die Überlebenden nicht an Land ließ, wurde der Pesterreger von Ratten, die über die Taue der Schiffe von Bord kletterten, aufs europäische Festland eingeschleppt.

Zwei Monate später war halb Messina tot, und die Krankheit verbreitete sich wie ein Flächenbrand von Süden nach Norden. In Sechs Monaten hatte das Große Sterben, The Great Dying oder die Magna Mortalis, Paris und London erreicht. Die Toten stapelten sich in den Straßen, so dass der Papst, der damals in Avignon residierte, den Fluss Rhone weihen musste, um über ihn die vielen Leichen entsorgen zu können. Über ein Drittel der Bevölkerung Europas ging damals zugrunde, was große soziale Verwerfungen und grauenvolle Pogrome an Juden und anderen angeblichen »Brunnenvergiftern« zur Folge hatte, denen man in Unwissenheit über den wahren Erreger der Krankheit die Schuld für die Pest in die Schuhe schob.

Eigentlich widersprach diese Geschichte der Vermutung, dass die Pest damals von einer Gruppe von Menschen in die Welt gesetzt worden war, aber je länger Ben mit klopfendem Herzen stocksteif in dieser Röhre lag, desto düsterer wurden seine Gedanken. Schließlich gab es wissenschaftlich nicht ganz abwegige Theorien, dass es sich beim Schwarzen Tod im 14. Jahrhundert gar nicht um die vom Bakterium Yersinia pestis ausgelöste Beulenpest, sondern um eine andere, noch ansteckendere Krankheit gehandelt haben könnte. Pocken, Cholera und Typhus wurden diskutiert, aber auch ein Hämorrhagisches Fieber, wie es beispielsweise vom Ebola-Virus ausgelöst wird. Was, wenn schon damals eine Gruppe fanatisierter, vom Glauben an eine grauenvolle Mission durchdrungener Menschen irgendwo in den Steppen Asiens eine dieser damals in Europa noch unbekannten Erkrankungen entdeckt und auf eine nichtsahnende und diesem Erreger vollkommen schutzlos ausgelieferte Bevölkerung losgelassen hätte? Eine vermeintliche Geißel Gottes, um den Menschen den rechten Glauben wieder einzuprügeln?

Während das Poltern immer lauter wurde und sich schließlich anhörte, als würde von draußen eine Ladung Schotter über die Röhre gekippt, stiegen vor Bens geistigem Auge beängstigende Bilder auf. Ein Geheimbund von bleichen Männer, in schwarze Kapuzenumhänge gehüllt, der sein todbringendes Wissen von einer Generation an die nächste weitergab und willkürlich befand, wann die Zeit wieder einmal reif war für den nächsten Schnitt mit der großen Sense, die nächste Sintflut, das nächste große Jäten im Beet des Herrn. Denn nach jedem der großen Seuchenzüge hatten die Gesellschaften Europas eine radikale Wende genommen. Die justinianische Pest hatte der sprichwörtlichen Dekadenz des oströmischen Reiches ein Ende gesetzt, und nach dem Schwarzen Tod im Mittelalter waren Prozessionen von Selbstgeißlern durch die Lande gezogen und hatten ihre fundamentalistischen Lehren vom Ende aller Zeiten und einem strengen, unerbittlichen Gott verkündet, der die Sünder mit harter Hand bestraft. Die Geißler hatten die Bluttaufe anstelle der Wassertaufe eingeführt, weil man sich in ihren Augen nur durch das Vergießen des eigenen Blutes von seinen Sünden reinwaschen konnte. Rasch war dieses Flagellantentum vom Papst verboten worden, aber manche seiner Anhänger waren in den Untergrund gegangen und hatten als sogenannte Kryptoflagellanten im Verborgenen weitergewirkt – stets in fanatischer Gegnerschaft zur offiziellen Kirche, die für sie eine Verkörperung des Antichristen war.

Auch wenn der Gedanke absurd oder zumindest weit hergeholt erschien: Es war nicht ausgeschlossen, dass einer dieser streng geheimen Bünde die gnadenlose Verfolgung durch die Inquisition und die Aufklärung überlebt hatte.

Und noch ein Gedanke kam Ben, der immer noch die fanatischen Worte des Samariters in den Ohren hatte. Der Mann war wie zerfressen gewesen von seinem Hass auf die Wissenschaft im Allgemeinen und die Medizin im Besonderen. Zur Zeit der Schwarzen Pest waren die Ärzte völlig machtlos gegen das Massensterben gewesen und hatten Zuflucht in absurden Behandlungsmethoden gesucht, die das Leid der Infizierten eher verschlimmert als gelindert hatten. Die Überlebenden hatten daher Zuflucht in der Religion gesucht, wenn auch eher bei fundamentalistischen

Bewegungen wie den Flagellanten als im Schoß der katholischen Kirche.

Ring around the rosies ... Die Perlen des Rosenkranzes als Ersatz für Pillen und sonstige Medizin. Ben, der gerade in einer der modernsten Errungenschaften der Medizin lag, die ihn wie eine Faust umschloss und ihm die Brust so eng werden ließ, konnte sich einer solchen Denkweise momentan nicht völlig verschließen. Allerdings war die Rechnung – sollte sie überhaupt jemand je angestellt haben – in der Neuzeit nicht mehr aufgegangen. Die Spanische Grippe hatte 1918 und 1919 weit mehr Todesopfer gefordert als sämtliche Seuchenzüge der Vergangenheit, und dennoch war von ihr keinerlei Wirkung in Bezug auf Moral und Religiosität mehr ausgegangen.

Im Gegenteil – die 20er-Jahre des vorigen Jahrhunderts waren eine derart hedonistische Zeit gewesen, wie die Menschheit sie bis dato nicht gekannt hatte. Das Jahrhunderte alte Gefüge Europas war zerbrochen, und staatliche wie kirchliche Autoritäten hatten nach dem Blutbad des Ersten Weltkriegs so stark an Glaubwürdigkeit verloren wie nie zuvor.

Falls es damals eine Gruppe gegeben hatte, die durch das Freisetzen eines ebenso tödlichen wie ansteckenden Virus versucht hatte, die Menschheit zu einer Rückkehr zum Glauben zu bewegen, so war sie kläglich gescheitert. Ob sie es jetzt ein weiteres Mal versuchen wollte?

Ben war in den letzten Minuten so sehr in seine Gedanken verstrickt gewesen, dass er gar nicht bemerkt hatte, wie die Klopfgeräusche rings um ihn leiser geworden waren.

»Ben, wie geht es Ihnen?«, fragte Angies Stimme aus dem

Kopfhörer. »Haben Sie halbwegs angenehme Gedanken gehabt?«

»Fragen Sie lieber nicht«, erwiderte Ben, der mit großer Erleichterung spürte, dass die Liege sich wieder in Bewegung setzte und ihn mit einem sanften Surren nach draußen beförderte.

64

20:40 UHR
BIOMETRIX ZENTRALE, LAKE ANNA, VIRGINIA

Ben hatte schon viele MRT-Aufnahmen von menschlichen Herzen gesehen. Dennoch erzeugte das Wissen, dass diese Aorta ascendens, die er da in leuchtendem Blau auf dem Monitor sah, seine eigene war, ein seltsam flaues Gefühl in seiner Magengrube. Deutlich war die sackartige Ausbuchtung zu erkennen – ein untrügliches Anzeichen für eine Aortendissektion.

»Sehen Sie jetzt, was ich gemeint habe?«, fragte Angie und deutete auf die Beule, an der sich die beiden Wandschichten der Hauptschlagader dicht am Herzen voneinander gelöst hatten. »Wenn dieses Aneurysma aufgeplatzt wäre, hätte ich Ihnen nicht mehr helfen können.«

Angie legte die Hand auf einen Trackball und drehte das dreidimensionale Bild ein Stück weit, so dass Ben unterhalb der Ausbuchtung einen runden, weißen Fleck sehen konnte, der etwa die Größe einer Vierteldollarmünze hatte.

»Das CardioPatch«, sagte er. Er hatte im Laufe des Zulassungsverfahrens für das Herzpflaster Hunderte ähnlicher Aufnahmen gesehen. Das Weiß des CardioPatch kam von einem speziellen, zu mehreren Patenten angemeldeten Marker, der in das gentechnisch manipulierte Gewebe eingearbeitet war und dafür sorgte, dass es auch nach vielen

Monaten bei bildgebenden Untersuchungsverfahren noch deutlich erkennbar war.

»Und? Fällt Ihnen etwas auf?«, fragte Angie.

»Eigentlich nicht«, sagte Ben. »Sieht aus wie ein normales CardioPatch.«

»In der Tat«, erwiderte Angie und brachte ein weiteres Bild auf einen zweiten Monitor nebenan, das dem auf dem ersten zum Verwechseln ähnlich sah.

»Diese MRT-Aufnahme stammt von einem der ersten Testpatienten, dem wir unser Herzpflaster eingesetzt haben. Ich habe die Operation selbst durchgeführt und weiß deshalb genau, dass dieses Pflaster direkt aus unserer eigenen Produktion gekommen ist. Niemand hatte Gelegenheit, es in irgendeiner Weise zu manipulieren.«

»Es sieht genauso aus wie das in meiner Aorta«, sagte Ben.

»Richtig, aber der Patient hatte das Pflaster schon zwei Monate lang im Körper, als die Aufnahme gemacht wurde. Ihres ist noch keine vierundzwanzig Stunden alt.«

»Was wollen Sie damit sagen?«

»Schauen Sie sich einmal die Ränder des Pflasters an«, sagte Angie. »Sehen Sie, dass sie auf beiden Aufnahmen irgendwie unscharf wirken, so als hätte jemand sie mit einem Weichzeichner bearbeitet?«

»Ist das gut oder schlecht?«

»Es ist genau so, wie es sein soll. Die unscharfen Ränder zeigen an, dass sich CardioPatch optimal mit dem Gewebe der Aorta verbunden hat. Mich macht nur stutzig, dass das bei Ihnen so schnell passiert ist. Hier, sehen Sie sich mal diese Aufnahme an.« Sie klickte ein anderes Bild auf den zweiten Monitor, auf dem der weiße Fleck des Herzpflasters sehr viel schärfer definierte Ränder zeigte.

»So hat das bei demselben Patienten zwei Tage nach der Operation ausgesehen«, sagte Angie. »Schon ein Unterschied, oder?«

»Wie interpretieren Sie das?«

»Entweder verfügt Ihr Körper über außergewöhnlich starke Selbstheilungskräfte, oder das CardioPatch, das ich Ihnen eingesetzt habe, wächst schneller an als die, die ich zum Testen herausgegeben habe.«

Ben dachte nach. Wunden heilten bei ihm tatsächlich relativ schnell, aber er glaubte nicht, dass sein Körper sich in dieser Hinsicht so deutlich vom Durchschnitt unterschied.

»Dann glauben Sie, dass das CardioPatch, das ich bei AMT mitgenommen habe, irgendwie verändert wurde?«

»Ausschließen kann ich es jedenfalls nicht. Wenn ich nur wüsste, wie ihnen das gelungen ist. Es sieht so aus, als hätte sich dieses Pflaster sehr viel intensiver mit dem Gewebe ihrer Aorta verbunden als meines.«

»Können Sie herausfinden, wie das möglich ist?«

»Ich werde es versuchen.«

Angie zoomte das Herzpflaster in Bens Aorta gerade größer heran, als es an der Tür klopfte. Ben öffnete und da stand Jack, der ein ernstes Gesicht machte.

»Was ist los, Jack?«

»Dad, ich glaube, wir sind da über eine ganz große Sache gestolpert«, sagte Jack und trat ein. Er hatte seinen Laptop unter dem Arm.

»Du willst doch nicht etwa sagen, dass du die Daten entschlüsseln konntest? Mit dem Passwort, das ich dir gegeben habe?« Es erfüllte Ben mit einer geradezu kindlichen Freude, dass er seinem Sohn auf dessen Spezialgebiet hatte helfen können.

»Ja, und diese Daten sind echt der Hammer. Stell dir vor, es sind eingescannte Akten von irgendwelchen wichtigen Politikern, Hunderte von PDFs …«

»Wenn sogar du erkennst, dass das Politiker sind, dann müssen die schon ziemlich bekannt sein«, sagte Ben.

»Was für Akten?«, fragte Angie.

»Keine Ahnung. Ich glaube, sie stammen aus dem Bethesda Krankenhaus.«

»Kannst du sie mir mal zeigen, Jack?«, fragte Angie.

»Klar. Ich habe sie hier auf meinem Laptop.«

Jack stellte den Computer vor Angie auf den Tisch und weckte ihn aus seinem Ruhezustand. Angie und Ben steckten die Köpfe zusammen und schauten gespannt auf den Bildschirm, wo eine lange, alphabetisch geordnete Liste von Namen zu sehen war.

»Wen haben wir denn da?«, sagte Ben und pfiff leise durch die Zähne. Er deutete mit dem Zeigefinger auf einen Namen im mittleren Drittel des Bildschirms.

»Kathleen Neal«, las Angie mit leiser Stimme vor. »Unsere hoch geschätzte Senatorin und Möchtegern-Präsidentschaftskandidatin! Was hat die denn da verloren?«

Jack machte einen Doppelklick auf den Namen, woraufhin sich ein mehrseitiges PDF-Dokument öffnete.

»Sieht aus wie eine Patientenakte«, sagte Ben. »Blätter doch mal weiter Jack.« Das PDF enthielt insgesamt sechs Seiten, von denen drei einen ausführlichen Operationsbericht darstellten.

»Sieh mal einer an«, sagte Angie. »Kathleen hat sich eine koronare Ballondilatation machen lassen. Davon hat sie mir nie etwas erzählt.«

»Was ist das, eine koronare Ballondilatation?«, fragte Jack.

»Vereinfacht ausgedrückt schiebt man da mit einem langen, flexiblen Schlauch einen winzigen Ballon durch die Arterie an eine Stelle, wo sie durch Kalkablagerungen verengt ist und weitet sie, indem man den Ballon aufbläst. Eine Routineoperation, wie sie jeden Tag Hunderte Male in unzähligen Krankenhäusern durchgeführt wird. Lass mal sehen, was die anderen Politiker an sich haben machen lassen.«

Jack klickte nacheinander die Dateien hinter mehreren Namen an, und Angie warf einen Blick auf die eingescannten Operationsberichte. Alle bezogen sich auf kleinere Routineoperationen am Herzen, wie sie viele Amerikaner ab einem gewissen Alter an sich vornehmen lassen müssen. Die meisten von ihnen waren vorbeugende Maßnahmen, andere sogar nur eingehende Untersuchungen. Bei allen aber war ein Katheter im Spiel, und alle Patienten hatten eine leichte Vollnarkose bekommen.

»Wozu braucht AMT denn solche Daten?«, wollte Ben wissen. »Und wieso verschlüsselt man sie, als wären es die geheimen Baupläne von Atomwaffen oder die Konstruktionsskizzen für das nächste iPhone?«

»Vielleicht deshalb«, erklärte Angie und deutete auf eine Nummer, die handschriftlich am Rand des OP-Berichts vermerkt war. »Das ist die Seriennummer eines meiner Herzpflaster. Eine solche Nummer war bisher auf jeder Krankenakte zu sehen.«

»Was hat die Nummer eines Ihrer Herzpflaster auf einem Bericht über eine Schrittmacherimplantation bei einem Kongressabgeordneten zu suchen?«, erkundigte Ben sich skeptisch.

»Das frage ich mich auch«, erwiderte Angie. »Aber vielleicht war die Implantation ja nur Tarnung. Vielleicht hat sich der Abgeordnete dabei auch gleich eines meiner Herzpflaster einsetzen lassen, das ihm AMT illegal verkauft hat.«

»Oder man hat es ihm eingesetzt, während er geglaubt hat, er kriegt seinen Herzschrittmacher«, gab Ben zu bedenken. »Wenn ich an den Verdacht denke, den Martin Larrick mir gegenüber geäußert hat, erscheint mir das die wahrscheinlichere Variante. Irgendjemand muss einen oder mehrere Kardiologen im Bethesda dazu gebracht haben, ihren prominenten Patienten bei diesen Routineoperationen ein CardioPatch an ihrer Aorta anzubringen. Und zwar eines der Versuchsmuster, die AMT nach seinen von uns in Auftrag gegebenen Tests eigentlich hätte vernichten müssen. Vielleicht haben sie stattdessen daraus einen biologischen Sprengsatz gebastelt, der hochgeht, wenn jemand auf den Fernauslöser drückt.«

»Und dieser Auslöser ist das Virus von Pembroke«, sagte Angie, der auf einmal einiges klarwurde.

»Genau.«

»Das Virus, das höchstwahrscheinlich ebenfalls bei AMT entwickelt wurde. Von diesem Dr. Allan Low, der danach zum ersten Opfer des Samariters wurde.«

»Weil er seine Arbeit getan hatte und nicht mehr gebraucht wurde?«, fragte Jack.

»Möglicherweise.«

»Das darf doch nicht wahr sein!«, rief Angie empört. »Da verwendet jemand mein Herzpflaster dazu, die politische Elite dieses Landes auszulöschen.«

»Ich fürchte, damit könnten Sie Recht haben«, stimmte Ben ihr zu. »Und ein paar hundert unschuldige Testpatienten für CardioPatch sind dabei ein Kollateralschaden.«

»Aber wie kann das sein? Ich meine, wie ist das rein technisch möglich? Die Patienten in Pembroke sind an einer Ruptur der Aorta gestorben, wenn Dr. Fader die Symptome richtig gedeutet hat. Aber genau das verhindert mein CardioPatch doch gerade!«

»Es hängt alles davon ab, was das Virus in dem Herzpflaster auslöst«, sagte Ben nachdenklich. »Ich könnte mir vorstellen, dass es einen Botenstoff transportiert, auf den die Fibrillen in den Zellen des Pflasters heftig reagieren. Was wäre zum Beispiel, wenn sich das Pflaster innerhalb kurzer Zeit so stark zusammenzöge, dass es die Wand der Aorta neben sich zum Zerreißen bringt?«

»So etwas wie ein extrem beschleunigtes Marfan-Syndrom«, sinnierte Angie. »Ein Angriff auf das Fibrillin, den Stoff, der unser Gewebe zusammenhält. Theoretisch wäre es möglich, aber mir ist kein Virus bekannt, das so eine Reaktion auslösen würde.«

»Mir auch nicht, aber darum geht es ja schließlich in den geheimen Army-Labors. Neue Viren zu entwickeln, die es bisher noch nicht gegeben hat. Wenn solche Pathogene in die falschen Hände geraten, lässt sich damit sogar der Weltuntergang inszenieren.«

»Mir ist das alles zu hoch«, sagte Jack. »Was ich viel spannender finde ist die Frage, ob sich diese alten Knacker absichtlich ein noch nicht zugelassenes Pflaster haben einsetzen lassen.«

»Weißt du was?«, fragte Angie. »Das werden wir jetzt gleich herausfinden.«

65

20:50 UHR
SENATE RUSSELL BUILDING, WASHINGTON, D.C.

Der Visagist des Fernsehteams war gerade dabei, eine dünne Schicht Puder auf Kathleen Neals Stirn aufzulegen, als das Telefon neben ihr auf dem Schreibtisch zu klingeln begann.

Neal murmelte eine Entschuldigung und hob ab.

»Michael, was gibt es denn? Ich habe Ihnen doch gesagt, dass ich jetzt nicht gestört werden möchte.«

»Ich weiß, Kathleen, aber es ist Angie Howlett. Sie sagt, es sei dringend.«

»Stellen Sie mir das Gespräch nach drüben ins andere Büro«, sagte Neal und stand auf. »Und lassen Sie feststellen, woher der Anruf kommt.«

Neal legte das Tuch, das ihr der Visagist zum Schutz ihrer Kleidung um den Hals gelegt hatte, auf den Schreibtisch, ging hinüber ins abendlich leere Büro ihrer Vorzimmerdame und hob das summende Telefon ab.

»Angie!«, flüsterte sie in den Hörer. »Wo steckst du denn? Warum hast du auf meine Anrufe nicht reagiert? Ich habe mir schon Sorgen um dich gemacht.«

»Ich war zu beschäftigt«, antwortete Angie ausweichend.

»Sieh mal einer an, beschäftigt warst du«, sagte Neal in sarkastischem Ton. »Weißt du eigentlich, was hier los ist?«

»Ja, ich habe es in den Nachrichten gehört. Martin Larrick ist gestern Nacht ermordet worden und in der Nähe von Richmond ist ein Sportflugzeug auf ein Labor gestürzt.«

»Du sagst es. Und seitdem macht mir die Heimatschutzbehörde die Hölle heiß und versucht mit allen möglichen und unmöglichen Tricks meine Menschenkette morgen zu verhindern.«

»Das tut mir leid, Kathleen. Ich weiß ja, wie wichtig dir dieses Event ist. Ich will dich auch nicht lange aufhalten, aber ich muss dir eine Frage stellen. Du hattest am 13. April in Bethesda bei einem Dr. Patrick Morris eine Herzoperation. Was genau wurde da gemacht?«

»Woher weißt du von dieser Operation?« Neals Stimme klang auf einmal eiskalt und misstrauisch. »Ich habe keinem Menschen davon erzählt.«

»Ich habe die Daten von einem Freund. Wozu hat diese Operation gedient?«

»Angie, dein Freund macht sich strafbar, wenn er solche hochsensiblen Daten herausgibt, ist dir das klar?«

»Weich mir nicht aus. Ich muss wissen, warum du diese Operation hast machen lassen. Die Antwort ist sehr wichtig für mich, denn möglicherweise geht es um meine berufliche Existenz. Und damit in gewisser Weise auch um deine. Du kannst dir ja sicher vorstellen, wie es mit der Finanzierung deines Wahlkampfs aussieht, wenn Biometrix Pleite macht.«

»Das war eine ganz normale Angioplastie, nicht der Rede wert. Ich wollte bloß nicht, dass sich das herumspricht. Politiker müssen gesund sein, sonst haben die Wähler kein Vertrauen in sie.«

»Kathleen, wie hast du dich nach dieser Angioplastie gefühlt? Hattest du irgendwelche Beschwerden? Schmerzen in der linken Brust, ein Stechen im Rücken, irgendwelche anderen Symptome?«

»Nein, es ging mir blendend. Warum fragst du?«

»Weil es möglich wäre, dass man dir bei dieser Operation ohne dein Wissen ein Versuchsmuster meines Herzpflasters eingesetzt hat.«

»Unmöglich! Dr. Morris genießt mein vollstes Vertrauen.«

»Und wenn ich dir sage, dass dieser Dr. Morris in den vergangenen zwölf Monaten an über hundert Kongressabgeordneten, Senatoren und anderen Politikern solche Routineoperationen durchgeführt hat und dass auf allen Krankenakten die Seriennummer eines meiner Versuchsmuster steht?«

»Können diese Akten denn nicht auch Fälschungen sein? Von einem Konkurrenten, der nicht will, dass du CardioPatch auf den Markt bringst, zum Beispiel?«

»Nein, Kathleen. Ich habe Beweise dafür, dass American Medical Testing Versuchsmuster meines Herzpflasters illegal weitergegeben hat. Mit großer Wahrscheinlichkeit wurden sie Politikern wie dir eingesetzt. Mir ist nur noch nicht klar, ob mit oder ohne ihr Wissen. Ben Maxwell sagt ...«

»Ben Maxwell? Meinst du etwa den Ben Maxwell, der wegen Mordes an Martin Larrick vom FBI gesucht wird? Was hast du mit diesem Mann zu schaffen, Angie?«

Angie erkannte sofort, dass sie einen Fehler gemacht hatte. »Nichts«, sagte sie. »Maxwell war bei der FDA für die Zulassung von CardioPatch zuständig, deshalb habe ich ein paarmal E-Mail-Kontakt mit ihm gehabt. Das ist alles.«

»Angie, verheimlichst du mir etwas?«

»Natürlich nicht, Kathleen. Wieso sollte ich?«

»Ich kann dich nur warnen, Angie«, sagte Neal mit kalter

Stimme. »Dieser Maxwell ist sehr gefährlich. Sollte er Kontakt zu dir aufnehmen, dann ruf sofort die Polizei. Der Mann hat vermutlich nicht nur Martin auf dem Gewissen, sondern auch noch eine ganze Reihe anderer Opfer.«

»Und ich dachte, er wäre in deinem Auftrag unterwegs gewesen.«

»Wie kommst du denn auf so was? Ich habe diesen Menschen noch nie gesehen.«

Angie hörte ein seltsames Klicken in der Leitung.

»Kathleen, kann es sein, dass du dieses Gespräch mitschneidest?«

»Jetzt leidest du aber langsam unter Verfolgungswahn, meine Liebe. Ich glaube, die ganze Aufregung um dein Herzpflaster wird langsam zu viel für dich. Warum gehst du heute nicht einmal etwas früher schlafen? Das wird dir bestimmt guttun. Und morgen sehen wir uns dann ja im Stadion zum Auftakt von H.A.T., nicht wahr?«

»Ich denke schon.«

»Na wunderbar. Dann halt die Ohren steif bis dahin, und wie gesagt, wenn dieser Maxwell sich bei dir melden sollte, dann geh bloß kein Risiko ein und verständige sofort das FBI. Der Mann kennt keine Skrupel.«

»Bis morgen, Kathleen.«

»Bis morgen, Angie.«

Als Angie aufgelegt hatte, drückte Neal nur kurz auf die Gabel des Telefons und wählte sofort eine Nummer, die sie auswendig kannte.

»Ich habe nicht viel Zeit«, sagte sie, als am anderen Ende der Leitung abgehoben wurde. »Aber ich weiß jetzt, wo Ben Maxwell sich aufhält.«

66

20:52 UHR
BIOMETRIX-ZENTRALE, LAKE ANNA, VIRGINIA

»Irgendetwas stimmt da nicht«, sagte Angie, nachdem sie aufgelegt hatte, zu Ben. »Sie haben mir doch erzählt, dass Sie im Auftrag von Kathleen Neal bei AMT waren, aber Kathleen behauptet, dass sie noch nie mit Ihnen gesprochen hat.«

»Die Frau lügt«, sagte Ben. »Sie war schließlich diejenige, die mich überhaupt erst in diese Geschichte hineingezogen hat. Was hat sie nur davon, wenn sie das abstreitet?«

»Keine Ahnung. Aber eines weiß ich genau: Wenn Kathleen Sie für Martins Mörder hält, dann hat sie Unrecht. Ich weiß, dass Sie Martin nicht umgebracht haben und dass jemand Sie im Krankenhaus ermorden wollte.«

»Angefangen hat alles mit den Anrufen von Tammy und diesem Virus, das in Pembroke ausgebrochen ist. Tags darauf haben mich Martin Larrick und die Senatorin in ein Geheimnis eingeweiht, das ich eigentlich gar nicht wissen dürfte: Dass jemand möglicherweise ein in einem geheimen Labor der Army gezüchtetes Virus so verändert hat, dass es zusammen mit Ihrem CardioPatch wie eine tödliche Waffe wirkt. Beide beknien mich, bei AMT gewisse Daten zu beschaffen, und kaum habe ich die Daten, fliegt AMT in die Luft, Martin wird bestialisch abgeschlachtet und ich werde von einem Killer verfolgt, der schon Allan Low und Martin Larrick auf dem Gewissen hat und nun mich und meinen Sohn umbringen will. Es sieht alles danach aus, als wollte jemand alle Menschen, die etwas von dieser Geschichte wissen, radikal beseitigen. Nur eine nicht: die Senatorin Kathleen Neal. Finden Sie das nicht merkwürdig?«

»Nicht unbedingt. Wer immer diese teuflische Geschichte mit CardioPatch und diesem Virus ausgeheckt hat, muss ja nicht wissen, dass Kathleen eingeweiht ist.«

»Aber warum schickt *sie* mich zu AMT, um die Daten zu besorgen, und jetzt, wo ich sie ihr beschafft habe, behauptet sie Ihnen gegenüber, ich hätte Martin Larrick umgebracht und hetzt mir das FBI auf den Hals? Warum tut diese Frau so was?«

Angie ließ ein kurzes, trockenes Lachen hören. »Weil sie ein Biest ist, Ben. Ich kenne Kathleen nun schon seit Jahren und weiß, dass für sie eigentlich nur eines zählt: ihre eigene Karriere. Und jetzt, wo morgen ihre Menschenkette stattfindet, an der sie sich letzten Endes bis ins Weiße Haus hangeln will, kann sie eines überhaupt nicht gebrauchen: dass die Presse sie mit so einer Geschichte über Mord und Totschlag in Verbindung bringt. Wenn alles nach Plan gelaufen wäre, hätten Sie die Daten Martin Larrick übergeben und er hätte sich um alles Weitere gekümmert. Martin war ein Meister darin, für andere die Fäden zu ziehen. Kathleen wäre erst am Schluss in Erscheinung getreten, um sich als die große Siegerin und Retterin Amerikas feiern zu lassen.«

Ben musste zugeben, dass diese Erklärung einer gewissen Logik nicht entbehrte, auch wenn sie ein ziemlich schlechtes Licht auf die Senatorin warf. »Dann würde sie mich eiskalt den Wölfen zum Fraß vorwerfen, nur um ihre Karriere nicht zu gefährden?«, fragte er.

»Ich fürchte, damit haben Sie eine ziemlich exakte Beschreibung von Kathleen Neal geliefert, Ben«, erwiderte Angie mit einem bedauernden Lächeln.

»Und jetzt steht sie selbst auf der Liste von AMT«, sagte Ben. »Glauben Sie, sie hat sich das Pflaster absichtlich einsetzen lassen?«

»Sie klang eher nicht so. Ich denke, sie ist tatsächlich wegen einer Routineoperation ins Krankenhaus gegangen. Aber bei Kathleen weiß man nie, woran man ist.«

»Aber damit gehört sie zum gefährdeten Personenkreis, wenn das Virus tatsächlich freigesetzt werden sollte.«

»Und nicht nur sie. Gut zwei Drittel der Führungselite dieses Landes scheinen auf dieser Liste zu stehen.«

»Wir müssen die Leute warnen, Angie. Irgendjemand, dem man vertrauen kann, muss diese Daten bekommen und die notwendigen Schritte einleiten.«

»Das wird nicht einfach sein, denn es besteht ja durchaus die Möglichkeit, dass einige auf der Liste sich das nicht zugelassene Herzpflaster doch freiwillig haben einsetzen lassen. Und welcher Politiker gibt so etwas schon gerne öffentlich zu?«

»Lassen Sie uns die Liste noch einmal ganz genau ansehen«, schlug Ben vor. »Vielleicht finden wir ja jemanden, der über jeden Verdacht erhaben ist und an den wir uns mit unserem Anliegen wenden können.«

»Gute Idee«, sagte Jack, der dem Gespräch der beiden gefolgt war, ohne ein Wort zu sagen. »Dann werde ich mal die Dateien so aufbereiten, dass sie sich besser lesen lassen.«

Zwei Stunden später saßen sie immer noch vor Jacks Laptop und sahen sich eine Patientenakte nach der anderen an. Die Liste hatte über hundertzwanzig Namen und las sich wie das »Who is Who« der Mächtigen des Landes. Neben Dutzenden Senatoren und Kongressabgeordneten waren mehrere Minister vertreten, darunter auch die Außenministerin und der Verteidigungsminister sowie hochrangige Berater des Weißen Hauses, einflussreiche Lobbyisten und die CEOs großer Konzerne. Würde es gelingen, all diese Menschen auf einmal auszuschalten, wäre das Land mit einem Körper vergleichbar, dem man den Kopf abgeschlagen hat.

Ben und Angie hatten sich gerade darauf geeinigt, eine kurze Pause einzulegen, als aus einem Lautsprecher unterhalb der Monitore plötzlich ein penetrant quäkendes Hupsignal zu hören war. Auf dem Bildschirm, der bisher noch das MRT von Bens Aorta gezeigt hatte, waren jetzt die Bilder eines Dutzends Überwachungskameras zu sehen, die überall in dem Gebäude platziert waren.

Die Kamera, die den Alarm ausgelöst hatte, war die im Pförtnerhaus an der Einfahrt zum Gelände. Sie zeigte einen Mann, der am Boden lag, und einen anderen, der sich über ihn beugte und seine Taschen durchsuchte.

»Das ist unser Wachmann. Jemand muss ihn niedergeschlagen haben«, rief Angie. »Was geht hier vor?«

»Da! Auf dem Parkplatz!«, verkündete Jack.

Eine andere Kamera, die an einem Laternenpfahl vor dem Gebäude angebracht war, zeigte körnige Bilder von einem großen, weißen Lieferwagen, aus dem ein halbes Dutzend vermummter Gestalten sprang. Sie waren schwarz gekleidet und hatten Strumpfmasken über den Gesichtern und Maschinenpistolen in den Händen.

»Wer ist das?«, fragte Angie.

»Keine Ahnung«, erwiderte Ben, der ebenso erschrocken war wie sie.

»Auf jeden Fall nicht die Polizei und auch nicht das FBI!«, sagte Jack. »Wir müssen sofort von hier verschwinden.«

»Zum Flugzeug!«, rief Angie.

»Das schaffen wir nie! Die sind bereits im Gebäude. Da, sehen Sie, drei von ihnen sind schon im Pförtnerhäuschen, und die anderen werden ihnen gleich folgen.«

»Ich habe eine Idee, wie wir sie vielleicht aufhalten können«, sagte Angie. »Jack, dazu brauche ich jetzt deine Hilfe am Computer!«

67

23:38 UHR
BIOMETRIX-ZENTRALE, LAKE ANNA, VIRGINIA

Die sechs Männer versammelten sich vor dem verschlossenen Eingang zur gläsernen Lobby, von der aus zwei ebenfalls aus Glas gebaute Gänge zu den beiden Flügeln des Gebäudes führten. Der Anführer, ein bulliger Mann in einem schwarzen Overall, nickte einem seiner Männer zu, der mit einem Werkzeug, das aussah wie eine Klebepistole, an das Schloss der Eingangstür trat. Er richtete die Mündung des Geräts auf das Schloss, drückte ab, und die Tür ließ sich mittels eines von einem anderen Mann an die Scheibe gesetzten Gummisaugers aufschieben.

»Ihr drei nehmt den rechten Flügel«, kommandierte der Anführer, während er auf drei seiner Männer deutete. »Wir anderen den linken.«

In diesem Moment flammte im rechten Flügel des Gebäudes, der zuvor in völliger Dunkelheit gelegen hatte, eine Reihe von Lichtern auf.

»Da sind sie!«, rief der Anführer. »Los, alle kommen mit mir. Die schnappen wir uns!«

Die Tritte von zwölf schweren Springerstiefeln hallten von den Glaswänden wider, als die sechs Männer den Verbindungsgang entlangrannten. Als sie den rechten Flügel erreicht hatten, blieb der Anführer stehen und bedeutete seinen Männern, leise zu sein. Aus dem langen Korridor, der vor ihnen lag, hörten sie eine Frauenstimme.

»Die kommt von oben, aus dem ersten Stock«, sagte einer der Männer.

»Wir nehmen das Treppenhaus!«, befahl der Anführer und stürmte an den Aufzügen vorbei. Auch das Treppenhaus war komplett aus Glas, bis hin zu den Treppenstufen.

»Hier kommt man sich ja vor wie in einem gottverdammten Aquarium«, sagte einer der Männer.

»Schnauze!«, zischte der Anführer. Sie waren oben angekommen, und als er die Tür des Treppenhauses aufriss, hörte er wieder die Frauenstimme, die offenbar jemandem einen Vortrag hielt, in dem es von komplizierten medizinischen Fachausdrücken nur so wimmelte.

»Mir nach!«, befahl der Anführer seinen Männern und schlich, so leise er konnte, den Gang entlang. An jeder Tür blieb er stehen und lauschte am Türblatt, bevor er weiter zur nächsten ging. Vor einer blieb er schließlich stehen und gab den Männern ein Zeichen, woraufhin sie mit schussbereiten Waffen zu beiden Seiten des Türstocks Aufstellung nahmen. Von drinnen war auf einmal lauter Applaus zu hören, in den sich wieder die Stimme der Frau mischte.

Der Anführer riss die Tür mit einem Ruck auf, und alle sechs Männer stürmten in einen kleinen Hörsaal, wo sie vor einem steil ansteigenden Amphitheater mit vollkommen leeren Rängen standen.

»Gentechnische Manipulation der DNA erlaubt es uns, Proteine in ihre primären Komponenten zu zerlegen, was ich manchmal auch scherzhaft als ›Legosteine der Natur‹ bezeichne«, fuhr die Stimme der Frau ungerührt fort, und die Eindringlinge erkannten erst jetzt, dass sie aus zwei großen Lautsprechern kam, die eine LED-Wand an der Stirnseite des Auditoriums flankierten. Auf dem Schirm war das Bild einer blonden Frau im weißen Laborkittel zu sehen, die gerade auf einen gigantisch vergrößerten, sich teilenden Zellkern zeigte.

»Scheiße!«, rief der Anführer. »Die haben uns reingelegt!«

»Da draußen springt ein Motor an«, sagte einer seiner Männer. Der Anführer rannte hinaus in den gläsernen Gang, um hinaus zu sehen, aber die Glasflächen, die zuvor noch klar gewesen waren, waren nun allesamt milchig und undurchsichtig. Laut fluchend hob der Anführer seine Maschinenpistole und gab eine Salve auf die Scheibe vor ihm ab, die daraufhin mit lautem Klirren zersprang und in großen Scherben zu Boden fiel. Durch das Loch blickten sie hinaus auf den nächtlichen Lake Anna, wo zwei Gestalten über einen langen Steg auf ein Wasserflugzeug zu rannten.

»Verdammte Scheiße!«, fluchte der Anführer und ballerte frustriert einen Feuerstoß hinaus in die Nacht, wohl wissend, dass sich das Flugzeug und die Menschen weit außerhalb der Reichweite seiner Maschinenpistole befanden.

Er griff in die Tasche seines schwarzen Jogginganzugs und holte ein kleines Funkgerät heraus. Wie hatte er nur auf so einen alten Trick hereinfallen können? Der Samariter würde nicht gerade erfreut darüber sein.

68

23:49 UHR
LAKE ANNA, VIRGINIA

»Schaffst du's Dad?«, schrie Jack, während Ben und er über den regennassen Steg auf das Wasserflugzeug zu liefen.

»Ja. Wieso bleibst du stehen?«

»Weil ich noch die Leinen losmachen muss. Angie lässt schon mal den Motor warmlaufen. Steig ein, ich komme gleich nach.«

Es sah fast so aus, als hätten sie es mittels Jacks improvisierter Zauberei an Angies Fernsteuerungssystem für sämtliche Funktionen des Gebäudes geschafft, die Angreifer in die Irre zu führen.

Aus dem Haus waren jetzt Schüsse zu hören und das Klirren von Glas, und als Ben herumwirbelte, sah er in der Dunkelheit hinter sich hektisch zuckendes Mündungsfeuer aufblitzen. Er warf sich bäuchlings auf die Planken des Stegs und suchte Deckung hinter der Wand des Bootsschuppens.

»Steh auf und lauf weiter, Dad!«, schrie Jack. »Das ist unsere einzige Chance! Auf diese Entfernung treffen sie uns nicht.«

Ben zwang sich wieder aufzustehen und rannte, auf dem glatten Steg immer wieder ausrutschend, auf das Flugzeug zu, dessen Propeller sich jetzt zunehmend schneller drehte.

Im matten Licht der Instrumente sah er Angies konzentriertes Gesicht, wie es nach vorne durch die Windschutzscheibe starrte. Dann kletterte er über den Schwimmer in die enge Kabine und suchte sich wieder seinen Platz auf der Rückbank, während Jack draußen an den Poldern die Leinen losmachte. Als auch Jack in der Kabine war, sah Ben, wie vom Gebäude her zwei Männer auf den Steg zu rannten. Hinter ihnen umrundete der weiße Lieferwagen, den sie vorhin auf den Monitoren der Überwachungskameras gesehen hatten, gerade die Ecke des Gebäudes und raste quer über den regenweichen Rasen auf das Ufer des Sees zu.

Angie schob den Gashebel nach vorn. Der Motor heulte auf, und das Wasserflugzeug löste sich langsam vom Steg. Ben hörte einen metallischen Schlag und ein sirrendes Geräusch. Eine Kugel hatte das Flugzeug außen am Rumpf getroffen.

»Köpfe runter!«, schrie Angie. »Die schießen auf uns.«

Ben konnte nicht anders, er musste sich trotzdem umdrehen und nach hinten schauen, wo der Lieferwagen jetzt direkt am Steg zum Stehen gekommen war. Ein Mann stand daneben, ein Gewehr im Anschlag, und ein zweiter zog gerade ein dickes Rohr aus der Seitentür.

»Die haben eine Panzerfaust oder so was!«, rief Ben nach vorn. »Machen wir, dass wir von hier wegkommen.«

»Was glauben Sie, dass ich …«, gab Angie zurück, aber sie verstummte mitten im Satz und stieß einen lauten Schmerzensschrei aus. Ben, der wegen des lauten Motors keinen Schuss gehört hatte, sah, wie sich ihr gelber Pullover an der linken Schulter auf einmal rot färbte. Sie ließ den Steuerknüppel los und presste beide Hände auf die Wunde.

Während hellrotes Blut durch ihre Finger quoll, rief sie Jack zu: »Übernimm das Steuer und sieh zu, dass du sie in die Luft kriegst. Schnell!«

»Was für ein Kurs?«, schrie Jack zurück.

»Nach Süden, auf die Lichter da drüben zu. Aber pass auf die Boje auf!«

»Was für eine Boje?«, fragte Jack, dann schaute er durch die Windschutzscheibe und sah sie – eine rot blinkende Markierungsboje, die direkt vor ihm auf dem schwarzen Wasser des Sees tanzte.

Jack riss den Steuerknüppel nach hinten, und die Otter, die inzwischen genügend Fahrt aufgenommen hatte, fing ganz langsam an zu steigen. Fast hätte Jack es geschafft, noch vor der Boje in die Luft zu kommen, aber eine plötzlich heranrauschende Bö drückte die Maschine einen Meter nach unten, so dass sie mit dem rechten Schwimmer gegen die massive Metalltonne knallte. Jack gab Vollgas, um die verlorene Fahrt auszugleichen, und das Flugzeug hob langsam vom Wasser ab, wobei der halbabgerissene Schwimmer nach unten weghing wie eine von der Staude abgebrochene Banane.

»Vorsicht!«, schrie Ben! Von Land her kam auf einmal ein orangefarbener Punkt auf sie zugerast. Jack drückte den Steuerknüppel nach unten, und das Geschoß aus der Bazooka zischte einen halben Meter über das Leitwerk der Otter hinweg und fiel mehrere hundert Meter vor dem Flugzeug mit einem langen Feuerschweif in den See.

»Schaffst du es, sie in der Luft zu halten?«, presste Angie zwischen zusammengebissenen Zähnen hervor.

»Ich denke schon«, erwiderte Jack, der den Steuerknüppel fest mit beiden Händen hielt und angestrengt die Instrumente betrachtete. »Aber wegen der Landung mache ich mir Sorgen.«

Während ihr von Land her noch ein paar vereinzelte Kugeln hinterherpfiffen, fing die angeschlagene Otter langsam und mühevoll an zu steigen, hinauf in den schwarzen, wolkenverhangenen Nachthimmel über Virginia.

69

23:57 UHR
LAKE ANNA, VIRGINIA

Als die bläulich weißen Lichter der Biometrix-Zentrale langsam unter ihnen verschwanden, steuerte Jack die Sea Otter vom See weg nach Nordosten, in Richtung Washington.

Angie drückte die rechte Hand auf ihre blutende Schulter und machte sich mit der linken am Funkgerät zu schaffen.

»Warten Sie, ich helfe Ihnen«, sagte Ben, der vor Aufregung seine Flugangst vergaß.

»Das ist nur ein Kratzer«, sagte Angie, auch wenn ihre schmerzerfüllte Stimme sie Lügen strafte. »Nur ein Streifschuss am Oberarm.«

Ben sah sich in der schwach erleuchteten Kabine um und entdeckte hinter seiner Sitzbank ein Handtuch, das er ihr vorsichtig um die Schulter band.

»Jetzt dürfen Sie zur Abwechslung mal Krankenschwester spielen«, sagte sie und lächelte tapfer.

»Können Sie über Funk die Polizei verständigen?«, fragte Ben. »Ich glaube, uns bleibt jetzt kein anderer Ausweg mehr.«

»Ich kann sogar noch etwas viel Besseres machen«, erwiderte Angie und tippte 7700, den Code für Maschinenausfall, in den Transponder und drückte auf den Übertragungsknopf. »Damit blinkt unser Pünktchen auf dem Radarschirm der Luftüberwachung jetzt wie verrückt«, erklärte sie, bevor sie auf dem Funkgerät die Frequenz 121,5 Megahertz einstellte und kurz hintereinander drei Maydays hinausschickte, in denen sie das Kennzeichen der Maschine, die Anzahl der Passagiere und ihre momentane Position angab. Als sie um Nennung der nächsten sicheren Wasserungsmöglichkeit bat, meldete Jack sich zu Wort.

»Tut mir leid, dass ich Sie enttäuschen muss«, sagte er, »aber das mit der sicheren Landung können Sie sich abschminken. Der rechte Schwimmer ist praktisch nicht mehr vorhanden.«

Ohne Vorwarnung machte das Flugzeug auf einmal einen wilden Schlenker nach rechts.

»Pass auf, wo du hinfliegst!«, rief Ben.

»Das war ich nicht!«, schrie Jack zurück. »Da hat uns was getroffen. Das Seitenruder reagiert nicht mehr.«

»Wie ist das möglich? Wir sind doch in der Luft.«

»Schau nach rechts, Dad. Da fliegt was neben uns.«

Ben presste das Gesicht an die Plexiglasscheibe des rechten Seitenfensters und konnte vor den dunklen Regenwolken undeutlich einen schwarzen Umriss ausmachen, der vage an ein Flugzeug erinnerte.

»Das ist eine Cessna!«, rief Jack. »Die ist viel schneller als wir.«

Jetzt war an der Seite des Flugzeugs ein heller Blitz zu sehen, und fast gleichzeitig durchschlug ein Geschoss nur knapp oberhalb von Bens Kopf die dünne Aluminiumhaut der Sea Otter und sirrte als Querschläger durch die Kabine.

»Da schießt jemand auf uns!«, schrie Ben. »Aus einem fliegenden Flugzeug! Ist das zu glauben?«

»Angie!«, rief Jack. »Ich kann die Maschine nicht mehr lange unter Kontrolle halten. Das Seitenruder geht extrem schwer.«

»Lass mich übernehmen«, sagte sie und griff nach dem Steuerknüppel auf ihrer Seite. »Einer Cessna können wir nicht wegfliegen. Uns bleibt nur eine Chance: Wir müssen wieder runter.«

»Zurück zum See?«

»Das dauert zu lange. Da vorne ist der Rappahannock, ein breiter Fluss. Auf dem können wir wassern.«

»Aber der rechte Schwimmer ist kaputt«, schrie Jack. »Mit dem schaffen Sie keine Landung mehr.«

»Ich probiere es mit dem linken Schwimmer allein. Aber ihr springt vorher aus der Maschine.«

»Was soll das heißen?«, protestierte Ben. »Wie sollen wir denn aus der Maschine springen?«

»Ich bringe sie runter bis fast auf die Wasserfläche, und wenn ich Ihnen ein Zeichen gebe, springen erst Sie und dann Jack in den Fluss. Achten Sie drauf, dass Sie mit Ihrem Körper eine Kugel formen, dann kann Ihnen nichts passieren.«

»So was habe ich noch nie gemacht!«

»Dad, sie hat Recht, es ist unsere einzige Chance. Die Cessna kann nicht langsamer als siebzig Stundenkilometer fliegen, die Otter schon.«

»Und was geschieht mit Ihnen, Angie?«

»Ich versuche, auf dem linken Schwimmer zu landen und dabei so viel Geschwindigkeit zu vernichten wie möglich. Dann springe ich selber raus.«

»Schaffen Sie das?«

»Klar. Ich muss es schaffen. Und jetzt geh nach hinten zu deinem Vater, Jack. Es ist gleich so weit.«

Angie nahm Gas weg, und die Otter ging in einen langsamen Sinkflug über. Wie Angie vorausgesagt hatte, schien die Cessna Probleme zu haben, ihr auf diesem Weg nach unten zu folgen, denn Ben sah, wie sie mit rascher Fahrt über das lädierte Wasserflugzeug hinwegrauschte und eine enge Kurve flog.

Hoffentlich kommt sie nicht zurück, dachte Ben, während Jack zu ihm nach hinten geklettert kam und die seitliche Tür der Otter öffnete. Von draußen schlug Ben ein eiskalter Luftzug entgegen, und vom Fahrtwind gepeitschte Regentropfen trafen ihn wie Tausende winziger Nadeln im Gesicht. Von unten kam ein schwach glänzendes Wasserband mit erschreckend hoher Geschwindigkeit immer näher, bis es schließlich Bens gesamtes Blickfeld ausfüllte.

»Macht euch fertig!«, schrie Angie von vorne. »Ich zähle bis drei, dann springt ihr. Eins …«

Ben starrte hinab auf das unter ihnen dahinrasende schwarze Wasser des Flusses. Es kam ihm vor wie eine riesige Glasfläche, auf der er unweigerlich zerschellen müsste, sobald er auf sie traf.

»… zwei …«

Wahnsinn, was wir noch für eine Geschwindigkeit draufhaben, dachte Ben. Wir werden alle sterben.

»… drei!«

Ben wusste, dass er jetzt springen musste. Er musste sich von der Bank erheben, sich mit den Füßen abstoßen und seinen Körper hinaus in die Finsternis katapultieren. Aber er schaffte es nicht. Er konnte sich nicht bewegen.

»Dad!«, schrie Jack neben ihm. »Spring, sonst ist es zu spät.«

Der Fluss raste unter ihnen vorbei wie ein horizontaler Wasserfall aus flüssigem Quecksilber.

»Dad, gib mir deine Hand!!!«

Ben spürte, wie Jack ihn bei der Hand nahm und über ihn hinweg an den Ausgang kletterte. Jack hatte Recht, sie mussten aus der Maschine raus und die einzige Chance nutzen, die ihnen noch blieb. Er drehte den Oberkörper, holte noch einmal tief Luft, und dann stieß er sich mit beiden Beinen ab und fiel Hand in Hand mit seinem Sohn in die schwarze Tiefe unter ihnen.

Als er nach einem Fall, der ihm schier endlos vorkam, auf das Wasser auftraf, schien es hart wie Beton zu sein, aber sein Körper durchschlug es und tauchte ein in eiskalte Dunkelheit, die ihm fast das Herz stillstehen ließ. Jacks Hand wurde aus der seinen gerissen, Wasser drang ihm in Mund und Ohren, und er spürte, wie die Strömung ihn unter der Oberfläche des Flusses mit sich riss. Zum zweiten Mal innerhalb von vierundzwanzig Stunden war Ben in einen Fluss gefallen, aber diesmal blieb er bei Bewusstsein und kämpfte mit Armen und Beinen, um wieder an die Oberfläche zu gelangen. Als sein Kopf die Fluten durchbrach, holte er tief Luft und sah, wie ein paar Meter von ihm entfernt Jack in Richtung Ufer schwamm. Ein Stück voraus konnte er den Motor der Sea Otter hören, der in der Entfernung immer leiser wurde. Undeutlich nahm er das Gitterwerk einer Eisenbahnbrücke wahr und gleich darauf sah er einen orangeroten Feuerball aufflammen, als Angies noch halb vollgetanktes Wasserflugzeug gegen die Brücke krachte und an ihr zerschellte.

HANDS AGAINST TERRORISM

MONTAG, 4. JULI 2011

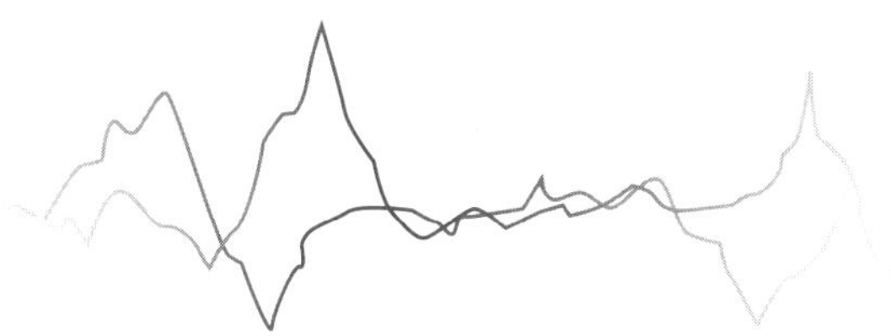

70

10:13 UHR
EIN KELLERRAUM, IRGENDWO IN VIRGINIA

Ben fuhr sich mit der Hand über seinen schmerzenden Kopf und spürte, dass sein Haar noch ebenso feucht war wie seine Kleidung. Wie lange er hier zusammengekrümmt wie ein Embryo auf dem harten, kalten Betonboden gelegen hatte, konnte er nicht sagen. Er befand sich in einer Art Lagerraum mit metallenen Regalen an den Wänden, in denen sich Behälter mit Reinigungsmitteln und Ersatzteile für irgendwelche Maschinen befanden. Die Luft roch streng nach Ammoniak und Wälzlagerfett.

»Dad?«

Ben richtete sich halb auf und musste husten. Er hatte immer noch Flusswasser in den Bronchien.

»Alles in Ordnung, Dad? Die haben dir ziemlich was verpasst.«

Ben tastete seinen Hinterkopf ab und bemerkte eine große, schmerzhafte Beule. »Machen das die vom FBI immer, wenn sie jemand verhaften, der auf ihrer Fahndungsliste steht?«

»Das war nicht das FBI, Dad. Und auch keine Polizei. Die zieht dich nicht aus dem Wasser, gibt dir eins auf die Rübe und wirft dich dann in einen Lieferwagen. Nein, das waren dieselben Typen, die Angies Firma angegriffen haben.«

»Und woher wussten die, wo wir waren? Der Rappahannock liegt doch ein ganzes Stück vom Lake Anna entfernt?«

»Erinnerst du dich nicht mehr an die Cessna, Dad?«

»Du meinst, aus der hat man die Leute herbeordert?«

»Eine andere Möglichkeit gibt es nicht.«

Ben stand auf und sah sich in dem Raum um. Die Tür bestand aus massivem Metall, und Fenster gab es keine. Außer den Regalen an der Wand war da noch ein kleiner Tisch in der Mitte, dessen Platte leer war, und ein paar Stühle. Vermutlich befanden sie sich in einer Kombination aus Lager- und Aufenthaltsraum.

»Wo sind wir hier?«, fragte er.

»In einem Keller«, antwortete Jack. »Unter irgendeiner Fabrik, würde ich schätzen. Hörst du das Geräusch?«

Es war ein beständiges Summen, begleitet von einem rhythmischen Rumpeln, als würden über ihren Köpfen, schwere Maschinen irgendwelche komplizierten Arbeiten verrichten.

»Das geht jetzt schon die ganze Zeit so, seit sie uns hergebracht haben. Und das war vor ein paar Stunden. Du warst richtig bewusstlos, Dad.«

Ben konnte sich nicht mehr erinnern, was geschehen war, nachdem Angies Flugzeug an der Brücke zerschellt war. Nur noch daran, dass Jack ihm geholfen hatte, ans Ufer zu schwimmen, und dass auf einmal diese maskierten Männer da gewesen waren.

Er ging zu der Tür und rüttelte daran. Sie war abgeschlossen. »Beton und Stahl«, sagte er. »Sieht so aus, als kämen wir hier nicht so schnell wieder raus. Tut mir leid, Jack.«

»Das braucht dir nicht leidzutun, Dad. Du kannst ja schließlich nichts dafür. Und immerhin leben wir noch …«

Sein Sohn hatte Recht. Sie hatten überlebt, und Angie war tot. Ihren dritten Versuch, Ben das Leben zu retten, hatte sie mit ihrem eigenen bezahlt. Ben studierte Jacks Gesicht. Seine Augen waren tränenfeucht, aber um seinen Mund lag ein entschlossener Zug. In den vergangenen paar Stunden war sein Sohn ein gewaltiges Stück erwachsener geworden. Er sah jetzt aus, als überlege er, wie sie Angies Tod rächen könnten. Ben hegte ganz ähnliche Gedanken, sprach sie aber nicht aus.

»Das Wichtigste ist, dass wir uns beide noch haben, mein Sohn. Und ich bedauere zutiefst, dass ich dich da mit hineingezogen habe.«

»Ich weiß, Dad, aber das hilft uns jetzt auch nichts. Überlegen wir uns lieber, wie wir hier wieder rauskommen. Hast du eine Idee?«

Ben hatte keine.

»Irgendwie muss das doch zu schaffen sein«, beharrte Jack. »Ein Raum ist wie ein Computersystem. Wenn man lange genug sucht, findet man immer einen Weg hinein und auch wieder hinaus.«

»Das hier ist keines von deinen Computerspielen, Jack.«

»Kommt ganz drauf an, wie man es betrachtet. Wir haben da jede Menge Zeug in den Regalen. Lass uns mal schauen, ob wir nicht etwas Brauchbares finden.«

»Aber da sind doch nur Putzmittel und anderer ganz normaler Haushaltskram. Das können wir uns schenken.«

»Hast du eine bessere Idee, Dad?«

Sie fingen an, systematisch die Regale zu durchsuchen und stellten eine Art Inventar der Dinge zusammen, die ihnen brauchbar erschienen: Ein Schraubenzieher, ein Teppichmesser, drei Taschenlampen mit einer großen Packung

Ersatzbatterien, ein paar Rollen Klebeband und seltsamerweise sechs Tennisbälle. Die Tennisbälle schienen erst gar nicht zu den anderen Dingen zu passen, aber dann fiel Ben ein, dass Reinigungsteams an Flughäfen sie wegen ihrer Fasern als billige Möglichkeit verwendeten, um hartnäckige Schmutzspuren von den Böden zu entfernen.

Jack nahm einen der neongelben Bälle in die Hand und drehte ihn nachdenklich. »Da könnte man vielleicht was draus machen«, sagte er, als von draußen auf einmal Schritte zu hören waren.

»Schnell, zur Tür!«, zischte Ben. »Wenn es nur einer ist, können wir ihn vielleicht überwältigen.«

Sie bauten sich beide neben der Tür auf und hörten mit klopfenden Herzen, wie ein Schlüssel ins Schloss gesteckt und umgedreht wurde. Als die Tür dann aufging und ein Mann mit einer schwarzen Maske über dem Kopf herein kam, warf sich Ben von der Seite her auf ihn und versuchte ihn zu Boden zu reißen. Obwohl der Mann einen Kopf kleiner war als er selbst, hatte Ben gegen ihn keine Chance. Mit den schnellen Bewegungen eines durchtrainierten Kämpfers duckte er sich unter Ben weg, packte ihn an seinem ausgestreckten Arm und schleuderte ihn mit der Wucht seines eigenen Angriffs gegen eines der Regale, wo Ben unter einer Lawine von Plastikflaschen voller Reinigungsmittel zu Boden ging.

»Lauf weg, Jack!«, rief Ben, während der Mann ihm die Knie auf die Schultern drückte und mit den Händen nach seinem Hals griff. Jack stürzte zur Tür, wo er aber einem zweiten Mann in die Arme rannte, der ihn packte und mit beiden Händen in die Mitte des Raumes bugsierte.

»Lass ihn und schnapp dir den Jungen, Miller«, sagte er,

woraufhin der andere Mann von Ben abließ und sich Jack griff. Obwohl der sich heftig wehrte, hatte er ebenfalls keine Chance. Der Maskierte wirbelte Jack herum, schlang seine muskulösen Arme unter seinen Achseln durch und drückte ihm beide Hände wie einen Schraubstock ums Genick.

»Soll ich ihn fertigmachen?«, fragte er.

»Noch nicht«, antwortete der zweite Mann. Die schwarze Maske über seinem Gesicht hatte nur drei Löcher für Augen und Mund, aber Ben erkannte ihn sofort an seiner Stimme. Es war der Mann, der im Krankenhaus die Oberschwester vor seinen Augen abgeschlachtet hatte, der Mann mit den eiskalten, wahnsinnigen Augen, der sich »Samariter« nannte und voller Hass auf die Wissenschaft war.

»Lassen Sie meinen Sohn los, er hat Ihnen nichts getan!«, schrie Ben ihn an.

»Ach ja?«, gab der Samariter zurück. »Und wieso hatte er dann das hier in der Hosentasche?«

Er hielt einen kleinen, silbrig glänzenden Gegenstand ans Licht der Neonröhre an der Decke, und Ben erkannte, dass es der Nanoputer war, mit dem er bei AMT die Daten aus dem Firmennetz gesaugt hatte. Es kam ihm vor, als wäre seit dieser Aktion ein halbes Lebensalter vergangen.

»Das da?«, fragte Ben. »Das ist ein stinknormaler USB-Stick, wie ihn heutzutage jeder Junge in der Tasche hat.«

»Behandeln Sie mich nicht wie einen Idioten, Dr. Maxwell«, erwiderte der Samariter mit schneidend kalter Stimme. »Sie und ich, wir wissen genau, was für Dateien auf diesem ›stinknormalen‹ Stick sind.«

»Jack hat mit dieser Sache nichts zu tun«, beteuerte Ben.

»Und ob er etwas damit zu tun hat. Oder wollen Sie mir etwa weismachen, Sie könnten ohne ihn an streng geheime, verschlüsselte Daten herankommen? Nein, das war schon unser kleiner Jack hier.«

Jack strampelte mit den Beinen und versuchte, sich aus dem Griff des maskierten Mannes zu befreien, aber der stieß nur ein heiseres Lachen aus und presste Jacks Hals so fest zusammen, dass der Junge vor Schmerz laut aufschrie.

»Ich habe die Daten bei AMT gestohlen!«, schrie Ben. »Glauben Sie mir!«

»Das kann schon sein«, erwiderte der Samariter kühl. »Aber entschlüsselt hat sie dieser verpickelte kleine Hacker hier. Sehen Sie mal, was wir in seiner Geldbörse gefunden haben.«

Er hielt Ben die noch feuchte Mitgliedskarte einer Gruppe namens X-8.9 vor die Nase.

»Ich bezweifle, dass der große Schlaumeier von der FDA überhaupt weiß, was das hier ist.«

Der Mann, den der Samariter Miller genannt hatte, hielt Jack noch immer in seinem schraubstockartigen Griff, obwohl der vor Schmerzen wimmerte.

»Lassen Sie ihn los!«, schrie Ben, aber es half nichts. Mit einem bösen Grinsen, das durch den runden Ausschnitt in der schwarzen Maske ganz besonders gemein wirkte, drückte Miller weiter zu, wobei er Ben direkt in die Augen sah.

»Hör auf, Miller!«, befahl der Samariter. »Du brichst ihm sonst das Genick!«

Jack hatte aufgehört zu wimmern und hing nun schlaff in den Armen seines Peinigers, der immer noch unverwandt auf Ben starrte.

»Lass los, habe ich gesagt!«, zischte der Samariter. »Wir brauchen den Kleinen noch, damit er uns sagt, ob er irgendwo noch eine Kopie der Daten hat. *Danach* kannst du mit ihm machen, was du willst.«

Miller lockerte seinen Griff, und Jack fiel wie ein nasser Sack zu Boden.

»Fühl seinen Puls«, befahl der Samariter. »Wenn du ihn umgebracht hast, bist du der Nächste.«

Miller legte Jack eine Hand an die Halsschlagader.

»Er lebt noch«, verkündete er und stand auf.

»So, und jetzt geh raus und hilf beim Packen der letzten Lastwagen. Ich muss mal ein ernstes Wort mit unserem FDA-Mann reden.«

Miller verpasste dem bewusstlosen Jack noch einen brutalen Tritt in die Rippen und verließ mit einem letzten Blick hinüber zu Ben den Raum. Man merkte ihm an, dass er Jack am liebsten getötet hätte.

71

10:29 UHR
EIN KELLERRAUM, IRGENDWO IN VIRGINIA

Als Miller gegangen war, kniete Ben sich neben seinen Sohn und fühlte ihm den Puls. Gott sei Dank, er lebt wirklich noch, dachte er und strich Jack die immer noch feuchten Haare aus der Stirn.

»Können wir diese rührende Vater-Sohn-Szene vielleicht auf später verschieben?«, fragte der Samariter kalt. »Allerdings wird es eine Ihrer letzten sein, denn weder Sie noch er werden den heutigen Tag überleben.«

»Wenn Sie mich töten, werden Sie nie erfahren, was auf diesem USB-Stick ist«, sagte Ben.

»Dann haben Sie die Daten also entschlüsselt?«

Ben antwortete nicht. Der Samariter trat auf ihn zu und riss ihn hoch. »Sehen Sie mich an, wenn ich mit Ihnen rede!«, herrschte er ihn an. »Und geben Sie mir eine Antwort, wenn ich Sie etwas frage. Haben Sie die Daten entschlüsselt?«

»Das sage ich Ihnen erst, wenn Sie mir versprechen, Jack am Leben zu lassen.«

»Ich verspreche Ihnen überhaupt nichts. Das wird Ihnen jetzt vielleicht nicht gefallen, aber es ist mir vollkommen egal, was auf diesem USB-Stick ist. Es ändert nämlich nicht das Geringste an dem, was heute geschehen wird. Heute wird Gericht gehalten, Herr Doktor, und noch bevor die Sonne untergeht, wird dieses sündige Land zittern und beben und um Gnade winseln, denn der Zorn Gottes wird über diejenigen hereinbrechen, die viel zu lange und unbelehrbar dem Pfad der Sünde und der falschen Erkenntnis gefolgt sind.«

»Was haben Sie denn vor?«

»Ich werde dieses Land und die ganze Welt von dem Abschaum reinigen, der sich in all den Jahren der Gottlosigkeit angesammelt hat. Und mit Ihnen fange ich an, Herr Wissenschaftler. Hier, nehmen Sie das …«

Er griff in seine Hosentasche und zog einen kleinen, mit dem Sternenbanner bedruckten Beutel heraus, den er Ben zuwarf. »Los, schmieren Sie sich das auf Ihre Hände.«

»Was ist das?«

»Lesen Sie selbst.«

Ben drehte den Beutel in seiner Hand. Es war eine von den aus Plastikfolie bestehenden Probepackungen für Kosmetika, wie man sie in jeder Drogerie geschenkt bekommt. Auf der Vorderseite prangten die amerikanische Flagge und die Worte

HANDS AGAINST TERRORISM
4. JULI 2011

während auf der Rückseite unter dem Logo der Firma Sanitell folgender Text zu lesen war:

Antibakterielles Handgel
Wirkt gegen 99,9 % schädlicher Keime

»Und was soll ich damit?«, fragte Ben.

»Aufreißen und auf den Händen verteilen. Das Gel tötet alle bösen Keime. Und nicht nur die.«

Der Samariter lachte leise. Das hatte Ben gerade noch

gefehlt: Ein Killer, der versuchte, witzig zu sein. Aber noch viel schlimmer war die Erkenntnis, die ihm auf einmal zu dämmern begann. Dieses Gel, das, dem Aufdruck nach zu schließen, unter den Teilnehmern der Menschenkette gratis verteilt werden sollte, enthielt mit hoher Wahrscheinlichkeit das Virus, das Angies modifiziertes Herzpflaster in eine die Aorta zerfetzende Biobombe verwandelte. Bevor Millionen von Menschen sich am Nachmittag die Hände reichten, um eindrucksvoll die Einigkeit dieses Landes gegen den Terrorismus zu demonstrieren, würden sie sie zuvor mit diesem Gel desinfizieren und damit, ohne es zu wissen, dazu beitragen, dass viele Führungspersönlichkeiten der USA einen ebenso sicheren wie qualvollen Tod sterben mussten.

Und das Gel war nicht nur ein hocheffizienter Weg, um möglichst viele Menschen innerhalb kürzester Zeit mit dem Virus zu infizieren, sie war auch die perfekte Tarnung: Niemand würde ein Gel als den Auslöser eines Massensterbens verdächtigen, die Millionen von Menschen vollkommen unbeschadet verwendet hatten. Nur bei denjenigen, die ein CardioPatch in ihrer Aorta trugen, trat ein paar Stunden später ein qualvoller Tod ein.

»Heute ist der Tag, nicht wahr?«, fragte Ben. »Heute wollen Sie sie alle töten.«

Der Samariter trat einen Schritt zurück. »Halten sie den Mund und reißen Sie die Packung auf.«

»Nein, das werde ich nicht tun.«

»Wie Sie wollen«, erwiderte der Samariter. Er zog einen silbern glänzenden Revolver aus seiner Hosentasche, ging hinüber zu Jack und hielt ihm die Mündung an die Schläfe. »Dann muss ich eben Ihrem Computergenie das Hirn aus dem Schädel blasen.«

»Warten Sie!«, schrie Ben. Er zeigte dem Samariter, der die Waffe nicht von Jacks Schläfe nahm, wie er den kleinen Beutel aufriss. Er drückte die weiße Flüssigkeit heraus und verteilte sie auf seinen Handflächen.

»Reiben Sie sie nur richtig gut ein, nur so wirkt sie auch sicher«, sagte der Samariter, während er den Revolver langsam von Jacks Kopf wegnahm.

»Gut, dass Sie Einsicht gezeigt haben, Herr Doktor. Ich bin ein Krieger des Herrn, kein brutaler Mörder«, fuhr der Samariter fort. »Das ist ein großer Unterschied. In diesen unscheinbaren, kleinen Beuteln, Herr Doktor, steckt eine heilende Kraft, die die Menschheit von vielen Übeln befreien wird, so wie es damals im Mittelalter der Schwarze Tod getan hat.«

»Sie sind krank«, stellte Ben fest. »Die Pest war keine heilende Kraft. Sie war eine der größten Tragödien in der Geschichte der Menschheit.«

»Ja, und wie jede große Tragödie hat sie die Menschen dazu gebracht, im Leben wieder nach einem tieferen Sinn zu suchen. Ein gesundes Kind ertrinkt in einem Swimmingpool, ein Flugzeug stürzt mitten über dem Atlantik ab, ein betrunkener Autofahrer fährt eine Mutter über den Haufen, und wir fragen uns, weshalb Gott so etwas zulässt. Ich kann Ihnen sagen, warum er das tut. Um die Menschen in Verzweiflung zu stürzen! Denn nur in Zeiten der Verzweiflung taucht der Mensch unter die glatte Oberfläche allen Daseins und wagt Dinge, zu denen er sonst nicht fähig wäre. Zu Zeiten der Pest suchte man die Schuld dafür bei allem und jedem, Fremdenfeindlichkeit breitete sich aus, überall gab es Massaker und Pogrome. Juden wurden als Brunnenvergifter gejagt und getötet, Frauen als Hexen auf dem Scheiterhaufen verbrannt, und die alten, verkrusteten Machtgefüge in Staat und Kirche stürzten ein und machten Platz für etwas Neues.«

»Und Sie glauben, Sie könnten ähnliche Zustände herbeiführen, indem Sie die Mächtigen dieses Landes auslöschen?«

»Ich habe Ihnen die Wahrheit gesagt, Dr. Maxwell, und die Wahrheit ist doch der Götze, den ihr Wissenschaftler anbetet, nicht wahr? Huldigen Sie ihm weiter, tanzen Sie um Ihr goldenes Kalb, solange Sie noch können. Bald, sehr bald schon werden Sie der letzten Wahrheit ins Augen sehen müssen.«

»Wie viel Zeit bleibt mir noch?«, fragte Ben.

»Drei, vier Stunden, wenn Sie Glück haben. Bei manchen ist es schon nach zwei Stunden vorbei. Und jetzt muss ich Sie verlassen, Dr. Maxwell, ich muss dafür sorgen, dass das Gel, mit dem Sie gerade Ihr eigenes Schicksal besiegelt haben, auch rechtzeitig an sein Ziel kommt. Nutzen Sie die letzten paar Stunden, die Ihnen in Ihrem Leben bleiben, Dr. Maxwell. Gehen Sie in sich, tun Sie Buße und bereuen Sie Ihre Sünden. Es ist nie zu spät, umzukehren und den Weg zu Gott einzuschlagen.«

Mit diesen Worten wandte er sich ab und verließ den Raum. Als Ben hörte, wie die Tür abgeschlossen wurde, rannte er zu einem der Regale, in dem eine Rolle mit Reinigungspapier stand und wischte sich wie ein Verrückter das Gel von den Fingern.

Dabei wusste er, dass es dafür eigentlich schon zu spät war. Seine Handflächen hatten bereits zu brennen begonnen.

72

10:30 UHR
FREDERICKSBURG, VIRGINIA

Die Stadt Fredericksburg am Ufer des Rappahannock ist ein verschlafener Ort im Kolonialstil des alten Südens und eine der idyllischsten Adressen im Einzugsgebiet von Washington. Ursprünglich von deutschen Einwanderern gegründet, war sie nie eine bedeutende Industriestadt, und auch der Tourismus hatte noch kaum Notiz von ihr genommen.

An diesem vierten Juli herrschte in der historischen Altstadt mit ihren weiß gestrichenen Holzhäusern und ihren Denkmälern aus dem amerikanischen Bürgerkrieg zum ersten Mal seit vielen Tagen wieder lebhaftes Treiben. Der tagelange Dauerregen hatte pünktlich zum Feiertag in den frühen Morgenstunden aufgehört, und die heiße Sommersonne des Südens schien aus einem wolkenlosen Himmel herab auf Jogger mit iPods, Mütter mit kleinen Kindern und Jugendliche mit ihren Skateboards, die sich alle auf der Promenade am malerischen Ufer des Flusses tummelten.

Sabrina Becker, eine junge Mutter, saß auf einer der Bänke aus grauem Beton und sah ihrer Tochter beim Füttern der Eichhörnchen zu, die zwischen den Spaziergängern und Joggern herumrannten.

»Lauf nicht zu weit weg, Jessica«, rief sie und blätterte weiter in einer Ausgabe der Zeitschrift *People*. Die Kleine streckte gerade einem roten Eichhörnchen eine Erdnuss hin, aber das Tier war zu scheu, um sie zu nehmen. Als es kehrtmachte und fortlief, folgte ihm Jessica und kroch unter der schwarzen Kette hindurch, die die Spaziergänger auf der Promenade vom eigentlichen Uferstreifen trennte.

Sabrina blätterte eine Seite um und blickte wieder auf, um nach ihrer Tochter zu sehen.

»Jessie? Bleib mir bloß vom Ufer weg!«, rief sie und winkte ihrer Tochter, sie solle wieder zurückkommen. Jessica legte zur Antwort einen Finger auf die Lippen und deutete auf das Eichhörnchen, das nur wenige Zentimeter von ihr entfernt innehielt und sich die Vorderpfötchen rieb. Jessica streckte ihm wieder die Erdnuss hin, und das Tier schien eine Weile zu überlegen, ob es das Futter nicht doch annehmen sollte. Dann nahm es Reißaus und lief zu einem kleinen Gebüsch am Ufer des Rappahannock. Jessica eilte ihm hinterher.

Sabrina seufzte genervt und beschattete mit der Hand ihre Augen, damit sie in der grellen Vormittagssonne besser sehen konnte.

»Jessica? Wo bist du? Komm sofort wieder her.«

Keine Antwort.

»Jessica!«

Und dann hörte Sabrina durch die Geräuschkulisse der belebten Promenade, wie ihre Tochter einen schrillen Schrei ausstieß. Sie ließ ihre Zeitschrift fallen, sprang auf und rannte zum Fluss, wo Jessica laut weinend oben auf der Böschung stand und auf einen im Fluss treibenden weiblichen Körper deutete, der sich offenbar in einem angeschwemmten Ast verfangen hatte.

73

11:42 UHR
EIN KELLERRAUM, IRGENDWO IN VIRGINIA

Ben hockte in sich zusammengesunken auf dem kalten Betonboden vor seinem immer noch bewusstlosen Sohn. Er wartete auf den stechenden Schmerz in der Brust, der die beginnende Aortenruptur ankündigte und hoffte inständig, dass Jack zuvor noch aus seiner Ohnmacht aufwachen würde. Der Junge lag vollkommen reglos da, aber er lebte, davon hatte sich Ben mehrmals überzeugt, indem er ihm den Puls gefühlt hatte. Er hatte sich dazu ein paar gelbe Gummihandschuhe angezogen, die er in einem der Regale gefunden hatte. Auch wenn das Virus Jack nichts anhaben konnte, durfte er ihn nicht damit anstecken. Andererseits war das vielleicht vergebene Liebesmüh, dachte Ben, denn wenn der Samariter am Nachmittag wirklich dieses Virus freisetzte, würde es über kurz oder lang jeder Amerikaner in sich tragen.

Dafür, dass der Samariter einen so abgrundtiefen Hass auf die Wissenschaft hegte, bediente er sich ziemlich ausgefeilter wissenschaftlicher Methoden. Denn um ein derartiges Virus zu erschaffen, benötigte man jemanden, der über enormes Wissen und darüber hinaus auch über die nötige hochmoderne Laborausstattung verfügte, mit der er dieses Wissen in die Tat umsetzen konnte. In Dr. Low hatte der

Samariter den geeigneten Mann dafür gefunden. Ben fragte sich, was Low wohl dazu bewegt haben mochte, seine Fähigkeiten in den Dienst einer solchen Sache zu stellen. In jedem zweiten Satz hatte der Samariter Ben und seinen Kollegen Gottlosigkeit vorgeworfen, aber in Wirklichkeit verhielt es sich natürlich genau umgekehrt. Nicht Ben gehörte einem fanatischen, im Dienst des Bösen stehenden Kult an, dessen alleiniges Ziel es war, den Glauben an Gott durch den Glauben an die Wissenschaft zu ersetzen, vielmehr waren es der Samariter und seine Helfer, die Gott ad absurdum führten, indem sie die Bibel bewusst falsch auslegten. Indem Gott die Welt und den Menschen erschuf, hatte er schließlich auch ein gewisses Vertrauen in diese, seine Schöpfung gesetzt. Und die vornehmste Aufgabe der Menschheit war es, sich dieses Vertrauens würdig zu erweisen.

Jeder Mensch, davon war Ben überzeugt, hatte sich zu entscheiden. Er konnte Materialist werden und glauben, dass die Welt einzig und allein aus Materie und Energie bestand und von den Gesetzen der Physik regiert wurde, oder er konnte glauben, dass hinter dem Chaos im Universum eine alles vorherbestimmende und wohlmeinende Kraft wirkte. Man konnte, so wie Ben, aber auch gleichzeitig an die Wissenschaft und an Gott glauben.

»Was ist los?«, hörte er Jack auf einmal stöhnen. Sein Sohn bewegte sich und schlug die Augen auf. »Scheiße, mein Kopf.« Er stöhnte wieder. »Mann, das tut tierisch weh …«

Ben traten Tränen in die Augen. Eine Welle der Erleichterung wallte in ihm auf, und am liebsten hätte er seinen Sohn fest in die Arme geschlossen. Aber dabei hätte er ihn womöglich mit dem Virus infiziert.

»Wie fühlst du dich, Jack?«, fragte er.

»Wie ein Stück Hundescheiße«, antwortete Jack und rieb sich die Stirn. »Sieht ganz so aus, als hätte dein Plan nicht sonderlich gut funktioniert.«

»Nein, hat er nicht.«

»Und? Haben wir einen Plan B?«

»Nein, leider nicht, Jack.«

»Was hast du denn für komische Handschuhe an, Dad?«, fragte Jack, nachdem er seinen Vater eingehend gemustert hat. »Und wieso verziehst du dich in die hinterste Ecke?«

Ben erzählte seinem Sohn, dass der Samariter ihn mit dem Pembroke-Virus infiziert hatte.

»Dad, du musst sofort in ein Krankenhaus!«, rief Jack. Man hörte ihm deutlich an, dass er sich große Sorgen um seinen Vater machte. »Die können da bestimmt etwas machen!«

»Vergiss es, Jack«, erwiderte Ben. »Tammy konnte ihre Patienten in Pembroke auch nicht retten, und Tammy ist eine verdammt gute Ärztin. Nein, wir müssen dafür sorgen, dass du hier rauskommst, das ist das Einzige, was jetzt noch zählt.«

»Aber Angie hat dich doch auch wieder hingekriegt, als du schon halbtot warst. Du darfst jetzt nicht aufgeben, Dad.«

Ben lächelte traurig. »Angie ist tot. Aber auch sie könnte mir nicht helfen, wenn ihr Herzpflaster meine Aorta zerfetzt. Ich bin jetzt in derselben Lage wie die Leute, deren Krankenakten wir gestern angesehen haben. Wenn der Samariter heute Nachmittag bei der Menschenkette das Virus freisetzt, ist es nur eine Frage der Zeit, bis sie alle sterben. Millionen von Menschen werden dieses Gel auf ihren Händen verteilen und die Seuchenschutzbehörde wird nicht einmal mehr den Hauch einer Chance haben, das Virus einzudämmen, wie es ihr in Pembroke noch gelungen ist.«

»Dad, könnte es nicht möglich sein, dass das Virus so nach Pembroke gelangt ist?«, fragte Jack.

»Wie meinst du das?« Obwohl es eigentlich keine Bedeutung mehr hatte, interessierte Ben die Theorie seines Sohnes.

»Na, durch diese Dinger da!«, sagte Jack und deutete auf den aufgerissenen Folienbeutel, der vor Ben auf dem Boden lag. »Du hast mir doch erzählt, dass die alten Leute, die es als Erstes erwischt hat, Shrimps gegessen hätten. Was wäre, wenn sie sich nach dem Essen die Hände mit diesem Gel gereinigt hätten? Viele Leute essen Shrimps mit der Hand aus der Tüte, da kann es doch gut sein, dass sie sich danach die Hände gründlich reinigen wollten.«

»Interessanter Gedanke«, sagte Ben. »Aber wie sollen sie an das Gel gekommen sein?«

»Vielleicht hat sie ein Arbeiter in der Fabrik unter der Hand mitgehen lassen und einem der Alten geschenkt. Du weißt doch, ich habe in den letzten Ferien im Lager dieser Supermarktkette gejobbt, und da haben die Angestellten ständig irgendwas mitgehen lassen. Kein Wunder, bei dem Hungerlohn, den sie denen dort gezahlt haben.«

»Aber du doch hoffentlich nicht?«, fragte Ben automatisch.

»Dad!«

Ben nickte. Was Jack da sagte, war zumindest eine plausible Erklärung für den plötzlichen Ausbruch des Virus vor ein paar Tagen. Irgendwo mussten die Beutel mit dem Handgel schließlich befüllt werden, und es war ziemlich wahrscheinlich, dass die Arbeiter in dieser Fabrik überhaupt nicht ahnten, was sie da in Wirklichkeit fabrizierten. Wenn man jedem Teilnehmer an *Hands Against Terrorism* so ein Pröbchen schenken wollte, brauchte man Millionen von den Dingern, und die konnte man nicht in irgendeiner Garage oder Hinterhofklitsche von Hand abfüllen. Dazu brauchte man große, effizient arbeitende Maschinen, und die fand man nur bei professionell arbeitenden Verpackungsfirmen. Dass der Samariter eine solche Firma besaß, war kein allzu realistischer Gedanke. Viel wahrscheinlicher war da die Möglichkeit, dass er jemanden eingeschleust hatte, der das von einem großen Kosmetikhersteller bezogene Gel heimlich mit dem Virus verseuchte. Ein einziger Saboteur genügte da schon. Aber ganz gleich, wie es passiert war, das Virus würde sich mittels dieses Gels in Windeseile über das ganze Land verbreiten, und allen, die ein CardioPatch in ihrer Aorta hatten, einen schmerzhaften Tod bereiten – ihm selbst mit eingeschlossen.

»Dad, wir müssen von hier verschwinden, bevor es zu spät ist«, drängte Jack.

»Liebend gern, wenn du mir sagst, wie.«

»Lass uns die Sachen zusammentragen, die wir da vorhin gefunden haben. Ich denke, wir könnten daraus so etwas wie eine Bombe basteln.«

»Eine Bombe? Wie willst du aus ein paar Reinigungsmitteln eine Bombe bauen?«

»Dad, ich dachte immer, *du* hättest Chemie studiert. Weißt du denn nicht, woraus diese Batterien bestehen?«

Ben nahm eine der dicken Taschenlampenbatterien und wog sie in der Hand. »Das ist eine stinknormale Haushaltsbatterie.«

»Richtig. Und aus was besteht die?«

»Aus Manganoxid und Zink …« Jetzt verstand Ben, worauf sein Sohn hinauswollte. Wenn sie das Manganoxid irgendwie aus den Batterien herausbekamen und zusammen mit den Streichhölzern in die Tennisbälle stopften, konnten sie daraus vielleicht kleine Bomben bauen, die sich beim Aufprall auf einen festen Gegenstand entzündeten und eine Explosion verursachten.

»Siehst du jetzt, was man im Internet alles lernen kann?«, fragte Jack.

»So in etwa habe ich es mir immer vorgestellt«, erwiderte Ben trocken. »Pornobilder und Bombenbasteln für Anfänger.«

»Siehst du das Raumspray da drüben? Das wäre ein prima Treibmittel für eine Kartoffelkanone, mit der wir diesem Samariter ordentlich eins vor den Latz knallen könnten. Aber leider fehlt uns dazu ein Stück Plastikrohr.«

Während Ben mit einem Teppichmesser Schlitze in die Tennisbälle schnitt, knackte Jack mit einem Schraubenzieher die Batterien an der Minus-Elektrode. Nachdem mit einem leisen Zischen die Luft aus dem Metallgehäuse entwichen war, hebelte Jack es vollends auf und leerte seinen Inhalt auf die Tischplatte. Bald hatte er ein ansehnliches Häufchen dunkelbraunes Manganoxid vor sich, das sie zusammen mit den abgebrochenen Streichholzköpfen in die Tennisbälle stopften. Insgesamt brachten sie auf diese Weise sechs kleine improvisierte Handgranaten zustande, die vermutlich mehr Verwirrung als Schaden stiften würden. Das Zink aus den Batterien hob er auf, denn damit konnte er, wenn er es mit dem Wasserstoffperoxid zusammenbrachte, das sie in einer Flasche bei den Putzmitteln gefunden hatten, eine heftige Reaktion mit einem extrem lauten Knall erzeugen.

Jack packte alle Tennisbälle bis auf einen in eine Schultertasche aus orangefarbenem Nylon und hängte sie sich schräg über die Brust wie ein Soldat, der mit Handgranaten bepackt in die Schlacht zieht.

»Und was machen wir jetzt?«, fragte Ben.

Jack ging in dem fensterlosen Raum herum und untersuchte alle Wände. Sie waren aus massivem Beton.

»Der einzige Weg nach draußen ist die Tür«, sagte er. »Und die kriegen wir mit unseren primitiven Bomben nicht auf.«

»Mit den Bomben vielleicht nicht«, sagte Ben, der plötzlich eine Idee hatte. »Aber vielleicht damit!«

Er hielt seinem Sohn den Schraubenzieher vor die Nase.

»Also Dad, jetzt hör aber auf. Mit dem Ding kannst du niemals diese Metalltür aufhebeln.«

»Ich will sie auch gar nicht aufhebeln, sondern abschrauben«, erwiderte Ben und zeigte auf die Angeln am Türblatt. »Das hier ist ein Lagerraum«, erklärte er, »deshalb ist die Tür dazu da, Leute draußen zu halten, nicht dazu, jemanden einzusperren. Siehst du die Schrauben da? Vielleicht kann ich sie herausdrehen und dann die Tür aus den Angeln drücken.«

»Dad, du bist ein Genie!«

74

12:31 UHR
WASHINGTON HOSPITAL CENTER, WASHINGTON, DC

Sie war eine gut aussehende Frau mit langen, schwarzen Haaren, leuchtend grünen Augen und selbstsicherem Auftreten, zu der das Pistolenholster an ihrem Gürtel und der FBI-Ausweis, den sie an einem Band um den Hals trug, perfekt passten. Man sah auf den ersten Blick, dass sie keine normale Besucherin hier im Krankenhaus war.

Agentin Maria Grillo ging mit entschlossenen Schritten einen Gang im ersten Stock entlang, nickte den uniformierten Polizisten zu, die vor einem Zimmer am Ende des Korridors Wache standen, und trat ein.

In dem einzigen Bett, das in dem großen Zimmer stand, lag eine Frau, die offensichtlich noch schlief.

»Dr. Howlett, können Sie mich hören?«, fragte Agentin Grillo mit sanfter Stimme.

Angie öffnete die Augen und sah sie an.

»Wer sind Sie?«

»Special Agent Maria Grillo vom FBI. Aber nennen Sie mich bitte Maria.«

»Ich habe Ihren Kollegen schon alles gesagt«, erwiderte Angie. Sie klang erschöpft, aber ansprechbar.

»Sie sind mit Ihrem Flugzeug gegen einen Brückenpfeiler geknallt«, sagte Grillo und lächelte. »Aber es sieht ganz so aus, als hätte Ihr Schutzengel eine Sonderschicht eingelegt.«

»Auch das habe ich schon Ihren Kollegen erzählt«, sagte Angie. »Ich habe versucht, die Maschine auf einem Schwimmer zu landen, aber dann war auf einmal die Brücke da. Ich bin in letzter Sekunde ins Wasser gesprungen.«

»Sind Sie in der Lage, mir ein paar Fragen zu beantworten?«, wollte die dunkelhaarige Agentin wissen.

»Noch mehr Fragen? Ich habe doch schon alles gesagt, was ich weiß.«

»Ich habe etwas andere Fragen als meine Kollegen«, sagte Grillo. »Mir geht es um einen Jungen namens Jack Maxwell.«

Angie sah sie erstaunt an. »Wer sind Sie gleich nochmal?«

»Special Agent Maria Grillo von der Abteilung für Computerkriminalität hier in Washington. Mein Team ermittelt wegen Datendiebstahls in Krankenhäusern und anderen Einrichtungen in der Gesundheitsbranche. Haben Sie Jack Maxwells Vater Benjamin gestern Abend hier in diesem Krankenhaus operiert?«

»Das ist richtig. Es war eine lebensrettende Notoperation. Ich war früher Ärztin hier am Krankenhaus und kann deswegen …«

»Dr. Howlett, Sie müssen sich nicht dafür rechtfertigen«, unterbrach Grillo sie. »Mich interessiert lediglich, ob es Jack Maxwell war, der sich gestern ins Sicherheitssystem des Krankenhauses gehackt und unseren Fahndungsaufruf nach seinem Vater gelöscht hat.«

»Jack hat nichts Schlimmes getan«, sagte Angie. »Er wollte nur mir und seinem Vater helfen, der ebenfalls unschuldig ist.«

»Genau darüber wollte ich mit Ihnen reden. Ich habe mir die Videos der Überwachungskameras hier im Krankenhaus und bei Biometrix angesehen, ebenso wie die Logdateien Ihres Firmennetzwerks. Jack hat dort versucht, ein Passwort zu knacken, stimmt das?«

»Ja.«

»Und? Ist es ihm gelungen?«

»Ja.«

»Angie – ich darf Sie doch Angie nennen? –, ich will Ihnen reinen Wein einschenken. Wir haben den Laptop von Jack Maxwell aus dem Fluss gefischt. Der Computer war natürlich kaputt, aber die Festplatte konnten wir ausbauen und so die Daten retten. Ich weiß, welche Daten Jack Maxwell von AMT entwendet hat. Es sind die Krankenakten von diversen Politikern, Wirtschaftsbossen und anderen Personen öffentlichen Interesses. Da fragt man sich natürlich, was haben ein jugendlicher Hacker und die Chefin eines Pharmaunternehmens mit solchen Daten vor?«

»Jack hat die Daten nicht entwendet. Das war sein Vater. Und der hat es im Auftrag von Dr. Martin Larrick getan, dem Commissioner der FDA.«

»Der bedauerlicherweise vorgestern Abend ermordet wurde und nicht mehr aussagen kann«, bemerkte Agentin Grillo trocken.

»Aber es ist wahr!«, rief Angie. »Das habe ich die ganze Zeit versucht, Ihren Leuten zu sagen. Die Menschen, deren Krankenakten sich auf Jacks Festplatte befinden, sind in höchster Gefahr. Sie werden alle an einer Ruptur der Aorta sterben, wenn es Ihnen nicht gelingt, ihn zu stoppen.«

»Wen zu stoppen, Angie?«

»Ich weiß nicht, wie er heißt. Er nennt sich ›der Samariter‹ und hat Martin Larrick umgebracht. Außerdem hat er mehrmals versucht, Ben Maxwell zu töten, weil der ihm auf der Spur war.«

Special Agent Grillo setzte sich auf ihre Bettkante und zog ein kleines Notizbuch aus Ihrer Umhängetasche.

»So, und jetzt erzählen Sie mir alles nochmal der Reihe nach, Angie. Ich bin ganz Ohr …«

75

13:10 UHR
INTERSTATE 95 RICHTUNG NORDEN

Rudy Collins überholte gerade einen Tanklastzug, als ein Anruf über die Freisprechanlage seines BMW Z4 hereinkam.

»Rudy, ich bin's Kathleen.«

»Kathleen!«, antwortete er überrascht, während er aufs Gas trat und an dem Ungetüm vorbeizog. »Was gibt's? Musst du dich nicht auf deinen großen Auftritt vorbereiten?«

»Was es gibt, fragst du? Meine Beutel sind nicht da, das gibt es!«

»Was heißt hier nicht da? Wir haben pünktlich an alle Punkte entlang der Route geliefert, nur die letzten vierzigtausend für das Stadion stehen noch aus.«

»Und genau um die geht es, Rudy!« Man hörte Neal an, dass sie sich mühsam beherrschte, um nicht loszubrüllen. »Das Spiel beginnt um fünf, also in nicht einmal vier Stunden, und bald werden die ersten Zuschauer ins Stadion gelassen. *Und es ist noch kein einziger gottverdammter Beutel da!*«

»Hör zu, Stute, meine Leute hatten Probleme mit einer der großen Packmaschinen …«

»Hör auf, mich so zu nennen! Weißt du, was das für mich

bedeutet, wenn wir ausgerechnet bei der großen Auftaktveranstaltung, wo alle Prominenten im Stadion sind, mit leeren Händen da stehen?«

»Kathy, bitte, beruhige dich! Du wirst nicht mit leeren Händen dastehen. Ich habe dir doch gesagt, dass wir uns die Lieferung für Washington bis zum Schluss aufgehoben haben, weil die den kürzesten Lieferweg hat. Die letzten Lastwagen müssten eigentlich jetzt gerade losfahren, das hat mir der Schichtführer hoch und heilig versprochen. Spätestens zu Beginn des Spieles hast du deine Beutel, versprochen.«

»Zu Beginn des Spiels nützen sie mir gar nichts mehr! Ich brauche die Dinger mindestens eine Stunde vorher, damit meine Leute sie noch verteilen können.«

»Auch das wird zu schaffen sein, Kathy. Vertrau deinem Rudy.«

»Wie soll ich dir vertrauen, Rudy, wenn du deine eigenen Leute nicht im Griff hast? Können die denn ihre Maschinen nicht richtig bedienen oder was? Vielleicht hättest du dich mehr um deine Firma kümmern sollen, anstatt in deiner Suite mit anderen Weibern rumzumachen.«

Collins lachte. »Du bist ja eifersüchtig, Kathy! Das kenne ich ja gar nicht von dir. Mach weiter so, ich liebe das.«

»Verdammt nochmal, Rudy, es geht hier um was anderes!«

»Ja, um deine Beutel, ich weiß. Wir hätten dir alles wunderbar liefern können, wenn du nicht in letzter Minute nochmal ein paar Hunderttausend davon bestellt hättest.«

»Du hast doch gesagt, dass du sie liefern kannst!«

»Hätte ich auch, wenn dieses blöde Handgel nicht gewesen wäre. Die Folienpackmaschinen für diese kleinen Dinger sind offenbar wahnsinnig empfindlich, das sagt jedenfalls Miller, der für die Dinger verantwortlich ist. Aber ich kümmere mich drum, verlass dich drauf. Ich werde ihn sofort anrufen und ihm nochmal sagen, dass er sich beeilen soll. Schließlich steht für mich genauso viel auf dem Spiel wie für dich. Ich verliere schließlich meine Reputation als Geschäftsmann, wenn ich den größten Freiluft-Event in der Geschichte der Vereinigten Staaten vergeige.«

»Du verlierst noch viel mehr als das, Rudy«, sagte Neal und legte auf.

76

13:14 UHR
MANASSAS PACKAGING, VIRGINIA

Die Klingel des Telefons hatte gerade zwei Mal durch den Lärm der Fabrikhalle geschrillt, als im Treppenhaus ein lautstarker Knall zu hören war. Normalerweise erzeugen selbst gebastelte Bomben nicht viel mehr als eine Stichflamme, aber Bens Mischung aus dem Zink und dem Wasserstoffperoxid machte einen dermaßen gewaltigen Krach, dass die Arbeiter augenblicklich ihre Maschinen im Stich ließen und ins Freie flüchteten, während aus dem Treppenhaus dichter, schwarzer Rauch in die Maschinenhalle zog. Viele von ihnen glaubten an einen Terroranschlag auf die Firma, die ja immerhin Beutel mit Werbegeschenken für eine Anti-Terror-Veranstaltung packte, nur Miller wusste genau, was das zu bedeuten hatte. Er rief seine kleine Gruppe auf ihn eingeschworener Männer zu sich und rannte mit ihnen durch den ätzenden Rauch die Treppe hinunter in den Keller. Auf halber Strecke stießen sie auf die Reste von Bens improvisierter Bombe, und als Miller unten im Keller die aus den Angeln gehebelte Tür des Putzraums und die Reste der aufgebrochenen Batterien sah, wurde ihm ganz anders. Wenn der Samariter davon erfuhr, würde er ihn töten. Daran bestand überhaupt kein Zweifel.

»Los, rennt rauf und schickt die anderen Arbeiter wieder

in die Fabrik. Sagt ihnen, dass wir im Keller einen kleinen Kabelbrand hatten und jetzt alles wieder in Ordnung ist. Und dann geht nach draußen und sucht nach den beiden. Weit können sie ja noch nicht gekommen sein. Aber ballert bloß nicht rum, sonst ruft am Ende noch einer von den Arbeitern die Polizei. Ich schaue inzwischen zu den Lastwagen. Eigentlich müssten die schon längst losgefahren sein.«

Während seine Männer das Firmengelände absuchten, ging Miller durch die Maschinenhalle zur Laderampe, wo die letzten beiden Lastwagen standen. Wenn sie nicht bald auf den Weg gebracht wurden, würden sie ihre ganz spezielle Fracht nicht mehr rechtzeitig zum Beginn des großen Feiertags-Baseballspiels abliefern können.

Die Fahrer der Lastwagen hatten von der Explosion offenbar nichts mitbekommen, denn sie saßen in ihren Führerhäusern, rauchten und hörten Radio.

»Habt ihr hier zwei Leute vorbeilaufen gesehen?«, fragte Miller, nachdem er sie hatte aussteigen lassen.

Als die Männer verneinten, ließ er sie die Rampe und den Außenbereich davor absuchen, während er selbst mit einer Taschenlampe in die Laderäume der Lastwägen leuchtete. Er sah nichts als dicht an dicht stehende Gitterboxen, in drei Lagen aufeinandergestapelt, jede war randvoll mit jeweils 900 Beuteln voller Werbegeschenke für H.A.T. Als Miller in den zweiten Lastwagen hineinleuchtete, quäkte das Walkie-Talkie in der Tasche seines Overalls. Es war einer seiner Männer, die das Gelände absuchten.

»Hier draußen sind sie nicht«, meldete er. »Ich schätze, sie sind über den Zaun geklettert und haben sich in dem kleinen Wäldchen versteckt.«

»Dann durchkämmt das Wäldchen und schnappt sie euch. Knallt sie meinetwegen ab, wenn es nicht anders geht. Ich muss jetzt mit den Lastwägen los, sonst schaffen wir es nicht mehr rechtzeitig.«

Miller warf noch rasch einen Blick in den Laderaum, dann sprang er vom Laster und ließ die Fahrer wieder einsteigen.

»Los, wir müssen uns beeilen«, sagte er, während er sich neben dem Fahrer ins Führerhaus des zweiten Lastwagens schwang.

Wenn der Mann und der Junge wirklich in dem Wäldchen Unterschlupf gefunden hatten und es seinen Männern nicht gelingen sollte, sie zu eliminieren, würden sie doch ziemlich lange brauchen, um ohne Handy die Polizei zu alarmieren. Bis dahin musste er seine Fracht geliefert haben, und wenn die erst an ihrem Bestimmungsort angelangt war, konnten weder der Mann noch der Junge noch das FBI den Lauf des Schicksals mehr aufhalten.

Miller musste nur noch die letzten 40.000 Beutel dort abliefern, wo der Samariter sie haben wollte, und dann würde der Lauf der Weltgeschichte eine andere Richtung nehmen.

77

15:46 UHR
AUF DEM HIGHWAY NACH NORDEN

»Jetzt sind wir auf dem Highway«, sagte Ben zu Jack. Er musste ziemlich laut reden, denn der Lärm des Lastwagens war ohrenbetäubend. Die beiden saßen zusammengekauert hinter den letzten von insgesamt 90 metallenen Gitterboxen, die bis obenhin mit den Werbegeschenk-Beuteln für H.A.T. vollgepackt waren.

Als kurz vor der Abfahrt noch jemand mit einer Taschenlampe in den Laderaum des Lasters geleuchtet hatte, war Ben fast das Herz stehengeblieben, und wenn Jack ihn nicht dazu überredet hätte, auf die Gitterboxen hinaufzuklettern und sich ganz hinten im Laderaum flach auf die oberste Reihe zu legen, dann wären sie bei dieser Aktion vermutlich entdeckt worden.

Als sich der Lastwagen in Bewegung gesetzt hatte, waren sie von den Boxen heruntergeklettert und hatten sich in den kleinen Raum zwischen der letzten Reihe und der hochgeklappten Ladeluke des Lasters auf den Boden gesetzt. Das war jetzt über zwei Stunden her. Immer, wenn das Fahrzeug abbremste, klirrten die Metallgitter aneinander, und Ben und Jack rutschten auf dem glatten Boden gegen die Boxen vor ihnen. Im Inneren des Lastwagens war es stockfinster, und die beiden hatten keine Ahnung, wo sie waren. Nur die gleichmäßigere Fortbewegung ohne geräuschvolle Schaltvorgänge zeigte ihnen an, dass sie sich jetzt auf einer schnelleren Straße befinden mussten.

»Wie fühlst du dich, Dad?«, fragte Jack. Seine Stimme klang so, als wäre er Ben ziemlich nahe.

»Bleib bitte weg von mir, ich will dich nicht anstecken«, sagte Ben. »Mir geht es gut.« Eigentlich hätte er sagen müssen: Den Umständen entsprechend gut, denn die Aufregungen der letzten Stunden hatten ihn ziemlich mitgenommen. Dafür war das Brennen an seinen Handflächen fast vollständig zurückgegangen, und auch in der Brust oder am Rücken hatte sich kein Schmerz eingestellt.

»Wie lange hat der Samariter gesagt, dass du noch zu leben hättest?«, fragte Jack.

»Zwei, maximal vier Stunden«, sagte Ben und hielt sich seine Uhr mit dem phosphoreszierenden Zifferblatt vor die Augen. »Und die sind längst vorbei.«

»Was hat das wohl zu bedeuten?«, fragte Jack.

»Keine Ahnung. Vielleicht wollte er mir nur Angst einjagen. Oder er hat mir ein falsches Päckchen gegeben, eines, in dem das Virus nicht enthalten war. Aber das glaube ich eher nicht, denn dann hätten meine Handflächen vermutlich nicht gebrannt. Ich habe es deutlich gespürt, dass mit diesem Gel etwas seltsam war, aber was auch immer darin enthalten gewesen sein mag, es hat mich offenbar nicht befallen. Fragt sich nur, warum.«

Sie schwiegen eine Weile, und jeder hing seinen Gedanken nach. Nach ein paar Minuten meldete sich Jack wieder zu Wort.

»Weißt du, Dad, was ich mich die ganze Zeit schon frage? Wieso war dieser Samariter sich eigentlich so sicher, dass dieses Virus dich umbringen wird? Er konnte doch gar nicht wissen, dass du so ein Pflaster in deiner Aorta hast, oder?«

Ben musste erst einmal darüber nachdenken, aber dann kam ihm eine Erkenntnis, die ihm fast den Atem raubte.

»Jack, das ist es!«, rief er. »Genau das ist es! Er hat es *nicht* gewusst. Im Krankenhaus hat es ihm niemand gesagt, und als Angie ihm den Behälter des CardioPatch durch das Sichtfenster der Tür gezeigt hat, musste er annehmen, dass es noch drin war, denn sonst wäre er ihr nie nachgelaufen. Der Samariter ist also davon ausgegangen, dass ich *kein* Herzpflaster habe, und deshalb hat er mich gezwungen, meine Hände mit dem Gel einzureiben.«

»Aber das würde ja bedeuten, dass das Pflaster nicht auf das Virus reagiert, sondern …«

»Sondern einen im Gegenteil sogar davor *schützt*! Jetzt wird mir langsam alles klar.«

»Aber Dad, das passt doch hinten und vorne nicht zusammen. Was ist dann mit den CardioPatch-Testpatienten in Pembroke? Die waren doch die ersten, die an dem Virus gestorben sind.«

»Nein, Jack, ich fürchte, es passt doch zusammen. Ich habe dir doch erzählt, was Martin Larrick mit seinem Blut an die Schranktür gemalt hat, oder?«

»Ja. Ein Kreuz und ein Dollarzeichen. Du hast gemeint, dass er damit sagen wollte, es gehe bei dieser Geschichte um sehr viel Geld.«

»Stimmt. Das habe ich geglaubt. Aber das war falsch, mein Sohn. In Wirklichkeit bedeuteten die Zeichen etwas ganz anderes.«

Der Lastwagen verringerte seine Geschwindigkeit, und

gleich darauf wurden Ben und Jack nach links gedrückt – ein untrügliches Anzeichen dafür, dass der Wagen eine scharfe Rechtskurve fuhr.

»Dad, wir verlassen den Freeway«, sagte Jack. »Sag mir schnell, was die Zeichen bedeuten.«

»Es war das Dollarzeichen, von dem ich mich habe täuschen lassen«, erklärte Ben. »Ich habe es vorher nie infrage gestellt, aber es könnte auch etwas gänzlich anderes bedeuten, nämlich einen Äskulapstab. Du weißt schon, den Stab, an dem sich die Schlange emporwindet. Das internationale Symbol für Heilkunst und Ärzte.«

»Und was soll das bedeuten? Dass die Ärzte zu viel Geld verdienen? Wollte er das der Welt kurz vor seinem Tod noch mitteilen?«

»Nein.« Ben schluckte schwer. Was er jetzt zu sagen hatte, trieb ihm die Tränen in die Augen, und er war froh, dass sein Sohn das in der Dunkelheit nicht sehen konnte. »Er wollte mir leider etwas ganz anderes mitteilen. Ich habe dir doch erzählt, dass Tammy, meine Ex-Freundin, Ärztin in Pembroke war. Die hat er mit dem Äskulapstab gemeint, und das Pluszeichen war auch nicht das Symbol für viel, sondern ein Kreuz und damit das Symbol für den Tod. Tammy, das wollte mir Martin in den letzten Sekunden seines Lebens noch sagen, ist in Pembroke gestorben, ebenso wie ihre Patienten. Ich weiß nicht, wie er das herausgefunden hat, aber Martin hatte beste Verbindungen überallhin, vielleicht hat ihm jemand von der Seuchenschutzbehörde inoffiziell etwas verraten. Aber wenn Tammy tot ist, dann bedeutet das …« Ben hielt kurz inne, um die Bedeutung dessen, was er gerade herausgefunden hatte, selbst zu verarbeiten – »dann bedeutet das, dass auch Menschen ohne das Herzpflaster an dem Virus sterben! Jack, verstehst du, was ich damit sagen will? Wir waren die ganze Zeit auf der falschen Fährte. Großer Gott, dieses Virus ist für jeden gefährlich! Wenn es freigesetzt wird, löst es eine Epidemie aus, die gefährlicher ist als die Pest und die Spanische Grippe zusammen.«

»Ich kapiere das immer noch nicht«, sagte Jack. »Wenn in Pembroke die Patienten *mit* CardioPatch gestorben sind *und* deine Exfreundin, dann hat das Virus mit dem Pflaster doch offensichtlich überhaupt nichts zu tun. Und dann – entschuldige, wenn ich das sage – müsstest du eigentlich jetzt schon längst tot sein oder wenigstens aus dem letzten Loch pfeifen.«

»Und genau deshalb ist mir jetzt klar, was hier wirklich gespielt wird, Jack. Die Leute auf der Liste von AMT, von denen wir uns die Patientenakten angesehen haben, sind nicht die *Ziele* des Virus, sondern die Einzigen, denen es nichts anhaben kann! Überleg doch mal: Die Testpatienten von Pembroke haben alle ein ganz normales, standardmäßiges CardioPatch eingesetzt bekommen, das auf offiziellen Kanälen von Biometrix an die FDA geliefert wurde und das wir im versiegelten Container an die Krankenhäuser weitergegeben haben. Bei den Leuten auf der AMT-Liste sieht das ganz anders aus. Denen hat man bei einer Routineoperation am Herzen eines der Pflaster eingesetzt, die AMT nach seinen Tests eigentlich hätte vernichten müssen. Diese CardioPatches entziehen sich völlig unserer Kontrolle und der von Biometrix, und genau da liegt der Hund begraben. Jack, ich vermute schwer, dass diese CardioPatches von AMT so verändert wurden, dass sie ihren Träger vor dem Virus schützen. So, wie es aussieht, hat nur jemand, der ein solches Ding in seiner Aorta trägt, eine Chance, die Infektion mit dem Virus aus dem Armylabor zu überleben.«

»Das ist doch total unlogisch. Wie soll denn ein einzelnes Pflaster, das an einer bestimmten Stelle der Aorta angebracht ist, sie auf ihrer ganzen Länge vor dem Zerreißen schützen? Da könnte sie doch einfach an einer anderen Stelle kaputtgehen, sagen wir fünf Zentimeter neben dem Pflaster.«

»Das kann ich dir auch nicht erklären, Jack«, erwiderte Ben. »Aber irgendwie scheint es zu funktionieren. Ich bin ja der lebende Beweis dafür.«

»Und noch was, Dad. Warum sollte jemand ein Virus entwickeln, das das Zeug hat, die ganze Menschheit auszurotten, und nur ein paar Politiker und Wirtschaftsbosse am Leben lassen?«

»Das frage ich mich auch, Jack, aber ich weiß keine Antwort darauf. Normalerweise ist es ja genau umgekehrt, da haben es die Attentäter auf die Politiker abgesehen und nicht auf die einfachen Leute. Aber wie dem auch sei, wir haben jetzt keine Zeit, darüber nachzudenken. Wenn diese zwei Lastwägen ihren Bestimmungsort erreichen und die Beutel ausgegeben werden, dann bricht hier in diesem Land die Apokalypse an. Millionen werden sterben, und danach wird sich das Virus unaufhaltsam über die ganze Welt verbreiten. Dazu dürfen wir es nicht kommen lassen.«

»Und wie sollen wir das anstellen, Dad? Ein frisch operierter Ex-FDA-Beamter und ein Hacker, der nicht mal mehr ein Handy hat?« Jack hatte versucht, seiner Stimme einen spöttischen Unterton zu geben, aber aus seinen Worten klang die blanke Verzweiflung.

»Wir müssen es versuchen, Jack, so oder so. Wenn dieser

Lastwagen anhält, dann stehen wir schon direkt an der Tür bereit und springen sofort hinaus. Zumindest das Überraschungsmoment ist auf unserer Seite, denn niemand ahnt, dass wir uns hier verstecken – sonst hätten die längst an einem stillen Ort angehalten und uns beseitigt. Hoffen wir, dass der Laster an einer belebten Stelle hält.«

»Das wird er bestimmt, Dad, schließlich bringen die die Paletten ja irgendwo hin, wo jemand schon auf sie wartet. Aber was hast du vor, wenn wir rausspringen? Willst du nach der Polizei rufen?«

Das auf keinen Fall, dachte Ben. Jeder vernünftige Polizist würde einen abgerissenen Typen in einem Krankenhausschlafanzug und gelben Gummihandschuhen, der ihm eine verrückte Geschichte von die ganze Menschheit bedrohenden Viren erzählte, entweder auslachen oder sofort in die Psychiatrie einweisen lassen. Bestenfalls würde er noch das FBI verständigen, und bis von dort jemand zur Stelle wäre und ihnen zuhörte, wäre das Virus längst freigesetzt, selbst wenn man seiner aberwitzigen Geschichte Glauben schenken würde.

»Nein, zur Polizei können wir nicht gehen«, sagte er. »Die würden uns erst glauben, wenn es zu spät ist. Wir müssen versuchen zu fliehen und uns irgendwie direkt an die Öffentlichkeit wenden. Das ist unsere einzige Chance.«

»Und was machen wir, wenn sie uns nicht fliehen lassen?«, fragte Jack.

»Wozu hast du deine Tennisbälle? Mit denen können wir ihnen wenigstens einen Schrecken einjagen. Und bevor sie sich davon erholt haben, müssen wir schon verschwunden sein.«

Danach sagten sie beide nichts mehr. Ben lauschte dem

Dröhnen des Lastwagenmotors und dachte an Tammy, die kurz vor ihrem Tod noch versucht hatte, Kontakt mit ihm aufzunehmen. In ihrer Verzweiflung hatte sie sich an ihn gewandt, und er hatte ihr nicht helfen können. Er hatte nicht einmal das Telefon gehört. Ben wusste, dass er sich deshalb bis an sein Lebensende Vorwürfe machen würde, auch wenn er ihr ohnehin nicht hätte helfen können.

Während er so seinen trüben Gedanken nachhing, spürte er auf einmal, wie Jack die Hand auf seine Schulter legte.

»Dad?«

Ben zuckte zusammen. »Jack, du sollst mich doch nicht anfassen. Auch wenn mir das Virus nichts anhaben kann, bin ich doch infiziert und kann es weitergeben.«

Jack zog seine Hand zurück.

»Dad, ich wollte dir etwas sagen.«

»Ja, mein Sohn?«

»Ich hab dich lieb, Dad. Ich weiß, das klingt ziemlich schnulzig, besonders jetzt, wo wir in diesem Schlamassel stecken. Aber vorher bin ich irgendwie nie dazu gekommen, es dir zu sagen. Wir sind uns ja dauernd in den Haaren gelegen.«

Bei den Worten seines Sohnes kamen Ben die Tränen. »Ich hab dich auch lieb, Jack«, sagte er, »und ich weiß, dass ich dir ein viel besserer Vater sein könnte, wenn ich nicht so viel arbeiten würde. Verzeih mir, Jack, wenn ich mich nicht genügend um dich gekümmert habe. Es tut mir so leid.«

»Ist schon okay, Dad«, sagte Jack und klang dabei viel erwachsener als seine siebzehn Jahre. Und dann spürte Ben noch einmal die Hand seines Sohnes, die ihm über den Oberarm strich, und dieses Mal sagte er nichts.

78

16:45 UHR
NATIONALS PARK, WASHINGTON, DC

Als im März 2008 mit einer feierlichen Zeremonie das neue Baseballstadion in Washington DC eröffnet wurde, hatte man damit ein neues Kapitel in der wechselvollen Geschichte des Baseball in der amerikanischen Hauptstadt aufgeschlagen. Drei Jahre zuvor hatten die Stadtväter die kanadische Baseballmannschaft Montreal Expos dafür gewonnen, fortan als »Washington Nationals« in der amerikanischen Liga zu spielen, und damit hatte die amerikanische Hauptstadt zum ersten Mal seit 34 Jahren wieder ein Team in der Profiliga. Die Stadt Washington ließ sich den Spaß einiges kosten und stellte der Mannschaft gemeinsam mit dem Ligaverband für 611 Millionen Dollar ein futuristisch anmutendes Stadion im Südosten der Stadt hin, das zu den modernsten in Amerika, wenn nicht der ganzen Welt zählte.

Als die beiden Lastwagen von Manassas Packaging auf die Laderampe neben Tor A an der Nordseite des Stadions zu fuhren, saß Irving Miller schwitzend im Fahrerhaus des ersten Fahrzeugs und überlegte, was er als Nächstes tun sollte. Auf den letzten Metern der Fahrt hatte er einen Anruf von seinen Männern bekommen, die er in der Fabrik zurückgelassen hatte. Sie hatten Maxwell und dessen Sohn trotz intensiver Suche weder auf dem Firmengelände noch in dem angrenzenden Waldstück finden können, und auch eine neuerliche Durchsuchung der Fabrik hatte zu keinem Ergebnis geführt. Entweder hatten die beiden ein Auto aufgehalten oder Helfer gehabt, die ihnen eine rasche Flucht ermöglichten, oder sie hatten sich in einem der Lastwagen versteckt, deren Laderäume Miller in der Eile nur oberflächlich durchsucht hatte.

Am liebsten wäre er an dem Stadion vorbeigefahren und hätte an einem ruhigen Ort noch einmal eine gründliche Durchsuchung der Fahrzeuge vorgenommen, aber das ging jetzt nicht mehr, denn er war ohnehin viel zu spät dran, und außerdem standen an der Laderampe des Stadions schon ein halbes Dutzend freiwillige Helfer von H.A.T., die ihm ungeduldig zuwinkten. Miller winkte zurück, dann griff er unter den Fahrersitz und fischte eine 45er Glock heraus, die er darunter versteckt hatte. Er lud sie durch und konnte sie gerade noch in eine Tasche seines Overalls stecken, als auch schon ein Mann im gelben H.A.T.-Shirt an das Beifahrerfenster klopfte.

»Wo bleiben Sie denn?«, fragte der Mann ungehalten. »Sie sind über zwei Stunden zu spät, wissen Sie das? Die da drinnen warten händeringend auf Sie!«

Miller kurbelte das Fenster herunter. »Immer mit der Ruhe, Kumpel«, sagte er. »Ihr seid nun mal die letzten auf unserer Route, und in der Stadt war der Teufel los. Ein blöder Feiertagsfahrer hinter dem anderen.«

»Wem sagen Sie das«, erwiderte der Mann, während er ein Formular auf seinem Klemmbrett durchging. »Seit das Wetter besser geworden ist, hält es die Leute nicht mehr zu Hause. Alle wollen sie zu unserer Menschenkette. Im Radio haben sie gerade gesagt, dass über zwanzig Millionen erwartet werden. Zwanzig Millionen! Das müssen Sie sich mal vorstellen!«

»Wahnsinn«, sagte Miller.

»Und wissen Sie was? Ich glaube, das werden sogar noch mehr. Das ganze verdammte Land scheint heute auf den Beinen zu sein.«

»Und das für eine verdammt gute Sache«, sagte Miller und grinste breit. Er stieg aus und folgte dem Mann im gelben T-Shirt zum Heck des Lastwagens. Während der Fahrer die Verriegelung der Ladeluke löste, steckte Miller die rechte Hand in die Hosentasche seines Overalls und umklammerte den Griff der Pistole.

Ein einzelner Polizist stand am hinteren Rand der Laderampe und diskutierte mit einem Gabelstapelfahrer eifrig über die Leistungen eines Spielers der Nationals.

»Geht das nicht ein bisschen schneller?«, fragte der Mann mit dem Klemmbrett. »Das Spiel wird in ein paar Minuten angepfiffen. Das möchte ich nicht verpassen.«

Aber Miller wollte sich nicht beeilen, er wollte Zeit gewinnen. Zeit zum Nachdenken und Zeit zum Handeln. Wenn der FDA-Mann und sein Sohn hinten auf einem der Wagen waren, dann musste er unbedingt verhindern, dass sie auch nur ein Wort mit jemand wechselten. Das Risiko, dass ihr seit langem geplantes großes Werk so kurz vor seiner Vollendung zunichtegemacht würde, durfte er nicht eingehen. Mit besorgter Miene sah Miller zu, wie der Fahrer die hintere Klappe des Lastwagens elektrisch nach oben fuhr, und legte sich seinen Plan zurecht. Wenn sich Maxwell und der Junge wirklich zwischen den Paletten versteckten, würde er mit der Glock rasch hintereinander mehrere

Schüsse auf jeden von beiden abgeben und dann in die Tunnel des Stadions flüchten.

Der Samariter hatte ihn in Vorbereitung auf den heutigen Tag genauestens über die baulichen Gegebenheiten im Stadion informiert.

Das futuristische Gebilde aus Glas, Stahl und Beton, in dem Papst Benedikt XVI. bei seinem USA-Besuch 2008 eine Messe vor 47.000 Gläubigen zelebriert hatte, galt allgemein als eines der umweltfreundlichsten Stadien der Welt, weshalb seine Erbauer es auch gerne als »das grüne Stadion« bezeichneten. In der Tat war es ein anerkanntes Vorzeigeobjekt für Ökologie und Energieeffizienz. Zum ökologischen Konzept des Stadions gehörte auch ein ausgeklügeltes System von Drainagetunnels unter dem Rasen, mit dem das Regenwasser aufgefangen und in den Fluss geleitet wurde. Wie ein gigantischer Maulwurfsbau durchzog es die gesamten 77 Hektar des Stadions und war mit ein Grund dafür, weshalb der Bau hundert Millionen Dollar mehr verschlungen hatte als ursprünglich veranschlagt. Durch diese Tunnel würde Miller sich in Sicherheit bringen, nachdem er Maxwell und seinen Jungen erschossen hatte. Er würde den Mann mit dem Klemmbrett als Schutzschild benutzen, sich ins Innere des Stadions vorkämpfen und dort in dem Tunnelsystem verschwinden, das ihn zum Fluss und zu einem dort wartenden Schlauchboot bringen würde. Bis die Polizei käme und mit der Durchsuchung des Tunnelsystems fertig wäre, würde Miller schon längst über alle Berge sein.

Die Klappe des Lastwagens war jetzt fast völlig offen. Miller behielt den Mann mit dem Klemmbrett und den Polizisten im Auge und bereitete sich darauf vor, seine Pistole zu ziehen, als aus der Dunkelheit des Laderaums etwas auf ihn zu flog, das mit einem lauten Knall vor seinen Füßen explodierte. Miller warf sich instinktiv zu Boden und suchte, wie alle anderen auch, nach Deckung, als noch eine zweite Kugel aus der Ladeluke geschleudert wurde. Es gab einen weiteren Feuerball und eine Explosion so nahe an Millers Kopf, dass ihm im linken Ohr das Trommelfell platzte. Eine Frau aus der Gruppe der freiwilligen Helfer fing hysterisch an zu schreien, und der Polizist, der sich bei der ersten Explosion ebenfalls zu Boden geworfen hatte, riss sein Funkgerät aus der Tasche, um Verstärkung anzufordern. In dem allgemeinen Chaos sprangen zwei Gestalten von dem Lastwagen und rannten ins Innere des Stadions. »Sind Sie verletzt?«, rief der Mann mit dem Klemmbrett Miller zu, als dieser mit blutender Nase aufstand.

»Ich bringe die Schweine um!«, schrie Miller und rannte hinter den beiden her, ohne auf die aufgeregten Proteste des Mannes mit dem Klemmbrett zu achten. Der Samariter würde ihn sowieso umlegen, wenn er diese Geschichte vermasselte.

79

16:48 UHR
NATIONALS PARK STADION, WASHINGTON, DC

Ben lief so schnell er konnte und es seine angeschlagene Gesundheit ihm gestattete, aber er konnte nicht mit Jack mithalten, der wieselflink einen fensterlosen Gang mit Wänden aus Beton entlanghastete. Der Gang führte in flachem Winkel nach unten in den Bauch des Stadions, in dem sich die vielen Versorgungseinrichtungen für die fast fünfzigtausend zahlenden Besucher befanden. Vor einer Tür, auf der ein großes Schild verkündete: »Nur für Personal« blieb Jack stehen und wartete bis sein laut schnaufender Vater ihn eingeholt hatte. In seinem Krankenhausschlafanzug sah er aus wie ein verwirrter älterer Patient, der soeben aus einer Nervenklinik geflohen war. Jack legte die Hand auf den Türknauf und stellte mit Erleichterung fest, dass er sich drehen ließ. Er öffnete die Tür und hielt sie seinem Vater auf. Kaum hatte der die Schwelle überschritten, schlug Jack die Tür wieder zu.

»Dad, schnell, da hinein!«, sagte er und deutete auf eine Herrentoilette auf der anderen Seite eines mit Neonröhren beleuchteten Korridors. »Setz dich in eine Kabine und warte auf mich. Ich besorg dir was zum Anziehen.«

Fünf Minuten später kam er mit einem blauen Overall zurück, den er in einem Aufenthaltsraum für Stadionpersonal gefunden hatte. Ben zog ihn an und konnte nun bei nicht allzu genauem Hinsehen als einer der vielen guten Geister durchgehen, ohne deren Wirken im Hintergrund ein großes Baseballspiel überhaupt nicht stattfinden könnte.

Als Ben und Jack wieder hinaus in den Gang traten, schlossen sie sich unauffällig einer bunt gemischten Gruppe von Reinigungspersonal, Platzanweisern und Imbissverkäufern an, die auf dem Weg zu einem der großen Aufzüge war. Als der Aufzug kam, waren Ben und Jack unter den letzten, die sich in die voll besetzte Kabine drängten, was bei Ben zwar eine gewisse Beklemmung auslöste, mit viel Überwindung aber auszuhalten war. Vielleicht sollte ich diese ganze Geschichte als eine Therapie gegen meine Platzangst verstehen, dachte er sarkastisch.

Neben ihm redete ein Schwarzer in einem leichten Sommeranzug mit einer jungen, mexikanisch aussehenden Frau vom Sicherheitsdienst über das Spiel, das in wenigen Minuten beginnen würde.

»Heute gewinnen die Nats, wollen wir wetten?«

»Mit Ihnen wette ich nicht.«

»Warum nicht?«

»Weil Sie immer gewinnen. Haben Sie die Knallerei vorhin gehört?«

»Ja. War aber nichts Schlimmes. Ein paar Kinder haben an der Laderampe ein paar selbst gebastelte Böller gezündet.«

»Naja, schließlich haben wir den vierten Juli. Da wird es heute Abend noch viel mehr knallen.«

»Ist anzunehmen.«

»Machen Sie eigentlich nachher bei dieser Menschenkette mit?«

»Nur wenn ich mit Ihnen Händchen halten darf, Süße.«

»Das würde Ihnen so passen!«

Ein sanfter elektronischer Klingelton verkündete, dass der Fahrstuhl auf der VIP-Ebene angelangt war. Ben und Jack folgten ein paar Leuten, die auf diesem Stockwerk ausstiegen und gingen hinter ihnen her einen mit rotem Teppichboden ausgelegten Gang entlang.

»Hier, häng dir das hier um, Dad«, sagte Jack und gab ihm einen laminierten Ausweis mit einem Clip, um ihn an der Kleidung zu befestigen. »Genauer darf da zwar niemand hinsehen, aber zur Not wird es schon gehen.«

Ben betrachtete seinen Ausweis, der das Bild einer jungen, mexikanisch aussehenden Frau mit hochgesteckter Frisur zeigte. Darunter stand in dicken, schwarzen Lettern »Isabelle Alvarez, Reinigungsdienst«.

»Wo hast du das denn her?«, fragte Ben und sah sich das Namensschild an, das Jack gerade an seinem T-Shirt befestigte. Auf dem Foto war das breite Gesicht eines Schwarzen zu sehen, der Arnold Rich hieß.

»Aus ihren Taschen, als sie neben mir im Aufzug standen«, antwortete Jack mit einem Grinsen. »Das ist fast so einfach, wie Daten von einem Regierungscomputer zu klauen.«

»Und genau so illegal.«

»Dad, ohne Ausweis kommst du hier auf der VIP-Ebene keine fünf Meter weit. Die meisten schauen zwar nicht richtig drauf, aber wenn du gar keinen hast, fällt das sofort auf.«

»Ich frage mich immer wieder, woher du solche Weisheiten hast, Jack.«

»Woher wohl? Aus dem Internet.«

»Und wieso willst du unbedingt der dicke Schwarze sein und nicht das mexikanische Mädchen?«

»Schau mal, was der von Beruf ist.«

»Stellvertretender Systemadministrator«, las Ben. »Verstehe.«

Die VIP-Ebene im Nationals Park war eine hufeisenförmige Empore, die sich durch das halbe Rund des Stadions zog und neben den ganzjährig an Firmen und zahlungskräftige Privatpersonen vermieteten Logen auch die Einrichtungen für die Presse und das Fernsehen enthielt, vom Reporterplatz bis zum komplett eingerichteten Fernsehstudio gleich vor Ort.

Wer ein paar Tausend Dollar im Jahr übrig hatte, bekam hier eine kleine Luxussuite mit Kühlschrank und bequemen Sesseln sowie einer Art Balkon im Freien, von dem aus man hoch über der Masse der Normalsterblichen eine hervorragende Aussicht auf das Geschehen auf dem Spielfeld genoss.

»Und was machen wir jetzt, Dad?«, fragte Jack, während eine locker plaudernde Gruppe gut gekleideter Männer und Frauen an ihnen vorbei auf eine der teuren Logen zusteuerte und die beiden dabei keines Blickes würdigte. »Hast du gesehen? Die Leute haben schon ihre Beutel für die Menschenkette. Wir müssen sie unbedingt warnen.«

Jetzt sah auch Ben, dass viele der an ihnen vorbei eilenden Menschen durchsichtige Plastiktüten mit dem H.A.T.-Logo bei sich hatten. Manche trugen sie in der Hand, andere hatten sie sich an der daran befestigten Kordel um den Hals gehängt. Das mussten die Beutel aus den Lastwagen sein, die jetzt an die Zuschauer verteilt wurden.

Ben dachte nach. Natürlich konnten sie nicht zu jedem Einzelnen hinlaufen und ihn persönlich über den tödlichen Inhalt des Plastikbeutels aufklären. Sie mussten einen Weg finden, das ganze Stadion zu warnen.

»Pass auf, Jack«, sagte er. »Ich habe eine Idee. Siehst du den Hot-Dog-Stand da drüben?«

»Dad, wir haben jetzt keine Zeit zum Essen …«

»Weiß ich«, entgegnete Ben, während er seinen Sohn durch die auf ihre Würste wartende Menge zur Hintertür des von hungrigen Menschen belagerten Standes bugsierte. Die Tür stand offen, wohl um etwas Luft in die stickige kleine Kabine zu lassen, in der zwei Männer in weißen T-Shirts beide Hände voll zu tun hatten.

»Siehst du den Kittel und die Mütze da über dem Stuhl?«, fragte Ben. »Ich stelle mich vor dich und gebe dir Sichtschutz, und du greifst rein und schnappst dir die Sachen. Meinst du, du kriegst das hin?«

»Wer von uns beiden hat eigentlich mehr kriminelle Energie? Du oder ich?«, erwiderte Jack und grinste. Jack ging in die Hocke, wartete einen günstigen Moment ab und schnappte sich die Klamotten, die er sofort unter seinem T-Shirt verbarg.

»So, und jetzt sag ich dir, was du tun musst«, flüsterte Ben, als sie sich ein paar Meter von dem Hot-Dog-Stand entfernt hatten. »Du ziehst dir jetzt da drüben in der Toilette diese Sachen an …«

80

16:52 UHR
NATIONALS PARK STADION, WASHINGTON, DC

In dem Gedränge Hunderter zu ihren Plätzen strebender Stadionbesucher fiel der junge Hot-Dog-Verkäufer in der Uniform von Willie's Wieners, der sich mit zwei Pappbechern in Händen durch den belebten Gang hinter den VIP-Logen schlängelte, nicht weiter auf. Die Mieter der Logen waren es gewohnt, sich vom Personal der Imbissstände Essen und Getränke bringen zu lassen, und niemand wäre auf den Gedanken gekommen, dass Jack etwas ganz anderes im Sinn hatte.

Sein Vater hatte Recht: Zur Polizei zu gehen wäre der größte Fehler, den sie jetzt begehen konnten. Während Jack an zwei sich unterhaltenden Polizisten vorbeiging, die wohl im VIP-Bereich eine besonders starke Präsenz demonstrieren sollten, sah er vor seinem geistigen Auge, was in diesem Fall passieren würde. Er und sein Vater würden erst einmal in Gewahrsam genommen, damit sie den Ablauf des Spiels nicht störten, und dann würde man sie in die Stadt bringen, um sie ausführlich zu verhören. Und während das geschah, hätten bereits Tausende von Menschen ihre Probebeutel mit dem desinfizierenden Handgel aufgerissen und in dem Glauben, eine Infektion durch Viren und Bakterien zu verhindern, ihr eigenes Todesurteil sowie das von

Millionen ihrer Mitmenschen unterschrieben. Der Plan seines Vaters musste einfach funktionieren, er war ihre letzte Chance.

Jack ging an den beiden Polizisten vorbei den Gang an den Eingängen zu den VIP-Logen entlang. Dabei las er die Schilder, die an den einzelnen Türen befestigt waren:

King Enterprises
Oracle Corporation
Washington Redskins
Google
AOL
Lerner Suite 2
Lerner Suite 1
Cable News Broadcasting

Bingo!

Jack blieb vor der letzten Tür stehen. Er holte noch einmal tief Luft, klopfte kurz und trat ein.

81

16:57 UHR
NATIONALS PARK STADION, WASHINGTON, DC

Alex Warner stieß mit der Hüfte die Türe zur CNB-Kabine auf, in der Hand zwei Tabletts mit Pizza und Mineralwasser.

»Hey, wo hast du denn das Bier her?«, fragte er und deutete auf zwei Pappbecher, die vor seinem Kollegen auf dem Tisch standen.

»Das frage ich dich. Ich dachte, du hättest die geholt.«

»Ich doch nicht«, gab Alex erstaunt zurück. »Sonst hätte ich jetzt ja kaum Mineralwasser mitgebracht, oder?«

»Seltsam. Ich war vorhin kurz beim Pinkeln, und als ich wiederkam, standen auf einmal die zwei Becher da. Sieht ganz so aus, als hätten wir einen anonymen Wohltäter. Na dann mal Prost!«

Er hob den Plastikbecher und trank einen Schluck. »Auf ein gutes Spiel.«

Kaye und Warner hätten Zwillinge sein können. Beide waren groß und stämmig, mit ausgeprägten Bierbäuchen, und beide waren hellhäutige, dunkelhaarige irische Katholiken in den Fünfzigern. Schon seit Jahren kommentierten sie miteinander für den Rundfunk des CNB-Networks die Heimspiele der Nationals.

Kaye griff nach der Pizza und biss ein Stück davon ab. »Kleine Stärkung, bevor die Übertragung beginnt«, sagte er.

»Das wird heute ein heißes Spiel. Hast du dein Handy schon ausgeschaltet?«

Warner ging zu seinem Jackett, das er vorhin, als er zum Pizzastand gegangen war, über den Drehstuhl vor seinem Mikrofon gehängt hatte und tastete die Taschen ab. »Weißt du zufällig, wo mein iPhone ist?«, fragte er seinen Kollegen.

»Hat es vorhin nicht neben deinem Laptop gelegen?«

»Und wo ist bitte schön mein Laptop? Mist! Da hat uns jemand beklaut, während du auf dem Klo warst!«

82

17:00 UHR
NATIONALS PARK STADION, WASHINGTON, DC

John Cougar Mellancamp stand auf einem kleinen Podium im weiten, grünen Rund des Stadions und sang die Nationalhymne, die bei ihm ein wenig so klang wie *Little Pink Houses*, einer seiner größten Hits. Über 40.000 Zuschauer auf den Rängen und in den Logen sangen mit, und Senatorin Kathleen Neal war froh, dass ihr wie von selbst Tränen der Rührung in die Augen traten. So etwas machte sich immer gut, wenn die Kameras sämtlicher Fernsehsender oder die langen Teleobjektive der Sportfotografen unten am Spielfeldrand auf einen gerichtet waren.

Neal hatte sich bewusst einen Platz auf einer ganz normalen Tribüne geben lassen und auf die ihr vom Stadionbetreiber angebotene VIP-Loge verzichtet. So war sie mitten unter den Menschen, genau da, wo ihr Platz sein sollte: Senatorin Kathleen Neal, die Politikerin für das einfache Volk. Neben ihr saßen Michael Weinstein, ihr von allen geschätzter und angesehener Ehemann Raymond sowie rund herum das unvermeidliche halbe Dutzend Bodyguards, die versprochen hatten, bei Beginn der Menschenkette in der Pause zum dritten Inning dezent in den Hintergrund zu treten. Dann nämlich wollte Neal umgeben sein von glücklich dreinblickenden Menschen, die alle einen rotweiß-blauen H.A.T.-Beutel um den Hals hängen hatten und sich ergriffen die Hände reichten. Solche Bilder hatten das Zeug, auf die Titelblätter und als Aufmacher in die Abendnachrichten der Fernsehsender zu gelangen.

Erst als die Nationalhymne verklungen war und Neal sah, dass sich unter dem Jubel der vielen Fans die Objektive der Kameras wieder auf das Spielfeld richteten, wandte sie sich an Michael Weinstein und zischte ihm, ohne ihr blendendes Lächeln dabei zu verlieren, leise zu: »Was ist los? Wieso sind hier auf der Tribüne keine Beutel? Es sollte doch einer unter jedem Sitz sein!«

»Keine Ahnung, Kathleen. Collins hat versprochen, dass die Beutel rechtzeitig geliefert werden. Ich rufe ihn sofort an und erkundige mich, was da schiefgelaufen ist.«

Weinstein griff nach seinem Handy und führte ein Telefonat, von dem Neal nichts mitbekam, weil unten auf dem Rasen die Band *O When The Saints Go Marching In* schmetterte. Nachdem er wieder aufgelegt hatte, beugte sich Weinstein zu Neal hinüber und sagte ihr etwas ins Ohr.

»Collins sagt, seine Leute hätten ihn angerufen und gesagt, es hätte einen Zwischenfall in der Fabrik gegeben.«

»Das interessiert mich nicht. Wo sind meine Beutel?«

»Er sagt, sie seien vor einer Viertelstunde im Stadion angekommen. Ihre Leute hätten sie in Empfang genommen.«

»Vor einer *Viertelstunde*? Das ist ja viel zu spät. Los, Michael, sorgen Sie dafür, dass sie unter die Leute kommen. Wenn nach dem ersten Inning nicht sämtliche Zuschauer in diesem verdammten Stadion die Buchstaben H.A.T. um den Hals hängen haben, mache ich Sie persönlich dafür verantwortlich! Und diesem Collins reiße ich höchstpersönlich den Arsch auf, das können Sie ihm gerne wörtlich so mitteilen.«

»Was ist denn los, Schatz?«, fragte Raymond von der anderen Seite her besorgt.

»Nichts, Liebling, nur eine kleine organisatorische Irritation«, antwortete Neal und klatschte mit einem strahlenden Lächeln in die Hände. Unten auf dem Rasen war soeben das Spiel angepfiffen worden.

83

17:03 UHR
NATIONALS PARK STADION, WASHINGTON, DC

»Hier lang, Jack, beeil dich«, flüsterte Ben. Jetzt, wo das Spiel begonnen hatte, waren nicht mehr so viele Menschen auf den Gängen unterwegs wie vorhin. Er lotste Jack an den VIP-Logen vorbei. Vor einer Tür mit der Aufschrift »Treppenhaus. Nur für befugtes Personal« blieb Ben stehen und zog seinen gestohlenen Ausweis, der gleichzeitig eine Magnetkarte war, durch den Schlitz eines Lesegeräts. Die Tür ging mit einem Klick auf, und die beiden verschwanden in einem leeren Treppenhaus, das nur in Notfällen benutzt werden durfte.

»Hier müsste es gehen«, sagte Ben, und Jack lehnte sich mit dem Rücken an die Wand und zog den Laptop heraus, den er unter seinem Willie's-Wiener-Kittel versteckt hatte. Er klappte ihn auf und drückte den Einschaltknopf.

»Wir haben nicht viel Zeit«, sagte Ben. »Kannst du dieses Ding denn überhaupt hochfahren?«

»So sicher, wie das Amen in der Kirche«, antwortete Jack. »Du kannst aber ruhig weitergehen, Jacker the Hacker kann auch im Gehen programmieren.«

Wenn du dabei mal nicht über deine eigenen Füße stolperst, dachte Ben, ging aber trotzdem die Treppe hinunter. Jede Sekunde war jetzt kostbar.

Als sie zwei Stockwerke weiter unten waren, bat Jack seinen Vater, stehen zu bleiben.

»Hier ist das Signal am stärksten«, sagte er. »Jetzt muss ich mich nur noch in das Netzwerk hacken.«

84

17:05 UHR
NATIONALS PARK STADION, WASHINGTON, DC

Wäre er nicht ein so gottesfürchtiger Mensch, dann hätte der Samariter jetzt laut geflucht. Er hätte den FDA-Mann und dessen Sohn niemals in Millers Obhut zurücklassen dürfen. Der Mann verbockte momentan alles, was man ihm auftrug, und wer durfte dann die Kastanien aus dem Feuer holen? Er, der Samariter. Aber er hatte es schon geahnt und war mit seinem Auto bereits auf dem Weg zum Stadion gewesen, als ihn Millers Anruf erreicht hatte. Eigentlich hatte er vorgehabt, sich das Spiel von einem der oberen Ränge aus anzusehen um dann, in der Pause zum dritten Inning, wenn die Zuschauer zum Bilden der Menschenkette aufgerufen wurden, selbst mit anzusehen, wie sie ihre Folienbeutel aufrissen, das Gel auf ihre Hände taten und so den Wendepunkt in der Geschichte der Menschheit herbeiführten, auf den er fast sein ganzes Leben lang hingearbeitet hatte.

Und jetzt? Jetzt musste er in den unterirdischen Gängen des Stadions nach irgendwelchen Feinden suchen, die es möglicherweise darauf angelegt hatten, seinen Plan in letzter Sekunde zu durchkreuzen. Aber wer waren diese Feinde? Miller hatte von zwei Gestalten gesprochen, die ihn mit Sprengladungen beworfen und in Deckung gezwungen hatten, bevor sie in der Versorgungsebene des Stadions spurlos verschwunden waren. Ben Maxwell konnte es jedenfalls nicht sein, denn der musste in der Zwischenzeit längst tot sein. Wahrscheinlich war er nur wenige Meter von Manassas Packaging auf der Flucht gestorben und lag jetzt irgendwo herum, wo Millers Männer ihn nicht fanden. Mit dem jungen Maxwell war das schon etwas anderes. Der wäre durchaus in der Lage, sich in einem der Lastwagen zu verstecken und von Miller unbemerkt mit ins Stadion zu fahren. Aber wer war der zweite Mann, den Miller gesehen haben wollte? Der Samariter hatte keine Ahnung, aber er hatte eine ziemlich präzise Vorstellung davon, wo er Jack Maxwell finden würde, falls er sich wirklich im Stadion befand.

Wenn er als Hacker auch nur einen Schuss Pulver wert war, würde er versuchen, in die Kommunikationszentrale des Stadions einzudringen. Und wo die war, hatte sich der Samariter bei der Vorbereitung auf diesen Tag genau eingeprägt.

Der Samariter schloss seinen Wagen ab und duckte sich in den Schatten am südlichen Ende der Tiefgarage des Stadions. Zwanzig Meter von ihm entfernt saßen zwei braun uniformierte Parkwächter in ihrem Häuschen und sahen sich auf einem kleinen Tischfernseher das Spiel an. Der Samariter blickte an ihnen vorbei zu einer roten Box mit dem Symbol eines Feuerwehrschlauchs darauf. In diesem Kasten, so hatte der Samariter es Miller am Telefon befohlen, musste eine Glock mit vollem Magazin für ihn hinterlegt sein. Neben dem Kasten befand sich eine gelb lackierte Tür, die laut Miller in einen Versorgungstunnel unterhalb des Stadions führte. Dieser Tunnel endete am Anacostia

River, wo das Schlauchboot wartete, das Miller und ihn in Sicherheit bringen würde, falls hier im Stadion etwas danebenging.

Leise wie eine Katze schlich sich der Samariter hinüber zu dem Kasten mit dem Feuerlöscher, wobei er aus dem Augenwinkel ständig die Parkwächter beobachtete.

Zu seiner Erleichterung war die Tür des Kastens nicht abgeschlossen, und als er vorsichtig den rechten Arm hineinsteckte, ertastete er hinter dem groben Gewebe des aufgerollten Feuerwehrschlauchs ziemlich schnell das kühle Metall der Pistole. Er zog sie heraus und steckte sie in seine Tasche.

Jetzt war er für alles gerüstet.

85

17:09 UHR
NATIONALS PARK STADION, WASHINGTON, DC

Tief unter den 41.222 Fans, die oben im Stadion begeistert dem Spiel folgten, standen Ben und Jack in einem verlassenen Treppenhaus, nur durch eine Betonwand von der Kommunikationszentrale des Stadions getrennt. Jack hatte sich mit dem Laptop des Rundfunkreporters per W-LAN ins digitale Steuerungssystem des Stadions gehackt, über das unter anderem die Lautsprecheranlage und die riesigen LED-Anzeigetafeln über den Zuschauertribünen gesteuert wurden. Der Raum, den Ben bei einem Tag der offenen Tür im damals gerade fertig gewordenen Stadion besichtigt hatte, war einer der Gründe gewesen, weshalb Ben Jack unbedingt zu dem Spiel am vierten Juli hatte mitnehmen wollen: Kein anderes Stadion in den USA war so mit modernster digitaler Kommunikationstechnik vollgepackt wie dieses hier. Ben hatte vermutet, dass das Jack interessieren würde.

Nachdem Jack durch einen nicht gesicherten Port in der Firewall in das System eingedrungen war, stellte er eine Verbindung zu dem Programm her, das Bilder auf die Anzeigetafeln streamen konnte, und stellte den Laptop auf den Treppenabsatz. Nun zog er das iPhone des Rundfunkreporters aus der Tasche, rief die Kamera-App auf und wandte sich an seinen Vater.

»O.k., Dad«, sagte er feierlich. »Jetzt bist du dran. Stell dich vor die Wand da drüben und sprich zu ihnen. Überzeug sie.«

»Meinst du wirklich, dass das funktioniert, Jack?«, fragte Ben mit tonloser Stimme. »Sollten wir nicht doch lieber versuchen, irgendwo an ein Mikrofon zu kommen und die Leute über die Stadionlautsprecher warnen?«

»Ein Bild sagt mehr als tausend Worte, Dad. Wenn sie dich sehen, dann glauben sie dir. Ich werde dich jetzt mit der Kamera von diesem iPhone aufnehmen und das Video dann über das Internet auf meinen Youtube-Account hochladen, den ich aber so verändert habe, dass er die Bilder direkt auf die LED-Wände des Stadions streamt.«

»Ich verstehe nur Bahnhof, aber du wirst schon wissen, was du tust. Geht's los?«

Jack nickte und hob das Smartphone mit beiden Händen in die Höhe.

»Und los«, sagte er und drückte den kleinen Aufnahmeknopf auf dem Touchscreen. »Du bist drauf, Dad.«

86

17:11 UHR
NATIONALS PARK STADION, WASHINGTON, DC

»Was ist denn das, verdammt nochmal?« Earl Riley, der Sicherheitschef im Nationals Park, stand fassungslos in seinem Kontrollzentrum, wo die Bilder sämtlicher Überwachungskameras des Stadions auf kleinen Monitoren zu sehen waren. Mehrere der Kameras, die routinemäßig das Rund des Stadions aus allen Blickwinkeln beobachteten, zeigten eine der riesigen, 420 Quadratmeter großen Anzeigetafeln hoch über den Köpfen der Zuschauer, auf der eigentlich der Spielstand der Partie hätte zu sehen sein müssen. Stattdessen zeigte die Wand das zwölf Meter hohe Bild eines Mannes mit grau meliertem Haar, der einen blauen Overall trug und dessen Finger in gelben Gummihandschuhen steckten. Er hielt ein kleines, quadratisches Kosmetikpröbchen hoch.

»Machen Sie diese Packungen unter keinen Umständen auf«, sagte der Mann jetzt. »Sie enthalten ein hoch ansteckendes Virus, gegen das es kein Gegenmittel gibt und das bei Ihnen innerhalb von wenigen Stunden einen tödlichen Herzanfall auslöst.«

»Soll das ein Werbegag sein, oder was?«, schnaubte Riley. »Oder sind das wieder diese penetranten Aktivisten gegen Tierversuche in Kosmetika?« Er wandte sich an seine Mitarbeiter vor den Monitoren. »Hat einer von euch was davon gewusst?«

Die Männer schüttelten den Kopf.

»Dies ist kein Scherz und auch keine Übung«, fuhr der Mann auf der Anzeigetafel fort. »Mein Name ist Dr. Benjamin Maxwell, ich bin Projektleiter bei der Food and Drug Administration und ich kann Ihnen versichern, dass dieses Virus noch viel tödlicher ist als SARS, Ebola oder die Schweinegrippe. Öffnen Sie also auf keinen Fall den Beutel, den man Ihnen gegeben hat und reißen Sie vor allem keines dieser Pröbchen auf. Solange Sie das nicht tun, besteht kein Grund zur Panik.«

Die Kamera schwenkte zur Seite, und das Bild auf der LED-Wand erlosch.

»Frank!«, rief Riley dem Mann am Kontrollpult für die Videomonitore zu. »Spiel mir doch nochmal die letzten paar Sekunden vom Monitor Nummer vier vor. Aber ganz langsam.«

»Kommt sofort«, sagte Frank und betätigte ein paar Tasten an seinem Pult. Als er die digitale Aufzeichnung der Überwachungskamera ein Stück zurückgefahren hatte, legte er das Bild auf einen großen Flachbildschirm an der Wand des Kontrollraums.

»… besteht kein Grund zur Panik«, sagte der Mann mit den grau melierten Haaren.

»Und jetzt langsam, Frank!«, befahl Riley. »Bild für Bild.«

Wer immer den Mann aufgenommen haben mochte, er hatte die Aufnahme nicht gleich nach dem letzten Wort gestoppt, sondern die Kamera noch ein Stück zur Seite bewegt. Während die Aufzeichnung ein Bild nach dem anderen vorwärts ruckelte, sah Riley erst ein Stück glatte

Betonwand, bevor ein gelbes, quadratisches Schild ins Blickfeld der Kamera kam.

»Stopp!«, rief er. »Jetzt haben wir ihn.«

Auf dem Schild waren drei Worte zu lesen:

AUSGANG
ZUR
TIEFGARAGE

Riley griff zum Telefon und wählte eine einzige Zahl.

»Eindringling im Feuertreppenhaus!«, sagte er zu dem diensthabenden Leiter der Einsatzreserve. »Schnappt ihn euch! Und schickt sofort alle verfügbaren Leute auf Einsatzposition. Kann sein, dass im Stadion gleich eine Panik ausbricht.«

87

17:12 UHR
NATIONALS PARK STADION, WASHINGTON, DC

Es war, als würden 41.222 Menschen auf einmal die Luft anhalten. Als Ben Maxwells Warnung beendet war und die Anzeigetafel wieder den Spielstand zeigte, hätte man in dem riesigen Stadion ein paar Sekunden lang hören können, wie eine Stecknadel zu Boden fiel. Selbst die Spieler unten auf dem Rasen hatten mitten im Spiel innegehalten und auf die LED-Wand geblickt.

Und dann brach das Chaos aus. Menschen schrien laut auf und rissen sich die Beutel mit den Werbegeschenken vom Hals, andere lachten schallend und begriffen die Aktion als schlechten Scherz. Wieder andere fingen aufgeregt an, über das soeben Gehörte zu diskutieren. Der Stadionsprecher meldete sich zu Wort und versuchte die Leute zu beruhigen, aber niemand hörte mehr auf ihn. Während die Spieler unten auf dem Spielfeld ratlos nach oben blickten, wälzte sich eine Minute nachdem Ben geendet hatte, eine wahre Sturzflut von Menschen auf die diversen Ausgänge zu.

Mitten auf der Haupttribüne stand in Abschnitt 103 Senatorin Kathleen Neal wie vom Blitz getroffen. Tausend Fragen schossen ihr durch den Kopf. War das derselbe Dr. Maxwell gewesen, der sie vor drei Tagen in ihrem Büro aufgesucht hatte? Er sah ganz anders aus. So, als wäre er in der kurzen Zeit um Jahre gealtert. Aber ganz gleich, ob er es war oder nicht, dieser Mann hatte soeben ihrer Menschenkette den Todesstoß versetzt.

Auch wenn ihr innerlich zum Heulen zumute war, versuchte Neal, nach außen ein entspanntes Gesicht zu machen, obwohl sie bezweifelte, dass sich die Kameras in dem allgemeinen Chaos noch sonderlich für sie interessierten.

Neals Personenschützer hatten rings um sie Position bezogen und baten sie, ihnen zusammen mit ihrem Mann und Michael Weinstein zum Ausgang zu folgen.

»Ich bleibe hier«, sagte Neal und rührte sich nicht von der Stelle. »Wir dürfen uns H.A.T. nicht von so was kaputtmachen lassen. Das ist es doch, was diese Terroristen wollen, verstehen Sie das nicht?«

»Kathleen, hier bist du nicht sicher«, sagte ihr Ehemann, und Weinstein stimmte ihm zu. »Es ist besser, wir gehen«, sagte er und nahm Neal am Arm. »Draußen können wir die Dinge viel besser koordinieren.«

»Verdammt nochmal«, schrie Neal in das Rund des Stadions hinunter. »Was seid ihr bloß alle für Feiglinge? Steht zusammen und zeigt, dass wir keine Angst haben!«

Kaum hatte sie die Worte gebrüllt, da tat es ihr auch schon wieder leid. Wer die erste Präsidentin der USA werden wollte, durfte nicht so die Beherrschung verlieren.

»Bitte, Frau Senatorin, kommen Sie jetzt mit uns«, sagte einer ihrer Personenschützer. »Hier können wir nicht mehr für Ihre Sicherheit garantieren.« Neal gab auf und wandte sich zum Gehen, während Weinstein hektisch anfing, den Rückzug zu organisieren.

»Tony, Sie kommen mit mir, wir holen den Wagen und

bringen ihn in die Tiefgarage. Jim, Sie und die anderen halten die Menschen von der Senatorin fern und bringen sie zum südlichen Ende der Garage. Dort warten wir auf sie.«

»Wieso in die Tiefgarage?«, fragte Neal. »Ich werde mich sicher nicht im Keller verkriechen! Ich muss hier oben bleiben, wo die Kameras sind!«

»Die Kameras warten alle darauf, dass Sie mit dem Wagen aus der Tiefgarage kommen«, erklärte Weinstein schnell. »Wenn Sie wollen, können Sie ja oben aussteigen und eine Stellungnahme abgeben. Überlegen Sie sich in der Zwischenzeit schon mal, was Sie sagen werden.«

»Ich weiß genau, was ich sagen werde«, schnauzte Neal ihn an. »Und jetzt holen Sie endlich diesen gottverdammten Wagen.«

88

17:16 UHR
NATIONALS PARK STADION, WASHINGTON, DC

Wie ein Panther, der sich an seine Beute heranpirscht, schlich der Samariter durch das Labyrinth von Gängen unter dem Stadion auf die Kommunikationszentrale zu. Wenn der junge Maxwell im Stadion war, würde er ihn hier aufspüren und zur Strecke bringen. Im Grunde genommen hatte der Junge keine Chance. Wahrscheinlich hatte er ohnehin seinen infizierten Vater berührt und war damit unweigerlich ebenfalls ein Todeskandidat.

Mit leisen Schritten ging der Samariter auf die nächste Biegung zu, die der Gang vor ihm machte. Er blieb stehen und lauschte und da! – er hörte tatsächlich Schritte. Und er hörte eine Stimme, die ihm bekannt vorkam.

»Meinst du, die haben mir geglaubt?«, fragte die Stimme von Ben Maxwell, die rasch näher kam.

Der Samariter erschrak und war einen Augenblick lang wie gelähmt. Wie konnte das sein? Ben Maxwell! Der Mann musste doch längst tot sein!

So leise er konnte, eilte der Samariter zur nächsten Tür, die in einen Abstellraum führte, der zum Glück nicht abgeschlossen war. Er riss sie auf und versteckte sich dahinter, ließ sie aber einen kleinen Spalt offen, der gerade groß genug war, um den Lauf der Pistole hindurch zu stecken.

Die Schritte kamen schnell näher, und eine zweite, jüngere Stimme sagte: »Ich habe das Video gleich noch auf den Server der SchmooCon hochgeladen. Wenn die es sehen, verbreiten sie es sofort in die ganze Welt.«

»Du meinst, ich bin dann auf sämtlichen Hacker-Rechnern zu sehen?«

»Und nicht nur auf denen, Dad.«

Jetzt sah er die beiden um die Ecke kommen und holte tief Luft, um besser zielen zu können. Erst würde er Ben Maxwell erledigen, der einen blauen Overall trug, dann den Jungen.

»Vorsicht, Dad!«, gellte auf einmal ein Schrei durch den Gang. »Da vorn, in der Tür!«

Der Samariter drückte ab, und im selben Augenblick warf sich der Junge auf Maxwell und riss ihn zu Boden.

Die Kugel, die direkt auf Maxwells Brust gezielt hatte, traf stattdessen den Jungen, der einen lauten Schmerzensschrei ausstieß, während er neben seinem Vater zu Boden ging. Der Samariter riss die Tür auf und feuerte hintereinander zwei weitere Schüsse ab, die aber beide schlecht gezielt waren und nicht trafen. Dann sah er auf einmal etwas auf sich zu fliegen, einen großen Stein oder einen anderen Gegenstand, und gleich darauf gab es in dem kleinen Raum hinter ihm einen grellen Blitz und eine lautstarke Explosion, und das Toilettenpapier, das dort in großen Packen gestapelt war, ging sofort in Flammen auf. Der Samariter drehte sich um und sah ein weiteres Geschoß auf sich zu fliegen, dem er nur um Haaresbreite ausweichen konnte. Es fiel gegen das weiche Toilettenpapier und explodierte nicht, und der Samariter sah, dass es ein neongelber Tennisball war, der noch ein Stück auf dem Boden herumrollte und dann liegen blieb. Dann setzte mit einem metallischen Klicken die Sprinkleranlage ein und sprühte aus kleinen Düsen an der Decke scharfe Wasserfontänen in den Abstellraum.

Der Samariter rannte hinaus auf den Gang. Auch hier war die Sprinkleranlage losgegangen und hüllte alles in einen feinen Wassernebel, der dem Samariter momentan die Sicht raubte. Maxwell und der Junge waren verschwunden, aber am anderen Ende des Ganges tauchten auf einmal zwei Gestalten auf. Eine von ihnen hatte eine Waffe in der Hand.

»Halt! Stehen bleiben!«, rief die Gestalt, und Collins drückte viermal hintereinander auf die beiden Gestalten ab, die er im Sprühregen aus den Düsen nur undeutlich sehen konnte. Sie sackten stöhnend zusammen, und die Waffe polterte zu Boden.

Der Samariter machte sich nicht die Mühe, nach ihnen zu sehen und lief den Gang entlang in die andere Richtung, den beiden Maxwells hinterher.

89

17:18 UHR
NATIONALS PARK STADION, WASHINGTON, DC

Das Blut schoss in einem fingerdicken Strahl aus der Wunde in Jacks Oberschenkel und mischte sich mit dem Sprühnebel der Sprinkleranlage zu rötlichem Schaum. Ben packte seinen Sohn unter der Achsel und stützte ihn, während er auf einem Bein den Gang entlanghumpelte. Hinter ihnen fielen weitere Schüsse, aber Ben wagte nicht, sich umzudrehen. Er musste seinen Sohn in Sicherheit bringen. Aber wie? Und vor allem, wo? Der Blutverlust aus Jacks Wunde war so groß, dass der Junge rasche Hilfe brauchte, um nicht zu verbluten. In seiner Verzweiflung riss Ben die nächste Tür an der Seite des Ganges auf. Es war eine Behindertentoilette, ein großer Raum mit Einrichtungen für Rollstuhlfahrer, in dem ebenfalls die Sprinkleranlage für einen künstlichen Wolkenbruch sorgte.

Ben führte Jack zu dem Toilettensitz und ließ ihn hinsetzen, dann sprang er zurück zur Tür und drehte den Verriegelknebel um. Ben war klar, dass das windige Schloss keinen Schutz vor einem entschlossenen Verfolger bot, aber er hatte keine andere Wahl. Draußen im Gang wären er und sein angeschossener Sohn auch nur lebende Zielscheiben gewesen.

Als er sich umdrehte, sah er, dass Jack vom Toilettensitz

gekippt war und nun mit geschlossenen Augen auf den nassen Fliesen lag. Entweder hatte er einen Schock oder der Blutverlust war bereits so groß, dass er das Bewusstsein verloren hatte. Ben rannte zu ihm, zog ihm den Gürtel aus der Hose und legte ihn oberhalb der hässlich aussehenden Wunde um Jacks linken Oberschenkel. Dann zog er den Gürtel so fest zu, wie er nur konnte. Das Blut, das aus der Wunde schoss, wurde deutlich weniger und verwandelte sich von einem scharfen Strahl in ein schwaches Rinnsal.

Ben schickte ein Dankgebet zum Himmel und schlug seinem Sohn mit der flachen Hand auf die Wangen. Jack so elend daliegen zu sehen, in diesem überschwemmten Behindertenklo, trieb ihm die Tränen in die Augen. Ob sie wohl beide hier sterben mussten, an diesem profanen Ort?

Ben hörte an der Decke des Raumes ein metallisches Klacken, und die Sprinkleranlage hörte schlagartig auf, sie mit Wasser zu bespritzen. Dafür sah er, wie jemand probeweise mehrmals hintereinander die Klinke der Tür herunter drückte. Ihr Verfolger hatte sie gefunden.

Jack schlug die Augen auf. »Dad?«, fragte er mit leiser Stimme, die so verträumt klang wie zu der Zeit, in der er als kleiner Junge aus einem Nickerchen erwacht war. Ben hätte ihn küssen können.

»Psst!«, sagte er. »Alles wird gut, Jack. Ich bringe dich hier raus, versprochen.«

Ein lauter Knall gellte durch den Raum, der von den Wänden gespenstisch widerhallte. Dem Schuss folgte ein zweiter, und dann ein dritter. Die Kugeln bohrten sich in die Wand gegenüber der Tür und ließen Keramiksplitter von den durchschlagenen Fliesen auf Ben herabregnen.

Er schießt das Schloss auf, dachte Ben, und im selben

Moment flog auch schon die Tür auf und knallte mit Wucht gegen den im Boden eingelassenen Gummistopper.

Vor Ben stand ein Mann in einem tropfnassen eleganten Anzug, den Ben sofort als den Samariter erkannte.

Er richtete die Pistole direkt auf Bens Brust, während hinter ihm die Tür von ihrem pneumatischen Arm langsam wieder geschlossen wurde.

»Wen haben wir denn da?«, fragte der Samariter und zog einen Mundwinkel hoch. »Dr. Benjamin Maxwell, auferstanden von den Toten.« Die schwarzen Haare klebten in nassen Strähnen am Kopf des Samariters, was seinem hageren Gesicht ein fratzenhaftes, totenkopfähnliches Aussehen verlieh.

»Ich frage mich, wie Sie das gemacht haben, Herr Wissenschaftler«, zischte die eiskalte Stimme. »Und glauben Sie mir, ich werde es herausfinden.« Ohne Vorwarnung richtete er die Waffe auf Jack und drückte ab. Die Kugel verfehlte Jacks gesundes Bein nur um wenige Zentimeter.

»Dieses Mal werde ich keine Gnade walten lassen. Dieses Mal wird euch der Zorn des Herrn in all seiner unerbittlichen Härte treffen.«

»Ich sage Ihnen alles, aber verschonen Sie meinen Sohn«, flehte Ben verzweifelt. »Er hat noch sein ganzes Leben vor sich.«

»Dieses Leben könnte kürzer sein, als du glaubst, Herr Wissenschaftler«, sagte der Samariter und machte einen Schritt auf Jack zu.

»Rühren Sie ihn nicht an!«, schrie Ben und ballte die Fäuste, bereit, sich trotz der Waffe auf den Samariter zu stürzen.

»An dem brauche ich mir nicht mehr die Hände schmutzig zu machen!«, sagte der Samariter verächtlich. »Selbst wenn ich ihn jetzt laufenließe, wäre er dem Tod geweiht, denn da draußen findet gerade ein Gottesgericht statt, wie die Welt es seit der Spanischen Grippe und dem Schwarzen Tod nicht mehr erlebt hat. Der Zorn des Herrn ist über dieses Land gekommen und wird auch diesen Jungen hinwegfegen, wenn er nicht zu den Gerechten gehört.«

Der Samariter war wieder in seinen dozierenden Singsang verfallen, was Ben als Zeichen dafür deutete, dass er nun zu allem fähig war.

»Du kannst ihn nicht vor dem Tod retten, Wissenschaftler, aber du kannst ihm Schmerzen ersparen, schlimme Schmerzen, die ich ihm zufügen werde, wenn du mir nicht auf der Stelle sagst, warum du noch nicht tot bist.«

Ben wusste, dass ihm keine andere Wahl blieb. Und was änderte es schon, wenn der Samariter wusste, dass das bei AMT manipulierte Herzpflaster der einzige Schutz vor dem von ihm auf die Menschheit losgelassenen Virus war? Vielleicht gelang es ihm ja, dem Fanatiker Wasser in seinen Wein zu gießen, indem er ihm deutlich machte, dass eben nicht alle Menschen von seiner neuen Seuche hinweggerafft und ausgerechnet die Mächtigen dieses Landes von ihr verschont bleiben würden. Auf jeden Fall konnte er Zeit gewinnen, und deshalb fing er an, dem Samariter in aller Ausführlichkeit zu erzählen, was er über das manipulierte CardioPatch und seine Wirkung herausgefunden hatte.

Der Samariter hörte sich Bens Erzählung mit versteinertem Gesicht an. Es war ihm deutlich anzumerken, dass ihm das, was er da hörte, überhaupt nicht gefiel.

»Ich wusste es!«, stieß er hervor, als Ben mit seinen Ausführungen zu Ende war. »Ich wusste es, dass dieses Schwein von Allan Low mich hintergangen hat! Er hat seine gerechte Strafe bekommen, aber dass er mit seinem infamem Treiben schon so weit war, das wusste ich nicht! Welche Heimtücke! Für uns alle die ultimative Geißel Gottes zu entwickeln und gleichzeitig einen Schutzschirm für diejenigen aufzuspannen, die ihn am wenigsten verdient haben! Ihr Wissenschaftler seid doch alle Geschöpfe des Satans, prinzipienlose Huren, die sich jedem hingeben, der ihnen ein paar Silberlinge in den gierigen Rachen wirft. Ihr seid es nicht wert, auf Gottes Erde zu wandeln!«

Der Samariter hob die Pistole und drückte ihre Mündung Ben mitten auf die Stirn.

»Ein zweites Mal werde ich dich nicht verschonen, du wertloses Stück Dreck. Auch über dich wird das Gericht Gottes hereinbrechen wie die Pest über Kaiser Justinian und sein sündiges Byzanz. Dieses lächerliche Pflaster, das du an deinem Herzen trägst, wird dir nichts mehr nützen, wenn ich dir jetzt das Hirn rauspuste.«

Vor lauter Geifern hatte der Samariter nicht bemerkt, dass die Tür hinter ihm aufgegangen war und eine blonde Frau mit weit aufgerissenen Augen auf ihn und seine Opfer starrte. Erst als sie einen entsetzten Schrei ausstieß, wirbelte er herum.

»Kathleen!«, rief er erstaunt. »Was machst du denn hier?«

»Das frage ich dich, Rudy.«

»Dein Rudy war fleißig für dich, meine Stute«, sagte der Samariter und lächelte die Senatorin, die in ihrem Armani-Kostüm und mit ihrer immer noch perfekt sitzenden Frisur breitbeinig vor ihm stand wie die moderne Verkörperung einer antiken Kriegsgöttin, schmallippig an. »Sieh mal, wen ich für dich gefangen habe. Den Mann, hinter dem ihr die ganze Zeit her seid. Willst du dich nicht bei mir bedanken und ...«

»Halt den Mund«, sagte Neal böse. »Du dummes Arschloch hast gerade meinen Mann und meinen Leibwächter erschossen!«

»Deinen Mann? Ausgerechnet?« Collins konnte ein Grinsen nicht unterdrücken. »Das tut mir natürlich leid. Aber wie hätte ich denn ahnen können, dass ihr das wart? Ich dachte, es wären seine Helfershelfer, die mich fertigmachen wollten.«

»Gib mir die Waffe, Rudy!«, befahl Neal. Rudy Collins, der Samariter, schien einen Augenblick lang zu überlegen, dann kam er ihrem Befehl nach. Neal nahm ihm die Glock aus der Hand und hauchte ihm einen Kuss auf die Stirn.

»Guter Junge«, sagte sie.

»Frau Senatorin!«, rief Ben verzweifelt. »Dieser Mann ist ein Mörder! Er hat Martin Larrick und Allan Low getötet!«

»Das Schwein lügt, Kathy! Er war es selber!«

»Haltet den Mund!«, schrie Neal. »Alle beide!«

Sie packte die Waffe mit beiden Händen und richtete sie auf Ben.

90

17:20 UHR
NATIONALS PARK STADION, WASHINGTON, DC

»Dr. Benjamin Maxwell«, sagte die Senatorin und sah Ben mit einem Blick an, der fast so etwas wie Anerkennung signalisierte. »Sie geben wohl nie auf.«

»Ich tue, was meine Pflicht ist, Frau Senatorin. Und das, worum Sie mich gebeten haben.«

»Habe ich Sie etwa darum gebeten, Martin Larrick zu töten?«, fragte Neal kalt und richtete die Waffe auf Ben.

»Nein, natürlich nicht. Sie wissen genau, was ich meine. Ich bin für Sie zu AMT gegangen und habe die Krankenakten aus dem Netz gesaugt. Damit hat der ganze Wahnsinn angefangen.«

Neal hob erstaunt die Augenbrauen.

»Und wie kommt es dann, dass ich die Daten bis heute nicht erhalten habe?«, fragte sie. »Ob das vielleicht Absicht von Ihnen war? Vielleicht wollten Sie mir die Daten gar nicht geben, weil sonst Ihre finsteren Pläne aufgeflogen wären, Herr Doktor.«

Sie kontrollierte, ob die Glock durchgeladen und entsichert war. Offenbar kannte sie sich mit Waffen aus.

»Heute ist ein bedeutender Tag in der Geschichte dieses Landes, Dr. Maxwell«, sagte sie. »Gleich wird die Polizei hier eintreffen, und dann übergebe ich ihr einen Mann, der auf der Fahndungsliste des FBI ganz oben steht und gehe in die Geschichte ein als die erste US-Senatorin, die eigenhändig einen steckbrieflich gesuchten Mörder gestellt hat. Vielleicht macht das ein wenig von dem Imageverlust wett, den ich durch das Scheitern meiner Menschenkette erlitten habe.«

»Es ist noch besser, wenn du ihn erschießt, Kathy«, raunte Collins ihr zu. »Du kannst immer sagen, es war Notwehr, und es bringt dir noch fettere Schlagzeilen.«

»Hören Sie nicht auf ihn«, schrie Ben und deutete auf Rudy Collins. »*Er* hat Martin Larrick getötet. Und eine Krankenschwester im Washington Hospital Center. Das habe ich mit eigenen Augen gesehen.«

Rudy Collins lachte laut auf.

»Was für ein Unsinn!«, sagte er und sah der Senatorin tief in die Augen. »Du traust mir doch nicht etwa zu, dass ich jemanden umbringe? Sieh mich an! Ich bin's doch, dein Rudy.«

»Du hast immerhin meinen Mann erschossen.«

»Aber das war ein Versehen. Ich dachte, ich würde verfolgt, und musste mich wehren. Dieser Mann, Kathy, wollte alles kaputtmachen, wofür wir jahrelang gearbeitet haben. Er wollte dein Lebenswerk zerstören, und dafür muss er sterben!«

»Frau Senatorin, Sie können dem Mann diesen Wahnsinn doch nicht abnehmen«, rief Ben entsetzt. »Ich flehe Sie an, tun Sie etwas!«

Aber Senatorin Neal tat nichts. Sie hielt die Waffe noch immer auf Ben gerichtet und hörte sich ohne die geringste Reaktion an, was die Männer zu sagen hatten.

»Erschieß ihn, Kathy, solange du es noch kannst!«, bat

Collins mit eindringlicher Stimme. »Bitte, tu's für mich! Vertrau deinem Rudy, dieser Mann ist es nicht wert zu leben. Er hat alle getötet, die etwas von dem Virus wussten, mit dem er das Gel in deinen H.A.T.-Beuteln verseucht hat. Allan Low, Monsignore Vada und Martin Larrick, den Chef seiner eigenen Behörde. Und das auf eine widerwärtige und abscheuliche Weise. Jetzt hätte er auch mich getötet, wenn ich ihm nicht zuvorgekommen wäre.«

»Frau Senatorin, bitte denken Sie nach!«, flehte Ben. »Wenn ich wirklich hinter diesem Virus stecken würde, warum hätte ich dann die Menschen hier im Stadion davor warnen sollen?«

Neal sagte nichts, sondern sah Collins fragend an.

»Wahrscheinlich hat er eine gespaltene Persönlichkeit, Kathy. Ein Teil von ihm will, dass alle Menschen an diesem Virus sterben, ein anderer bekommt ein schlechtes Gewissen und möchte seine eigenen Schandtaten im letzten Augenblick wieder rückgängig machen. So etwas ist nichts Ungewöhnliches.«

Collins sah Neal um Zustimmung heischend an. »Im Grunde genommen sind diese Wissenschaftler doch alle wahnsinnig, nicht wahr? Oder glaubst du, dass geistig gesunde Menschen Atombomben bauen, Gene manipulieren und tödliche Viren in ihren Labors züchten würden? Maxwell und seinesgleichen tun seit Jahrhunderten doch nichts anderes als Gottes heilige Gebote mit Füßen zu treten, sein Wort zu verhöhnen und seine Schöpfung ad absurdum zu führen. Sie sind die Schmeißfliegen auf dem Kadaver einer sterbenden Gesellschaft, das Unkraut auf dem Acker des Herrn, das die guten, fruchtbaren Pflanzen verdrängt und vergiftet! Aber damit ist es jetzt vorbei, Herr Wissenschaftler! Heute wird die große Reinigung beginnen, sie wird wie eine Feuerwalze dich und deine teuflische Brut und alles andere Schlechte und Unwerte ausbrennen wie eine schwärende Wunde!«

Neal sah ihn erstaunt an.

»Rudy, was redest du denn da? Was ist das für ein unsinniges Zeug vom Acker des Herrn und schwärenden Wunden?«

»Das ist kein Unsinn, Kathy! Was eure Wissenschaftler reden, ist Unsinn, das müsstet ihr Politiker nur endlich begreifen. Wo seid ihr denn, wenn es gilt, sie in ihre Schranken zu weisen? Seit Jahrhunderten tun sie nichts anderes als Gott zu leugnen, zu verhöhnen und lächerlich zu machen und reden dabei vom *Glauben an den Fortschritt.* Was ist das denn für ein Glaube, Kathy? Habt ihr Politiker euch einmal gefragt, was das wirklich ist, dieser Fortschritt, um den ihr alle tanzt wie das Volk Israel um das Goldene Kalb? Du weißt, was Moses damals zu seinem Volk gesagt hat, nicht wahr, Kathy?«

Er zog aus seinem Jackett ein zerfleddertes rotes Buch hervor und blätterte darin herum.

»Was tust du da, Rudy?«, fragte die Senatorin befremdet.

»Ich lese dir aus der Bibel vor, was sonst. Das Wort Gottes. Warte, hier habe ich es. ›*Und Moses sprach zu ihnen: So spricht der HERR, der Gott Israels: Ein jeder gürte sein Schwert um die Lenden und gehe durch das Lager hin und her von einem Tor zum andern und erschlage seinen Bruder, Freund und Nächsten*‹. Das hättet ihr längst mit euren ganzen Wissenschaftlern machen müssen, Kathy. Ihr hättet sie erschlagen müssen, einen wie den anderen.«

»Das ist jetzt nicht dein Ernst, oder, Rudy?«

»Und ob es mein Ernst ist! Was ist nur aus diesem Land geworden, das sich früher einmal als Gottes eigenes Land bezeichnet hat? Wir töten ungeborenes Leben im Mutterleib, und unseren Kindern bringen wir in der Schule zwar bei, wie man Kondome verwendet, aber nicht mehr, wie man betet. Der einzige Weg, dieser verderbten Gesellschaft Gottesfurcht und Moral wieder einzubläuen ist der, die Ungläubigen, die Sünder und Verdammten radikal zu beseitigen. Nur das Starke ist es wert, zu überleben, nur das Starke hat das Recht, vor das Auge Gottes zu treten! Und dafür, Kathleen, werden wir jetzt sorgen. Wir beide, du und ich. Vergiss nicht, dass ich es war, der dir die Idee zu dieser Menschenkette eingegeben hat, und diese Menschenkette ist heute zum Werkzeug der Rache Gottes geworden.«

»Verdammt, Rudy, wovon redest du da?«, schrie Neal, die die Waffe nun auf einen Punkt zwischen Ben und Collins gerichtet hatte. »Soll das etwa heißen, dass *du* dieses Virus in die Beutel getan hast?«

»Das will ich Ihnen doch die ganze Zeit über schon sagen. Er nennt sich ›der Samariter‹ und will mit dieser neuen Seuche die Menschheit vernichten«, rief Ben.

»Nicht die Menschheit, du elender Wurm, nur die Schlechten und Sünder, so wie du einer bist! Auch die Pest des Justinian haben Menschen überlebt, und danach ist ein neues Zeitalter angebrochen, ein Zeitalter der Gottesfurcht und inneren Einkehr, und die Menschen haben abgelassen von Sünde, Wollust und Dekadenz.«

Neal hatte vor Entsetzen die Augen aufgerissen. »Dann hast du mich also die ganze Zeit über nur benutzt, Rudy«, sagte sie mit tonloser Stimme. »Erst hast du mich dir sexuell hörig gemacht, dann hast du mir die Idee mit dieser Menschenkette eingeflüstert und schließlich auch noch die H.A.T.-Beutel für mich hergestellt. Warum ist mir das nicht gleich aufgefallen? Wer, außer dir, hätte überhaupt die Möglichkeit gehabt, das Virus in das Gel zu geben?«

Rudy Collins lächelte sie an. Er versuchte gar nicht mehr, seine Taten zu leugnen.

»Verstehst du nicht, meine Stute, dass ich das alles auch für dich getan habe? Ich wollte dir ein Land bereiten, in dem es keine Schwachen und keine Sünder mehr gibt, ein Land, in dem nur noch die Menschen am Leben sind, die Gott für würdig dafür erkoren hat. Ein Amerika nach der Großen Reinigung unter einer Präsidentin, durch deren Hand dieses Sühnegericht Gottes über das Land gekommen ist.«

»Du *bist* vollkommen wahnsinnig!«, schrie Neal. »Wie kannst du es wagen, mich so vor deinen verbrecherischen Karren zu spannen?«

»Und was ist mit deinem politischen Karren, vor den du mich gespannt hast? Als es darum ging, eine Idee zu haben, die dich ins Weiße Haus bringt, wer hatte da eine? Dein Rudy. Als du eine Fabrik brauchtest, um die Beutel für deine Menschenkette zu packen – dein Rudy hat eine gekauft und auf Vordermann gebracht. Und als dieses Stück Dreck hier«, er deutete auf Ben, »sich gestern bei deiner Freundin Angie eingenistet hatte, war es dein Rudy, der ihn dort ausgeräuchert hat.«

Collins breitete die Arme aus und machte einen Schritt auf sie zu.

»Willst du deinem Rudy nicht einfach nur danke sagen, für alles, was er für dich getan hat, meine Stute?«

»Bleib stehen! Rühr mich nicht an!«

Collins lächelte traurig. »Dabei hättest du es noch vor kurzem so gerne gehabt, dass ich dich anrühre.« Er blieb stehen und klopfte mit dem Fingerknöchel auf den Einband seiner mitgenommenen Bibel. »Lass mich dir noch etwas aus der Offenbarung des Johannes vorlesen, Kathy, dann verstehst du vielleicht, warum das alles so kommen musste. Gott wird ohnehin Gericht halten, ob mit oder ohne uns. Hier steht es geschrieben …«

Er schlug das Buch an einer bestimmten Stelle auf, aber er begann nicht zu lesen, sondern riss eine lange Nadel heraus, die er zwischen den Seiten des Buches verborgen hatte. Es war dieselbe Nadel, mit der er im Washington Hospital vor Bens Augen die Krankenschwester getötet hatte, vermutlich dieselbe Nadel, mit der er Allan Low und Martin Larrick den Mund zugenäht hatte.

»Vorsicht!«, schrie Ben, als der Samariter blitzschnell die Hand mit der Nadel hob und auf Neal einstechen wollte.

Neal reagierte rasch und kaltblütig und äußerlich völlig ungerührt. Sie drückte den Abzug der Glock, und das aus nächster Entfernung abgefeuerte Geschoss traf Rudy Collins mit solcher Wucht mitten in die Brust, dass er einen halben Meter nach hinten geschleudert wurde. Wie durch ein Wunder konnte er sich noch auf den Beinen halten und starrte Neal mit weit aufgerissenen Augen ungläubig an.

»Du hast auf mich geschossen, Stute«, sagte er und legte die rechte Hand auf die klaffende Wunde in seiner Brust. »Du hast auf deinen Rudy geschossen.« Er hob die Hand, die voller Blut war, vor seine Augen und sah sie sich an, als müsse er sich selber einen Beweis für seine Feststellung liefern. Dann klappte sein Mund auf, seine Augäpfel drehten sich in ihren Höhlen nach oben, und er brach ohne ein weiteres Wort lautlos zusammen.

Neal sah ihm ungerührt dabei zu, aber sie ließ die Waffe nicht sinken.

»Und nun zu Ihnen, Dr. Maxwell«, sagte sie mit kühler Stimme. »Ich weiß durchaus zu schätzen, was Sie für dieses Land getan haben und kann Ihnen vor dem Hintergrund dessen, was dieser Mann vorhatte, auch nicht böse sein, dass Sie meine Menschenkette verhindert haben. Leider haben Sie aber einen ganz entscheidenden Fehler begangen, den ich Ihnen nicht durchgehen lassen kann.«

Mit diesen Worten richtete sie die Waffe, mit der sie soeben ihren Geliebten erschossen hatte, auf Bens Brust.

91

17:27 UHR
NATIONALS PARK STADION, WASHINGTON, DC

»Was für ein Fehler?«, fragte Ben, der den Blick nicht von der Pistole wenden konnte, aus deren Mündung eine dünne, hellgraue Rauchfahne aufstieg.

»Sie haben vorhin gesagt, dass es Patientenakten gewesen seien, die Sie für mich aus dem Netzwerk von AMT gesaugt hätten. Das lässt für mich nur einen Schluss zu.«

»Und welchen?«, fragte Ben, obwohl im schlagartig klargeworden war, dass er mit diesem einen Satz möglicherweise sein eigenes Todesurteil unterschrieben hatte. Die Akten, die in den verstecken digitalen Archiven von AMT gelagert hatten, waren ein gesellschaftlicher Sprengstoff von höchster Brisanz. Eine Gruppe von wichtigen Entscheidungsträgern dieses Landes hatte seit langem von der Bedrohung der Allgemeinheit durch ein bisher unbekanntes, in höchstem Grade letales und ansteckendes Virus gewusst. Aber anstatt die Öffentlichkeit davor zu warnen, hatten sie unter strenger Geheimhaltung von einem enttäuschten Wissenschaftler eine Methode entwickeln lassen, um sich selbst vor diesem Virus zu schützen. Wenn diese Informationen jemals an die Öffentlichkeit gelangten, würde das einen politischen Erdrutsch auslösen, der nicht nur Kathleen Neals Karriere endgültig unter sich begrub.

Ben schloss die Augen. Damit war es aus. Diese Frau würde über Leichen gehen, wenn sie dadurch ihren Anspruch wahren konnte, als erste Präsidentin der Vereinigten Staaten in die Geschichte einzugehen. Wie hatte er nur diesen dummen Fehler begehen können?

»Tut mir wirklich leid, Ben, aber Sie wissen zu viel«, sagte Neal mit leiser Stimme. »Sie hätten diese Daten niemals entschlüsseln dürfen.«

»Das hat er ja gar nicht«, hörte Ben auf einmal eine Stimme sagen. Sie klang so schwach und heiser, dass er sie nur mit Mühe als die seines Sohnes erkennen konnte. »*Ich* habe die Dateien entschlüsselt.«

Neals Kopf wirbelte herum in die Richtung, aus der die Stimme kam. Die ganze Zeit über hatte niemand mehr auf Jack geachtet, der zusammengesunken an der Wand der Toilette lehnte. Jetzt sah Ben, dass er den Oberkörper aufgerichtet hatte und mit seinen blutverschmierten Fingern das weiße iPhone hochhielt, das er aus der Reporterkabine entwendet hatte. Er richtete die winzige Linse der eingebauten Kamera direkt auf Kathleen Neal. »Bitte recht freundlich«, sagte er. »Ich streame Sie gerade auf YouTube hoch.«

92

18:02 UHR
NATIONALS PARK STADION, WASHINGTON, DC

Die Sanitäter schoben die fahrbare Krankentrage so schnell den neonhellen Gang entlang, dass Ben ebenfalls rennen musste, um Schritt zu halten. Einer hielt einen Beutel mit einer Infusionslösung in der Hand, ein anderer kümmerte sich darum, dass die Sauerstoffmaske, die sie Jack über Mund und Nase gestülpt hatten, auf dem Transport nicht verrutschte.

Vor und hinter der Trage eilten im Laufschritt all die Polizisten, Sicherheitsleute, FBI-Agenten und Männer vom Secret Service, die kurz nachdem die Senatorin Rudy Collins erschossen hatte, mit gezogenen Waffen in die Behindertentoilette gestürmt waren. Einige von ihnen hatten sich sofort auf Ben gestürzt, ihn zu Boden gerissen und mit dem Gesicht auf den nassen Steinfliesen festgehalten, bis Neal ihnen gesagt hatte, sie sollten ihn loslassen.

»Dieser Mann ist ein Held«, hatte sie mit lauter Stimme gesagt, und dabei zu Jack hinüber geschaut, der immer noch das iPhone umklammert hielt.

»Wird er durchkommen?«, fragte Ben atemlos, während er sich mit einer Hand am Gestell der Trage festhielt, um nicht abgehängt zu werden. Seine Augen waren dabei ständig auf das Gesicht seines Sohnes gerichtet.

»Er hat viel Blut verloren«, sagte die Notärztin, die die Erstversorgung an Jack vorgenommen hatte, »aber seine Vitalfunktionen sind gut. Scheint ein zäher Bursche zu sein.«

»Oh ja, das ist er«, antwortete Ben mit Tränen in den Augen. »Ein verdammt zäher Bursche.«

Der Pulk hatte jetzt die Tiefgarage erreicht, in der mehrere Einsatzfahrzeuge der Polizei sowie ein grellrot lackierter Rettungswagen warteten.

Die Sanitäter klappten die Füße der Trage ein und schoben sie zusammen mit Jack in den Rettungswagen. Als Ben hinter der Notärztin ebenfalls in den Wagen klettern wollte, hielten ihn zwei Polizisten, die Mundschutz und weiße Latexhandschuhe an den Fingern trugen, zurück.

»Sie müssen in diesen Wagen, Sir«, sagten sie und deuteten auf einen grau gestrichenen Krankenwagen, auf dem die Buchstaben CDC standen – Centers for Disease Control. Es war ein Wagen der Seuchenschutzbehörde.

»Halt durch, Jack«, konnte Ben seinem Sohn gerade noch hinterher rufen, bevor die Türen des Rettungswagens geschlossen wurden und sich das Fahrzeug in Bewegung setzte. Ben sah ihm nach, wie es die steile Rampe hinauffuhr, und hörte, wie oben auf der Straße die Sirene eingeschaltet wurde.

93

23:20 UHR
WASHINGTON HOSPITAL CENTER, ISOLIERSTATION

Die Krankenschwester, die in ihrem Infektionsschutzanzug mit Kapuze und Mundschutz aussah wie die Teilnehmerin an einer Arktisexpedition, führte Ben, der frisch geduscht war und desinfizierte Krankenhauskleidung trug, zu einem bequemen Drehstuhl vor einer großen Glasscheibe. Sie sagte ihm, er solle sich setzen, sein Besuch werde gleich da sein. Ben, der noch nie eine Isolierstation gesehen hatte, fühlte sich wie in einem Hochsicherheitsgefängnis, in dem die Gefangenen auch nur hinter Glasscheiben mit ihren Besuchern sprechen dürfen.

Es dauerte eine Weile, bis in dem Zimmer auf der anderen Seite der Scheibe eine Tür aufging und zwei Frauen hereinkamen. Die eine, eine energisch wirkende Schwarzhaarige Mitte dreißig, war ihm völlig unbekannt, die andere, die ihren linken Arm in einer Schlinge trug, kannte er dafür umso besser.

»Angie!«, rief er erstaunt. »Ich dachte, Sie wären …«

»Tot?« Angies Stimme kam aus einem Lautsprecher neben der Glasscheibe und klang ein wenig amüsiert. »Wie Sie sehen, lebe ich noch.«

Ben presste seine Handfläche an die Scheibe, und Angie legte die ihre auf der anderen Seite dagegen. Es war eine seltsame Art der Begrüßung, aber ihnen fiel keine bessere ein.

»Aber ich habe doch gesehen, wie Ihr Wasserflugzeug gegen die Brücke gekracht ist!«, stieß Ben ungläubig hervor.

»Ja, meine arme Otter«, sagte Angie traurig. »Gott sei Dank konnte ich noch kurz vorher ins Wasser springen. Leider bin ich auf irgendein Wrackteil aufgeschlagen, denn ich bin bewusstlos geworden und kann mich an nichts mehr erinnern, bis man mich mitten in Fredericksburg aus dem Fluss gezogen hat.«

»Und was ist mit Ihrem Arm?«, fragte Ben.

»Das ist nicht weiter tragisch. Ein glatter Durchschuss. Kein Knochen verletzt, der Arzt macht sich bloß Sorgen, weil Flusswasser in die Wunde gekommen ist. Apropos Wunde, was macht Ihre Operationsnarbe?«

»Geht so. Sie ist hier im Krankenhaus zum ersten Mal richtig versorgt worden.«

»Und das Herz?«

»So weit in Ordnung. Ihr CardioPatch ist ein echtes Wunderding.«

Die dunkelhaarige Frau nahm auf dem Stuhl neben Angie Platz. »Dr. Maxwell ich bin Agentin Maria Grillo vom FBI. Ich wollte mich Ihnen nur kurz vorstellen, weil ich Sie in den nächsten Tagen noch öfter vernehmen werde.«

»Besteht denn weiterhin ein Haftbefehl gegen mich?«

»Es ist alles okay, Ben«, mischte Angie sich ein. »Das FBI weiß jetzt, wie es wirklich war. Sie haben die Festplatte aus Jacks Laptop und Aufnahmen der Überwachungskameras bei Biometrix und hier im Krankenhaus. Und außerdem habe ich Agentin Grillo schon alles erzählt.«

Ben nickte, aber er wusste, dass Angie ihr nicht alles erzählt haben konnte. Nicht über Senatorin Neal und die manipulierten CardioPatches.

»Und was ist mit Jack?«, fragte Ben.

»Der liegt auch hier im Krankenhaus«, sagte Angie. »Allerdings auf einer anderen Station. Man hat ihn gründlich untersucht und festgestellt, dass Sie ihn nicht mit dem Virus angesteckt haben. Sein Bein ist operiert worden, und er wird bald wieder auf dem Damm sein und keine bleibenden Schäden davontragen.«

»Und auf der Fahndungsliste steht er auch nicht mehr«, ergänzte Agentin Grillo. »Sie sind beide sauber. Eigentlich müssten Sie sogar einen Orden kriegen, nach allem, was Sie für unser Land getan haben.«

Ben blickte verständnislos von Angie zu der FBI-Agentin.

»Sie haben es noch nicht gehört, nicht wahr?«, fragte Angie.

»Was soll ich gehört haben? Man hat mich hierher in dieses Krankenhaus gebracht, mir ein Zimmer gegeben und gesagt, dass ich bis auf weiteres unter Beobachtung stehe. Außer mit einer Krankenschwester, die aussieht wie ein Wesen von einem anderen Stern, habe ich hier mit niemandem gesprochen.«

»Nach unserem Gespräch kommt ein Arzt zu ihnen«, sagte Agentin Grillo. »Der wird Sie über alles informieren, was Ihren Aufenthalt hier anbelangt. Soviel ich weiß, haben Angie und die Ärzte hier schon eine Therapie ausgeklügelt, mit der sie das Virus in ein paar Wochen aus Ihrem Körper ausleiten können.«

Sie zog ein kleines Netbook aus ihrer Umhängetasche

und klappte es auf. »Hier, das müssen Sie sich anschauen«, sagte sie und drehte das Display so, dass Ben es durch die Glasscheibe sehen konnte.

Es war die Website von YouTube, auf der als Standbild sein verpixeltes, grobkörniges Gesicht zu sehen war und darunter eine kleine, quadratische Folienpackung mit der Aufschrift H.A.T. und der amerikanischen Flagge, die sich Ben mit spitzen Fingern vor die Brust hielt. Der Titel des Videos lautete: VERSEUCHTES H.A.T.-GEL: AUF KEINEN FALL BENÜTZEN, und darunter stand in dicken, schwarzen Zahlen, dass das Video schon über neunundzwanzig Millionen mal aufgerufen worden war.

»Sie sind berühmt, Ben«, lächelte Angie. »Möchten Sie sich Ihren großen Auftritt vielleicht mal ansehen?«

Ben schüttelte den Kopf.

»Ihr Video stand direkt nach Ihrer Warnung über die LED-Wand des Stadions bereits im Netz«, erklärte Grillo. »Und von dort hat es jeder Fernsehsender im ganzen Land kopiert und sendet es jetzt rauf und runter. Ich schätze, es gibt keinen Menschen in ganz Amerika, der Ihre Warnung noch nicht gehört hat.«

»Wie konnte sich denn die Nachricht so schnell verbreiten?«, fragte Ben.

»Das haben wir den Leuten von der SchmooCon zu verdanken«, sagte Grillo. »Nachdem Ihr Sohn das Video auf den Konferenzserver hochgeladen hatte, haben sie einen Computerwurm programmiert, der automatisch E-Mails und SMSe an Millionen von Computer und Mobiltelefone verschickt hat – mit einem Link auf Ihr Video.«

»Ein Computerwurm ist doch so eine Art Virus, oder?«, fragte Ben.

»Manchmal braucht es eben ein Virus, um ein anderes Virus unschädlich zu machen«, sagte Angie.

»Ist es denn irgendwo zu Ausbrüchen des Virus gekommen?«, fragte Ben.

»Die Seuchenschutzbehörde hat bisher noch keine Meldungen bekommen«, sagte Grillo. »Inzwischen hat die Nationalgarde unzählige Beutel für H.A.T. eingesammelt, und in den Medien wird jede Viertelstunde darauf hingewiesen, dass man die Beutel, die man mit nach Hause genommen hat, bei der Polizei abgeben soll. Bei über zehn Millionen haben die ganz schön was zu tun, um jeden einzelnen wieder aus dem Verkehr zu ziehen.«

Ben lehnte sich in seinem Stuhl zurück und schloss die Augen. Es war jetzt gerade mal fünf Stunden her, dass er im Keller des Stadions vor der Kamera eines gestohlenen iPhones seine Warnung ausgesprochen hatte. Und es sah ganz so aus, als wäre es den Behörden tatsächlich gelungen, einen weiteren Ausbruch des Virus zu verhindern. Wenn das so blieb, dann war ironischerweise der einzige Mensch, der an diesem 4. Juli mit dem Virus in dem Handgel infiziert worden war, derjenige, der die Welt vor dieser tödlichen Gefahr bewahrt hatte.

»Wo kamen die Beutel eigentlich her?«, fragte er. »Und ist sichergestellt, dass nicht noch neue davon produziert werden können?«

»Die Beutel wurden in einer Fabrik bei Manassas abgepackt, die einem gewissen Rudy Collins gehört hat; jenem Mann also, den Senatorin Neal in Notwehr erschossen hat. Collins hat sich im Lauf der Zeit ein kleines Firmenimperium aufgebaut, indem er marode Unternehmen aufgekauft und saniert hat. Bei Manassas Packaging war das auch nicht anders. Als er die Firma übernommen hat, stand sie vor dem Bankrott. Er hat damals viele der alten Arbeiter rausgeschmissen und Leiharbeitskräfte aus einer seiner Firmen eingestellt, aber wir glauben nicht, dass die etwas von dem Verbrechen gewusst haben. Die Untersuchungen haben zwar gerade erst begonnen, aber wie es bisher aussieht, hat Collins die Sache mit vier bis fünf eingeweihten Arbeitern durchgezogen, nach denen bereits gefahndet wird.«

»Und Pembroke?«, fragte Ben. »Weiß man schon, wie das Virus nach Pembroke gekommen ist.«

»Es gibt da mehrere Theorien, aber die wahrscheinlichste ist wohl, dass einer der Arbeiter, die nichts von dem Virus wussten, eine Handvoll Pröbchen stibitzt und seinem Onkel mitgebracht hat, der bei einer Bingo-Party in Pembroke eine Runde Shrimps ausgegeben hat. Bei den alten Leutchen dort ist es angeblich ein Ritual, dass man die Shrimps mit der Hand aus der Tüte futtert, und nach dem Essen haben sie sich wohl die Hände mit dem Handgel eingeschmiert, damit sie ihre Hände wieder sauber kriegen. Diese Hygienemaßnahme hat sie dann tragischerweise das Leben gekostet.«

Und nicht nur sie, dachte Ben. Er fragte sich, wann Tammy Fader wohl beerdigt würde. Mit Tammy hatte alles angefangen, und wenn es endgültig vorbei war, würde er an ihr Grab gehen und ein stilles Gebet für sie sprechen.

»So, Ben, wir müssen jetzt gehen«, sagte Angie. »Ich schaue morgen wieder nach Ihnen.«

»Wirklich?«, fragte Ben, dem bei ihren Worten innerlich ganz warm wurde. »Das würden Sie tun?«

»Aber sicher doch«, antwortete Angie spitzbübisch. »Sie tragen ja schließlich etwas von mir am Herzen.«

Ben legte noch einmal die Hand an die Scheibe, und Angie legte von außen die ihre dagegen. Fast hatte Ben das Gefühl, er könne sie durch das kalte Sicherheitsglas hindurch spüren.

»Ich störe ja nur ungern«, sagte Agentin Grillo, die sich von ihrem Stuhl erhoben hatte, »aber ich muss jetzt auch gehen. Wir sehen uns morgen, Dr. Maxwell, und wenn Sie mit Ihrem Sohn telefonieren, dann grüßen Sie ihn schön von mir.«

»Mein Sohn kennt eine FBI-Agentin?«, fragte Ben erstaunt.

»Sagen Sie ihm lieber einen schönen Gruß von Mafia-Grrl – er weiß dann schon, wer ich bin.«

EPILOG

23. AUGUST 2011
12:37 UHR
WASHINGTON HOSPITAL CENTER, WASHINGTON, DC

Die sommerliche Mittagssonne schien so grell, dass Ben am Haupteingang des Krankenhauses eine Sekunde lang die Augen schließen musste. Nach über sechs Wochen auf der von der Außenwelt abgeschotteten Isolierstation mit ihrem neutralen Neonlicht, ihrer vollklimatisierten Luft und ihren schallgedämpften Räumen kam ihm die Außenwelt unglaublich hell, heiß und laut vor.

Ben war froh, das Krankenhaus endlich verlassen zu dürfen. Er konnte keine Tabletts mit Warmhalteglocken aus Plastik mehr sehen, unter denen ein fades, im Dampf gegartes und höchstens noch lauwarmes Essen zum Vorschein kam, keine orangefarbenen Plastikstühle mehr, mit denen sein Zimmer und der Besuchsraum mit der großen Glasscheibe ausgestattet gewesen waren, und auch keine Menschen in weißen Arztkitteln oder Schwesterntracht mehr.

Sechs lange Wochen hatten die Ärzte und die Spezialisten von der Seuchenschutzbehörde, die Ben mehrmals in grotesken Infektionsschutzanzügen besucht hatten, gebraucht, bis sie sich sicher waren, dass das Virus in Bens Körper nicht mehr ansteckend war. In diesen Wochen waren Maria Grillo und andere Beamte des FBI mehr als ein Dutzend Mal bei ihm gewesen und hatten ihn intensiv über alles vernommen, was sich zwischen dem 1. und 4. Juli zugetragen hatte.

Nach und nach war dabei immer klarer geworden, dass die Menschheit nur um Haaresbreite an einer der größten Katastrophen in ihrer Geschichte vorbeigeschlittert war.

Wäre es gelungen, das Virus bei der Menschenkette freizusetzen, hätte es binnen Stunden eine so große Anzahl von Menschen befallen, dass die Seuchenschutzbehörde es niemals mehr unter Kontrolle bekommen hätte. Durch Hautkontakt hätte es sich in wenigen Tagen überall in den Vereinigten Staaten verbreitet, und im Körper von ahnungslosen Flugreisenden wäre es rasch auf andere Kontinente gelangt und hätte eine weltweite Pandemie ausgelöst, wie sie so noch nie da gewesen war.

In seinen einsamen Wochen auf der Isolierstation hatte Ben genug Gelegenheit gehabt, darüber nachzudenken, an was für einem dünnen Faden das Schicksal der Menschheit gehangen hatte. Hätte Jack in der Kabine der beiden Reporter nicht den Laptop und das Smartphone gefunden (die inzwischen beide wieder an ihren rechtmäßigen Besitzer zurückgegeben waren) und hätte er nicht über ein so immenses Geschick als Hacker verfügt, wäre alles vermutlich ganz anders ausgegangen.

In seinen Gesprächen mit den FBI-Leuten war Ben erst nach und nach klargeworden, mit was für einem Gegner sie es zu tun gehabt hatten. In den Jahrzehnten seit dem Fall des Eisernen Vorhangs hatten in Amerika christlich fundamentalistische Gruppen und Sekten, die es in einer gewissen Form immer schon gegeben hatte, noch einmal fröhliche Urstände gefeiert. Hatte bei diesen selbst ernannten

Kreuzrittern lange Jahre der Kommunismus als der Antichrist schlechthin gegolten, richtete sich ihr Hass seit dessen Zusammenbruch zunehmend auf die eigene Regierung, deren Gesetze in ihren Augen nur vom Satan selbst stammen konnten. In ihrem Kampf gegen alles, was ihrer ultrakonservativen Auffassung von der Lehre des Christentums widersprach, wurden sie von Jahr zu Jahr gewalttätiger. Abtreibungskliniken wurden umstellt, um Frauen an ihrem Betreten zu hindern, Ärzte, die zu Abtreibungen bereit waren, mit dem Tod bedroht und in einigen Fällen sogar umgebracht.

Diese schlimmen Vorfälle waren laut Agentin Grillo allerdings nur die Spitze des gigantischen Eisbergs, der irgendwo in der tiefsten Provinz des amerikanischen Mittelwestens unter der vermeintlich stillen Oberfläche biederen Landlebens lauerte. Neben gewaltbereiten Abtreibungsgegnern und christlich-fundamentalistischen Milizen wie den Hutaree, deren erklärtes Ziel es war, die Herrschaft des »Antichristen in Washington« anzugreifen, hatten sich in den letzten Jahren eine ganze Reihe von Geheimbünden gegründet, die vorgaben, für Jesus Christus in die bevorstehende Endzeitschlacht zu ziehen, in den »Krieg des großen Tages Gottes«, wie sie es aus der Offenbarung des Johannes herausgelesen hatten.

Es hatte eine Weile gedauert, bis das FBI diese Gruppierungen überhaupt ernst genommen hatte – zu sehr hatten sämtliche Behörden nach den Anschlägen des 11. September ihr Augenmerk auf islamistische Terroristen gerichtet –, und immer noch hatte es Mühe, harmlose Spinner in der ultrareligiösen Szene von gefährlichen Fanatikern zu unterscheiden. Hinzu kam, dass gerade die gewaltbereiten Gruppen keinerlei Netzwerke bildeten und meistens nur lokal und unter allergrößter Geheimhaltung operierten. Die erst sehr spät ins Visier der Behörden geratenen »Gerechten der letzten Tage« waren eine solche Gruppe, die sich wohl schon viele Jahre im Untergrund organisiert hatte, bis ihre Existenz über nicht mehr nachvollziehbare Kanäle dem Sektenbeauftragten der katholischen Kirche zugetragen worden war. Die Hinweise waren ziemlich schwammig gewesen, und bis zur Ermordung von Monsignore Vada hatte das FBI keine konkreten Anhaltspunkte gehabt, denen es hätte nachgehen können.

Erst jetzt, nach dem vereitelten Anschlag, brachte das FBI immer mehr Details über den Geheimbund ans Licht. Die Wasserschutzpolizei, die vom Heimatschutzministerium in erhöhte Alarmbereitschaft versetzt worden war, hatte auf dem Fluss nahe dem Stadion ein Schlauchboot aufgehalten, das offenbar aus einem der Fluttunnel des Stadions gekommen war. Der Mann in diesem Schlauchboot war aufgrund seiner Fingerabdrücke als ein gewisser Irving Miller identifiziert worden, ein ehemaliger calvinistischer Prediger, der vor ein paar Jahren als überzeugter Kreationist mit wortreichen Hasstiraden gegen Charles Darwin an die Öffentlichkeit getreten war. Nach einem Säureattentat auf den Leiter einer Abtreibungsklinik, bei dem dieser sein linkes Auge eingebüßt hatte, war er zu einer mehrjährigen Freiheitsstrafe verurteilt worden, vor deren Antritt er in den Untergrund geflohen war.

Als das FBI Miller nach seiner Verhaftung mit seiner Vergangenheit konfrontierte, verweigerte der zunächst jede Aussage. Dann aber identifizierten ihn mehrere Arbeiter von Manassas Packaging als die rechte Hand von Rudy

Collins und sagten aus, er sei für die Wartung der Maschine zuständig gewesen, die die Beutel mit dem verseuchten Sanitärgel verpackt hatte. Wenn er sich mit dem Vorwurf des versuchten Mordes in mehreren Millionen Fällen konfrontiert sähe, würde das seine Mauer des Schweigens möglicherweise zum Bröckeln bringen.

Ben war in dieser Hinsicht allerdings skeptisch. Er hatte mehrmals in die hasserfüllten Augen des sogenannten Samariters geblickt, und wenn dieser Miller auch nur halb so fanatisch war, würde sich das FBI die Zähne an ihm ausbeißen.

Nachdem sich Bens Augen langsam an das grelle Sonnenlicht gewöhnt hatten, trat er hinaus auf den weiten, betonierten Platz vor dem Haupteingang des großen Klinikums und hielt Ausschau nach einem Taxi. Eigentlich hatte Angie Howlett ihn abholen wollen, aber sie hatte in letzter Minute angerufen, dass sie wegen einer geschäftlichen Besprechung verhindert sei und ihn erst in dem Lokal treffen könne, in dem sie Bens erstes Mittagessen in Freiheit genießen wollten.

Angie war Ben in der Zeit auf der Isolierstation sehr ans Herz gewachsen. Obwohl auch sie viele Gespräche mit FBI-Beamten zu absolvieren und darüber hinaus beide Hände voll zu tun hatte, um ihre angeschlagene Firma zu retten, hatte sie alle paar Tage bei Ben vorbeigeschaut und mindestens eine Stunde mit ihm verbracht – stets getrennt durch die große Glasscheibe in dem Besuchszimmer der Isolierstation.

Zuerst hatten sie viel über das Geschehene, das Virus und AMT gesprochen und natürlich über die seltsame Rolle, die Angies Herzpflaster in der ganzen Geschichte gespielt hatte, aber dann hatten sie begonnen, sich gegenseitig aus ihrem Leben zu erzählen und irgendwann waren sie auch einfach nur so dagesessen, hatten ihre Hände an die Scheibe gelegt und sich lange stumm in die Augen gesehen.

Angie hatte Ben gebeten, ihr nach seiner Zeit in der Klinik für weitere Untersuchungen im Magnetresonanz-Tomografen zur Verfügung zu stehen, und er hatte trotz seiner Angst vor der engen Röhre zugesagt. Angie wollte unbedingt herausfinden, wie Allan Low ihr CardioPatch manipuliert hatte, damit es einen Schutz vor dem von ihm selbst entwickelten Virus bot. Vermutlich, so hatte sie Ben erklärt, griff es in rasender Geschwindigkeit die Mikrofibrillen an, den elementaren Aufbaustoff der Zellwand.

Warum dies nur in der herznahen Aorta ascendens geschah und nicht im ganzen Körper, war für Angie ein großes Rätsel, das sie hoffte, mittels weiterer Scans von Bens Aorta herauszufinden.

Schon auf dem ersten MRT bei Biometrix war ihr aufgefallen, dass das Pflaster sich weitaus schneller und besser mit dem Gewebe von Bens Aorta verbunden hatte als die Original-Pflaster. Aufgrund dieser Beobachtung war es durchaus denkbar, dass das manipulierte Pflaster einen Stoff enthielt, der sich von selbst immer weiter in der Aorta ascendens einlagerte und sie so im Lauf der Zeit mit einer gegen das Virus unempfindlichen Schutzschicht auskleidete.

»Ich kann es gar nicht erwarten, dich wieder in meine Röhre zu legen«, hatte Angie ihm mit einem strahlenden Lächeln bei ihrem letzten Besuch auf der Isolierstation verkündet. Ben hatte gespürt, wie sein Herz schneller geschlagen hatte, was mit Sicherheit nicht allein auf den klaustrophobischen Scanner bei Biometrix zurückzuführen war.

Als er jetzt nach einem Taxi Ausschau hielt, das ihn in die Innenstadt und zu Angie bringen sollte, spürte er wieder dieses Herzklopfen. Wie ein Teenager vor seinem ersten Rendezvous, dachte er lächelnd. Wie es Jack wohl gerade gehen mochte?

Der Junge war seit einem Monat wieder bei seiner Mutter in Kalifornien, und bis auf ein paar sporadische SMS hörte Ben nichts von ihm. Trotzdem war er noch immer von jenem warmen, väterlichen Gefühl seinem Jungen gegenüber erfüllt, das er in dieser Form erst seit den gemeinsam bestandenen Abenteuern kannte. Die Todesangst, der Vater und Sohn ausgesetzt gewesen waren, hatte sie einander so nahegebracht, dass Ben seither die enge Verbundenheit mit seinem Sohn geradezu körperlich spüren konnte. Jack war auf dem richtigen Weg, dessen war Ben sich jetzt sicher, er war an den Irrungen und Wirrungen der vergangenen Tage gewachsen und in seiner charakterlichen Entwicklung ein großes Stück weitergekommen. Und vielleicht hatte ihm die Begegnung mit Maria Grillo, von der er seinem Vater mit leuchtenden Augen erzählt hatte, auch in Hinblick auf seine Hackerei die Augen geöffnet. Dass ausgerechnet MafiaGrrl, sein aus der Ferne angebetetes Idol, eine Agentin des FBI war, die sich als Beobachterin in diese hermetisch abgeschottete Szene eingeschlichen hatte, war zunächst ein Brocken gewesen, an dem Jack schwer zu beißen gehabt hatte. Ben rechnete es Maria Grillo hoch an, dass sie sich einen ganzen Abend lang Zeit genommen hatte, um mit Jack ein intensives Gespräch zu führen. Hinterher hatte sie ihm nur erzählt, dass Jack ein ausgesprochen talentierter Junge sei, der jetzt mit Sicherheit über einiges nachdenken werde.

Langsam trat Ben auf die Zufahrt zum Klinikum. Hitzeschwaden hingen über dem Asphalt, und er hob die Hand, um eines der drei gelben Taxis heranzuwinken, die im Schatten eines großen Vordachs auf Fahrgäste warteten.

Da hielt plötzlich eine Limousine neben ihm, die er gar nicht hatte kommen sehen. Es war ein langer, schwarzer Mercedes mit getönten Scheiben, von denen eine geräuschlos nach unten fuhr.

Ben erkannte die Fahrerin sofort, es war Senatorin Kathleen Neal, die so gepflegt und strahlend aussah wie eh und je. Diese Frau konnte offenbar nichts umwerfen, dachte Ben und machte einen Schritt auf die Taxis zu. Noch am Tag ihrer größten Niederlage, auf den Trümmern ihrer gescheiterten Menschenkette, war sie vor die Fernsehkameras getreten und hatte der Nation verkündet, dass sie, Senatorin Kathleen Neal, das Land soeben vor dem sicheren Untergang gerettet hatte. Die Meldung, dass eine Senatorin eigenhändig einen zu allem entschlossenen Terroristen erschossen und damit einem todgeweihten FDA-Beamten das Leben gerettet hatte, war tagelang das Top-Thema in allen Medien gewesen. Inzwischen herrschte in der Öffentlichkeit breiter Konsens darüber, dass Kathleen Neal größte Chancen hatte, nach der nächsten Wahl als erste Präsidentin der Vereinigten Staaten von Amerika ins Weiße Haus einzuziehen.

»Dr. Maxwell!«, rief Neal aus dem Wagen und lächelte ihn so an wie damals in ihrem Büro, als sie ihn beauftragt hatte, für sie zu AMT zu fahren. »Ben!«

Ihm war klar, dass er sich dieser Frau nicht entziehen konnte. Sie würde keine Ruhe geben, bis sie bekam, was sie wollte, deshalb war es wohl am besten, es gleich hinter sich zu bringen.

»Steigen Sie doch bitte ein, Ben«, sagte Neal und öffnete die Beifahrertür. »Ich möchte kurz mit Ihnen reden.«

Ben ging um die glänzende Kühlerhaube des Mercedes herum und stieg ein. Das Innere des Wagens roch dezent nach Holz und Leder und war angenehm kühl.

»Was wollen Sie denn von mir, Frau Senatorin?«, fragte Ben, nachdem er auf dem cremeweißen Sitz Platz genommen hatte.

»Kathleen!«, ermahnte sie ihn mit einem schelmischen Lächeln.

»Ich bleibe lieber bei der Senatorin«, erwiderte Ben.

»Wie Sie wünschen«, sagte Neal kühl. »Ich wollte mich nur bei Ihnen bedanken, Ben. Sie haben diesem Land und der ganzen Menschheit einen unschätzbaren Dienst erwiesen.«

Ben sagte nichts. Nur zu gut erinnerte er sich an die schrecklichen Augenblicke in den unterirdischen Gängen des Baseballstadions, als die Senatorin ihn um ein Haar ebenso kaltblütig erschossen hätte wie ihren Geliebten.

»Sie sind mir doch nicht etwa immer noch böse, weil ich Sie zu AMT geschickt habe?«, fragte Neal zuckersüß.

»Nein, aber ich habe in die Mündung Ihrer Pistole geblickt, erinnern Sie sich?«

»Aber das war doch ein bedauerliches Missverständnis, Ben, woher hätte ich denn wissen sollen, dass nicht Sie der Mörder von Martin Larrick waren?«

»Sie hätten dem FBI sagen können, dass ich in Ihrem Auftrag gehandelt habe, aber das haben Sie nicht getan, Frau Senatorin. Sie haben mich benutzt und dann ins offene Messer laufen lassen, und ich frage mich immer noch, weshalb.«

Neal drehte den Zündschlüssel um und startete den Motor. »Ist es okay für Sie, wenn wir ein wenig herumfahren? Ich kann besser reden, wenn ich in Bewegung bin.«

»Tun Sie, was Sie wollen, aber beantworten Sie mir meine Frage, sonst steige ich sofort wieder aus.«

Neal schob den Hebel der Automatik nach vorn und trat aufs Gas.

»Ben, ich konnte nicht anders. Versetzen Sie sich doch bitte einmal in meine Lage. Wir standen kurz vor dem Beginn meiner Menschenkette, da konnte ich mich doch nicht in eine Morduntersuchung hineinziehen lassen. Stellen Sie sich bloß vor, was die Presse daraus gemacht hätte. Nicht alle Journalisten in diesem Land sind mir wohl gesonnen.«

»Also nur weil Sie sich vor schlechter Presse gefürchtet haben, wären mein Sohn und ich um ein Haar getötet worden. Und das nicht nur einmal, sondern gleich mehrmals.«

»Also Ben, wie können Sie diese Vorfälle nur mit mir in Verbindung bringen?«, fragte Neal entrüstet, während sie den Mercedes aus dem Krankenhausgelände und auf die Straße hinaus steuerte. »Ich habe damit nicht das Geringste zu tun, glauben Sie mir.«

Ben schluckte schwer. Die selbstsichere Art der Senatorin, die keinerlei Zweifel an ihrem Tun zuließ, schnürte ihm die Kehle zu.

»Ben, ich will Ihnen reinen Wein einschenken, auch wenn es mir schwerfällt«, fuhr Neal fort, während sie starr geradeaus durch die Windschutzscheibe blickte. »Ich habe einen schlimmen Fehler gemacht, den ich mir noch immer nicht verzeihen kann. Ein Mann, den ich niemals an mich hätte heranlassen dürfen, hat sich mein Vertrauen erschlichen.«

»Rudy Collins«, sagte Ben. »Ich weiß.«

»Dieser Mann steckte hinter den Mordversuchen an Ihnen, Ben, das kann ich Ihnen beweisen. Seit einer Woche habe ich einen Bericht der CIA aus dem Libanon auf meinem Schreibtisch, dem zu Folge Collins Kontakt zu einer islamistischen Terrorgruppe namens Black Hydra gehabt hat. Wenn die Informationen stimmen – und ich habe keinen Grund, daran zu zweifeln –, dann hat Collins diese Gruppe über einen Mittelsmann so manipuliert, dass sie gar nicht wusste, für wen sie eigentlich tätig war. Der Selbstmordattentäter, der sein Flugzeug auf das Gebäude von AMT gesteuert hat, konnte eindeutig der Gruppe Black Hydra zugeordnet werden.«

»Und was war mit dem Brennergas, mit dem das ganze Labor voll war? Und mit dem Wachmann, der Dr. Vitek angegriffen hat? Geht das etwa auch auf das Konto dieser ominösen Black Hydra, von der ich bisher noch nie etwas gehört habe?«

»Nein«, sagte Neal. »Aber auch da steckt Collins dahinter. Der Wachmann gehörte zu den Gerechten der Letzten Tage, jener Organisation, die Collins angeführt hat. Wir haben in Collins' Hotelzimmer Unterlagen gefunden, aus denen das und noch so manches andere hervorgeht. Das muss man sich mal vorstellen, der Mann hat über alles, was er angerichtet hat, genauestens Buch geführt – über jede Intrige, jeden Mord und vor allem über den großen Plan, den sein krankes Gehirn sich ausgedacht hat und den Sie zum Glück vereitelt haben, Ben. Sie sind ein Held, und vielleicht freut es Sie ja ein wenig, dass ich Sie vor einer Woche persönlich beim Präsidenten für einen Orden vorgeschlagen habe.«

Neal hielt inne, wohl um ihre Worte auf Ben wirken zu lassen. Als er nichts sagte, fuhr sie fort, während sie den Mercedes auf der rechten Spur langsam im dichten Verkehr mitlaufen ließ.

»Ist Ihnen denn nicht klar, warum Collins AMT vernichten musste? Das Labor enthielt sämtliche Beweise für sein schändliches Tun. Aus dem gleichen Grund war er ja auch hinter Ihnen her – Sie wussten zu viel und hätten mit Ihrem Wissen sein Vorhaben, eine neue Seuche als eine Art Gottesgericht auf die Menschheit loszulassen, vereiteln können. Du meine Güte, was für ein krankes Gehirn er doch gehabt haben muss.«

»Und was war mit diesem Überfall auf Angie, Jack und mich bei Biometrix?«, fragte Ben ungerührt. »Woher wusste Collins denn, dass wir dort waren?«

Kathleen Neal schluckte schwer, bevor sie antwortete. »Also gut, ich muss Ihnen gestehen, dass mich an dieser Geschichte eine gewisse Mitschuld trifft«, sagte sie zerknirscht. »Ich habe ihm in einem Telefongespräch erzählt, dass Angie mich angerufen hat und dass Sie bei ihr waren. Ich weiß …« Sie hob die Hand und wehrte damit Bens Protest ab, bevor er ihn äußern konnte. »Ich weiß, dass ich das nicht hätte tun dürfen. Aber sehen Sie, Ben, ich habe diesem Menschen vertraut … Schlimmer noch, ich habe ihn … geliebt. Ja Ben, das ist leider die traurige Wahrheit. Der Mann hat mich hintergangen und meine Zuneigung zu ihm aufs Schändlichste missbraucht. Ich bin genauso ein Opfer wie Sie, Ben.«

Entweder war die Senatorin eine begnadete Schauspielerin, oder die einzelne Träne, die auf ihrer perfekt geschminkten Wange eine glänzende Spur hinterließ, war tatsächlich echt. Ben glaubte der Frau trotzdem nicht. Zu tief saß in ihm der Verdacht, dass sie ihn für ihre Pläne benutzt hatte und ihn dann in der Behindertentoilette des Stadions eiskalt erschossen hätte, wäre da nicht Jack gewesen, der alles mit dem iPhone des Journalisten mitgefilmt hatte.

»Warum haben Sie mich vor dem Krankenhaus abgepasst, Frau Senatorin?«, fragte er. »Nur um mir diese rührselige Geschichte einer verratenen Liebe zu erzählen?«

Neal wandte den Kopf mit einem Ruck in seine Richtung, und jetzt sah sie Ben mit ihren kalten, blauen Augen so hart und durchdringend an, dass er am ganzen Körper eine Gänsehaut bekam.

»Nein, Ben, das hat einen anderen Grund«, sagte sie mit leiser Stimme. »Wenn Sie es wirklich so genau wissen wollen, dann will ich Ihnen reinen Wein einschenken. Es geht mir um die Daten, die Sie für mich von AMT geholt haben.«

»Was ist mit ihnen?«

»Ben, ich muss sichergehen, dass Sie nicht eine weitere Kopie dieser Daten gemacht haben, die womöglich irgendwo da draußen herumschwirrt. Sie werden sicher verstehen, dass mir viel an diesen Daten gelegen ist. Schließlich bin davon nicht nur ich betroffen, sondern auch eine ganze Reihe anderer, hochgestellter Persönlichkeiten aus Politik und Wirtschaft. Für keinen von uns wäre es von Vorteil, wenn diese Daten jemals an die Öffentlichkeit gelangen würden. Ich denke, Sie wissen, was ich meine.«

»Und ob ich das weiß«, sagte Ben. »Beim einfachen Wähler kommt es sicher nicht allzu gut an, wenn sich diejenigen, denen er seine Stimme gegeben hat, heimlich, still und leise vor einer Gefahr schützen, die alle anderen gleichermaßen bedroht.«

»Aber Ben, das geschah doch nur zum Wohl der Allgemeinheit«, protestierte Neal so heftig, dass es fast echt klang. »Stellen Sie sich doch einmal vor, dieses Virus hätte eine Pandemie noch nie gekannten Ausmaßes ausgelöst und das Land wäre ohne Entscheidungsträger dagestanden!«

»Dem Wohl der Allgemeinheit hätte es wohl mehr gedient, wenn Sie die Öffentlichkeit auf die Gefahr aufmerksam gemacht hätten, die ihr drohte.«

»In was für einer Welt leben Sie denn, Ben? Was wäre wohl passiert, wenn wir gesagt hätten: Liebes Volk, unsere Militärs haben in unserem Auftrag ein absolut tödliches Virus entwickelt und waren dann zu blöd, um darauf aufzupassen, und jetzt kann dieses Virus euch jederzeit binnen weniger Wochen alle dahinraffen, ohne dass es auch nur ansatzweise eine Chance auf Heilung gibt?« Neal machte eine kleine Kunstpause und fuhr dann fort: »Ich will Ihnen sagen, was passiert wäre, Ben: Ein unglaubliches Chaos wäre ausgebrochen, eine Massenpanik, die unser ganzes Land ins Verderben gestürzt hätte.«

»Ich sehe da keinen großen Unterschied«, gab Ben trocken zurück. »Ob jetzt eine Massenpanik oder eine Pandemie das Land ins Verderben stürzt. Mit Ausnahme von ein paar einflussreichen Leuten, die es sich leisten können, sich vor diesem Virus schützen zu lassen, natürlich.«

»Oh doch, Ben, das ist ein himmelweiter Unterschied. Was ich getan habe, war die einzige Möglichkeit, die Welt vor diesem Virus zu retten. Was für ein Glück, dass Dr. Low sich, getrieben von Gewissensbissen, ausgerechnet mir anvertraut hat. Nach seinem Geständnis, er habe für einen ihm nicht bekannten Auftraggeber bei AMT ein Virus namens AO-1 gezüchtet, das er selbst aus dem AFIP-Labor entwendet hatte, hätte ich ihn natürlich an das FBI ausliefern können, aber was hätte das schon gebracht?«

Ben stockte der Atem. Was er soeben gehört hatte, war ungeheuerlich.

»Moment mal«, sagte er. »Nur dass ich Sie da jetzt richtig verstanden habe: Sie haben den Mann, der dieses Virus in die Welt gebracht hat, vor seiner gerechten Strafe geschützt? Jemanden, der um ein Haar für den Tod von Millionen Menschen verantwortlich gewesen wäre?«

»Was hätte ich denn tun sollen, Ben? Das Virus hatte die streng abgeschottete Welt der Militärlabors bereits verlassen, und es war nur noch eine Frage der Zeit, bis es irgendwo ausbrechen würde. Da war es doch viel geschickter, Low für uns arbeiten und den Schaden, den er angerichtet hatte, wiedergutmachen zu lassen. Ich bin heute noch stolz darauf, dass mir die Idee mit dem CardioPatch gekommen ist. Ich wusste von Angie Howlett, dass ihre Firma an einem solchen Herzpflaster arbeitete und habe sein Potenzial sofort erkannt. Zum Glück hatte ich mit Dr. Low den einzigen Wissenschaftler an der Hand, der diese Vision in die Praxis umsetzen konnte – schließlich kannte er das Virus besser als jeder andere. Hätte ich so einen Mann etwa ins Gefängnis schicken sollen?«

»Dann hat Low bei AMT schon sehr früh die Testpflaster für seine eigenen Zwecke abgezweigt«, sagte Ben, dem das ganze Ausmaß der Geschichte erst jetzt langsam klarwurde.

»Und er hat es mit seinem Leben bezahlt«, sagte die Senatorin, während sie den Wagen an einer roten Ampel zum Stehen brachte. »Als Collins dahinterkam, dass er ein doppeltes Spiel spielte, hat er ihn umgebracht.«

»Und woher wusste Collins, was bei AMT geschah?«, fragte Ben.

»Ganz einfach. Er hat schließlich einen Ort gebraucht, um das Virus herstellen zu können. Also hat er vor Jahren über einen Strohmann das Labor gekauft und seinem Firmenimperium einverleibt. Wussten Sie das etwa nicht?«

Ben war wie vor den Kopf gestoßen. »Nein, das wusste ich nicht. Genauso wenig wie ich wusste, dass die Pflaster, die dort in unserem Auftrag getestet wurden, in der Aorta von Menschen wie Ihnen landen.«

Die Senatorin schüttelte den Kopf. »Ich höre da eine gewisse Verbitterung heraus, Ben, die durchaus nicht angebracht ist. Vielleicht denken Sie auch mal daran, dass wir uns freiwillig als Versuchskaninchen für ein medizinisches Experiment zur Verfügung gestellt haben, das Ihre Behörde nie und nimmer genehmigt hätte. Warum glauben Sie denn, dass ich mich auf allen Ebenen dafür eingesetzt habe, dass CardioPatch möglichst rasch die Zulassung durch die FDA erhält? Doch nicht, um meiner Freundin Angie Howlett zu einem Riesengeschäft zu verhelfen! Wäre das Pflaster erst einmal in die Massenproduktion gegangen, hätten wir es mit geringem Aufwand so modifizieren lassen können, wie Dr. Low es in unserem Auftrag getan hat, und dann hätten wir für den Fall, dass das Virus eines Tages ausbricht, tatsächlich etwas gehabt, um die Bevölkerung davor zu schützen.«

»Wie edel von Ihnen«, sagte Ben.

»Ihren Sarkasmus können Sie sich sparen, Ben. Ganz gleich ob edel oder nicht, ich werde dafür sorgen, dass die Entwicklung von CardioPatch weitergeht, denn niemand kann uns garantieren, dass dieses Virus nicht doch noch irgendwo existiert und eines Tages – ob aus Zufall oder von irgendwelchen anderen Irren bewusst verbreitet – irgendwo auf der Welt wieder ausbricht. Jetzt, wo das Land weiß, dass es diese Gefahr gibt, braucht es eine Politikerin, die sich ihr entschlossen stellt, und diese Politikerin bin, ob Ihnen das passt oder nicht, nun einmal ich. Würde ich durch eine Indiskretion Ihrerseits kompromittiert, würden Sie damit also letztlich unserem ganzen Land großen Schaden zufügen.«

»Warum reden Sie eigentlich die ganze Zeit von mir? Was ist denn mit den Daten, die Angie Howlett dem FBI übergeben hat?«

Die Ampel schaltete auf Grün, und Neal fuhr wieder an.

»Das FBI ist dem Wohl des Staates verpflichtet und kann schweigen«, sagte sie. »Das hat es bei der Ermordung John F. Kennedys und vielen anderen Gelegenheiten unter Beweis gestellt.«

Jetzt verstand Ben auf einmal, warum in den Medien bisher noch mit keinem Wort erwähnt worden war, dass sich gewisse Leute heimlich ein manipuliertes CardioPatch hatten einsetzen lassen. Das FBI hielt diese Information unter Verschluss.

»Wenn Sie solche Angst davor haben, dass diese Geschichte rauskommt, warum lassen Sie mich und Angie dann nicht einfach beseitigen? Auch dafür lassen sich bestimmt Leute finden, die dem Wohl des Staates verpflichtet sind.«

Neal lachte kurz und trocken auf. »Ganz einfach, Ben«, sagte sie, ohne ihn dabei anzusehen. »Erstens bin ich keine Mörderin, und zweitens bin ich nicht dumm. Wenn Sie keine Kopie der Daten haben, dann muss man Sie nicht zum Schweigen bringen, und wenn Sie doch eine besitzen sollten, dann sind Sie intelligent genug, um dafür gesorgt zu haben, dass sie nach Ihrem Tod auf irgendeinem Weg an die Öffentlichkeit gelangt. Und deshalb, Ben, bin ich in Ihrer Hand und kann nur darauf hoffen, dass Sie das Richtige tun werden – zu unser aller Wohl, aber ganz speziell zu Ihrem und dem Ihres Sohnes. Überlegen Sie es sich gut, Ben. Ich glaube, mehr muss ich Ihnen zu diesem Thema nicht sagen.«

Die unverhohlene Anspielung auf Jack brachte Ben innerlich zur Weißglut. Die Frau wusste genau, dass er nie etwas tun würde, was seinen Sohn in Gefahr brachte. Als Senatorin hatte sie viel Macht und einen langen Arm, und er hatte keine Möglichkeit, Jack auf Dauer vor ihrer Rache zu schützen. So sehr es ihm auch widerstrebte, sie hatte ihn ebenso in der Hand wie er sie.

»Frau Senatorin, halten Sie bitte an«, sagte er mit fester Stimme. »Ich möchte sofort aussteigen.«

Neal lenkte den Mercedes in eine Parkbucht, schaltete den Motor aus und lächelte ihn an.

»Dann sind wir uns also einig?«, fragte sie.

Ben gab ihr keine Antwort. Er öffnete die Tür, stieg aus und ging, ohne die Tür wieder zu schließen, langsam die belebte Straße hinunter.

DANKSAGUNG

Schreiben ist kein Einzelsport. Es haben so viele Wissenschaftler, Lektoren, Thrillerfans und diverse Experten mitgeholfen, dass ich gar nicht alle einzeln nennen und mich bei ihnen bedanken kann. So viele großartige Freunde waren Teil der Mannschaft, die dieses Buch entstehen ließ. Besonderer Dank und eine Umarmung an Julia Bauer vom Heyne Verlag für ihre nun schon jahrelange Begeisterung und Unterstützung.

Mein Herz und dieses Buch gehören meiner wunderbaren Frau Audrey, die ich schon lange vor unserer Ehe immer liebevoll auf deutsch »Kürbis« genannt habe. Ich »Herz« dich, mein Schatz.